古典文獻研究輯刊

三　編

曾永義　主編

第8冊

宋濂的道學與文論

謝玉玲　著

國家圖書館出版品預行編目資料

宋濂的道學與文論／謝玉玲 著 — 初版 — 新北市：花木蘭文
化出版社，2011〔民100〕
目 4+344 面；19×26 公分
（古典文學研究輯刊 三編；第 8 冊）
ISBN：978-986-254-550-8（精裝）
1.（明）宋濂 2.學術思想 3.理學 4.文學評論
820.8   100015000

ISBN-978-986-254-550-8

古典文學研究輯刊
三 編 第 八 冊   ISBN：978-986-254-550-8

宋濂的道學與文論

作   者 謝玉玲
主   編 曾永義
總 編 輯 杜潔祥
出   版 花木蘭文化出版社
發 行 所 花木蘭文化出版社
發 行 人 高小娟
聯絡地址 新北市永和區中正路五九五號七樓
          電話：02-2923-1455／傳眞：02-2923-1452
網   址 http://www.huamulan.tw 信箱 sut81518@ms59.hinet.net
印   刷 普羅文化出版廣告事業
初   版 2011 年 9 月
定   價 三編 30 冊（精裝）新台幣 48,000 元

宋濂的道學與文論

謝玉玲　著

作者簡介

謝玉玲，臺灣苗栗人，國立中正大學中文研究所博士，現為國立臺灣海洋大學通識教育中心專任助理教授。著有《空間與意象的交融──海洋文學研究論述》、《土地與生活的交響詩──臺灣地區客語聯章體歌謠研究》，主編《臺灣現代海洋文選》，以及〈儒教聖殿的無盡追尋 論《野叟曝言》中的排佛書寫〉、〈宋濂之傳記文探析──以《浦陽人物記》為考察重心〉、〈宋濂詩歌中的人物形塑〉等學術論文數篇。主要研究方向為元明清文學、海洋文學、客家文學，尤重於空間意象、敘事類型等課題之研究。

提　　要

　　宋濂（1310～1381）被譽為明朝「開國文臣之首」，其前半生在元朝渡過，五十歲正式仕明，宋濂經歷這種世變的過程，其詩文大多脫去元末纖穠浮豔之習，對當代文風影響甚鉅。在學術的演進過程中，就狹義層面而言，如從思想與文學層次觀之，「變」可說是一種直線對應式的完成，即上有所承到下開新局，其中亦有橫向的變與不變之間標準的衡量。若從廣義層面來看，朝代的更迭是「變」，在歷史與時間的座標上，可視為影響價值觀轉化的重要推手，同時亦可作為文化層面的一種檢視，尤其是知識分子如何看待政治變局，進而反省世情變遷對個人主體安身立命分際之掌握與影響。宋濂因身處在元明易代之際這種特殊的世變時空環境，因此知識分子的生命體驗與傳統文化價值產生的互動，就顯得格外有意義。

　　本篇論文以宋濂為研究對象，並以《宋濂全集》與相關宋濂作品為研究範圍，以「道學」和「文論」為兩個重要的軸心，歷代學者對此「文」與「道」之間的互涉關係有相當多的討論，在此範疇中，本文的研究重心試圖透過對宋濂道學思想的釐清與文學理路的梳理，證明宋濂在其屢言不朽之文背後價值觀「道」的確立，同時文章意義與價值不僅僅屬於文學層次的論述，更是立身處世的標準，因而吾等可進以深究其中曲折深處的思想轉折與變化。雖然許多文學史對明代初期的文章發展評價不高，然筆者以為，對於被視為足以轉變當代學術風氣的指標型學者而言，給予適當詳實的評價與定位，有其必要性，明初的宋濂即是如此。

　　因此本篇論文從敘述釐析宋濂的生平事蹟，元末明初之際師友互動的情況，以及時代環境對其所造成的影響為出發，進而探究宋濂的道學思想特質與浙東學術發展的關係脈絡，希望藉此尋得宋濂思想的特質，並作為探究他文學理路發展的根據。其次是探討宋濂文論的內涵架構與法則，並透過宋濂個人對詩文作品鑑賞的態度和法則，檢視宋濂的道學如何影響其文論的建立。同時透過分析宋濂的詩文作品，驗證其理論，若合乎道才取之為用，將如何落實在實際的創作層面上？同時道學與文學究竟如何交流？嘗試為宋濂在思想與文學的互動層面上，找尋一個較為適切的位置。

目

次

第一章 緒 論

第一節 研究旨趣

宋濂（1310～1381）被譽爲明朝「開國文臣之首」（《明史・宋濂傳》），學者尊稱爲「有明一代文章之冠冕」（《浦陽人物記・胡鳳丹序》）、「有明三百年文章鼻祖」（《宋學士未刻稿二卷・陳國珍序》），《明史・文苑傳序》亦云：「明初文學之士，承元季虞、柳、黃、吳之後，師友講貫，學有本原。宋濂、王禕、方孝孺以文雄。」對有明一代的文壇而言，宋濂實具有特殊崇高的代表意義。然而長期以來，人們對於宋濂的認識往往限於其爲明初文章大家，相形之下，宋濂在學術上的表現就較爲人所忽略。事實上，宋濂並不承認自己僅是一個「文人」，他曾說：

> 生好著文，或以文人稱之，則又艴然怒曰：「吾文人乎哉？天地之理欲窮之而未盡也，聖賢之道欲凝之而未成也，吾文人乎哉？」〈白牛生傳〉〔註1〕

對他而言更大的意義在於聖人之道的追尋與實踐，〔註2〕因此從上述引文之言

〔註1〕 《全集》，頁80。《宋濂全集》（羅月霞主編，全四冊，杭州：浙江古籍出版社，1999年）是目前收集宋濂詩文篇章數量最爲豐富的版本，也是第一部點校本，因此本論文在研究過程中將以《宋濂全集》收羅之宋濂詩文爲主要研究資料，並配合目前可見之宋濂文集版本加以參照，如無出入，引文時則簡稱《全集》，並標注《全集》之頁數，以下不贅。

〔註2〕 黃百家在《宋元學案（卷八十二）・北山四先生學案・文憲宋潛溪先生濂》之按語肯定宋濂在學術思想方面的表現，故云：「道之不亡，猶幸有斯。」。〔清〕黃宗羲著、全祖望補修／陳金生、梁運華點校：《宋元學案》，北京：中華書

中，除可見其志趣所在之外，宋濂本人對時人稱頌其文章雖頗不以爲然。若根據諸多文章中的陳述，「明道」、「宗經」與「重文」三者實爲其畢生秉持的學術原則，甚至可說是個人的立身準則與價值標準。況且若從「文化」的角度觀察，宋濂並不是個陋儒，透過傳統經典的養成教育，他不僅廣泛熟悉儒家典籍，舉凡歷史、諸子、文學、藝術，甚至是經濟民生與佛教內典，皆能重視並加以研究，絕不是緊抱著儒家經典而不知權變，因此其文學思想亦較爲駁雜。

宋濂早年受業於聞人夢吉，「復往吳萊學已，游柳貫、黃溍之門」《明史‧本傳》，而吳萊、黃溍、柳貫皆屬元代金華學派重要傳承者，所以宋濂實上承元季金華儒學的道統與文統。但是金華儒者的特徵亦在於身兼二重角色，一爲理學家，一爲文學家，既重道又重文，也重事功，與程朱理學並不全然相同，因此宋濂在思想上也呈現出多元與實用的特質，面對宋濂思想中文與道關係的掌握也相對複雜起來。由於宋濂的學養實兼具金華學派與浙東學派的特質，因此多角度釐清宋濂的思想脈絡，對理解其個人以及他在明初所扮演的角色與地位，就益發顯其重要性。宋濂前半生（以四十九歲爲分野）在元朝度過，五十歲正式仕明，他經歷這種世變的過程，詩文大多脫去元末纖穠浮豔之習，對當代文風影響甚鉅。全祖望將宋濂歸入「婺中之學」，並將其視爲該學派明初的傳人。〔註3〕但是朱學與金華學術並不等同，因此似乎並不能把宋濂的思想僅僅侷限於某一學派的延續而已，我們應深入分析宋濂的觀點，從其文論主張與文章實踐的表現一窺其在元末明初文壇所具備的歷史意義。

「學足以明道，文足以垂世」，〔註4〕可說是明初學術代表人物宋濂畢生志業的最佳註腳。對「文」與「道」之間聯繫的探究，是歷代學者眾所關心的議題，曹丕早在《典論‧論文》中即云：「蓋文章經國之大業，不朽之盛事，年壽有時而盡，榮樂止乎其身，二者必至之常期，未若文章之無窮。是以古之作者，寄身於翰墨，見意於篇籍，不假良史之辭，不托飛馳之勢，而聲名

局，1986 年，頁 2801。

〔註3〕 全祖望在《宋元學案（卷八十二）‧北山四先生學案‧宋文憲公畫像記》言：「予嘗謂婺中之學，至白雲而所求於道者疑若稍淺；觀其所著，漸流於章句訓詁，未有深造自得之語，視仁山遠遜之，婺中學統一變也。義烏諸公師之，遂成文章之士，則再變也。至公而漸流於佞佛者流，則三變也。猶幸方文正公爲公高第，一振而有光於西河，幾幾乎可以復振徽公之緒。惜以凶終，未見其止，而并不得其傳。」

〔註4〕 見〈明太祖賜國子司業誥文〉，頁 2281。

自傳於後。……」因此對不朽之文的追求，便成為學者的信念與努力的目標。自劉勰於《文心雕龍・原道》提出「道沿聖以垂文，聖因文而明道」，周敦頤提出「文以載道」的觀點，之後宋明理學家甚至極端地提出文學無用的說法，[註5]可見歷代學者對此範疇所提出的論點，除了代表著不朽之文背後價值觀「道」的確立外，文章意義與價值，不僅僅屬於文學層次的論述，更是立身處世的標準，因此「文」「道」的離合，實應視為兩個層次，而吾等可進以深究其中曲折深處的思想轉折與變化。

「文變染乎世情，興廢繫乎時序」（《文心雕龍・時序》），在學術的演進過程中，「變」具有多重意義。就狹義層面而言，如從思想與文學層次觀之，「變」可說是一種直線對應式的完成，即上有所承到下開新局，其中亦有橫向的變與不變之間標準的衡量。若從廣義層面來看，朝代的更迭是「變」，在歷史與時間的座標上，可視為影響價值觀轉化的重要推手，同時亦可作為文化層面的一種檢視，尤其是知識分子如何看待政治變局，進而反省世情變遷對個人主體安身立命分際之掌握與影響，如此一來知識分子的生命體驗與傳統文化價值，在特殊的世變時空環境中所產生的互動，就顯得格外有意義。

中國傳統文人兼具多重身分，除了文學家外，多半也是思想家。在學者思辨的過程中，以儒家思想做為核心價值，其對文學的看法或理論的提出，不一定如同西方文論具備縝密完備的架構體系，但必有一套思維邏輯，積極提供學者論述背後的重要依據，同時透過書寫過程，體現包括內在行為規範與外在社會政治責任。因此透過學者在不同世代的論述，「文」與「道」孰重孰輕乍看之下雖是個別看法，但往往又與整個時代環境、學術脈動息息相關，

〔註5〕　例如程頤對於文學是較為輕視的，其云：「問作文害道否？曰：害也。凡為文不專意則不工，若專意則志局於此，又安能與天地同其大也。《書》云：玩物喪志。為文亦玩物也。……古之學者惟務養情性，其他則不學。今為文者專務章句，悅人耳目，非俳優而何？」《二程遺書》卷十八。關於宋明理學家的文學觀，目前評論者多半仍認為他們對於文學採較為偏執的觀點，抹煞了文學的價值。如周勛初在《中國文學批評小史》中的說法是：「（道學家）宣揚儒家學說，結合宋代政治上的需要，強調建立封建正統的世界觀。他們也論及文學問題，但其結論只是一筆抹煞。」參見周勛初：《中國文學批評小史》，高雄：麗文文化事業股份有限公司，1994 年，頁 124。王運熙、顧易生則從理學家著重個人德行修養角度提出說法：「（理學家）的文論有明顯的重道輕文，以致抹煞文的傾向，然從修身養性的角度出發，對文學的涵養德行、陶冶性情的功能仍然是重視的。」參見王運熙、顧易生主編：《中國文學批評通史（宋金元卷）》，上海：上海古籍出版社，1996 年，頁 747。

甚至是彼此縮合貫通，在不同階段具備不同的歷史意義和價值作用。

身處易代之際，人物與時代更有著密不可分的關係，宋濂在入明後除了擔任文誥起草外，另外也主持幾部重要典冊的編修，例如《元史》、《大明日曆》、《皇明寶訓》，參與議禮典章制度的建立如《孝慈錄》，並擔任太子贊善大夫，擔負教育皇太子朱標的責任。此外相對於其他開國儒士，宋濂尚於致仕前一年洪武九年（1376）六月，由翰林侍講學士升任「翰林學士承旨、知制誥，兼贊善如故」，〔註6〕可見其地位之重要與明太祖的賞識。明初文士對於朱元璋政權的建立也產生一種穩定的作用，其中宋濂、劉基等人是當中重要的核心人物，明初朱元璋於開國時重用文士，若從政治的角度進行觀察，相較於開國功臣武將多半陸續在立國後幾年遭明太祖猜忌與殺戮，文士雖位階不高，卻備受重視。此時無論是思想、政治、社會、經濟民生等諸多方面，都處於需要重新建立規範的階段，因此明初的文士一方面雖較可發揮所長，一方面在行事上卻也需要謹慎地面對明太祖，故經常處在一種充滿危機且須面對各種衝突的選擇點上，或居高位或退隱山林，不得不作出抉擇的一種尷尬局面。因此元末明初的士人，其仕或隱的選擇，就變成當代學者論述中的一個重要議題，宋濂與他的學友面對這種情況，自然也無法從中豁免。然而這種抉擇的背後根據，還是得回頭追尋宋濂畢生秉持的理念，其如何在這種政治環境中期待有所作為，並希冀進一步在施政行事方面影響明太祖，以儒家的仁義道德治天下。自先秦以降，儒家思想中「內聖外王」終極志業的理想深刻影響宋濂，這種理念在《龍門子凝道記》〔註7〕中屢屢展現其積極用世的理想，他也不斷在文章中提到其所重視之「文有大用」、「有用之學」，再如「作文當有關世教」、「自道學不明，學者纏蔽，傳注支離之習，不復見諸實用。」等言論，可知宋濂心中不僅要承續儒家學術，在立身處世上對自己也有一番期許，因此從〈文原〉等篇章中實可見宋濂力主義理、事功、文辭三者的統一。

至於在其纂修的《元史》、《浦陽人物記》〔註8〕中，除了呈現浙東史學的特點外，我們可從中觀察宋濂基於儒家思想的價值判斷，所展現出理想人格的表現。宋濂仕明十九年，我們看到他位居文官高位「翰林學士承旨、知制誥兼

〔註6〕　《明實錄・太祖實錄》卷 106。
〔註7〕　《全集》，頁 1753～1815。
〔註8〕　《全集》，頁 1819～1852。

太子贊善」，在政治上並無明顯實質的發揮。以宋濂如此明經重道尚經世致用者，應是有所為有所不為的，且當是時如危素的直言進諫上萬言書，或是如同好友王褘出使雲南，都是一種積極用世的表現，但宋濂似乎令人感受到他的矛盾，是能力不足？〔註9〕還是明哲保身，等待機會？也或許這個位置宋濂認為可以一展長才。透過這個角度的追尋，我們更能夠深入追尋宋濂的心志，不僅限於幾個如學派延續、仕隱爭議、台閣山林之文孰優孰劣的問題，應該更全面掌握宋濂思想理路，觀察其是否實踐他的理念，如何具體操作，並進而展現其影響性。本文將宋濂作為討論的對象，對宋濂文論與道學關係進行系統性的研究，並嘗試給予合理的評價。因此面對成說或意見，仍需透過資料梳理的程序與驗證，使遮蔽的狀況得以顯現，存疑的問題得到確認或者是批評。

第二節　文獻探討

　　近代學者對明初文士的研究，業已注意他們在文學或是理學方面的影響，但往往總是點到為止，在評論時則多從個人尺度及當代社會情境去衡量，容易造成過度褒揚或是有意貶抑的狀況。前人對於宋濂的研究與評論多屬於簡短的評論式資料，至於當代學者的研究，大體而言全面且系統性的論述並不多見，多屬於主題式的單篇論述，如針對宋濂的某一角度進行討論，或者是在探究明代文學思想時附帶提及，儘管如此，這些研究成果對我們進行宋濂研究仍有相當大的助益。相對於宋濂個人文集這種史實性的資料，歷代研究者評論性質的成果除了保有評論批評意見之外，經過時間的積累，也逐漸轉化成新的史實性資料，重要性並不亞於文獻本身，因此在不同學者的理解與論述中，可以刺激我們多面向的思考，有助我們能夠更小心謹慎的解讀文本與對文獻進行詮釋。以下將概略回顧歷代學者對於宋濂研究的相關成果，並進行簡單的評介。

一、前人對宋濂的評論

　　明清兩代對於宋濂的討論，主要有幾個討論的議題，包括針對宋濂生平

〔註9〕　關於此點，明太祖在〈翰林承旨宋濂誥〉中曾論及宋濂的處事能力：「爾濂雖博通今古，惜乎臨事無為，每事牽制弗決，若使爾檢閱則有餘，用之於施行則甚有不足。」此文收入錢伯城、魏同賢、馬樟根主編：《全明文》，上海：上海古籍出版社，1992年，頁30。

行事的討論、宋濂的文章與學術以及是否「佞佛」等，其中多數是讚揚意見，也偶有負面評價。

（一）對宋濂生平行事的評論

明代文士對於宋濂個人的遭遇，多從其行事風格進行討論，此種論述焦點著重在宋濂入明朝爲官二十餘年，卻因子孫之故捲入胡惟庸案，最後在流放途中客死異鄉這種人生遭遇，進行多角度的評論。

宋濂身處元明之際，四十九歲入明，受到明太祖的賞識，也曾擔任起居注、翰林侍講、太子贊善大夫等重要的文職，但一直到致仕，皆侷限於宮廷之內，並未實際外派或是擔任具有政治實權的官職。從入仕明朝到致仕返家，皆兢兢業業地做事，也非常謹慎眞誠地與明太祖互動，卻在晚年因爲長孫宋愼、次子宋璲捲入胡惟庸案，面臨被處死的命運，後因馬皇后與太子朱標極力求情，才得以流放茂州，而在路途中死於夔州客居之所。

由於宋濂在明代並沒有進入所謂的政治決策核心，與其文章中欲有所作爲的急切表現，其中似乎有所落差。關於此點，明太祖曾指出宋濂的問題在於：

> 昔君天下者，官有德而賞有功，世之文武莫不雲從。爾濂雖博通今古，惜乎臨事無爲，每事牽制弗決，若使爾檢閱則有餘，用之於施行則甚有不足。然方今儒者，以文如卿者少，朕念卿相從久矣，特授翰林學士承旨。爾宜懋哉！洪武九年。〈翰林承旨宋濂誥〉〔註10〕

此段言論是明太祖對宋濂處事能力較直接的評價。宋濂雖然學問淵博，但面對問題時容易遲疑，執行能力也不夠，只適合做文臣檢閱的工作，但又因爲明太祖本身對他的文采極爲賞識，故從「朕念卿相從久矣」一句，也可得知太祖長期對宋濂行事實有所觀察。綜合明太祖之言，可見當時授與宋濂「翰林學士承旨」一職是適得其所。在〈明太祖賜翰林承旨誥文〉中也有一段褒貶兼備的言論：

> 三皇五帝之馭天下，其文武之能，君臣皆備而善焉。至於三代之臨御，禮、樂、射、御、書、數，君臣尤精。繼至秦漢以來，人不知古有文武史分，各爲之圖，故聖賢鮮矣。朕出自草萊，非兼備之才，蒙上天授命，位極兩閒。凡生民休息，百神祀事，盡賴文武輔導以成之，是致鬼神享而軍民安又九年矣。然文者，翰林院尚未有首臣。

〔註10〕同註9。

朕於群儒中選，皆非眞儒，人各需名而已。獨宋濂一人侍朕左右十
有九年，雖才不兼文武，博通經史，文理幽深，可以黼黻筆造之規，
宜堪承旨，弘燦明文，壯朕興王，特敕爾中書，奉行毋滯。洪武九
年○月○日。

根據二人長時間的互動與誥文的紀錄，明太祖對宋濂的個性與能力非常了解，
雖然認爲其「臨事無爲，每事牽制弗決」，但亦肯定他是「眞儒」，並非只是爲
追求虛名的士人而已，雖然宋濂只屬於文士之才，但亦具備國家文臣典範的表
現。若換個角度從宋濂的立場觀之，其身爲臣屬，面對明太祖如此的賞識，自
然也是感念在心。因此明太祖的誥文或可對宋濂未曾眞正在官場上擁有實質的
地位與權力，提供了另一個屬於文士本身個性問題的角度做思考。

明代袁袠對宋濂抱持肯定的態度：

傳曰：得士者昌，失士者亡。高皇帝下金陵，定括蒼，首聘四子，
此亦嚴渭弓旌之遇也。宋公雖白首侍從，無封侯之業，優遊禁近，
非堯舜之道，不陳于王前。其所奏對，諷而不失，輒見採納。觀其
始見高皇帝聞取天下大計，即以不殺爲對，此豈小儒曲學，瑣瑣富
強者能之哉？幸能以其所學，潤色洪業，使我明之禮樂，煥乎與三
代同風，區區叔孫桓榮之徒，不足數矣。〔註11〕

袁袠對入明之後宋濂的表現極爲讚許，其從宋濂身爲太子帝師角度論之，雖
無封侯之事功，但卻能發揮文士之作用，利用機會向皇帝進陳堯舜先王之道，
並能適時提供治天下意見，尤其是「不殺」之建議，對明朝建國之初政治的
穩定實有助益。

雖然宋濂與明太祖的互動尚佳，然而明初文士卻必須面對明太祖多疑的
個性和極權殘暴的手段，〔註 12〕因此有明一代學者對於宋濂的一生，尤其是

〔註11〕 〔明〕談遷著／張宗祥點校：《國榷》，北京：中華書局，1988 年第二次印刷，
頁 603。

〔註12〕 在《明史·宋濂傳》中有一段史實，可說明明太祖的猜忌與多疑：「嘗與客飲，
帝密使人偵視，翌日問濂昨飲酒否，坐客爲誰，饌何物，濂具以實對。笑曰：
『誠然，卿不朕欺。』」針對明太祖個性猜疑與極權殘暴，學者相關研究已相
當豐富，可參見如陳學霖：〈徐一夔死刑辨証兼論明初文字獄史料〉，《中國學
人》6，1977 年，頁 85～96；黃冕堂、劉鋒：《朱元璋評傳》，南京：南京大
學出版社，1998 年；吳晗：〈朱元璋的統治術〉、〈明初的恐怖政治〉、〈明太祖〉，
收入《吳晗史學論著選集》（二）、（四），北京：人民出版社，1988 年，頁 604
～652、665～678、頁 89～218；羅冬陽：〈中國古代的極權主義——明初政治

晚年遭遇時有討論。大致而言，宋濂晚年致禍，除了明太祖本身的個性與處事態度外，自己也須負一些責任，這是明代學者所形成的共識。例如李贄在《續藏書》〈卷二　開國名臣　學士浦江宋文憲先生濂〉中有言：

> 上問公何以不受乞文之饋。公對曰：天朝侍從而受小夷金，非所以崇國體。予謂公失對矣。公亦不宜待問而後對也。方請文時，公即宜疏列其事，言屬國遣史求文，需奏請天朝，待皇上允許，敕令某臣撰作，乃敢作。臣等既奉勑而後撰文，則日本必不可有所饋而得文也。若受其饋，即為私交。願聖上頒降撰文，而令來使齎還所饋之金，如此，則朝廷尊嚴，小國懷畏，聖上必且大喜也，而公何不知也。予觀上之曲宴公，嘗歎曰，純臣哉爾濂。今四夷皆知卿名，卿自愛。嗚呼危哉斯歎！芒刺真若在背，而公又尚不知。何也？已告老而歸，仍請歲歲入朝，欲以醉學士而奉魚水，此亦不過為子孫宗族世世光寵之計耳，愛孫之念太殷也。孫慎，怙勢作威，坐法自累，則公實累之矣。且並累公，則亦公之自累，非孫慎能累公也。使既歸而即杜門作浦江叟，不令一人隸於仕籍，孫輩亦何由而犯法乎？蓋公徒知溫室之樹不可對，而不知殺身之禍固隱于魚水，而不在溫樹也。俗儒亦知止足之戒，徒守古語以為法程，七十餘歲死葬夔峽，哀哉。〔註13〕

李贄用反諷的方式展現明太祖對臣下的專制，雖對宋濂寄予同情，但批評他仍是「俗儒之輩」，甚至不如俗儒，原因在於明知道明太祖個性，卻仍不知變通。李贄以日本使奉勑請文這件事情為例，認為徒讓日本使者獻百金卻不受，不懂選擇一些博取明太祖歡心的變通方式，雖然明太祖一句「純臣哉爾濂。今四夷皆知卿名，卿自愛。」，但李贄卻不認為明太祖滿意這種處理方式。此例雖正面指責宋濂，但也從側面點出明太祖個人專制獨裁的風格。

此外李贄再從宋濂致仕之後仍歲歲入朝之舉，以及後來次子璲、長孫慎皆因胡惟庸案死，累及全家，造成爾後宋濂「謫戍茂州，道卒於夔」的遭遇，認為其根本原因還是出於自身無法洞察政治情勢，沒有管好子孫，也不知進退處世之方。

分析〉，《明史研究專刊》12，1998 年，頁 113～138；林正根：〈論明太祖的心態與功臣群體的覆滅〉，《江漢論壇》1992：12，頁 53～60。
〔註13〕〔明〕李贄：《續藏書》，台北：台灣學生書局，1986 年，頁 19～21。

　　明代談遷、朱國楨對宋濂生平，尤其是晚年遭胡惟庸案牽連一事也持類似看法：

> 朱國楨曰：先生篤行眞修，學有本原，文歸爾雅，遭際聖神，大弘制作。守先王之道而見之行，無道學之名而有其實，收宋儒未竟之功，開我明大成之運，決當從祀孔廟。而先生既不自名，世亦無有名之者。汶汶至今，良可嘆息。太祖勞其身以憂天下，切齒于人之不仕者，御製班班可考。先生二十餘年魚水之交，鞠躬盡瘁，死而後已，自其職分，末年引疾，實拂聖心。若有意避遠，並子孫亦杜仕籍，恐天威一振，全族皆沉。欲徒死於變，其可得哉，俗儒之哀，吾不欲聞矣。

> 談遷曰：明儒竊宋之理而遺其實，又文萎薾，不足觀也。景濂且英華千古，首闢草昧，館閣之正始也。醉染天毫，夢行睿想，遇合不爲不渥矣。一眚株累，頓忘宿昔。素髮垂領，首丘望斷。嗟乎，苟品遇不景濂也者，將百口是盡。悲哉，仕宦眞畏途也。〔註14〕

朱國楨肯定宋濂的學行修養，並讚美其雖無道學之名，卻具備道學家的學養，同時肯定他對明朝開國與明太祖實貢獻良多。其次，朱國楨認爲他與明太祖相處的時間長達二十年，對於明太祖的行事風格應有相當的體會，文中提到宋濂晚年以疾致仕，「實拂聖心」之舉，因爲若有意遠離政治是非圈，不僅是他個人，連子孫都應該杜絕入仕途的念頭，才是避禍的根本方法，否則「恐天威一振，全族皆沉」，此本是宋濂晚年的寫照，故朱國楨於此認爲似乎在這一方面宋濂的考慮有欠周詳。

　　談遷也肯定宋濂的文章與學養，相較於同時期其他文士的遭遇，宋濂與明太祖君臣之間的遇合，實受明太祖的信任與禮遇。但談遷一句「俗儒之哀」與「仕宦眞畏途」，提出根本原因在於明太祖的個性造成政治的黑暗，對明初士人遭遇影響甚大的共同看法。《國榷》中記載：

> （洪武三年六月）壬申。左副將軍李文忠應昌捷至，群臣稱賀。上謂侍御史劉炳曰：若元臣，毋賀。因榜禮部，凡北捷，故元臣不得賀。又以元主達變，諡曰順帝。談遷曰：命故元臣毋賀，于以砥節，至嚴也。諸君子捨彼介麟，依光日月，方濯磨自効，而竟以首陽風

〔註14〕〔明〕談遷著／張宗祥點校：《國榷》，北京：中華書局，1988 年第二次印刷，頁 602～603。

之，不捫心自媿乎。總管府判劉基、翰林國史院編修宋濂，俱食元
祿，爲開國第一流，當日何以處之？或所榜專大都降臣耶。然官不
論崇卑，以一命而諱之，恐賢者不自匿也。〔註15〕

劉基雖封伯，俸祿不過二百四十石，洪武初年就告老還鄉，朱元璋雖常稱其
爲「吾子房也」，對劉基仍是猜疑。明太祖也與宋濂互動頻繁，然而朱元璋的
顧忌之心並未因之而減。上段文字中提到明初武將告捷，明太祖卻直接下令
要求「元臣」毋賀，可見明太祖對於這些由元代入明朝的文士打從心底不信
任，因爲他們皆是「元臣」。事實上這裡可看出明太祖性格上的矛盾，其一方
面刻意禮賢下士，卻又用威脅利誘，恩威並施地要求元代遺民爲明朝服務，
無論是參與《元史》、《大明日曆》的修纂也好，或是直接要求入京爲官也好，
能夠像楊維楨「不受君王五色詔，白衣宣至白衣還」〔註16〕全身而退的例子
實在是少之又少。或許劉基等人在元朝俱食元祿，入明朝後也許有身爲「貳
臣」的掙扎，但其中如宋濂並未曾仕元，雖與元朝文士官員有所互動，然觀
宋濂之文實可見其對明朝的忠心。宋濂、劉基等人對明朝開國文治方面居功
厥偉，此時朱元璋卻又刻意用儒家文士的道德節操去衡量，對這些致力爲明
朝效力的文士而言無疑是一大打擊。明代文士雖然無法直接明白地陳述明太
祖行事作風的殘暴，但朱國楨與談遷一致對宋濂寄予無限的同情與無奈。當
然明太祖對於宋濂關愛之心是有的，在胡惟庸案中，朱元璋終究認爲宋濂教
子無方，相形之下，宋濂的際遇已經比劉基、高啓好了許多，因爲誠如談遷
所言，此次對象若不是宋濂，可能一家百口皆被株連，朱國楨也認爲「恐天
威一振，全族皆沉」，何況宋濂尚且是太子帝師，遭遇亦是令人喟嘆，是故可
從中一窺明初文士與明太祖的互動。

　　若從文獻上觀之，宋濂本人也深知明太祖的性格，在洪武十年春宋濂致
仕返家後，明太祖就曾召見其長孫宋愼，詢問其退休後的近況：

（明太祖）於是召其孫愼曰：「爾翁此去而誰從？」對曰：「惟親及
故友會之，他無濫交。」曰：「日撫兒孫乎？閱生財乎？涉田園乎？」
愼稽首拜手曰：「臣愼祖蒙陛下之深恩厚澤，得休官，悠悠於家，以

<hr>

〔註15〕同註 14，頁 419。
〔註16〕見〈送楊廉夫還吳浙〉：「皓仙八十起商山，喜動天顏咫尺間。一代遺金歸宋
　　　　史，百年禮樂上春官。歸心只憶鱸魚鱠，野性寧隨鴛鷺班？不受君王五色詔，
　　　　白衣宣至白衣還。」《全集》，頁 2188。

待考終。其於撫兒孫、閱生財、涉田園之事，皆有之。為此不勝感激，特遣微臣慎詣闕俯伏以謝陛下。」曰：「除此之外，他有何樂？」曰：「足不他往，但建一容膝之室，題名曰『靜軒』，日居是而澄方寸，更訪國政，倘知一二，雖在休官，尚欲實對，為陛下補缺耳。」朕聽斯言，倏然感動。於戲忠哉！良臣有若是焉！〈明太祖賜詩一章並序〉〔註17〕

由宋慎的回答即可見宋濂對此詢問早有準備，此回答也讓明太祖非常感動，再次肯定宋濂為「良臣」。宋濂一方面讓明太祖十分放心，其交往對象只限於親朋好友，日常生活作息則僅是含飴弄孫、田園躬耕，此舉不違人情。而最讓明太祖滿意之處是宋濂所建之「靜軒」，除了展現其致仕後依然謹慎，足不出戶之外，同時他也主動表明雖然退休在家，若在鄉里聽聞重要民情，「尚欲實對，為陛下補缺耳」，可見誠然了解明太祖，明太祖也印證宋濂果然對其忠心不二。因此如要避禍，恐怕不僅自己要謹慎，如果能在當時要求子孫皆遠離官場，應該是最好的選擇。

清代查繼佐對宋濂晚年遇禍一事，看法與李贄相近：

夫家教不嚴，孫慎就吏，斯文在茲，豈宜輕屬。或曰濂致仕後，賀萬壽與登文樓，躓，上老之，令明年無來。至期忘之，頗念，及使人迹之，則濂方與鄉人會飲賦詩也，賜死。〔註18〕

查繼佐認為宋濂晚年遭禍，自己應負最大的責任，因為明知道明太祖的行事風格，然而卻「家教不嚴」。綜觀明太祖對宋濂實恩寵有加，然在胡惟庸之亂中，宋濂的子孫竟然牽涉其中，對明太祖而言，情何以堪？況且明太祖體諒他年事已高，體恤地要其不用歲歲來朝，宋濂竟然就天真的以為一切禮儀可免，明太祖眼見其未至，一方面實有所掛念，一方面也因個性多疑，遂派人查看，結果宋濂當時正與鄉人飲酒作詩。這個行為對明太祖而言，雖然罪不致死，然而內心對於此舉，感覺終究不快，認為並不把自己放在心上。在種種內外因素累積之下，面對其子孫涉入當時的大案，宋濂受牽連是必然的。後因皇后與太子求情，「上心動，馳赦之」，足見明太祖對宋濂還是有憐憫之情，雖未賜死，亦未豁免，明太祖此舉亦有其道理在。

清代學者趙翼則對明初文人不願接受官職的現象，認為關鍵在於明太祖

〔註17〕《全集》，頁2288～2289。

〔註18〕〔清〕查繼佐：《罪惟錄》，杭州：浙江古籍出版社，1986年，頁1407。

剛愎自用，除了用重典，對臣屬所犯區區小過往往殘忍殺戮。故在《廿二史箚記》卷三十二「明初文人多不仕」一文中，趙翼舉宋濂的遭遇爲例：

> 武臣被戮者，固不具論。即文人學士一授官職，亦罕有善終者。宋濂以儒者侍帷十餘年，重以皇太子師傅，尚不免茂州之行，何況疏逖素無恩眷者。〔註19〕

趙翼認爲當日如楊維楨、胡翰、戴良等文人不願仕進，最大的原因出於當時以文學授官而卒不免於禍的例子實在太多，像宋濂已位居太子師傅，最後因爲其孫宋慎涉入胡惟庸案，先是「帝欲置濂死，皇后、太子力救，乃安置茂州」《明史・宋濂傳》如果沒有皇后與太子，下場將會更爲淒涼。明初文士遭受此種殘酷對待之例，除了宋濂，實所在多有，像高啓因爲魏觀上梁文慘遭腰斬，蘇伯衡「兩被徵，皆辭疾，尋爲處州教授，坐表箋誤死」，張孟兼、傅恕修完史書後，一爲僉事、一爲博野令，但二人「後俱坐事死」等怵目驚心之例，文人的不仕，實在是因爲「不敢受職」之故。

（二）對宋濂文章學術的評論

一般人談宋濂，往往羨慕其文章受當政者賞識，又由於宋濂文名至高，因此一般人多未深究宋濂文章背後的價值意義。明代學者在宋濂文章方面的評價，多半給予肯定，清代學者則對宋濂文章作全面性的評議，優缺點並舉。

其門生林靜在〈翰林學士承旨潛溪先生像贊〉中即云：「世之論公者，徒以文學際遇爲事，至公之得乎天而契乎聖賢者，又烏能窺其端倪也哉？」明代學者對宋濂的評價極高，明代中期王學傳人薛應旂在〈浦江宋先生祠堂碑〉〔註20〕就曾對宋濂學術地位提出看法：

> ……先生繼起是邦，遭逢聖主，文章事業掀揭宇宙，士人籍籍咸稱名臣，已極夸詡，至其所深造自得者，上躋聖真，直達本體，則反爲文章事業所掩，而不得明預於理學之列。……觀其斥詞章爲淫言，詆葩藻爲宿穢，期於劃削刊落，以徑趨乎道德。……及讀其所雜著，與凡六經之論、七儒之解、觀心之記，則實有不能自己於言者，是豈徒欲以文章事業名世者哉？奈何學術難明，見聞易眩，而先入之言之易行，所以擬先生者，僅僅若此也！不知皋、夔、稷、契、伊、傅、周、召得其時，則爲名臣；顏、閔、冉、仲、有、曾、思、孟

〔註19〕〔清〕趙翼：《廿二史箚記》，北京：中華書局，1963年，頁677～678。
〔註20〕《全集》，頁2369。

不得其時，則爲大賢，固不當以彼此論也。況究觀先生之學，在宋則有若陸子靜，在元則有若吳幼清，蓋皆聖學正傳……苟但知先生之顯，而不知先生之微，知先生之用，而不知先生之體，則是見光華者忘日月，觀溟渤者失原泉，而精一無二之指，無怪乎其未究也。……

薛應旂認爲宋濂在理學思想上的地位，被其文章的光芒所掩蓋，反使時人對宋濂在學術思想方面的認識不夠深切。薛應旂更將宋濂在明朝的學術地位與宋代陸九淵、元代吳澄相提並論，認爲皆是聖學傳人，藉以批評時人對宋濂的認識有所偏頗，反而造成學術的不明，忽略了宋濂在儒學方面的地位。

同門好友王禕有云：

……其學淵源深，而封殖厚，故爲文章富而不侈，覈而不鑿，衡縱上下，靡不如意。其所推述，無非以明夫理，而未嘗爲無補之空言。苟即是以驗其學術之何如，則知其能繼鄉邦之諸賢，而自立於不朽者遠矣。《宋潛溪先生文集・序》〔註21〕

王禕從學養層面論宋濂之文，認爲宋濂文章寫得好，實因有深厚學術淵源的積累所致。元末文章大家黃溍、柳貫、歐陽玄等，對宋濂的詩文稱譽有加，陳旅也認爲宋濂「見其辭韻沉鬱，類柳公；體裁嚴簡，又絕似黃公」，兼具黃溍、柳貫二公所長，因此王禕言「二公相繼即世，而景濂踵武而起，遂以文章家名海內。」〔註22〕至於楊維楨則直接讚美宋濂，認爲宋濂兼具金華婺學的特質，其文實具承先啓後的地位與價值。

抑余聞婺學在宋有三氏，東萊氏以性學紹道統，說齋氏以經世立治術，龍川氏以皇帝王霸之學立事功，其炳然見於文者，各自造一家，皆出於實踐，而取信於後之人而無疑者也。宋子之文，根性道幹諸治術，以超繼三氏於百十年後，世不以歸柳、黃、吳、張，而必以宋子爲歸。嘻，三十年之心印，萬萬口之定價，於斯見矣。《潛溪新

〔註21〕《全集》，頁 2482～2483。
〔註22〕柳貫認爲宋濂之文「雄渾可喜」，其有言：「吾邦文獻，浙水東號爲極盛，吾老矣，不足負荷此事，後來繼者，所望惟景濂。」黃溍認爲宋濂之文「雄麗而溫雅」，「吾鄉得景濂，斯文不乏人矣。」歐陽玄評宋濂之文：「氣韻沉雄，如淮陰出師，百戰百勝，志不少懾；神思飄逸，如列子御風，翩然騫舉，不沾塵土；辭調爾雅，如殷卣周彝，龍紋漫滅，古意獨存；態度多變，如晴霽終南，眾皴前陳，應接不暇。非才具眾長，識邁千古，安能與於斯？」王禕：〈宋太史傳〉，《全集》，頁 2326。

集序》〔註23〕

明張縉刊刻《宋學士全集》（正德九年刊本），在序中提到宋濂在明代的重要性，將宋濂視之爲明代的韓愈：

> 惟我高皇帝乃武乃文，以定天下，時則有耆俊之臣，夾輔林立，發
> 儕友之志行，其言陵躒漢唐，羽翼三代，氣雄而辭麗，理典而道行，
> 信皇代之文宗也，後學莫不知嚮。而其集久且漸湮……嗚呼！韓文
> 冠唐室、法百世而踰二百年；歐陽子始得之，漢東弊筐，遂流無窮，
> 如挂星漢。公集亦越百載，而今且復廣。予不敢擬歐陽子，而公固
> 吾明之韓愈也。

明代顧起綸在《國雅品》一卷中，則主要針對宋濂之詩文作品評，認爲宋濂「文既綜緯，詩稍平易」，〔註24〕散文成就比詩高。

　　至於清代學者對於宋濂的評價與討論，多集中在文章表現方面。對宋濂批評最力者爲李慈銘，他博學能文，兼擅詩、駢文、詞曲、考據諸方面，造詣頗深，成就斐然，在其《越縵堂讀書記》〔註25〕中，針對宋濂的文章，嚴格批評其爲「不知經術」。這些批評共出現在三處，資列舉如下：

> ……至明文之病，非特時文之危害也。蓋始之剏爲者，潛溪、華川、
> 正學三家，皆起於草茅，習爲迂闊之論，不知經術，其源已不能正，
> 故其後談道學者，以語錄爲文，其病儑；沿館閣者，以官樣爲文，
> 其病霸；誇風流者，以小說爲文，其病俚；習場屋者，以帖括爲文，
> 其病陋。蓋流爲四嵓，而趨日下。……〈閱《明文授讀》清黃宗羲
> 編〉〔註26〕同治戊辰（1868）七月二十四日

李慈銘認爲明代文章之弊病，早在宋濂、王禕、方孝孺三人身上就已出現，三人皆不知經術，因此其無論是對道學的論述，或是學習所謂的館閣之文，以及其他如傳記類文章、科考之文等等，皆一無是處，對後學危害甚大。同

〔註23〕《全集》，頁 2500～2501。

〔註24〕〔明〕顧起綸：《國雅品》，收入丁福保輯：《歷代詩話續編》，北京：中華書局，1983 年，頁 1094。

〔註25〕〔清〕李慈銘：《越縵堂讀書記》，台北：世界書局，1975 年。李慈銘（1829～1894），浙江會稽（今紹興）人，清道光三十年（1850）秀才，次年補廩生，屢應鄉試不中。咸豐年間入京，納貲爲部郎。光緒六年（1880）中進士，補戶部江南司貲郎，後累官至山西道監察御史，是晚清著名的文史學家，也是清末同光年間才望傾朝的學者。

〔註26〕同註25，頁 605。

時李慈銘再進一步批評宋濂：

> 文憲開有明文字風氣之先，于家有宋學士集，自少讀之，不覺甚佳。
> 丙辰歲更得其浦陽人物記，亦冗漫無取，顧常以其名重爲疑。丁巳
> 復得王忠文華川集，二公同師同官，又同得重名，爲明代冠冕。亟
> 閱之，則迂拙薄弱，又出宋下。而四庫書目稱宋文醇深演迤；王文
> 醇樸宏肆，眞不可索解。今夕即坊間借得文憲全集，徹夜繙讀，竟
> 無一賞心語。其常開平康武義華武壯趙梁公花東邱侯諸碑誌，筆力
> 孱弱，敍致拖沓。開平之採石戰功，花侯之太平死難，皆全無生色。
> 其爲龍泉章溢墓誌至五千餘字述其世系，云遠祖有嚴者，仕宋以兵
> 部尚書守泉州，遷南安，致唐康州刺使及遷浦城，是宋乃劉宋也。
> 六部尚書之名，定於隋，宋時祇有五兵尚書，安得有兵部乎？且泉
> 州始于唐，亦非劉宋所得有，則無一不謬也。他文若燕書數十首，
> 演連珠數十首，皆拙劣不足觀。序記書後，亦無佳者。予幼讀塾本
> 古文，見有文憲秦士錄一篇，極深厭之，今乃信所見不謬矣。〈閱《宋
> 文憲全集》明宋濂撰〉〔註27〕光緒丁丑（1877）十月十七日
>
> 閱宋學士全集，明嘉靖中浦江知縣韓叔陽所刻三十二卷本，又附錄
> 一卷，亦多誤字，而較後來刻本爲近古。金華文氣從容而博大，故
> 有明推爲一代之冠；然頗乏精釆，故罕警策可傳誦者。其題跋三卷
> 及雜著中演連珠五十首、諸子辯等，識議皆可觀。〈閱《宋學士全集》
> 明宋濂撰〉〔註28〕光緒己丑（1889）正月二十三日

綜觀上述三段資料而言，李慈銘對於宋濂的評價是相當與眾不同的。在第二段
文字中，他自述讀宋濂文章，並非欣賞其文，且「無一賞心語」，後讀《浦陽人
物記》時，更認爲宋濂的文章名氣是時人過譽所致。此種說法固然是牽涉個人
主觀的閱讀經驗，至於「冗漫無取」、「筆力孱弱，敍致拖沓」等批評，實因宋
濂才高學博，作起文來偶有枝蔓蕪雜，難以剪裁的毛病。雖然宋濂對於傳主的
事蹟偶有較爲冗長的書寫，但在《浦陽人物記》以及其他的傳記篇章中，除了
如實紀錄事蹟之外，面對一些忠義之士的表現，往往在傳記中展現出動人精釆
的一面，並又屢屢透露出對有志之士無法有所作爲的感嘆，如〈秦士錄〉〔註29〕

〔註27〕同註 25，頁 663。
〔註28〕同註 25，頁 664。
〔註29〕《潛溪後集卷三》，《全集》，頁 181～182。

一文，但李慈銘卻在言語中透露對〈秦士錄〉「極深厭之」的態度，這種說法或許是針對此篇並非真人實錄，[註30]且用語鋪排較為誇大虛飾之故。若從知人論世的角度觀之，〈秦士錄〉的主角鄧弼一生狂傲，徒有滿腔抱負卻不得見用於當世，這種遭遇與李慈銘相當雷同，其一生仕途也不甚順遂，困頓落拓，卻又清高狂放，遇事敢于直言，世人有「性狷介，又口多雌黃」之評，李慈銘的「厭惡」，應該也與他個人的經驗有關。李文同時記載閱讀王禕之文的感想，認為二人皆為明代文壇冠冕，但王禕比宋濂更差，原因則未陳述。由第二段文字觀之，足見李慈銘並不喜歡宋濂之文，不僅認為「極差」，甚至用了「拙劣」二字形容，乃至明初王禕、方孝孺等人之文皆不可取。

但人的閱讀習慣往往因為時間的推移，對相同篇章也會產生不一樣的看法。李慈銘在早年對宋濂之文呈現相當程度的不認同，在第二段資料中曾提及「他文若燕書數十首，演連珠數十首，皆拙劣不足觀。序記書後，亦無佳者。」但在第三段資料中卻有言「其題跋三卷及雜著中演連珠五十首、諸子辯等，識議皆可觀。」〈燕書〉、〈演連珠〉等屬於諷喻類文章，其中實可表達宋濂個人對事物的看法。根據李慈銘書中所記載寫作時間來看，兩段文字相差十二年，十二年中李慈銘由極度批評宋濂文章，轉而能夠肯定其文章內容深度，完全推翻自己早年的說法，我們似可推斷李慈銘日後已能了解宋濂文章的真義與價值。從徵引之文看李慈銘評價的轉變，亦可證明宋濂文章足以禁得起學者與時間的雙重考驗。因此李慈銘對宋濂文章的體悟經驗，在歷代學者對宋濂的評價中，實為特殊。

清代學者對宋濂有批評意見者，尚有錢大昕。錢大昕主要是針對宋濂等人修《元史》的缺失論之，在《十駕齋養新錄》卷九〈元史〉中有言：「宋（宋濂）、王（王禕）詞華之士。徵辟諸子，皆起草澤，迂腐而不諳掌故者乎。」宋濂是否僅是詞華之士，見仁見智，但當時宋濂與王禕參修諸人，尤其是宋濂實以文章學術聞名於世，享有聲譽。然而謂其迂腐而不諳掌故，認為諸人不以史學見長，似乎有些言過其實，當然宋濂在修《元史》之前，未有史論專著傳世，但從其入明前私撰之《浦陽人物記・凡例》中即可看出宋濂對於史學的素養，其言「更各參之行狀、墓碑、譜圖、記序諸文。事蹟皆有所據，一字不敢妄為登載。其舊傳或有舛謬者，則無如之何，姑俟博聞者正之。」且言「忠義、孝友，人之大節，故以為先。而政事次之，文學又次之，貞節

[註30] 參見郭預衡：《中國散文史》，上海：上海古籍出版社，2000年，頁27。

又次之。大概所書各取其長，或應入而不入者，亦頗示微意焉。」明確的表示忠義、孝友篇是最值得表彰者，其歷史地位與價值遠高於政事與文學，這種對道德精神價值的肯定與宋濂的學養有關。

　　另外在凡例中對正例變例之別與書寫條例皆詳加說明，也有贊文之設，並非專如史書對人物作一品評，贊文目的在於對事有所疑當知者，爲了不妨礙文體，故藉贊文說明。一方面可見宋濂對史學實有深刻認識，同時也表現出重道德精神的傾向。雖然如此，但錢大昕所指出《元史》之缺失，諸如「古今史成之速，未有如元史者」、「文之陋劣，亦無如元史者」，其他尚包括義例方面種種問題，實有其根據，亦不可忽視。

　　再者清代學者王鳴盛針對元代黃溍文章地位問題，也兼批評宋濂「學識本淺」。〔註31〕王鳴盛曾提出質疑，認爲在《元史》卷一百八十一〈黃溍本傳〉中提到柳貫、黃溍及臨川虞集、豫章揭傒斯齊名，人號爲儒林四傑。如果黃溍當日眞的名聲顯赫，那麼在蘇天爵所編之《元文類》一書中，爲何溍之文只有一篇？〔註32〕相對同時期各家之文爲最少者。同時王鳴盛也提出《元文類》一書刻於元順帝元統二年，黃溍時年五十八歲，當時「蓋位未顯，名亦未爲甚重，故蘇氏因以略之。」所以王鳴盛認爲黃溍名聲顯揚之故，實因黃溍、柳貫二人與宋濂、王禕同鄉里，「而宋王皆出黃柳之門，故黃柳之名成於宋王之口」。且對於宋濂王禕在〈黃溍傳〉中推崇黃溍之學相當不以爲然，其云：

> 但溍傳中謂溍之學，博極天下之書，而約之於至精。此二言者，古今何人足當之，而遂欲以奉溍乎？非必汙私，宋王學識本淺，所見不過如此。

而《元史‧黃溍傳》中對黃溍的評價則是：

> 溍之學，博極天下之書，而約之於至精，剖析經史疑難，及古今因革制度名物之屬，旁引曲證，多先儒所未發。文辭布置謹嚴，援據精切，俯仰雍容，不大聲色，譬之澄湖不波，一碧萬頃，魚鱉蛟龍，潛伏不動，而淵然之光，自不可犯。

事實上在宋元二代，金華地區實爲人文薈萃之地，王柏、金履祥、許謙、胡

〔註31〕〔清〕王鳴盛：《王鳴盛讀書筆記十七種（三）‧蛾術篇卷八十》，台北：鼎文書局，1979 年。

〔註32〕黃溍之文僅〈鄉試策問〉一篇，收入於《元文類》卷四十七。見〔元〕蘇天爵編：《元文類》，台北：臺灣商務印書館，1968 年。

長孺、柳貫、黃溍、胡助、吳師道、張樞等，皆是當世著名之學者，明初宋濂、王禕、胡翰諸人，則是金華學派的後繼者。《清修四庫全書提要》評其文也有云：「其文原本經術，應繩引墨，動中法度，學者承其指授，多所成就，宋濂、王禕皆曾受業焉。」故由上資料可知黃溍本身實俱金華道學傳統，義理修養亦甚為精湛。然王鳴盛僅從《元文類》只收黃溍一篇文章，而推斷黃溍在元代文壇的重要性與聲望，實因宋濂、王禕之語而顯揚，這唯一的理由似乎太過牽強，亦非有力之明證得以反駁當日黃溍在文章事業上的成就。王鳴盛進一步言「博極天下之書，而約之於至精。此二言者，古今何人足當之，而遂欲以奉溍乎？」或許王鳴盛認為宋濂王禕對黃溍的評價有過譽之處，但因之批評宋王學識本淺，此亦非公允之語。

至於對宋濂的評議較為全面者，有薛熙、毛先舒、邵長蘅等人。薛熙在《明文在・序》中認為明代文章盛衰所繫，皆在宋濂。

> 明初之文之盛，潛溪開其始，明季之文之亂，亦潛溪成其終。蓋潛溪之集不一體，有俊永之文，有平淡之文，有塗澤之文。洪、永以及正、嘉朝之諸公，善學潛溪者，得其俊永而間以平淡，此明文之所以盛也。隆、萬以及啟、禎朝之諸公，不善學潛溪者，得其塗澤而亦間以平淡，此明文之所以亂也。〔註33〕

清代毛先舒認為宋濂之文實影響明代的文風流變：

> ……六朝三唐以及宋元遞有盛衰，而其間傑然名家者，昔人已多論定。獨至近代文之變，愚請得為執事極論之。先是文人宋濂為最，但理雖大醇，而體稍失於平衍。略近南豐其門人方希古起而行，以矯矯之氣，直將與大蘇抗迹者，此一變也。成弘間李獻吉起，而其同時者佐之其言，以為不讀唐以後書，其辭大略出入左國馬班離騷文選之書，鴻麗班駁，蔚然壯彩，此一變也。其後文筆遂分兩派，如昆陵晉江宗方宋者也，歷下瑯琊宗李氏者也。宗方宋者，宗八家者也，大抵雖宗乎八家，而以直書胸臆為主；宗李氏者，宗周漢也，其言壹稟乎周漢，而以摹擬追琢為主。《潠書・答文體策》〔註34〕

邵長蘅也從「文有根柢」著眼，進而肯定宋濂實為文章大家：

〔註33〕〔清〕薛熙纂／何潔輯：《明文在》，台北：京華出版社，1967年。

〔註34〕〔清〕毛先舒：《潠書》卷八，四庫全書存目叢書，台南縣：莊嚴文化事業有限公司，1997年。

> 潛溪文有根柢，故能不規模史、漢、歐、曾，自成杼軸。雖其牽率
> 於應酬，病冗病俗，往往而有，要不失爲大家。余嘗謂明代名能文
> 章亡慮數十家，文之工者不乏，正苦根底淺薄。求其貫穿四庫之書
> 而粹然一本於六經，不得不推潛溪。《青門簏稿卷十一・書宋學士集
> 後》〔註35〕

事實上清代學者對宋濂的評價很相似，諸如上述薛熙與毛先舒的看法，認爲宋濂文章大部分都是很有價值的，其中雖有一些歌功頌德、應酬、應制之作，但由於宋濂以儒學爲根柢，文章醇深演迤，雖有些許瑕疵，清代學者對宋濂之文仍持肯定態度。再者如全祖望在〈宋文憲公畫像記〉有言：「公以開國巨公，首唱有明三百年鐘呂之音，故尤有蒼渾肅穆之神。旁魄於行墨之間，其一代之元化，所以鼓吹休明者歟？予於故京兆胡丈鹿亭寶墨齋得拜公像，蒼渾肅穆亦如之，乃益以信詞章之逼肖其人，而經術之足重也。」〔註36〕全祖望肯定宋濂之文以六經爲本的立場。黃百家在《宋元學案》中雖認爲金華之學自許謙以下多流爲文人，但「文與道不相離，文顯而道薄耳。雖然，道之不亡也，猶幸有斯。」此處肯定宋濂在文章中的崇道意識，認爲明初「道」之延續實有賴宋濂。同時在〈明文案序〉黃宗羲也認爲「有明之文，莫盛於國初，再盛於嘉靖，三盛於崇禎」，因此他進一步加以詮釋：「有明文章正宗，蓋未嘗一日而亡也。自宋、方之後，東里、春雨繼之，一時廟堂之上，皆有其文。……至嘉靖而昆山、毘陵、晉江者起，講究不遺餘力。……崇禎時，昆山之遺澤未泯，婁子柔、唐叔達、錢牧齋、顧仲恭、張元長皆能拾其墜緒……」〔註37〕黃宗羲肯定明初宋濂、方孝孺，到嘉靖時的歸有光、唐順之、王愼中，明末錢謙益等諸公，皆屬文章正宗一派，其立論仍偏向是否文與道合爲標準。故黃宗羲認爲宋濂文采極高，也肯定其秉持儒家明道宗經而爲文的立場。此外黃宗羲於《明文授讀》卷十一宋濂〈孔子廟堂議〉一文後也有評語，認爲歐蘇之後，非無文章，然得其正統者，只有虞伯生、宋景濂而已。其於元時之文多奇崛，而痕跡未銷；入明之文，方是大成，〔註38〕此說法實肯定宋濂

〔註35〕〔清〕邵長蘅：《邵青門全集》（叢書集成三編），台北縣：藝文印書館。
〔註36〕《全集》（四），頁 2304～2306。
〔註37〕〈明文案序〉僅見載於黃宗羲之《南雷文定》（北京：中華書局，1985 年版）
　　　　第一卷之首，現受入沈善洪主編：《黃宗羲全集》（十），杭州：浙江古籍出版
　　　　社，1993 年，頁 17～20。
〔註38〕見黃宗羲：《明文授讀評語彙輯一卷》，收入沈善洪主編：《黃宗羲全集》（十

之文，特別是入明之後所作篇章。

章學誠在《文史通義內篇二‧朱陸》對宋濂之學術略有提及：

> 朱子求一貫於多學而識，寓約禮於博文，其事繁而密，其功實而難，
> 雖朱子之所求，未敢必謂無失也。然沿其學者，一傳而爲勉齋九峯，
> 再傳而爲西山鶴山東發實齋，三傳而爲仁山白雲，四傳而爲潛溪義
> 烏（筆者按：宋濂與王禕），五傳而爲寧人百詩，則皆服古通經，學
> 求其是，而非專己守殘、空言性命之流也。〔註39〕

此文提到朱子之學的傳沿，足見宋濂在朱子學術譜系中之地位，與肯定宋濂
具備理學家的身分。

至於其他持正面評價者尚有如：清代胡鳳丹稱其「蔚然爲一代文學之宗」
（《龍門子凝道記序》）、「嘗論有明一代文章，當以宋學士爲冠冕。其文深醇
雄偉，元風大暢，實足起北宋以後之衰。」（《浦陽人物記序》）、清代蔣超謂
「古之文與道一，今之文與道二。……公雖歿而文不廢，文不廢則道存，道
存公亦存也。夫文爲道，則隻字不可棄；反是，雖盈篇累牘，皆戲論耳。」（《宋
文憲未刻集序》）雖然當世宋濂文名甚高，在創作方面亦偶有出現與文學主張
不甚貼合之處，但於當時他明道以爲文的主張，相對時人徒重視文章之形式，
宋濂在文學思想上實佔有重要的地位。

王崇炳在《金華徵獻略》卷六〈儒學傳三‧宋濂〉〔註40〕文中，針對宋
濂學術認爲其「於書無所不窺，於文無所不工，兼通二氏之學」，其中對宋濂
在〈孔子廟堂議〉中語及先聖固宜天下通祀的主張實爲肯定。當時宋濂雖遭
遠謫，但遲至洪武十五年方詔天下通祀孔子，王崇炳認爲當時「議上忤旨，
後漸見施行，其論首發於濂云。」此處亦可佐證宋濂對於道統維護的用心。
同時在最後一段的評論中，王崇炳針對明代文士與明太祖等對宋濂的誤解提
出澄清：

> 文憲之學，原本金、許，而張之以文，時出於少林之宗旨，故明祖
> 目以文人，後人寄以佞佛。然讀其文，考其所爲人，與同時名輩之
> 所稱許，則文行兼優，卓然聞道之大儒無疑也。

一），杭州：浙江古籍出版社，1993年，頁159。

〔註39〕〔清〕章學誠：《文史通義》，台北：華世出版社，1980年，頁54～58。

〔註40〕〔清〕王崇炳：《金華徵獻略》，收入《續修四庫全書》，上海：上海古籍出版
社，1995年，頁94～97。

王崇炳認爲宋濂因爲其金華學術傳統重視文章，因此明太祖將宋濂僅視爲文人。他在文中偶引釋氏之說，因此後人如全祖望認爲其佞佛，都是一種誤解，從他的文章學養觀之，宋濂秉持儒家道學傳統，是卓然而立的大儒而無庸置疑。

宋濂的文名甚高，當時日本、高句麗諸國得公文皆如獲拱璧，因此日本桑原忱在《宋學士文粹·序》（據孫鏘按：此爲同治年間刻本）中，也曾以外國人眼光論宋濂文章價值，認爲宋濂之文有助明代風教，爲三百年文章之魁。〔註41〕

（三）對宋濂是否佞佛的討論

除了針對文章方面的討論之外，前代學者對於宋濂的討論議題尚著重於宋濂本身與佛教之間的關係。全祖望在《宋元學案》卷八十二《北山四先生學案·宋文憲公畫像記》一文認爲婺中之學，至宋濂「而漸流於佞佛者流，則三變也」。關於宋濂是否佞佛，在明代已是令人關注的問題。他本身對佛教義理有相當的涉獵，同時也與佛徒交游往來，若根據他的好友王禕的說法可證明他對佛教教義的用心鑽研：

> 景濂於天下之書無不讀，而析理精微，百氏之說，悉得其指要。至於佛、老氏之學，尤所研究，用其義趣，製爲經論，絕類其語言，寘諸其書中，無辨也。《王忠文公集卷十七·宋太史傳》〔註42〕

透過王禕直陳宋濂讀書範圍廣博的言論，可知其對釋、老之學實有研究，因此對釋、老亦有所融會。對此問題，劉基也曾爲他提出答辯：

> 景濂舊居金華，從故待制柳先生、侍講黃先生游，二先生皆以文章鳴世。景濂合二先生之長，上究六經之源，下究子史之奧，以至釋老之書，莫不升其堂而入其室。其爲文則主聖經而奴百氏，故理明辭腴，道得於中，故氣充而出不竭。至其馳騁之餘，時取老釋語以資嬉戲，則猶飫粱肉而茹苦茶、飲茗汁也。《潛溪後集·序》

劉基先從宋濂的師承進行分說，認爲他對佛老的接觸與研究實受師長柳貫與黃溍的影響。對宋濂而言，他爲文秉持的信念即爲儒家之道與六經，在此基礎上，他能秉持其一貫宗經重道的原則。若從這個角度來理解宋濂文章中所

〔註41〕其序云：景濂之學淵源正，故其論義確而理醇；其才大，故其文縱橫變化，能言人所不能言者；其學博，故其辭富贍有餘；值明氏勃興之時，故其志銳氣豪，是其所以助明氏之風教，爲三百年文章之魁也。《全集》，頁 2549～2550。

〔註42〕〔明〕王禕：《王忠文公集》，北京：中華書局，1985 年，頁 444～446。

夾雜的釋老語，實可視之爲調劑之作，並不違背其一貫作文的原則。

《四庫全書總目》在〈宋景濂未刻集〉中也針對二十七篇佚文中，有部分與釋老相關佚文，進行原因推斷，並以包容態度視之。

> ……其餘二十七篇，則實屬佚文。推究當日之意，蓋或以元代功臣諸頌及誌銘諸篇，大抵作於前朝，至明不免有所諱。或以尊崇二氏，不免過當，嫌於耽溺異學而隱之。觀楊士奇《東里集》、倪謙《文僖集》，並用楊傑《無爲集》例，凡爲二氏而作者，皆別爲卷帙，附綴末簡，不散入各體之中。則正德、嘉靖以前，士大夫之持論可大略觀矣。然古來操觚之士，如韓愈之於高閑、文暢，持論終始謹嚴，固其正也。其餘若蘇、黃諸集，不入學派者勿論；至於胡寅、眞德秀，皆講學家所謂大儒，《致堂》、《西山》二集，此類正復不少。蓋文章一道，隨事立言，與訓詁經義，排纂語錄，其例小殊。宋儒尚不能拘，則濂作釋老之文，又何必欲滅其迹歟？〔註43〕

從《四庫提要》的說法可見當世之人或認爲宋濂耽溺異學，故對宋濂與釋老相關之文才有隱而未收之舉。《四庫提要》首從明代文士楊士奇等人著作爲例，認爲爲釋老二氏所作之文，附於書末，可從中得知士大夫之持論，對理解士大夫思想有所助益。同時從歷代文士與釋老之徒往來交游角度觀之，即使如唐代韓愈，或是宋代的胡寅、眞德秀等人，並不因爲與釋老之徒交往而改變其思想與觀點，文章持論也很嚴謹，因此重點不在交往一事，而在於個人是否對秉持儒家思想立場的堅定，因此宋濂的行爲與歷代文士並無二致。其次從文章寫作方面論之，文章往往隨事立言，在內容立論上與經典論述方式會有些許出入，但送往迎來應酬之文在宋儒著作中也屢見不鮮，因此後人也不需要爲宋濂作釋老文之事加以隱蔽。

由上述明清學者對宋濂是否「佞佛」問題的辯解可知，當日宋濂雖爲明初金華之學傳人，但其與釋老之徒交往，以及多篇與釋老相關文章，在當時實引起關注，這些說法實值得我們參考。因此在本文第三章針對這個問題進行討論，試圖探究宋濂本身對釋、道的立場爲何？是否在釋道二者當中有所取捨？同時是否對其思想有所影響等等，這些問題都值得吾等進一步討論與釐清。

〔註43〕〔清〕紀昀編纂：《四庫全書總目》，台北縣：藝文印書館，1989年6版，頁3368。

二、當代學者的研究成果

近年以宋濂為對象的研究專著不多,《宋濂、方孝孺評傳》〔註44〕是其中較為全面、系統性討論的著作。全書通篇分為十二章,前六章主要依照宋濂由元代入明之時間順序,泛論宋濂生平包括「元明興代與艱難成才」、「歸隱與入仕」、「教學生涯與教育主張」、「太子師帝師」、「開國文臣之首」、「寵遇與劫難」,後六章則分別從文章、政治、人才、理學、宗教、書畫思想等進行討論。此書主要採歸納方式,除證明其「學有本源」之外,亦提出結論。在理學思想方面,作者提出宋濂不但是融通儒學諸家及儒、釋、道三教做得極為出色的理學家之一,而且是用理學思想影響帝王治國做得極為成功的理學家,作者同時認為宋濂在政治上是歷史上不多見,具有民本精神的傑出思想家之一。至於在教育方面,此書提出宋濂培養出方孝孺這種人格完美的人才,是其一生教育事業最成功之處。文學成就方面,則為宋濂辯駁,認為其「不可謂沒有創見,不可一概斥之為『迂腐』」等等。

《宋濂、方孝孺評傳》是目前探討宋濂的論述中,較為全面性的學術著作,此書用泛論的方式使讀者掌握宋濂思想的大概內涵,其中涉及史料也相當詳盡,委實能給後繼研究者提供參考。但此種論述方式,尤其是前六章按照時間先後的敘寫,在架構上與後六章有所出入,並不容易看出宋濂的思想脈絡,只能知其於文章思想上皆前有所承、學有本源,也無法看出是否有所創見發明。同時在評傳中比較大的問題在於論點的討論較為零散,反而無法深入議題的中心。再者,《宋濂、方孝孺評傳》中遽稱宋濂學術是「以程朱為宗,融會諸家的理學思想」與「以儒為本,合一三教的宗教思想」,然因宋濂思想建構上,師承方面原本較為博雜,一方面在思想發展整體以「道學」為中心,宋濂本身即強調心與道之間的關係,其一方面則試圖調和朱陸,並援佛入儒,因此關於他的學術實可深入探究。其次宋濂對文章的看法實有其背後的道學思想做為支撐,因此「文道」離合議題足可貫穿宋濂的文學理論。因此此書似乎需要加以進行共時與歷時的探討,配合時代與學術環境、政治情勢的發展,進而加以詮釋,使結論更能夠持平合理。

針對宋濂文風方面的評價,集中在學者論述明初詩文發展方面。如錢基博在《明代文學》中直指宋濂文章之優缺點:「濂初從萊學,又學於貫與潛,

---

〔註44〕參見王春南、趙映林著:《宋濂、方孝孺評傳》,南京:南京大學出版社,1998年。

其授受具有源流。爲文章醇深演迤，而乏裁翦之功；體流沿而不返，詞枝蔓而不修，此其短也。」〔註45〕趙景深也認爲宋濂之文長處在於「雍容渾穆」，短處則是「枝蔓不修」。〔註46〕上述二位學者對宋濂的評價相當類似，基本上皆上承《明史》之宋濂本傳中言：「爲文醇深演迤，與古作者並。」，〔註47〕與《四庫提要‧宋學士集》中所言之「濂文雍容渾穆，如天閑良驥，魚魚雅雅，自中節度」〔註48〕說法，至於宋文短處，大抵也繼承清代以來的說法，認爲較爲拖沓冗慢。大體而言，歷來研究者皆認爲其傳記散文如〈王冕傳〉、〈秦士錄〉、〈杜環小傳〉諸文成就較高，〔註49〕因爲在這類傳記文章中，雖有傳名，但宋濂並不記傳主一生，只著重其一二事，反而突顯傳主鮮明的特質與風采，令人印象深刻。而這些富有情趣個性的作品，除了顯現了他的才情，也奠定他在散文史上的地位。

在相關的學位論文方面，共有四篇，分別爲：《宋濂年譜》〔註50〕、《宋濂之生平及其寓言之研究》〔註51〕、《劉基、宋濂寓言研究》〔註52〕、《元明之際士人出處之研究——以宋濂爲例》。〔註53〕前三篇針對宋濂的年譜、生平，以及「寓言」作品進行文學性的研究。第四篇則是從史學的角度，關注元明易代之際元末士人的出處問題。此文以宋濂的仕隱抉擇爲論述的取向，對於元末明初的政經情勢，以及明初朝廷與士人的關係著墨甚多，其中之分析亦頗爲詳盡。文中認爲元末明初的士人發展是由中央走向地方，再由地方重歸中央的過程，並藉著任教於地方之鄭氏東明書院，傳播其學術聲名與士

〔註45〕 參見錢基博：《明代文學》，台北：臺灣商務印書館（台二版），1999 年，頁 4。

〔註46〕 參見趙景深：《中國文學史新編》，台北：華正書局，1974 年，頁 282。

〔註47〕 〔清〕張廷玉等：《明史》卷 128，北京：中華書局點校本，1976 年，頁 3784〜3785。

〔註48〕 同註 43，頁 3367。

〔註49〕 持此說法者，可參見劉大杰：《校訂本中國文學發展史》，台北：華正書局，1991 年，頁 921；謝其祥：〈論宋濂人物傳記的特色〉，廣西教育學院學報 1997 年第 2 期，頁 37〜41；張仲謀：〈論宋濂的文論與散文創作〉，徐州師範學院學報（社會科學版），1996 年第 2 期，頁 64〜68。

〔註50〕 葉含秋：《宋濂年譜》，東海大學中文研究所碩士論文，1990 年。

〔註51〕 陳方濟：《宋濂之生平及其寓言之研究》，政治大學中文研究所碩士論文，1991 年。

〔註52〕 顏瑞芳：《劉基、宋濂寓言研究》，國立台灣師範大學國文研究所碩士論文，1990 年。

〔註53〕 唐惠美：《元明之際士人出處之研究——以宋濂爲例》，清華大學歷史研究所碩士論文，2000 年。

人地位。該文結論認爲宋濂放棄仕元機會，應是儒士地位不彰，難以發揮。是故政治力的影響，是士人行道不可缺的管道。

事實上，關於元末明初士人出處問題的討論，在晚近的史學界實受關注。除了上述學位論文之外，學者錢穆之〈讀明初開國諸臣詩文集〉〔註54〕與勞延煊之〈元明之際詩中的評論〉〔註55〕二文，亦針對元末明初士人心懷黍離麥秀之思，缺乏華夷之辨進行討論。錢先生在〈讀明初開國諸臣詩文集・（一）讀宋學士集〉中認爲《宋元學案》將宋濂歸入「北山四先生學案」中，使其隸屬於元儒的行列的安排至爲妥當，「黃全二氏之安排品評，或亦不可謂之不允愜，而其意深微矣。」此處蓋指宋濂前五十年身於元朝，其學術與文章皆在元代奠基，涉及了認同與正統性的問題。錢先生舉出當時諸儒爲宋濂文作序時大體方向有二，一是誇元之文統，一則溯浙東學術文章之傳，殊不知諸儒已身仕新朝（明代），卻在文中完全不提。再者諸儒如歐陽玄、劉基等人在序文後，皆自著其在元之官銜職名，言必稱本朝（元朝），屢屢顯露出寧爲元朝遺老的心態。因此錢先生認爲「彼輩之重視昭代，乃與在朝仕宦者無二致，則何其於亡元之崇重，而於興明之輕蔑。」是諸儒短視的行爲表現。同時錢先生亦從明太祖對元臣的態度觀之，認爲如楊維楨等人不願仕明，明太祖遣之且不罪，表現至爲寬大。因此針對於當時的世風士行，士大夫忘夷夏之防，僅知食元祿，實有所感慨。勞先生之文亦對元末明初學者在詩文中展現對元朝故國之思的現象進行討論，其與錢先生相近的論點皆認爲元末士人對於元朝提倡朱學與漢文化，將儒生的地位與釋道並稱爲三教，因此元末士人實肯定元代百年正統的地位。

針對宋濂史學成就方面，學者討論的焦點集中在《元史》編修問題方面。黃兆強在〈《元史》纂修若干問題辨析〉一文中即認爲《元史》修不好最大的問題在於政治上的干預，尤其是明太祖在修史原則方面的「指示」。〔註56〕明太祖

〔註54〕 參見錢穆：〈讀明初開國諸臣詩文集〉，《中國學術思想史論叢（六）》，台北：東大圖書股份有限公司，1994 年三版，頁 77～171。

〔註55〕 參見勞延煊：〈元明之際詩中的評論〉，收入《陶希聖先生八秩榮慶論文集》，台北：食貨出版社有限公司，1979 年，頁 145～163。

〔註56〕 參見黃兆強：《元史》纂修若干問題辨析〉，《東吳歷史學報》1，1995 年，頁 153～180。持此種意見者尚有朱仲玉：〈宋濂和王禕的史學成就〉，《史學史研究》1983：4，頁 41～48；陳高華：〈《元史》纂修考〉，《歷史研究》1990：4，頁 115～129。羅仲輝：〈明初史館與《元史》的修纂〉，《中國史研究》1992：1，頁 145～153；向燕南：〈史學與明初政治〉，《浙江學刊》2002：2，頁 160～164。

在《太祖實錄》卷三十九中針對修史的詔文有言:「……然其間君臣行事,有善有否,賢人君子,或隱或顯,其言行亦多可稱者。今命爾等修纂,以備一代之史,務直述其事,毋溢美,毋隱惡,庶合公論,以垂鑑戒。」雖然帶有國可滅而史不可滅的味道,但在宋濂〈進《元史》表〉一文中直言:「……載念盛衰之故,即推忠厚之仁,僉言實既亡而名亦隨亡,獨謂國可滅而史不當滅,特詔遺逸之士,欲求論議之公。文辭勿至於艱深,事迹務令於明白,苟善惡瞭然在目,庶勸懲有益於人。此皆天語之丁寧,愈見聖心之廣大。」由此可知當日明太祖對修史之人員、修史之方,甚至是文辭用語皆有所要求,足見宋濂、王禕、汪克寬、胡翰、高啓等儒士修史實欽奉聖旨,且時間倉促,故《元史》質量不佳,實非出於宋濂等人史學學養不足。

向燕南的《中國史學思想通史——明代卷》〔註57〕從史學史的角度進行討論,在第二章〈宋濂的史學思想與學術評論〉中討論宋濂的史學思想。此文主要認為宋濂的史學思想受其整個學術思想的影響,因此他的史學思想突出的特點有二:一是對歷史運動的解釋方面,強調人的道德行為對於歷史發展的決定性影響;一是對歷史的表述方面,更重視對人的德行表彰而相對輕於政事的總結與品評。宋濂秉持儒家思想與實踐精神,故其史觀受儒學的道統影響,一方面透過史學體現道統價值,同時亦與其繼承浙東史學經世致用精神有密切的關係,因此宋濂道學內涵實影響其史學觀。但由於此書主要從史學面論述,認為宋濂的史觀主要在於道德的表彰,「對影響歷史治亂興衰的典章制度及政治策略等具體經驗的總結,則顯得不那麼重要。……史書的撰述也必須有補身心道德……反映出宋濂在程朱理學影響下,其史學思想發展的特點與侷限。」因此面對宋濂以道學為基礎,用文章體現與實踐道學,甚至從廣義的事功角度看,史學也是宋濂文章經世的表現,故對宋濂道學的深入理解至為重要。

顧頡剛先生則為宋濂對諸子學術考辨的重要論述〈諸子辨〉,進行標點和校勘整理工作,並針對〈諸子辨〉在辨偽方面及學術思想發展的價值,提出精闢的見解。顧先生在序文中云:

> 宋代辨偽之風非常盛行,北宋有司馬光、歐陽修、蘇軾、王安石
> 等,南宋有鄭樵、程大昌、朱熹、葉適、洪邁、唐仲友、趙汝談、

〔註57〕參見向燕南:《中國史學思想通史——明代卷》,合肥:黃山書社,2002年,頁41~87。

高似孫、晁公武、黃震等。宋濂生在他們之後,當然受到他們的影響,所以他的書裡徵引他們的話很多,尤其是高似孫、黃震二家,而此書的體裁也與《子略》和《黃氏日抄》相類。接著這書的,有他的弟子方孝孺《遜學齋集》中《讀三墳》、《周書》、《夏小正》諸篇和他的鄉後學胡應麟《四部正訛》諸書。這一條微小而不息的川流流到了清代,就成了姚繼恒的《古今偽書考》,公然用了一個"偽書"的類名來判定古今的書籍,激起學者的注意了。《諸子辨·序》

由上敘述說明宋濂的〈諸子辨〉一文,不但對辨偽學術的發展具有承先啓後的意義,同時透過對諸子的評論展現出其學術思想的旨趣即在於尊儒家之道,黜非儒之說。

業師劉文起教授所撰述之〈宋濂對《老子》之認知〉〔註58〕一文,則從諸子學角度,先討論宋濂對於老子的考定,進而討論《老子》一書的定位以及《老子》思想的闡釋,同時提出對《老子》價值的肯定與批判。此篇論文實繼顧頡剛之後,宋濂對諸子批判進行探討的重要研究。除了釐清宋濂對於老子的認知以外,透過其對《老子》思想的闡發與融會,可見《老子》的重要性,乃至於其指稱神仙、方伎、道教等,莫不同出自《老子》。

龔顯宗之〈宋濂與道教〉〔註59〕、〈宋濂與佛教〉〔註60〕二文則對宋濂的佛道關係與見解提出看法,其主要目的在於透過對宋濂旁涉佛道的考察,試圖修正文學史觀點。在此二篇論述中,皆提出宋濂與道士、佛徒之交往,並注意其試圖調和儒釋道的問題。

此外另有一些研究文獻是基於學術史與文學批評史的角度,附論宋濂的思想內涵與文學主張。如蒙培元之《理學的演變——從朱熹到王夫之戴震》〔註61〕談明初理學家如宋濂等人,無不尊信朱熹哲學。但宋濂已上接許衡、吳澄等人的思想路線,強調心的作用。他以求我寸心、自我覺悟爲爲學首要任務。他說:「世人求聖人於人,求聖人之道於經,斯遠矣。我可聖人也,我言可經也,弗

〔註58〕 參見業師劉文起:〈宋濂對《老子》之認知〉,台北:世新大學中文系第十四次學術研討會單篇論文,2004年6月9日。
〔註59〕 參見龔顯宗:〈宋濂與道教〉,《道教學探索》6,頁396～407。
〔註60〕 參見龔顯宗:〈宋濂與佛教〉,《正觀雜誌》1,1997年,頁45～67。
〔註61〕 參見蒙培元:《理學的演變——從朱熹到王夫之戴震》,台北:文津出版社,1990年,頁261～262。,

之思耳。」(《蘿山雜言二十首》)〔註62〕這是強調以自我為主體的心學思想。而他的弟子方孝孺卻注重「博文約禮」,「格物致知」,提倡篤行踐履,反對空談心性,批判心學派「棄書語,絕念慮,錮其耳目而不任,而僥倖於一但之悟。」且他認為心學來源於西域「異說」,只能愚其身而不可用於世。(〈贈金溪吳仲實序〉《遜志齋集》卷十四)與宋濂看法大異其趣。故蒙氏認為明初的理學家,著重於博學廣識,考定文物制度,纂修前人著作及前代歷史,理論上建樹不大,思想特點並不明顯。

侯外廬等人所編之《宋明理學史》〔註63〕中針對宋濂思想提出了「調和朱陸、折衷儒佛」的說法,書中針對宋濂的理學思想,著重關注其如何識心、明心。他以「吾心為天下最大」,而求吾心的方法是用佛教不二法門向內冥求,在理學方向上偏重討論「心」,與直求本心的陸學有相近之處,也對陸學表示同情,透露出對朱陸異同所持的調和態度,故本書相當詳盡的針對宋濂思想中和會朱陸的問題進行論述。然而宋濂除了理學之外,其師承與學問實為博雜,其屬明初金華學派的繼承者,也重視事功,因此他調和朱陸的思想反應了元末明初的理學傾向,但在理學方面似乎並未建立一套明確的思想體系,反而是其基於儒家立場,重道、宗經與重文的表現,更有其所秉持一貫的系統值得我們重視。對於宋濂的研究實應透過思想嬗變的脈絡,對文章理論的建立與道學思想關聯進行討論,才能夠進一步彰顯其身為明初開國名儒的影響。

在文學批評方面,龔顯宗在《明初越派文學批評研究》〔註64〕中,認為明初越派的文學批評自當以宋濂為首,認為其詩文論有幾個要點,包括:廣義的文學觀、文以明道、師古、養氣、備五美、知文難與文可不朽,同時也為宋濂的詩文論評溯源,兼論其影響與評價。此書主要歸納宋濂說法,認為他的文學理論無論從任何角度看,可說是既博大又精深,且影響整個明代,擬古者取其「取法乎上」、「文必有師授」之旨,師心者則用其「師意不師辭」之法,兩者各得宋氏之一體。此書雖僅用一章陳述宋濂的文學理論,不過其所歸納之結果對本論文的觀點與研究進行,實具有參考價值。

黃保眞等人所撰寫之《中國文學理論史——明代時期》〔註65〕中提出宋濂

〔註62〕《全集》頁50～52。

〔註63〕參見侯外廬、邱漢生、張豈之編:《宋明理學史》,北京:人民出版社,1997年,頁74～76。

〔註64〕參見龔顯宗:《明初越派文學批評研究》,台北:文史哲出版社,1988年。

〔註65〕參見黃保眞、成復旺、蔡鍾翔著:《中國文學理論史——明代時期》,台北:

的文學理論其實是明初的官方理論，且宋代之後，封建統治階級開始趨向在傳統儒家原則的基礎上，吸收道學家的思想營養和古文家的某些見解，建立三合一的文學理論，元代的郝經如此，至宋濂益發成熟。此書認為宋濂以道為文的文學觀是一種最廣泛，卻又最狹隘的文學觀，其從藝術上抹煞文學的獨立性，從內容上桎梏文學的發展。作者認為宋濂的文學觀實際上是否定文學的藝術特徵，無論是文章或是詩歌，甚至是論畫，其目的皆為封建社會服務，因此他的文學理論既無新意，又無多大積極作用。宋濂文論不得不予以適當重視之因在於當日受到許多封建文人的推崇，作為明初最典型的儒家文學理論，發生很大的影響。後段又提出宋濂的文學觀點相較於劉基與方孝孺而言不進步之因，實為其在儒學方面的醇粹。類似說法亦出現在王運熙、顧易生主編之《中國文學批評史》（中卷），書中認為宋濂只許詩歌宣揚封建道德，反對詩歌抒情及寫景詠物的多種作用，取消了詩歌藝術的特性。〔註66〕大陸學者對於宋代以降的道學家，其論述的角度呈現某種程度的一致性，也似乎千篇一律帶有共同否定道學的成見，因此莫不認為理學家（道學家）的文學主張並不可取。

宋濂的文論主張實基於個人學術的中心思想，其論「道」乃是逐層推闡，由天道、人道而人文之道，以體現學術文化發展之合理性。「經者，天下之常道也。」（〈經畬堂記〉），宋濂認為「六經」不僅可以載道，同時可施於具體的世用，「天地未判，道在天地；天地既分，道在聖賢；聖賢既歿，道在六經。」（〈徐教授文集序〉）「六經」是一切文化與道德的淵源與體現，「六經」不與「道」離。他的學術思想也受到婺學傳統兼重經史的影響，因此能夠把握「道」的本質規律，從歷史現實中結合社會現實，並講求經世致用，特別是在政治社會急遽變化之際，以道德教化穩社會秩序，重視當世之務與時勢的適用，本是經世的途徑。故宋濂參與典禮政書的制定，對當世掌故的把握，目的皆在於明道以致用，實可見其思想之一貫性。

由是觀之，面對學者對於宋濂以「載道」為封建社會服務的批評與成見，亦可不攻自破。雖然他「明道以為文」的觀念或有其侷限性，但其理論體系的建立與對當代之影響，實為吾等需關注之處。綜觀宋濂之作品，其是否否定文學的藝術特徵，仍有待商榷。其本人在〈葉夷仲文集序〉一文中曾提出

洪葉文化事業有限公司，1994年，頁14。

〔註66〕參見王運熙、顧易生主編：《中國文學批評史》，上海：上海古籍出版社，1997年第7次印刷，頁234。

「文辭，道之末也」，在〈琅琊山游記〉中也曾說道：「或謂文辭無關於世，果定論耶？」此二者看似完全背道而馳的說法，背後所秉持的仍屬於價值意義層面的表達，因爲對宋濂而言，優美華麗的詞藻永遠不能凌駕於文章內容的價值。然而他是否就此不論文辭技巧？其在《浦陽人物記》談及業師吳萊時，提到吳萊先生言作文之法，其中就有韻法、辭法、章法之說，宋濂師從吳萊先生，若言宋濂不重文辭，恐怕並非事實。至於宋濂談詩歌，認爲「詩，緣情而托物者也」〈劉兵部詩集序〉，因此他也提出「詩有五美」的說法。大陸學者所談的「藝術」概念應是所謂的純藝術角度論，但他的文論卻並非針對純藝術論之，因此在解讀上會產生相當大的歧見。誠如《中國文學批評史》中論及宋濂所謂「養氣」說，採較爲客觀的認爲「可見他所謂養氣就是要加強封建道德的修養，這種說法，主要是與從孟子到宋代理學家的論調一脈相承的。」〔註67〕

　　宋濂的文論有所繼承亦有所開創，理論的完善於否或許見仁見智，但文與道之間的討論風氣從唐代以降影響後代文論的發展至爲深遠，其不僅展現歷代文道問題存在的意義，更有研究層面的價值性。因此對宋濂文論與道學之間的問題，實有待進一步梳理其脈絡與重新評價。

第三節　研究範圍與方法

　　歷來學者對於明代前期詩文的總體評價並不高，黃宗羲正確地道出明代散文衰微之因在於：

> 三百年人士之精神，專注於場屋之業，割其餘以爲古文，其不能盡
> 如前代之盛者，無足怪也。（〈明文案序〉）

從外在條件論之，元亡明興，當時文風演變的趨勢亦取決於君王的態度。一方面明初開國之始，朱元璋欲恢復漢唐傳統文化，崇儒尚雅成爲當時士人的特徵，因此朱元璋推行「理學」，並以「理學」治國，並透過科舉將士人的思想價值取向定於一宗。受此導向的影響，承襲儒家文風傳統，因此體現理學的標準自然成爲文風的標準。同時在政治社會方面，朱元璋展現大殺功臣、設文字獄、興黨案等種種獨裁之舉，在文風的發展上自然受到箝制。若從文學自身發展的原因觀之，宋濂、劉基等人的文風主要是在元代形成的，特別

〔註67〕同註65，頁236。

是宋濂師事黃溍、柳貫與吳萊，其文尚歐、曾也習秦漢之文，劉基亦是學先秦諸子，並推崇韓柳，可見二人文風的建構與成形並非是單一取向而已，故二人入明時，文章風格本爲多元。入明後明太祖曾命中書公佈上奏簽表以韓柳之文爲法式，「禁駢麗對偶體」（《明會要》卷三十五職官七），因此特別是位居館閣之文臣，無論是宋濂之文「醇深演迤，與古作者並」（《明史・宋濂傳》），或是劉基之文閎深且「氣昌而奇，與濂並爲一代之宗」（《明史・劉基傳》），可見平正、典雅是明初文風的傾向。明初這種文章風格的改變，對於受到元代蒙古人統治近百年的社會而言，也可說是別有一番新氣象。事實上明代初期，曾一度出現文學創作高峰，由於宋濂、劉基等人本身體驗了元末動亂的現實生活，觀察也較爲深刻，反映了元末以來的民生疾苦。因此作品的內容充實，思想性較強，擴大了文學的社會意義，一洗元末綺靡文風。明初此一文學潮流的基本特點正在於改變了元末文學創作多著力於形式方面典麗纖巧、雕琢堆砌的態度，提振自元末以來萎靡不振的風氣。宋濂成爲明初開國大臣，轉而重視爲文的教化，無論在個人論述文章數量方面，或是所參予典章制度的修訂，及重要文獻的編修等事蹟上，無疑的對明初文壇、政壇以及學界都產生一定程度的影響。

　　目前所見學者對於宋濂研究範圍，以廣度論，包括了史學、文學、思想、事功、教育等等方面皆有所關注。然而就深度而言，在論述上則多半屬於泛論性質，如文學方面就概論地陳述宋濂文章中的文學現象；若從史學方面論之，則常提到《元史》的缺失，或討論宋濂的史學觀。雖然學界對宋濂有所關注，但研究的重心多半著重於點的論述，至於點與點連成的線與構成的面向，則較少深入的探究。因此本論文以宋濂爲研究中心，闡述「道」與文學間深刻的聯繫，「道」的宏揚不能脫離「文」，「文」的價值意義亦要靠「道」的支撐。是故針對其「道學」與「文論」兩大方向，綰合時代環境與學術發展，討論宋濂在學術與文章方面關鍵性的問題，除了釐清其基本的主張外，在內在層面還要進一步分析其道學與文論思想之間的關係與表現，以探求在其理論基礎上的體悟與發微。至於外在方面則要探索在此種道學思想背景下，宋濂個人是如何透過文章、教學、政治參與種種層面，實踐傳統儒家內聖外王志業的終極理想。除了微觀深入的討論之外，尚須以宏觀的角度檢視。在金華學術的薰陶下，宋濂除了繼承文統與學統，其所提出的理論上有所承，下開何種新局？無疑的從韓愈以來，文道之間孰輕孰重，歷代學者在不同的

立場不同的角度各自有所闡發，那麼宋濂所提出的文道觀點是否具有新變的時代意義，是否後出轉精？一直到清代學者仍關注古文發展採宗唐或宗宋路線的討論，在宋濂文章中，是否已有端倪展現出個人傾向，甚至是從其相關學友互動反映出整個明初文風的氛圍。而此種立論的選擇標準與實踐，對明初的學風以及日後文學思想將產生何種層面的影響？亦爲吾等所重視之處。

　　本論文中所謂之「道學」，今人多稱「理學」，「道學」一詞的來源最早出於《宋史・道學傳》，大致言之，「道學」多用之於程、朱一系，「理學」則包括程、朱以外的一切流派。〔註68〕目前治哲學思想史者多稱之爲「理學」，較少稱之爲「道學」，「理學」今日已成爲通行最廣的觀念。〔註69〕文學批評學者最初多稱「道學」，今則多半則採「道學」、「理學」通用。本篇論文以「道學」爲題，亦有其用意。宋代的道學在後世被視爲內聖外王之學，在〈明道先生墓表〉中，程頤提到「周公沒，聖人之道不行；孟軻死，聖人之學不傳。道不行，百世無善治；學不傳，千載無眞儒。」〔註70〕這裡的「聖人之學」無庸置疑即是「道學」。朱熹在《朱文公文集卷七十五・程氏遺書後序》中也云：「二先生倡明道學於孔孟既沒千載不傳之後，可謂盛矣。」況且在《中庸章句・序》〔註71〕首段曰：「《中庸》何爲而作也？子思子憂道學之失其傳而作也。」此處之道學即指孔孟的的儒家精神傳統。

　　其次本文所提之「文論」是取廣義之意，也包含詩論在內，〔註72〕首先

〔註68〕 參見余英時：《朱熹的歷史世界──宋代士大夫政治文化的研究（上冊）》，台北：允晨文化實業股份有限公司，2003年，頁33。

〔註69〕 余英時先生對「理學」或「理學家」二詞都取其最廣義，大體上與「道學」或「道學家」可以互訓，也視上下文需要將「道學」與「理學」以爲同意語，並交互爲用。然「道學」和「道學家」兩個名詞在南宋思想史上既有廣、狹二義之別，在政治史上更有貶義，容易引起誤解。同註68，頁12～13。

〔註70〕 〔宋〕程顥、程頤：《二程集》，北京：中華書局，1981年。

〔註71〕 〔宋〕朱熹：《四書章句集注》，北京：中華書局，1983年，頁14。

〔註72〕 儒家典籍「十三經」對於中國古代詩文理論的發展與影響，關係至爲緊密，古代學者對於文學理論與詩學的分說，亦不若現代文學理論界線分明，因此學者對於文學的見解往往包括其詩論。雖然學者余虹在《中國文論與西方詩學》（北京：三聯書店，1999年版，頁7）一書中曾提出對於中國古代文學規律的探討只能稱作「文論」而不能稱之爲「詩學」的說法，因爲「中國古代『文論』和西方『詩學』（文學理論）具有結構性差異和不可通約性。」而學者童慶炳等在《中西比較詩學體系》（北京：人民出版社，1991年版，頁2）一書的前言中則認爲，「詩學」並非僅指狹義的「詩」的學問，而是廣義的包含小說、詩、散文等各種文學的學問或理論的通稱。詩學實際上就是文學理

著重在釐清宋濂對詩文基本問題的看法，其次由於文學理論的形成與發展往往受到政治社會變遷的影響，同時也與學術思想發展的歷程有關，因此在學者提出的文學理論背後都具備憂患意識的人文精神與價值。劉勰在《文心雕龍・原道》中提出：「故知道沿聖以垂文，聖因文以明道，旁通而無涯，日用而不匱。《易》曰：『鼓天下之動者存乎辭。』辭之所以能鼓天下者，迺道之文也。」此段言論即揭示了文學最重要的精神價值作用，而這種價值意義並非是一時一人之語，是經過傳承與實踐而展現。在文論的發展進程中，除了受到儒家的影響外，釋、道思想的興盛亦影響了文學理論的觀點和方法，然而歷代的學者面對新興的學說或是時代的巨變，就因為憂患意識與文化傳承的責任，在前代文論的基礎上，除了堅定的秉持個人在思想理念上的理論堅持之外，同時在文論範疇中也展現出兼容並蓄的吸收並加以轉化，建構足以面對時代需求與無愧於個人學術理念的文論體系。因之可見中國文論從劉勰有系統地建立體系開始，長期以來在理論觀點與價值體系上，展現出屬於靜態傳承發展的一面，同時又能具備應變自如，兼容並蓄的能力。在整個中國文論傳承發展的道路上，宋濂一如唐宋以來之韓愈、柳宗元、歐陽修等人，處於時代的前端面對當代的文學現象與遮撥文學發展過程中的缺失，而背後支持他的動力，與傳統儒家道德文化精神價值有著密不可分的關係。

若說道學屬於哲學史範疇，文學理論屬於文學史範疇，然而二者之間卻有一主線貫穿，即是要透過儒家思想精神重建一個合理的社會秩序。韓愈在建立道統說時，其最重要的意義就在「排斥佛老，匡救政俗之弊害」，陳寅恪先生即言「退之所論實具有特別時代性，即當退之時佛教徒眾多，於國家財政及社會經濟皆有甚大影響」。〔註73〕之後北宋初年新儒學古文運動，一方面繼承韓愈排佛老的立場，一方面更積極面對「匡救政俗弊害」，他們對韓愈的道統觀與孟子以後的道統譜系的傳播與發揚，使得道學從學術議論進而轉為政治實踐。對宋濂來說，歷經元代外族的統治，面對明初的新局，再次回復以漢人為主體的政權統治，明太祖禮遇士人，並積極的要讓社會重建制度，

論，或簡稱文論。雖然關於文學理論的界線範疇與名稱仍有所爭論，但本論文仍沿用「文論」即文學理論的說法，並將「文論」一詞作為本文的關鍵詞，且宋濂的創作集中在文章與詩兩大部分，故對宋濂文學觀念的理性認識中，詩論亦是不可忽視者。

〔註73〕參見陳寅恪：〈論韓愈〉，收入《陳寅恪集──金明館叢稿初編》，北京：生活・讀書・新知三聯書店，2001年，頁319～332。

因此宋濂等知識份子在社會和歷史的思考方面，對明初政治制度有其影響，其中如典章制度的建立以及學術獨尊程朱理學，目的仍在於建立社會秩序。是故受浙東學術經世學風影響的宋濂，自然先通過自己的著述表彰儒學的道統，以及道統治統合一〔註74〕所體現的儒學精神，因此「道」對宋濂來說，不僅是對儒家學術的繼承，更重要的是代表其價值關懷。在宋濂的文章中，屢屢出現「道」與「道學」，個人亦不斷陳述自己以「傳道」、「學道」爲畢生致業的個人心智，甚或談宋明理學家時，他也提到「天生九賢，蓋將以興斯道也。」《宋學士先生文集‧宋九賢遺像記》因此本論文基於宋濂行文論述以及學界對道學、理學定義的討論，於此採「道學」一詞。

基於上述理由，本論文選擇以文學史上重要的文道命題爲論文重心，即宋濂的道學與文論作爲研究對象，針對時代環境對於宋濂文學思想建立的影響進行探討。宋濂屬於明初金華學派傳人，因此道學與文章之間的如何聯繫，自然是重要的論題。在篇章安排上，先探討宋濂的家世生平與進學師承，以及其於元末時所做的仕隱抉擇。接著探討宋濂的道學思想，及文論的基本內涵，並進一步剖析其道學與文論思想如何體現與具體實踐，除了自己尚影響明代後學之外，包括文學發展，理論的建立，皆是本論文所關注的焦點。此外，本論文並不忽略溯源探流，以求其來龍去脈。

在研究資料方面，本篇論文所依據之首要資料爲宋濂個人之文集。宋濂的作品以入明前後區分，入明前的作品有：《浦陽人物記》、《潛溪前集》十卷附錄二卷、《潛溪後集》十卷、《龍門子凝道記》，在朝制作者則有《翰苑》前、後、續、別各十卷，歸田制作者則爲《芝園》前、後、續各十卷，致仕後數次朝京時制作者爲《朝京稿》五卷。最早刊刻的宋濂文集是元至正十五年（1355年）由宋濂自己編訂、校正，門人鄭淵編集，淵弟鄭澳付梓刻印之《潛溪集》十卷，並附錄二卷。明正德八年（1513年）張縉所刊刻之《宋學士文集》七

〔註74〕元末楊維楨在〈正統辨〉中有言：「道統者，治統之所在也。堯以是傳之禹、湯，禹、湯傳之文、武、周公、孔子。孔子沒，幾不得其傳百有餘年，而孟子傳焉。孟子沒，又幾不得其傳千有餘年，而濂、洛、周、程諸子傳焉。及乎中立楊氏，而吾道南矣。既而宋亦南渡矣，楊氏之傳，爲豫章羅氏、延平李氏，及於新安朱子。朱子沒，而其傳及於我朝許文正公。此歷代道統之源委也。然則道統不在遼金而在宋，在宋而後及於我朝。君子可以觀治統之所在矣。」可見楊維楨說法。代表當時學者認爲治統的正當性是依附在道統下的。〈正統辨〉收入〔元〕陶宗儀：《南村輟耕錄》，北京：文化藝術出版社，1998年，頁37～42。

十五卷是收集宋濂入仕明後之詩文最齊全的作品集，後來明嘉靖三十年（1552年）韓叔陽刻《宋學士全集》三十三卷，是宋濂著作首次以「全集」姿態問世的匯刻本，四庫全書所收之宋濂文集即是照錄韓叔陽本。清嘉慶十五年（1810年）嚴榮依韓刻原本，及明請兩代諸多刻本，並合《浦陽人物記》、《龍門子凝道記》，編成《宋文憲公全集》，是集宋濂文章最齊全者，世稱嚴本。其後同治十三年（1874年）永康胡鳳丹將韓本輯入《金華叢書》，並續刻補遺八卷，仍稱《宋學士全集》，世稱金華叢書本，又稱胡氏家刻本。宣統三年（1911年）孫鏘以嚴本爲宗，並編入《洪武聖政記》、《平漢錄》，附錄浦江戴殿江、朱興悌所編之《年譜》，以及丁立中輯孫鏘增補的《潛溪錄》，合爲《宋學士全集》二十四卷。至於宋濂全集流傳刊刻最遠曾到日本，明萬歷年間日本等地也有宋濂文集的刻本，然目前並未得見。

今所知見宋濂文集之版本包括：《潛溪集》八卷（元至正十六年 1356 刊本、明嘉靖丙申十五年 1536 海陵徐嵩重刊本）、金華叢書本《宋學士全集》、四部叢刊本《宋學士文集》、四部備要本《宋文憲公全集》、四庫全書本《文憲集》、清康熙間鈔本《補抄宋學士集不分卷》、《宋學士文粹十卷、補遺一卷》（明洪武八年 1375 刊鈔補本、明洪武十年 1377 刊本）與《宋學士續文粹》（明建文辛巳三年 1401 浦陽鄭氏義門書塾刊本）等。

在點校本方面，則以浙江古籍出版社之《宋濂全集》（全四冊）「是目前一個比較可靠和完善的全集」。〔註75〕若從收集之版本與文章數量方面來說，《宋濂全集》實爲迄今宋濂詩文與相關資料收集較爲齊全的版本。但《宋濂全集》也有一些問題存在，其中較令人關注者在於點校時「對個別明顯誤字則予逕改，對某些具有時代特點的俗體字、異體字，則酌予保留」，〔註76〕此書採「則予逕改」的方式並不妥當，《全集》對於「異文」、「改字」（個別明顯誤字）的判斷標準，其雖於校勘記中已有註明是依何種版本改正，但爲何依此版本進行改正？改正的原因爲何？是經由文意判讀作出判斷？還是另有其他原則？《宋濂全集》中並未加以解釋說明，是故我們也無從得知理由。其次對俗體字和異體字的處理方式是「酌予保留」，也出現相同判斷標準的問題，對文字的差異是全部保留或是斟酌之後予以保留？同時《宋濂全集》本身亦有斷句上的問題，至於錯字的情況，或許也與印刷校對有關，因此《宋濂全集》在版本與點校問題方面實

〔註75〕見《宋濂全集》之〈前言〉。
〔註76〕見《宋濂全集》之〈編後記〉。

有進一步努力的空間。但《宋濂全集》無疑可說是目前收集宋濂詩文篇章數量最為豐富的版本，同時也由於是第一部點校本，對研究者進行宋濂詩文研究助益甚偉，因此本篇論文在研究過程中將以《宋濂全集》收羅之宋濂詩文為主要研究資料，並配合目前可見之宋濂文集版本加以參照，如無出入，引文時則簡稱《全集》，並標注《全集》之頁數。

此外，《宋濂全集·編後記》中有言，在版本方面未能收入台灣中央圖書館藏，方孝孺、樓璉等門生選編的《宋學士續文粹》，「該本雖為刪改重刻本，凡涉及方孝孺姓名事迹都予刪改，且所收詩文多與本集重複，但據此次從文粹本輯補的數量，可以推想該本中可輯補者當亦不少。」由於此書為宋濂文章的選本，因此筆者遂針對《宋學士續文粹》十卷附錄一卷所收之文進行初步之比對，比對之後確定《宋學士續文粹》所收之文，在《宋濂全集》中皆已收入。但比對的過程中，有幾點值得注意：

首先是內容相同，但文章題名方面有些許差異者，此種情況非常多，資舉例如下：《宋濂全集》作〈琅琊山游記〉，《續文粹》則是〈琅琊游記〉；《宋濂全集》是〈勃尼國入貢記〉，《續文粹》則是〈勃尼入貢記勃尼國表附〉；《宋濂全集》為〈義門銘〉，《續文粹》則為〈黃氏義門銘有敘〉；《宋濂全集》作〈蕭侍御書後〉，而《宋學士續文粹》則為〈題顧主簿上蕭侍郎書後〉等。

其次在內容文字方面，經比對《續文粹》與《宋濂全集》之文後，《續文粹》往往有「漏字」或是二種版本字辭有所出入差異，以及異體字的問題。雖然大抵而言，這些差異並不影響我們對宋濂文義的解讀，但《續文粹》之內容對於我們進行宋濂文集版本校讎工作，實有重要的價值。

再者，在篇章方面《續文粹》值得注意的有三篇，分別是〈琅琊游記〉、〈暨諸花亭黃氏圖譜序〉、〈游仙篇贈鄧尊師并序〉。在《續文粹》中卷一之〈琅琊游記〉共有二篇，其中第二篇是完整的〈琅琊山游記〉全文，第一篇則是混雜了〈琅琊山游記〉的前段，與〈元史目後記〉的後段。至於〈暨諸花亭黃氏圖譜序〉與《宋濂全集》中之〈諸暨孝義黃氏族譜序〉內容相近，但二篇內容字句出入較大，彼此皆有所增減，因此實需再予以詳考。《續文粹》之〈游仙篇贈鄧尊師并序〉一文與《宋濂全集》之〈游仙篇贈鄭尊師〉二篇內容幾乎相同，但到底是「鄧」尊師或是「鄭」尊師？除了需進一步確定哪個版本正確外，最大的問題恐怕出在字型相近而訛誤。

至於《續文粹》之〈送人歸省〉一文，實為《宋濂全集》中〈送方生還

寧海并序〉文，其中只要提到與方孝孺相關之姓名事迹，輒以「某生某」帶過，因此實可見《續文粹》一書被修改的痕跡，故題名就直接改成「送人歸省」了。但據方孝孺《遜志齋集》附錄所收入之文，上述篇章名則爲〈送希直歸寧海五十四韵有引〉。〔註77〕

　　除了宋濂個人之文集爲主外，本篇論文並以同時期元末明初文士相關著作及前後代大家相關典籍作品爲輔，如吳萊之《淵穎集》、黃溍之《黃文獻公集》、劉基之《誠意伯文集》、王禕之《王忠文公集》與方孝孺之《遜志齋集》等；並參考近人各種研究成果，以及如《明代文論選》等文論選類。

　　孟子有言：「頌其詩，讀其書，不知其人可乎？是以論其世也。」因此本篇論文在研究方法上，「知人論世」是非常重要的一個步驟，本文對宋濂進行系統性研究時，先對其幾部文集進行耙梳整理的準備功夫，至於生平事蹟方面以〔清〕戴殿江與朱興悌撰，民國孫鏘增補的《宋文憲公年譜》爲依據，並參照宋濂門生鄭楷所撰之〈翰林學士承旨、嘉議大夫知制誥、兼修國史、兼太子贊善大夫致仕潛溪先生宋公行狀〉，由於《宋文憲公年譜》參酌宋濂史料撰寫十分詳盡，使研究者在進行研究時較爲便利，對研究宋濂的生平與文學思想發展有所助益。事實上透過文集、年譜和師友的往來互動可一窺宋濂個人的學術傳承與時代環境影響，同時透過對概念加以分析與釐清，可藉此證明學派中前後傳承，以及展現其個人在思想層面重要議題的開展、融合或者是侷限。

　　本篇論文主要採用的方法以文獻研究法爲主，歷史研究法爲輔。首先在文獻研究法方面，需掌握目前可見宋濂文獻之第一手資料中尋找條理線索加以排比，爲了保持客觀持平，盡可能排除先入爲主之見，一方面著重在文獻資料本身的分析闡釋，針對宋濂本人或相關著作加以旁徵博引，並加以分析歸納，此種方法較爲踏實，但仍需多方博涉與篩選。

　　在主要文獻資料外，還有需多相關資料可以提供研究者在不同時空背景中有不同的視野，且往往有助於主題的了解。因此透過歷史研究法，針對相關背景資料的使用，可使研究者得以辨彰學術，考鏡源流，面對學術的變遷，得以從容釐清脈絡。

　　至於在論及宋濂道學思想時，則採用分析歸納所得之原則，來駕馭相關

〔註77〕〔明〕方孝孺著／徐光大校點：《遜志齋集》，寧波：寧波出版社，2000年，頁869～870。

資料，因爲宋濂學術頗爲博雜，隨意選取固然不能周全，泛泛而論也無法得其精隨。因此透過宋濂學術主要議題的討論，一方面有提綱挈領之效，也可避免空洞不實之臆測。故透過上述方法，將文獻資料進行分析，對於其思想架構的建立，以及同時代對相關議題論述成果的展現，能夠更客觀的去衡量宋濂在當代的地位與價值。

第二章　宋濂的生平事蹟

　　宋濂於有明一代以儒學與文章大家稱名於世，《明史》稱其「於學無所不通」，「一代禮樂制作，濂所裁定者居多。」宋濂博及群書，道德文章皆師表於當世，明太祖亦稱其爲「開國文臣之首」。五十歲以前身處元朝，歷經武宗、仁宗、英宗、泰定帝、天順帝、文宗、明宗、寧宗、惠宗（順帝）等十個皇帝，清楚目睹元帝國由興盛到衰敗的過程，且其於明代開國之時正值壯年，與好友劉基二人身膺重任，對明代開國之初影響甚鉅，《明史》即記載「基雄邁有奇氣，而濂自命儒者。基佐軍中謀議，濂亦首用文學受知，恆侍左右，備顧問。」可見當時他在文治方面的重要地位。由於經歷元明二代鼎革之變，易代之際，外在大環境雖然干戈擾攘，但此時內在思想的醞釀累積，也爲宋濂日後仕宦生涯奠基，因此其生平事蹟中，必有一些影響其學術成就與個人安身立命的相關因素，包括祖父輩的言傳身教與家風，師長輩提攜與學養的建立等，爲值得關注的重心。孟子有言：「頌其詩，讀其書，不知其人可乎？是以論其世也。」（《孟子・萬章》）故對宋濂生平事蹟與學術淵源方面的探討，實有其必要性，將有助於吾等理解其一生學問氣節事功開展的梗概。本章對宋濂生平的時間論述主要根據爲清代戴殿江與朱興悌撰，民國孫鏘增補的《宋文憲公年譜》，而本文主要從宋濂之生平傳述、學術淵源，以及個人對於仕隱抉擇等三個範疇進行討論，藉此說明其一生之行誼事蹟。

第一節　生平傳略

一、家世生平

宋濂字景濂，原名壽，生於元武宗至大三年（公元 1310 年），卒於洪武十四年（公元 1381 年），享壽七十二歲。因與祖父同以十月十三日生，〔註1〕後更名曰濂，上饒鄭錄事復初爲製今字。〔註2〕世爲婺之金華人，後遷居潛溪，四方學子以「潛溪先生」稱之，正德中，追諡文憲。由於他出生時，身體狀況並不好，「十日九疾」，有賴祖母與母親終日保抱關愛才得以順利成長。〔註3〕宋濂一生別號頗多，如以居所爲號者，有潛溪、龍門子、仙華生；至於與釋、道二氏相關，以方外之士自居爲號者，〔註4〕屬道家者如仙華道士、元貞子、玄眞遯叟、玄眞子；與釋氏相關者則如金華居士、無相居士；以職官爲號者有南宮散吏、禁林散吏；以隱者爲高者，則有白牛生、南山樵者、金華山人等。

《明史》中關於宋濂的家世背景僅記載「其先金華之潛溪人，至濂，乃遷浦江。」（《明史》卷 128，〈宋濂傳〉），至於其五世之前的相關資料，目前僅見歐陽玄〈石刻宋氏世系記〉〔註5〕與胡助〈宋氏世譜記〉〔註6〕記載較爲

〔註1〕　宋濂原名「壽」，除了與祖父生日同外，尚有一說爲宋濂是永明延壽法師投胎轉世，因此因緣故命名爲「壽」。「無相居士未出母胎，母夢異僧手寫是經，來謂母曰：吾乃永明延壽，宜假一室，以終此卷。母夢覺已，居士即生。」參見〈血書《華嚴經》贊有序〉，《全集》，頁 282～283。關於日後宋濂對佛教的涉獵與佛教人士的交往，此處記載可將之視爲遠因，至於相關問題，容見後面章節詳述。

〔註2〕　參見鄭濤：〈宋濂溪先生小傳〉，《全集·潛溪錄》，頁 2323～2325。

〔註3〕　關於宋濂幼年狀況，《潛溪前集卷三·太乙玄徵記》：「母妊七月，臣體即降。生未五齡，百疢交攻。熱火鬱木，邪沴制陽。肝氣動搖，手牽目瞠。……」《全集》，頁 28；《芝園前集卷一·故葉夫人墓碣銘》：「予自少齡，恒得驚風疾，數涉阽危，賴祖妣金淑人保抱携持，以全性命。」《全集》，頁 1159～1160。在門生鄭楷所撰《行狀》中也記載：「先生在妊七月即生，爲嬰兒時，苦多病，每風眩，輒昏迷數日。祖母及母陳更相保抱，得免無虞。」〈翰林學士承旨、嘉議大夫知制誥、兼修國史、兼太子贊善大夫致仕潛溪先生宋公行狀〉，《全集·潛溪錄卷二》，頁 2350～2360。

〔註4〕　這些字號屢屢在宋濂文章中出現，可參見如《龍門子凝道記》、劉基：〈送宋景濂入仙華山爲道士序〉、〈白牛生傳〉、〈雜傳九首有序〉、《《劉彥昺詩集》序》、〈毗盧寶藏閣碑〉、〈血書《華嚴經》贊有序〉、〈月堀記〉、〈同盧山房記〉、〈玉兔泉聯句引〉、〈靈隱和尚復公禪師三會語序〉等，《全集》，頁 1753～1814、2568、80、2035、694、1289、282、646、782、677、840。

〔註5〕　《全集·潛溪錄卷六》，頁 2626～2627；此文亦附於〈先大父府君神道表〉文

詳盡。根據〈石刻宋氏世系記〉記載：

> 宋氏世居京兆，唐大理丞憲武德間遷吳興。憲字秉彝，為《易》
> 經師，弟子數千人。生有嚴，有嚴生邠，邠生綏，綏生元熊，元
> 熊生忻，忻生嬴，嬴生戣，戣生宗傑，宗傑生服，服生僎，僎生
> 循，循生伯旒，伯旒生榮，周廣順中遷義烏覆釜山。榮字體仁，
> 通《尚書》《春秋》，私諡文通先生。生甫，宋雍熙末遷根溪之宋
> 村。甫字師杜，生訓。訓生帳，帳生祥，祥以弟海子阜後。阜生
> 偓。從榮至偓七世，皆為鉅儒。

由上述資料可見，宋濂的家世並不顯赫，但多以儒術知名於時，五世祖以前，世居京兆，一直到宋憲（唐武德年間大理丞）才南遷至吳興。其先祖並沒有顯著事功，除了宋憲之外，似乎也沒有為官的紀錄。但值得注意之處在於宋憲有弟子數千人，時為《易》經師；宋榮至宋偓七世皆為鉅儒，宋榮通《尚書》、《春秋》，足見其重視儒學的家風傳統，況且在字號當中，諸如榮，字體仁；甫，字師杜，亦展現出詩禮傳家的精神。

　　之後宋偓生永敷、柏，在南宋寧宗嘉定初一同遷金華之潛溪，後代迄宋濂皆定居於此，至元至正庚寅三月三日，他才遷居浦江之青蘿山孝門橋側，其一生大部分時間均居於浦江。以此之故，在遷至潛溪後，宋濂的世系紀錄也才開始明確。柏字秉操，因無子，以兄永敷子溥德嗣。溥德「孝弟如古人，遇物一以柔勝。」（〈宋氏世譜記〉）溥德生守還、守有、守富，守富（1260～1337）字德政，為宋濂之祖父，生於宋季，在宋元易代政局混亂之際以智保家脫禍，並能以仁義待人。〔註7〕〈石刻宋氏世系記〉稱其「履仁蹈義，類古篤行者」。黃文獻公表其墓，亦稱其為「吉士」。〔註8〕守富娶妻金妙圓，齊家一以禮法，雖細微事皆遵矩度，生文昭、文圍、文馨、文隆四子。因宋濂為官翰林學士承旨，並追封二代，故贈顯祖考亞中大夫太常少卿，顯祖妣金

後，《全集》，頁 1995～1996。

〔註6〕《全集・潛溪錄卷六》，頁 2627～2628。

〔註7〕據宋濂撰〈先大父府君神道表〉謂：「府君性忠信，啓口露肝膽，不肯作世俗軟媚無實語；與人交，無二諾，友愛尤篤。與兄共執里役，州家或有科繇至，挺身獨任之。」見《全集》，頁 1994。

〔註8〕除了宋濂之外，包括孫宋澄、曾孫宋瑛、宋瓚、宋璲，皆為儒士，所以歐陽玄也稱府君為「吉士」，原因即在「何其孫子之賢且多也！」《全集・潛溪錄卷六》，頁 2626～2627。

氏淑人。〔註9〕由於宋濂與祖父同月同日生，因此守富對於宋濂不僅特別憐愛，亦多有訓勉，〔註10〕而他謹守祖父教誨，一生立身行事，不敢或忘。

　　文昭（1276～1356）為宋濂父，一名朝，字文霆，從事農耕，但不嗜仕進。溫恭易直，無論州里或大夫士皆稱之為「一邑善士」，生平不識偽言偽行，一錢不妄取，輕富貴利祿，重道德人格，常以紹繼宋門崇儒尚德為念。〔註11〕元至正初賜號「蓉峯處士」，明代追封嘉議大夫禮部尚書。娶妻陳賢時，教子持家有方，後追封為淑人，生子淵（字景淵）、濂，生女□（字新）。宋濂父母非常重視子女的教育，「吾不解市美田宅遺兒，教之通一經足矣。」〔註12〕母親也曾至賣簪珥，讓宋濂游學遠方。因此宋淵用薦為義烏醫學教諭，宋濂以布衣召入史館，宋新幼既讀書知大義，後適烏傷儒士賈明善。故足見文昭鑒於先世多代為儒，意欲重振家風，即使家境不富裕，也要栽培子弟勉勵向學。文昭曾勉勵宋濂：

> 予家自文通先生以來，世多巨儒，深懼詩禮之澤或絕，以為君子羞，心怵焉弗寧，雖夢寐弗忘之。汝宜從名人游，毋殞其宗。人恒市腴田、構華居以遺子孫，增不旋踵，隳廢不存者有之，予不能也。其字號有知者，則令遠附權貴人之門，藉威靈以徼榮寵，雖稍與仕籍而貪墨弗之戒，至身辱家覆者有之，吾又不能也。與所望汝者：為孝子，為悌弟，為良師儒，雖貧至骨無憾，但得州里之人咸指曰「宋氏有子矣」，吾之深願也。大抵門不欲其高，惟有德之崇；有子不欲其侈，惟欲其業之修。汝謹識之。〈先府君榮峯處士阡表〉

文昭認為自己的能力雖然不能給予子孫腴田與華居，但期待他們成為良師儒者，那麼雖貧至骨亦無憾。從這段話可知宋濂日後能成為知名儒士，實因父

〔註9〕　〈先大夫陰碑記〉，《宋學士全集》卷四，金華叢書本。

〔註10〕　在〈先大父府君神道表〉一文中宋濂記載祖父對其之諄諄訓勉：「四五歲時，府君坐置膝上，以手循其髮而祝曰：『吾祖實寬厚長者，生平好施與，不求人知。吾父孝弟如古人，應物務以柔勝，亦以卹貧之故，致家之索。及吾，為先訓是式，每衡於心而勿敢忘承。吾之利者，列於前紛紛也，今耄矣，恐旦暮死，不能有以詔汝。汝固幼，幸聽吾言。即聽吾言，期樹善於無窮。』言訖潸然而泣。濂時雖無所識知，頗能記府君之言。」《全集》，頁1995。

〔註11〕　〈先府君蓉峯處士阡表〉，《宋學士全集》卷二十四，金華叢書本；《龍門子凝道記‧後記》，《全集》，頁1814。

〔註12〕　〈先母夫人陳氏墓表〉，《全集》，頁2139。

親的教導與提醒，家庭的影響至為重要。

　　宋濂於元順帝十八年入明朝，順帝十九年與葉儀受聘為五經師，後任江南儒學提舉，太祖遣子標受經學，尋改起居注。洪武二年，命充《元史》總裁官，史成除翰林學士。洪武三年因失朝參，降編修。洪武四年遷國子司業、奉議大夫，因坐考祀孔子禮不以時奏，謫安遠知縣，不久復為禮部主事。洪武五年遷太子贊善奉議大夫。洪武六年陞翰林侍講學士、中順大夫、知制誥、同修國史，兼太子贊善。洪武九年授翰林學士承旨、嘉議大夫、知制誥、兼修國史，當年十一月致仕。宋濂為官十九年備受恩寵，直至以老致仕，太祖尚賜御製文集與綺帛做百歲衣。然洪武十三年卻受到長孫慎坐胡惟庸黨一事牽連，明太祖欲置濂於死，「械先生至京欲誅之」，因馬皇后、皇太子力救，全家乃安置茂州。十四年五月，宋濂行至夔州道卒，知事葉以從葬之蓮花峰下。正德中，追謚文憲。

　　宋濂娶妻賈專，字主敬，侍姑至孝，〔註13〕專卒於洪武十三年，得年七十。生男二：長男瓚，字仲珪，侍父母有孝名。〔註14〕次男璲，璲精通篆隸真草四體書，賦詩屬文皆足以纘承家業，〔註15〕官至中書舍人。長女適金華賈林、次女適義門鄭杜。孫男：慎〔註16〕、愷、恂、懌、慍。〔註17〕後長孫慎於洪武十三年冬十一月坐胡惟庸黨誅，並誅璲，籍其家，其時璲三十七歲，慎二十七歲。

〔註13〕〈先夫人木像記〉，《全集》，頁106。
〔註14〕〔明〕方孝孺：〈宋仲珪墓誌銘〉，收入《宋濂全集·潛溪錄》，頁2640～2641。
〔註15〕〔明〕劉基：〈送宋仲珩還金華序〉，收入《宋濂全集·潛溪錄》，頁2641～2642。
〔註16〕關於宋慎的記載，可見〈劉府君碣〉，《全集》，頁756～757。
〔註17〕〔明〕鄭楷撰：〈翰林學士承旨、嘉議大夫知制誥、兼修國史、兼太子贊善大夫致仕潛溪先生宋公行狀〉，收入《宋濂全集·潛溪錄》，頁2350～2360。

附表一：宋濂世系圖

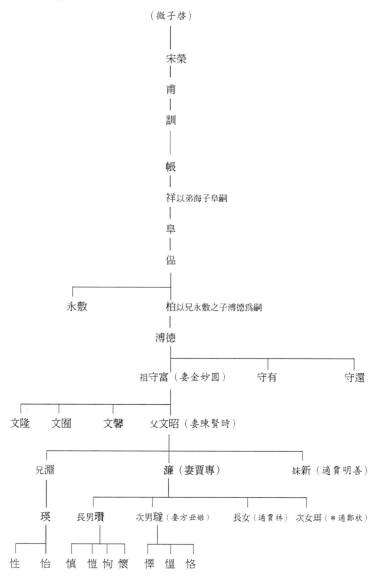

（微子啓）

宋榮

甫

訓

帳

祥以弟海子皐嗣

皐

侃

永敷　　　柏以兄永敷之子溥德爲嗣

溥德

祖守富（妻金妙圓）　　守有　　守還

文隆　　文圉　　文馨　　父文昭（妻陳賢時）

兄淵　　　濂（妻賈專）　　妹新（適賈明善）

瑛　　長男瓚　　次男璲（妻方丑姬）　　長女（適賈林）　　次女珇（＊適鄭柱）

性　怡　　慎　愷　恂　懷　　懌　愠　恪

二、時代環境

宋濂生於元武宗至大三年（公元 1310 年），已經進入元朝中期，〔註18〕

〔註18〕「元朝中期」所指的時間是1294～1333年，即元世祖忽必烈（1260～1294）去世至元順帝妥歡貼睦爾（1333～1368）即位共三十九年。期間在帝位方面歷經九位皇帝權力的更迭（按：九位皇帝依序爲武宗、仁宗、英宗、泰定帝、天順

由武宗朝至元末，帝位快速轉換，權臣紛爭不斷，導致政策經常變化，使得整個元朝的政局並不穩定。因此在政治、經濟、社會諸方面產生種種問題，削弱了元朝的統治力量，也招致元末的混亂，明朝的崛興。

　　事實上元中葉以後政局的混亂與紛擾，尚包括腐化的官僚系統、窘迫的財政、嚴重的通貨膨脹等政經層面的危機，也因此增加了民怨。透過當時民間流傳的謠諺，可得到一些佐證，如陶宗儀在《南村輟耕錄》卷十九〈闌駕上書〉中記載：

> 散散、王士宏等，不體聖天子撫綏元元之意，鷹揚虎噬，雷屬風飛，聲色以淫吾中，賄賂以緘吾口，上下交征，公私脧剝，贓吏貪婪而不問，良民塗炭而周知。閭閻失望，田里寒心，乃歌曰：「九重丹詔頒恩至，萬兩黃金奉使回。」乃歌曰：「奉使來時，驚天動地；奉使去時，烏天黑地；官吏都歡天喜地，百姓卻啼天哭地。」又歌曰：「官吏黑漆皮燈籠，奉使來時添一重。」如此怨謠，未能枚舉，皆百姓不平之氣，鬱結於懷，而發諸聲者然也。〔註19〕

上述資料的敘述，即針對當時到各地查察貪污情勢的宣撫使、肅正廉訪使諸人之行徑言。雖是糾查貪污情事，事實上這些官員比起一般貪官污吏也不遑多讓，如「萬兩黃金奉使回」即是到地方收取大筆賄賂之後便回京城；而「烏天黑地」是形容當時官場的黑暗；「官吏都歡天喜地，百姓卻啼天哭地」，此據亦指地方官吏行賄後更是有恃無恐，可憐的就是無辜百姓，因此說「官吏黑漆皮燈籠，奉使來時添一重」，地方官吏原本就貪污得不得了，再加上奉使，百姓益發痛苦。

　　其次元代後期自然災害不斷，其中最嚴重者在於黃河流域水旱災頻仍。當時黃河每四個月決溢一次，以中原和陝西地區受害最為嚴重。元末雖曾對黃河進行大規模的治理，〔註20〕雖解決了部分的問題，但由於元順帝同時「變

帝、文宗、明宗、寧宗、順帝，其中在位時間最短的是天順帝，在位不到一年。仁宗在位較長共八年，其他長則三年，短則一年，直到順帝即位 1333～1368，其在位時間雖有三十五年，卻也走到元朝的盡頭。），因為帝位爭奪的政治問題，導致官員、政策屢屢快速變化，削弱了整個國家的國勢，也標志了元朝日後衰亡的開始。此說法參見〔德〕傅海波、〔英〕崔瑞德編／史衛民等譯：《劍橋中國遼西夏金元史》，北京：中國社會科學出版社，1998 年，頁 563。

〔註19〕〔元〕陶宗儀：《南村輟耕錄》卷二十三，北京：文化藝術出版社，1998 年，頁 262～263。

〔註20〕此指「貫魯治河」一事，關於元末的河患記載，可見《元史・河渠志》；亦可參見邱樹森：〈元代河患與貫魯治河〉，《元史論叢》3，1986 年，頁 155～171。

鈔」實行新鈔法，導致財政進一步惡化，民眾深受其害。天災與人禍連結在一起，故產生了更大的問題。葉子奇在《草木子》一書中記載：

> 丞相造假鈔，舍人做強盜。賈魯要開河，攪得天下鬧。（〈談藪篇〉）
> 〔註21〕

此處的「丞相」是順帝時任中書右丞相的伯顏，「舍人」則是宋元以來對顯貴子弟的俗稱。謠諺的前二句直指民眾揭露丞相造假鈔，顯貴弟子無惡不作的黑暗現實。後二句則是因為至正四年時黃河決堤，河道北移，而賈魯在順帝十一年四月任工部尚書，〔註22〕總治河防。「時發汴梁、大名十有三路民一十五萬，盧州等戍十有八翼軍二萬供役，……是月鳩工，七月鑿河成，八月決水故河，九月舟楫通，十一月諸埽諸堤成，水土工畢，河復故道。」《元史・賈魯傳/河渠志三》經過賈魯治河之後，黃河水流重回故道。然當時為了治河需要經費，因此在至正十年十一月宰相實行變鈔，鑄至正通錢，與原來的寶鈔並用，卻造成物價飛漲，民怨四起。因此在賈魯治河同時，元末紅巾軍〔註23〕就趁機發動起義。在〈醉太平小令〉中亦有敘述：

> 堂堂大元，奸佞專權。開河變鈔禍根源，惹紅軍千萬。官法濫，刑法重，黎民怨。人吃人，鈔買鈔，何曾見？賊作官，官做賊，混愚賢。哀哉可憐。《南村輟耕錄》卷二十三〔註24〕

此首內容清楚地紀錄當時治河的弊端與變鈔造成的民怨，同時也點出二者實為當日紅巾軍起義之因。根據陶宗儀的記載，這首小令在元末時流傳甚廣，自京師到江南，人人能唱，充分揭露元末政治的腐敗。「開河變鈔」是事情的導火線，「奸佞專權」、「官法濫，刑法重」是引起人民不滿的主因，「鈔買鈔」則指舊鈔貶值後，又發行新鈔，官府強迫百姓用舊鈔去兌換新鈔。從首句「堂堂大元」對元朝的諷刺，到末尾「賊作官，官做賊，混愚賢，哀哉可憐。」諷刺當時的

〔註21〕〔明〕葉子奇：《草木子》卷四，北京：中華書局，1997年湖北第3次印刷，頁74。

〔註22〕《元史・順帝紀（五）》記載，順帝十一年夏四月，「詔開黃河故道，命賈魯以工部尚書為總治河防史。」

〔註23〕紅巾軍起義反元一事始於順帝十一年五月辛亥，據《元史・順帝紀（五）》記載，「潁州妖人劉福通為亂，以紅巾為號召，陷潁州。初，欒城人韓山童祖父，以白蓮會燒香惑眾，謫徙廣平永（平）〔年〕縣。至山童，倡言天下大亂，彌勒佛下生，河南及江淮愚民皆翕然信之。」

〔註24〕〔元〕陶宗儀：《南村輟耕錄》卷二十三，北京：文化藝術出版社，1998年，頁322。

吏政腐敗，同時亦表達賈魯治河、紅巾軍作亂等事件，給民眾帶來無限的痛苦。

宋濂四十九歲入明朝，五十歲（順帝十九年正月）受聘為五經師，其前半生目睹元朝國勢日漸下坡的局面，因此面對元朝亂象多有體會，關於當時的亂象的記載，在其文章中屢見不鮮，資舉例如下：

元至正十二年壬辰，大盜起江漢間，郡縣相繼陷，聚落民爭揭竿為旗以應寇。（〈元贈進義副尉金溪縣尉陳府君墓銘〉）〔註25〕

當元之季，大盜起於沔陽，蔓延江右，陷吉安，既而州兵搗走之。盜所遇井落，民皆相挺為變，殺掠巨室，慘酷不忍聞。（〈故廬陵張府君光遠甫墓碣銘〉）〔註26〕

元季繹騷兮，妖民夜呼。焚毀城邑兮，是劉是屠。勢如狂瀾兮，簸盪失潴。（〈故吉安府安福縣主簿潘景嶽甫墓銘〉）〔註27〕

元季政亂，海上兵動，烽火漲天，三閣與寺皆鞠為茂草之場。（〈佛心普濟禪師緣公塔銘有序〉）〔註28〕

元至正之季，民反處州為盜，轉掠而東，陷永康，婺諸縣繹騷弗寧。（〈故嘉興知府呂府君墓碑〉）〔註29〕

元季之亂，江南諸郡多陷於盜，獨處州以士大夫倡義兵堅守而完。〈故處州翼同知元帥季君墓銘〉）〔註30〕

天曆元年，徵江淮兵過郡，將弗檢，下兵白晝揮刀戟走市，怖人奪資貨，不與，繫楊道上，縱火焚廬舍，橫甚。（〈吳先生碑〉）〔註31〕

上述各例在在顯示元末社會因元軍墮落與群雄割據，造成動盪不安之景況，當日民眾生命財產遭受嚴重威脅，地方風物、佛寺也遭到毀壞，地方實無寧日。元末混亂的社會局面中，民眾要面對的威脅就是趁亂而起的盜匪，當時政府已經越來越不能控制各地盜匪的劫掠，因此有些盜賊就藉機擴大他們的勢力，百姓被迫需要自組義軍來捍衛家園，許多民眾也因此喪失性命。

〔註25〕《全集》，頁1125。
〔註26〕《全集》，頁914。
〔註27〕《全集》，頁793。
〔註28〕《全集》，頁1295。
〔註29〕《全集》，頁1498。
〔註30〕《全集》，頁1656。
〔註31〕《全集》，頁1511。

在宋濂所撰述的諸多碑傳文章中，也有許多篇幅不經意或有意提及當日社會情形，其筆下的傳主多為文士，且德行兼備，眾人多半在元末大亂時，親眼目睹或親身遭遇劇變，有些勇於抵抗而犧牲性命，有些則以國家興復為己任。然而這些傳主所展現的勇氣與氣節，甚至是可歌可泣的事蹟，在宋濂筆下往往深具形象性與一致性。如〈故義士胡府君壙銘〉〔註32〕一文中，據宋濂的敘述，胡嘉祐的行事作風是「人有急難，百計救之，至勢不可為乃已。以信接物，如金石弗變……」而在至正十七年時，「歲丁酉，括蒼盜起，殺官吏，焚府庫，蔓延至永康，浙水之東騷動。」當時胡府君受薦，廉訪使命其集鄉里健兒，給以鎧甲，府君組成部隊之後，也教以攻戰之法，發揮一定的功效。然而「一旦，寇大至，府君列陣于占田，眾寡不敵，遂死之。」宋濂對於胡嘉祐的犧牲，認為其為義士，「君子有取之者，其捍衛鄉井之心，曒曒然不可誣也。人孰不死？君死於義，可以無恨矣。」再如〈故吉安府安福縣主簿潘景嶽甫墓銘〉一文記載潘景嶽在元末大亂之際，不僅能夠保民設學，同時釋奠孔子，且在東湖大亂時，面對流寇將加害曾祖，景嶽與弟槐、楣、柄爭欲代死，實有義行，時人亦曾為其作〈五義士傳〉。宋濂在文中直言「不識景嶽」，但在文末面對其一生事蹟深刻地評論：

> 嗚呼！君子之學，在存心澤物而已。有如景嶽，退然如不勝衣，至
> 臨大事，以一夫而當萬夫之勇，不顧死生利害，卒生民人，真無愧
> 奇男子也。〔註33〕

透過上述之例可知，他們共同的特質皆是在當日有義行，這也是宋濂為人作傳的一個重要標準。雖然他與這些人物多半不熟稔，或是素不相識，但對他們所展現出勇者的形象，並不吝給予同情與讚揚，不僅令讀者動容，亦可得見出宋濂對儒家仁義禮智精神的秉持與實踐。

然而面對這場元明朝綱變換的過程，宋濂深刻的感受也來自於親身的經歷。在〈亡友陳宅之墓銘〉一文中，就提到至正戊戌（至正十八年）因為戰亂而到好友陳宅之家中避難的情景：

> 至正戊戌，濂避兵徵君家，已而遷宅之之西軒。濂攜室人賈專及仲
> 子璲、長孫愼，三世為四人爾，心膽戰掉，若喪家之犬。宅之煦嫗
> 而軫存之，視濂猶弟兄，遇璲與愼有若子孫，宅之內子蔣夫人亦視

〔註32〕《全集》，頁624。
〔註33〕《全集》，頁793。

專如姊娌然。濂安之，百里之外忘其流離顛沛之苦者，宅之夫婦力
也。〔註34〕

因為好友的收留，宋濂暫時忘記逃難的不安與恐懼。然而當時他不僅心驚膽
顫地帶著家人逃難，自己唯一的妹妹也在這場兵禍中因為守節而失去生命。
宋新在戊戌十月與丈夫賈明善避難浦陽城竇山，她雖藏匿在灌莽中，然「為
游卒所執，乃抽銀條脫求解，不聽，將亂之。」因此宋新騙游卒要給他昨夕
藏在山坎中的珠貝，趁游卒不備，躍入深淵而死，做了寧為玉碎不為瓦全的
選擇。〔註35〕

宋新在至正十八年十一月十四日，因守節而躍入深淵死一事，對宋濂的
影響甚大，因此不避親的為妹妹做了一篇私傳〈宋烈婦傳〉，記載其節烈事蹟。
他在文中感嘆道：

> 嗚呼！自古莫不有死，當是時，執法之大吏，秉鉞之將帥，守土之
> 二千石，或有不能，而烈婦獨能捐軀徇義。……人之所欲，莫甚乎
> 生，苟所見一髮未盡，則幸存之念興；幸存之念興，含辱忍垢何所
> 不至哉？想其臨淵之時，貞剛之氣充塞上下，天不足為高，地不足
> 為厚，日月不足為明，視區區微生，直鴻毛輕耳。不然何以能若是
> 之烈也？〈宋烈婦傳〉〔註36〕

宋濂面對貞潔烈婦的行為總是能夠感同身受，不單僅是因為他受儒家思想薰
陶與歷代女教要求之故，正因為自己親人的遭遇，使得他對節烈婦女的行徑
感受特別深刻。元末婦女徇節不屈之事，如履不絕，在〈王貞婦傳〉一文中，
宋濂便談及「貞婦」的典範價值：

> 嗚呼！女婦之質甚弱耳，扣盃足以駭走之，今貞婦乃不為威武所屈
> 若是，非其秉志剛見義明有不能也。世以丈夫自居者，冠帶儼如，
> 步趨鏘如，議論藹如，人倘以女婦目之，則頳然怒去。及究其所為，
> 一遇小利害，則甘心喪其所守，似婦人女子之不若，抑又何說哉？
> 然自兵亂以來，婦人徇節而不屈者，或自剄死，或墜崖下死，或赴
> 水火而死，固人之所難，此特出一時義烈所激爾。有如貞婦處孤燈
> 敗帷間，淒風蕭蕭然，中人歲積月深，必有甚不能堪者，恆人之情

〔註34〕《全集》，頁1225。
〔註35〕後來宋新所躍之深淵，民眾命其潭為「宋姑潭」。〈宋姑潭〉，《全集》，頁2638。
〔註36〕《全集》，頁1989～1990。

> 寧不爲之少衰？貞婦之操則愈堅如鐵石，百折不撓，豈不尤人所難
> 者乎？使一鄉之得若人，必有率德而勵行者，由是達之一邑一州，
> 無不皆然。其于移風俗美教化之道，有國家者蓋有賴焉，是宜爲之
> 傳，以俟觀民風者。〔註37〕

在元末兵亂時期，婦女爲了徇節，手段激烈，或自剄、墜崖、或赴水火而死
之例屢見不鮮，單以《元史・列女傳》就羅列了近二百位當朝的節烈婦女，
傳前曾闡述輯錄「列女」事蹟二卷的意義：

> 元受命百餘年，女婦之能以行聞於朝者多矣，不能盡書，采其尤卓
> 異者，具載于篇。其間有不忍夫死，感慨自殺以從之者，雖或失於
> 過中，然較苟生受辱與更適而不之愧者，有間矣。故特著之，以示
> 勸屬之義云。

此處史官從宣揚教化與建立典範的立場，向天下婦女「以示勸屬」，並有警世
之意。「節、烈、義、孝」是婦女行爲的總體表現，故董家遵即提出「節婦只
是犧牲幸福或毀壞身體以維持她的貞操。而烈女則是犧牲生命或遭殺戮以保
她底貞潔。前者是守志，後者是殉身。」〔註38〕在《元史・列女傳》中，因
兵亂被執、被脅迫而死的婦女爲數最多，至少超過二十例（筆者按：參見附
表二），這些事件多發生在元末順帝至正年間，因社會混亂，弱勢婦女所受的
傷害猶勝以往。宋濂曾云：「貞操之事彰，天下無烈婦矣。」《龍門子凝道記
中・先王樞第五》，在《浦陽人物記・貞節篇》中亦云：「貞婦之得名，蓋以
世之不貞者眾也，濂又豈得不爲衰俗一嘅也。」由上述說法論之，宋濂認爲
此種勇於保全名節守貞的行爲是當時社會所缺乏的，區區女子每日所做不過
是主中饋織紝等事，然而遇事卻能夠守死自誓。相對於飽讀詩書，每謂行堯
舜之道的士大夫，遇事卻往往不能堅定心志，輒懷貳心，貞婦之行徑豈不更
難能可貴？而且成爲貞婦，常常是一種不得不然的抉擇，朝廷的旌寵與否，
並不在當下的考慮範圍內。他對貞婦實寄予深深的同情，故於文集中，針對
節烈、賢孝婦女所作之文爲數甚夥，經統計共有五十四篇。在〈題天台三節
婦傳後〉一文中，宋濂對於烈婦陶宗媛的行爲曾說：

> 然人之受刃無無血者，宗媛則以之。淑雖死，其精靈猶能動物不亂。

〔註37〕《全集》，頁 522。
〔註38〕參見董家遵：〈歷代節烈婦女的統計〉，收入鮑家麟編著：《中國婦女史論集》，
　　　　台北縣：稻鄉出版社，1999 年再版，頁 111～117。

是知貞潔之人，其超越誠與常人殊。薦紳家相訾嗷者，輒斥曰「女子婦人」，女子婦人猶有是，嗚呼！〔註39〕

此處不僅肯定了「貞節」婦女超乎常人的勇氣，同時對於一般人動輒以鄙夷態度斥之為「女子婦人」之言加以批判，在宋濂心中，女子婦人尚比道貌岸然的薦紳大夫更有見識，更令人敬佩。從其妹到文集中諸多婦女，透過宋濂之筆，這些女子犧牲的勇氣與精神得以流芳百世。

　　元末社會的動盪對他的影響是多面的，除了上述之例所展現其悲天憫人胸懷外，對於政治方面的觀察，元朝的必然覆亡，他也早有預見。他在〈燕書〉四十首中，多以寓言方式闡言治國之道與當世之非，其中有許多則寓言是揭露當時社會上形形色色的醜陋現象。如第十則「齊景公懲奢」：

齊景公懲奢而好儉。諸大夫復日浸乎淫靡，然懼景公之知，矯情事焉。每入朝，駕羸馬樸車以從，衣惡甚，冠纓殆欲絕也，齊景公謂其誠也，憐焉，召群臣曰：「寡人使子囊帶賜爾等錦衣一襲，及鞸琫容刀各一，以為身章，而等毋過儉也。」皆對曰：「臣等藉君威靈，得從大夫之後。食雖弗鑿，不我餒也；衣雖弗華，未嘗裂也。願君久有此土，俾萬子孫食君之儉。傳曰：『儉，德之共也』。共則一和，儉則從康，從康則豫，一和則輯，唯君圖之。」景公悅。

一日出游，會諸大夫饗于鹿門。入而觀焉，其車則澤而煥也，其馬則矯而騰也，其服食器用則豐明精腴也。景公以其紿己，大怒曰：「叱嗟！而吾臣也，敢爾乎！」盡收而戮之。〔註40〕

此則目的即是揭露元末朝廷與地方官吏多奢侈腐化，不僅耽於享樂，肆意揮霍，在表面上卻裝儉樸清廉，以此種欺世盜名的行徑，企圖博取名聲，得享升遷。宋濂對於此種行為不以為然，故其有言「君子曰：書云『作偽心勞日拙』，其齊大夫之謂乎？」對當時官吏的醜陋面目進行批評。在第三十六則以越人甲父史與公石師二人為例，「甲父史能計而弗決，公石師善決而計疏，各合其長，事無留行，人兩而一心也。因語相侵，離去，政輒敗。」因此在文中密須用了許多「合則兩存，分則兩害」的比喻，勸諫二人一定要合好，否則影響甚鉅。此則寓言諷刺當時元末政府部門剛愎自用的弊病，說明了政府部門雖應各司其職，然若僅是各行其事，不能相互合作，必然效率不彰。在

〔註39〕《全集》，頁 621。
〔註40〕《全集》，頁 151～180。

〈蘿山雜言〉的第五首，宋濂也提到：

> 絲絲棼棼，乃政之分；純純縕縕，乃政之一。是故聖人馴而弗擾，
> 靖而弗逸，明而弗察，勤而弗煩。弗擾故民舒，弗逸故民寧，弗察
> 故民寬，弗煩故民裕。四者有失，則天下受其害。〔註41〕

治天下的原則在於行仁義之道，必要之以民眾利益為優先。上述諸例可見宋
濂當時面對混亂的時局，不僅能夠清楚透徹的觀察社會與政治問題，除了指
出問題根源外，並積極地提出見解。由於宋濂在元代並未走上仕途，雖志不
行，仍然當求用世之學，故當日他在青蘿山、隱居小龍門山，以及兵亂逃難
之際，反而不受到任何的束縛，依舊自在地思考與著書立說，不僅觀察政治，
也探究人生、宇宙、歷史哲理等層面，如〈燕書〉、〈蘿山雜言〉、〈龍門子凝
道記〉、〈諸子辨〉等重要名篇即成於當時。

元末反元群雄中具有一統天下實力者，共有幾股勢力，分別是方國珍、
陳有諒、張士誠與朱元璋，在競爭過程中，朱元璋略勝一籌而勝出。當時朱
元璋以治軍紀律嚴明與拉攏人心的政策，贏得社會上較廣泛的支持。相較元
末盜賊橫行，元軍軍紀不彰，宋濂在〈胡越公新廟碑〉一文中，即記載當時
胡大海在紹興一帶軍紀嚴明的事蹟：

> 部曲進曰：公之號令素嚴，人無違禁，賞非無功，罰非無罪，使我
> 等攻必克，戰必勝……公嘗自誦曰：「我不知書，然吾行軍唯有三事
> 而已：不殺人，不虜人女婦，不焚人廬舍。」故其軍一出，遠近之
> 人皆爭趨附之。〔註42〕

朱元璋渡江之後，積極的重用文士，至正十八年，命郡守王宗顯開郡學，聘
宋濂與葉儀為「五經師」，濂辭。〔註43〕至正二十年明太祖復徵宋濂、劉基、
葉琛、章溢等同至金陵，並為他們建了禮賢館。宋濂入明後正式步入仕途，
其任帝師、文學侍從多年，由於其所處之地位甚高，因此明初時期的宋濂無
論是在思想或文章方面，多少皆帶有一定程度的官方色彩。入明後的宋濂與
元末時期不同之處，即在於既然身為統治階層的一員，為朝廷施政與文化政
策做宣揚已是一種責任，此外由於明太祖強調君權，同時屢屢加強對思想的
鉗制，因此雖然政治社會走向穩定與繁榮，但其在言論方面反而較元末更為

〔註41〕《全集》，頁51。
〔註42〕《全集》，頁436。
〔註43〕〈答郡守聘五經師書〉，《全集》，頁252。

謹慎，〔註 44〕相形之下，他具有思想價值的文章多半在元末完成。至於成於明代之文中，爲明太祖歌功頌德或應酬文字墓銘類的文章佔了一定的份量，對於當時的史治或政治措施，宋濂多半在文章中表現出衷心的擁護，或許因爲當時政治氛圍影響，時勢、環境、地位也有變化，大部分的時刻他沒有提出進一步的建議或者是異議，具有豪氣精辟的文章已不復見。

　　由於宋濂在元末即有深厚學養與文名，若從其文章觀之，他雖身處民間，然所表現出志向仍帶有追求儒家外王事業的理想。入明後雖然真正入仕，卻受限於外在環境的牽制，反而因明初朝廷推崇儒家的文化政策，讓宋濂在明初理學發展上有所建樹，並且試圖在政治方面有所實踐。因此對他來說，元末明初的時代環境，實爲其思想提供了積累外王與內聖兩種層次的機會。

附表二：《元史・列女傳》中之殉節烈婦舉隅

例　證	殉　節　原　因	殉　節　方　式
王醜醜	被掠，義不受辱	自焚
朱錦哥	遇兵被執，逼與亂	抱三歲女赴井死
王安哥	兵賊欲污之	自投澗死
蔡三玉	盜起，迫妻之	自投江死
張氏	兵亂，遇賊懼污	奪賊刀自剄死
童氏	官軍剿掠，欲污之	爲卒先斷二臂，後被皮其面而死
毛氏	被擒並脅之	被賊刳腸死
禹淑靜	遇賊將犯	抱幼女投河死
王氏、妾杜氏	官軍擄掠	紿賊，至夫墓自求死
趙氏	寇亂，被驅迫以行	投廁而死
陳淑真	爲賊所脅	被射殺
陳妙圓	兵欲強辱之	投火以死
許氏	遇賊	被害
何氏	賊欲污之	與子女投崖死
周如砥女	賊迫爲妻	賊殺之
徐氏	民亂被執	投井死
陳氏	欲賊被執	投江死
陶宗媛等	被脅	投江死
劉氏	遇兵欲污之	罵賊，被鉤斷其舌，含糊而死

〔註44〕宋濂在〈磨兜堅箴〉一文中提到「磨兜堅」者，古之慎言人也。其箴首句即言：磨兜堅，慎勿言，口爲禍門。《全集》，頁 1999。

第二節　學術淵源與治學態度

　　大凡學術之建立，淵源所自，必有所承，論其學術宗旨，亦有統系可循。
故研究景濂之成學，師友的互動影響、學術環境的內因外緣，實為探究其學
術淵源構成之重要角度。

一、轉益多師

　　宋濂在〈送陳庭學序〉一文中，曾回顧自己期待出外擴展交遊與見聞的
心情：

> 余甚自愧，方余少時，嘗有志於出游天下，顧以學未成而不暇；及
> 年壯可出，而四方兵起，無所投足；逮今聖主興而宇內定，極海之
> 際合為一家，而余齒已加耄矣。〔註45〕

歷代文人皆重視外出游歷，宋濂也認為出外游歷對學問與見識的增進至為重
要，因此在求學過程，「轉益多師」的學識增長，對他而言意義重大。

　　他的讀書歷程始自家塾的啟蒙，祖父守富延聘南澗子包廷藻（字文叔）於
家塾教授子孫，〔註46〕宋濂亦在其列。根據宋濤記載，宋濂「年六歲，入小學，
其師包文叔授以李瀚《蒙求》，一日而盡，自後日記二千餘言。」〔註47〕他跟著
包文叔學作詩，詩興很高，九歲就能作詩贈道士樓節翁，其中有「步罡隨踢腳
頭斗，噀水能轟掌上雷」之句，頗受好評。據在〈南澗子包公碣〉的回憶，當
時他「操觚賦詩，動輒十餘首，南澗子酷愛之。」好友王禕也說「（宋濂）甫六
歲，即能誦古文書，過其目輒成誦。為詩歌有奇語，操筆立就。人異之，呼為
神童。」〔註48〕足見幼年的宋濂流露出早慧的光采。然而因為家貧，一度輟學，

〔註45〕《全集》，頁 1711。

〔註46〕根據宋濂在〈南澗子包公碣〉一文記載：「濂之祖太常府君與南澗子相友善，
　　　　嘗延於家塾，俾諸孫師事之，而濂甫十二齡，亦預其列。」關於宋濂究竟幾
　　　　歲入家塾的說法，根據鄭濤與王禕的記載是六歲，但宋濂於此文中則自陳是
　　　　十二歲。但可以肯定包廷藻是宋濂的啟蒙教師，其詩作亦受包氏的啟發與讚
　　　　賞。《全集》，頁 1193～1194。

〔註47〕見鄭濤：〈宋潛溪先生小傳〉，《全集》，頁 2323～2325。

〔註48〕見王禕：〈宋太史傳〉，《全集》，頁 2325～2328。關於宋濂幼年詩作，有〈蘭
　　　　花篇〉一首，宋濂自陳「延祐戊午年賦，時予始九歲。屢焚舊詩，而此特以
　　　　幼作存，今復錄之。」全詩如下：「陽和煦九畹，晴芬溢青蘭。潛姿發玄麝，
　　　　幽藹凝紫檀。綠蘿托芳鄰，白谷把高寒。玄聖未成調，湘纍久長嘆。菉葹雖
　　　　外蔽，貞潔終能完。豈知生平心，卒獲君子觀。雜以青瑤芝，承以白玉槃。

也無力延請名師，同時也因爲地方名士認爲不足爲宋濂師之，故鄭濤於〈宋潛溪先生小傳〉言「鄉中受徒者皆畏景濂，又莫敢爲之師，自是或輟或作者十年。」正因爲包氏認爲宋濂是可造之才，雖然宋家無力負擔學費，但包氏仍然希望宋家不要讓他荒廢學業。宋濂回憶道：

> 既而濂以家單，稍不事觚翰，南澗子移書於先君尚書公曰：公之子終成偉器，豈可使嬰世利而志不專耶？外物去來，猶春花之開落，唯問學乃身中之至寶耳。先君深悟其言，命擔簦遠游，至今幸忝簪纓之末，皆助導之功也。〈南澗子包公碣〉

雖然宋濂師事包氏時間不長，但因包文叔對宋家的提醒，父親日後才願意讓他外出遠遊求學，於此宋濂亦銘感在心。他十五歲時繼而受到鄉先達張繼祖之賞識與引薦，〔註49〕進而有機會受業於聞人夢吉門下。

（一）師事於聞人夢吉

聞人夢吉（1293～1362），字應之，門人私諡曰「凝熙先生」。曾祖父韶爲金華縣令，遂爲婺人。祖父逸孫是溫州儒學教授，父親詵，字詵老，號桂山翁，嘗游魯齋（按：王柏之字，1197～1274）之門。〔註50〕夢吉受學於父親，長於經學，爲鄉貢進士，禮部會試科考失利後，受薦爲校官講學不輟。據宋濂的記載，聞人先生對於經學義理研究深入，當時前後授學者不下二千人：

> 故凡七經傳疏，悉手鈔成帙，義理所在，深體密察，微如蠶絲牛毛，剖析靡遺。積之既久，神會心融，訓詁家之說，有分拏未定於一者，公別其是非，如辨白黑。四方學徒，或執諸經問辨，公爲歷陳眾義而折衷之，不煩餘力。〈故凝熙先生聞人公行狀〉

十九歲時，宋濂負笈金華縣城，正式向聞人夢吉習經，爲時三年。〔註51〕關

凌風曉方薦，清露夜初溥。此時不見知，駢羅混荒菅。春風桃杏華，爛若霞綺攢。徒媚夸毗子，千金買歌歡。棄之不彼即，要使中心安。願結媙人佩，把玩日忘餐。」《全集》，頁2202。

〔註49〕宋濂在〈哭張教授父子辭〉一文中言：「初，濂年幼時見公（張繼祖），公即相器重，與爲賓主禮，俾同道生（張繼祖之子）師事城南聞人先生。逮今粗知學而不陷於小人之域者，皆公賜也。」《全集》，頁2154。關於張繼祖對宋濂器重之事，尚可見諸〈蓮塘張氏宗譜序〉、〈瀏陽州儒學教授張君繼之行狀〉，《全集》，頁2239～2240、2246～2247。

〔註50〕〈故凝熙先生聞人公行狀〉，《全集》，頁312～314。

〔註51〕宋濂有言：「初，余年十九，負笈入婺城之南，受經說於聞人先生，會彥珍亦從烏傷來卒業。……居三年，聞浦陽淵穎吳公闡教諸暨之白門，余復裹糧相

於聞人夢吉對學問的態度與講學，其追憶道：

> 言其植志，則以三德六行爲本原，而涼偷之事弗爲。言其講學，則
> 以四書五經爲標準，而非聖之書不讀。言其攻辭，則以文字從職爲
> 載道之用，而斥鉤章棘句爲非學也。言其訓人，則以眞實不欺爲凝
> 道之端，而指出口入耳爲小夫也。〈謚議兩首 ──凝熙先生私謚議〉
> 〔註52〕

此處宋濂論及業師聞人夢吉言教與身教的原則與標準，立身處事重視道德誠信原則，不投機取巧，講學傳道則以四書五經等聖人之書爲重。對於文章的看法，聞人先生認爲文章的作用在於「載道」，即彰顯聖人之道，而非徒具形式與雕章麗句的華美文辭。至於在個人的修養實踐方面，唯有眞實不欺，才能近道，因此聞人先生的學養實是「以誠爲本」，同時必須做到「內外一致」，聞人先生對宋濂的影響，不僅是在學問方面，其所建立之儒者風範，也潛移默化地影響宋濂。

> 公之學，一以誠爲本，涵養既馴，內外一致。……其誨學者，必先
> 道德而後文藝，故於辭章，若不經意。時而出之，文義深鬱，亦粲
> 然可觀。〈故凝熙先生聞人公行狀〉

宋濂受業於名師之前，由於家境清貧之故，學問積累多半靠自學，同時早年他在古文辭方面，也「自以爲有得」，〔註53〕但從追隨聞人先生習經始，才正式進入經學的殿堂一窺闈奧。聞人先生授之以春秋三傳之學，「得《春秋》三《傳》之旨，兼通五經」，〔註54〕故足見聞人夢吉對宋濂經學的啓發，並奠定其經學的基礎。同時經由上段文字得知聞人先生對學生教誨，已有「先道德後文藝」的優先順序，足可見宋濂日後文論觀念的建立與對道學的認知，實受師承的啓蒙與影響至深。

由於《宋元學案》將說視爲魯齋門人，並將夢吉歸入「桂山家學」，黃宗

從。」〈玉龍千戶所管民司長官樓君墓誌銘〉，《全集》，頁2106～2108；「初，濂年十九，時束書游城南，識思誠於玄暢樓上。」〈唐思誠墓銘〉，《全集》，頁2117～2120。

〔註52〕《全集》，頁230。

〔註53〕宋濂在〈贈梁建中序〉中曾說：「余自十七八時，輒以古文辭爲事，自以爲有得也。」後亦自陳其體悟「文之華靡，其溺人也甚易之故也。雖然，天地之間有全文焉，具之於五經……」《全集》，頁558。

〔註54〕〔清〕查繼佐：《罪惟錄·列傳卷之八中·宋濂》，杭州：浙江古籍出版社，1986年，頁1405～1408。

義認爲「北山確守師說，可謂有漢儒之風焉」，黃百家在案語中曾言：

> 勉齋（按：黃榦）之學，既傳北山，……而北山一派，魯齋、仁山、
> 白雲既然得朱子之學髓，而柳道傳、吳正傳以逮戴叔能、宋潛溪一
> 輩，又得朱子之文瀾，蔚乎盛哉！是數紫陽之嫡子，端在金華也。

〔註55〕

聞人先生父親爲王柏之門人，王柏又師承黃勉齋，故聞人夢吉之學實承金華
朱學，宋濂無庸置疑爲明初金華朱學的傳承者。雖然其受業於聞人夢吉的時
間只有區區三年，但對日後屢屢以實踐儒者之道自許的宋濂而言，此時實可
視爲啓迪他對朱學的認識與學習的重要關鍵。

（二）受業於吳萊

吳萊（1296～1340），字立夫，原名來，門人私謚爲「淵穎先生」，〔註56〕
其父吳直方是元順帝時丞相脫脫的老師與謀臣，〔註57〕母親四歲授之以《孝
經》、《論語》、《春秋穀梁傳》，隨口成誦。七歲善屬文，能賦詩。吳萊與黃溍、
柳貫受業於方鳳，〔註58〕再傳而爲宋濂。方鳳爲其更今名萊，「授之以《易》、
《書》、《詩》三經義，暨秦、漢而下諸文章大家，先生一覽即悉其指趣。」
方鳳肯定吳萊，並許以孫女妻之。因此吳萊更加努力，「自是以來，先生博極
群書，至於制度沿革、陰陽律曆、兵謀術數、山經地志、字學族譜之屬，尤
無所不通矣！」可見吳萊與方鳳的關係，在金華諸文學家中最爲方氏之嫡傳。

吳萊「少有大志，專思澤物，不欲以文士名」，〔註59〕雖然曾參加延佑年
間的禮部科舉，「尋以議論不合於禮官，退歸田里。」不第，回婺州浦江，執
教於鄭氏義學，〔註60〕不再措意仕途。後雖薦任饒州路長薌書院山長，但未

〔註55〕 黃宗羲著／全祖望補修：《宋元學案》卷八十二「北山四先生學案」，北京：
　　　　中華書局，1986 年，頁 2727、2753、2765。
〔註56〕 〈謚議兩首──淵穎先生私謚議〉，《全集》，頁 229～230。
〔註57〕 〈故集賢大學士榮祿大夫致仕吳公壙記代作〉，《全集》，頁 121～122。
〔註58〕 吳萊在《元史》中與柳貫一起附於黃溍傳中，三人皆出身於金華，也先後受
　　　　業於方鳳，而宋濂又從學於三位鄉先達，故此種安排實突顯了三人之間的關
　　　　係。《元史》，北京：中華書局，1985 年，頁 4190。
〔註59〕 〈淵穎先生碑〉，《全集》，頁 241～244。宋濂在〈淵穎先生碑〉中也曾謂吳萊
　　　　「數與時違，弗沾一命，以致於死不大顯白於世。所幸雄篇鉅策，彪炳烜著，
　　　　有如日星，尚當藏諸名山，以俟後世之知揚子云者。」吳萊雖名不顯於當世，
　　　　但卻因詩文的流傳，進而展現了「立言」這種重要的價值意義。
〔註60〕 〈鄭景彝傳〉，《全集》，頁 1480～1482。

赴任，於至元六年疾作身亡，時年四十四歲，其詩文《淵穎集》十二卷由弟子宋濂編定。

　　吳萊爲元中後期文章名家，其詩文創作以復古爲尙，在《元史》列傳中，柳貫「每稱萊爲絕世之才」，黃溍晚年也曾稱其文「嶄絕雄深，類秦漢間人所作」。〔註61〕《四庫全書總目》則肯定吳萊在元代文壇的重要性：「萊與黃溍柳貫並受業於宋方鳳，再傳而爲宋濂，遂開明代文章之派」、「故年不登中壽，身未試一官，而在元人中屹然負詞宗之目。」〔註62〕對於吳萊之文，胡翰在《淵穎集‧序》中有云：

> 初，浦江有宋儒者曰，方詔父先生師法，爲學者所宗。知名之士如侍講黃公、待制柳公，皆出其門。晚得先生，尤奇其才，而以斯文望焉。〔註63〕

因吳萊是方鳳的嫡傳，且當是時，方鳳對吳萊有著「以斯文望焉」的期待，故此處之「文」所指稱意涵，應如宋濂所記載，爲「眞實中正」之文：

> 宋季文弊，鳳頗厭之，嘗謂學者曰：文章必眞實中正方可傳，他則腐爛漫漶，當與東華塵土俱盡。已而言果驗。〔註64〕

宋濂在〈謚議兩首──淵穎先生私謚議〉一文中，也曾剖析其師著作中對「文」的概念與文章特色：

> 所謂文者非他，道而以已。故聖人載之則爲經，學聖人者，必法經以爲文。譬之於木，經，其區幹者歟；文，其柯條者歟，安可以歧而二之也。……有如長薌書院山長吳公先生，風裁峻明，才猷允茂，漱六藝之芳潤，爲一代之文英。……觀其所志，直欲等秦漢而上之。凡流俗剽竊無根之學，屛弱不振之章，皆不足闖其藩垣而逐其軌轍者也。

此處已然點出在吳萊之文中「文」與「道」等同的概念，文乃本之於經義而發爲文辭，面對當日流俗剽竊屛弱之文，皆不足以識之爲「眞實中正」之文。

　　宋濂與吳萊的師承關係可追溯至二十歲這年，當時宋濂「往拜淵穎先生

〔註61〕吳萊、柳貫與黃溍三人與元明善、虞集、揭傒斯並列於《元史》卷一百八十一，可見《元史》此卷的安排亦是肯定三人在文章方面的成就。

〔註62〕〔清〕紀昀編纂：《四庫全書總目》，台北縣：藝文印書館，1989年6版，頁3318。

〔註63〕〔元〕吳萊：《淵穎集》，台北：新文豐出版股份有限公司，1984年，頁2。

〔註64〕《浦陽人物記下卷‧文學篇‧方鳳》，《全集》，頁1845～1846。

吳公於浦陽江上」，吳萊也以「擬秦王平夏鄭頌」及「宋鐃歌鼓吹曲」兩題試之，宋濂即撰述以上。吳萊讀之，除了稱許之外，並加以指點：「孺子誠可教，使稍收斂入於簡嚴，則所向無前矣。」〔註65〕後因同里好友胡翰時受學於浦江吳公立夫，深得其學，胡翰遂致書宋濂，謂「舉子業不足煩景濂，曷學古文辭乎？」宋濂復欣然前往諸暨，〔註66〕在元文宗三年時正式從吳淵穎先生學。〔註67〕但由於家貧，眞正向吳萊親炙受學的時間並不長，然宋濂與吳萊之間亦師亦友的師生情誼，從二人相互往來的書信中可見一斑。〔註68〕

　　據鄭濤〈小傳〉所記，宋濂從吳立夫先生學習時非常用功，學問方面也有長足的進步，此時尤其在古文辭方面盡得其閫奧：

　　益取經史及諸子百家之書而晝夜研窮之，凡三代以來古今文章之洪

　　纖高下，音節之緩促，氣焰之長短，脈絡之流通，首尾之開闔變化，

　　吳公所受於前人者，景濂莫不悉聞之，於是其學大進。

在此時期，宋濂文章之名也日益建立，後來吳萊先生解館而歸，便由他繼任浦江麟溪鄭氏義塾東明精舍的教席一職（至正元年 1335 年）。〔註69〕當時鄭

〔註65〕〈宋鐃歌鼓吹曲·後記〉，《全集》，頁 1874；在〈浦江戴府君墓誌銘〉一文中也記載「濂弱齡時，師事淵穎先生吳公於浦陽江上。」《全集》，頁 603。

〔註66〕〔明〕鄭濤：〈宋潛溪先生小傳〉，《全集》，頁 2323～2325。

〔註67〕宋濂自陳：「始濂游學諸暨時，與烏傷樓君彥珍、浦陽宣君彥昭、鄭君浚常、浚常之弟仲舒，同集白門方氏之義塾。塾師乃吳貞文公立夫，蓋鄉先生也。彥珍最先還，而濂與彥昭、浚常兄弟講學將一期。」〈故溫州路總管府判官宣君墓誌銘〉，《全集》，頁 1490～1492。從上述之文看，雖然宋濂因家貧無力負擔學費而被迫返回金華，眞正受學於吳淵穎先生的時間不長。

〔註68〕宋濂當時被迫返家時，吳萊曾在〈送宋景濂、樓彥貞歸里〉一詩中表達不捨送別，與期勉努力研讀經學之情：「我生本孤陋，偶到越江頭。如何彼二子，直泝越江流。子來我欲去，子去我仍留。留子子不住，送子使人愁。我且與子酒，西風吹子裘。問子何所學？將通魯《春秋》。聖心久不白，聖髓空旁搜。聖經但至正，賢傳相戈矛。晉臣忠如預，漢士識有休。發揮一王法，褒絀五等侯。經筌未可棄，墨守或爲疵。我今豈謂能？子幸與經謀。嗟哉我何學！半世成倦游。焚膏政自苦，奏牘不克投。我迕世所誚，我病我難瘳。子何不即遠？說我東家某。我竆不及子，請子更歸求。毋徒挺岧嶤，亦莫變浮漚。勖哉敢不力，前路無停騮。」《全集》，頁 2593。關於二人亦師亦友的交情，除可見吳萊與宋濂書信往來，如〈吳萊與宋景濂書〉中吳萊提到二人對《穀梁》的看法一致，並認爲「大抵景濂之文，韻語爲最勝。」、〈早秋偶然作寄宋景濂〉則分享當時心境與想法，《全集》，頁 2561～2562、2591～2592；同時宋濂也曾代吳萊先生爲其父吳直方作〈故集賢大學士榮祿大夫致仕吳公壙記〉，《全集》，頁 121～122。

〔註69〕「年二十五，講道著書義門鄭氏之東明山，名震朝野。」見〔明〕黃宗羲著／全祖望補修：《宋元學案·文憲宋潛溪先生濂附子璲》，北京：中華書局，

氏子弟多半受教於宋濂，同時他並參與鄭氏氏族「家範」的修定，襄助「鄭義門」〔註70〕以儒家理論治家。

學者汪克寬在〈吳萊之才華與學藝〉一文中認為吳萊是元末明初浙東金華士人中，擔負承先啓後重任之人。〔註71〕透過吳萊，上承方鳳下啓宋濂的金華文脈，宋濂為吳萊及門弟子，因此文章詩辭之淵源皆可視為出自方氏。尤其是他追隨吳萊習作文之法，不僅受吳萊影響甚深，同時也繼承了吳萊對「文」與「道」二者不能偏廢的觀念，故在日後論述其文道觀時，可見在觀念上實受啓發。

（三）從學於柳貫、黃溍

柳貫（1270～1342）字道傳，門人私謚文肅。甫及冠，「遣受經於蘭溪仁山金公履祥」，〔註72〕「即能究其旨趣，而於微辭奧義多所發揮」，〔註73〕柳貫師事金履祥習性理之學，而金履祥受當日學者推尊為「金華四先生」之一，〔註74〕傳承朱子學派的精神。柳貫亦執弟子禮於方鳳、吳思齊、謝翱三先生，向其習古文與詩，「公左右周旋，日漸月漬，不自知其與之俱化也。」〈墓表〉

1986 年，頁 2800～2801。「吳公解館而歸，先生嗣主教席，子弟年十六者，皆相從讀書講道東明山中，受業者一門凡四十餘人，始終越二十年，學成多有躋膴仕者。」見鄭楷撰〈翰林學士承旨、嘉議大夫知制誥、兼修國史、兼太子贊善大夫致仕潛溪先生宋公行狀〉，《全集‧潛溪錄卷二》，頁 2350～2360。

〔註70〕 「鄭義門」位於浦陽東明山，因累世同居，受朝廷旌表。「至大二年（1309）秋九月，鄉老黃汝霖等言於縣，縣上其事濂訪使，加審按焉，文達中書禮部。四年春二月準式，旌表門閭。」〈鄭氏孝友傳〉，《全集》頁 231～233；檀上寬著／胡其德譯：〈義門鄭氏與元末社會（上下）〉，世界華學季刊 4：2、4：3，1983，頁 55～69、頁 67～74。事實上任教於鄭氏義塾對宋濂的人生產生極大的影響，他任教於東明山始於至元元年（1335），到至正十八年（1358），這段期間宋濂遍讀鄭氏藏書數萬卷，對其學術奠基、授徒與著述與聲名的傳布，可說是極關鍵的階段，其中尤其是在至正十年遷居青蘿山與鄭氏為鄰後，包括編訂《柳待制文集》，學術著作《龍門子凝道記》、《諸子辯》的完成，他的名聲不僅日益提高，其學術成就亦步入新的著書明道之路。

〔註71〕 參見孫克寬：〈吳萊之才華與學藝──元代金華之學下篇之二〉，《中華文化復興月刊》3：9，1970 年，頁 18。

〔註72〕 〈故翰林待制承務郎兼國史院編修官柳先生行狀〉，《全集》，頁 117～120。

〔註73〕 〔元〕黃溍：《黃文獻公集》卷十〈翰林待制柳公墓表〉，北京：中華書局，1985 年，頁 518～521。

〔註74〕 金履祥從學何基、王柏之門，三人與許謙並稱「金華四先生」，其所以名高一代，實由其道學造詣為真實功夫，而又有超越之才略，且終身不仕，節義風標。參見汪克寬：〈元代金華之學述評（上）〉，《幼獅學誌》8：3，1969 年，頁 1～33。

中記載三先生「以風節行義相高，間出爲古文詩歌，皆憂深思遠，慷慨激烈，卓然出於流俗，清標雅韻，人所瞻慕。」柳貫同時並與方回、戴表元、胡長孺兄弟等交游，當時已名聞四方。據〈行狀〉記載柳貫學問淵博，「讀書博覽強記，自禮樂、兵刑、陰陽、律曆、田乘、地志、字學、族譜及老、佛家書，莫不貫通。國朝故實，名臣世次，言之尤爲精詳。」在文章方面則是「爲文章有奇氣，春容紆徐，如老將統百萬雄兵，旗幟鮮明，戈甲焜煌，不見有喑嗚叱咤之嚴。若先生者，庶幾有德有言，爲一代之儒宗者矣。」〈墓表〉評柳貫詩文言：「其文涵肆演迤，春容紆餘，才完而氣充，事詳而詞覈，蔚然成一家言。老不廢詩，視少作尤古硬奇逸，而意味淵永，後學之士爭傳誦之。」由上可知，柳貫學問皆有本末，其文與黃溍、虞集、揭傒斯齊名，天下稱爲「四先生」。在仕宦方面，柳貫所受之官職多半是文學侍從與地方司教之官，至元元年辛巳，柳貫受朝廷徵召以「翰林待制承務郎兼國史院編修官」，然僅任職七個月而卒，年七十三。〔註75〕

　　在《宋元學案卷八十二・北山四先生學案》中，黃百家有言：

> 北山一派，魯齋、仁山、白雲既純然得朱子之學髓，而柳道傳、吳
> 正傳以逮戴叔能、宋潛溪一輩，又得朱子之文瀾，蔚乎盛哉！是數
> 紫陽之嫡子，端在金華也。〔註76〕

根據上述《宋元學案》所言，柳貫、吳師道乃至後學戴良、宋濂，其所繼承的是朱熹的文學，〔註77〕尤其是明初戴良與宋濂雖一隱一仕，二人對於金華之文的傳承延續有著重要的意義。而金履祥、許謙等所傳承，則爲朱熹的思想。然在北山四先生學案中可知，柳貫師事金履祥，且與許白雲同輩，而吳正傳則列於白雲學侶，可見柳貫親奉仁山之教。又柳貫在當時亦師事方鳳習詩，其不論在文章或是學術方面，皆有其重要性。柳貫重要的論學之文即是〈故宋迪功郎史館編校仁山先生金公行狀〉，其中不僅得見金華之學的脈絡，在道學方面他提到：

> 自聖學不明，群儒雕鏤組繡，分裂破碎，千五百年。而周程張邵五
> 夫子，重輝繼照；六經之道，煥然復明於天下；而堯舜與湯文武周

〔註75〕〈故翰林待制承務郎兼國史院編修官柳先生行狀〉，《全集》，頁117～120。

〔註76〕黃宗羲著／全祖望補修：《宋元學案》卷八十二「北山四先生學案」，北京：中華書局，1986年，頁2727。

〔註77〕宋濂在《浦陽人物記》中也將柳貫列入文學篇中，且提到浦江地區「人生其中，多以文學知名」，亦可佐證柳貫在當日金華地區的文名。

公孔子，所以載道立教之言，人極賴以扶持，人心賴以開濟者，千
萬世如一日也。

此說法在日後宋濂談道學統緒時，實有其影響。〔註78〕因此孫克寬即認為，
柳貫之文屬「學人之文」，相對吳萊與黃溍純以詩文名世，稍有不同。而柳氏
使金華之學傳於當世之功，實不可歧。〔註79〕

宋濂在元統甲戌年（筆者按：元順帝元統二年，1334 年，宋濂時年二十
五歲）「伏謁先生於浦江私第」，當時柳文肅公自江西儒臺解印家居，故得執
弟子禮於柳貫之門。〔註80〕柳貫為人剛正，《元史》本傳記之「器局凝定，端
嚴若神」，宋濂曾詳細敘述柳貫的學行修養：

> 元故翰林待制浦陽柳公先生，負瓌雄絕特之才，畜峻大剛方之德，
> 發而為文，則沉雄而雅勁；見之於行，則端重而遂直。怠色不形於
> 面，媚言不出於口。所學以聖賢為師，而不戾俗以為異；所至以教
> 化為重，而不阿世以為同。起為人師，入造冑子，周旋禮樂之署，
> 統教吳楚之區。晚歲入徵，入掌帝制。其於闢異端，扶倫紀，黜淫
> 祀，排勢臣，勁氣直辭，可輔舜訓；危言卓行，可教貪儒。迨其退
> 而燕處，凜然神居，屹然山峙；喜怒不著，語默有恆，可謂有德君
> 子矣。〈元故翰林待制柳先生私諡文肅議〉〔註81〕

透過對柳待制學行修養的認知，文學教授鄉里培養人才的用心，並進而肩負
傳演儒學的任務的作為，對宋濂當日的教育事業與立身行事，甚至日後輔佐
明祖，柳貫對宋濂而言不僅是榜樣，亦有其典範的意義。

關於二人的師生關係，宋濂在〈行狀〉中曾自言「濂雖不敏，受先生之
教為深」，然柳貫待之一如友朋，這種亦師亦友的往來，在書信中，柳貫屢屢
客氣稱宋濂「賢良契友」、「翰撰友兄」，二人不僅討論學問，並推崇他的文章
識見足以傳承浙東學術：

> 吾鄉文獻，浙水東號為極盛，自慚駑劣不足負荷此事，後來繼者，

〔註78〕 宋濂在〈徐教授文集序〉中也有類似的說法：「夫自孟氏既沒，世不復有文。……
春陵、河南、橫渠、考亭五夫子得其心髓，觀五夫子之所著，妙斡造化而弗
違，百世以俟聖人而不惑。」，《全集》，頁 1352。
〔註79〕 參見孫克寬：〈元代金華文人方鳳與柳貫——元代金華之學下篇之一〉，《中華
文化復興月刊》3：4=25，1970 年，頁 12～19。
〔註80〕 〈故紹慶路儒學正柳府君墓誌銘〉、〈跋柳先生上京紀行詩後〉，《全集》，頁 1192
～1193、1251。
〔註81〕 《全集》，頁 1563～1564。

> 所望惟吾友爾。吾友以絕倫之識，濟以精博之學，若更加工不已，
> 駕風帆於大江之中，孰敢禦之哉？勉旃！勉旃！〈柳貫與宋景濂書〉
> 〔註82〕

故在贈答詩文中可見二人的惺惺相惜，與柳貫對後學宋濂的殷殷期勉。

　　另一位對宋濂影響甚深之學者則為黃溍。黃溍（1277～1357），字晉卿，元代婺州金華義烏人，世稱「金華先生」。少從方鳳學詩，「爲歌詩相倡和，絕無仕進意。」〔註83〕在《宋元學案》中歸入滄洲諸儒石一鰲門下，壯歲前隱居家鄉未仕，延祐二年（1315年）重開科舉，參與殿試策問，賜同進士出身，進入官場，自此至五十四歲皆在州郡爲吏。文宗至順二年（1331年）受馬祖常推薦，入爲應奉翰林文字、同知致誥，兼國史院編修官，進階儒林郎，後轉國子博士。順帝至正三年，先生六十七歲以中順大夫、秘書少監致仕。至正七年丁亥，得當時中書左丞公朵爾直班力薦，除翰林直學士、知致誥、同修國史、擢經筵官。至正八年，升侍講學士、知致誥、同修國史、同知經筵事，進階中奉大夫。至正十年，始得謝南還。至正十七年，江浙左丞相金紫公達世帖睦爾，移書請起咨議省事，先生以疾力辭，閏九月五日薨於繡湖之私第，享年八十有一。故黃溍在宋濂的諸位業師中，爲實際參與政事，且官職較爲顯達者。

　　黃溍爲人正直，且明習律令，故爲官時皆能以百姓利益爲先，不顧利害，明斷冤獄，以廉能著稱。黃溍曾提到因科舉暫停，「涼風蕭蕭吹敝裘，三年小作周南留，相逢傾蓋盡青眼，肯抱遺經空白頭。」〔註84〕後因仁宗行漢法，重開科舉，其雖近不惑之年，且有棄絕仕途之念，卻認爲此時實爲盛世，是得以施展抱負的時機，在〈上京道中雜詩十二首·發大都〉中的「寥寥盛年意，眷眷游子色。一身萬人中，敢不思努力。」〔註85〕詩句中，黃溍即表明

〔註82〕《全集》，頁2559～2560。

〔註83〕黃溍生平見宋濂：〈故翰林侍講學士中奉大夫知制誥同修國史同知經筵事金華黃先生行狀〉，《全集》，頁306～311；危素：〈大元故翰林侍講學士中奉大夫知制誥同修國史同知經筵事贈中奉大夫江西等處行中書省參知政事護軍追封江夏郡公諡文獻黃公神道碑〉，《黃文獻公集》卷12，北京：中華書局，1985年，頁556～560；楊維楨：〈故翰林侍講學士金華先生墓誌銘〉，《東維子文集》卷二十四，四部叢刊本，台北：臺灣商務印書館，頁180～181；《元史》卷一百八十一〈黃溍〉，北京：中華書局，1985年，頁4190。

〔註84〕〔元〕黃溍：〈贈黃資深〉，《黃文獻公集》卷2，北京：中華書局，1985年，頁74。

〔註85〕〔元〕黃溍：《黃文獻公集》卷1，北京：中華書局，1985年，頁17。

在明主之下，為元朝文治奉獻的心態。其致仕後復受薦入京，「倉忙遣就道，載筆歸詞林。弱質幸未朽，茂恩一何深。義當不俟駕，事乃違初心。」〔註86〕黃溍雖已退休返家，此處仍表達願位元主竭盡心力之意 。

關於宋濂與黃溍師生關係，在文獻上並未明確記載他何時開始師從黃溍，但根據〈金華黃先生行狀〉中的記載，宋濂從黃先生交游時間垂二十年之久，黃溍於至正十七年過世，此時宋濂四十七歲，往前推算宋濂師從黃溍之始，應在二十七歲左右，稍晚於師從柳貫。

黃溍與柳貫世稱「黃柳」，〔註87〕《元史・黃溍傳》根據宋濂〈金華黃先生行狀〉，謂其博極天下之書，「剖析經史疑難，及古今因革制度名物之屬，旁引曲證，多先儒所未發。」在文章方面則稱「文辭布置謹嚴，援據精切，俯仰雍容，不大聲色，譬之澄湖不波，一碧萬頃，魚鼇蛟龍，潛伏不動，而淵然之光，自不可犯。」

王禕也曾談及柳黃二師之文章價值：

> 入國朝以來，則浦陽柳公、烏傷黃公，並時而作。柳公之學博而有要，其於文也，閎肆而淵厚。黃公之學精而能暢，其於文也，典實而周密。
> 遂皆羽翼乎聖學，而黼黻乎帝猷。《宋潛溪先生文集序》〔註88〕

《四庫全書總目》評其文云：

> 其文原本經術，應繩引墨，動中法度，學者承其指授，多所成就，

〔註86〕黃溍：〈至正丁亥春二月，起自休致入直翰林，夏四月抵京師，六月赴上京，述懷五首〉，《黃文獻公集》卷1，北京：中華書局，1985年，頁26。

〔註87〕楊維楨在〈故翰林侍講學士金華先生墓誌銘〉中言「（溍）與同鄉柳太常貫為文友，風節文章在柳上，人呼黃柳。」《東維子文集》卷二十四，四部叢刊本，台北：臺灣商務印書館，頁180～181。

〔註88〕王禕：〈宋潛溪先生文集序〉，《全集》，頁2482～2483。此外根據王禕在〈上蘇大參書〉一文中，曾提出元代知名文章家：「論者謂國朝之文，惟柳城姚公（姚燧）、清河元公（元明善）、蜀郡虞公（虞集）、金華黃公（黃溍）以及執事（蘇天爵），皆自成其家。」參見王禕：《王忠文公集》，北京：中華書局，1985年，頁342。關於元代以文章知名者，據李性學之〈古今文章精義〉所列，共有「元文十八家」：分別為趙江漢（復）、劉靜修（因）、姚牧庵（燧）、程雪樓（鉅夫）、元清河（明善）、馮海粟（子振）、虞邵庵（集）、黃金華（溍）、揭豫章（傒斯）、馬石田（祖常）、柳待制（貫）、李五峰（孝光）、袁清容（桷）、歐陽圭齋（玄）、陳莆田（旅）、程黟南（文）、貢宣城（師泰）、危太樸（危素）。轉引自〔明〕葉盛：《水東日記》，北京：中華書局，1997年，頁230～231。故由上述資料可見柳貫與黃溍在元代文壇的地位。

宋濂、王禕皆嘗受業焉。〔註89〕

由上文可見，黃溍的文脈實傳於宋濂與王禕，而宋濂、王禕等門人無論在學術思想或是文章上，皆秉持師學，認為文章實載乎學術，無悖先聖人。關於業師的學行與師從之情形，在〈金華黃先生行狀〉中有詳細的說明：

> 仁皇肇開科舉之初，即以儒學自奮。歷仕五朝，晚乃入侍今天子，掌述帝制，勸講經帷，巍然獨任。斯文之重，天下學士咸所師法。遂使有元之文章炳燿鏗鏘，直與漢唐侔盛，先生之功固不細矣。至於出處大節，尤人之所難能者，年未七裒而謝事，暨群公力薦起之，俄復控辭，上方眷倚之深，再召還朝。未幾，又辭。其難進易退之風，真足以廉頑而立懦，揆之古聖賢之道，蓋無媿也。……濂從先生游垂二十年，知先生為最深。……

宋濂所追隨業師步伐者，不僅是學術文章，綜觀〈行狀〉記載黃溍歷仕五朝，歷經坎坷，數度起落，晚年向入侍天子，勸講經帷等事，何嘗不是日後宋濂入明朝時的榜樣？宋濂跟隨黃文獻公二十年，先不仕元，然日後侍明太祖，為太子帝師，這條路與黃溍幾無二致，實見他在學行上對黃溍的效法。此外根據其學友鄭濤在至正十三年為宋濂所撰之〈小傳〉中記載：

> 黃公至以博雅雄麗稱其文，人有求文於黃公者，黃公不暇為，輒命景濂撰就，自署其名而遺之。由是景濂以文知名於時，臺憲諸顯人多願得而觀之。而景濂不以為已足，且謂文為載道之具，凡區區酬應以適時用者皆非文。

宋濂在游於黃門期間，受黃溍提攜，常代師撰寫求者之文，因而在當時建立起自己的文名，成為卓然名家。他並不因此而自滿，反而認為文章有大用，益求追尋古人道德價值的根源所在。

正因為宋濂對於業師黃溍的恩情實念茲不忘，所以他說過：

> 濂，黃文獻公老門人也，嘗恨無以報深恩。一旦諸孫昶從予學經，為之喜而不寐。會期還家覲省，賦詩十四章為贈，然絕吟事者已十餘年矣。詩曰：我昔弱齡時，輒侍而翁游。經畬日耕溉，藝圃兼旁搜。泰山一以頹，欲仰將安從？豈意麒麟兒，復出湖水東。……〈送黃伴讀東還故里〉〔註90〕

〔註89〕〔清〕紀昀編纂：《四庫全書總目》，台北縣：藝文印書館，1989年6版，頁3318。

〔註90〕《全集》，頁1615～1616。

故黃溍之孫黃昶日後向宋濂習經，他將這種感念之情轉而在教授黃昶上。上文為黃昶欲還故里時，宋濂賦詩十四首贈之，此篇贈詩一則緬懷當日受業的師恩，一則也將當日師長的期望轉而勉勵自己的學生。

（四）其　他

除了上述之師承外，宋濂實慕許謙、韓性之名，對於自己未及問學於二人深表遺憾。〔註91〕許謙（1270～1337），字益之，婺州金華人，自號白雲山人，學者稱白雲先生。三十一歲師事金履祥，是金履祥嫡傳弟子，上承朱學，〔註92〕《宋元學案》亦將其與業師合歸入〈北山四先生學案〉。

許謙去世後，宋濂曾私淑許謙門人，先是他在二十餘歲時，「頗嗜學，聞文懿許公弟子三衢方先生以性理之學講授東陽之南溪，徒步往從之遊。」〔註93〕據《宋元學案》，方先生應為方茗古先生用，字希才，與揭傒斯、朱公遷、歐陽玄同游於許白雲之門，時稱「許門四傑」。〔註94〕之後宋濂亦與許謙門人唐思誠交游。唐思誠「受業於文懿許公，不出戶者十有餘年。而所造極深，六經百家之說無不究之。」二人不僅是好友，同時尚曾「相與辨諸子是非凡九十種餘，及僻隱緯候之書又數十家。」二人反覆舉疑以問，他對於唐思誠的博學非常欽佩，但思誠當時即自言「吾學不徒博。徒博，陸澄之書廚爾，吾則藉之以窮理而施諸事也。」宋濂不僅仰慕他，「始知思誠之學期明體以達用，而非獵襲以給談辨者也。」〔註95〕故宋濂實從方先生聞性理之學，之後又透過與唐思誠的往來論學過程，間接得聞許謙之學。

至於韓性（1266～1341），字明善，紹興人，精於性理之學。宋濂欲投其門下，然因韓性去世而無法如願，其亦想私淑韓性的弟子，一如私淑許白雲

〔註91〕 宋濂有言：「近世婺、越之間有二大儒出焉，曰許文懿公，曰韓莊節公，皆深於濂、洛、關、閩之學，謹守師說，傳諸弟子而不為異言所惑。……薄俗之習，因此為之一變。余生於婺，與許公同鄉里，雖獲一拜床下，而未及與聞道德性命之言，而許公棄捐館舍，遂從其徒而私淑之。韓公在越，不遠二百里，會其已亡，欲一見且不可得，而況於其餘者乎？」〈贈會稽韓伯時序〉，《全集》，頁 492～493。

〔註92〕 關於許謙的學行思想，可參見陳正夫、何植靖：《許衡評傳・附許謙評傳》，南京：南京大學出版社，1995 年。

〔註93〕 〈蔣季高哀辭〉，《全集》，頁 257～259。

〔註94〕 黃宗羲著／全祖望補修：《宋元學案》卷八十二「北山四先生學案」，北京：中華書局，1986 年，頁 2772。

〔註95〕 〈唐思誠墓銘〉，《全集》，頁 2117～2120。

門人，然「久未能逢其人」。後因見韓性諸孫韓伯時，又伯時也卒業於韓性門下，「伯時之行，以人師自處，邑之子弟皆北面而受業，使乃祖韓公之道益明，斯蓋不辱於傳經之家矣。」宋濂曾與之相約日後論學，〔註96〕由於現有資料中並未得見後續二人論學的記載，故宋濂心願究竟是否實現，恐怕以否定成分居多。

　　由上述資料可見，宋濂師事者皆是當日知名的學者，在〈莆陽王德暉先生文集序〉〔註97〕中他自陳：

> 濂未冠，輒授經學文于鄉先達，若淵穎吳公立夫，內翰柳公道傳，
> 文獻黃公晉卿，皆天下名士，悉得供灑掃之役，其淵源非不正也。

而在〈靈隱大師復公文集敘〉〔註98〕一文中，宋濂也提到自己「學文五十餘年，群書無不觀，萬理無不窮，碩師鉅儒無不親」，可見宋濂學問的積累實有淵源。《四庫全書總目》對宋濂的師承淵源曾做了如此的敘述：

> 元末文章以吳萊、柳貫、黃溍為一朝之後勁，初從萊學，既又學於
> 貫與溍，其授受具有源流。又早從聞人夢吉，講貫五經，其學問亦
> 具有根柢。〔註99〕

朱興悌在〈宋文憲公年譜序〉〔註100〕中，認為宋濂的師承與學友皆是金華人材中最為傑出者，其文章可說是「有明三百年文章之冠」。學者汪克寬曾針對宋濂文章成就，認為他實際是走金許道學的一派，其亦回顧元代中晚期文士之文章特質，並做了一些評價，〔註101〕提出黃溍之文，屬於優柔溫厚一路，當時稍近道學者之文章，多具規模，尤其是金華之學，兼承朱呂特長，其中黃文獻之學紹鬱呂祖謙的流風，而注意典章制度的博洽，同時代之柳貫、吳師道也多半如此。至於吳萊則因才氣太高，藝術氣質太濃，文章鋒利反而近似陳亮，不落道學家的圓熟疲軟。由於吳萊、黃溍皆是宋濂文章之師，所以宋氏學兼王霸，文似歐曾，成就之大，更覺青出於藍。

〔註96〕〈贈會稽韓伯時序〉，《全集》，頁492～493。

〔註97〕《全集》，頁988～989。

〔註98〕《全集》，頁1416～1418。

〔註99〕〔清〕紀昀編纂：《四庫全書總目》，台北縣：藝文印書館，1989年6版，頁3367。

〔註100〕《全集》，頁2558。

〔註101〕參見汪克寬：〈金華之學述評下篇之三──儒雅雍容之黃溍〉，《圖書館學報》11，1971年，頁81～107。

二、浙東先哲之濡染

浙東地區自唐宋以來，即為人文薈萃之地，〔註102〕在中國思想與文化發展上也具有重要的地位。宋室南遷，學術重心亦因之而南，全祖望云當時學派分而為三：「朱學也，呂學也，陸學也。三家同時，皆不甚合。朱學以格物致知，陸學以明心，呂學則兼取其長，而又以中原文獻之統潤色之。」〔註103〕宋濂成長於浙東地區，特別是家鄉金華，更是浙東學術文化的中心，有「婺學」之稱。且金華地區自呂祖謙與朱熹為友，開講學之風後，尚有何基、王柏、黃榦、金履祥至許謙等金華學人承繼，實建構出所謂的金華學術。〔註104〕

宋濂本身對於浙東學術風氣相當推崇，其在文章中亦屢屢展現對於金華學術的認同，與對呂祖謙的景仰，如「吾婺為文獻之邦，風聲氣習，莫非禮義之所涵濡，以故人多是君子之操。」〔註105〕、「使吾婺為鄒魯之俗，五尺之童皆知講道德性命之學者，先生（北山先生）之功也。」〔註106〕、「吾鄉呂成公實接中原文獻之傳，公歿始餘百年而其學殆絕，濂竊病之。然公之所學，弗畔於孔子之道者，欲學孔子，當必自公始。」（〈思媺人辭〉）宋濂本身特別推崇「金華學術」，其云：

> 中原文獻之傳，幸賴此不絕耳。蓋粹然一出於正，稽經以該物理，訂史以參事情。古之善學者，亦如是爾。其所以尊古傳而不敢輕於變易，亦有一定之見，未易輕訾也。當是時，得濂洛之正學者鼎立而為三：金華也，廣漢也，武夷也。雖其所見時有不同，其道則一而已。蓋武夷主於知行并進，廣漢則欲嚴於義利之辨，金華則欲下學上達。雖教人入道之門或殊，而三者不可廢一也。《龍門子凝道記

〔註102〕金華在民國以前屬於浙江的一府，元代屬於婺州路。包括金華、蘭谿、東陽、義烏、永康、武義、浦江、湯溪，位在浙江東部，為元明時期的交通孔道。《宋元學案》對金華地區之學，輯有東萊學案、龍川學案、麗澤學案與北山四先生學案。

〔註103〕全祖望：《鮚琦亭外編》卷十六〈同谷三先生書院記〉（台北：文海出版社，1973 年版）

〔註104〕學者張高評對於浙東學術發展其認為：「呂氏而後，傳其學者多以文獻為宗，內而考諸聖賢身心性命之道，外而究乎名物制度之詳，將以立本而應外也。……蓋元明以還，朱陸呂三家之學，惟呂氏得其宗而獨傳，其中以黃溍、柳貫、宋濂、王禕為最。」見氏著：《黃梨洲及其史學》，台北：文津出版社，1989 年，頁 23。

〔註105〕〈故田府君墓誌銘〉，《全集》，頁 801。

〔註106〕〈贈何生本道省親還鄉序〉，《全集》，頁 811。

下 段干微樞第一 》〔註107〕

《宋元學案》已將宋濂放入金華諸學的統緒中，可視爲浙東學術傳統在明初的嫡傳，而全謝山也具體的認爲宋濂之學，「受之其鄉黃文獻公、柳文肅公、淵穎先生吳萊、凝熙先生聞人夢吉四家之學，並出於北山、魯齋、仁山、白雲之遞傳，上溯勉齋，以爲徽公世嫡。」〔註108〕是直接承繼從朱熹至黃榦一脈的金華朱學傳統。

婺學於南宋時，學風最盛，除了金華學派之外，尚有陳同甫亮之永康派、薛艮齋季宣、葉水心適、陳止齋傅良之永嘉事功派，峙而爲三。陳同甫嘗與朱子論王霸之學，永嘉學派重實用，「永嘉之學，教人就事上理會，步步著實，言之必使可行，足以開物成務。」（《宋元學案》卷五十二〈艮齋學案〉）宋濂曾提出對浙東學術三家的看法：

> 竊惟東萊以中原文獻之傳唱，鳴道學於婺，麗澤之益，遍沾遠被。龍川居既同郡，又東萊之從表弟，雖其所志在事功，不能挈而始之同，反覆摩切之，其論議或至夜分，要不爲不至也。止齋留心於古人經制、三代治法，雖出於常州者爲多，至於宋之文獻相承，所以垂世而立國者，亦東萊亹亹爲言之，而學始大備。〈跋東萊止齋與龍川尺牘後〉〔註109〕

值得注意的是，宋濂的好友元末明初大儒楊維楨認爲他除了師承之外，也吸取了其他學派的學術成果，楊維楨在《潛溪新集序》中曾言：

> 余聞婺學在宋有三氏，東萊氏以性學紹道統，說齋氏以經世立治術，龍川氏以皇帝王霸之略志事功，其炳然見於文者，各自造一家，皆出於實踐，而取信於後之人而無疑者。宋子之文，根性道幹諸治術，以超繼三氏於百十年後，世不以歸於柳、黃、吳、張，而必以宋子爲歸。〔註110〕

近人周予同在論及「浙東學派」時也提到，浙東學派分爲永嘉（今溫州）學派，以陳傅良、葉適爲代表，以及永康（今金華）學派，以呂祖謙、陳亮爲代表。「我稱之爲批判學派，或者經濟（救世、淑世）之學，實際上是改良派。

〔註107〕《全集》，頁1787～1788。
〔註108〕全祖望：〈宋文憲公畫像記〉，收入黃宗羲著／全祖望補修：《宋元學案》卷八十二「北山四先生學案」，北京：中華書局，1986年，頁2801。
〔註109〕《全集》，頁1900。
〔註110〕《全集》，頁2500～2501。

他們從文史著手，以爲文學是表達工具，史學是學問的基本功。他們的方法
是批評的。」〔註111〕可見宋濂的思想淵源非獨尊一家，而是綜合呂祖謙、唐
仲友以及陳亮的學術思想。〔註112〕特別是呂祖謙繼承家學傳統，「不名一師，
不主一說」，〔註113〕在學術觀點方面以儒家思想爲宗，有些傾向朱熹，有些傾
向陸九淵，由於其又與事功派陳亮交往密切，因此在思想上亦有與同甫相通
之處。呂祖謙對於不同的學術觀點能採兼取其長的態度，因此他的學術思想
呈現博雜與調和折衷的色彩。其次呂祖謙重視史學，其認爲經史同等重要，
也影響浙東學派重視史學，並啓發日後「六經皆史」的觀點。這些思想特質
在宋濂身上亦可得見，其所展現的成果即是秉持道學，不廢文章文獻之學與
史學，同時也重經世致用的學術實踐。

三、學友相互砥志勵學

　　宋濂在受業於聞人夢吉門下之前，曾有一段艱困自學的歲月，這段刻苦
求學的經歷，對其一生也產生莫大的影響。由於家無財產置書，因此只好向
藏書之家藉閱，爲了能夠準時歸還，每次皆須抓緊時間抄錄。在〈送東陽馬
生序〉中，吾等可見其求學歷程的艱困，他是這樣描述當時的情景：

　　　　余幼時即嗜學，家貧，無從致書以觀，每假借於藏書之家，手自筆
　　　　錄，計日以還。天大寒，硯水堅，手指不可屈伸，弗之怠。錄畢，
　　　　走送之，不敢稍逾約。以是人多以書假余，余因得徧觀群書。……
　　　　〔註114〕

宋濂成年之後，因「益慕聖賢之道，又患無碩師名人與游」，爲了求學，往往
也不遠千里，向相先達執經叩問。面對師長，無論欣悅或是叱咄，他的表現
仍是虛心受學的態度：

　　　　余立侍左右，援疑質理，俯身傾耳以請。或遇其叱咄，色愈恭，禮愈
　　　　至，不敢出一言以復。俟其欣悅，則又請焉。故余雖愚，卒獲有所聞。

此外宋濂在文中曾提及出外拜師求學時，歷經艱困生活的錘鍊：

　　　　當余之從師也，負篋曳屣，行深山谷中。窮冬烈風，大雪深數尺，

〔註111〕朱維錚編：《周予同經學史論著選集（增訂本）》，上海：上海人民出版社，1996
　　　　年第2版，頁898。
〔註112〕《全集》，頁87。
〔註113〕《宋元學案》卷三十六〈紫微學案〉
〔註114〕《全集》，頁1679～1680。

　　足膚皸裂而不知。至舍，四肢僵勁不能動，媵人持湯沃灌，以衾擁
　　覆，久而乃和。寓逆旅主人，日再食，無鮮肥滋味之享。同舍生皆
　　被綺繡，戴朱纓寶飾之帽，腰白玉之環，左佩刀，右備容臭，燁然
　　若神人；余則縕袍弊衣處其間，略無慕豔意，以中有足樂者，不知
　　口體之奉不若人也。蓋余之勤且艱若此。

他與同學相較之下，雖然在物質方面相當困窘，但仍能自得其樂，勤奮不懈，
若非強烈的求知向學的決心，實難做到如此的甘之如飴，故宋濂表現出的是
更為積極的求學態度，因而學問大進。在這種艱困求學的環境中，學友的鼓
勵對他來說，是一種支持的力量，在文集中，屢屢可見其記載當時年少求學
階段經濟狀況不佳，受凍苦讀的經歷，但他對於學友之間彼此相互勉勵互動
的懷念，讀之令人動容。如在〈陳子章哀辭〉一文中，他曾經談及當時的心
情：

　　始予游學諸暨之白湖，而子章實來，予因獲與子章交。當是時，四
　　方來者，類多紈綺之子，喜眩文繡以自媚，人爭悅趨之。獨予之貧，
　　短衣纔能至骭，冷處前廡下，四壁蕭然，誰復見顧者？惟子章與予
　　燈影相望，而讀書之聲相接也。予時學未聞道，心頗不能平。子章
　　嘗慷慨屬予曰：「子量隘矣，是焉足以汙子哉！」〔註115〕

在諸暨求學時，宋濂面對生活的困頓，仍不免沮喪，但有著相似背景的同學
陳子章陪他靠讀書度過寒冷的夜晚，這樣「燈影相望，讀書之聲相接」的苦
學經驗，讓他能夠更堅持在求學的道路不懈怠。在〈哭王架閣辭有序〉與〈故
江東僉憲鄭君墓志銘〉中，亦可見他與學友之間的互動：

　　初，余入郡城從聞人先生學，適君（王樫）同日至，與之語，又知
　　同庚戌生人，相歡也。晝摩切經藝，晚則捉手同游衍；或縱談大噱，
　　幘墮地弗顧；或聯詩，纔脫口，即促繼之，遲則罰。鼛鼓鼕鼕，始
　　歸。日以為常。〈哭王架閣辭有序〉〔註116〕

　　濂長君（鄭深）僅四歲，負笈游立夫吳先生之門，始獲與君交，晝
　　同食，夜則共衾裯而寢，穆穆然，衎衎然，其姓雖殊，情實兄弟也。
　　〈故江東僉憲鄭君墓志銘〉〔註117〕

〔註115〕《全集》，頁76。
〔註116〕《全集》，頁1914。
〔註117〕《全集》，頁2118。

其他如王禕和宋濂不僅是學友，二人日後也同入明朝爲官，同修《元史》，彼此視對方爲知音。王禕曾在〈寄宋太史二首〉中，透過「同門同里復同官，心事相同每共嘆」二詩句，情深意切的表達二人的友誼。上述例文中的學友互動，可見宋濂在求學生涯中，經濟雖然較爲窘迫，但透過與這些學友交往的紀錄，得見宋濂學問方面透過切磋有所增進。同時因爲是同鄉同輩相交同游於金華學者耆老宿學門下，不僅得以拓展視野，也因爲彼此認同，這種學友網絡關係得以維持長久而深厚的情誼。

四、參取六藝而知類通方

宋濂一生好學，泛覽群籍，於六藝能明其本原，而有所宗，並以六藝之教爲學術淵源之本，故求道應從六經入手。其曾自言個人心志，在〈白牛生傳〉中云：

> 性多勤，他無所嗜，惟攻學不怠。存諸心，著諸六經，與人言，亦六經。生曰：「吾舍此不學也。六經其曜靈乎，一日無之則冥冥夜行矣。」生學在治心，道在五倫，自以爲至易至簡。〔註118〕

對宋濂而言，儒家的「六經」可說是學問的根本與學習的目標，甚至是將其視之爲人生行事的準則，因此他認爲應將六經的知識化爲行動實踐的法則，才是追求學問的眞義。除了儒家經典之外，其所學也相當廣泛，許多切實有用的學問多有涉獵，因此宋濂成爲學識博通的儒者。門生鄭淵在〈潛溪後集跋〉中有言：

> 蓋先生之學，博極天下群書，凡天文地理之要，禮樂刑政之詳，治亂沿革之變，草木蟲魚之細，與夫百家眾技之說，靡不究心。〔註119〕

好友王禕與劉基也持類似的看法：

> 景濂於天下之書無不讀，而析理精微，百氏之說，悉得其指要。至於佛老氏之學，尤所研究。……劉君基謂其主聖經而奴百氏，馳騁之餘，取老佛語以資嬉劇……〈宋太史傳〉〔註120〕

由上可見宋濂不僅精研儒學，對於釋、道也頗有研究。再者關於天文地理方面，他也寫過相關文章，如展現其對月之盈虧及天象知識的〈楚客對〉與強

〔註118〕《全集》，頁80。
〔註119〕《全集》，頁2493。
〔註120〕〔明〕王禕：《王忠文公集》，北京：中華書局，1985年，頁444～446。

調治水需分流疏通的〈治河議〉，他在文章中甚至展現出其對農業、醫學、書法、繪畫以及選才等等層面種種精闢的見解。宋濂所學至博，不僅是在學問方面益發增加廣度，無論從其爲人處世，或是進入廟堂成爲太子帝師，他皆秉持以儒家仁義道德思想作爲出發，並進而落實「內聖外王」的理想目標，表現出對於學術志業與經世意願的積極，對儒者而言是相當普遍的心態。

宋濂早年受業於聞人夢吉時，曾致力舉子業與古文辭，其曾自言「余自十七八時，輒以古文辭爲事，自以爲有得。」〔註121〕在〈亡友陳宅之墓銘〉一文中，他敘述當日讀書於浦陽江上，初識陳宅之，「問其所學，則治經爲進士之業也」，於是宋濂和陳宅之二人爲了應試非常努力：「濂時頗有志應舉，相與詰難經義，連日夕弗休，迨別去，猶依依南望，至日落乃止。」〔註122〕關於他早年曾熱衷參加科舉考試一事，其於文章中並不避諱提及，如在〈元故翰林待制、朝散大夫致仕雷府君墓誌銘〉中就提到「濂在弱齡，頗有事科目之學，輒聞閩中雷氏兄弟以《易經》相傳授，所爲經之大義流布四方，多取之以爲法。」〔註123〕日後在〈致政謝恩表〉中，也曾說過「臣本一介書生，粗讀經史，在前朝時雖屢入科場，曾不能沾分寸之祿，甘終老於山林。」〔註124〕

宋濂在二十九歲時曾參加鄉試，〔註125〕然卻應試不第，〔註126〕之後即回

〔註121〕〈贈梁建中序〉，《全集》，頁 558。

〔註122〕《全集》，頁 1225。

〔註123〕《全集》，頁 393。

〔註124〕《全集》，頁 1554。

〔註125〕關於宋濂應試史料，目前僅見於宋濂送給友人操琰（公琬）的贈詩：「憶昔試藝時，年丁二十九。不諳精與牿，運筆若揮帚。顧予坎懍姿，甘在孫山後。……別歸金華山，幸有雲半畝。結茅澗之阿，敢曰松桂誘。尋鶴陟敧蹬，避人下關牡。外物絕他縈，中扃森獨守。鑽摩六藝學，誓以托不朽……」〈予奉詔總裁元史，故人操公琬實與纂修，尋以病歸，作詩序舊〉，《全集》，頁 2189。

〔註126〕元代的科舉考試制度反映出元朝多元民族社會的特性，元朝的社會階級制度依民族劃分爲蒙古人、色目人、漢人、南人。根據《元史》卷 81〈選舉志一〉（頁 2015～2017）的記載，在當時的科考制度中，蒙古人和色目人的試題比漢人、南人簡單，同時因爲種族制度享有同等錄取名額，通過各省鄉試後共取三百名，按四等人的劃分，各有七十五個名額參加會試，再從中取一百名，亦是各階層均等分配各二十五人。雖然科舉考試爲漢族精英的入仕參政闢了一條道路，然而種族政策所樹立固定錄取配額的「平等」假象，卻讓爲數甚夥的江南士人，競爭備感激烈，因此對身處元代的儒士而言，透過科舉的仕進之路並不順暢。關於元代科舉與仕宦問題，可參見蕭啓慶：〈元代科舉與精英流動：以元統元年進士爲中心〉，《元朝史新論》，台北：允晨文化，1999年，頁 155～201。

到東明書院，「鑽摩六藝學，誓以托不朽」，繼續教書授課的志業，不再參加科舉考試。當然致力於科舉對他而言是一個過程，儒家學術本有經世濟民的理想，宋濂自不例外。宋濂曾向二子瓚、璲自陳畢生的理想：

> 處士君嘗謂予曰：「吾幸逢六和眞元之會，而弗克仕。不仕無義，古之訓也。爾濂尚體予之訓，以行其志哉！志行，道亦行也。」予竊謹識之。於是盡棄觧詁文辭之習，而學爲大人之事。以周公孔子爲師，以顏淵孟軻爲友，以易詩書春秋爲學，以經綸天下之務，以繼千載之絕學爲志，子貢宰我以下，蓋不論也。學之積年，而莫有用之者，其命也夫！其命也夫！今之人入山著書，夫豈得已哉？皋、夔、稷、契，不聞假書以自見，爲得行其志也。予志之不行矣，爾其識之哉？予家自文通君以來，無獲仕以行其志者矣，爾其識之哉！當求爲用世之學，理乎內而勿騖於外，志於仁義而絕乎功利。雖然，文通君常有遺訓矣：富貴外物也，不可求也。天爵之貴，道德之富，當以之終身可也。《龍門子凝道記　後記》〔註127〕

這一段文字中透露出他立志參加科舉考試，有志步上仕進之途，實受到父親的期勉。長期以來宋濂認爲「有用之學」是其畢生的致力的目標，孔孟等儒家聖賢是其師法的對象，學術方面則致力於六經的鑽研，目的就是希望有朝一日能夠實現儒家經世濟民的外王事業，同時能夠肩負紹繼儒學傳統的使命。然而經歷過科舉落第的挫折與大環境的時不我與，兼善天下的道路坎坷，此時四十九歲的宋濂實有許多學而無所用的感慨，「學之積年，而莫有用之者，其命也夫！」既然無法立功，不得已只好選擇轉而立德立言的「入山著書」這條道路。在〈自題畫像贊〉〔註128〕中，他也自陳治學心態的轉變：

> 吾心與天地同大，吾性與聖賢同貴。奈之何隨於曲學，局乎文藝；忘其眞實之歸，溺此浮華之麗；顚隮於得喪之塗，眩惑於是非之際。縱濫廁於大方，曾不離夫小智。靜言思之，幾欲霣涕。奮自今以爲始，日載惕而載厲。有如升嶽者，當極於崇巔；辟若改火者，須資夫新燧。期融通於高朗，誓媕治其蕪穢。用致知爲進學之方，藉持敬爲涵養之地。續墜緒之茫茫，昭遺經之晰晰，雖任重道遠，必篤行而深詣。庶幾七尺之軀，不負兩間之愧。爾其勉旃，以終厥志。

〔註127〕《全集》，頁 1814。
〔註128〕《全集》，頁 2163。

宋濂選擇程朱理學治學的道路，「用致知爲進學之方，藉持敬爲涵養之地。」始將畢生的心力投入著書立說。在〈白牛生傳〉〔註129〕一文中，即可看出對自我的期許：

> 吾文人乎哉？天地之理欲窮之而未盡也，聖賢之道欲凝之而未成也。吾文人乎哉？……仕當爲道謀，不爲身謀，干之私也。生安於義命，未嘗妄有所爲。或疑其拙，生曰：我契以天，不合以人。是乃巧之大者，拙乎哉？

對宋濂而言，他並不認爲自己僅是個文人，追尋實踐聖人之道，以古人爲師是其終生職志。他不肯干祿仕途，認爲入仕僅是爲了實踐儒家之道，而非追名逐利。而落第之後繼續從事教化後學，則是更進一步將儒家的道德意識內化爲自我價值的實踐。透過理解儒者的用心，可見此時期的宋濂在思想發展上進入了新的階段，已有不同的治學生涯。

　　參加科舉的經驗對宋濂實有影響，他深刻的體會科舉制度對士人造成的弊病，在〈龍門子凝道記　先王樞第五〉中他提到：「科舉之文興，天下無文辭矣。」〔註130〕士人無論是讀書或是學習都僅是爲了符合科舉應試的需要。〈孫伯融詩集序〉中，宋濂進一步點出當日學子應付科舉產生的問題在於「自科舉之習勝，學者絕不知詩，縱能成章，往往如嚼枯蠟。」〔註131〕在〈大明故中順大夫、禮部侍郎曾公神道碑銘有序〉中，他說：

> 自貢舉法行，學者知以摘經擬題爲志，其所最切者，唯四子一經之箋，是鑽是窺，餘則漫不加省。與之交談，兩目瞪然視，舌本強不能對。嗚呼，一物不知，儒者所恥，孰謂如是之學其能有以濟世哉？
> 〔註132〕

根據《明史》記載，明初考試方式爲「制義」，也就是「八股文」。

> 科目者沿唐宋之舊，而稍變其試士之法，專取四子書及易、書、詩、春秋、禮記五經命題試士。蓋太祖與劉基所定。其文略仿宋經義，然代古人語氣爲之，體用排偶，謂之八股，通謂之制義。（《明史》卷七十〈選舉志二〉）

〔註129〕《全集》，頁80。
〔註130〕《全集》，頁1776。
〔註131〕《全集》，頁1253。
〔註132〕《全集》，頁696。

宋濂認爲科舉所採行的八股文，讓學子只用心於應付考試的內容，除了摘經擬題外，完全不解學問的眞義，形成死讀書的的狀態。尤其透過交談，只要超出應試的範圍，便瞠目結舌，不能融會貫通內化成爲自己的思想。所以他感嘆當世士人淪爲考試的工具，遑論士人終極目標爲經世濟民的理想。

因此宋濂回憶起當年受業吳萊先生門下時，曾經與好友唐思誠有過一場精采的對談，讓他頗有感觸：

> 思誠竭蹶來訪，濂欣甚，出醇酎與思誠飲，熱火夜宿，相與辨諸子是非凡九十種餘，及僻隱緯候之書又數十家。濂時血氣未衰尚能記憶，思誠各歷舉疑以問，濂頗能歷誦其文而對。思誠抵掌於几曰：「君之精博一至此乎？吾每見君言吶然不能出諸口，又何善自閟藏而文采不露乎？吾之彊記不下於君，第恨無書可誦，陳氏《書錄》之所記者，吾唯能了其三之二耳。」濂聞思誠言，遂以所疑者反質於思誠，思誠答之如撞巨鐘，隨叩隨應。嗚呼！自科舉之習行，爲士者趨辦目前，一遇有問，舌拄齶不得發，孰有琴豁如思誠者乎？而思誠方恥以自名，又曰：「吾學不徒博。徒博，陸澄之書廚爾，吾則藉之以窮理而施諸事也。」濂極慕之，始知思誠之學期明體以達用，而非獵襲以給談辨者也。〈唐思誠墓銘〉

透過宋濂與唐思誠的對談內容可見，如要能夠相與辨諸子是非，必得要了解諸子學說的要義，從「相與辨諸子是非凡九十種餘，及僻隱緯候之書又數十家」，且宋濂回答所採方式是「歷誦其文而對」，已見學問根基的深厚。唐思誠在學術上早有名聲，其答之更是「如撞巨鐘，隨叩隨應」。宋濂以此經歷作一反省，認爲士人受科舉的箝制影響太深，反而忘記爲學的眞諦，同時進一步藉唐思誠語，提出博學並非壞事，然如果謹求學問之博而忽略其深，反而會成爲兩腳書櫥的警惕，故「明體以達用」的想法實爲重要。掌握了理論知識，最終的目的仍在實踐，然科舉往往只重形式層面，因此日後宋濂入明朝有機會主持科舉考試，就樹立了新風，如在試題中首先就提到「問儒、吏之分，古無有也」：

> 世道日降，爲儒者不以明體適用爲學，而留情於章句文辭之間。峨冠博帶，議論衮衮，非不可也，及授之以政，則迂闊於事，爲群吏之所賣。爲吏者不以致君澤民爲務，而溺志於簿書期會之末，承順以爲恭，奔走而效勞，非不能也，及察其所爲，則黷貨舞法，爲民

之大蠹。古之爲儒爲吏者，其果若世歟？誠使儒而不迂，吏而不姦，
皆良材也，不知何以則而用之歟？〔註133〕

宋濂提出要如何選出「儒而不迂，吏而不姦」的「良材」？接著也陸續
提出幾個實際的問題：如因古語有「法如牛毛，弊如蝟午」之說，該如何解
決法多弊也多的問題？同時若要革除弊端，「革之之道，果何先而何後，孰緩
而孰急歟？」以及如何改進官吏甚多，卻績效不彰的現象？諸如上述種種應
試問題的提出，宋濂認爲目的皆是「在得人」，因此要求應試者「當斟酌古今
之宜，逐問以對，毋膽紙上之陳言」，即是要求士人直書己見，而非照本宣科，
此處實可見宋濂對「明體以達用」的堅持與用心。

第三節　仕隱抉擇

在歷代文人心中，隱逸思想實爲普遍的存在，亦是一種道德標誌與人格
嚮往。中國文士多懷抱經世濟民的高尚情懷，治國平天下是其最高的理想，
因此邁向仕途可說是一條積極奮進之路。知識分子的用進退藏，在朝爲士大
夫，在野爲縉紳，這雙重的角色特徵也形成中國社會一種重要的內涵特質。
然而正由於文人與道德、政治的關係密切，如何能夠不依附、不諂媚，忠於
良知與獨立的人格，保有超越個人利害的理想與熱情？是故仕與隱的抉擇，
自春秋時代以來，即成爲中國歷代知識份子必須面對的難題與困境。「士不
可不弘毅，任重而道遠」《論語・泰伯》，〔註134〕儒家思想中原具備入世精
神，但在進退仕隱之際，仍然保有其原則。因此《論語・泰伯》中有云：

> 子曰：篤信好學，守死善道。危邦不入，亂邦不居。天下有道則見，
> 無道則隱。邦有道，貧且賤焉，恥也；邦無道，富且貴焉，恥也。

此外，孟子也云：

> 故士窮不失義，達不離道。窮不失義，故士得己焉。達不離道，故
> 民不失望焉。古之人，得志，澤加於民；不得志，修身見於世。窮
> 則獨善其身，達則兼善天下。《孟子・盡心》〔註135〕

傳統儒家對仕與隱所採取的態度是「對等」而非「對立」，因此「天下有道則

〔註133〕〈京畿鄉試策問〉，《全集》，頁544。
〔註134〕本文所徵引之《論語》內容，採十三經注疏本，以下不贅。
〔註135〕本文所徵引之《孟子》內容，採十三經注疏本，以下不贅。

見，無道則隱」，孔孟在此處清楚的表達知識份子的進退、出處與態度，其仕隱的標準就在於「道」的有無、「得志」與「不得志」。孔子一生栖栖皇皇周遊列國，這種積極求仕的行為態度，目的就在於行道，這不僅是士君子的抱負，也是一種道德理想的實踐。〔註136〕在傳統知識份子的角色中，「窮則獨善其身，達則兼善天下」這種為全民謀福的抱負與悲天憫人的情操，一向都是中國知識份子獨特的特徵。孔子認為「退隱」是君子在道不行的時代環境中不得不然的抉擇，〔註137〕故孔子的入仕思想中，「君主」的作為是否能符合儒家的倫理道德理想，是非常重要的因素，如果君主不能行道，只好選擇退隱。這是孔子不得不隱的關鍵，也是自孔子以後，儒家在內聖外王理想實踐的過程中，需要不斷思考與克服的問題。〔註138〕

一、宋濂對士人出處抉擇的原則

宋濂一生跨越元、明兩代，這兩個朝代所呈現出來如政治、文化、思想諸方面的差異性，理當對其人生與經世思想的發展有所影響。元、明兩代有其截然不同的特點，面對社會由亂轉治，宋濂本有切身體會，尤其他四十九歲入明朝，其前半生於元朝並未步上仕途，隱居龍門山潛心著述，前後達十餘年。元至正二十年，朱元璋攻佔婺州，因聞宋濂名而召見之，先聘其與葉儀為郡學五經師，宋濂婉拒，並未就職。次年則因李善長薦，與劉基、章溢、葉琛四人（浙東四先生）受朱元璋徵召至應天，他此時則欣然應聘，「除江南儒學提舉、命授太子經，尋改起居注。」（《明史·本傳》）。由此可見宋濂歷

〔註136〕如《論語·衛靈公》：「君子謀道不謀食。耕也，餒在其中矣；學也，祿在其中矣。君子憂道不憂貧。」、《論語·里仁》：「士志於道，而恥惡衣惡食者，未足與議也。」

〔註137〕如《論語·衛靈公》：「子曰：『直哉！史魚。邦有道如矢，邦無道如矢。君子哉！蘧伯玉。邦有道則仕，邦無道則可卷而懷之。』」《論語·季氏》：孔子曰：「……『隱居以求其志，行義以達其道。』吾聞其語矣，未見其人也。」

〔註138〕墨子刻（Thomas.A.Metzger）曾提出在中國政治文化中有很強烈的權威批判性，亦即在中國的道德文化秩序與現實政治秩序之間有很強的緊張性。因此學者劉紀曜認為中國知識份子不管是儒家或是道家，雖然充分意識到此種緊張性與衝突，然而她們所採取的的解決對策，卻不是轉化性的，而是退隱性的或退避性的。儒家之所以採取此種退隱性的對策，主要是受其中心思想之一的「君臣之義」的自我限制。參見劉紀曜：〈仕與隱——傳統中國政治文化的兩極〉，收入黃俊傑主編：《中國文化新論 思想篇一 理想與現實》，台北：聯經出版事業公司，1989年第六次印行，頁289～343。

經朝代轉換的世變過程，無論從心態方面或是所處的社會位階方面觀之，皆有所不同，特別是入明朝之後逐漸步入統治核心，職位也不斷升遷。相對之下，在外族統治之朝，「進退」之間究竟該如何抉擇的問題則更顯敏感。這個轉折不僅成爲宋濂人生中重要的關鍵，包括對元末明初的文人群體，以及明初的文風學術、政治發展而言，都有其一定程度的影響性。

宋濂三分之二的歲月身處元朝，元朝雖爲中國第一次受外族統治的朝代，然因元世祖也提倡儒學教育，興學校、開科舉，因此元代儒士普遍存有入世心態，蘇天爵與黃溍同行北上大都時，曾說出當時是「天下一家，朝野清晏」，〔註139〕吾等其師長聞人夢吉、吳萊、柳貫與黃溍身上也可得到印證。若根據宋濂的生平，其早年曾致力於舉子業，初因科舉不第之故而無法步上仕途。後於至正九年（1349 年）受危素之薦，〔註140〕朝廷下詔，「擢將仕佐郎，翰林國史院編修官。自布衣入史館爲太史氏，此儒者之特選，而景濂素不嗜仕進，固辭避不肯就。」〔註141〕關於他未接受官職的理由，據王禕解釋是因宋濂個人「不嗜仕進」，鄭楷〈行狀〉則記載「先生以親老，不敢遠違，固辭」。若依「翰林編修」的性質觀之，實符合有修史之才的宋濂，同時也因爲此經歷，宋濂在文集中常自稱爲「史官」或「前史官」。〔註142〕既然不是沒有機會，那麼他究竟爲何不仕元？吳之器在《婺書》中則提到，宋濂是因「知世亂，固辭不就」。〔註143〕雖然這個問題在史傳中並未詳載，若根據他在《元史》卷一百九十九，列傳第一百三十八〈隱逸〉的說法，可先略窺一二。

> 古之君子，負經世之術，度時不可爲，故高蹈以全其志。使得其時，未嘗不欲仕，仕而行所學，及物之功豈少哉？後世之士，其所蘊蓄或未至，而好以跡爲高，當邦有道之時，且遁世離群，謂之隱士。世主亦苟取其名而強起之，及考其實，不如所聞，則曰「是欺世釣譽者也」，上下豈不兩失也哉！

〔註139〕〔元〕蘇天爵：〈題黃應奉上京紀行詩後〉，《滋溪文稿》卷二十八，北京：中華書局，1997 年，頁 474 。

〔註140〕宋濂曾在〈故翰林侍講學士中順大夫知制誥同修國史危公新墓碑銘〉一文中提到這件往事：「私念公相知特深，在前朝時欲尉薦入史館。」《全集》，頁 1458。

〔註141〕〔明〕王禕：《王忠文公集》，北京：中華書局，1985 年，頁 444～446。

〔註142〕此點可見如〈秦士錄〉、〈跋葉信公五帖後〉，《全集》，頁 181、204。

〔註143〕《全集》，頁 2330。

　　宋濂所述及之隱逸類別有二，一是以道不行，度時不可爲，因此以高蹈全志；一則是因個人能力不足，本無出仕條件，藉隱逸之舉以沽名釣譽。因此第一種實值得推崇，也符合孔孟之道。第二種在宋濂眼中，是爲欺世釣譽之人，並不足爲取。

　　在中國的政治傳統中，士人面對統治者，在建構理論與實踐理想之間若要發揮影響力，首先就是直接進入政權系統，透過種種方式直接或間接影響統治者，並從事對社會制度的詮釋與批判，因此具有社會「正當」文化傳統的典範作用，也和政治之間有密不可分的關係。〔註144〕縱觀中國歷朝士大夫在社會變遷的過程中，其作爲往往富有社會表率之意涵，因此士大夫「隱逸」行爲的選擇，往往具有普世效應與價值認定。此處宋濂面對元人的隱逸行徑，即著眼於「道」行不行，是否能夠實踐士大夫經世致用的理想，至於其他諸如個人看破世情，遁入個人天地自覺成爲眞正的隱者等，不在宋濂關注的範圍內。如此可見，他對於士人的仕隱選擇，不僅僅只在道德層次的秉持，能否有用於世，才是更值得關注之處。

　　孔子在《論語・季氏》中有云：

　　　　隱居以求其志，行義以達其道。吾聞其語矣，未見其人也。

孔子把隱居的目的言簡意賅的指出了大方向，從此處可知孔子視「隱逸」爲極高的境界，此境界之所以高遠，正是因爲個人的求志與達道，能夠在對道的維護與弘揚的基礎下有所發揮。因此「隱逸」可視之爲士人個人蓄積學養的重要過程，「隱逸」的終極價值仍是要「行義達道」。回顧他個人隱逸的經歷，實始於辭翰林編修（至正九年）後。在其文集中也常見其署名或別號與隱居經驗有關者，如龍門子、仙華生、仙華道士、玄眞遯叟、南山樵者、金華山人等。宋濂先入仙華山隱居爲道士，一年後（至正十年）遷居青蘿，開啓其讀書、隱逸的生涯。後因世亂，於至正十六年與學生鄭淵，入小龍門山著書，書成《龍門子凝道記》三卷、〈諸子辨〉、〈燕書〉等，除展現宋濂於隱居時刻的處境與心態之外，這些撰著皆展現其治學成果與經世濟民之理念原則，包括在提供爲政者在現實政治運作上關於治國意見切實可行的建言。他在《龍門子凝道記》認爲：「君子之任道也，用則行，舍則藏。」（〈采苓符第

〔註144〕參見葉啓政：《社會、文化和知識份子》，台北：東大圖書公司，1991年，頁92～93。

一〉〉，〔註145〕他在《令狐微十二》直言：「龍門子道不行於時，乃退隱小龍門山中。」〔註146〕即清楚表明對「遁世」這種選擇的態度。在《龍門子凝道記》一書中，宋濂屢次表達因「道不行」，只好不仕的無力感與無奈。宋濂寫道：

> 龍門子曰：古之人非樂隱也。隱蓋不得已也。伊尹躬耕於有莘之野，傅說避世於版築之間，太公望漁釣於渭水之濱，若將終身焉。及其三聘之加，審象之求，後車之載，遂自任以天下之重，其功烈卒至於此之盛也。隱豈其本心哉？過此以往，若四皓，若嚴陵，若諸葛孔明，若李泌，雖其才不盡相同，然皆足以表暴於一世。古之人非樂隱也，隱蓋不得已也。《龍門子凝道記・越生微》〔註147〕

他舉伊尹、傅說、太公望、諸葛孔明等人為例，認為對於這些隱者而言，隱逸並非本意，只是暫時性的選擇，日後待明主出，即能有用於世。隱居待時，乘時復出之後得以成就一番事業者，在史籍上最早可追溯到伊尹和呂尚。他以「伊尹躬耕於有莘之野」、「傅說避世於版築之間，太公望漁釣於渭水之濱」、「太公望漁釣於渭水之濱」等為例，相傳伊尹為成湯時的隱士，成湯以禮迎接，一共請了五次，伊尹才答應出來，「從湯言素王及九主之事，湯舉任以國政」。〔註148〕後來伊尹輔佐成湯滅夏建商，成為商代著名的賢相。呂尚即為太公望，傳說其為隱士，隱居在海濱，因釣魚遇周文王，後來輔佐文王武王。〔註149〕他同時也多此提到諸葛孔明，〔註150〕因為諸葛孔明認為隱居待時是「非淡泊無以明志，非寧靜無以致遠」。事實上，從伊尹到諸葛亮，言素王九主之事或是〈隆中對〉，〔註151〕皆是一套經世致用的學問，面對現實與洞察現實，進而能夠透過冷靜理性的判斷謀劃，等待機會希望能用個人抱負理想來改造環境。

　　然而這何嘗不是宋濂當時的心態與想法，因此他認為士人選擇「隱」，有其不得已之處。他自言入山著書的選擇情非得已，只因「予志之不行」，其志向就是「當求為用世之學，理乎內而勿騖於外，志於仁義而絕乎功利。」〔註152〕在

〔註145〕《全集》，頁 1754。
〔註146〕《全集》，頁 1813。
〔註147〕《全集》，頁 1807。
〔註148〕《史記・殷本紀第三》，宋慶元黃善夫本，台北：臺灣商務印書館。
〔註149〕《史記・齊世家第二》，宋慶元黃善夫本，台北：臺灣商務印書館。
〔註150〕如〈靜學齋記〉、《龍門子凝道記下・林勳微第十一》，《全集》，頁 1735～1736、1812。
〔註151〕陳壽：《三國志》卷三十五，〈諸葛亮傳〉，台北：臺灣商務印書館，1988 年。
〔註152〕《全集》，頁 1754。

〈白牛生傳〉中，亦提及自己不願干祿仕途的態度：

> 祿可干耶？仕當爲道謀，不爲身謀，干之私也。生安於義命，未嘗
> 妄有所爲。或疑其拙，生曰：我契以天，不合以人。是乃巧之大者，
> 拙乎哉？〔註153〕

宋濂從「道」是否能用於世論之，入世的目的不在於一己之私，貪圖個人的富
貴而已，可見對於元末的政治社會情況，認爲實已不可爲。他透過總纂《元史》
的機會，在《元史》卷六十六〈河渠志二〉中，曾探究元朝覆亡之因：

> 議者往往以謂天下之亂皆由賈魯治河之役，勞民動眾之所致。殊不
> 知元之所以亡者，實基於上下因循，狃於宴安之習，紀綱廢弛，風
> 俗偷薄。其致亂之階，非一朝一夕之故，所由來久矣。

其認爲元亡並非偶然，歸因於朝廷對各方面的運作與掌握都出現危機。元朝
到順帝至正時期已呈現朝綱廢弛，社會混亂的局面。就元王朝本身而言，朝
廷政爭內鬥問題不斷，再則由於華北地區屢受洪水、地震、旱災所苦，因此
經濟來源多依靠人口眾多、經濟富庶的江南地區。但因河患與變鈔問題接二
連三在社會財政上造成的危機與窘迫，小型民亂與盜賊四起，讓元朝廷對江
南地區的控制能力頓時窘態畢露。尤其是元至正十五年之後，方國珍、張士
誠等人割據造成的混亂局勢，以及紅巾之亂起，元順帝儼然無法控制局勢無
力討賊，戰亂蔓延至江南地區，更突顯元代政權衰弱的事實。對當時的士人
言，天下是否有道，在乎當政者是否行「道」，能否有共通的價值與思想，進
而實踐治國理想，是有志用世的士大夫考量所在，是故宋濂仕隱的原則實取
決於「道」的有無。

　　學者余英時針對儒家「經世致用」的觀念，提出時局的變化與「經世」
選擇的關係：

> 從主觀方面看，儒家的外王理想最後必須要落到「用」上才有意義，
> 因此幾乎所有的儒者都有用世的願望。這種願望在缺乏外在條件的
> 情況下當然只有隱藏不露，這是孔子所說的「用之則行，舍之則藏」。
> 但是一旦外在情況有變化，特別是在政治社會有深刻的危機的時
> 代，「經世致用」的觀念就會活躍起來，正像是「瘖者不忘言，痿者
> 不忘起」一樣。〔註154〕

〔註153〕《全集》，頁80。
〔註154〕參見余英時：〈清代思想史的一個新解釋〉，《歷史與思想》，台北：聯經出版

故宋濂從不因爲隱居而忘記自己身爲儒者的用世之心：

> 我豈遂忘斯世哉？天下之溺，猶禹之溺；天下之饑，猶稷之饑。我所
> 願學禹稷者也，我豈遂忘斯世哉？雖然，予聞之，道之興廢繫諸天，
> 學之進退存諸己。存諸己者，無不敢不勉也；繫諸天者，予安能必之
> 哉？予豈若小丈夫乎？長往山林而不返乎？未有用我者爾，苟用我，
> 我豈不能平治天下乎？《龍門子凝道記・終胥符第三》〔註155〕

由此觀之，政局的變動並非宋濂所能掌握，雖然選擇隱逸山林，但並未忘卻
身爲儒者的志向，仍期待有機會能夠做一番事業，希冀完成經世濟民志業的
理想，只是元末並不適合。學者牟復禮認爲在動亂時期，隱逸是另一種重要
的生存方式，元朝正是這樣的時代，元代許多文人的退隱，正是對時代的一
種抗議。〔註156〕

　　宋濂本身並不贊成「隱逸」，他在《元史》中就認爲沽名釣譽者實不足爲
取，對抱持「退隱山林而心懷魏闕」這種心態，在〈菊坡新卷題辭〉一文中，
就曾有所批評：

> 觀人之道，不于其迹而于其心，迹固朝市也，而心則不忘乎山林，
> 謂之吏而隱可。迹或滯乎山林之中，而其心則艷華趨榮，無一息之
> 不思市朝，苟謂之隱，孰能信之？況君子之出處，可仕則仕，可隱
> 則隱，初何容智力於其間哉？〔註157〕

他認爲眞正的隱者應有陶淵明「不爲五斗米折腰」的行徑，因此「樵於水，
志豈在薪？漁於山，志豈在魚？是無所利也。無所利，樂矣。」〔註158〕在〈白
鹿生小傳〉文末他提到，眞正的隱者，已不可以用「顯與隱」的說法來論斷，
同樣在〈采苓子傳〉〔註159〕中，記載一段隱者采苓子對於「隱」的看法：

> 謂予爲隱邪？吾從而隱之；謂予爲非隱邪，吾從而非隱之。隱固非
> 也，非隱亦非也。大塊既授我以形，顯之，微之，潛之，昭之，一
> 將聽之。苟參之以人焉，則神分而不全矣。神分則眞漓，眞漓則道

　　事業公司，1997年，頁138。
〔註155〕《全集》，頁1761～1762。
〔註156〕轉引自劉祥光：〈從徽州文人的隱與仕看元末明初的忠節與隱逸〉，《宋史研究
　　　　集》32，2002年，頁527～576。
〔註157〕《全集》，頁541。
〔註158〕〈竹溪逸民傳〉，《全集》，頁520。
〔註159〕《全集》，頁2226。

　　戾。道既戾，則吾將覓我且不可得，況所謂隱與非隱者邪！
對隱者而言，世俗言語的讚美與批評，他們根本不稀罕也不在意。因爲眞正的隱逸應是看破世情的歸隱，是一種自覺選擇。

　　若以「道」的有無作爲仕隱抉擇的評估原則標準，在有志用於世的浙東士人身上同樣適用。關於宋濂在至正九年「入仙華山隱居爲道士」這個決定，當時實引起時人的議論，並受到非議，「達官有邀止之者」，「雖然世之賢士大夫聞余之有是行也，必並起而嘲之」。但宋濂這個決定，從其學友們的反應來看，得到相當的讚賞。

　　劉基面對宋濂隱居一事，不僅沒有勸阻，反而相當支持，鼓勵他快快入山，同時也提到自己早年即有入山爲道士的想法，其寫道：「予弱冠嬰疾，習懶不能事事，嘗愛老氏清淨，亦欲作道士，未遂。聞先生之言，則大喜，因歌以速其行。先生行，吾亦從此往矣。他日道成爲列仙，無相忘也。」〔註160〕劉基在元末入仕，在仕途上屢經浮沉，卻也親眼目睹元朝的腐化與病入膏肓。劉基曾一度歸里，隱居於青田山中，除了著述《郁離子》寓言散文，藉以諷刺元末時風與抨擊朝政外，同時也靜觀時變。

　　再者，宋濂雖有言「隱遁」實基於個人不授拘束的性格，故有「大不可者一，決不能者四」，〔註161〕自認難用於世。復受道教影響，亦認爲吐納修養功夫可以久壽。然誠如與宋濂爲同鄉同門好友的戴良，〔註162〕在〈送宋景濂入仙華山爲道士序〉一文中，面對他的選擇，不僅爲他辯解，也清楚解讀宋濂「求道」的意義與用心。

　　夫君子之出，以行道也；其處，以存道也。而其所以爲道者，蓋或

〔註160〕劉基：〈送龍門子入仙華山辭并序〉，《全集》，頁2596。
〔註161〕此處宋濂從個人角度言：「余聞居人倫必以禮，處官府必以法，然自閒散以來，懶慢成癖，懶則與禮相違，慢則與法相背，違禮背法，世教之所不容，大不可者此也。又心不耐事，且憚作勞酬答，少頃必熟睡盡日，神乃可復，而當官事叢雜，與夫造請迎將之不置，一不能也。嘯歌林野，或立或行，起居無時，惟意之適，而欲拘之以佩服，守之以卒吏，使不得自縱，二不能也。凝坐移時，病如束濕。一飯之久，必四三起，當賓客滿座，儼如木偶，俾不得動搖，三不能也。素不善作字，舉筆就簡，重若山嶽，而往返書札，動盈几案，四不能也。」〔元〕戴良：〈送宋景濂入仙華山爲道士序〉，《九靈山房集》卷三，《叢書集成初編》本。
〔註162〕戴良（1317～1383），字叔能，號九靈山人，婺州浦江人。與宋濂先後受業於柳貫與黃溍。戴良在元末入仕，然而自覺無所作爲因而棄官。後返浙江四明山講學，元亡後與元遺民聚於四明，交游倡和，不復入仕。

施之於功業，或見之於文章，雖歷千百載而不朽，垂數十世而彌存，
若是而為壽，可也。苟不其然，顧欲潔身隱退，逃棄人間而苟焉。
以圖壽為道，是固老子之所謂道，而非吾之道也。吾之所謂道，乃
堯舜周孔之道也。然堯舜周孔得聖人之用者也，老子得聖人之晦者
也，於出也則吾用，於處也則吾晦，而是道之變化，詎有異耶？故
生以春陽，殺以秋陰，先生之功也；舒為雲霞，燦為日星，先生文
也；功而不宰，文而化成，先生之道也。道在是則壽在是矣，夫豈
苟焉而已哉？

從戴良之言可知宋濂表面所言「大不可者一，決不能者四」，雖為面對當時世
俗非議的藉口，其內心實有更重要的考量，無論出處，衡量的重心皆在於「道」
的有無、「道」行與否。此處提出宋濂所言之「道」，就是「堯舜周孔之道」，
這也是宋濂面對時局，究竟可不可為的判準依據。至於是否真受道教影響，
欲藉隱遁習吐納修養功夫，恐怕以藉口的成分居多，因為戴良即言，道教之
道目的在圖壽，「非吾之道」，就直接推翻了這個說法。

　　宋濂面對隱逸的選擇，內心並不快意。他在〈跋匡廬結社圖〉中，藉晉
喻元：

晉室日微，上下相疑，殺戮大臣如刈草菅，士大夫往往不仕，託為
方外之游。如元亮、道祖、少文輩，皆一時豪傑，其沉溺山林而弗
返者，夫豈得已哉！傳有之，「群賢在朝則天下治，君子入山則四海
亂」，三復斯言，撫圖流涕。〔註163〕

他認為晉末與元末士人的處境同樣艱難，賢者的選擇都是入山隱居，無賢者
在朝，亂象成形已是無庸置疑。面對出處的難處與矛盾，他有著「三復斯言，
撫圖流涕」的感觸。他曾在與戴良的書信中，表達一生讀書窮經的目的即在
用世，然而已近中年，在仕途方面仍是沒沒無聞，實展抑鬱不得志的心情。

我坐我不憚，我行我淒辛。我生七尺軀，不樂復何因。成童即窮經，
豈嘗墮白紛。為是動中懷，有淚沾衣巾。犬馬齒未衰，但當日加勤。
一息能契道，何須浪沄沄。年當四五十，所愧在無聞。於此苟不憂，
可復名為人？是非姑置之，取琴彈秋雲。琴中有至和，忘悲以懽忻。
所傷至已乖，何能愸吾神！〈寄答戴九靈古詩十首〉〔註164〕

〔註163〕《全集》，頁202。
〔註164〕《全集》，頁2193～2194。

此處我們不僅看到「隱逸」有其無奈，對於知識份子而言，更高的使命是對「道」的承擔。因此除了入仕為官之外，宋濂選擇入山隱逸著書立說，以學者身分完成理論的建樹，除了秉持士大夫的的道德價值，日後若有機會仍可對政統有所影響。是故他的「隱」實有伺機而動的意味在，隱逸就不僅是實踐個人人生價值，它同時具備現實意義，包括也需要具有較為廣泛的社會認同。可見無論是「仕」或「隱」，皆須不悖離孔孟之道。

宋濂學友王禕於元朝也曾積極自薦，以求世用，然終知世道不可為，因此在至正乙未（元順帝十五年）選擇退隱青巖山，著書自期。王禕在〈青巖山居記〉〔註165〕中有言：

> 或謂予曰，仕與隱，其趣不同也。古之君子未嘗不欲仕，特惡不由其道耳。君子學先王之道，且將為世用，胡為而遽言隱耶？予告之曰：仕隱二趣，吾無固必也。十年以來，吾南走越，北走燕，而惟利祿之是干，其勞心苦思，殆亦甚矣。是豈志於隱者乎！今天下用兵，南北離亂，吾之所學，非世所宜用，其將何求以為仕籍？使世終不吾用，其可以枉道而徇人，則吾終老於斯。益研窮六藝百家，而考求聖賢之故，然後託諸言語，著成一家之書，藏之名山，以俟後世，何不可哉？君子之行止，視時之可否以為道之詘伸。是故得其時則行，守窮山密林而長往不返者，非也。不得其時則止，汲汲於干世取寵勇功智名之徒，尚入而不知出者，亦非也。一山之隈，一水之涯，特吾寄意於斯焉耳。

王禕直言個人隱逸避世之因在於「特惡不由其道耳」，他認為「君子學先王之道，且將為世用」，肩負這種責任是不能用隱逸來逃避的。然王禕也說「君子之行止，視時之可否以為道之詘伸。」他對當時的政治社會情勢也很明瞭，因南北皆陷於兵亂，導致無法學以致用，只好學習聖賢隱居山林，著成一家之言，以待有用於世。王禕與宋濂二人是學友與同僚的關係，也是一生的好友，彼此互相了解，情誼亦深，〔註166〕後一起入明，同修《元史》。上述王禕

〔註165〕王禕：〈青巖山居記〉，《王忠文公集》卷五，北京：中華書局，1985 年，頁124。

〔註166〕王禕（1321～1372）字子充，浙東金華義烏人，與宋濂師事柳貫、黃溍，比宋濂有更強的經世傾向，也同樣是明初重要開國文臣。王禕與宋濂的關係密切，從王禕贈宋濂之詩，可見一斑。見〈王內翰詩附〉：「同門同里復同官，心事相同每共歡。衮斧並操裁玉牒，絲綸分演直金鑾。名齊伯仲吾何敢，義

之語提及「是故得其時則行，守窮山密林而長往不返者，非也。不得其時則止，汲汲於干世取寵勇功智名之徒，尚入而不知出者，亦非也。一山之限，一水之涯，特吾寄意於斯焉耳。」，相對與前文引宋濂所言之「用則行，捨則藏」、「豈若小丈夫乎？長往山林而不返乎？未有用我者爾，苟用我，我豈不能平治天下乎？」二人表達世道不行而隱於山林之意義實為相似。若以上述元末士人的行徑看，在元末紛亂擾攘之際，退隱不仕實為多數士人消極的選擇。因此方孝孺曾為業師宋濂由隱逸到入世這段經歷，做了以下的論述：

> 賢哲之處世，烏可以迹論哉？當草昧之時，世衰道鬱，抱經綸之志而不得施，安能舒暢其心神，流洗其情志乎？故或放迹於江海，或養操於山林，求遺世忘累之士而與之遊。其意非求其道也，蓋寓迹於物耳。苟徇迹而論之，豈足以知賢哲之用心哉？當元至正中有大儒先生太史公出於金華，以道德性命濟世之略為學，學成而四方兵起，天下大亂，公知莫如何，往來山水間，著書以自娛。……及乎真人御極，僭亂平而四海定，公應聘而起，居朝廷者十有九年，累官至翰林學士承旨。年六十有八，致其政而歸。〈學士亭記〉〔註167〕

方孝孺於此很清楚的說明，宋濂的心態是由知時勢不可為，到繼而認可朱元璋朝，其仕明的選擇標準即是「逢有道而出」。

二、宋濂對士人出處抉擇的要件

雖然元朝日趨腐敗，然而因元朝推動漢文化運動，尤其是延祐以後，科舉、經筵的舉行，故仍能得到士人的支持。以元末朝廷曾廣徵隱逸一事觀之，至正十四年元廷以翰林待制聘隱士鄭玉（1337～1377），其雖道中疾作未至，然而鄭玉原本是起而拜命，束書就道，所游者咸以歌詩送之，只有楊維楨提醒並勸阻，認為當時紅巾之亂日趨嚴重，且為官者不善理政，此行唯恐招禍。〔註168〕諸如學友劉基、楊維楨、戴良等人，在元末仕進之時，多半是以較低階的縣丞或是是儒學提舉身分入職，然而皆為官不久，旋即辭官歸里，〔註169〕

重師資分所安。重會定知頭更白，肯令歲晏舊盟寒？」《全集》，頁1622。
〔註167〕〔明〕方孝孺：《遜志齋集》，寧波：寧波出版社，2000年，頁491～492。
〔註168〕見《東維子文集》卷九〈送鄭處士〉，四部叢刊本，台北：臺灣商務印書館。
〔註169〕劉基二十二歲中進士，四年後初任瑞州高安縣縣丞，仕途屢經浮沉；戴良年四十四，以荐授淮南江北等處行中書省儒學提舉，然因此區實屬於張士誠割據之下，自感無所作為，棄官去；楊維楨年三十二中進士，官至江西等處儒

三人棄官之因皆是因為元末的政局混亂，朝綱不振，無法有好的發揮。在混亂的時局裡，選擇隱居默察，也是因為對元王朝已有清醒的認識。

宋濂在仕隱問題上，提出第二個考量重心，在於時機的選擇。宋濂談仕隱問題時，除了強調君主「行道」的重要之外，也提出「禮」與士人的關係，突顯出「時遇」的問題。在《龍門子凝道記・采苓符第一》，〔註170〕他以獨孤氏二女年輕貌美，雖年逾三十無人為媒，也不肯違背禮法，自己主動追求的寓言，點出出處的困境在於「君主的態度」。他說：

> 區區一女子，尚以死守禮，予曾謂學先王之道者，乃不由禮乎？尚父不見西伯，老於渭水之濱耳；孔明不三顧，終於隆中之墟耳。況又不為尚父、孔明者乎。……君子未嘗不欲救斯民也，又惡不由禮也，禮喪則道喪矣。吾聞君子守道，終身弗屈者有之矣，未聞枉道以徇人者也。

從上述引文觀之，對宋濂而言，其於元末不仕之因，除了道不行之外，朝廷是否重視士人的尊嚴並給予應有的尊重，也是關注的焦點。回顧漢族儒士在元朝多半不受重視，由於仕進的機會不多，因此從南宋時期隸屬社會精英階層地位而轉為邊陲境地，儒士實少受重用，〔註171〕即使像元初大儒姚樞、竇默、許衡等人亦是。另外，元朝特有的種族階級制度也是士人入仕的另一障礙。元朝優待蒙古人、色目人，輕視漢人，尤其是歧視南人，然而大部分的儒士都是南人。蒙古人和色目人數有限，卻占了多數上層官吏的職位，遂使儒士仕途日趨狹隘，即使位階甚低，但大多數仍接受政府的聘用。宋濂不仕元廷，可見亦與當時儒士地位有關，如果元朝國祚持續，儒者的政治地位無法提升，也不受禮遇，他入仕機會並不高。

宋濂雖然憂世，然而對士人自薦之舉並不支持，因為關鍵仍在於君主重視的程度。試看王禕也曾自薦以求世用，卻失望而隱，因此《潛溪前集》之〈太白丈人傳〉〔註172〕一文，是了解元末宋濂心志與想法的重要文章。此文藉透過文中子王通學成欲見隋君以求用世，路上巧遇太白丈人並與之對談，

學提舉，仕途蹭蹬，終身未曾宦達。

〔註170〕《全集》，頁1754。

〔註171〕參見蕭啟慶：〈元朝科舉與江南士大夫之延續〉，《宋史研究集》32，2002年，頁475～526、〈元代的儒戶——儒士地位演進史上的一章〉，《宋史研究集》15，1984年，頁227～288。。

〔註172〕《全集》，頁10～12。

透過太白丈人之言：「夫具人之體，服人之衣，食人之粟，脫使稍有知，孰不欲堯舜君民哉？是有道焉，不可苟而就也。」先點明「出處」衡量的原則在「有道」，除表宋濂個人對此議題的看法，亦藉之「以隋喻元」。此文中之「太白丈人」即指宋濂本人，而「文中子」則是影射元朝一般的讀書人。

文中「太白丈人」提出入仕之道有三，此三者實有其順序層次：

> 道有三：其上焉者，燮和乾坤，經緯星辰，樞機四時，輨轄五行，執天之德，以牖帝明，以達帝聰。然其自任以斯道之重，非人君北面而事之，不復輕出。出則必爲帝師，若堯之君疇，舜之務成昭，禹之西王國是也。其次焉者，以六合爲一家，以四海爲翰蕃，以五嶽爲封鎮，以元后爲父母，以臣鄰爲伯仲，以蒸庶爲赤子，煦以深仁，財以正義，防以峻禮，陶以至樂，威以嚴刑，式以庶政，治天下可運之掌上。然亦不輕於自試，必待王者致敬盡誠，而後起而佐之。否則，樂耕漁以終其身，若湯之伊尹，周之太公望是已。其下焉者，仿佯局束，呢呰粟斯，不遠千里，衒己求媚；君門如天，無路可陟，俯伏闕下，魄逎神疲，閽隸見訶，不敢出氣。此不自重惜而徇時射利之所爲，若齊王之門操瑟而受者是已。

從上述徵引的文字中可見，宋濂對於士人入仕之舉，有其清楚的原則與條件。首先在君主方面，必須要確定是有道的人君，否則不應該輕言出世。基於此種標準言，文士入仕最能夠有所發揮的重要職務就是「帝師」，輔佐帝王完成帝業。身爲士人如果無法達到這個層次，次一等能接受的情況就是在朝政清明之際，能夠握有實質權力，實踐政治抱負有所作爲。但是在這個層次上，入世佐政的前提必須是在有道君主「致敬盡誠」的邀請。從文士的角度觀之，不僅須受到賞識，同時要擁有尊嚴與君主的禮遇，這樣才能確保此次入仕爲官能有一番作爲。如果時不我與，那麼「隱居」山林保有清譽，將會是更好的選擇。對宋濂而言，最糟糕的表現莫過於士人爲了名利而媚求能有一官半職，「不待聘而奔」。他曾在〈孔子符第四〉中，也以閭姝求耦寓言，比喻女子見了看似美好男子，急欲奔之，最後竟發現此男子實爲受墨刑者，而抑鬱以疾終，感嘆「女子不自重而輕於從人者，視此可鑑矣。」〔註 173〕批評元末仕元的知識份子，急欲求仕用之心態。他認爲儒士向現實低頭，低聲下氣，費盡心思，不僅無法有所作爲，有時甚至必須同流合污，實爲不智之舉。宋

〔註 173〕《全集》，頁 1765。

濂更舉兩姓聯姻以爲例，因爲結婚必須兩方皆有共識，「必待行媒始相知名，又必待納采、問名、納吉、納徵、請期、親迎而後使成昏。不然，是奔也，雖國人皆知賤之矣。」因此認爲一如文中子一相情願的選擇，負策而干進的作爲，「恐與不待聘而奔者無大相遠也。」這是先從士人所處地位與面對之情況而論述之。

若從君主的角度觀之，他則以隋君爲例論說：

> 況隋君天性沉猜，不悅詩書，廢棄學校，殺戮元勳，溺寵廢嫡，惟婦言是用，惟刻薄毒痛之法是崇是嗜。蕭牆之禍，起在旦夕。子尚欲行王道乎？

此處他何嘗不是以隋喻元，元末的狀況亦是如此。宋濂雖然隱居不仕元，然而其並非不憂世，反而是冷眼旁觀當時的亂象，對元末由國君以降之政治生態進一步加以批判。元國祚不及百年，然而皇室傾軋，帝位之爭日益劇烈，自元世祖忽必烈之後（1296 年）至元順帝妥歡帖睦爾立（1333 年），短短三十餘年，皇權更迭十分頻繁。《元史・順帝紀》中記載，順帝年十三即位，雖然皇位得以穩定，然而「深居宮中，每事無所專焉。」順帝沉溺於逸樂，宮闈之內荒縱，朝政更加混亂，任由親信大臣專斷，權臣將帥互相傾軋誅殺。順帝元統、至元時期，宰相伯顏執政時詔廢科舉，〔註174〕儒學再度受到頓挫，漢人儒者受到壓抑，在〈秦士錄〉〔註175〕一文中，即敘述一位有才氣武略的書生，抑鬱不得志的心情，也可反應當時儒生遭壓抑的情況。

知識份子身處易代之際，躬逢朝代鼎革之變，面對社會干戈擾攘，雖仍懷抱濟世之心。然而「言暴虐於湯武之世，必見誅；談仁義於桀紂之朝，必見黜。」中間的差異就在於「時不同」，因此宋濂認爲「時遇」是最後仕隱抉擇關鍵，身爲士人對於時局的判斷益發顯得重要。他曾在〈送陶九成辭官歸華亭序〉中言：「可仕而不仕，不可也；不可仕而強於仕，亦不可也。唯其義而已。」〔註176〕因此他觀察當時的士人舉止，有所謂的「五垢」：

> 夫不察時而冒進謂之瞽，施之不當其可謂之愚，不度德量力而強行爲之固，枉己從人謂之賊，淪溺僵回而弗止爲之淹。瞽則不達，愚則不周，固則不變，賊則不成，淹則不振。是五垢者，子皆躬蹈之，

〔註174〕《元史》卷八十一〈選舉志〉。
〔註175〕《全集》，頁 181。
〔註176〕《全集》，頁 729。

宜乎有疑於予。

宋濂所謂「五垢」，爲瞽、愚、固、賊、淹，直指當時士人之弊，他認爲時人沒有清楚的思索體會當時的局勢，雖然一心想濟世，然而卻造成錯誤的選擇與舉動，如何在外在環境不利於文士之際，進而調整轉化個人心志，不枉道而行，「義」的秉持不易，「時」的抉擇尤難，因此宋濂不禁有「甚哉，出處之難也」的感嘆。

宋濂在〈故詩人徐方舟墓銘〉中曾說過，「君子出處，固立志之不同，然亦有命焉。」〔註177〕可見出處問題並無必仕或必隱的絕對標準，然而除了個人對政治層面的選擇之外，另外時勢所趨也是條件之一。宋濂、王禕與劉基等屬浙東金華地區的文士，在元末時期多半選擇暫時隱逸山林，從事著書立說，等待時機。在元末群雄起兵之際，無論是張士誠或是朱元璋，皆積極拉攏江南士人，延攬人才，一方面是訪賢，興修教化，一方面則是借重文士聲望，藉以服眾。對宋濂等人而言，如何判斷誰是有道明主？尤其是張士誠「頗好士」，〔註178〕於當時受到不少江南士人的支持，期待他能做到保境安民，維持江南地區的安定局面，避免戰禍，其弟張士德與楊維楨、戴良、王逢、高啓等文士也往來密切。但朱元璋求賢之心更爲迫切，其曾徵聘宋濂爲五經師，「十一月二十七日，承遣使者來山中，賜以書幣，強濂爲五經之師。」〔註179〕若根據鄭鏢在〈宋濂年譜〉中言，宋濂雖有辭郡守聘書，此時應已決定要出山。〔註180〕在《明史》本傳中也提到，太祖取婺州時曾召見過宋濂，才有王顯宗開郡學，命葉儀與宋濂爲五經師一事。隔年，明太祖以李善長與李文忠之薦，特地派遣使者樊觀，奉書幣至潛溪來徵召宋濂，與章溢、劉基、葉琛同至金陵，明太祖十分重視他們，態度也很恭敬，有「我爲天下屈四先生矣」〔註181〕之語。

他於隱居龍門山時早有仕意，此時出仕時機、條件、機會已然配合恰當，因此觀宋濂接受明太祖聘請，實經過了觀察評估，朱元璋於當時一方面要求軍隊守紀律，同時也能夠禮遇文士，〔註182〕故其此刻已然認爲朱元璋是「明

〔註177〕《全集》，頁1325。
〔註178〕〔明〕吳寬：《平吳錄》，叢書集成初編本。
〔註179〕〈答郡守聘五經師書〉，《全集》，頁252。
〔註180〕《全集》，頁2704。
〔註181〕《明史》卷一二八，〈章溢傳〉。
〔註182〕根據談遷於《國榷》卷一的記載，朱元璋已曾向儒士范祖幹問治道何先？范

主」。事實上若根據宋濂於〈太白丈人傳〉中所言入仕條件，入世佐政的前提就是有道君主「致敬盡誠」的邀請，他在文集中曾數次提到諸葛孔明三顧而出，可見宋濂實為「有待」，此點明太祖的表現實令他感動。

再者，士大夫入仕最佳的選擇，就是身為「帝師」。至正二十年宋濂五十一歲時，明太祖遣子朱標向他習經學，至正二十四年標立為世子，洪武元年立為皇太子，可見明太祖對宋濂學識的肯定與禮遇。宋濂能逢其時，並得明主見用，自然是竭盡所能，得展其才。若從他的行徑對照其言論，可說是完全縮和，其入明之後所居之地位，完全如同其所言入仕之道的最上者。孫克寬認為元代後期的南方儒士，大多向現實低頭，為異族效力。深於義理之學的大儒，還是甘於山林枯槁，以講學來傳道，延續漢文化，如金華之學金履祥傳人許謙，終身隱逸的文學家鹿皮子陳樵，〔註183〕宋濂在元末隱居講學著述不出應科舉，生年五十遇明祖而用世，這種堅持與抉擇，學者孫克寬肯定「這才是南儒的真精神」。〔註184〕

宋濂對入明後的境遇心存感激，因此在文章中屢次提及「逢有道而出」，也認為此時是「出處」抉擇的好時機。其於〈送許時用還越中序〉中就明白說出：「誠由遭逢有道之朝，故得以上霑滂沛之恩，而適夫出處之宜也。」〔註185〕因此他面對隱者，都積極的希望他們都能入仕謂朝廷奉獻一己之力。在〈抱甕子傳〉中他說：「宗文當元季政亂，肥遁山林，若將終身焉。及逢有道之朝，輒蹶然興起，以力政著聞。其得出處之正矣。」〔註186〕因此對於隱士劉彬於元末不出，入明而仕之舉，宋濂肯定他在出處問題上的抉擇。其他有類似之意者，尚有如〈水北山居記〉中，謂此時為「大明麗天」，認為隱逸之士葉伯旻應「屏江湖之念，而益存魏闕之思」，〔註187〕等功成名就年老之時，再歸隱山林亦不遲；在〈送徐大年還淳安序〉文中，也提到「今

祖幹言不出《大學》。至正十八年丙戌，置中書分省於婺州，儒士許元、葉瓚、胡翰、吳沈、汪仲山、李公常、金信、徐孳、童冀、戴良、吳履、張起敬、孫履，皆會食省中。〔明〕談遷著／張宗祥點校：《國榷》，北京：中華書局，1988年第二次印刷，頁282。

〔註183〕〈元隱君子東陽陳公鹿皮子墓志銘〉，《全集》頁400。

〔註184〕參見孫克寬：〈元代南儒與南道〉，收入《寒原道論》，台北：聯經出版事業公司，1977年，頁208。

〔註185〕《全集》，頁485。

〔註186〕《全集》，頁822。

〔註187〕《全集》，頁753。

當堯舜在上，夔龍滿朝之時」，〔註188〕徐大年在修完《大明日曆》後不願於明朝為官而欲返鄉，宋濂則以此時實為學者能有所發揮之際而勸之，他甚至認為文士為「有道之朝」服務，是符合「義」的表現，因此入仕是理所當然的事。〔註189〕可見入明後，宋濂對於朱元璋朝實抱有很高的期望。

由上可見，他於元末的政治判斷至為敏銳，其有言：

> 古之人仕也，欲安斯民也，觀斯民遑遑於塗炭之中，其心惻然曰：彼人也，我亦人也，厥身則同一身也。我之才足以有為也，苟棄之而不救，則非人也；然欲救之，非仕不可。如斯而已矣，豈知所謂榮與名哉？以榮與名而仕，必賤丈夫也。譬之渡長江之險者，必藉舟楫之利；適千里之遠者，必藉駔驥之力；行濟物之志者，必假祿爵之貴。祿爵之貴，何有於我哉？何有於我哉？〈龍門子凝道記　憫世樞第一〉〔註190〕

上述這段文字對解讀宋濂仕隱態度至為重要。他曾言一般人為官總從為「利」與為「名」兩種方向思考，入仕不外就是得享高官厚祿，衣錦還鄉，視之為備極光彩的榮耀。若是遇到危害社稷的奸雄或諛佞隳法憲者，如果能夠撥亂反正，使政治清明，也能得以留名青史。但對他而言，利祿功名不重要，一切都是為了實踐「道」。宋濂在元末選擇「不仕」，並非淡泊名利，而是衡量在元末的政局是否能有所作為。

由於宋濂根本不在乎世俗眼光的榮與名，為達經世濟民的願望，其表達出非要入仕不可的願望。因為對他而言，進入仕途是必要的路徑，有了職位才能有一展長才的機會。以如此積極入仕的信念來看，他在元末拒絕國史院編修一職，入明前也辭卻五經師，必有其考量依據。試看當時的情況是宋濂直到至正二十年受朱元璋邀請至應天，方欣然前往，且在當年朱元璋即置儒學提舉司，並以宋濂為提舉；後於至正二十二年，他進講經筵，與孔克仁向明太祖講《春秋左氏傳》；至正二十四年，明太祖即吳王位，立朱標為太子，宋濂命授太子經，尋改起居注等等。入明之後宋濂的官職可說一路升遷，雖然並未實際參與政事的議定，然而上述所獲得的文職官位卻益發顯其重要，

〔註188〕《全集》，頁756。
〔註189〕宋濂在〈送陶九成辭官歸華亭序〉中言及：「可仕而不仕，不可也；可不仕而強於仕，亦不可也。唯其義而已。」《全集》，頁729。
〔註190〕《全集》，頁1768。

因爲不僅能夠教育太子，授之以有用之學，同時因爲身爲「帝師」，可以透過
儒家經典，爲國君在新王朝的執政提供儒家的安邦治國之道。他雖然沒有得
到眞正政治層面的權力位置，然而實質上卻獲得機會透過潛移默化的方式，
以儒家治國理念影響帝王，這樣不僅能夠落實驗證自己的政治思想理論，同
時也有機會在施政措施上提供見解。〔註191〕

　　宋濂並非僅是一介書生，其對政治情勢的判斷與選擇，有其獨到的見解。
他入仕於否的關鍵，除了以能否行「道」作爲理念與動機的評估原則外，對
元末的政治環境與政權性質實有所斟酌，同時背後尚有其對「職位」高低之
可爲性的條件考量因素存在。是故宋濂入明之後，榮寵不可謂不厚，面對明
太祖的多疑與出禮入刑的兩手策略，其一方面雖禮遇士人，同時卻又殺戮功
臣，諸如明初劉基受胡惟庸牽連憂憤而死，另一說遭蠱毒致死；高啓因詩得
禍被腰斬；戴良因「忤旨待罪」，《明史》有言「蓋自裁也」等情形，宋濂雖
於晚年受子孫涉入胡惟庸案的牽連，最後在流放途中，死於夔州道上，若與
前述宋濂好友的遭遇相較，他無論在明初的地位或是受明太祖的重視程度
上，都略勝其好友一籌，可見宋濂實有其政治智慧與遠見。

三、宋濂對士人面對人生的多元選擇

　　文士究竟該選擇仕或隱？雖然在儒家經世致用的原則下，學而優則仕似
乎是一種必然的過程。《禮記・儒行》中提出一種概念：

　　　儒有上不臣天子，下不事諸侯。慎靜而尚寬，強毅以與人，博學以
　　　知服，近文章砥厲廉隅，雖分國如錙銖，不臣不仕，其規爲有如此
　　　者。〔註192〕

孔穎達在〈疏〉中詮釋：

　　　近文章砥厲廉隅者，言儒者習近文章以自磨厲，使成已廉隅也。雖
　　　分國如錙銖者，言君雖分國以祿之，視之輕如錙銖，不貴重也。不
　　　臣不仕者，謂不與人爲臣，不求仕官，但自規度所爲之事而行。

文士其自有「自規度所爲之事」，若從孔疏觀之，透過「博學習文」以盡文化責

〔註191〕方孝孺在〈傳經齋記〉中曾言：「（太史公）出而侍從帷幄，輔導儲后，雖未
　　　　嘗得佐治之位，以盡其設施，然所陳述，皆二帝、三王之道，其功德陰被乎
　　　　生民者厚矣。」《遜志齋集》，寧波：寧波出版社，2000年，頁510。
〔註192〕《禮記》卷五十九，十三經注疏本，台北縣：藝文印書館。

任的傳承，「砥厲廉隅」以達人格精神的完成，面對「有道則仕」的觀念，文士實可依照自己的條件衡量適不適合從政。不參與政治的選擇，也是自我實現的另一種自覺，因此「習近文章」已肯定將學術視爲畢生志業這種貢獻。宋濂在人生道路上的選擇是先隱後仕，在其文集中，我們也看到有許多文士在仕隱抉擇上，選擇返鄉躬耕講授著書立言，從事文化志業，並非單純的仕隱二分而已。

如在〈送劉永泰還江西序〉〔註193〕中，記載劉永泰婉拒明太祖的聘請一事，在當時士大夫之間傳誦，並相與作詩餞別，宋濂認爲劉永泰無意爲官，而選擇返鄉從事教育工作，是在有道之朝，能盡己之力的另一種選擇。「若敷明孔子之道，以淑後進，使從之者知孝弟忠信，變澆風而爲厚俗，是亦報上恩之萬一也，是則可爲也。」因此宋濂對此事其認爲「先生之志果如此，其於出處之義，庶幾兩無愧乎！」此外如陶宗儀辭官一事，他認爲陶宗儀出處的抉擇標準在於「義」。

> 九成之歸也，結廬泗涇之上，日坐皋比，橫經而講肄之。子弟從之者，皆知所以孝弟忠信；出而事君，又皆知能致其身之義。九成有功於國，比於它仕者留心簿書期會而不知教化者，又爲何如哉？苟謂之仕亦可也。〔註194〕

此處宋濂認爲陶宗儀結廬講學，除提攜後進之外，同時以能透過身教影響學子，這種教化的貢獻對於國家來說，影響層面至爲深遠。雖然這仍是一種「不仕」的抉擇，然而若能將自己的思想理念傳授給學生，透過學生日後進入仕途，進而加以實踐，何嘗不是另一種入仕？類似的概念在文集中屢見不鮮，在〈送趙彥亨之官和陽詩并序〉中，他就強調了「爲政易而講學難。」〔註195〕

除此之外，宋濂在文集中也肯定文士參與修史的工作，也是一種「入仕」的表現。他認爲仕與不仕屬於表現在外的行爲，更重要的部分在於「心意」。

> 觀人之法，當察諸心，不可泥其跡，仕不仕有弗暇論。苟其心在朝廷，雖居韋布，操觚染翰，足以鋪張鴻偉，上裨至化。脫或志不在斯，雖縮銅章，佩墨綬，朝受牒訴，暮閱獄案，政績蔑然無稱。古昔君子，蓋獨竊愼之。〔註196〕〈送徐大年還淳安序〉

〔註193〕《全集》，頁 478。
〔註194〕〈送陶九成辭官歸華亭序〉《全集》，頁 730。
〔註195〕《全集》，頁 883。
〔註196〕《全集》，頁 755。

明初徐大年參與纂修《大明日曆》後，朝廷原將賜官，徐大年婉拒不受，辭官返鄉。因此宋濂對於徐大年願意參與修史，給予高度肯定。

> 一旦白身召入史館，大書特書，使聖天子宏模駿烈，烔赫萬古，與
> 天無極，此其功與試宰者孰重孰輕？雖不仕猶仕也。藉令自茲終老
> 山林，可謂無負於國，亦可謂無負於學。〈送徐大年還淳安序〉

相對於宋濂積極用世的信念，這些文士致力於原有其屬於知識份子的文化傳承責任，他面對學友文士作出不同的抉擇，無論是講學或是修史，並不違背儒家經世致用的理念，因為這些選擇皆是對朝政或是對當代學術的發展有所助益，可見其關心之處，仍在於學者要能有所發揮。

　　文士對於人生道路的選擇，原本即有其考量的標準與依據。然而面對諸多明初文人宋濂、劉基、高啟等人的表現，錢穆先生認為這些文士雖身仕新朝，卻一心向元，實應將其歸入《元史》。錢穆先生之〈讀明初開國諸臣詩文集〉、〈讀明初開國諸臣詩文集續篇〉〔註197〕二篇宏文，從華夷觀點出發看明初文士，針對明初開國儒臣視元廷為正統提出批評與討論，認為宋濂、劉基、歐陽玄等人言必稱本朝（胡元），屬名亦自著在元之官銜職名，是對亡元的崇重，而於興明的輕蔑，此舉實為諸儒之短視。錢先生舉出當時諸儒為宋濂文作序時大體方向有二，一是誇元之文統，一則溯浙東學術文章之傳，殊不知諸儒已身仕新朝（明代），士大夫已忘夷夏之防。同時宋濂前五十年身於元朝，其學術與文章皆在元代奠基，也涉及了認同與正統性的問題。

　　若由前文觀之，宋濂視元明王朝的更迭並非基於倫理綱常或夷夏之防，而是從政治局勢的演變考慮之，可見至元末一如宋濂，種族的觀念已更為寬鬆。試看其於文集中，並不吝於肯定元朝名臣如耶律楚材、竇默、姚樞、許衡、吳澄、郝經、劉因等人，〔註198〕其讚美許衡為「百世之師」，讚揚劉因「或出或潛，與道周旋」，並表示「吾為執鞭」的意願。同時他對色目人余闕也曾熱情歌頌：

> 於戲！闕真人豪也哉。獨守孤城逾六年，小大二百餘戰，戰必勝。
> 其所用者，不過民間兵數千，初非有熊虎十萬之師，直激之以忠義，
> 故甘心效死而不可奪也。雖不幸糧絕城陷以死，而其忠精之氣炯炯

〔註197〕參見錢穆：《中國學術思想史論叢（六）》，台北：東大圖書股份有限公司，1994
　　　　年三版，頁77～171、172～200。
〔註198〕〈國朝名臣序頌〉，《全集》，頁1～9。

上貫霄漢，必燦爲列星，流爲風霆，散爲卿雲，凝爲瑞露。闕雖死，
而其不死者固自若也！然而闕死於君，而能使妻死於夫，子死於父，
忠孝貞潔，萃於一門，較之晉卞壺家又似過之矣！於戲！闕果人豪
也哉！〔註199〕

宋濂認爲「義烈之士，聲光可流於無窮」，史載余闕戰敗自刎後，其妻與子女
皆赴井死，可謂一門殉節。他曾在〈論中原檄〉一文中說到：「如蒙古、色目
雖非華夷族類，然同生天地之間，有能知禮意願爲臣民者，與中國之人撫若
無異。」〔註200〕因此他判斷的標準實基於儒家忠孝節義的倫理綱常，這些行
爲表現實與種族無涉。

　　若回溯宋濂的隱逸經驗與師承，其隱居之地仙華山，其位於浦陽境內，
自然景觀優美。然更值得注意的是，仙華山與南宋遺民間的關係。「（謝翱）
游倦輒憩浦陽江源及睦之白雲村，尋隱者方鳳、吳思齊，晝夜吟詩不自休。」
〔註201〕包括方鳳、謝翱、吳思齊、黃景昌等氣節之士皆匯集於此砥礪唱和，
形成以方鳳爲首的浦陽遺民詩人群體。〔註202〕宋濂在〈吳思齊傳〉〔註203〕
中也有云：

　　濂游浦陽仙華山，問思齊舊游處，見其石壁題名尚隱隱可辨。故老

〔註199〕〈余左丞傳〉，《全集》，頁248。
〔註200〕《全集》，頁2217。
〔註201〕〈雜傳九首有序·謝翱傳〉，《全集》，頁2052。
〔註202〕仙華山隸屬婺州（金華）浦陽縣城北十里處，關於其地域特徵，宋濂在〈題
　　　　張如心《初修譜敍》後〉中有云：「浦陽仙華爲屏，大江爲帶，中橫互數十里，
　　　　而山盤紆週遭若城，洵天地間秀傑之區也。……高智遠略之士，多由他郡徙
　　　　居之，若大羽之喬林，巨鱗之滄海。……夫如心公固濂景仰，平時獲拜於月
　　　　泉里第，……」《全集》，頁2088。浦陽縣境中仙華山與月泉兩地歷來受到許
　　　　多重視，一方面因爲仙華山自然景觀優美，素有仙華八景美稱。至於月泉，
　　　　則因宋孝宗淳熙八年朱熹與呂祖謙相與闡講正學於月泉之上，陳亮也曾到月
　　　　泉講學。再者由於仙華山的歷史傳說與景致，往往成爲當時聚於此處的遺民
　　　　詩人詩歌創作的對象，同時在彼此的交游過程中，抒發國破家亡的黍離之悲，
　　　　而不免慷慨悲歌，於是月泉吟社在元世祖至元二十三年成立，以「春日田園
　　　　雜興」爲題徵詩四方，此爲詩社擊缽吟目前得見最早的資料。全祖望在《鮚
　　　　埼亭集·外編》卷三十四〈跋月泉吟社後〉有言：「月泉吟社諸公，以東籬北
　　　　窗之風，抗節季宋，一時相與撫榮木而觀流泉者，大率皆義熙人相爾汝，可
　　　　謂狀矣。」因此方勇曾提出「仙華山是遺民詩人們抒發亡國之痛的場所，那
　　　　麼，月泉則既是他們民族氣節的象徵，也是他們獲得人格力量的淵泉。」參
　　　　見方勇：《南宋遺民詩人群體研究》，北京：人民出版社，2000年，頁76。
〔註203〕〈雜傳九首有序·吳思齊傳〉，《全集》，頁2051。

> 云思齊與方鳳、謝翱無月不游，游輒連日夜，或酒酣氣鬱時，每扶
> 攜望天末慟哭至失聲而後返。夫以氣節不群之士，相遇於殘山剩水
> 間，奈之何而弗悲？

宋濂受業於黃溍、吳萊，其二人亦從方鳳學，吳萊復從黃景昌等遺民游。於
此特殊自然與人文環境的薰陶下，舉凡家國之思、亡國之痛、對節士、隱逸
的推崇等，進近而體現人格與氣節，宋濂早年受遺民思想影響實可見一斑。
不事二姓的忠君觀念是在宋代理學家強調「道統」問題後，開始深植人心，
然而明初士人多視元祚為正統，從其奉旨纂修《元史》事，「惟我皇帝既承大
統，即出自淵衷，孜孜以纂修《元史》為意」，〔註204〕明太祖亦承認元室乃正
統之所在。勞延煊在〈元明之際詩中的評論〉〔註205〕一文，認為元末士人對
於元朝提倡朱學與漢文化，將儒生的地位與釋道並稱為三教，因此元末士人
實肯定元代百年正統的地位，此種看法實與錢先生的論點相近。

元末關於「正統」的討論以楊維楨的〈正統辨〉〔註206〕最受到重視，在
政治層面上業已肯定而元朝的正統性。因為論正統之說，出於天命人心之公，
必以《春秋》為宗，不得以割據僭偽當之。論元之大一統，在平宋之後，故
元統乃當承宋。〔註207〕王禕在其文集《王忠文公集》卷一的〈正統論〉中，
面對「正統」問題實繼承歐陽修之「正者，正天下之不正；統者，合天下之
不一」的觀點，其認為正統問題的爭論在於歷史發展的過程中，往往在政治
局面上有者政權名份不正，天下不統一，道德是非不明的情況。因此王禕在
此文中肯定元朝的統一，也強調元能繼承宋的統緒地位。

〈論中原檄〉是宋濂唯一僅見論述華夷正統之文，他於其中也肯定元之
正統地位，認為元以北狄入主中國，「時乃天授」。對此說法錢先生極不以為
有所批評，認為「群士鮮能深明夷夏大義」，「此乃七八十年來異族統治積威
之餘，士大夫內心怯弱」的表現，「固不得責備於景濂一人也。」雖然方孝孺
在〈題桐廬二孫先生墓文後〉，已曾批評元末仕元者時昧於華夷大防，「及其

〔註204〕〈送呂仲善使北平采史序〉，《全集》頁476。

〔註205〕參見勞延煊：〈元明之際詩中的評論〉，收入《陶希聖先生八秩榮慶論文集》，
台北：食貨出版社有限公司，1979年，頁145～163。

〔註206〕楊維楨〈正統辨〉收入陶宗儀：《南村輟耕錄》卷三，北京：文化藝術出版社，
1998年，頁37～42。

〔註207〕關於中國史學觀念歷代討論最為熱烈者，莫過於對「正統」的史學意義探討。
可參見饒宗頤：《中國史學上之正統論》，上海：上海遠東出版社，1996年，
頁54。

世久俗變，然後競出而願立其朝，蓋宋之遺澤既盡而然也。」〔註208〕然而就元末明初的文士角度觀之，宋濂投向朱明王朝之際，由於其未嘗仕元，因此也無所謂「貳臣」的顧忌。雖於行文中屢次出現自署元時官銜，然從宋濂入明之後的行爲表現看，「有道之朝」行儒家民本思想所展現之道德價值，其重要性仍遠高於「夷夏之辨」中種族文化先進與落後，與是否漢族仍爲政權中心等問題。

〔註208〕〔明〕方孝孺：《遜志齋集》，寧波：寧波出版社，2000 年，頁 598。

第三章　宋濂道學思想析論

　　宋濂為元末明初重要的學者，對明初學術思想的發展產生重要的影響。自其門生方孝孺亟言宋濂一生所致力者為「窮理盡性」的理學後，〔註1〕明代中期南中王門學者薛應旂在〈浦江宋先生祠堂碑〉中，也認為宋濂的學術光芒為文章盛名所掩蓋，〔註2〕全謝山復謂其「以開國巨公，首倡有明三百年鍾呂之音」，〔註3〕由於這些明清學者的推崇，因此奠定其於明初學術的地位。

　　本文所謂之「道學」，今人多稱「理學」，大抵而言，「道學」一詞多用於程、朱一系。〔註4〕宋濂學術本繼承浙東學術尊經、重史、重文的傳統，不侚一端，析言之，雖可大別為儒家道學、經學、史學、文學、辨偽校讎等方向，但論其思想發展固有所本，若能宗其本，自能掌握其學術特色。故探討宋濂的文學理論前，乃需先究析其學術之中心思想，方能証其立論之有本有據。

〔註1〕 方孝孺在〈潛溪先生像贊二首〉中推崇業師宋濂「道術可以化天下，而遇合則安乎命也。該博可以貫萬世，而是非不違乎聖也。無求於利達，故金門玉堂而不以為榮；無取於患難，故遯陜而中心未嘗病也。卓然間氣之挺出，粹然窮理而盡性也。事功言語傳於世者，乃其餘緒。」〔明〕方孝孺著／徐光大校點：《遜志齋集》，寧波：寧波出版社，2000年，頁636。

〔註2〕 「先生繼起是邦，遭逢聖主，文章事業掀揭宇宙，士人籍籍咸稱名臣，已極夸詡，至其所深造自得者，上躋聖真，直達本體，則反為文章事業所掩，而不得明預於理學之列。此余追考先生之平生，未嘗不喟然而歎也。」《全集》，頁2369。

〔註3〕 全祖望：〈宋文憲公畫像記〉，收入黃宗羲著／全祖望補修：《宋元學案》卷八十二「北山四先生學案」，北京：中華書局，1986年，頁2801。

〔註4〕 參見余英時：《朱熹的歷史世界——宋代士大夫政治文化的研究（上冊）》，台北：允晨文化實業股份有限公司，2003年，頁33。

　　宋濂於文章中，屢次出現「道」與「道學」等詞語。他認為文章的價值是建立在「道」的基礎上，這種觀念實繼承宋代理學家論文時，視文為載體的功能。在〈明道先生墓表〉中，程頤曾提到「周公沒，聖人之道不行；孟軻死，聖人之學不傳。道不行，百世無善治；學不傳，千載無真儒。」〔註5〕朱熹在《朱文公文集卷七十五・程氏遺書後序》中也云：「二先生倡明道學於孔孟既沒千載不傳之後，可謂盛矣。」上述引文中的「道」，即指以周公為首的聖人之道，「道學」無庸置疑即是自周公孔子以降所建立的儒家「聖人之學」。宋濂個人不斷陳述自己以道自任，〔註6〕明道以自立，〔註7〕「傳道」、「學道」實為畢生志業。對宋濂來說，「道」這一命題其內涵不僅涉及其治學取向，同時也影響其對於文章的態度，以及用於事功名節的具體實踐。是故宋濂如何體認與闡發「道」，可說是詮解其學術思想的第一要務，以他在明初的地位與影響，其必建構一套品評標準，供當代文士足以依循的經世法則。

　　宋濂本是婺州文士，《宋元學案》已將他歸入金華朱學的統緒中，「受之其鄉黃文獻公、柳文肅公、淵穎先生吳萊、凝熙先生聞人夢吉四家之學，並出於北山、魯齋、仁山、白雲之遞傳，上溯勉齋，以為徽公世嫡。」〔註8〕因此就學統言之，全謝山具體的認為宋濂之學，是直承朱熹至黃榦一脈的金華朱學傳統，可視為浙東學術傳統在明初的嫡傳。宋濂所學非僅一家，除了傳承金華朱學，王梓材也清楚的點出他遠紹呂祖謙之學：「東萊學派，二支最盛，一自徐文清再傳至黃文獻、王忠文，一自王文憲再傳而至柳文肅、宋文憲，皆兼朱學，為有明開一代學緒之盛。」〔註9〕在《宋元學案卷》中，他同時亦被稱為「呂學續傳」，〔註10〕由於全謝山認為呂學的影響是「四百年文獻之所寄也」，對於婺中之學從理學趨向於文學流派的轉變過程，其亦認為實始於為

〔註5〕　（宋）程顥、程頤：《二程集》，北京：中華書局，1981年。

〔註6〕　如在〈白牛生傳〉中，宋濂有言「仕當為道謀，不為身謀」；《龍門子凝道記　後記》「盡棄解詁文辭之習，而學為大人之事。以周公孔子為師，以顏淵孟軻為友，以易詩書春秋為學，以經綸天下之務，以繼千載之絕學為志，子貢宰我以下，蓋不論也。」《全集》，頁80、1814。

〔註7〕　宋濂言「道無往而不在，豈易明哉？造文固所以明道，傳經亦將以明道。」、「周公、仲尼之道粲如也，學之則至也，不學則終身不知也。」《龍門子凝道記　樂書樞第六》、《龍門子凝道記　君子微第二》《全集》，頁1780、1789。

〔註8〕　全祖望：〈宋文憲公畫像記〉，收入黃宗羲著／全祖望補修：《宋元學案》卷八十二「北山四先生學案」，頁2801。

〔註9〕　黃宗羲著／全祖望補修：《宋元學案》卷七十三「麗澤諸儒學案」，頁2434。

〔註10〕　黃宗羲著／全祖望補修：《宋元學案》卷七十一「東萊學案」，頁1688。

柳貫、黃溍、吳萊、吳師道等元末文士，[註11]同時宋濂亦因師承得以聞陳亮功利之學。自唐而宋，儒學的「道統」與古文的「文統」實有所連繫，因此從其繼承之元代浙東學統出發，如何傳承「道統」與「文統」，以及背後所蘊含的價值意義，實影響了宋濂論文的宗旨與準則。

　　復從其學術淵源觀之，元代理學思想已呈現和會朱陸的態度，[註12]宋濂雖爲朱學傳續，然其著作中引用不少陸學的說法，[註13]同時在文章中亦多次提到「心」的作用與價值，某些時刻「心」的地位甚至等同於「道」，因此他對「心」的理解亦影響其文論架構的發展。其次由於金華學術重視經史不二，宋濂本身亦從事史書修纂，因此在論其道學思想時，不能忽略其對經史的態度。

　　此外由於宋濂本身與佛教徒交往甚深，文集中對於佛教的論述很多，甚

〔註11〕 全祖望在〈宋文憲公畫像記〉中提到「婺中之學」有三變，「予嘗謂婺中之學，至白雲（許謙）而所求於道者疑若稍淺：觀其所著，漸流於章句訓詁，未有深造自得之語。視仁山（金履祥）遠遜之，婺中學統之一變也。義烏諸公師之，遂成文章之士，則再變也。」雖然全祖望認爲浙東理學在許謙門人身上已產生轉變，尤其在義烏地區的文士身上已看見明顯傾向文章之學，但無疑的此時浙東學派不僅是個文學流派，亦可視爲從浙東學術統緒中衍生出來的特色。金履祥受業於王柏、何基，又何基學於黃榦，因此金履祥是朱熹的三傳弟子。元代儒學大家劉因、許衡同出趙復之傳，其他如胡長孺、郝經，學術皆以程朱爲宗。至於許謙、柳貫皆是金履祥的門人，還有被稱爲許謙「學侶」的張樞、吳師道等人，其學以朱子爲宗。元代浙東學派傳承以許謙的弟子與再傳弟子爲主，葉儀是許謙的親傳弟子，章溢、葉琛、朱右等是許謙的再傳弟子，宋濂、戴良師事柳貫、吳萊、黃溍，王禕也受學於黃溍，胡翰師事吳萊，方孝孺則是宋濂的門人，是故元末明初的浙東文士與浙東理學的傳承有密不可分的關係，同時他們皆是當世重要的文士，對明王朝政經制度的制定與思想文化的建立作出重要的貢獻。黃宗羲著／全祖望補修：《宋元學案》卷八十二「北山四先生學案」，北京：中華書局，1986年，頁2801。

〔註12〕 理學的發展到了元代已呈現「和會朱陸」的態勢，這是理學發展至元代的一段複雜情況，在元代出現所謂朱陸之間的「兼綜」、「和會」。當時陸學思想爲朱學文士所兼取，使得陸學借朱學得以薪傳，至於陸學本身也兼取朱學的篤實功夫，這個情況大體上是由支離泛濫到簡易直截的過程，在理學的發展中，元代的朱陸合流實起了嬗變和轉遞的作用。參見侯外盧、邱漢生、張豈之主編：《宋明理學史（上冊）》，北京：人民出版社，1997年，頁749～767。

〔註13〕 如在〈六經解〉中宋濂言：「六經皆心學也，心中之理無不具，故六經之言無不該。」《全集》，頁72；又《龍門子凝道記 段干微第一》中，宋濂引用陸九淵語言之：「所謂東海有聖人出焉，此心同，此理同也；西海有聖人出焉，此心同，此理同也；南海北海有聖人出焉，此心同，此理同也。吾何憂哉？天之高也，吾不愧其覆也；地之厚也，吾不愧其載也；心之弘也，吾不愧其靈也。」《全集》，頁1788。

至是「以佛資儒」，〔註14〕此舉實與北宋以降以排佛抑道、復興儒學為職志的儒者有很大的差異。宋濂曾以「體用」二字為例，說明雖向佛教「借用」這個詞彙，但佛教與儒家本質並不相同。〔註15〕話雖如此，但全祖望在《宋元學案》卷八十二《北山四先生學案‧宋文憲公畫像記》一文認為婺中之學，至宋濂「而漸流於佞佛者流，則三變也」，關於宋濂是否佞佛，在明代已是令人關注的問題。宋濂是否耽溺異學，其對於釋道的立場為何，以及對其思想的影響等，皆是吾等所關注的議題。

欲談宋濂的文學主張，勢必深究其所秉持之學術思想。因此以下先就宋濂對於天道與人道的省思談起，再深入探究其如何看待理想人格的建構，尤其是道統觀以及聖人觀，此外尚須理解宋濂的經典意識與史觀之間的互涉，以及面對全祖望等對於其「佞佛」的說法，深究他是如何出入釋道等方向論述，嘗試勾勒出其「道學」思想的內涵闡釋的進展，以究其見解之創新或是理論有所侷限。

第一節　天道與人道的省思

許慎在《說文》中對「道」的解釋是：「所行道也，从『行』从『首』，一達謂之道。」具有一定方向的道路就稱之為「道」，這是道路之「道」的本義。正因為道路有明確的方向性，因此「道」漸次引申到了春秋時期展演出「天道」與「人道」的概念，鄭國大夫子產提出「天道遠，人道邇」《左傳‧昭公十八年》之見解，「人道」指人的思想與行為準則往往與「天道」相應，復由於「向上的道」與「向下的道」的交相運作，天人合一，使中國的文化思想也充實而有光輝，〔註16〕因此中國傳統知識份子與「道」有著緊密的關聯。

據《論語‧里仁》記載，孔子曾對曾參言「吾道一以貫之」，關於孔子之道，曾參的理解是「夫子之道，忠恕而已矣。」「儒家」之「道」，是以「仁義」為核心，如「君子謀道不謀食」「君子憂道不憂貧」《論語‧衛靈公》、「篤信好學，守死善道。危邦不入，亂邦不居。天下有道則見，無道則隱。邦有

〔註14〕參見侯外盧、邱漢生、張豈之主編：《宋明理學史（下）》，北京：人民出版社，1997年第二版，頁69。
〔註15〕《龍門子凝道記　先王樞第五》，《全集》，頁1777。
〔註16〕參見蔡明田：〈德合天地‧道濟天下——先秦儒道思想中的理想人格〉，《中國文化新論　思想篇一》，台北：聯經出版事業公司，1989年，頁48。

道，貧且賤焉，恥也；邦無道，富且貴焉，恥也。」「士不可不弘毅，任重而道遠。仁以爲己任，不亦重乎？死而後已，不亦遠乎？」《論語‧泰伯》這裡「道」屬於「人道」層次，是孔子的政治理想，也是一生的志業，透過仁義的實踐以達成人與人之間的和諧，因此「道」實指文化理想或最高的價值眞理，亦是中國古代賢哲所追求之理想目標。學者余英時指出，孔子認爲「士」是「道」的承擔者，「士」的特性在其以「道」自任的精神。〔註17〕《中庸》強調「道也者，不可須臾離也，可離非道也。」〔註18〕董仲舒也說「道之大原出於天，天不變道亦不變」，因此「道」不僅是客觀的形上規律，同時也與個人的意識與修養縐合，因此儒家的「道」是「天道」「人道」合一，從超越的層次走入內在，具備了宇宙道德本體義，同時也是人性自覺的本質，因此內在道德修養的完成就成爲重要的關鍵，求道明道的過程可視爲追尋踐履天道的一條理想人格建構的路程。

　　道學自宋代興起與發展，可說是時代的產物，一方面與宋代政治密切相關，基本上尊儒宗經的思想在宋代儒學復興中形成，也由於宋儒主張道德名教、倫理綱常的重建，因此成爲統治者鞏固政權穩定政治體制的重要思想基礎，而偏重於實際政治層面應用的治人之道。再者，道學的興起與思想的發展進程至爲緊密，爲了抗衡佛老，宋儒著重於理論體系的建構，重視修己治人之道。〔註19〕如果從學術思想的發展言，理學歸根究結屬於倫理道德哲學，那麼學者對於對於倫理道德的自省思考與批判，就是具體表現的一種型態，形而上的本體思辨可說是形而下人生現象關注的基礎。

　　事實上宋濂所談之「道」，或是在文章中所主張的「道」，內涵實爲儒家之道，亦是理想人格建構的基礎，目的在於成就個人價值與人生意義。因此宋濂教導皇太子朱標時，「皆以禮法諷諭，使歸於道」，與明太祖論治道，也以儒家之仁義教化爲依歸。「蓋先生之道，內誠外恕，一出於正，發之也當，

〔註17〕參見余英時：〈道統與政統之間〉，《史學與傳統》，台北：時報文化出版企業有限公司，1988 年，頁 51。

〔註18〕（宋）朱熹：《四書集注》，台北：臺灣商務印書館。

〔註19〕錢穆先生曾言，宋學初興有一共同趨向之目標，「即爲重整中國舊傳統，再建立人文社會政治教育之理論中心，把私人生活和群眾生活再扭合上一條線。換言之，即是重興儒學來代替佛教作爲人生之指導，這可說是遠從南北朝隋唐以來學術思想史上一大變動。至其對於唐末五代一段黑暗消沉，學絕道喪的長時期之振奮與挽救，那還是小事。」參見錢穆：《宋明理學概述》，台北：中國文化大學出版部，1980 年，頁 21。

而行之也安」，〔註20〕對他而言，儒家之道不僅是知識的追求與積累，實早已內化爲個人修養行事準則與一生志業的實踐。他自己曾在〈自題畫像贊〉闡述自己對「道」的實踐進路：

> 用致知爲進學之方，藉持敬爲涵養之地。續墜緒之茫茫，昭遺經之晰晰，雖任重道遠，必篤行而深詣。庶幾七尺之軀，不負兩間之愧。爾其勉旃，以終厥志。〔註21〕

宋濂的思想不僅受浙東學術的浸潤，同時也一如宋儒展現出濃厚的致知進學、持靜涵養的踐履精神，其體道篤行無違於道，希冀達到與聖人之道一同的人生境界，同時肯定經籍中蘊藏並指引著人生方向。身爲儒者，醉心於道學，論事與論文皆以「道」爲旨歸，其所彰顯之「道」具備鮮明的儒家立場，實可視之爲道德精神價值的表現。本節討論的重點集中於面對宋濂的思維世界，其如何看待理氣運行這類屬於天道自然的論述，同時相應於天道的生生不息，人必有一條順應天道的行事法則。因此藉由對「天道」的理解與闡釋，探究其修養與道德踐履，尤其是「心」的作用與價值，也試圖歸納宋濂對於「天人關係」的看法，展現其對「天道」與「人道」問題的思考。

一、自然的天道觀

宋濂天道觀之建立，實參取道家、道教、易傳與宋儒之說，在其論述文句中出現之「道」、「天」、「天德」，多指萬事萬物之所以然的最高原理。

（一）道之自然無爲

「道」可說是中國傳統哲學思想中最高範疇，所謂「形而上者謂之道，形而下者爲之器」《周易‧繫辭》，「道」指無形的宇宙萬物之理，「器」則指有形的具體事物。正由於道是不可聞見，無以名狀，需要透過一個自我直觀體道的過程。「道」在先秦不同學派中，有不同內涵與外延詮釋，儒家與道家對「道」的說法並不同，然將「道」歸於形而上層次卻可說是一致的。

「道家」之「道」即「自然之道」，「自然」指道之表現特徵、方法以及行爲狀態。老子對於「道」的描述是「有物混成，先天地生，寂兮寥兮，獨立而不改，周行而不殆，可以爲天下母，字之曰『道』，強名之曰『大』。……

〔註20〕 鄭楷：〈翰林學士承旨、嘉議大夫知制誥、兼修國史、兼太子贊善大夫致仕潛溪先生宋公行狀〉，收入《全集‧潛溪錄卷二》，頁2359。

〔註21〕 《全集》，頁2163。

人法地，地法天，天法道，道法自然。」(《老子》二十五章)，此處說明「道」是客觀的存在，不因人的意志而改變，而「道」的本體與作用在於所有的萬物由「道」而生，故可以為天下母，故「道」高於「天」，「道」的運行軌跡也一如圓周循環，永不止息。〔註22〕老子將「道」提升指宇宙萬物的形上根源，屬於宇宙本原的哲學範疇，亦點出「道」本於「無」的自覺精神價值。

宋代理學家極為重視對事物本原的探討，「道」又稱為「理」或「天理」，二程特別重視儒家精神傳統，認為「道學」是體認追求聖人之道的學問，因此程顥曾言「道之外無物，物之外無道，是天地之間無適而非道也。」〔註23〕這裡程顥認為道與物不相離，道普遍存在於一切萬事萬物中，是普遍的法則，故程顥說「天者，理也。神者，妙萬物而為言者也。問：天道如何？曰：只是理，理便是天道也。」〔註24〕透過其言可知「天者理也」的命題，已肯定「天道」具有本體地位，「天理」因此得以支配自然的運行與規律，決定人與事物的本性。朱熹也認為「理」是事物的本質和規則，其云：「理也者，形而上之道也，生物之本也。」(《朱文公文集》卷58〈答黃道夫〉)朱子更進一步闡釋「若在理上看，則雖未有物，而已有物之理，然亦但有其理而已，未嘗實有是物也。」(《朱文公文集》卷46〈答劉叔文〉)一切事物在尚未產生之際，「理」已經先物而存在，成為宇宙萬物的行上依據。因此宋濂對天道自然的全幅涵義，可由從下述幾點進程觀之。

宋濂繼承程朱學說，面對大化流行生育萬物，其論「道」之先，云：

> 莊周氏之言曰：「至樂活身，唯無為幾存。」夫以無為為至樂幾矣，而未免有名迹之累。蓋道本無名，有名斯有迹矣。苟名我以無為，是將求我無不為矣，奚若無無為之名而後其樂為至以乎。(〈至樂齋記〉)〔註25〕

「至樂」一詞是莊周之言，宋濂則進一步詮釋認為莊周以無為為「至樂」，仍是陷於「名迹之類」。這裡所勾勒出「道」的形象，屬於形上層次，他採用老子之說，認為「道本無名」。在〈述玄為張道士作〉一文中，從開始就點出「道」是宇宙天地中，存在一種普遍的規律法則，曰：

〔註22〕王淮注釋：《老子探義》，台北：臺灣商務印書館，1998年，頁104～109。
〔註23〕《二程遺書》卷4。
〔註24〕《二程遺書》卷11。
〔註25〕《全集》，頁1939。

> 天地之間，有玄玄之道焉，塞八區，宰六幕，茫乎大化，莫見其迹，
> 窈冥忽荒之中而有神以爲之樞。其神何如？洞乎無象，漠乎無形；
> 瞻之弗覩，聆之弗聞；履冰弗寒，炙日弗溫。故巍然高而不知其際，
> 邃然深而不知其止，恢然大而不見其外，藐然細而不見其內。其施
> 之於用也，能覆能載，能陰能陽，能靜能動，能柔能剛，能上能下，
> 能圓能方，能舒能慘，能翕能張。毛者亦以之而趨，羽者亦以之而
> 翔，甲者亦以之而出，鱗者亦以之而行：凡有血氣者，莫不藉是以
> 存。所謂不依形而立，不待力而強，不以生而存，不隨死而亡者也。
> 古之至人，能養而全之。守一處和，若蟄龜然。一故弗雜，和故弗
> 戾，久而行之，其道乃至。……混淪在上者，謂之天；磅礴在下者，
> 謂之地；中立兩間者，謂之人。〔註26〕

宋濂認爲在天地間早已存有一「玄玄之道」，這個「道」可說是宇宙的本原，正因爲其充盈於天地，不易掌握，「凡有血氣者，莫不藉是以存」，故亦是萬物生成的根源，因此「道」似有物質屬性，卻又非物質的存在。這裡「道」的概念已是宇宙本體的哲學範疇，同時具備了自覺性的創造能力。

此段釋名彰義的文字，多取前人所言而別生新義。上段徵引之文對「道」的界說論述，實類同老子言「道之爲物，惟恍惟忽。惚兮恍兮，其中有象；恍兮惚兮，其中有物；窈兮冥兮，其中有精；其精甚眞，其中有信。」（《老子》二十一章）此言對「道」作形象性的描述，強調「道」對「象」、「物」、「天地」的優先地位。〔註27〕對此宋濂談「道」的存在「不依形而立，不待力而強，不以生而存，不隨死而亡者也」，道既是無形無象、飄渺不定，卻又是最眞實最根本的的存在，老子云「玄之又玄，眾妙之門」，「道」是一切玄妙變化的根源，也是構成世界的本原。故透過這種對「道」的描述，「道」事實上帶有不可捉摸的不確定性，在落實於人間具體事物上，「道」的發展就具備了靈活性。宋濂雖然論「道」，卻並未在宇宙本原問題上加以探索，所討論的重心則是側重人事發展變化之客觀規律。

宋濂論「道」實綜合了道家老、莊與宋儒的意見，在形上層次的超越意義上，也繼承老子思想用了「玄」字。然而由於〈述玄〉一文是爲道士而作，故帶有一些道教的玄虛味道，他在文後也說明因本黃老氏餘論作〈述玄〉，由

〔註26〕 《全集》，頁103。
〔註27〕 參見李澤厚：《中國古代思想史論》，台北：三民書局，1996年，頁94。

此文可見其論「道」的定義與範疇採兼綜說法的特徵。

（二）萬物的生成化育

「氣」在古代思想發展中實爲重要課題之一，從先秦儒道二家，經兩漢思想家如董仲舒、王充，到宋明理學家周敦頤、張載、二程、朱熹、王守仁、黃宗羲等皆討論過此概念。把「氣」視爲宇宙本體、萬物根源者，則首見《易傳》與《老子》。〔註28〕

宋代理學家在談「理」時，往往和「氣」合論，將「氣」視爲形而下物質世界具體構成的材質，成爲解釋自然與人事現象的論述模式。〔註29〕天道流行化育萬物的概念早存在於《孟子‧告子篇》「牛山之木嘗美矣」章，朱熹在《孟子集註》中加以詮釋云「日夜之所息，謂氣化流行，未嘗間斷，故日夜之間，凡物皆有所生長也。」此處實可見「氣」的運動流轉是萬物生長的基礎，因此朱熹認爲理在氣先，理是本，氣化流行也就是天理流行。

張載提出「太虛即氣」的元氣本體論說法，「太虛」是宇宙萬物之源，〔註30〕「太虛無形，氣之本體，其聚其散，變化之客形爾。」「太虛不能無氣，氣不能不聚而爲萬物，萬物不能不散而爲太虛。」（《正蒙‧太和篇》）其認爲「太虛」是「氣」散的狀態，同時也是「氣」的本體，萬物散入「太虛」，變恢復了他們本來的狀態，「太虛」聚爲萬物，仍不改變「氣」的本質。故張載有言「太虛者，氣之體。」（《正蒙‧乾稱篇》）「氣塊然太虛，升降飛

〔註28〕如在《易傳‧繫辭上》：「一陰一陽之謂道，繼之者善也，成之者性也。」「陰陽」爲二氣之名。《老子》第四十二章云：「道生一，一生二，二生三，三生萬物。萬物負陰而抱陽，沖氣以爲和」。老子所言「道生一」，此一就是「氣」，「一生二」謂一氣化爲陰陽二氣。「陰陽」在《易傳》中代表萬物構成的元素，因此老子云：「萬物負陰而抱陽」，自然流行無所窒礙的氣是宇宙萬物生化的本原，而萬物的生成變化，同樣必須依循陰陽二氣的聚散消長，才能生生不已。莊子繼承老子以道爲主的思想，其在〈知北游〉中認爲天下萬物的死生成毀，都是氣的聚散所致，故言：「通天下一氣耳！聖人故貴一。」、「人之生，氣之聚也；聚則爲生，散則爲死。」參見錢穆：《莊子纂箋》，台北：東大圖書公司，1986年版。

〔註29〕學者楊儒賓指出氣化理論通常不釋用來解釋如何生諸事物，而是用於解釋諸多事物爲何被生，其認爲中國哲學思想中關於氣論說法重點在於提供一套關於世界之所以形成的依據。參見楊儒賓：《中國古代思想中的氣論及身體觀》，台北：巨流圖書公司，1993年，頁6。

〔註30〕參見張亨：〈張載「太虛即氣」疏釋〉，《思文之際論集——儒道思想的現代詮釋》，台北：允晨文化出版實業公司，1997年，頁192～248。

揚，未嘗止息。」（《易說·繫辭上》）「游氣紛擾，合而成質者，生人物之萬殊。其陰陽兩端，循環不已者，立天地之大義。」（《正蒙·太和篇》）

透過「氣」的微妙變化，不以人的意志為轉移，乍看之下是神秘不可思議的，故謂之「神」。張載言：「凡可狀，皆有也；凡有，皆象也；凡象，皆氣也。氣之性本虛而神，則神與性乃氣所固有。」（《正蒙·乾稱篇》）「惟神為能變化，以其一天下之動也。」「惟神能主乎動，故天下之動，皆神為之也。」（《易說·繫辭上》）但張載言「神」，仍是本於「太虛」而存在，其亦云「無無陰陽者，以是知天地變化，二端而已。」「由氣化有道之名。」（《正蒙·太和篇》）對張載而言，陰陽交感，萬物化生，這種運動變化的過程和規則，以及萬物產生後自身的發展變化程序，就稱為「道」。「天道，四時行，百物生。」「鼓萬物而不與聖人同憂，天道也。」（《正蒙·天道篇》）故張載認為四時的運行流轉與萬物的生息繁衍，皆依循「天道」的規則。〔註31〕

雖然宋濂對於天道自然方面的論述並不多，但吾等可進一步從其思想中對於道與理氣生化之間的關係做一理解。對於宇宙生化形成的歷程，他除了繼承張載「太虛即氣」的天道論之外，並結合道教之「氣母」一詞，建構其天道觀。宋濂云：

> 太虛之間，一降一升而能橐籥於無窮者，非氣母也耶！氣母之所孕，
> 其出無根，其入無門，而其應也甚神。人能察乎陰陽之變，而不凝
> 滯於物者，其知鬼神之情狀矣乎！（〈溫忠靖王廟堂碑〉）〔註32〕

他談及天地宇宙的形成與運動時，關鍵就在「一元之氣」。同樣的概念在〈夾註輔教編序〉中亦曾再次闡述：

> 殊不知春夏之伸，而萬彙為之欣榮；秋冬之屈，而庶物為之藏息：
> 皆出乎一元之氣運行。氣之外，初不見有他物也。〔註33〕

其雖使用「一元之氣」與「氣母」，但二者意義是等同的，此二詞雖是道家用語，但宋濂所謂之「太虛」，即宇宙間的升降運動，四時的遞嬗與萬物的欣榮藏息，「氣」的存在是最根本的原因，其所依據的就是「一元之氣運行」。根據宋濂的描述，「氣母」的表現是「其出無根，其入無門」，先於萬物存在卻又不滯於物，「氣」除了可以產生萬物，並有洞察一切的能力，可說是決定「太

〔註31〕參見侯外盧、邱漢生、張豈之主編：《宋明理學史（上）》，頁101～104。
〔註32〕《全集》，頁262。
〔註33〕《全集》，頁939。

「虛」萬事萬物構成與運動的必然性。

顯然宋濂所論之「氣」，在此處似是一種在宇宙間具有主宰意義的精神，不單純僅是保持物質性而已。在〈元故累贈奉訓大夫、溫州路瑞安州知州、飛騎尉、追封樂清縣男林府君墓銘〉一文中，他再次肯定萬物的生成皆是憑藉著「一元之氣」，其言：「天之生材也，一元之氣既運，無往而弗周。譬諸木焉，或可為棟樑，或可為榱桷，未嘗不具。」〔註34〕在〈龍虎山上大清宮鐘樓銘有序〉文後之銘中，他也說「大道無象，一氣自然。由氣有聲，上通九天。」〔註35〕宋濂曾言：「毛者亦以之而趨，羽者亦以之而翔，甲者亦以之而出，鱗者亦以之而行：凡有血氣者，莫不藉是以存。」（〈述玄為張道士作〉）既然「氣」是天地萬物創生的憑藉，氣遍佈天地之間，當然氣也在人身上周遍流行，因此「氣」具有生命力，人體之氣，亦可稱為「血氣」。宋濂對於「氣」的論述，實本於程朱理先氣後的觀念，其所主張的「氣」更為具體，這裡「氣」的地位介於絕對的「理」與萬物之間。他通過「氣」、「元氣」解釋事物的構成與運動，「道」與「氣」的配合是萬事萬物成立之必然條件。

此外，面對其「窈冥忽荒之中而有神以為之樞」（〈述玄為張道士作〉）之說法，這裡「神」的概念是繼承宋儒周敦頤、張載、程顥等人的宇宙論基礎，指落實於天地自然人世運行變化的內在動力。宋濂提到「一氣孔神」的說法：

> （宋濂）亟往叩長生久視之要，玄初（周尊師）乃言曰：「混沌之時，一氣孔神，無形與聲，入之無門，子盍索於呼吸之根乎？其體中虛，玄象之初，不依物以居，枝扶而葉疏，能黜其知，守其愚，則群陰盡銷，而純陽獨舒矣。子盍慎諸？」（〈周尊師小傳〉）〔註36〕

> 人身之中有玄牝焉，繫乎天根，呼吸所關。絲絡聯縣，枝葉扶疏。靜以養之，一氣孔神，超於象先，不見其朕。玉色連娟，天光內朗，蓋以無為而得，無為而成……（〈月堀記〉）〔註37〕

上段引文與老子所言類似，老子云：「谷神不死，是謂玄牝。玄牝之門，是謂天地根。綿綿若存，用之不勤。」（《老子》第六章）宋濂同樣認為人身之中，有

〔註34〕《全集》，頁 921。
〔註35〕《全集》，頁 1942。
〔註36〕《全集》，頁 614。
〔註37〕《全集》，頁 646。

所謂的「玄牝」，用以比喻道所呈現的陰陽動靜，即陰陽二氣盈虛消長作用所展現之周行不殆，能創造萬物的能力。因此萬物之所生，包括人，皆是陰陽二氣的作用。他談陰陽二氣時，曾說：「天地之間不過陰陽二氣而已，有能知其化機而轉移之，則雨暘可得而求矣。」〈贈雲林道士鄧君序〉〔註38〕、「天地之間無踰陰陽者」〈周尊師小傳〉〔註39〕、「天地之運，二氣絪縕，自色自形，其變孔神。……」〈玄武石記〉〔註40〕「陰陽之理，其見於人身者有足觀哉。……一陰一陽，無往而不在也。手之三陰三陽，則天道也；足之三陽三陰，則地道也。人身與天地等也。」《龍門子凝道記中‧陰陽樞第三》〔註41〕除了「玄牝」之外，宋濂認為人身上有一處叫「至虛」，是蘊藏「神」與「氣」之所。

> 人身之內有至虛焉，絲絡之所群湊，命蒂之所由生，不倚八偶，巍然中居，此謂神之庭，氣之母，眞息之根也。人能存神於茲，則性自復，養氣於茲，則命自正。神與氣未始相離，分之爲二，合之爲一，其殆化源也歟。（〈了圜銘〉）〔註42〕

他的「神與氣未始相離，分之爲二，合之爲一」說法，實承襲程頤「道外無氣，氣外無神」說法。然而他的「氣」論亦雜融了道教修練說法，如在〈調息解〉中就提出「上堪下輿，二氣與俱。質具陰陽，數分生死。譬諸晝夜，必然之理。」「人雖藐然與天地參，一氣乘之，並立而三。天地久長，人胡有死？特所養者非其道爾！……生不見夫玉靈乎，閉氣內食，以存其息；浮游迴光，靡所傾倒。況有至靈而不物於物者乎！」〔註43〕宋濂談「氣」，其觀念並不純粹，但「氣」無疑是萬物流轉的重要憑藉，故可見其思維基本上仍秉持傳統對於「氣」的理解，以建構解釋自然界所有現象。

（三）效法自然以弘道

宋濂除了視「道」爲萬物形上依據，在宋儒的基礎上，其指出：

> 君子之道，與天地並運，與日月並明，與四時並行。沖然若虛，淵然若潛，渾然若無隅，凝然若弗移，沖然若不可以形拘。測之而弗知，用之而弗窮。爲其弗知，是以極微；爲其弗窮，是以有終。（〈蘿

〔註38〕《全集》，頁 775。
〔註39〕《全集》，頁 614。
〔註40〕《全集》，頁 532。
〔註41〕《全集》，頁 1771～1772。
〔註42〕《全集》，頁 1594。
〔註43〕《全集》，頁 228。

山雜言二十首〉〕〔註44〕

在其認知中，求道問學與修養道德的目的就在於體現「君子之道」。身爲儒者所秉持的「道」，具有「與天地並運，與日月並明，與四時並行」的絕對本體地位，同時在體道的過程中，可見「道」所表現出的特質是不可測知卻又無所不包，只有在體道的過程中，才能有這種感知體會。

這種概念亦非宋濂獨創，程頤即曾言：

> 至顯者莫如事，至微者莫如理，而事理一致，微顯一源，古之君子所以善學者，以其能通於此而已。〔註45〕

程頤認爲理無形無象，微妙不可見，故稱之「微」，具體事物則明確可知，故說「顯」，然理是事物的本質，事物是「理」的表現，程頤肯定本體與現象不相離，程頤以理爲體，以事爲用，體決定用，用依賴體，強調本體與現實的密切連結，認爲體用都是實在的。〔註46〕

在〈徐教授文集序〉中，宋濂言「道」應在人事中展現其不朽：

> 文者，道之所寓也。道無形也，其能致不朽也宜哉！是故天地未判，道在天地；天地既分，道在聖賢；聖賢之歿，道在六經。凡存心養性之理，窮神知化之方，天人應感之機，治乎存亡之候，莫不畢書之。〔註47〕

上述文句所言之「道」，其早於天地而存在，故爲萬物之根源。在性質上並無形體，卻能永恆不朽，同時具備了客觀的形上意義，也肯定「道」是事物的規律和道德原則。因此無論是個人修身的方式、治國平天下的準則，或是對人與自然萬物互動之道的領悟，「道」的價值需要在人間事中落實，需透過聖賢展現價值，而「道」的意義則透過語言文字保存在儒家的經典中，「六經」實具典範意義。宋濂論「道」明顯是依循宋儒角度進行論述，因此無論是文學或事功，都統合在「道」體之中，存心養性、窮神知化、天人應感、治亂存亡，無一不展現其思想的兼綜特性。

對「道」的體悟，宋濂的說法貼進浙東學術的想法，〔註48〕永康學派陳

〔註44〕《全集》，頁 50。
〔註45〕《二程遺書》卷 25。
〔註46〕參見陳來：《宋明理學》，台北：洪業文化出版事業公司，1994 年，頁 75～76。
〔註47〕《全集》，頁 1351。
〔註48〕宋濂曾對宋代理學發展做了評論，包括眉山之學、東嘉之學、永康之學、金溪之學與橫浦之學，並論及金華之學，其言曰：「中原文獻之傳，幸賴此不絕

亮認爲「道非出於形氣之表,而常行於事物之間。」(《陳亮集》卷九〈勉強行道大有功〉)陳亮承認「道」的存在,但是「道」應與事物、人生日用不可分。因此陳亮認爲「捨天地則無以爲道,天地常運而人道不息。」(《陳亮集》卷二十〈又乙巳春書〉)他進一步認爲道必須落實於人生日用中:

> 道之在天下,平施於日用之間,得其性情之正者,彼固有以知之矣。當先王時,天下之人,其發乎情,止乎禮義,蓋有不知其然而然者。……而其所謂平施於之間者,與生俱生,固不可得而離也。是以既流之情,易發之言,而天下亦不自知其何若,而聖人於其間有取焉,抑不獨先王之澤也。聖人之於《詩》,固將使天下復性情之正,而得其平施於日用之間者。(《陳亮集》卷十〈經書發題・詩經〉)

對陳亮而言,人能弘道,非道能弘人,因此他認爲道德性命之學仍須落實於人間政事與文章,包括儒家的六經亦是聖人體「道」的具體言論表現,只有如此才能體現道與人生不可分離的關係。學者方東美曾強調:「儒家形上學具有兩大特色:第一、肯定天道之創造力,充塞宇宙,流衍變化,萬物由之而出。第二、強調人性的內在價值,翕含闢弘,發揚光大,妙與宇宙秩序,合德無間。此兩大特色構成全部儒家思想體系之骨幹。」〔註49〕

因此依據宋濂論述,其所謂之道,明顯傾向於儒家,落實於人間世,特重經世致用、修己治人。在〈送翁好古教授廣州序〉一文中,他說:「今我皇明,一遵三代爲治。初入小學,習以禮、樂、射、數。及升大學,則明修己、治人之道。」〔註50〕事實上他的用心並不僅止於對自然現象的解釋,對於「氣」的思考落實到人事現象時,天地的自然變化與人世間的興衰成敗皆可視之爲一氣運行的結果,因此在〈連槐堂銘有序〉一文中,他認爲:

> 人之於天,體異而氣同,養吾氣以感之,寒暑可自我而平,日月可自我而明。〔註51〕

耳。……當是時,得濂洛之正學者鼎立而爲三:金華也,廣漢也,武夷也。雖其所見時有不同,其道則一而已。蓋武夷主於知行並進,廣漢則欲嚴於義利之辨,金華則欲下學上達。雖教人入道之門或殊,而三者不可廢一也。」《龍門子凝道記卷下・段干微第一》,《全集》,頁 1787~1788。

〔註49〕 參見方東美:《生生之德》,台北:黎明文化事業公司,1979 年,頁 288~289。

〔註50〕 《全集》,頁 970。

〔註51〕 《全集》,頁 1707。

同時面對「氣」的流轉，總不忘落實成為人倫日用當行的道理，故曰：

> 夫人備五行之氣以成形，形成而精全，精全則神固。誠能體乎自然，
> 而勿汨其中，勿耗其神，勿離其精，以葆其形。大可以運化機，微
> 足以闡世而不死，豈特致上壽而已乎？雖然，此道家之說也。吾亦
> 有所謂不死者，書契以來可謂久矣，凡聖賢豪傑之士，至今儼然具
> 乎方冊間，其事業可為世法，言語可為世教，國用之則興，家用之
> 則和，人身用之則修。或反其道，敗亡可立見。〈贈陸菊泉道士序〉
> 〔註52〕

人雖然稟氣以成形，然而仍需要靠人主觀的從事道德修養工夫以求相應。上
述引文是宋濂與道士陸永齡談「養生」，「氣」成為靜默養生的媒介，但宋濂
並不贊同當時道家依靠外在餐菊飲泉，與內在體乎不可變異的自然規律，並
透過個人精神與形體的修練以達長生之境，因此他視人的生死亦是大化流轉
運行的過程。對他來說，真正可以永恆不朽的是「聖賢豪傑之士」所展現出
的道德自覺與人格價值，載乎史冊，而為來者所效。這種觀點在〈調息解〉
一文中，也進一步認為人的修養不能僅止於一己之私，他說：

> 予竊聞之，雨露之所潤，功存庶彙；君子之所志，澤及黔黎。先生
> 懷負明德，進用明時，宜拓化原以乘政機，使陰陽和而風雨若，武
> 功戢而文教施，則其所調又不止一己之私，若是何如？〔註53〕

宋濂堅持儒家成己成物的想法，才是人真正自覺存在的價值，面對外在客觀
環境的限制，惟有堅持道德理想的自我實踐，生命才能與天道相貫通，而非
僅侷限於壽命的短長，因此從宋濂的天道觀中已透顯出儒家人文精神的可
貴，大體上亦不出朱學的範圍。〔註54〕此處已展現其天道觀的思考，也建構
其對宇宙及自然現象生成的模式。

〔註52〕《全集》，頁 1585～1586。

〔註53〕《全集》，頁 229。

〔註54〕朱熹論天理流行的著眼點在於人倫日用離不開天理流行，其云：「道之流行
發現於天地之間，無所不在。在上，則鳶之飛而戾於天者，此也。在下，則
魚之躍而出於淵者，此也。其在人，則日用之間，人倫之際，夫婦之所知所
能，而聖人有所不知不能者，亦此也。此其流行發現於上下之間者，可謂著
矣。」「道之體用，流行發現，充塞天地，亙古亙今，雖未嘗有一毫之空闕，
一息之間斷，然其在人而見諸日用之間者，則初不外乎此心。」《中庸或問》
卷二。

二、心的作用與價值

心性論是中國哲學範疇中重要的一環，主要是探討人性本質、價值取向等內在的主體。心的涵意多樣廣泛，〔註55〕「心」概念的發展與深化，到宋明理學時期已達成熟之境，宋代的心性論，亦是繼承孟子四端之心的道德倫理自覺價值判斷。

在元代理學發展過程中，「和會朱陸」是當時學術的重要傾向，由於從南宋末到元初，朱學的「格物」支離氾濫，陸學的「本心」進一步被禪化，因此元代的鄭玉、吳澄、虞集等人在元代掀起了一股調和朱陸的輿論，亦可視為由朱學向陸學演進的過程，在當時和後來產生很大的影響。〔註56〕事實上，南宋呂祖謙已展現調和朱陸的態勢，全祖望曾云：「宋乾淳以後，學派分而為三：朱學也，呂學也，陸學也。三家同時，皆不甚合，朱學以格物致知，陸學以明心，呂學則兼取其長，而復以中原文獻之統潤色之，門庭徑路雖別，要之歸宿於聖人則一也。」（《宋元學案・東萊學案》），呂祖謙雖欲調和朱陸學說，然而其實已偏重心學，例如其言「心之與道，豈有彼此之可待乎？心外有道非心也，道外有心非道也。」（《東萊博議》卷二〈齊桓公辭太子華〉）「心」與「道」此處已聯繫起來論述。

元代的理學家主要肯定陸學的「本心論」，如鄭玉肯定陸學本心論「高明簡易」（《師山文集》卷三〈送葛子熙之武昌學錄序〉）、虞集則言陸學之本心論能「超乎有得於孟子先立乎其大之旨」、「可以見其全體大用」（《道園學古錄》卷四十〈跋朱先生答陸先生書〉）因此在元代，陸學的本心論實已為朱學所融攝。此外如劉因認為「心理無間」「其所以參天地而與之相終始者，凜千載而自若也。」（《靜修集》卷九〈孝子田君墓表〉）、吳澄則主張「心有體用」「內外合一」說法，可見元代的學者對於朱學與陸學實各自從中擷取所需，但在共通接受陸學的自識本心的方法時，亦強調讀書與治經的重要性，展現折衷朱陸的特色。

宋濂從元儒學習並繼承宋儒思想，因此其思想發展，實受所處的時代環境影響。在他的文集中，關於「心」的論述較多，他談理、氣、道與陰陽，

〔註55〕學者張立文將「心」的內涵歸納為四種：第一、心是主體意識；第二、心是天地萬物的本原或本體；第三、心是心理活動或心理狀態；第四、心是指道德倫理觀念。參見張立文編：《心》，台北：七略出版社，1996年，頁4～5。

〔註56〕參見侯外廬、邱漢生、張豈之主編：《宋明理學史（上）》，頁751～754。

亦是要從中引伸出人性、道德之心，目的在確立人道具有天道的依據。因此宋濂認為人必須能體驗「天地之心」，實現「君子之道」。以下就針對「心」的定義與價值，心與道的之間的互涉關係，以及宋濂對於心性論的發揮進行論述。

（一）心是萬理之原、至虛至靈

根據宋濂的說法，因為「氣」的存在是萬物形成的重要條件，陰陽二氣運行是萬物流轉的主因，那麼背後所具備的絕對原則「道」，他則用一同義詞「天地之心」來論述，「氣」的作用與目的是具體體現「天地之心」。

《易傳》在復卦中言：「復，其見天地之心乎！」循環往復是天地萬物運動的規律，因此自然的法則就具有主觀意志的價值。《易傳》即視天的價值為「天地之大德曰生」、「日新之謂盛德，生生之謂易」，天正具備了最高的價值意義與地位。程頤論及主宰天地的根本原則時，也曾言「天地之心」。〔註57〕程頤強調「動」是天地之心的根本，才能呈現宇宙生生不息的規律，一切事物皆處於不斷的變化運行狀態中，人的狀態亦同。元代劉因則言：「夫人，天地之心也，心固可以帥乎氣，而物則氣之所為也。」（《靜修集》卷十〈何氏二鶴記〉）劉因此處認為「氣」是構成萬物的材料，物實由氣而成，心又可以帥乎氣，萬物皆不離「天地之心」，氣亦不在心外，因此心實為宇宙本原。

朱熹發揮程頤的論點也談「天地之心」，其先把「天地之心」作為萬物產生的本原，「元亨利貞便是天地之心，而元為之長。」（《朱文公文集》卷四十〈答何叔京〉）「天地以此心普及萬物，人得之遂為人之心，物得知遂為物之心，草木禽獸接著遂為草木禽獸之心，只是一個天地之心爾。」（《朱子語類》卷一），朱熹進一步認為「吾之心，即天地之心。」（《朱子語類》卷三十六）人心與天地之心能夠聯繫的脈絡在於「仁」，其云：「蓋謂仁者，天地生物之心，而人物得以為心，則是天地人物莫不同有是心，而心德未嘗不貫通也。雖其為天地、為人物各有不同，然其實則有一條脈絡相貫。」（《朱子語類》卷九十五）朱熹於此處將「仁」這種道德觀念提升至宇宙天地中，把仁與天地之心並列，仁既是天地之心，也是貫通於人心之中的心德。但朱熹所主張的「天地之心」是無知覺意識的，仁的體現要靠人的主觀自覺。

〔註57〕程頤有言「一陽復於下，乃天地生物之心也。先儒皆以靜為見天地之心，蓋不知動之端乃天地之心也，非知道者孰能識之！」〈周易程氏傳‧復卦〉《二程集》。

宋濂在《易傳》與宋元儒者的說法上，提出見解：

> 天地之大德曰生，夫生者乃天地之心。雖陰陽之所運行，有開闔慘
> 舒之不齊，然天地之心，生生而弗息者，恆循環於無窮。有如碩果
> 不食，則其生道以具其中，俟時發榮，挺然而莫之遏矣。〈越國夫人
> 練氏像贊有序〉〔註58〕

他解釋「天地之大德」時，認爲萬物都在「天地之大德曰生」的原則下生生
不息，而萬物之生乃是「天地之心」具體體現的結果，因此陰陽之氣所以運
行、開闔，皆是因爲天地之心生生不息的作用，這種作用實通過「氣」展現，
透過無窮循環往復法則，只要能因時而識通塞，因勢而知消長，在陰陽二氣
調和運行之下，萬物便能涵育其中，生成變化皆各得其所。

宋濂特別重視「天地之心」，因爲人如果能體驗「天地之心」，自然也就
能夠體現「天地之道」。然其所主張的「天地之心」與朱熹無知覺意識的「天
地之心」並不完全一致，他認爲理即天地之心，人相對應於天，只是形體的
不同，只有體道才能秉持「天地之心」、「天地之道」這個不變的法則。他說：
「君子之道，與天地並運，與日月並明，與四時並行。沖然若虛，淵然若潛，
渾然若無隅，凝然若弗移，沖然若不可以形拘。測之而弗知，用之而弗窮。
爲其弗知，是以極微；爲其弗窮，是以有終。」〈蘿山雜言二十首〉因此宋濂
認爲人之所以透過修養道德的目的就是爲了體驗「天地之心」，能達到此種境
界，從儒者的角度論，亦是實踐的「君子之道」，同時他所主張的「天地之心」
一如天理，具備了絕對的本體意義。

然而人爲何能夠體驗「天地之心」？宋濂談「心」時，視「心」爲宇宙
本體，心與天地、道、太極相當，屬於同一層次的本體位階。

> 然而天地，一太極也；吾心，亦一太極也。風霆雷雨，皆心中所具，
> 苟有人焉，不參私僞，用符天道，則其應感之速，捷於桴鼓矣。由
> 是可見，一心之至靈，上下無間，而人特自昧之爾。〈贈雲林道士鄧
> 君序〉〔註59〕

他的說法與陸象山「宇宙便是吾心，吾心即是宇宙」的想法相近，吾心本具
太極，因此只要不參私僞，行事合於天道，顯出「吾心」之「至靈」，自然能
夠達至「上下無間」天人合一之境。然而正因爲「人特自昧」，往往無法領悟

〔註58〕《全集》，頁 2163。
〔註59〕《全集》，頁 774。

這層關係，因此宋濂提出體驗「天地之心」，亦即體驗天地之太極，吾心也是一太極，主觀意識與客觀認知得以同一無間，即是因為「天地之心」乃是吾心所本具。他在〈書畦樂翁事〉一文中言「勿小吾圜，陰陽之理著焉；勿小吾身，心中具天地焉。具天地於一心，著陰陽於一圜，六合雖廣，孰加焉？」，〔註60〕更明確言及「吾心具天地」。他提出心是萬理之原，「心者，萬理之原，大無不包，小無不攝。能充之則為賢知，反之則愚不肖矣；覺之則為四聖，反之則六凡矣。」〈夾註輔教編序〉〔註61〕因此心無所謂範圍，萬物均在心的涵攝之中。宋濂經過層層觀念的演繹，建構出一套由「天地之心」出發，透過「一元之氣」「氣母」的中介，進而勾勒出宇宙萬事萬物運動的邏輯規則。

（二）吾心與天地同大

宋濂根本認為「人心同乎天地」，因此在《龍門子凝道記中·樂書樞第六》〔註62〕中云：

> 炯然靈根，與天地通。風霆流行，雨雲敷澍，皆心中之已具者，非假外求也。以吾之神，契天之神，則上下孚格矣；以吾之氣，感天之氣，則陰陽冥會矣。是亦理之必然者。何也？鄒衍仰天而哭，六月霜降；魯陽公援戈而揮，日返三舍。憤夫壯士一時精神所召尚若此，況積之有素者乎？雖然，此小數也，儒者不道也。予因是而竊有感焉，人心同乎天地，可以宰萬物，可以贊化育。

從宇宙萬物的角度進行觀察，對於天地萬物的變化運行規則，實「心中所具」，不假外求，而「心」即是能與天地通的「炯然靈根」，心的地位與價值被提高，人心與天地相感通，人所展現的價值也是大化運行法則的最高表現。這裡人心與宇宙的根源同一，也視天地萬物為同一價值，因此不能離吾心而言宇宙。事實上在儒家觀點中的最高歸趨即是學於聖人，聖人最突出的特點在於精神境界與天地萬物合一，這種結構的發展實基於對宇宙價值的自覺性體驗，萬物的本質都在「心」。

宋濂也進而提出吾心與天地同大的認識論概念，他說：

> 吾心與天地同大，吾性與聖賢同貴。（〈自題畫像贊〉）〔註63〕

〔註60〕《全集》，頁 1128。
〔註61〕《全集》，頁 939。
〔註62〕《全集》，頁 1780。
〔註63〕《全集》，頁 2163。

> 或問龍門子曰：「天下之物孰爲大？」曰：「心爲大。」……曰：「仰
> 觀乎天，清明穹窿，日月之運行，陰陽之變化，其廣矣！大矣！俯
> 察乎地，廣博持載，山川之融結，草木之繁蕪，亦廣矣！大矣！而
> 此心直與之參，混合無間，萬象森列而莫不備焉。非直與之參也，
> 天地之所以位，由此心也；萬物之所以育，由此心也。……心一立，
> 四海國家可以治；心不立，則不足以存一身。使人人知心若是，則
> 家可顏孟也，人可堯舜也，六經不必作矣，況諸氏百子乎？」（《龍
> 門子凝道記中·天下樞第四》）〔註64〕

上述的引文，直接論說天下萬物之大以心爲最，所以能夠仰觀俯察，皆是因
此心能與天地參合之故。這裡具備主觀意識的「心」，能見天地之大且廣，「萬
象森列而莫不備焉」，宇宙萬物一切客體皆備於具有主體意識的「此心」、「吾
心」之中，因此不僅能與天地參應合，天地之所以位，萬物之所以育，皆是
「由此心」也。因此只要「心一立」，可以治國，可以成堯舜，透過層層說解，
最後推得的結果即是此心爲天下最大。這裡宋濂也將「心」推擴解釋，認爲
「心」也是支配歷史興衰的抽象原則。基於對「心」的體悟程度不同，在實
踐的過程中推及人事，不僅構成聖賢與小人的差異，同時對「此心」的掌握
也構成了國家興衰治亂的標準。

> 能體此心之量而踐之者，聖人之事也，如羲、堯、舜、文、孔子
> 是也。能知此心，欲踐之而未至一間者，大賢之事也，如顏淵、
> 孟軻是也。或存或亡，而其功未醇者，學者之事也，董仲舒、王
> 通是也。全失是心，而唯游氣所徇者，小人之事也，如盜跖、惡
> 來是也。然而此心甚大也，未易治也，未易養也。欻然而西，忽
> 焉而東，其妙不測，而乘氣機出入者也。苟失正焉，翩然而風起，
> 滃然而泉湧，有不可殫名者矣。是故孔子敘《書傳》《禮記》，刪
> 《詩》，正《樂》，序《易·象》《繫》《象》《說卦》《文言》，作《春
> 秋》，何莫不爲此心也？諸氏百子之異戶，出則汗牛馬，貯則充棟
> 宇，雖言有純疵，學有淺深，亦爲此心也。《龍門子凝道記中·天
> 下樞第四》

故宋濂言「心一立，四海國家可以治；心不立，則不足以存一身。」所有的
價值體現背後的根源皆在「心」立與不立，同時他也認爲「使人人知心若是，

〔註64〕《全集》，頁 1773～1774。

則家可顏孟也，人可堯舜也，六經不必作矣，況諸氏百子乎？」若能全然掌握此心，這樣人人皆有成爲聖賢的可能性，國家也能達到治平之境。

在〈蘿山雜言〉〔註65〕中，宋濂論心體，也描述了「心」的屬性與狀態。

> 至虛至靈者心，視之無形，聽之無聲，探之不見其所廬。一或觸焉，
> 繽繽乎萃也，炎炎乎熱也，莽莽乎馳弗息也。

在心的屬性上宋濂認爲所謂「虛」，即是因爲「心」沒有具體的形象，不是實有之物，因此看不見，也聽不著，這是相對於外物的實有而言。但所謂「靈」，卻又是針對「心」的認識功能無所不至言，不受時空環境的限制，因此只要一接觸，就可體現「心」變化不居的生機。若從形而下觀之，「心」又是一個能活動實體的表徵，宋濂認爲「心」雖然是虛靈，但正因爲虛靈的特質，諸如「繽繽」「炎炎」「莽莽」等心之動態的狀況，即展現出心具有反映事物的效能。在〈貞一道院記〉中，已有「心」是「萬象森然已具」之說。

> 沖漠無朕，而萬象森然已具者，非心之謂也。心則神之所舍，無大
> 不包，無小不涵，雖以天地之高厚，日月之照臨，鬼神之幽遠，舉
> 有不能外者。〔註66〕

由於心「無大不包，無小不涵」，因此自然界的運行，甚至是鬼神幽冥感應，皆是「心」遇物而動的顯現。宋濂已將心的作用無限擴大，目的是使人能達到與天合一之境。在〈全有堂箴〉中，他說：

> 無者有之對，其謂之有者何？心中本具，不假外求也。其謂全有者
> 何？天德也，天德之著也，如鑑之明也，萬里森然，隨物而應之也。
> 〔註67〕

這裡宋濂認爲萬事萬物皆是心中本具，「心」可視之爲「天德」，天德與天理並非外在於另一個實體的存在，而是內在於人的心中，因此也如同一面鏡子，可隨時映現萬物的存在。透過鏡子的比喻，其目的在於具體的指出客體的存在，是因爲本體的心活動使然。

宋濂的心學觀點，很重要的部分就是人心與天地等同，無一不包，無理不具，因此認爲眞正的君子之心應該是呈現清明之態，能隨環境做出適當的因應，所謂「皦皦兮不緇，容容兮不知其所窮，如擁鑑，如持衡，隨嫩惡輕

〔註65〕《全集》，頁50。
〔註66〕《全集》，頁98。
〔註67〕《全集》，頁1261。

重而應焉，其君子之心也哉。」（〈蘿山雜言〉）同時他也直言：「天下之事，
或小或大，或簡或煩，或虧或贏，或同或異，難一矣。君子以方寸之心攝之，
了然不見其有餘。」（〈蘿山雜言〉）君子能夠掌握「心」，自然能夠明瞭萬物
的流轉與人事的變遷的道理。在〈錄客語〉中，宋濂曾感嘆一般人往往沒有
體認心能與天地同，因此自塞自損，「吾心之靈，實參兩間，無物弗該，無理
弗圍，人能用志不紛，則上可致日星之變，下可召物產之祥，豈徒見身心而
已哉？第可憾者，爲物所移，自塞自損，而不能與天地同耳！」〔註68〕故宋
濂視「心」爲吾身之「至寶」，他說：

> 龍門子笑而去，謂弟子鄭淵曰：「古人有云：黃金雖重寶，生服之則
> 死，粉之入目則眯。寶之不涉於吾身尚矣！吾身有至寶焉，其直不
> 特數十萬而已也。水不能濡，火不能炳，風日不能飄炙。用之則天
> 下寧，不用則一身安。乃不知夙夜求之，而唯此之爲務，不亦舍至
> 近而務至遠者耶？人心之死久矣夫！人心之死久矣夫！」（《龍門子
> 凝道記中・先王樞第五》）〔註69〕

> （子身有至寶，乃反不自知乎？）範圍至道，妙契天符，初無聲臭，
> 不分遠近，非至寶與？其博無際，其厚無涯，其高無上，其深無下，
> 非至寶與？函天包地，載陰負陽，日月同明，鬼神同妙，非至寶與？
> 不爲堯存，不爲桀亡，終古特立，不遷不變，非至寶與？（《龍門子
> 凝道記上・終胥符第三》）〔註70〕

此「至寶」實爲無價，因此他認爲如果不能認識吾身本具之「至寶」，體悟萬
物背後的眞理，即使終日不斷追求世俗認定的價值準則，對自身仍是毫無意
義可言，也是捨近求遠之舉。

（三）對心性觀念的發揮

宋濂有關「心」的論點強調「心」的本體義，因此如何掌握「治心」、「識
心」並付諸實行，進而展現心的意義與價值，就成了重要的課題，此亦可視
之爲「心」的意義落實於「內聖外王」的表現，包括道德修養功夫以及教化
的內涵等，他所提出的相關論述皆是就「心」觀念在這些範疇中所實際發揮
的效果言。

〔註68〕《全集》，頁 2153。
〔註69〕《全集》，頁 1778。
〔註70〕《全集》，頁 1761。

1、心存及理存

根據宋濂的論述，「心」既然能涵攝萬物，他進一步提出「心存則理存」的說法：

> 雖然，學以存此心也，心存則理之所存也。前乎千萬世，此心同，此理同也；後乎千萬世，此心同，此理同也。近而一身之微，此心同，此理同也；遠而四海之廣，此心同，此理同也。所謂東海有聖人出焉，其心同，此理同也；西海有聖人出焉，其心同，此理同也；南海北海有聖人出焉，其心同，此理同也。《龍門子凝道記下‧段干微第一》〔註71〕

陸象山言「萬物森然於方寸之間，滿心而發，充塞宇宙，無非此理。」（《象山語錄上》），宋濂的說法與陸象山所主張的「心即理」相近，他所言之「心」，從總體的角度言，宇宙本體的道、太極、大化流行皆是基於普遍共有之「心」；若從個別角度言，象徵具體事物的規則的「理」與具體事物性質的「性」，亦展現心的變化靈活。天理與心中所具之性理同一，唯有經過心所體認，才能具備一切的品格，因而吾心同於聖人之心，也是亙古長存的天地之心，因此在《龍門子凝道記中‧河圖樞第七》有言：「法天有道，存心之謂也。」〔註72〕

　　然而宋濂在論述時與陸象山不一致處在於他認為心涵蓋理，心已超越理的層次，理乍看之下則從屬於心。他如何看待心與理的關係？面對陸象山主張的「心即理」，視心與理為一，而朱熹主張的「性即理」，認為心並非主體，而是認識能力，因此宋濂在〈六經論〉〔註73〕中，提出「六經皆心學」的觀點，他說：

> 六經皆心學也，心中之理無不具，故六經之言無不該。六經所以筆吾心之理者也，是故說天莫辨乎《易》，由吾心即太極也；說事莫辨乎《書》，由吾心政之府也；說志莫辨乎《詩》，由吾心統性情也；說理莫辨乎《春秋》，由吾心分善惡也；說體莫辨乎《禮》，由吾心有天序也；導民莫辨乎《樂》，由吾心備人和也。人無二心，六經無二理，因心有是理，故經有是言。心譬則形，而經譬則影也。無是形則無是影，無是心則無是經，其道不亦較然矣乎。

〔註71〕《全集》，頁 1788。
〔註72〕《全集》，頁 1781。
〔註73〕《全集》，頁 72～73。

此處所展現其對六經的觀點，無疑仍是基於上述「心是萬理之原」、「吾心最大」等論述，進而提出「六經皆心學」概念，闡釋心與理的關係。他直接將六經與心系聯起來，吾中之理皆備於六經之言中，亦即指聖人之心與六經的關係，因此心與理的界限因此得以貫通連結。宋濂透過形與影的關係來說解心與理，因此無形即無影，無心則無理，無心也就無經可言，其實以「六經」為中介，企圖調和朱熹與陸九淵的學說的歧異。宋濂論證心具有絕對性，那麼透過形影關係的譬喻，六經同樣也具備絕對性，由於六經所展現的是聖人之心與聖人之言，因此由心與天道落實於人道，聖人的地位也因此展現。

2、治心之作用、方法與價值

南宋以來，浙東學者強調心性的涵養必須體現於生活實踐，如呂祖謙在《東萊集》卷十二《易說·噬嗑》有言「人身本與天地無間，只為私意間之，故與天地相遠。苟見善明，用心剛，去私意之間，則自與天地合。」呂祖謙認為人因為有私意橫亙心中，因此與天地萬物疏遠，如果可以明察本心中的善性，用心剛毅，去除私意的隔閡，自然能回復與天地萬物合一之境。在〈六經論〉中，宋濂就提出：

> 然而聖人一心皆理也，眾人理雖本具，而欲則害之，蓋有不得全其正者。故聖人復其心之所有，而以六經教之……無非教之以復其本心之正也。

聖人一心皆理，眾人同樣也是心中稟具理，然而一般人與聖人的差異在「欲則害之」，這裡的「欲」指「私偽」，實指人性中無節制過分追求利欲，違背道德原則的欲求。

在〈全有堂箴〉一文中，宋濂認為人之所以無法達到聖人之境，問題在於心被遮蔽，即「人偽之滋也」，這個說法實可溯源至荀子。〔註74〕他提出要

〔註74〕荀子屢言「人之性惡，其善者偽也。」認為人的欲望是與生俱來生理需求的滿足，然而由於不知節制，同時有限的物質沒有經過合理的分配，自然會走上爭奪一途。自然之性是人人所共有，而荀子認為人的本身有知慮的本質，因此荀子在〈性惡篇〉中「聖人積思慮，習偽故，以生禮義而起法度。」「故聖人化性而起偽，偽起於性而生禮義，禮義生而制法度。然則禮義法度者，是聖人之所生也。」「凡古今天下之所謂善者，正理平治也。所謂惡者，偏險悖亂也，是善惡之分也已。」正理平治才是善，必待有禮義法度以後，才能有正理平治，可見正理平治出於禮義法度。而禮義法度是聖人所造作，是偽起而後生的，因此性的可化是善所由來的基礎。荀子認為在知善之後，需要有一套道德修養工夫，其稱之為「化性而起偽」。由於

解決人欲所帶來的危害，其言「人僞之滋，非學不足克之也。」透過「學」
可以克服「欲」所產生的弊端，至於「學」的內容則是要以「六經」爲本，
宋濂認爲「六經」具有「復其本心之正」的作用，故他說：「周公、孔子，我
師也，曾子、子思吾友也；《易》《詩》《書》《春秋》，吾器也；禮樂仁義，吾
本也；形罰、政事，吾末也。四海之大，無一物非我也。一物不得其所，吾
責也。夫然，故若天之覆也，地之載也，不知孰爲天地也，孰爲我心也，亦
一而已矣。」（《龍門子凝道記中‧天下樞第四》）在《浦陽人物記‧政事篇》
中，宋濂對於「人欲」問題，以疾病和藥作比喻：

> 人之欲，猶夫疾也。聖人之書，猶夫藥也。以藥治疾，則疾瘳而體
>
> 順；以聖賢之書克欲，則欲去而理明，自然之勢也。〔註75〕

他認爲要「人欲」是「心之疾」，透過「聖賢之書」的學習，自然能「欲去而
理明」。他不斷的強調「識心」的重要性，其中最關鍵的工夫即在於向聖人學，
「目不辨白黑，謂之盲；耳不聞鐘鼓，謂之聾；鼻不知臭香，謂之塞；心不
察是非，謂之蠱；身不學周公、孔子之道，謂之賊。賊者何？害其心者也。」
（《龍門子凝道記下‧君子微第二》）正心與修身向來是儒家「內聖」工夫所
著重，因此他認爲若不向聖人學，就是悖離聖人之道，就不能掌握天理，人
心也無法發揮作用。宋濂透過學習聖人之書方式，企圖去除障蔽，回復清明
的本體，雖然與二程與朱熹學說中「去人欲，存天理」類似，但從「六經」
角度入手，目的仍在回復本心之清明。

　　在修養工夫上，雖然宋濂也提到「格物致知」，但卻不似朱熹有條理。「格
物窮理」原本就是朱熹學說中一套完整下學上達的方法，他在〈自題畫像贊〉
中陳述自己進德修業的理想：「用致知爲進學之方，藉持敬爲涵養之地。續墜

荀子講性惡，因此只能靠人爲的努力，從道德行爲方面著手，使性加以變
化，「塗之人可以爲禹」，因此荀子非常重視「學」。〔清〕王先謙：《荀子集
解》，台北：華正書局，1993 年；陳大齊：《荀子學說》，台北：中國文化大
學出版部，1989 年，頁 66～73。荀子也重視「心」，但其著重於心的認識
性，認識之心可以成就知識，然知識對於行爲道德並沒有一定的保證性，
因此要靠客觀的「道」來保證心知的正確性。因此治心之道，是一種自覺
的工夫，因此荀子主張「虛壹而靜」，心能虛靜，才能知道，心能知道，才
能達到至人之境，荀子不認爲心的虛壹而靜可以當下立現，其所憑藉的就
是生於聖人或聖王的「道」，此與老子、禪宗或宋明學者所言心的本身上
保持虛壹而靜的本體並不同。參見徐復觀：《中國人性論史～先秦篇》，台
北：台灣商務印書館，1994 年，頁 239～248。
〔註75〕　《全集》，頁 1834。

緒之茫茫，昭遺經之晰晰，雖任重道遠，必篤行而深詣。」〔註76〕宋濂的「格物致知」或可視為透過六經以達體認「天理」。

然而正因心「未易治也，未易養也」，如果無法明心識心，所造成的弊害有三個層次，最後與禽獸無異，故曰「一失則為小人也，再失則為夷狄也，三失則禽獸也」。宋濂強調踐履實踐的重要，若不從自我修養做起，只停留在動念而已，就無法明瞭心的價值。但只要去做，就有與聖人同的可能性。是故他認為：「周公、仲尼之道粲如也，學之則至也，不學則終身不知也。千里之遠，起於足下之一步也，一步即千里也，雖遠可到也；若安坐，則不能。」（《龍門子凝道記下‧君子微第二》）於是進一步提出「養心」需要「持敬」，「持敬」則有七個要件，稱為「七術」，其云：

> 懼其炎而上也，則抑之；恐其降而涔也，則揚之；察其遠而忘也，則存之；度其陋而小也，則廓之；慮其躁而擾也，則安之；審其滯而沈也，則通之；視其危而易搖也，則鎮之，是謂七術，納乎中而式乎軌者也。納乎中而式乎軌，舍敬何以存之？《龍門子凝道記中‧天下樞第四》

宋濂認為透過實際履行修養工夫，人心自然可以趨近聖人之境，因此只要能掌握「七術」，隨時審視自我，並用心省察事物，慎思所當行之事，自然能夠中節合理，掌握「聖人之學」，也就是道德修養工夫的極至。他重視「持敬」，其在〈寅齋後記〉中提出「修德莫若敬」之言，其云：

> 敬固無所不在，而驗之於祠饗為尤宜。方其齋明盛服以交神明，靈颺回薄，如將見之。於斯時也，志定神一，曾有邪思之可干者乎？苟以之奉親，以之事君，以之修身，以之治人，其心常弗變焉，其有不獲其道者乎？始之終之，何莫不由於敬也？能由於敬，則成己成物之功，其又有不致其極者乎？〔註77〕

「敬」的範圍很廣，包括祭祀宴饗、奉親、事君、修身、治人等，無處不需要「敬」。宋濂根本著重的是在「敬」的極致，要達「成己成物」之功。這種想法實繼承孔子成己成物之說，「子路問君子，子曰，修己以敬。曰，如斯而已乎？曰修己以安人，曰如斯而已乎？曰修己以安百姓。修己以安百姓，堯舜其猶病諸。」《論語‧憲問》宋濂的修養工夫一如孔子，修己之後還要安人

〔註76〕《全集》，頁 2163。
〔註77〕《全集》，頁 531。

安百姓，透過自我實現的修養工夫「持敬」，因爲成己成物的責任是無限的。

除了「持敬」外，宋濂於「敬」之上，認爲應先有「靜」，其在〈靜學齋記〉中認爲孔明之言「學須靜也」是古今名言：

> 孔明於聖賢之學蓋有聞矣，其所謂「學須靜也」之言，信古今之名言也。止水之明，風撓之則山嶽莫辨；渾天之察，人撓之則晝夜乖錯，況方寸之心乎。古聖賢之勳業、著道德於不朽者，未有不由於靜者也。蓋靜則敬，敬則誠，誠則明，明則可以周庶物而窮萬事矣。〔註78〕

對於「靜」論述，老子言「致虛極，守靜篤」（《老子》十六章）這種「轉識成智」的工夫，唯有人心靈虛靜而清明，才能夠悟道體道。荀子在〈解蔽篇〉中認爲「心未嘗不動也，然而有所謂靜。不以夢劇亂之，謂之靜。未得道而求道者，謂之虛壹而靜。……將思道者，靜則察。」依荀子之說，靜不是靜止不動之意，因爲心是能動的，而且能夠接受外在的事物，並加以分析歸納，明辨是非，不爲邪僻所蔽，唯有「靜」才有察的功能，能夠增強理智的清明。荀子論修心故言「虛壹而靜，謂之大清明」，有求道之心而不偏執，才能見道的全貌。

理學家也談靜，如周敦頤提出「主靜」的修養工夫，「聖人定之以中正仁義而主靜（自註：無欲故靜），立人極焉。」（《周敦頤集》卷一〈太極圖說〉）錢穆先生認爲「主靜」的意義在於「一動一靜是天理，人自然也只能依照此天理。但人之一切動，該依照中正仁義之標準而動。如是則一切動不離此標準，豈不是雖動猶靜？」周敦頤重視行爲實踐，一切人生修養工夫皆是心的修養。故錢穆先生認爲周敦頤是儒學正宗，非方外逃世，因爲此心無欲是靜時之虛，心中不先有某種私的要求或趨向，便能明白照見事理。〔註79〕

雖然宋代理學家周敦頤主張「主靜」，程頤則提出「主敬」，對「靜」流於坐禪入定有所批評，但就宋濂的角度觀之「靜」與「敬」的觀點並不矛盾。宋濂論「靜」，借諸葛亮「學須靜也」觀點發揮見解，因爲「三代以下，人物之傑然者，諸葛孔明數人而已。」（〈靜學齋記〉）他推崇孔明之因在於「以其本心論之，……孔明當干戈鞍馬間，所與其主論者，必以德義爲先，其忠漢之心，至於瞑目而後已。」他最主要的觀點在於聖人之學在修養工夫方面，

〔註78〕《全集》，頁1736。
〔註79〕參見錢穆：《宋明理學概論》，頁27～29。

要從「靜」開始，所謂「靜」，就是要能掌握自己的方寸之心，不因外在事物的障蔽而無法體察事理，其說法與荀子說法有些類同外，事實上從宋濂對於心的屬性看，「靜」或可說是心之本，不為外物所動，「虛」則表現心反應事物的功能。

在〈觀心亭記〉中，宋濂提到「敬」、「仁」、「誠」俱為心中所具，一動一靜皆須合乎道：

> 《書》有之，惟天無親，克敬為親；民罔常懷，懷於有仁；鬼神無常享，享於克誠。曰敬曰仁曰誠，皆中心所具，非由外鑠我也。此心若存，則動靜合道，建中保極之原，清而弗擾，庶績咸熙。否則天飛淵淪，凜乎若朽索之馭六馬，唯欲之從，而罔克攸濟，治忽之幾，其始甚微，不可不慎也。……古先哲王相傳心法，所謂精一執中之訓，亦不過此。〔註80〕

他認為無論如何，論道德修養還是得從心上下工夫。內聖的修養工夫是外王的必經過程，外王事業特別是就政治方面而言，儒家的政治理想往往是倫理道德觀念的延伸。他在〈觀心亭記〉中特別將「持敬」工夫推擴至治國平天下言，惟有心中存在「敬」、「仁」、「誠」，才能不受「欲」的束縛，是身為國君者所「不可不慎」之處。同時他也認為這是古代聖王相傳的治國與修養心法，只要能夠秉持此心法，便能夠得到百姓的擁戴，自然能在治國治民方面有所發揮，故宋濂認為「持敬」適用於帝王的治國之道。

宋濂也曾用此心法試圖影響明太祖，其有言：「養心莫善於寡欲，審能行之，則心清而身泰矣。」「人主誠以禮義治心，則邪說不入，以學校治民，則禍亂不興。」〔註81〕他此處繼承孟子「養心莫善於寡欲」的說法，孟子認為只要存心養心的方法就是「寡欲」，因為多欲將會導致耳目官能壓倒心的作用，唯有寡欲，才能讓心的本質善端透過存養的方式推擴，形成一道德人格世界。事實上，宋濂不僅向明太祖闡述「持敬」的修養工夫，其在教育太子朱標時，也以「持敬」授之，其云：

> 臣聞古聖人有言曰：「為君難。」其所謂難者何也？然以四海之廣，生民之眾，受寄於一人，敬則治，怠則否；勤則治，荒則否；親君子則治，近小人則否，其機甚微，其發至於不可遏，不可不謹也。

〔註80〕 《全集》，頁 1220。
〔註81〕 《明史》卷一二八〈宋濂傳〉。

> 所以二帝三王相傳心法，曰德曰仁，曰敬曰誠，無非用功於此也。
> 治忽之間，由心之存不存何如耳。臣誠忨誠忨，頓首頓首，恭惟皇
> 太子殿下仁孝溫恭，出言制行，動合至道，中外無不仰望，而臣猶
> 以二帝三王相傳心法爲言者，誠以爲君之難也。〈致政（仕）謝恩箋〉
> 〔註82〕

宋濂提出「靜、敬、誠、明」的順序，與德、仁、敬、誠，二帝三王所傳之
心法，皆是其所採取內外兼進的修養方法，目的皆在「存心」。由於他的「心」
具有絕對的本體意義，其對修養工夫或格物致知等亦有具體的步驟與方法。

　　「心」是聖人之道，心與道相通，道是心的發現，不可外心而求道，因
此宋濂把「治心」視爲重要的大事，此處他不斷強調「治心」的重要，爲君
雖難，然而只要遵循二帝三王相傳之心法，做到德、仁、敬、誠，自然能夠
治理好國家，反之，若是怠惰、荒淫、近小人而遠君子，違背心法，在國家
的治理上，自然會出現困境。故爲君者，施之於政，是否會貽害社稷，完全
取決於爲君者內心之意念。宋濂在致仕還鄉之際，仍不忘提醒皇太子朱標二
帝三王所傳心法的重要性，足見一心之正，可以導身家國之正，社會倫理井
然有序，便能達到天下平治的理想。

　　在〈六經論〉中便強調「治心」與聖人之道有密切的關係：

> 聖人之道，唯在乎治心。心一正，則眾事無不正，猶將百萬之卒在
> 於一帥。帥正，則靡不從令；不正，則奔潰角逐，無所不至矣，尚
> 何望其能却敵哉？大哉心乎！正則治，邪則亂，不可不慎也。秦漢
> 以來，心學不傳，往往馳騖於外，不知六經實本於吾之一心。……
> 周、孔之所以聖，顏、曾之所以賢，初豈能加毫末於心哉，不過能
> 盡之而已。

他認爲依循聖人之道，最重要的就是治心。其以將帥帶兵爲例，只要能上下
一心自然令從，因此「心」是最重要的，如何治心，不可不慎。但只要能夠
治心，就能夠近乎聖人。他在〈蘿山雜言〉中以一個小故事爲例，傳達個人
修養工夫的重要：

> 人有奔走而求首者，或告之曰：「爾首不亡也。」指以示之，泠然而
> 悟。學者之於道亦然。

〔註82〕《全集》，頁1155。

> 世求聖人於人，求聖人之道於經，斯遠已。我可聖人，我言可經，
> 弗之思耳。

宋濂認為世人往往汲汲營營於求道，因此到處希望找聖人學習，就好像四處奔走尋求腦袋之人，直到有人告知並沒有失去腦袋，才冷然頓悟。雖然大家總想找聖人作為典範，通過學習六經以求對於聖人之道有所體認，但宋濂仍然強調每個人都應該要有內修的能力，因為「吾心與天地同大」、「吾心為萬里之原」，因此不假外求，只要能夠「治心」，人人皆有成為聖人的可能性，孟子言「仁義禮智，非由外鑠我也，我固有之也，弗思而已。」（《孟子·告子上》）是故對宋濂而言，六經、心、理、道這幾個名詞，在此皆有等同之意。以六經作為學習的對象，只是一種近道與明心識心的過程，最重要的仍是通過「治心」，「使人人知心若是，則家可顏孟也，人可堯舜也，六經不必作矣。」（《龍門子凝道記中·天下樞第四》）修養工夫的極至，人人可以成堯舜，家齊國治，宋濂的說法實將修身與治國緊密結合，可視為儒家「內聖外王」的最高理想的具體實踐。

宋濂曾經歷元末政治社會的動亂，面對當時的亂世，他仍言「予心放矣」，有人就曾質問他，認為這種做法就好比是一艘未繫的扁舟，已做任其隨波逐流的選擇。他則回答「世雖亂而心則治也，俗雖變而心猶故也。奈何若不繫之舟哉？《詩》云：『戰戰兢兢，如臨深淵，如履薄冰。』此之謂也。」（《龍門子凝道記下·積書微第十》）〔註83〕宋濂所言仍是從確實掌握「心」言之，他堅定的認為「心」是萬理之原，無論是面對世亂或是俗變，唯一不變的只有「心」，心能應付萬事萬物的變化。然正因為心是需要掌握的，但一般人卻對心掌握不易，因此他不僅強調治心的重要，同時也表達出十分謹慎小心而且嚴謹的治心態度。

宋濂所主張的「心」，是繼承孟子「盡其心者知其性也，知其性則之天矣」的路數，也是以孔子孟子為代表儒家學者所說的心，這種心是道德心型態，並非是佛教所主張的虛靜之心。因為他所主張的心，是人人具有此心，人人具有道德意識與踐履的精神，保有人之所以為人的尊嚴與一切成聖的可能性。〔註84〕學者蒙培元認為「宋濂已上接許衡、吳澄等人的思想路線，很強

〔註83〕《全集》，頁1810。
〔註84〕曾昭旭曾提出三個區別道德心與虛靜心的判準，第一是理想性，道德心具有理想性，此即《孟子·告子上》所言「惻隱之心，人皆有之；羞惡之心，人皆有之；恭敬之心，人皆有之；是非之心，人皆有之」之性善，虛靜心則不具此理想性；其次是道德創造性，就主觀面而言，道德心可經由內省與改過

調心的作用。他以求我寸心、自我覺悟為為學首要任務。他說『世人求聖人於人，求聖人之道於經，斯遠矣。我可聖人也，我言可經也，弗之思耳。』(《蘿山雜言》)這是強調以自我為主體的心學思想。」〔註85〕學者侯外廬等人則從上面曾引述宋濂的〈觀心亭記〉、〈六經論〉諸篇言論觀之，認為若拋開其言朱學致知篤實的功夫，更像是陸學的徒裔。〔註86〕當然宋濂所言之「心」，實具有本體意義，同時在文集中，諸如「東海有聖人出焉，其心同，此理同也；西海有聖人出焉，其心同，此理同也；南海北海有聖人出焉，其心同，此理同也。」之言論屢出，實可見受陸九淵影響之跡。但元代儒者在論述「心」的概念時，已有繼承朱學，並吸取陸學觀點的和會朱陸傾向，宋濂論「心」時，同樣展現出調和朱陸思想的態度，在〈鄭仲涵墓志銘〉中，宋濂曾與學生鄭淵相約「聖賢心學之祕，尚相與窮之。」〔註87〕此「聖賢心學」雖然乍看之下或指為心學，然此說法是呼應其主張「六經皆心學」、「聖人之道，惟在乎治心」、「聖人一心皆理」的論述。宋濂論「心」以及對心性觀念的發揮，實承襲元代以來學術上和會朱陸的情況，同時亦對後來王守仁「心外無理」之主張有所啟發。

三、天人關係

　　自然秩序與人文理則之間的關係為歷來學者所關注，天道與人道實能有所感通，因此對「天人之際」的問題至為關切，《中庸》云「誠者，天之道也；誠之者，人之道也。」在此前提之下，所強調的是人本身對於克己工夫的努力。《周易・說卦傳》云：「昔者聖人之作《易》也，幽贊於神明而生著，參天兩地而倚數，觀變於陰陽而立卦，發揮於剛柔而生爻，和順於道德而理於

　　　　點化一切生活經驗使之對一己的生命人格之成長產生意義。就客觀面而言，則可經由種種制度風習的創造陶養而使一切存在事物產生對群體生活的意義。但虛靜心則只有對外在世界順應觀照，不具積極創造的功能；第三是抉擇的行為，道德心面對眼前的生活所表現的行為，主要抉擇其善者、符合良心之理想或意願者而加以實踐，此即所謂「誠」或「為仁」，虛靜心則只是「用心若鏡，不將不迎，應而不藏」而已。參見氏著：〈呈現光明・蘊藏奧秘——中國思想中的人性論〉，收入《中國文化新論　思想篇一　理想與現實》，台北：聯經出版事業公司，1989年，頁16～17。

〔註85〕　參見蒙培元：《理學的演變》，台北：文津出版社，1990年，頁261。
〔註86〕　參見侯外廬、邱漢生、張豈之主編：《宋明理學史（上）》，頁761～762。
〔註87〕　《全集》，頁750。

義，窮理盡性以至於命。」宋濂也云：「《易》與天地同體，乾坤同用，聖人同德。」（《龍門子凝道記下‧哀公微第四》）〔註88〕可知儒家論天人關係時，天人合一、天人合德是最高的境界，講天命不離人事。

宋濂對於天道、氣與心等觀念的看法，不僅展現其思想中宇宙自然的形上依據，也提出了萬事萬物運行變化的法則，也是道德人格價值的重要憑藉，由於道的存在與事物存在不可分離，宋明理學家大多從宇宙觀出發論證人的本質，強調人在「天人合一」的境界中發揮主體作用，強調人生的價值意義。〔註89〕同樣的宋濂也表現出以人為中心的概念和入世的精神，在他的思維中，大化流行化育萬物，因此在「天人關係」中面對天道與人道問題時，宋濂實有其思考與見解的闡發。

（一）宋濂的天人觀

從春秋時期開始，中國傳統對於「天人關係」的認知，已從人格神的性格，即以天命為中心的概念，轉向人文精神的自覺。〔註90〕自籍載以來，學者多言天人，孔子論天，即帶有深刻的人文關懷，孔子所言之天，並非人格神的狀態，而是實體的存在，「子貢曰，夫子之文章，可得而聞也。夫子之言性與天道，不可得而聞也。」（《論語‧公冶長》）孔子雖然罕言性與天道，但性與天命的連結，是從自己具體生命中所開闢出內在人格世界的顯現，需要透過下學而上達的實踐才能體認，因此孔子認為性與天道是上下貫通的，也是仁在自我實現中所達成的一種境界。〔註91〕《中庸》也言「天命之謂性」，徐復觀先生認為：「『天命之謂性』，決非僅止於是把已經失墜了的古代宗教的天人關係，在道德基礎上，與以重建；更重要的是：使人感覺到，自己的性，是由天所命，與天有內在的

〔註88〕《全集》，頁1794。

〔註89〕如二程言「有道有理，天人一也，更不分別。」《二程集》卷二〈河南程氏遺書〉；陳亮認為「人之所以與天地並立為三者，非天地常獨運而人為有息也。人不立則天地不能以獨運，捨天地則無以為道矣。」《陳亮集》卷二十〈又乙巳春書之一〉；陸九淵認為天人關係是互相依存的「然天人之際，實相感通，雖有其數，亦其有道。」「天，不愧於人。」《陸九淵集》卷二十五〈大學春秋講義〉；許衡也強調「人與天地同，是甚麼同？人不過有六尺之軀，其大處同處指心也，謂心與天地一般。」《魯齋遺書》卷二〈語錄下〉。

〔註90〕學者徐復觀認為春秋時期天為道德性之天，神也是道德性之神，則傳統的「命」，除了一部分已轉化而為運命之命以外，還有一部分亦漸從盲目的運命中透出，而成為道德性格的命。參見徐復觀：《中國人性論史～先秦篇》頁56。

〔註91〕參見徐復觀：《中國人性論史——先秦篇》，頁88～99。

關連；因而人與天，乃至萬物與天，是同質的，因而也是平等的。天的無限價值，即具備於自己的性之中，而成為自己生命的根源，所以在生命之自身，在生命活動所關涉到的現世，即可以實現人生崇高的價值；這便可以啓發人們對其現實生活的責任感，鼓勵並保證其在現實生活中的各種向上努力的意義。」〔註92〕司馬遷作《史記》，也揭櫫「究天人之際」宗旨，人在自然界與社會中的地位價值與人的自覺，更為理學家所重視，因此為達到「天人合一」的精神境界，「天人之際」也是理學家所關注的重心。

　　宋濂對於天人關係，其認為「天人相孚，本同一理」，在〈周尊師小傳〉中即言：「天地之間無踰陰陽者，因其運轉，故有神。神與人合者也，雷非人無以知雷之天，人非雷無以知人之天，天人相孚，本同一理爾。」〔註93〕他同時也主張「天人合德」，並提出「得天」與「失天」的差別在於是否「行仁義」，其言：

> 天無言而生殺遂。深兮則榮，屈兮則悴，亦何容力哉？故君子與天合德。

> 彼因氣強，吾以義剛；彼因氣弱，吾以仁柔。剛柔強弱之間，不容一髮，知者行之，是謂得天；不肖者悖之，是謂失天。〈蘿山雜言〉〔註94〕

由於「理」、「氣」與人的關係密切，在〈呂氏孝感詩序〉〔註95〕中，宋濂曰：

> 天人之際，難矣；苟有以感之，非難也。天穹然而在上，人貌然而在下，勢絕而分殊，豈易感哉？然人之身，天之氣也；人之性，天之理也；理與氣合以成形，吾之身與天何異乎？人或不察乎此，而謬迷其天性，始與天為二矣。能以誠感，則天寧有不應之者乎？

人是由「理」「氣」所構成形體，故從「人之身，天之氣也；人之性，天之理也」的角度言「人」與「天」不異。這種看法繼承宋儒的理氣觀以及儒家的天道思想，從孔子論天必言及人，而孟子所謂的「盡心、知性、知天」「存心、養性、事天」，同樣需要落實於人，使之成為人身心德性的擴充。若按照宋濂的思想理路主張「法天」「存心」看，此處其所謂的「以誠感天」「天人相應」，

〔註92〕參見徐復觀：《中國人性論史──先秦篇》，頁117～118。
〔註93〕《全集》，頁614。
〔註94〕《全集》，頁51～52。
〔註95〕《全集》，頁1584。

似乎有帶有一些人格神的意志在，與其主張有些歧異。此實因其與釋道友人相交與學問博雜，特別是對哲學範疇的論述上偶有矛盾之處，故反而傾向董仲舒「天人感應」說。但對宋濂而言，人還是具有主動的決定性，人的行為會影響天的意志與相應，因此天人之間無分際，透過情感與意念可以相應相感。宋濂之意仍是認為人要發揮主體作用，故其有言「以吾之神，契天之神，則上下孚格矣；以吾之氣，感天之氣，則陰陽冥會矣。是亦理之必然者。何也？鄒衍仰天而哭，六月霜降；魯陽公援戈而揮，日返三舍。憤夫壯士一時精神所昭尚若此，況積之有素者乎？雖然，此小數也，儒者不道也。予因是而竊有感焉，人心同乎天地，可以宰萬物，可以贊化育。」（《龍門子凝道記中‧樂書樞第六》）〔註96〕宋濂堅決相信「人心」同乎天地，那麼心可與天通，鄒衍、魯陽公之事在宋濂看來只是小事，正因為人心的作用無窮，自然能夠達到天人合一之境。

「人」生於天地之間，那麼天人關係雖然是宇宙觀的問題，但更重要的是人在天地間的地位，也攸關人的價值與意義。〔註97〕陸九淵曾言：「此心苟存，則修身、齊家、治國、平天下一也；處貧賤、富貴、死生、禍福亦一也。」（《陸九淵集》卷二十〈鄧文苑求言往中都〉）對於天人關係，從宋代至元代的理學家皆預設在天理與人心之間，不是彼此隔絕，而是相互連通的。人在天地間只要「存心」，就可達到天人合一的境界。人能經由自覺修心養性的道德修養功夫積極實現自我，自然能夠上侔天道，贊天地之化育，體承天理。若從人生的角度觀之，自然秩序與人文道德合一，人存在的價值透過修養功夫，進而能與自然秩序一致，臻於完善。

由於宋濂認為自然的運行與人的存在皆是一氣運行的結果，因此他透過存心與法天展現人的地位與價值，在《龍門子凝道記中‧河圖樞第七》：

> 龍門子曰：天，氣之運也，一晝一夜行九十萬餘里；人，氣之運也，
> 一晝一頁行一萬三千五百通。是人與天無一息止也，天止一息，則

〔註96〕《全集》，頁1780。

〔註97〕錢穆先生曾言「由宋儒的宇宙論轉落到人生論，在其動進向前以致於天人合一之一切實踐與活動，則仍與孔孟原來主張無別。……大抵中國儒家思想主要貢獻在人生論方面主實踐，主動進，以道德精神為主。……宋代理學家繼起在後，皆求於儒家人生論上面安裝一宇宙論。」參見錢穆：〈易傳語小戴禮記中之宇宙論〉，《中國學術思想史論叢（二）》，台北：東大圖書公司，1993年三版，頁281～282。

> 蔺害生；人止一息，則疢疾起。君子法天之健以自強，故聖；小人
> 違天以自肆，故狂。是一息不法天，則心死一息也；一朝不法天，
> 則心死一朝也。人心既死，是行尸耳，其行事果能合天乎？然則法
> 天亦有道乎？曰有存心之謂也。〔註98〕

宋濂強調心的重要性，尤其是「存心」，心若死，就是行尸，自然不能法天，無法順乎天應乎人。其所言人的意義，主要是能做到「君子法天之健以自強」者，即可達到聖人之境。《易傳》肯定「天行健，君子以自強不息」，宋濂從人能存心，行為便能與天合的角度，肯定以人為貴的價值，同時在變動的時空環境中，顯現人的自覺可以展現積極的作用，在永恆的追求中找到自己的定位與價值。宋濂重視人在宇宙間的意義與作用，這種「人道」價值所代表的就是聖人君子所展現的典範，因此他說：「天地，不言之聖人。聖人，能言之天地。聖人之功，天地之功也。」「（聖人）亦天地之所生爾，天地不能言，故使代其言以行其教。」（《龍門子凝道記下・越生微第九》）〔註99〕因此聖人可被視為天地的代言人，目的在於施行教化。

　　事實上，宋濂談天人合一時，認為人應法天，但事在人為，因此在人事中，他極力主張人君更應法天，法天的重要與最終意義在於平天下，達到「天人合德」。故他主張「天人相合」時，面對如何落實「法天」，則提出具體可行之做法為「法五貫，法五頍」概念：

> 天有五貫，地有五頍。五貫行乎上，五頍載乎下，則天地昭矣。
> 人君法之，則天下平矣。何謂法之，其明則日照月臨也，其喜則
> 祥飆卿雲也，其怒則迅雷驚霆也，其生則甘雨零露也，其殺則毒
> 霜虐霰也，是法五貫者也。其靜則泰山喬嶽也，其涵則巨浸大川
> 也，其序則井邑方州也，其限則內夏外夷也，其養則飛潛動植也，
> 是法五頍者也。天有至醇，地有至熙，君有至則。天失其醇，則
> 萬物喪其精；地失其熙，則萬物弗蓁；君失其則，則四極不立。
> 統而言之，大化醖乎神，大序昭乎天，大機合乎中。其發甚微，
> 宇宙之廣，莫之或違。其端甚直，彌綸上下，固有差忒。長稍大
> 矛，見之失其利。崇墉深隍，見之失其固。陰謀祕計，見之失其
> 防。大法至刑，見之失其嚴。播而充，洞然而有容。窈而默，淵

〔註98〕《全集》，頁1782。
〔註99〕《全集》，頁1806。

乎其莫測。古之善治天下者，得此而萬事畢矣。《龍門子凝道記下·
大學微第八》〔註100〕

宋濂「法天」的概念，也是「法聖人」，他要求君主能夠知天法天，身為統治者
必須以德立身行事為天下表率，才能養民行善政，這也是君王與天地參的必要
條件。景濂極重視天人關係在政治方面的落實，任何的賞罰治術皆須符合天道，
法天的最後目的仍是在於養民、教民。但就其所言似又與董仲舒「人主法天」
類似，如董仲舒言「天地人主一也」（《春秋繁露·為人者天第四十》）、「天亦有
喜怒之氣，哀樂之心，與人相副；以類合之，天人一也。」「故為人主之道，莫
明於在身之與天同者而用之，使喜怒必當義乃出，如寒暑之必當其時乃發也。
使德之厚於刑也，如陽之多於陰也。」（《春秋繁露·陰陽義第四十九》）這些皆
是要求人主法天以成君道。〔註101〕然而若面對人君不重自我修養功夫，也不行
仁政，宋濂認為天降災異的現象，是一種對人君施政的反應與教訓。在《龍門
子凝道記中·蔚遲樞第八》中，他也言天透過祥災來表達意志：

天之愛人君者，不其至哉！天，無言者也。人君行事有失，天則出
災異以譴告之。若父之於子然：子有過，則詔之飭之，甚則撲之。
此無他，愛之至也。父若棄子，則刻苦之辭不加之矣；天若棄人君，
則生祥下瑞遍四方矣。是知災異迭興，人君懼而修德，則治如漢之
盛世是也；祥瑞數見，人君矜而徇欲，則亂如五季之時是也。祥瑞
之興國之妖，災變之臻國之福，信哉！〔註102〕

當天人關係落實於政治人生方面的關懷時，更重要的意義在於人應該在法天
的原則下，創造更和諧的社會秩序。因此宋濂面對祥災現象，認為天人之間
仍有感應，若人君行事有所偏差，災異現象正可視為一種反應。正如董仲舒
所說：「天下和平，則災害不生。今災害生，見天下未和平也。天下所未和平
者，天子之教化不行也。」（《春秋繁露·郊語第六十五》），在《漢書·董仲
舒傳》中也有「國家將有失道之敗，而天乃先出災害以譴告之，不知自省，
又出怪異以警懼之，尚不知變，而傷敗乃至。以此見天心之仁愛人君而欲止
其亂也。」之語。宋濂對於祥瑞災異這些自然界的感應，無論是祥或災，都

〔註100〕《全集》，頁 1804。
〔註101〕參見徐復觀：《增訂兩漢思想史·卷二》，台北：台灣學生書局，1993 年，頁
416。
〔註102〕《全集》，頁 1785。

認為具有示警的作用，祥災現象所反映的是人君施政的優劣，其目的不在於懲罰，而是具有促使人改過向善的作用，因此對於災異現象，反而應該抱持慶幸的態度。

宋濂認為透過災異迭興，才能使人君因懼而警惕，進而修德行仁政，對國家而言，實有成就漢代盛世局面之機，反之若皆是祥瑞之象，人君或因此而鬆懈徇欲，對於國家的治亂自然有莫大的影響。他提出「祥瑞之興國之妖，災變之臻國之福」的說法，雖然其並未更進一步深論祥災問題，但此論點是針對君主法天行仁政而言，相對於是否相信災異，宋濂更相信人君修德的重要性。〈東陽蔣氏嘉瓜記〉中有一段話，清楚的表達他對「瑞應」的態度：

> （東陽蔣仕宣之圃有嘉瓜之瑞）夫瑞物者，德之符也，天所以彰人之善也。然惟君子得之，而益懋於善，故福祿萃焉；恒人得之，則恃而怠矣。是以古之大儒若柳州、歐陽文忠公皆不言瑞，謂其無有。蓋柳州見昔人君多得瑞而恃焉，以致亂亡，故著《貞符》以斥之。文忠見五季時所稱祥瑞，皆諛臣所僞作者，故一切屏棄不信。……今蔣氏之家，其行誼詩禮之修非一世矣，……一瓜之瑞，應無足恠者，……則是瓜人孰不信其為瑞，將見其事傳信於史氏，使後之大儒先生如柳州、文忠者，皆有以驗天人感應之理而無疑。〔註103〕

此處說明他認為實有祥瑞之事，然誠如柳宗元、歐陽修等大儒不信祥瑞，所謂的「祥瑞」往往肇因於人君「得瑞而恃，以致亂亡」或是「諛臣僞作」，宋濂認為眾人只要能行禮義重孝悌，「祥瑞」不僅不可怪，也可驗證「天人感應之理」。

他也從「天人合一」的角度與「瑞應」之說，影響明太祖的施政與行事。在洪武六年明太祖「談嘉祥之應」時，宋濂即有提出「王者有德，上通於天，嘉氣協應，鴻羨滋播。今甘露頻降，大和坱圠，民物敉寧，治于大康。」〔註104〕（〈御賜甘露漿詩序〉），從人君的角度實現「天人合一」的途徑就是修德，做一明主聖君，若能「天人合德」自然能出現祥瑞之兆。因此宋濂下了一個結論，其認為「王者德格於上，恩覃於下，靈氛充牣，祕貺斯甄，此天人感應之恒理也。」〔註105〕（〈天降甘露頌〉）「天下有道」是眾所追求的政治理想，在儒家

〔註103〕《全集》，頁2228。
〔註104〕《全集》，頁1019。
〔註105〕《全集》，頁329。

內聖外王的理論中，聖王可說是道的化身，也是賴以展現宏揚道的主體，因此唯有君王修身正德，克己復禮，才能維持社會的和諧秩序。是故從宋濂思考的角度觀之，所有的感應皆相應於君主修德行仁政的自覺，其堅信人的道德力量可以決定國家的興亡。

宋濂對於天人性命的追求，包括宇宙觀、人生觀，不僅繼承宋明理學的方向，同時亦遠紹漢儒，亦可見其思想中的博雜。面對法天也好，存心也好，他皆具體可行地提出一套可行的做法，他的天人關係論述雖與其思想主張前後有些許歧異，但其所重視的仍是要回到法天存心，人能否知天事天法天，決定權不在於天而在於人。孟子也言「盡其心者，知其性也。知其性，則知天矣。存其心，養其性，所以事天也。」（《孟子·盡心上》）只要盡心知性，就能「萬物皆備於我矣。反身而誠，樂莫大焉。」（《孟子·盡心上》）正由於知性就是知天，心之外無性，性之外無天，透過人的修養善端即可以事天，透過德性的擴充，達到與天地精神同流。正因為人道與天道不可分，故宋濂提高了「心」的重要性與天地參合，也提高人的地位可以與天地等同，因此他的天人感應可說是一種「天德」「天理」的啟示，透過天理並以倫理道德原則解釋人事，人因而有警覺，同時人的地位與價值，也在「心」的踐履修養回應「天德」中得以建立。

（二）對祿命的看法

在儒學的思想體系中，孔子提出「命」是外在的客觀限制，「義」則是主觀的道德自覺，孔子不奉神權，不求捨離，只以自覺在自然事實上建立秩序。〔註106〕「命」包含人的貧富，壽命的短長，若只從「命」看人生，人生一切事物皆是宇宙現象的一部分，是人力所無法控制改變的現實。因此孔子強調「義」的自覺價值，面對客觀的限制，透過自覺的努力，人生意義也得而顯現。孔子有言「不怨天，不尤人，下學而上達，知我者，其天乎！」（《論語·憲問》）孟子有云「聖人之於天道也，命也，有性焉，君子不謂命也。」（《孟子·盡心下》）這些文字皆展現儒者在人生態度上，重視仁義道德之事，並積極欲有所貢獻，將天安置在道德實踐的層次上，此亦是「天人合一」觀念落實於人事的價值。宋濂在「命」的範疇上，亦克承先賢之餘緒，並加以發揮。

〈寓言五首〉之第三則寓言故事曾說：

〔註106〕參見勞思光：《新編中國哲學史（一）》，台北：三民書局，1984年增訂初版，頁142。

　　太虛之間，氣有屈信，生生死死一耳，爾何容力哉？古之達人，委
　　之順之，由之全之，不逆命，不沮化，不祈內福，不辟外禍，不知
　　天之爲人，人之爲天也。且爾之死生，亦縱浪大化中，未知津涯。

那麼宋濂如何看待「不死」？此牽涉到儒家自孔子以來對於義命觀點的辨證，
此處「氣」可說是天人關係中重要的媒介，他看待人的生死是一種自然現象，
不可強求，因此舉古代之聖賢爲例，認爲唯有順勢而爲，順天應人，依循天
道法則，落實作爲道德修養的準則，只有自覺體悟「天理」，明瞭天道與人道
的關係，才能在大化運行中探然面對人間萬事的現象變化，至於祈福與避禍
並不重要，宋濂肯定人的主觀努力在個人命運方面的價值。

　　孔子曾言「志士仁人，無求生以害仁，有殺身以成仁。」（《論語・衛靈
公》）、「君子無終食之間違仁，造次必於是，顛沛必於是。」（《論語・里仁》）
孔子所說的仁是內在於個人生命之中的，孔子「五十而知天命」，正是他體認
了仁的無限性與超越性，所以孔子有言「我欲仁，斯仁至矣」，「仁」是出於
人的性，而非出於天，因此仁以外無所謂的天道，〔註107〕仁即是人道，也是
人德。同時因爲「仁」是個體的自覺表現，因此具有自我犧牲的精神和救世
的道德理想，可以臨事不懼，不計成敗，不問安危榮辱。〔註108〕孟子繼承孔
子的思想，針對人的道德修養與人格精神價值的完成，孟子言「魚我所欲也，
熊掌亦我所欲也。二者不可得兼，舍魚而取熊掌者也。生亦我所欲也，義亦
我所欲也，二者不可得兼，舍生而取義者也。生亦我所欲，所欲有甚於生者，
故不爲苟得也。死亦我所惡，所惡有甚於死者，故患有所不辟也。如使人之
所欲莫甚於生，則凡可以得生者，何不用也？使人之所惡莫甚於死者，則凡
可以辟患者，何不爲也？由是則生而有不用也，由是則可以辟患而有不爲也，
是故所欲有甚於生者，所惡有甚於死者。非獨賢者有是心也，人皆有之，賢
者能勿喪耳。」（《孟子・告子上》）在孟子看來，生與死是生命重要的抉擇，
但因爲有超越生命的「四端」之心，仁、義、禮、智可說是人生最高的價值
理想，人皆應該爲了人生理想，追求超越自身生命的存在，可以捨生取義，
殺身成仁。因此在生死關頭的時刻，是主體的自我選擇，透過理想人格的修
養以成就生命無限的品格價值。

　　宋濂對死生問題頗有所感，尤其針對元末時人喪失道德自覺的仁義精

〔註107〕參見徐復觀：《中國人性論史──先秦篇》，頁99。
〔註108〕參見李澤厚：《中國古代思想史論》，台北：三民書局，1996年，頁25。

神，不能效法前賢，其云：

> 古之君子城陷被執，雖刀鋸在前，鼎鑊在後，毅然而弗懾者，欲殺
> 身以成仁也。嗚呼！人生斯世，終歸一死耳，壽死，死忠，何不可
> 哉？嗚呼！今之君子胡爲不然也？今之君子見身而不見仁，古之君
> 子見仁而不見身，此所以有異也。死生固大矣，然亦有命定存乎其
> 間。縱得生矣，淫癕之爲災，不能死人乎？嗜慾之不慎，弗能死人
> 乎？何獨於死忠靳之也？嗚呼！今之君子何爲不能然也？《龍門子
> 凝道記中・河圖樞第七》〔註109〕

他認爲古今之人面對生死的抉擇標準不同，命雖然有定，古之人願意因爲忠，
爲了大公，可以作出殺身成仁的選擇，今之人卻只重視個人生命的存在，命
運固然無法掌握，即使選擇苟且偷生也可能免不了疾病災禍的發生，但宋濂
此言呈現當時社會缺乏仁義道德，這或許也反應出元末混亂時局環境所造成
的影響，他的說法仍是秉持儒家一貫以德治才能平天下的認知。

　　宋濂並不相信祿命，因此對於傳統社會盛行的術數之學，提出反駁。在
〈祿命辨〉一文中，首先針對以生辰占命的「三命說」、以星宿占命的「十一
曜之說」進行批判，認爲「予不能以盡信者此也」，因爲以星占命，「其術蓋
出西域」。同時面對術士「巧發其中」，其認爲「有固有之，不可泥也」，提出
的質疑關鍵在於「以甲子幹枝（案：干支）推人所生歲月，展轉相配」的結
果，「以天下之廣，兆民之眾，林林而生者，不可以數計；日有十二時，未必
一時唯生一人也。以此觀之，同時而生者不少，何其吉凶之不相同哉？」宋
濂以秦長平之役後，日坑趙卒四十餘萬人爲例，言「長平坑卒，未應共犯三
刑」，這麼多人怎麼可能同時「共犯三刑」？故曰：

> 人之賦氣，有薄厚長短，而貴富賤貧壽夭六者隨之，吾不能必也，
> 亦非日者之所能測者。蹈道而修德，服仁而惇義，此吾之所當爲
> 也，不待占者之言而後知之也。予身修矣，倘貧賤如原憲，短命
> 如顏淵，雖晉楚之富、趙孟之貴、彭鏗之壽，有不能及者矣。命
> 則付之於天，道則責成於己，吾之所知者，如斯而已。不然，委
> 命而廢人，白晝攫人之金，而陷於桎梏，則曰：「我之命當爾也。」
> 剛愎自任，操刀而殺人，柔暗無識，投繯而絕命，則又曰：「我之
> 命當爾也。」其可乎哉？其可乎哉？所以先王之山川異制，民生

〔註109〕《全集》，頁1783。

異俗，剛柔緩急遲速異齊，五味異和，器械異制，衣服異宜，於
是修其教，不易其俗；齊其政，不易其宜；所以卒歸於雍熙之治
也。……子產曰：「天道遠，人道邇，非所及也。」鄭卒不復火。
嗚呼！此不亦祿命之似乎？吾知盡人道而已爾。曰：近世大儒，
於祿命家無不嗜談而樂道之者，而子一切屏絕之，其亦有所本乎？
曰：有，子罕言命。〔註110〕

他對於祿命認知，其仍堅持人生所當為者應是「蹈道而修德，服仁而惇義」，
不可消極的仰賴服從命運。〔註111〕「命則付之於天，道則責成於己」，可視為
宋濂畢生的價值信念，人秉持主觀自覺在道德上的努力，不僅可影響個人命
運，也可以決定歷史的發展，同時對於國祚歷數的長治永存亦有影響，因此
宋濂認為只有「人道」才是自己能夠深刻把握，也是個人道德自覺的體認。

方東美先生對於天道與人道關係做了貼切的詮釋，其云：

人道者，參元也，夫人居天地之中，兼天地之創造性與順成性，自
應深切體會此種精神，從而於整個宇宙生命、創進不息、生生不已
之持續過程中，厥盡參贊化育之天職。對儒家言，此種精神上之契
會與領悟，是以使人產生一種個人道德價值之崇高感；對天下萬物，
有情眾生之內在價值，也油然而生一種深厚之同情感；同時，由於
藉性智睿見而洞見萬物同源一體，不禁產生一種天地同根，萬物一
體之同一感。儒家立己立人，成己成物之仁，博施濟眾之愛，都是
這種精神的結晶。〔註112〕

宋濂對於天道人道之間的思考，實繼承孔子以來儒家對於天人合一的重視，不
單突顯天人合一的道德境界，主張道德本體可與宇宙合一，同時更著重天人關
係在落實於人世變化循環的重要。宋濂並不忽視天人合一所展現的具體歷史現
實，因此他認為「聖帝如堯舜，聖王如禹湯文武，聖相如周公，聖師如孔子，

〔註110〕《全集》，頁674～675。
〔註111〕元明之際陳謨（1305～1400）讀宋濂的〈祿命辨〉時，也肯定說：「（論祿命）
　　　　以為以有窮之數係無窮之命，一日之分為時十二，一時之分為刻八，生人之
　　　　品止有九十六，舉天下意之一日之生同時刻者，貧富貴賤壽夭賢愚何啻億萬
　　　　不齊？豈局局於九十六品乎？」（〈陳謨書蕭執所藏宋景濂〈祿命辨〉後〉），《全
　　　　集》，頁2571。關於陳謨，《明史》卷282〈儒林一〉記載「學士宋濂、待制
　　　　王褘請留為國師，謨引疾辭歸。」
〔註112〕參見方東美：《生生之德》，台北：黎明文化事業公司，1979年，頁291～
　　　　292。

亦不過盡人道爾。」（《龍門子凝道記下・士有微第七》）〔註113〕、「天道無親，
惟德是輔。君有仁德，天之所奉也。」（《龍門子凝道記上・五矩符第二》）〔註
114〕聖人是人道的典型，也是天人合德的體現，故天道與人道有其感通，並不
析分為二，人具有靈明的自覺，始可體會天地之心。他秉持儒家思想從仁義道
德處提升己性，務使人格精神修養達到天地與我同流，進而類同於聖人，期待
能夠展現聖人氣象。同時天道及於人事，若不違背天德，國家政治的盛衰治亂，
亦皆可合於天心，亦合於道，自然能達到國治天下平的理想境界。

第二節　理想人格的建構與追尋

宋濂一方面傳承元明之際金華學風，也同時受元代理學發展的影響，除
了言論為明太祖所重視外，其思想與詩文足以反應元末明初學術的種種現
象。他身為儒者，醉心於道學，以「明道」自期，對於「道」多有闡發。正
由於自韓愈以降，學者鮮少不言「道」者，然而「道」並不盡然是一種恆常
不變的法則，卻也不至於人言人殊，其所欲彰顯的「道」實具備鮮明的儒家
立場。「道」對宋濂而言，除可視之為道德精神價值的表現之外，落實於人事
現實，亦是儒者面對天道與人道的合一無間，所顯現的豐厚生命內涵，是至
高無上的真理，更是文化、社會與政治理想的表現。

宋濂對於「道」的追求，亦可說是理想人格〔註115〕塑造與追尋的過程，
並可視為其對成聖成治的態度。關於理想人格的完成，在方法上是經由聖賢
傳繼，故推崇周公、孔子，並以之自勉，議事與論文皆以「道」為旨歸，「道」
實踐於人世的人格典型就是「聖人」。

早在先秦儒道兩家的思想觀念中所建構的理想人格形象與精神表徵，實
可用「聖人」作為統稱，歷代儒者汲汲於「聖人之道」，如孔子言「志於道」，
荀子言「從道不從君」，皆表現出對道的重視與尊重。事實上儒家論「道」，

〔註113〕《全集》，頁 1800。
〔註114〕《全集》，頁 1756。
〔註115〕關於「理想人格」一語，乃指能表現文化精神或價值，而為人們崇奉、取法的
人格，因此這種人格往往是民族精神或學術文化價值的表徵。中國思想中的理
想人格往往指謂這個「人」的志節、風格等而言，而非僅指這個人所為之事（狹
義的事功），人的尊嚴價值往往在典章制度架構之外。參見蔡明田：〈德合天地・
道濟天下——先秦儒道思想中的理想人格〉，收入《中國文化新論・思想篇一・
理想與現實》，台北：聯經出版事業公司，1989 年，頁 49、81。

主要仍是論「人」，其中包含了方法、準則與目標。因此若要深入探討宋濂的道學思想，要理解其一生以聖人爲榜樣，並以道自許的重大課題，就必須從其對「聖人」這種理想人格的主要意涵與內容進行相關的探索與闡述。由於「聖人」是「道」的人格體現，「道統」則是聖人以道相傳的譜系，而「經典」是聖人之言所形之的載具，因此本節嘗試以宋濂對聖人的看法爲出發，透過他對於「儒者」的論述與「道統」的主張，勾勒其對於理想人格價值的追尋、建構理想人格的方法。以下分別就其道統論述、對儒者的品評標準進行討論，除了了解「理想人格」對宋濂的意義之外，同時在學統與政統方面，也探究宋濂如何運用「道」、「學」、「政」三個方向去建構其外王事功理想。

一、對「道統」的簡擇與體悟

（一）道統與學統

宋濂的思維世界與其身爲儒者的角色密不可分，雖然在理學思想上他實受宋儒影響，但若從其文集與一生的活動觀之，無論是學術成就地位或是政治實踐，大致上仍是秉持宋儒希望重建理想人間秩序的信念。〔註116〕陸九淵曾言：「宇宙內事，是己分內事，己分內事，是宇宙內事。」（《象山先生全集》卷二二〈雜說〉）同樣在歷經元末大亂，無論在政治環境或是文化領域，皆開啓了儒學發展的契機。正由於儒家強調「內聖外王」之學，〔註117〕因此宋濂

〔註116〕錢穆先生曾注意到，北宋初期諸儒，是在一大目標下形成多方面活動，其中有教育家，有大師，有政治家，有文學家，有詩人，有史學家，有經學家，有衛道的志士等各式各樣的人物，元氣淋漓。他們中間有一共同趨向之目標，即爲重整中國舊傳統，再建立人文社會政治教育之理論中心，把私人生活和群眾生活再紐合上一條線，他們重視文章政治教育三大項目活動，對於經史文學都有大著作，在學術著作與風格方面實閎大浩博。參見錢穆：《宋明理學概論》，頁21～22。

〔註117〕歷來學者對於「內聖外王」的討論業已臻完備，諸如學者牟宗三從宋儒的角度言，「內聖」就是內而治己，作聖賢的工夫，以挺立我們自己的道德人品。「外王」就是外而從政，以行王道。內聖工夫是每個人都能作的，外王則不一定。參見牟宗三：《中國哲學十九講》，台北：臺灣學生書局，1993年，頁398；學者李澤厚認爲自宋儒以後，理學「崇禮義，尊經術，欲復二帝三代」，要以「內聖」控「外王」，用「正心誠意」來導出「治國平天下」，「內」成爲支配主宰和發生根源，甚至成爲唯一的理論內容。因此第一要強調「內」是本，「外」是末，必須先「內」後「外」，必先「正心誠意」然後才可能談「治平」。第二，有「內」自有「外」，只要能做到「正心誠意」，自然就會「國治民安」。「外」或「治平」是「內」或「修身」、「正心」之類的直線的延長或

對於「道」的認知與理解，除了「道」原屬於哲學思辨層面的論述外，必然與政治環境、文化理想以及實際生活有所聯繫。

他在文章中不斷陳述主張的「道」，從其論述觀之，就是「儒家之道」。因此對儒家倫理價值與道德修養的追求，亦可說歷代儒者對理想人格建構的一種過程，其目的在於成就個人價值與人生意義。因此宋濂教導皇太子朱標時，「皆以禮法諷諭，使歸於道」；與明太祖論治道，也以儒家之仁義教化爲依歸。「蓋先生之道，內誠外恕，一出於正，發之也當，而行之也安」，〔註118〕對他而言，儒家之道不僅是知識的追求與積累，實已內化爲個人修養行事準則與一生志業的實踐。由於其屢言欲學孔子、周公等聖賢與聖王，因此要深入勾勒宋濂理想人格的建構，其所依循的一套「道統」觀念的思想背景，也就成爲理解宋濂道學思想的重要觀察角度。

道學自宋代興起與發展，可說是時代的產物，一方面與宋代政治密切相關，基本上尊儒宗經的思想在宋代儒學復興中形成，也由於宋儒主張道德名教、倫理綱常的重建，因此成爲統治者鞏固政權穩定政治體制的重要思想基礎，而偏重於實際政治層面應用的治人之道。再者，道學的興起與思想的發展進程至爲緊密，爲了抗衡佛老，宋儒著重於理論體系的建構，重視修己治人之道。如果從學術思想的發展言，理學歸根究柢屬於倫理道德哲學，那麼學者對於倫理道德的自省思考與批判，就是具體表現的一種型態，形而上的本體思辨可說是形而下人生現象關注的基礎，因此自覺地講求聖人之學，可說是宋元儒者的共同特色。

演繹。以至最後發展到第三，一講「外」就錯，只要「內聖」就可以作「聖人」。「爲學」就是「修身」，即內在心性的修養。從而心性修養就成爲一切，即所謂「爲己之學」。參見李澤厚：《中國古代思想史論》，台北：三民書局，1996 年，頁 285～288；但自先秦以來儒者對於「內聖外王」的思考基本上和「道德」與「政治」有密切的關係，儒家一貫認爲人的生命有內在之善，內在之善擴充至極的境界是人格發展的最高目標，實現此一目標的人格謂之「仁」或「聖」。理想的社會乃是合乎倫理原則的人際秩序（以生活豐足爲前提），此一理想之完成端賴政治領導者個人底資質，他具有影響整個政治、社會系統的動能。因此「仁」、「聖」執政是眞正有效解決政治、社會問題的途徑，治國平天下的關鍵在個人底道德修養。參見黃俊傑：〈內聖與外王——儒家傳統中道德政治觀念的形成與發展〉，收入《中國文化新論・思想篇二・天道與人道》，台北：聯經出版事業公司，1993 年，頁 243～283。

〔註118〕鄭楷：〈翰林學士承旨、嘉議大夫知制誥、兼修國史、兼太子贊善大夫致仕潛溪先生宋公行狀〉，《全集・潛溪錄卷二》，頁 2359。

　　回顧宋濂在元末選擇入仙華山爲道士，受到時人質疑時，好友戴良就曾爲其辯解，代爲說明其所求之「道」的本意：

> 夫君子之出，以行道也；其處，以存道也。而其所以爲道者，蓋或施之於功業，或見之於文章，雖歷千百載而不朽，垂數十世而彌存，若是而爲壽，可也。苟不其然，顧欲潔身隱退，逃棄人間而苟焉。以圖壽爲道，是固老子之所謂道，而非吾之道也。吾之所謂道，乃堯舜周孔之道也。然堯舜周孔得聖人之用者也，老子得聖人之晦者也，於出也則吾用，於處也則吾晦，而是道之變化，詎有異耶？故生以春陽，殺以秋陰，先生之功也；舒爲雲霞，燦爲日星，先生文也；功而不宰，文而化成，先生之道也。道在是則壽在是矣，夫豈苟焉而已哉？〔註119〕

這裡戴良提到「吾之所謂道者，乃堯舜周公之道」，道家追求道的重心與儒家不同。對宋濂來說，無論是建功立業或是退隱山林，都只是一時順應時勢變化的選擇，若就「行道」或是「存道」言之，「道」的本質並未改變，其一生所追尋的就是儒家展現聖人之用的「堯舜周公之道」。

　　王禕也曾在〈宋潛溪先生文集序〉中提到宋濂「間又因許氏門人，以究夫道學之旨。」、「其所推述，無非以明天理，而未嘗爲無補之空言。苟即是以驗其學術之何如，則知其能繼鄉邦之諸賢，而自立於不朽者遠矣。」〔註120〕薛應旂曾談到宋濂之學，「在宋則有若陸子靜，在元則有若吳幼清，蓋皆聖學正傳」，〔註121〕清代蔣超在《宋文憲未刻集‧序》中也言及：「明初得士之盛，莫如金華。其君號稱好道者，時則括蒼進誠意，龍門上衍義，烏傷勸修德，一時文章之士，轢芳競爽，不下數十，然推龍門爲弁冕。……純者先生，淹貫六經，灌輸道德……」〔註122〕黃宗羲在《宋元學案》中亦提到元代自許謙以後，「道之不亡，猶幸有斯」，可見宋濂對於元末明初儒家學術延續的重要性。

　　若從宋濂個人對「道」的認知與體悟觀之，在〈贈梁建中序〉一文中他說：

> 余自十七八時，輒以古文辭爲事，自以爲有得也。至三十時，頓覺用心之殊微，悔之。及踰四十，輒大悔之。然如猩猩之嗜屐，雖深

〔註119〕《全集》，頁2569。
〔註120〕《全集》，頁2483。
〔註121〕薛應旂：〈浦江宋先生祠堂碑〉，《全集‧潛溪錄卷三》，頁2370。
〔註122〕蔣超：〈宋文憲未刻集序〉，《全集‧潛溪錄卷四》，頁2528～2529。

自懲戒，時復一踐之。五十以後，非惟悔之，輒大愧之，非爲愧之，輒大恨之。自以爲七尺之軀，參於三才，而與周公、仲尼同一恒性，乃溺於文辭，流蕩忘返，不知老之將至，其可乎哉？自此禁毀筆研，而游心於沂泗之濱矣。〔註123〕

此處宋濂明確指出其所嚮往欲明之道，即爲儒家之道，其自我的期許則是以周公、孔子爲學習典範，「生學在治心，道在五倫」（〈白牛生傳〉），〔註124〕他以治「心」爲其學所重的立場下，認爲儒家的「五倫」就是「道」的所在。

儒家的道統論可以說有三個面向：一是廣義的批判，孟子闢楊、墨，韓愈、宋儒則爲排佛老；二是要在現實的政治權威之外標立一超越的尺度，此是相對於「政統」（或「治統」）而言道統；三是就儒家學術思想自身而言，道統亦區別於「學統」而有特定的含義。〔註125〕道統論的思維方式爲儒家文化所固有，孔子、孟子和荀子及眾多大儒皆主張志於道而不屈於勢，他們「祖述堯舜，憲章文武」，認爲權勢應歸於有道者，君主應以行道，這是後世道統論的要旨，漢魏之後，儒者繼承這個思想傳統，並以道的傳承這自居，此正是道統論的基本特徵。緊接者唐宋儒者提出道統論在思想史上的特定意義，即儒學經過長期演變，自覺地將「道」視爲最高範疇，以「道」概括統轄自己的學說體系。

「道統」概念基本上指在歷史上存有一個聖人以「道」相傳的譜系，道統觀念的產生由來已久，早在《論語》中即有統序的概念，亦可視爲狹義道統思想的肇端：「堯曰：咨！爾舜，天之歷數在爾躬，允執其中。四海困窮，天祿永終。舜亦以命禹。」（《論語‧堯曰》）孔子尊崇堯舜文武之道，並視之爲聖人，且以繼承宏揚古代文化者自居，實可說是開道統意識之先河。孟子則從一治一亂的歷史進程中，認爲「五百年必有王者興」（《孟子‧公孫丑下》），於是首先提出堯、舜、湯、文王的聖王傳承脈絡，〔註126〕同時推崇孔子是此

〔註123〕《全集》，頁558。
〔註124〕《全集》，頁80。
〔註125〕參見鄭家棟：《斷裂中的傳統──信念與理性之間》，北京：中國社會科學出版社，2001年，頁186。
〔註126〕孟子曰：「由堯、舜至於湯，五百有餘歲。若禹、皋陶則見而知之，若湯則聞而知之。由湯至於文王，五百有餘歲。若伊尹、萊朱，則見而知之，若文王則聞而知之。由文王至於孔子，五百有餘歲。若太公望、散宜生，則見而知之，若孔子則聞而知之。由孔子而來，至於今，百有餘歲，去聖人之世，若此其未遠也。近聖人之居，若此其甚也。然而無有乎爾！則亦無有乎爾！」

一脈相傳精神的集大成者，並自稱「乃所願，則學孔子」，以維護聖人之道為
己任。唐代韓愈作〈原道〉篇，提出了堯、舜、禹、湯、文、武、周公、孔、
孟的傳道統系，〔註127〕此舉可說是第一次明確概括道統的範疇。由於韓愈高
舉維護「道統」的鮮明旗幟，自韓愈開啟道統論之端緒，「道統」論逐漸成為
儒學重大的理論議題之一。

　　孔子在中國文化上有其獨特的地位，唐宋以前皆是「周孔並稱」，由宋儒
開始，因了解孔子的獨立價值，而「孔孟並稱」。〔註128〕學者陳榮捷即認為「孟
子首倡由堯舜經成湯文王而至孔子，韓愈首倡孟子之死，不得其傳。伊川首
倡其兄明道得不傳之學於遺經。朱子之時，道統之傳授由堯舜而至孔孟，而
中絕，而二程復興，成為一時之定論。」〔註129〕宋元明清之群儒，特別是宋
明理學諸子多有道統之論，宋代李元綱作〈傳道正統圖〉，敘述自堯、舜、禹、
湯、文、武、周公、孔子，經顏子、曾子、子思而孟子而明道、伊川的傳道
譜系，其亦首先使用了「道統」一辭。基本上宋儒接續韓愈「道統」的說法，
同時更加以系統化，因此程朱學者以「人心惟危，道心惟微，惟精惟一，允
執厥中」（《尚書·大禹謨》）理學諸子的道統論將聖人「十六字心傳」，視為
堯舜禹三聖相傳道統的真傳，同時也將其昇華為道的精髓和道統的主旨，「道
統」觀念成為支配人心的重要觀念，也從而使道統思想具體成為倫理性的道
統，〔註130〕在理論上發展了道統論。

　　「道統」的觀念雖可溯之久遠，然而朱熹在《中庸章句·序》首段云：「《中
庸》何為而作也？子思子憂道學之失其傳而作也。蓋自上古聖神繼天立極，
而道統之傳有自來矣。」「自是以來，聖聖相承，若成湯、文、武之為君，皋
陶、伊、傅、周、召之為臣，既皆以此而接夫道統之傳，若吾夫子，則雖不

　　　《孟子·盡心下》
〔註127〕韓愈首倡孟子之死，道不得其傳，陳寅恪先生在〈論韓愈〉一文中言韓愈「建
　　　　立道統，證明傳授之淵源」，《金明館叢稿初編》，北京：三聯書店，2001年，
　　　　頁 319～332。「斯吾所謂道也，非向所謂老與佛之道也。堯以是傳之舜，舜
　　　　以是傳之禹，禹是以傳之湯，湯以是傳之文、武、周公，文、武、周公傳之
　　　　孔子，孔子傳之孟軻。軻之死，不得其傳焉。」（《韓昌黎文集校注》卷一〈原
　　　　道〉）（唐）韓愈：《韓昌黎文集校注》，台北：世界書局，1992年6版，頁10。
〔註128〕參見牟宗三：《中國哲學十九講》，頁397。
〔註129〕參見陳榮捷：《朱子新探索》，台北：臺灣學生書局，1988年，頁429。
〔註130〕參見楊念群：《儒學地域化的近代型態——三大知識群體互動的比較研究》，
　　　　北京：三聯書店，1997年，頁175。

得其位，而所以繼往聖開來學，其功反有賢於堯舜者。」雖然此處似分爲有位有德的聖王賢臣所傳的「道統」，和孔子所開創的「道學」，但堯舜三代形成「內聖外王」的「道統」實爲朱熹以及其後學的共識。但值得注意的是，在論証道統意旨的同時，朱熹並未將韓愈納入聖學傳繼的譜系中，因爲朱熹認爲韓愈所提到的是儒家精神的傳承脈絡，卻不是歷代賢哲理論要旨與獨立精神價值的傳承。〔註131〕

若把聖人以道相傳視爲道統的內涵，那麼「道統」意義將涵蓋兩個層次，一是屬於歷代相傳的「聖人譜系」，另一則是歷代傳承的「聖人之道」。學者余英時認爲《中庸・序》正式提出的「道統」說便是爲了上古「道體」的傳承整理出一個清楚的譜系，以凸顯孔子以下「道學」的神聖源頭之所在。〔註132〕「聖人譜系」可視爲道統傳承形式，「聖人之道」則是道統的內容，由於聖人可說是道的先知先覺者，若以聖人作爲人格理想的終極目標，事實上就是一種對於道的體認與踐履的過程，正由於孔子集聖王之道的大成，儒學是聖人之學，而道統所傳繼之內容爲孔孟正學，因此孔子可說是聖人的極致，道統是爲儒者之統，除了孔孟之道，其餘皆是異端。

我們試以元儒郝經、吳澄等人對道統的說法觀之，首先，北方儒者郝經在道統譜系中，突出宋儒周敦頤、二程與朱熹的道統地位。其云：

> 初，孔子贊《易》，以爲「易有太極」。一再傳至於孟子，後之人不得其傳焉。至宋濂溪周子創圖立說，以爲道學宗師，而傳之河南二程子及橫渠張子，繼之以龜山楊氏、廣平游氏以至於晦庵朱氏。(《陵川集》卷二十六〈太極書院記〉)

從上述簡單的道統譜系中，我們首先可以看出郝經對於程朱理學家的繼承與推崇，郝經也清楚的表達其對道統的傳承使命，在〈太極書院記〉中郝經即先肯定元初儒者趙復等人「傳繼道學之緒」的重要地位，因此其復言：「得聖人之道者，則有顏淵氏；傳聖人之道者，則有韓愈氏；贊聖人之道者，則有

〔註131〕同前註，頁177。

〔註132〕此處余英時認爲「道體」是指一種永恆而普遍的精神實有，不但瀰漫六合，而且主宰並規範天地萬物。「道體」最主要的功用是爲天地萬物提供秩序，「道體」雖然是宇宙的本然秩序，但最早發現「道體」而依之創建人間秩序的則是「上古聖神」伏羲、神農、黃帝、堯、舜。參見余英時：《朱熹的歷史世界——宋代士大夫政治文化的研究（上）》，台北：允晨文化實業股份有限公司，2003年，頁39～53。

邵雍氏。某何人也，敢置言於聖人之前哉？姑推本聖人之道，所以配天而廟
食之所自，以序其事。」(《陵川集》卷三十四〈順天府孔子新廟碑〉) 同時根
據時代的需要，郝經亦提出道統傳承分爲「道傳」與「心傳」兩種方式：

> 道之統一，其傳有二焉。尊而王，其統在位，則其位傳；化而聖，
> 其統在心，則以心傳。位傳者人，人得之故常，有在不忘。心傳者，
> 非其人則不可得，是以或絕或續，不得而常。三代而上，聖王在位，
> 則道以位傳，堯、舜、禹、湯、文、武、周公是已。三代而下，聖
> 人無位，則道以心傳，孔子、顏、曾、子思、孟子是已。(《陵川集》
> 卷三十四〈周子祠堂碑〉)

他認爲三代以前，「聖王」堯舜等人在位，所以道以位傳，至於三代之後，由
於聖人孔子無位，故以心傳。郝經的說法反應出三代以前道統與治統不分，
但孔子之後，道統與治統則依分爲二的事實，若將「道統」視爲文化傳承精
神，此時「道統」與現實政治不再是不可分割，因此他認爲元儒對於道統傳
遞所採取的就是「道以心傳」，肯定元儒在道統傳承問題上的位置。

　　至於南方儒學代表人物吳澄對於「道統」問題的認知，亦是由其思想中
的「本心論」出發，「人之一身，心爲之主；人之一心，敬爲之主」「夫敬者，
人心之宰，聖學之基。」(《草廬吳文正公集》卷四〈主敬堂說〉) 吳澄把自省
自思的自覺方式視爲孔孟的「傳心之印」，[註133] 而自覺自思的方式就是
「敬」，因此吳澄認爲「仁，人心也，敬則存，不敬則亡。」(《草廬吳文正公
集》卷四〈仁本堂說〉) 心是以仁爲內容，敬則是心存亡的關鍵，「敬」是使
人自覺發現內在良心和道德的根源，吳澄之說雖然偏重朱學，但是也繼承了
陸學明本心的概念。因此吳澄對於道學其主要著重的重心在於掌握自識本心
的原則，方法在於「敬」這種切實可行的修養功夫。

　　吳澄將「本心」的概念視爲「聖人之道」的內容，他說：

> 心也者，形之主宰，性之郭郭也。此一心也，自堯、舜、禹、湯、
> 文、武、周公傳之，以至於孔子，其道同。道之爲道，具於心，豈
> 有外心而求道者哉！……然此心也，人人所同有，反求諸身，即此
> 而是。以心而學，非特陸子爲然，堯、舜、禹、湯、文、武、周、
> 孔、顏、曾、思、孟以逮周、程、張、邵諸子，莫不皆然。故獨指
> 陸子之學爲本心，學者非知聖人之道也。應接酬酢，千變萬化，吳

〔註133〕參見侯外盧等：《宋明理學史（上）》，頁745。

> 一而非本心之發見，於此而見天理之當然，是之位不失其本心，非
> 專離去事物，寂然不動，以固守其心而已也。（《宋元學案》卷九十
> 二〈草廬學案〉）〔註134〕

吳澄以仁義道德爲心，其認爲心學不獨指陸九淵心學，而是包括堯舜禹湯，
從孔孟到周程，皆包含在心學範圍內，因此可見其擴大了心學的內涵，也將
心學和道學做了調和。吳澄對於道統的說法，尤其是側身其中的聖賢人物即
是朱熹所言道統中的聖賢，可見其對朱熹道統之說的承襲。根據《元史・吳
澄傳》記載，他弱冠時嘗著說曰：

> 道之大原出於天，神聖繼之，堯、舜而上，道之元也；堯、舜而下，
> 其亨也；洙、泗、鄒、魯，其利也；濂、洛、關、閩，其貞也。分
> 而言之，上古則羲、黃其元，堯、舜其亨，禹、湯其利，文、武、
> 周公其貞乎！中古之統：仲尼其元，顏、曾其亨，子思其利，孟子
> 其貞乎！近古之統：周子其元，程、張其亨，豬子其利也，孰爲今
> 日之貞乎？未之有也。然則，可以終無所歸哉！

上述之文字可視爲吳澄對「道統」確切的議論，他將「道統」的歷史順序分
爲上古、中古、近古三階段，每一階段分別以《周易》的元、亨、利、貞進
行排列。但在「近古」階段，朱熹只是「利」，尚不見最後承繼的「貞」，《元
史》言吳澄「其早以斯文自任如此」，這個「貞」的位置，或許即是吳澄有意
「以道自任」，上承宋儒諸子道統的行列。學者陳榮捷即指出，和宋儒相較之
下元儒相對強調修身，而非哲學上的玄思。元儒對於實際事務表現得尤其關
注，其強調重視道德修養教育較可能走向「爲己之學」的目標，因此對元儒
而言，延續道統本身即是一個自成一格的價值。〔註135〕對元儒而言，重視道
統，不一定要和政治有緊密的的關聯，這種想法在宋濂身上也可見。

　　王褘之子，同時也是宋濂門生王紳在〈祭潛溪先生文〉〔註136〕中闡揚宋
濂的思想，其云：

> 先生之學窮理盡性，由誠意而致太平，莫不實踐躬靡。先生之道，
> 內王外伯，主聖經以奴百氏，遺道德而賤功勳。

〔註134〕〔清〕黃宗羲著、全祖望補修／陳金生、梁運華點校：《宋元學案》，北京：
　　　　中華書局，1986年，頁3046～3047。
〔註135〕參見劉祥光：〈從徽州文人的隱與仕看元末明初的忠節與隱逸〉，《宋史研究集》
　　　　32，2002年，頁527～576。
〔註136〕〔明.〕王紳：《繼志齋集》，台北：台灣商務印書館。

宋濂自己也曾闡述自己的實踐進路：

> 用致知爲進學之方，藉持敬爲涵養之地。續墜緒之茫茫，昭遺經之
> 晰晰，雖任重道遠，必篤行而深詣。庶幾七尺之軀，不負兩間之愧。
> 爾其勉旃，以終厥志。（〈自題畫像贊〉）〔註137〕

他繼承程朱理學思想，也堅持宋儒建立的道統論系統概念，道統的傳承可說是儒者的共識與責任。事實上宋代以後的道統論是朱熹所正式提出，由其徒黃榦闡發完成。黃榦清楚地表達「道統」的意涵，「道統」指的是儒家聖賢的傳續：

> 道源於天，具於人心，著於事物，載於方冊：明而行之，存乎其人。……
> 堯、舜、禹、湯、文、武、周公生而道始行；孔子、孟子生而道始
> 明。孔、孟之道，周、程、張子繼之；周、程、張子之道，文公朱
> 先生又繼之。此道統之傳，歷萬世而可考也。（《勉齋集》卷十九〈徽
> 州朱文公祠堂記〉）

因此宋濂論道，除了一貫秉持儒家之道外，其言：「周公孔子爲師，以顏淵孟軻爲友，以易詩書春秋爲學，……子貢宰我以下，蓋不論也。」（《龍門子凝道記·後記》）宋濂在元末之際，似乎並未刻意強調道統傳續對其產生的影響，其所著重之處在於追隨周公、孔子、顏淵、孟子與儒家經典，他認爲只要掌握上述方向及可，因此從子貢與宰我之後「蓋不論也」。他已繼承元儒對延續道統的精神，並將道統意識內化爲道德修養與學術傳承的重要標的。

當然宋濂也講統序，正因爲「先王之道衰」，故諸子之言，人人自殊，因此他認爲只有孟子才是道統的繼承者：

> 上下一千餘年，惟孟子能闢邪説，正人心，而文始明。孟子之後，
> 又惟舂陵之周子、河南之程子、新安之朱子完經翼傳而文益明爾！
> （〈華川書舍記〉）〔註138〕

他認爲孔子以後，在學統上只有孟子才是繼承者，其言與黃榦類似，孟子之後，能接續傳經傳聖人之道者，就只有宋代理學大家周敦頤、二程與朱熹。在他的道統傳授譜系中，突出了周敦頤、二程與朱熹的道統地位，因爲他認爲「道」的延續開展有賴於宋代理學家周濂溪、程顥、程頤、邵雍、張載、司馬光、朱熹、張栻、呂祖謙等，其直接表現出「至欲執鞭從之有不可得」

〔註137〕《全集》，頁 2163。
〔註138〕《全集》，頁 57。

的景仰，故其言「天生九賢，蓋將以興斯道也。」（〈宋九賢遺像記〉）〔註 139〕
宋濂在〈理學纂言序〉提出：

> 自孟子之歿，大道晦明。世人擿埴而索塗者，千有餘載。天生濂洛
> 關閩四夫子，始揭白日於中天，萬象森列，無不畢見，其功固偉。
> 而集其大成者，唯考亭朱子而已。〔註 140〕

他不僅以朱熹爲孟子歿後儒家「道統」的集大成者，而且更直稱朱熹以爲「孔子之孝子」，他說：「嘗聞孔子天之孝子也，以其扶持天地，植立綱常，爲千萬世計也。朱子之志實與孔子同，是亦孔子之孝子也。」（〈理學纂言序〉）宋濂在「道統」的傳承中，不僅特別推崇朱熹，對當日承繼朱學的金華學派，亦十分重視他們肩負的責任。其云：

> 天開文運，濂洛奮興，遠明九聖之緒，流者遏而止之，膠者釋而通之，
> 一期闢廓其昏翳、挽回其精明而後已。至其相傳，唯考亭集厥大成；
> 而考亭之傳，又唯金華之四賢續其世胤之正，如印印泥，不差毫末，
> 此所輝連景接而芳猷允著也。（〈故丹谿先生朱公石表辭〉）〔註 141〕

這裡宋濂推崇呂祖謙爲接續「中原文獻之傳」，其言「吾鄉呂成公實接中原文獻之傳，公歿始餘百年而其學殆絕，濂竊病之。然公之所學，弗畔於孔子之道者，欲學孔子，當必自公始。」（〈思媺人辭〉）〔註 142〕他一貫認爲治學者需學孔子，呂祖謙的思想實秉持孔子之道，因此屢言「吾婺自東萊呂成公傳中原文獻之正，風聲氣習，藹然如鄒魯。」（〈題蔣伯康小傳後〉）〔註 143〕、「竊惟東萊以中原文獻之傳唱，鳴道學於婺，麗澤之益，邇沾遠被。」（〈跋東萊止齋與龍川尺牘後〉）。〔註 144〕

　　呂祖謙、朱熹、張栻時人喻爲「東南三賢」，呂學屬於宋代理學的重要派別，其爲學主旨乃是窮究和踐行道德性命之理，〔註 145〕宋濂曾言「金華（道學）則欲下學上達」，〔註 146〕對於以呂祖謙爲首之婺學發展，實推崇倍至。對

〔註 139〕《全集》，頁 2010～2011。
〔註 140〕《全集》，頁 1450。
〔註 141〕《全集》，頁 2137。
〔註 142〕《全集》，頁 87。
〔註 143〕《全集》，頁 1449。
〔註 144〕《全集》，頁 1900。
〔註 145〕參見潘復恩、徐余慶：《呂祖謙評傳》，南京：南京大學出版社，1992 年，頁 53。
〔註 146〕《全集》，頁 1786。

於朱熹道學的傳承，他同時認為金華（北山學派）四先生何基、王柏、金履祥、許謙居功厥偉，因此有言：

> 夫以北山之學，承朱子再傳之緒，造詣真切，踐履純固，而其見於翰墨，雖出於一時，皆有關於世教，有益於人倫，似無斯須不志於道者也。（〈題北山先生尺牘後〉）〔註147〕

宋濂為元代吳思道作〈吳先生碑〉時曾言，「自聖賢之學不傳，篤信者失之拘而不適於用，喜功者失之詭而不合乎義，二千年間非無豪傑之士，而功烈不少見於世者，不以斯耶？宋之君子，後先繼出，推明闡抉，疏闢扶樹，理無不章，事無不備，雖聖賢復生，為後世計，無以加矣。……」〔註148〕他認為「聖學之傳，猶日麗天」，其更進一步以吳思道為例，認為只要「苟有所聞，尊而行之」，「守道而不遺乎事，致用而必本於道」，那麼在當日就能發揮對世道人心的影響力。他雖然沒有直接將呂祖謙、北山四先生等人明確地列入道統的譜系中，然而從宋濂諸文對於金華學術的推崇，吾等亦可得見在他心中道統的傳承，並未曾於某一個時刻曾有所斷裂，不僅是北山四先生，他更視元代的浙東金華學人皆「以道自任」，足以承擔儒家道統傳繼的重責大任。

　　宋明儒言「道統」的用意是要強調與突顯儒家思想的價值意義，儒家之道有其一脈相承、源遠流長的統序價值，也保有其永恆性、超越性和理想性，特別是朱熹云：「繼往聖，開來學」，「聖」對於儒者而言，有其獨特意義價值與道德人格圓滿的象徵性，因此言「道統」，不能脫離「聖人」。事實上我們可見聖人譜系經過時代的流衍，成為一種動態的變遷。從堯舜諸王到宋儒，越來越多人進入配享的行列，但對於儒者而言，不論人物如何變動，不變的是背後儒者所秉持的「道」，因此聖人之道時可視為儒家不變的真理與終極的價值意義。

（二）道統與治統

　　「道統」的本質基本上也反映出儒者的「正統」意識，這種正統意識除了包含在學統上的聖人傳續價值之外，從功能角度觀之，同時也對「治統」產生了影響。在長期以儒家思想為治國概念的發展中，聖人之道與聖王的傳承，可以在朝代更迭的過程中，給予統治者在政權方面實接續正統的保證。

〔註147〕《全集》，頁 2079。
〔註148〕《全集》，頁 1512。

因此宋濂的道統觀念除了繼承宋儒之說外，同時因應明初時代環境需求，其道統主張的提出基本上也與「治統」、「政統」相結合。清初大儒王夫之云：「天下所極重而不可竊者二：天子之位也，是謂治統；聖人之教也，是謂道統。」〔註149〕三代以下，以道自任的知識份子，由於他們是道的承擔者，故對統治權傳承合法性極為關切，面對政統的代表——君王，知識份子與君主之間的信任是建立在「道」的共同基礎上，因此「道統」與「治統」的論述，特別在實踐上，二者成為相涉而又分立的概念，在「治道」方面，「道統」與「治統」可說是一事的兩面。〔註150〕對於「道統」與「治統」的關聯，元末楊維楨提出「道統者，治統之所在」，治統的正當性依附於道統，「道統」傳承在政治上成為治統合法性的重要憑據，〔註151〕居道統則傳承治平天下的一般原則，居治統者，則擁有治平天下的最高權力，因此楊維楨云：

> 道統者，治統之所在也。堯以是傳之舜，舜以是傳之禹、湯、文、武、周公、孔子。孔子沒，幾不得其傳百有餘年，而孟子傳焉。孟子沒，又幾不得其傳千有餘年，而濂、洛、周、程諸子傳焉。及乎中立楊氏，而吾道南矣；既而宋亦南渡矣。楊氏之傳，為豫章羅氏，延平李氏，及於新安朱子。朱子沒，而其傳及於我朝許文正公。此歷代道統之源委也。然則道統不在遼、金，而在宋；在宋而後及於

〔註149〕〔清〕王夫之：《讀通鑑論》卷十三，台北：漢京文化事業公司，1984 年，頁408。

〔註150〕參見余英時：〈道統與政統之間——中國知識份子的原始型態〉，《史學與傳統》，台北：時報文化出版企業有限公司，1982 年，頁 30～70；此外，余英時提出朱熹與陸九淵二人雖然對於「道體」的體認有「心」與「理」的根本差異，然而就「致君行道」角度來看，有三個基本相同之處：一、他們皆企圖說服皇帝掌握「道體」以構成「治天下」的「大本」；二、此「道體」在洪荒初闢之際便已為當時「聖神」如伏羲所窺破，因而創建了一個合乎「道」的人間秩序。堯、舜、禹、湯、文、武、周公則不斷深入體會此「道體」的精微之處並隨著時世的推移而更新此秩序，這便形成朱熹所謂之「道統」。朱陸皆須肯定此「道統」已出現在上古三代，然後才能理直氣壯地要求後世皇帝「行道」；三、朱陸向皇帝進言時，須以「道體」與「道統」互為支援，以增強論證的說服力。如果沒有「道體」，則「道統」根本無從出現，如果沒有「道統」，則「道體」祇是孔子以下「道學」的「空言」，不足以保證它可以落實為人間秩序。參見余英時：《朱熹的歷史世界——宋代士大夫政治文化的研究（上）》，台北：允晨文化實業股份有限公司，2003 年，頁 57～58。

〔註151〕參見饒宗頤：《中國史學上之正統論》，上海：上海遠東出版社，1996 年，頁78～79。

　　我朝。君子可以觀治統之所在矣。(《南村輟耕錄》卷三〈正統辨〉)
〔註152〕
他從肯定學統的傳緒角度看許衡繼承朱熹道學，進而推向政治層面，標誌了
元朝治權的正統性。由此觀之從元代至明初，學者論道統，往往與治統對舉，
這種觀念並非楊維楨所獨有，如明初王禕之〈正統論〉，其言宋室南渡，正統
又絕。「自遼并於金，而金又并於元，及元又并南宋，然後居天下之正，合天
下於一，而復正其統。故元之紹正統，當自至元十三年始也。」〔註153〕方孝
孺在〈釋統〉、〈後正統論〉等文中提出「正統」「變統」的概念，認爲「篡臣」、
「賊后」、「夷狄」三者「有天下不可比於正統」，其所主張之「正統」，「學聖
人之學，治先王之道」(《遜志齋集》卷二〈後正統論〉)〔註154〕是必要的條件。
方孝孺在〈後正統論〉文後記載，「自予爲此文，未嘗出以示人。人之聞此言
者，咸訾笑予，以爲狂，或陰詆詬之。其謂然者，獨予師太史公與金華胡公
翰而已。……予拳拳之心爲天下生民慮。」據方孝孺於文章後記所言，其發
此議論時，實得到宋濂與胡翰的認可。

　　然而國之統猶如道之統，道統原就學術傳承言，此時得見元明之際，統紀
問題的討論在政治層面上的渲染。雖然宋濂對方孝孺說法持肯定態度，然而他
本身卻沒有這麼明確地針對道統與治統關係進行深入的論述。不過在「治統」
上，他倒是屢屢試圖影響明太祖，希冀其以聖賢之道修身，施政上效法聖王，
因爲道統與政統的合與分決定了國家的治與亂。其在〈隋室興亡論〉〔註155〕中
提到，史上著名的昏君如夏有太康、周有幽、厲，有這樣的君主卻仍能「宗祀
不絕者」，原因就在於「以禹湯文武之德未斬也」，朝代能夠長存永治者，仍須
倚靠「德」，包括堯舜以來統序的建立也是「德」的展現，因此王夫之有云：「儒
者之統與帝王之統並行於天下，而互爲興替。」(《讀通鑑論》卷十五)
　　宋濂在〈孔子廟堂議〉一文明確言及「道統」一詞，有云：
　　　建安熊氏欲以伏羲爲道統之宗，神農、黃帝、堯、舜、禹、湯、文、
　　　武，各以次而列焉；皋陶、伊尹、太公望、周公，暨稷、契、夷、
　　　益、傅說、箕子，皆可與享于先王。天子公卿所宜師式也，當以此

〔註152〕〔元〕陶宗儀：《南村輟耕錄》，北京：文化藝術出版社，1998年，頁41。
〔註153〕〔明〕王禕：《王忠文公集》卷一，北京：中華書局，1986年，頁9。
〔註154〕〔明〕方孝孺：《遜志齋集》，寧波：寧波出版社，2000年，頁56～61。
〔註155〕《全集》，頁39。

秩祀天子之學。若孔子實兼祖述憲章之任，其爲通祀，則自天子下達矣。苟如其言，則道統益尊。〔註156〕

宋濂此說實採元儒熊鈺之言。熊鈺從祀典的角度論道統，在〈祀典議〉中其有云：

天子大學祀典，宜自伏羲、神農、黃帝、堯、舜、禹、湯、文、武。自前民開物，以至後天致用，其道德功言，載之六經，傳在萬世，誠後世天子公卿所宜取法者也。若以伏羲爲道之祖，神農、黃帝、堯、舜、禹、湯、文、武各以次而列焉。皋陶、伊尹、太公望皆見而知者，周公則不惟爲法於天下，而易、詩、書所載，與夫周禮、儀禮之書，皆可傳於後世。至若稷之立極陳常，契之明倫敷教，夷之降典，益之贊德，傅說之論學，箕子之陳範，皆可以與享於先王者。天子公卿所宜師事也。以此秩祀天子之學，禮亦宜之。若孔子實兼祖述憲章之任，集眾聖大成。其爲天下萬世通祀，則首天子，下達夫鄉學。春秋釋典，天子必躬親蒇事……教化本原，一正於上，四方其有不風動也哉？（《熊勿軒先生文集》卷四）〔註157〕

熊鈺從建議天子祭祀的角度，意圖突顯儒家聖王聖賢的地位，上古道治合一的聖君賢臣是天子公卿所祭祀的對象，同時由於孔子「兼祖述憲章之任，集眾聖大成」，闡明上古諸聖王的治道理想，因此也應該得到「天下萬世通祀」的對待，熊鈺認爲此二大祭祀系統代表了「道學」與「道統」。透過天子祭祀這個富有政治意涵的動作，熊鈺不僅掌握道統與道學的政治意涵，同時這種特殊方式的作用，亦爲宋濂所讚揚。他在洪武四年提出〈孔子廟堂議〉一文，建議明太祖依元儒熊鈺意見秩祀「天子之學」，除了道統益尊的作用外，宋濂本身亟以維護儒生道統自任，由於當時明太祖在洪武二年方停天下通祀孔子之舉，因此其言論的提出，目的在於維護儒者的地位與價值。〔註158〕當然此舉並未得到明太祖認可，反而讓宋濂遭到貶謫。但日後明太宗在〈太宗重修孔廟碑文〉云：

〔註156〕《全集》，頁21。
〔註157〕熊鈺：《熊勿軒先生文集》，上海：上海商務印書館（叢書集成初編），頁54～55。
〔註158〕關於元明是否應通祀孔子的議題，可參見黃進興：〈毀像與聖師祭〉，《聖賢與聖徒》，台北：允晨文化實業股份有限公司，2001年，頁239～240。

道原於天，而異於聖人；聖人者，繼天立極而統承乎斯道者也。若
伏羲、神農、黃帝、堯、舜、禹、湯、文、武、周公，聖聖相傳，
一道而已。周公沒，又五百餘年而生孔子，所以繼往聖開來學，其
功賢於堯、舜，故曰自生民以來，未有盛於孔子者也。夫四時流行，
化生萬物，而高下散殊，咸遂其性者，天之道也。孔子參天地，贊
化育，明王道，正彝倫，使君君、臣臣、父父、子子、夫夫、婦婦，
各得以盡其分，與天道誠無間焉，故其徒曰夫子之不可及也，由天
之不可階而升也，又曰仲尼日月也，無得而踰焉。在當時之論如此，
亙萬古而敢有異辭焉！嗚呼，此孔子之道所以為盛也，天下後世之
蒙其澤者，時與天地同其久遠矣。自孔子沒，於今千八百餘年，其
間道之隆替與時之陟降，遇大有為之君，克表章之，則其致治有足
稱者，若漢、唐、宋致治之君可見矣。朕皇考太祖高皇帝，天命聖
智，為天下君，武功告成，即興文教，大明孔子之道。……〔註159〕

這裡一方面直接將明太祖列入聖王的譜系行列中，同時明太宗在君主之位上
提出將道統與治統明確縮和之言，此舉肯定孔子之道對於治統的作用，亦可
視為道統觀念在發展過程中逐漸定型而形成的一種共識。

　　是故宋濂對於道統的論述實為了因應政治環境的需求，企圖以道統引導治
統。在明初混亂的政局中，明太祖身邊文臣武將形成相持之局，宋濂的選擇是
企圖透過國家祭典，展現君王對於儒家道統的重視，就政治方面說，亦藉此提
高文士的地位。若從明太祖角度而言，宋濂劉基等儒士雖然在經筵的過程中，
刻意討論《大學衍義》，或為君主講授二帝三王之道，然目的皆是為了用儒家的
仁義道德影響君主的施政。但明太祖並無刻意展現對於孔子的尊敬或排斥，其
於洪武元年二月祭祀孔子，目的仍只在於為政權的合法性取得依據。〔註160〕因
此其後來停止天下通祀孔子之舉，余英時先生認為，這是因為天下尚未平定，
明太祖為了表現「於儒、釋、道三教無所偏祖」之故。〔註161〕

　　由此觀之，由於宋濂在元末和明初的地位截然不同，因此其對於「道統」
的主張雖不出於儒家之道，然相較元末時期說法，在〈孔子廟堂議〉中更為

〔註159〕〔明〕葉盛：《水東日記》卷十九，北京：中華書局，1997 年，頁 190～191。
〔註160〕參見黃進興：《優入聖域》第八章〈道統與治統之間〉，台北：允晨文化實業
　　　　股份有限公司，1994 年，頁 148～153。
〔註161〕參見余英時：《宋明理學與政治文化》，台北：允晨文化實業有限公司，
　　　　2004 年，頁 265～267。

明確的展現「道統」與「治統」關係，同時面對「內聖外王」事業，宋濂更積極地希望在明太祖身上落實儒家「道統」思維對於政治的影響。故其道統論述除了彰顯自己對於儒學與聖儒的嚮往外，背後尚有由道統論學統以及治統的意味。

二、「理想人格」的範型及成聖之途徑

若從文化的角度論「道」，「道」的指涉包含了文化理想與最高的眞理，對中國歷代賢哲而言，諸如孔孟皆將「道」的追求視爲終身的志業。根據前段對「道統」的論述，儒家所形成「道統」觀包含以堯舜禹湯等爲中心的聖王系統，以及以孔子爲中心的聖人系統，這種「聖人」概念，對於歷代儒者的影響至爲深遠，因爲聖人是理想人格的象徵，也代表不變恆常的眞理，其言行足以「師」表萬世，更可作爲裁斷是非的準則。孔子曾言君子有三畏：「畏天命、畏大人、畏聖人之言。」（《論語・季氏》）孔子把大人、聖人與天命同列，孟子言「聖人，人倫之至也。」（《孟子・離婁上》）同時也言「人之有道也，飽食、煖衣、逸居，而無教，則近於禽獸；聖人有憂之，使契爲司徒，教以人倫。」（《孟子・滕文公上》）、荀子也說「聖人者，進倫者也。」（《荀子・解蔽》）、「積善爲全盡者謂之聖人」（《荀子・儒效》）上述說法皆是說明聖人具有最高的道德品格。此外，在儒者的觀念中，聖人亦是「師」的化身，「聖人者，百世之師也。」（《孟子・盡心下》），「聖人」具備了建構理想道德人格世界的典範意義，故「聖人」成爲世俗理想人格的價值與地位因之凸顯。正由於「聖人」有著至善的人格，同時又能體於天道，因此成爲身爲儒者普遍追求效法的人格範型。對儒者而言，「聖人」意識的建立以及效法「聖人」承擔人格道德價值的責任，是畢生追求的目標，也是不可動搖的根本信念。

學者余英時認爲，中國古代知識份子所持的「道」是人間性格，他們所面臨的問題是政治社會秩序的重建，因此在先秦時期「禮崩樂壞」的時刻，「道」最重要的任務就是重建社會秩序，而「道」的存在只能靠以「道」自任的知識份子來彰顯。〔註162〕因此宋儒周張程朱等人儘管心性品格各異，人生歷程不同，學術思想微殊，但他們皆自覺地以復興儒學爲己任，以「究天人之際」爲目標，確立新的人格理想，或可以張載所言「爲天地立心，爲生民立命，

〔註162〕參見余英時：〈中國知識分子的古代傳統——兼論「俳優」與「修身」〉，《史學與傳統》，頁 71～92。

爲往聖繼絕學，爲萬世開太平。」之弘大理想概括論之。

　　事實上，宋濂對於天道與人道的省思中，最重要的一點就是人爲何能體
驗「天地之心」？因爲「吾心」本具一切，「吾心與天地同大」，學者馮友蘭
曾這樣解釋，其言「天地是沒有心的，但人生於其間，人是有心的，人的心
也就是天地的心了……人爲萬物之靈，靈就靈在他能思維，他有心。『爲天地
立心』，就是把人的思維能力發展到最高的限度，天地間的事務和規律得到最
多和最高的理解。」〔註163〕因此宋濂論吾心與天同大，人與天與心在同一位
置上，他亦言「聖人，天地也」〔註164〕（〈恭題賜和文學傅藻紀行詩後〉），這
裡實突出了人在歷史發展中具備有神聖的使命。

　　儒家講「內聖外王」之道，一方面要具備「內聖」的品格，即重視誠意、
正心、修身，同時對儒者進一步的期許就是成就齊家、治國、平天下的外王
事功。在宋儒處不僅將個人人生理想所追求的方向轉向道德修養，同時也將
安邦治國之成就歸於內在自覺的道德修養，因此周敦頤在《通書・志學》中
主張「聖希天，賢希聖，士希賢」的思路，二程也言「人須當學顏子，便入
聖人氣象」（《河南程氏遺書》卷五）的目標。儒者以「聖人氣象」作爲自己
理想人格的範型，其所標舉的不僅是行爲模式，內在精神根本是儒者個體自
覺的自我意識反射。對宋濂而言，在人生理想的追求過程中，具體的「聖人
氣象」亦是其戮力追求的終極目標。他曾在〈龍門子凝道記　後記〉向子孫
陳述其身爲儒者的畢生理想。

> 以周公孔子爲師，以顏淵孟軻爲友，以《易》《詩》《書》《春秋》爲
> 學，以經綸天下之務，以繼千載之絕學爲志……當求爲用世之學，
> 理乎內而勿騖於外，志於仁義而絕乎功利。……富貴外物也，不可
> 求也。天爵之貴，道德之富，當以之終身可也。

他清楚的說明其以聖人爲師法對象的決心，與堅定的信念。聖人同時具備「聖
人之德」，故宋濂教人於聖人處體認「道」的存在與內涵價值。縱觀諸子百家皆
崇聖，概言之，「聖人」可分爲兩類，一是具體的聖人，即在「道統」傳繼中所
出現的聖賢，一則爲理想中的聖人氣象，屬於抽象道德層次原則的人格化展現。
宋濂在文章中不斷的強調效法聖人的重要與自我期許，「人之生也，必以三代之
士自期，必以三代之事自任，庶不負於七尺之軀。」（《龍門子凝道記下・觀漁

〔註163〕參見馮友蘭：《中國哲學史新編》（五），台北：學海出版社，1991 年，頁 141。
〔註164〕《全集》，頁 1553。

微第五》〔註165〕同時宋濂也強調聖人是天地的代言者，於人間進行教化，「天地，不言之聖人。聖人，能言之天地。聖人之功，天地之功也。」「聖人在天地外耶？內耶？苟內焉，亦天地之所生爾，天地不能言，故使代其言以行其教，聖人未嘗以爲功。」（《龍門子凝道記下‧越生微第九》）〔註166〕正因爲聖人具備教化人間之功，他認爲若說聖人之功高於天地，亦無不可。故宋濂主張人人皆應效法聖人，以實踐內聖外王的理想。正由於其揭櫫一「道」字作爲思想言行的標準，最不可忽略的就是其對「聖人」的看法，以下就宋濂如何呈現「聖人」的涵意與內容，進行條縷分析。

其於文集中所羅列的聖人包括神農、黃帝、堯、舜、禹、湯、文、武，皋陶、伊尹、太公望、周公，暨稷、契、夷、益、傅說、箕子、孔子、顏淵、曾參、孔伋、孟子、子思等。他有時僅稱「聖人」，有時針對「聖人」還有幾種說法，「大聖人」意指炎帝、黃帝、顓帝、帝嚳、堯、周公、仲尼；〔註167〕「聖帝」如堯、舜；「聖王」如禹、湯、文、武；「聖相」如周公；「聖師」如孔子。〔註168〕在宋濂羅列的聖人中，這些僅有名言上的差別，無論是聖帝、聖王或是聖相、聖師，聖人無論在物質方面，或是精神層面對人皆有大貢獻。對他而言，「聖人」不僅是一種理想人格表徵，「聖人」的層次同時可以經由努力達成，也是最高的道德人格，這是他在論述「理想人格」時的大前提。孟子有言「人皆可以爲堯舜」，荀子則說「塗之人可以爲禹」，宋濂也云「朝爲跖，暮可孔也」：

> 朝爲跖，暮可孔也；晨爲紂，夕可舜也。一反掌而已矣。周公、仲尼之道粲如也，學之則至也，不學則終身不知也。千里之遠，起於足下之一步也，一步即千里也，雖遠可到也；若安坐，則不能也。其不能者，必自謂曰：「我何人也？而敢學周公、仲尼。」是自棄者也。（《龍門子凝道記下‧君子微第二》）〔註169〕

他的說法基本上繼承了孟子和荀子理路，人人皆有養成高尚人格的可能性，

〔註165〕《全集》，頁1796。

〔註166〕《全集》，頁1806。

〔註167〕宋濂云：「夫五帝大聖人也（按：五帝爲炎帝、黃帝、顓帝、帝嚳、堯）。」、「周公、仲尼，大聖人也。」《龍門子凝道記中‧陰陽樞第三》、《龍門子凝道記下‧君子微第二》，《全集》，頁1772、1789。

〔註168〕《龍門子凝道記下‧士有微第七》，《全集》，頁1800。

〔註169〕《全集》，頁1789。

卻未必人人皆能達到高尚人格的境界，雖然強調理想與實際雖有所差異，但也無礙人人有養成高尚人格的可能性。

　　因此他在論君子與小人之辨時，首先先將君子與小人對舉，其眼中的君子人必備條件就是學周公、孔子之道，所展現出的君子風範是「光明正大」、「磊磊落洛，無纖芥可疑者」；若是小人，所形於外的態度則是「如盜賊詛祝，閃倏狡猾，不可方物」。其次以三尺小童爲例而言曰：「夫三尺之童至無知也，亦知小人爲可惡，君子爲可好，是何也？人心終不亡也。但逐逐於物，而不自返也。」（《龍門子凝道記下・君子微第二》）就算是無知小童，也能分辨君子與小人的差異，若被稱爲君子則「揚揚然有喜色」，被稱爲小人則「面頸發赤而去」，連小孩子都能自覺知道被視爲「君子」的可貴，因爲人性中皆有向善的可能，小人可以爲君子，只是不肯爲君子。先王之道仁義之統與盜跖之行，其善惡相距甚遠，人之所以多趨於盜跖之行，而少遵循仁義大道，實乃因爲人多半愚昧而不自知，無法掌握本心之善惡是非，同時認爲追隨聖人不亦達成，即自棄之。因此宋濂重實行，如何由小人成爲君子，最重要的就是實踐周公、仲尼之道，「學之則至也，不學則終身不知也」，他認爲之所以成爲君子或成爲小人，人的知慮本來就有能力分辨，重要的關鍵在於是否「學」，透過學周孔之仁義大道，能夠明心識心，掌握本心，知的修養原本就可消除愚昧，透過聖人的學問以豐富知識，學習聖人的行徑表現，自然就能體察聖人與天道。故他認爲人欲爲跖或爲孔，爲紂或者爲舜，成爲聖人或是小人的選擇並不難，「一反掌而已」。

　　宋濂對於學習聖人的態度與學習的內容，其直接表明「學在治心，道在五倫」的方法：

> 周孔之所以聖，顏曾之所以賢，初豈能加毫末於心哉，不過能盡之而已。〈六經論〉〔註170〕

> 我所願則學孔子也。其道則仁、義、禮、智、信也，其倫則父子、夫婦、長幼、朋友也。其事易知且易行也，能行之則身可修也，家可齊也，國可治也，天下可平也。我所願則學孔子也。……上戴天，下履地，中函人，一也。天不足爲高，地不足爲厚，人不足爲小，此儒者之道所以與天地並立而爲三也。〈七儒解〉〔註171〕

〔註170〕《全集》，頁73。
〔註171〕《全集》，頁70。

宋濂要求以聖人孔子為典範，除了其一貫要求治心的態度外，同時其認為人人皆必須身體力行孔子之道：仁、義、禮、智、信，與重視父子、夫婦、長幼、朋友等五倫關係，自然能達到身修、家齊、國治、天下平的境界。他強調天地人三才齊一，因此儒者之道可以與天地並立而不朽。

由於他特別強調「禮」的重要性，因此認為「學聖人者必始於禮」：

> 謂神所知之謂智，知天下殊分之謂禮，知分之宜之謂義，知天地萬物一體之謂仁，禮復則和之謂樂。謂天地萬物一體，經子之會要，一視萬物，則萬殊之分正，家齊國治而天下平矣。……國家天下，一枳也。枳一爾穰十焉，枳有穰而一視之，其於人則仁也；發而視之，穰有十，則等有十，其於人則君臣父子長幼之等夷，刑賞予奪之殊分，所謂禮也。視十為十者，禮之異；視十為一者，仁之同。分愈異則志愈同，禮愈嚴則仁愈篤者，先王之道也。分愈異者志愈同，故合枳之穰，反求其故地，枚舉而銓次焉者，差之泰銖，則人己無別。犬牙錯而不齊，斂之不合而不可一見。禮愈嚴者仁愈篤，故治國家天下者不以禮則彝倫斁。禮樂廢而仁亡，是故洙、泗、伊、洛朝夕之所陳者，天下萬殊之分，視、聽、言、行之宜。所操者，禮之柄耳，故學聖人者必始於禮焉。（〈元隱君子東陽陳公鹿皮子墓志銘〉）〔註172〕

> 予曾謂學先王之道者，乃不由禮乎？……君子未嘗不欲救斯民也，又惡進不由禮也，禮喪則道喪矣。《龍門子凝道記上・采苓符第一》〔註173〕

孔子言「克己復禮為仁」，宋濂此處認為「禮喪則道喪」，禮義是一切規範的總稱，形諸於人身上之人格準繩，及用之於待人接物處世規範者，稱為道德，道德亦屬於禮義規範，知明禮義而行修之，便能近仁，體聖王之道，推而用於治國規範上，「禮」更是正國之具，國家的治亂亦取決於施政是否合於禮。不僅是治國，他認為個人道德修養應以「禮」為始，行為亦無違於「禮」，才是君子的表現，故其雖重視道德實踐，但對道的認識與「禮」的掌握也是並重的關鍵。

正由於知與行是理想人格的構成要素，自生而能全以至於棄而不知求

〔註172〕《全集》，頁 400～401。
〔註173〕《全集》，頁 1754。

全，期間亦有等級的差別，因此宋濂遂依此將人格劃分若干等第。首先，人格最下者謂之愚人或小人，最上者為聖人，愚人小人與聖人間，尚有賢人與君子的等級。

> 是故生而能全之謂聖人，修而復全之謂賢人，棄而不知求全之謂愚人。三者之不同，敬與怠之謂也。(〈全有堂箴〉)〔註174〕

> 天地之所以位，由此心也；萬物之所以育，由此心也。能體此心之量而踐之者，聖人之事也，如羲、堯、舜、文、孔子是也。能知此心，欲踐之而未至一間者，大賢之事也，如顏淵、孟軻是也。或存或亡，而其功未醇者，學者之事也，董仲舒、王通是也。全失其心，而唯游氣所徇者，小人之事也，如盜跖、惡來是也。……人之自狹者，則小人而已。然，一失則小人也，再失則夷狄也，三失則禽獸也。人而禽獸也，惡足與言夫心哉？(《龍門子凝道記中‧天下樞第四》)〔註175〕

這裡他認為人可分為「聖人」、「賢人」、「愚人」三個層次，三者的差異就在於實踐功夫的落實，也就是「敬」與「怠」的問題。在本章第一節的論述中，他主張養心的功夫在於「持敬」，「持敬」之方又有所謂的「七術」，因此聖人能直接體悟「道」是心中本具，不假外求，也就是能達到天德之境者。而賢人則是需要透過道德修養功夫，才能體悟天德者。至於愚人，則是非不分，對事理有所疑惑，同時完全不想也不願意嘗試朝向聖人之境而努力者，故宋濂認為「聖人之學如斯而已矣」，只要知且行，自然有機會趨向賢人，以臻達到聖人之境。

　　在聖人以下的「賢人」等第中，又可分為大賢與學者，大賢與學者介於聖人與小人之間，大賢低於聖人卻又高於學者，此二種類別與聖人在言行表現上，因為修養的深淺不同，人格的高下亦隨之有異。大賢能夠知心的重要，同時自覺的實踐，學者對於心的認知或許並不是這麼深刻，道德修養功夫的實踐也不盡完美，但在此道路上學者仍秉持依循聖人之學的精神。至於小人，則是「全失其心者」，屬於小人這個層次者，不究聖人的方法，自以為是，但此階段還不是最糟的，宋濂以為如果不能掌握體察本心，不僅落入小人之階，更甚者有如完全不究禮義道德的夷狄，最糟者即為禽獸，孟子曾言人之所以

〔註174〕《全集》，頁1261。
〔註175〕《全集》，頁1774。

異於禽獸者，就在於人具備了仁義禮智的「四端之心」，因此宋濂言人一旦若入與禽獸無異之境，不但不必與之言「心」，亦無所謂道德人格可言。他也進一步說明人之異於物者，不特於形貌的差異，而在於是否有「道」。

基本上他在文集中除了「聖人」一詞之外，對於理想人格的展現，他也用「君子」一詞言之。他說：

> 古君子所以汲汲而不懈者，非徒求過於物，且求異於庸常之人；非特求過於人，且求所以治安之而後已。蓋天之生君子，所以爲民物計也。……君子之所務者，徇乎道，不徇乎人；利乎民，不顧乎身。若禹益之治洚水、焚山澤，周公之制禮樂，孔子之作《春秋》，孟子、韓愈之辟邪說，皆焦心苦思，東西奔走，食不待飽，而衣不務華，至於終身而後已，曷嘗爲其身哉？上以憂斯民，下以明斯道爾，君子之所爲固如是也？（〈惜陰軒記〉）〔註176〕

宋濂雖重學聖人之道，然其以爲而多識強記並不足以謂之「儒」，眞正的儒者，是要從「行」與「事」來論。〔註177〕他認爲君子的行事要秉持「愼六懲，尊六行，式六則，守六治」〔註178〕的原則，君子對自我是有期許的，不僅異於物，同時認爲自己要超越庸常之人，在修養方面要能體道行道，還要不在乎世俗的權勢名利，進而能夠於世道有所發揮，只要有利於民，奮不顧身或犧牲自我也在所不惜。這種說法無疑實踐孔、孟所言「志士仁人，無求生以害人，有殺身以成仁」、「生亦我所欲也，義亦我所欲也，二者不可兼得，捨生而取義者也。」，歷代聖賢儒者君子皆是努力向上者的標誌，這是對於理想人格最高境界的闡述，也是其認爲人格品德最重要的價值，同時不可忽略於政治事功方面的責任。

〔註176〕《全集》，頁 1665～1666。

〔註177〕〈錢唐沈君墓志銘〉，《全集》，頁 1668。

〔註178〕在《龍門子凝道記下・士有微第七》提出君子的行爲法則：「以刑驅人者殘，以勢凌人者怨，以利誘人者爭，以言欺人者悖，以知御人者愚，以巧勝人者拙，此六懲也。葆醇屛累，所以全身；積誠著行，所以感物；內外無媿，所以事神；敬身樹德，所以訓子；上下邕穆，所以肥家；威嚴莊重，所以卻侮，此六行也。惡莫大於離心，美莫大於畏獨，凶莫大於自賢，吉莫大於集善，樂莫大於順天，憂莫大於悖德，此六則也。明在自虛，強在自卑，危在自安，敗在自盈，敬在自持，賊在自驕，此六治也。愼六懲，尊六行，式六則，守六治，學者之事過半矣。」這些準則是身爲儒者在修養工夫與實踐層面所要謹慎注意的。《全集》，頁 1801。

除了聖人、賢人、學者、愚人、小人等大略的等第之外，宋濂對於「儒者」還做了更細密的分別。

> 聖人不師仙，使其可為，則周孔為之矣。……孟軻氏歿，世乏真儒。
> 〈志釋寄胡徵君仲申〉〔註179〕

這裡提出「真儒」的說法，若就宋濂之言，孟子以及周公、孔子皆符合此名稱。對於儒者作一分類，早在荀子時，其即提出「俗儒」、「雅儒」、「大儒」之分（《荀子集解卷四・儒效篇第八》），同時荀子也已肯定儒、士、君子、聖人的範式與內涵。宋濂在〈七儒解〉〔註180〕中，則提出「游俠之儒」、「文史之儒」、「曠達之儒」、「智數之儒」、「章句之儒」、「事功之儒」、「道德之儒」等七種，宋濂認為「儒者非一也，世人之不察也，能察之然後可以入道也。」首先是針對不同儒者所展現的行事風格特質與特質進行勾勒：

> 威以制之，術以凌之，才以駕之，強以勝之，和以誘之，信以結之，夫是之謂游俠之儒。上自羲、軒，下迄近代，載籍之繁，浩如烟海，莫不擷其玄精，嚼其芳腴，搜其闕逸，略其渣滓，約其支蔓，引觚吐辭，頃刻萬言而不止，夫是之謂文史之儒。三才以之混也，萬物以之齊也，名理以之假也，塗轍以之寓也，雖有智者，莫測其所存，夫是之謂曠達之儒。沉鷙寡言，逆料事機，翼然凝然，規然幽然，漆漆然，逮逮然，察察然，獵獵然，千變萬化不可窺度，夫是之謂智數之儒。業擅專門，伐異黨同，以言求句，以句求章，以章求意，無高而弗窮，無遠而弗即，無微而弗探，無滯而弗宣，無幽而弗燭，夫是之謂章句之儒。謀事則鄉方略，馭師則審勞佚，使民則謹畜積，治國則嚴政令，服眾則信刑賞，務使澤布當時，烈垂後世，夫是之謂事功之儒。備陰陽之和而不知其純焉，涵鬼神之祕而不知其深焉，達萬物之理而不知其遠焉，言足以為世法，行足以為世表，而人莫得而名焉，夫是之謂道德之儒。

他進而描述七種儒者的行事風格特質各有不同，但其對於「道德之儒」的敘述特別不同，這裡強調道德之儒的言行足以為法則與表率。他接著舉出各種儒者之代表人物，並加以批判：

> 游俠之儒，田仲、王孟是也：弗要於理，惟氣之使，不可以入道也。

〔註179〕《全集》，頁68。
〔註180〕《全集》，頁70～72。

> 文史之儒,司馬遷、班固是也:浮文勝質,纖巧斷朴,不可以入道
> 也。曠達之儒,莊周、列禦寇是也:肆情縱誕,滅絕人紀,不可以
> 入道也。智數之儒,張良、陳平是也:出入機慮,或流譎詐,不可
> 以入道也。章句之儒,毛萇、鄭玄是也:牽合傅會,有乖墳典,不
> 可以入道也。事功之儒,管仲、晏嬰是也:跡存經世,心則有假,
> 不可以入道也。道德之儒,孔子是也:千萬世之所宗也。

宋濂對前六種「游俠之儒」、「文史之儒」、「曠達之儒」、「智數之儒」、「章句之儒」、「事功之儒」並沒有進一步高下的判別,然皆認為「不可以入道」。只有真正的儒者之道才能與天地並立,同時也是千萬世之所宗,故真正能入道者,只有道德之儒孔子。他所持的立場與角度極其明顯地只為了凸顯身為儒者,學孔子之道仁義理智信,並重視儒家思想的實踐,落實「五倫」於人生日用上。上述六種儒者或許皆有所不足,諸如游俠是否皆是重氣不論理,這種論述或許太過武斷。再論司馬遷、班固二者之文「纖巧」,恐怕亦是過當,對鄭玄與毛萇之論,二人偶有牽合附會,然而卻也無礙其對於儒家典的掌握。故這種批評的角度是否妥貼,實可商榷。同時依照宋濂傳承金華學術的背景,道德、事功、文史,亦是十分重要,那麼根據這種的論述,能夠入道的只有孔子,似乎又割裂了學術發展的事實。宋濂在〈七儒解〉最後,他批評司馬遷以儒與五家並列、荀子認為有小儒大儒的分別,以及揚雄認為通天地人者曰儒的說法,認為「要皆不足以知儒也」,「必學孔子,然後無媿於儒之名也」。宋濂此處的論述基本上仍是為了強調孔子之道的重要,於此實可知其理想人格的典範即是「孔子」。

事實上類似的看法在其文章中,亦多次出現,在《龍門子凝道記下‧越生微第九》中,他認為董仲舒是純儒,王通是明儒,韓愈是正儒,揚雄則是駁儒。為何如此看待這些儒者,宋濂有言:「董仲舒頗窺道之本原;韓愈能識道之大用;王通極知治道,由高爽有見。謂其未其盡合孔子之道,則皆未也。」〔註181〕他主張學孔子之道,行為也要合孔子之道,這是一種取法乎上的選擇,其有言:

> 古之人以道德為師者,有孔子焉,有孟氏焉。以政業居輔弼者,有
> 伊尹焉,有周公焉。人而不為孔孟伊周,其學皆苟焉而已,子將復
> 古必儒斯而後可爾。……所謂真復古者,過則聖,不及則賢,達則

兼善於人，窮則獨善諸己，復古之功不亦大哉？〈復古堂記〉〔註182〕

宋濂以孔子之道為尊的看法就是其基本的學術立場，是故認為要復古尊儒也應該同時從不同面向體現道的意義價值，這裡的聖人意識亦強烈的展現出復古崇古的思維傾向。他根本視復興孔子之道為己任，其聖人之道的價值在於：

> 夫三代聖人之所學者，大參乎天地，而小不遺乎事物；妙可以贊化
> 機，而近不離乎云。為其本仁義，其具禮樂政教，其說存乎經，而
> 學之存乎人。人皆知學之而不能行之者，惑於後世之學故也。……
> 聖人之道猶粟菽，用之於身則氣充而體安，用之於家則家裕，國用
> 之則治，天下用之則四夷格而庶物育。〈傅幼學字說〉〔註183〕

由於宋濂重視孔子之道的立場非常堅定，不僅是修身、齊家乃至於治國、平天下，聖人之道實有大用。因此這類「衛道」的說法，往往在許多方面皆可見。在其重要的辨偽著作〈諸子辯并序〉，〔註184〕在序文中，就明確的闡述撰此文的旨趣在於解惑。宋濂云：

> 〈諸子辯〉者何？辯諸子也。通謂之諸子何？周秦以來作者不一姓
> 也。作者不一姓而其立言何？人人殊也。先王之世，道術咸出於一
> 孔，此其人人殊何？各奮私知，而或螫大道也。曰，或螫大道也，
> 其書雖亡，世復有依倣而托之者也，然則子將奈何？辭而辯之也。
> 曷為辯之？解惑也。

在這篇序文中說明了他作〈諸子辯并序〉的學術目的與其思想主張是一致的，他要辯諸子，則是因為諸子人言人殊，故需彰顯孔子大道，闡明真正的道術。在〈諸子辯并序〉的跋語，宋濂亦再次強調他的用心：

> 嗚呼！九家之徒，競以立異相高，莫甚於衰周之世。言之中道者，
> 則吾聖賢之所已具，其悖義而傷教者，固不必存之以欺世也。於戲！
> 邪說之害人慘於刀劍，虐於烈火，世有任斯文之寄者，尚忍淬其鋒
> 而膏其焰乎。予生也賤，不得信其所欲為之志。既各為之辨，復識
> 其私於卷末。學孔氏者，其或有同予一嘅者夫。

這段文字中認為所謂的「中道」，是聖賢所具備，因此非儒必黜，儒術必尊。他認為「先王之世，道術咸出於一孔」，因此諸子之學的出現，實肇因於西周

〔註182〕《全集》，頁1169～1170。
〔註183〕《全集》，頁1725。
〔註184〕《全集》，頁128～150。

禮崩樂壞，故「夫子沒而微言絕，諸子百氏人人殊，未有能一之者也。」(〈志釋寄胡徵君仲申〉) 〔註185〕、「各以私說臆見嘩世惑眾，而不知會通之歸。」(〈華川書舍記〉) 〔註186〕其中由於「邪說之害人慘於刀劍，虐於烈火」，因此身爲儒者，就應該爲了維護正道而「忍淬其鋒而膏其焰乎」，努力爲世間思想不純正之人解惑，這也是儒學正統觀念以及道統意識的展現。

　　對於宋濂以周孔爲尊，欲發揚孔子之道的角度審視儒者，在其同門學友王禕身上亦得見，二人的看法類似，王禕對於儒者的看法，其認爲周公、孔子爲儒者，同樣的自孟子之後要等到宋代理學家周邵張程周公孔子不傳之緒乃續，而朱熹、張栻、呂祖謙倡其學，才能發揮「聖賢傳心精微之本」。〔註187〕故其言：

> 周公、孔子，儒者也。周公之道嘗用於天下矣。孔子雖不得其位，而其道即周公之道，天下之所用也。其爲道也，自格物致知以至於治國平天下，內外無二致也。自本諸身，以至於徵諸庶民，考諸三王，本末皆一貫也。小之則云爲於日用事物之間，大之則可以位天地育萬物也。斯道也，周公、孔子之所謂儒者也。周公、孔子遠矣，其遺言固載於六經，凡帝王經世之略、聖賢傳心之要，粲然具在，後世儒者之所取法也。不法周公、孔子，不足謂爲儒。儒而法周公、孔子矣，不可謂爲有用乎？(〈儒解〉) 〔註188〕

對於道統的傳續，王禕與宋濂觀點立場也一致，在王禕看來，周公孔子之道，才是儒者所應遵循者，立志學聖賢之學者，才是眞儒，其亦以同一角度，對歷代儒者進行品評：

> 凡今世之所謂儒者，剽掠纖瑣，緣飾淺陋，曰，我儒者辭章之學也；穿鑿虛遠，傅會乖離，曰，我儒者記誦之學也。而人亦曰，此所以爲儒也。……是故吾所謂聖賢之學者，皆古之眞儒。而今世之稱記誦詞章者，其不爲孔子之所謂小人儒，荀卿之所謂賤儒者，幾希。

〔註185〕《全集》，頁67。
〔註186〕《全集》，頁56。
〔註187〕王禕在〈原儒〉一文中認爲「聖賢之學者也，嗚呼，周公、仲尼已矣，孟軻以後，自荀卿、揚雄已不能臻乎此，而董仲舒、韓愈，僅庶幾焉，於是聖賢之學不明也久矣。蓋千數百年而周邵張程諸君子者出，始有以爲其學，而周公、孔子不傳之緒乃續焉。」《王忠文公集》卷一，頁24～25。
〔註188〕〔明〕王禕：《王忠文公集》卷十四，頁396～397。

〈〈原儒〉〉

他的說法實與宋濂互相輝映，二儒不僅法聖人，同時也以有用之儒自任。宋濂與王禕不斷強調儒者法聖人的重要，事實上也反映了元代儒者陷入追求章句與醉心文辭等徒具外表之流弊，才需要不斷強調所謂「眞儒」的意義。在〈燕書四十首〉中有一則小故事可看出宋濂對於孔子的景仰：

> 楚共王有照乘之珠，愛之甚，函以金檢，命左右負以隨，時出翫之。遊於雲夢之澤，失焉。共王不悅，下令國中曰：「有獲吾珠者，予以萬家之邑。」楚國臣無小大咸索珠，簡茅淘土，闌閫者三月，竟不得。更數年，繁陽之子牧犢於澤，有氣青熒起菅中，視之珠也。檳以獻。共王不食言，乃賜之邑。
>
> 君子曰：「仲尼既沒，珠之失二千年矣，求者非一世一人，而弗獲之。一旦乃入牧犢者之手，可以人賤忽其珠哉？」〔註189〕

他在《龍門子凝道記上‧孔子符第四》中也曾讚美孔子的品格如虹璧、鳳凰、麗日般高潔可貴。〔註190〕故從宋濂與王禕二人以不法周公、孔子，不足謂爲儒的說法觀之，實可見其終生追慕周公、孔子之道，他主張的理想人格範型就是自三代以至於孔子的「聖人」爲典範，其中且特以周公、孔子爲尊。

第三節　經史意識的審視

劉勰在《文心雕龍‧宗經》中說：「經也者，恆久之至道，不刊之鴻教也。」經典包含了兩方面的內涵：一是揭示了事物的普遍規律，也就是「常」；一則是經典的意義爲人們所取法，故謂之「法」。〔註191〕儒家的經典從漢代的《易》、《書》、《詩》、《禮》、《春秋》「五經」，發展至宋代成爲「十三經」，經典意識在儒者的觀念中逐漸發展完備，也在中國傳統文化中成爲典型，而這種經典意識的發展也與聖人意識的概念有著密不可分的關係。經可說是聖人體道後形諸文字的紀錄，道則是大化流行中普遍的存在，因此經典可說是體現著道

〔註189〕《全集》，頁169。

〔註190〕宋濂云：「夫虹璧藏於深山之中，而神光之燭天者燁如也。孔子其虹璧歟！鳳皇巢於阿閣之上，而衆鳥之相從者翕如也。孔子其鳳皇歟！麗日升於榑桑之間，而萬姓之尊者躍如也。孔子其麗日歟。」《全集》，頁1763～1764。

〔註191〕參見郜積意：《經典的批判——西漢文學思想研究》，北京：東方出版社，2000年，頁3～4。

的內涵，同時也存在於日常生活法則中。劉勰指出：「道沿聖以垂文，聖因文以明道」（《文心雕龍・原道》）聖人之道需要經由經典闡明，經典可說是聖人之道的載體，隨著聖人觀念與譜系的建立，儒家典籍不僅成為歷代儒者心中所尊崇的經典，同時也成為儒者所依循的行事準則，《漢書・儒林傳》中即有「六學者，王教之典籍，先聖所以明天道，正人倫，致至治之成法也。」之言，在漢代已將六經視作是聖人溝通天人關係、整飭人倫、施行教化、平治天下的樞機。〔註192〕事實上在宋儒處，聖人與經典關係為緊密，朱熹就言：「讀書需是經為本」（《朱子語錄》卷一二二），經典可提供人們關於宇宙人生的原則、規範以及道德踐履切實可行的方法。

宋濂為元末明初重要的學者，特別是入明後，為《元史》編修的總裁官，在史學方面也有重要的貢獻。舉凡《元史》凡例的制訂，最後的筆削定稿，多以濂為主，《元史》的鏤版功迄，亦由宋濂具名上奏。在〈元史目錄後記〉〔註193〕他曾言以「夙夜揣分，無任戰兢」之心，在當時險峻的政治氣氛下，完成了《元史》的編纂，也大致保全有元一代的歷史。

在明初，宋濂建議編寫《皇明寶訓》與《大明日曆》等重要史著，除了保存紀錄歷史事實之外，也為明代修史制度奠定基礎。此外，其撰述《洪武聖政記》，也開創有明一代記述當代政事的史學風氣。〔註194〕宋濂於元末時曾撰寫了《浦陽人物記》及未完成的《婺郡先民傳》，對明清時期編寫地方先賢傳的風氣，有推動的作用。由於本身也撰寫大量的人物傳記、史書序跋與史論等，此類文獻實能展現他個人的史才。

因此在其學術思想中，對經典的評述與經史關係的論述實值得吾等關注。針對宋濂的經史觀，以下分就對經史的態度，以及史學表現二方面論之。

一、宋濂的經史思維

（一）六經皆心學

宋濂的學術思想中，「尊經」是一個重要的特點。其對於經典的態度，基

〔註192〕參見高晨陽：《中國傳統思維方式研究》，濟南：山東大學出版社，2000年第2次印刷，頁219。

〔註193〕《全集》，頁343。

〔註194〕參見向燕南：《中國史學思想通史・明代卷》，合肥：黃山書社，2002年，頁42。

本上與其道統論述和聖人觀念有密不可分的關係。對「經」認知與理解，他認爲「經」就是「天理」，其云：

> 蓋蒼然在上者天也，天不能言而聖人代之，經乃聖人所定，實猶天然。日月星辰之昭布，山川草木之森列，莫不繫焉覆焉，皆一氣周流而融通之。……夫經之所包，廣大如斯。（〈白雲稿序〉）〔註195〕

> 「經者，萬世之彝訓。」（〈龍門子凝道記下‧哀公微第四〉）〔註196〕

他認爲天不能言，故聖人代天言之。這種說法在其文章中屢見不鮮，諸如：

> 天地，不言之聖人。聖人，能言之天地。聖人之功，天地之功也。」
> （《龍門子凝道記下‧越生微第九》）

> 「聖人，天地也」（〈恭題賜和文學傅藻紀行詩後〉）

在他的認知中，聖人等同天地，而經是聖人所定，經典也等同聖人，因此經典的重要性可見一斑。

宋濂認爲「經」的範圍「無所不包」，因此在尊經的前提上，在〈經畬堂記〉〔註197〕中，明確的闡述對於六經的具體認識，同時於此也展現其思想的特點。首先論述經的定義與範圍：

> 聖人之言曰「經」；其言雖不皆出於聖賢，而爲聖人所取者亦曰「經」。「經」者，天下之常道也。大之統天地之理，通陰陽之故，辨性命之原，序君臣上下內外之等；微之鬼神之情狀，氣運之始終；顯之政教之先後，民物之盛衰，飲食衣服器用之節，冠昏朝享奉先送死之儀；外之鳥獸草木夷狄之名，無不畢載。而其指歸，皆不違戾於道而可行於後世，是以謂之「經」。……故《易》《書》《詩》、《春秋》《禮》皆曰「經」。五經之外，《論語》爲聖人之言，《孟子》以大賢明聖人之道，謂之經亦宜。其它諸子所著，正不勝譎，醇不迨疵，烏足以爲經哉。

他爲「經」所下的定義爲「聖人之言」、「天下之常道」，他把「經」的範圍無限擴大，條件就是「不違戾於道而可行於後世」，因此《易》、《書》、《詩》、《禮》、《春秋》「五經」以及《論語》《孟子》皆包含在「經」之列。除此之外，其他諸子之書不足以爲經。

〔註195〕《全集》，頁 494。
〔註196〕《全集》，頁 1794。
〔註197〕《全集》，頁 1670～1671。

正由於「經典」是聖人體道的具體表現，「世求聖人於人，求聖人之道於經，斯遠已。我可聖人，我可言經，弗之思耳。」（〈蘿山雜言〉）〔註 198〕因此「天地未判，道在天地；天地既分，道在聖賢；聖賢之歿，道在六經。凡存心養性之理，窮神知化之方，天人感應之機，治忽存亡之候，莫不畢書之。」（〈徐教授文集序〉）〔註 199〕「六經」是一切道德文化的淵源與具體呈現：

> 聖人既沒，千載至今，道存於經，嶽海崇深，茫乎無涯，窅乎無塗。眾人游其外而不得其內，舐其膚而不味其腴。吾則搜摩刮剔，視其軌而足其迹；入孔孟之庭而承其顏色，斯不謂之巧不可也。（〈拙庵記〉）〔註 200〕

一般人對於經典的意義往往沒有深究，只見皮毛，殊不知「德修政舉，禮成樂備」之法具備於儒家經典中，因此宋濂認為六經是一個巧門，自己也是透過經典學習，才能順利入孔孟之庭。

接著他提出五經對儒者的影響與作用，他說：

> 學經者，上可以為聖，次可以為賢，以臨大政則斷，以處富貴則固，以行貧賤則樂，以居患難則安，窮足以為來世法，達足以為生民準。

對於儒者來說，學經是儒者最重要的課題，學經可以使人趨向聖賢，達到內聖道德至善之境，也有足夠的能力可以面對外在環境的變化。孟子有言身為君子應當能夠富貴不能淫，貧賤不能移，宋濂此言亦與孟子之言類同，同時這種態度也可說是宋濂面對元末明初政治環境的準則與寫照。基於此點他認為「五經」實有大用，五經價值的展現端賴學者之用心。

> 夫五經孔孟之言，唐虞三代治天下之成效存焉，其君堯、舜、禹、湯、文、武，其臣皋、夔、益、契、伊、傅、周公，其具道德、仁義、禮義、封建、井田，小用之則小治，大施之則大治，豈止浮辭而已乎！（〈經畬堂記〉）

宋濂認為「五經」除了提供屬於各人修身與道德人格建立的作用之外，同時也具備了經世致用、內聖外王的價值，因此在治國治民、制度建立以及民生經濟各個層面，五經皆具有切實可行的價值。此處他認為五經無所不包，無

〔註 198〕《全集》，頁 52。
〔註 199〕《全集》，頁 1351。
〔註 200〕《全集》，頁 1693。

所不治，不僅可以載道，同時可以具體展現於世用。因此五經對他而言，除了原本屬於義理知識層次的意義之外，同時在「事功」方面也能有所發揮，故宋濂實打破五經在義理與事功的界線，亦透顯出其屬於浙東金華學派重視事功與積極用世精神的特質。

　　他本於其思想主張之「吾心爲天下最大」與「夫生者，天地之心」角度來闡釋六經，進而提出「六經皆心學」的主張。

　　　　六經皆心學也，心中之理無不具，故六經之言無不該。六經所以筆
　　　　吾心之理者也，是故說天莫辨乎《易》，由吾心即太極也。說事莫辨
　　　　乎《書》，由吾心政之府也。說志莫辨乎《詩》，由吾心統性情也。
　　　　說理莫辨乎《春秋》，由吾心分善惡也。說體莫辨乎《禮》，由吾心
　　　　有天序也。導民莫辨乎《樂》，由吾心備人和也。人無二心，六經無
　　　　二理，因心有是理，故經有是言。……聖人一心皆理也，眾人理雖
　　　　本具，而欲則害之，蓋有不得其全者。故聖人復因其心之所有，以
　　　　六經教之。……然雖有是六者之不同，無非教之以復其本心之正也。
　　　　〈六經論〉〔註201〕

宋濂在〈六經論〉中直言「經與心一，不之心之爲經，經之爲心也。」在他看來，無論「六經皆心學」、「六經所以筆吾心之理者也」，禮樂之道亦是「斂之本乎一心，放之塞乎天地。」（《龍門子凝道記中·河圖樞第七》）〔註202〕宋濂認爲全部的道理都是心中本具，要達到心與經完全一致之境地。故他認爲「今之人不可謂不學經」，而學習六經，無非是要「復本心之正」，因此主張「尊經」，目的就是要「治心」。

　　宋濂對於心性的論述雖受陸學影響，然而其窮經致理以求本心的態度又接近朱學。將六經納入心學之中的說法，實爲其之創見，亦可得見企圖調和朱陸的態度，但他選擇的方式是雜采各派之長，並想簡單的超脫朱陸學說的分歧，意圖用一「宗經」的概念來彌合，雖有其價值，然而在思想層面上卻疏於辨証，容易流於空泛。

　　　　京房溺於名數，世豈復有《易》？孔鄭專於訓詁，世豈復有《詩》
　　　　《書》？董仲舒流於災異，世豈復有《春秋》？《樂》故亡矣，至
　　　　於大小戴氏之所記，亦多未醇，世又豈復有全《禮》哉？經既不明，

〔註201〕《全集》，頁72～73。
〔註202〕《全集》，頁1781。

> 心則不正。心既不正，則鄉閭安得有善俗？國家安得有善治乎？惟
> 善學者，脫略傳註，獨抱遺經而體驗之，一言一辭，皆使與心相涵。
> 始焉，則嘎乎其難入；中焉，則浸漬而漸有所得；終焉，則經與心
> 一，不知心之爲經，經之爲心也。何也？六經者所以筆吾心中所具
> 之理故也。〈六經論〉

此外面對秦漢以來，經學不傳，異說橫行的局面，同時也因爲傳註紛出，因
此六經失去的原貌。宋濂因此提出學習六經的正確途徑，應是「脫略傳註，
獨抱遺經而體驗之，一言一辭，皆使與心相涵。」面對宋儒屢屢遺經改經的
問題，這種現象在元代並無改善，疑經、改經、刪經反而成爲一種風潮。宋
濂認爲基本上應跳脫這些爭議的方式，因爲「章句析而附會興，遺經不可識
矣。」(《元隱君子東陽陳公鹿皮子墓誌銘》) 〔註203〕直接採取其思想中最重要
的學習並履行聖人之道，作爲解決的方法。宋濂認爲諸經的體悟與實踐，都
必須在大化流行中感受，僅在書本中鑽研是不夠的，其以學《易》爲例，認
爲對諸經皆應有同樣的態度。

> 子以爲《易》在竹簡中耶？陰陽之升降，《易》也；寒暑之往來，《易》
> 也；日月之代明，《易》也；風霆之流行，《易》也；人事之變遷，《易》
> 也。吾日玩之而日不足，蓋將莫齒焉。子以爲《易》在竹簡中耶？
> 求《易》竹簡中，末矣！陋矣！(《龍門子凝道記下·令狐微第十二》)
> 〔註204〕

他對於經典的掌握，強調關鍵在於「篤行」，他說：「漢儒說經，固多不可企
及，但專門之習勝，未免蔽固而不能相通，其能脫略傳注而深求經意者，自
宋儒歐、劉、石、孫諸公始。諸公啓之，伊洛繼之，而益加精，在篤行而已
矣。」(《龍門子凝道記下·士有微第七》) 〔註205〕宋濂雖評價宋代理學家的
表現實意在追求經典眞義，但其並不重視「格物窮理」，其重視「眞知力行」。
他認爲書籍的多寡不重要，「但得六籍存，亦足矣。」(《龍門子凝道記下·
積書微第十》) 〔註206〕他提到後代的書籍百倍於古，但眾人立德造行反而不
如古人，因此只要掌握六經就夠了，因爲經存，道亦存之。是故在 (《龍門

〔註203〕《全集》，頁 400。
〔註204〕《全集》，頁 1813。
〔註205〕《全集》，頁 1801。
〔註206〕《全集》，頁 1808。

子凝道記中‧先王樞第五》）中，他批評當世講學之人「講說繁而經日晦」，
〔註207〕沒有掌握到的眞義，越講越繁瑣，反而離經典的正理越遠，宋濂就
進而批評認爲「記誦之習勝，天下無眞儒矣。穿鑿之學多，天下無六經矣。」
他對經典的態度就是「學者當以孔子之言爲正」即可，六經原是聖人之道行
諸於文字的表現，只要能回歸到孔子之道仁義禮智信的道路上，經典之意不
需在傳注中求，這樣離經益遠，對他而言，其不變的信念就是爾心中有聖人，
聖人在吾身。

（二）經史不二

　　《尚書》、《春秋》、《儀禮》、《周禮》、《禮記》皆屬於上古史書，「六經」
皆史的想法，則在隋代王通時，就已將《書》、《詩》、《春秋》視爲孔子述史
的三種形式，其言：「昔聖人述史三焉：其述《書》也，帝王之制備矣，故索
焉而接獲。其述《詩》也，興衰之由顯，故究焉而皆得。其述《春秋》也，
邪正之迹明，故考焉而皆當。此三者同出於史，而不可雜也，故聖人分焉。」
（《中說‧王道》）王通並未明確提出「經即史」的說法。元儒許衡即已提到
「閱子史必須有所折衷，六經語孟乃子史之折衷也。……諸子百家之言合於
六經與孟者爲是，不合於六經語孟者爲非，以此夷考古之人而去取鮮有失矣。」
（《魯齋遺書》卷一〈語錄上〉）許衡認爲一切皆以儒家經典爲指歸，肯定儒
家經典的支配地位，同時也不廢史學。宋濂繼承自元代以來經史關係的發展，
將五經和《論語》《孟子》視爲標準的說法，而持與宋濂類似的說法，眞正把
經視爲與史等同者，並提出「古無經史之分」說法者，肇始於元代的劉因與
郝經。

　　《宋元學案》在卷九十二〈靜修學案〉將許衡、劉因、吳澄視爲元代最
重要的三位學者，劉因治學以六經爲本，劉因認爲「六經既治，語孟既精，
而後學史。先立乎其大者，小者弗能奪也。胸中有六經語孟爲主，彼興廢之
迹，不吾欺也。如懸明鏡，如持平衡，輕重寢甌，在吾目中。」（〈敘學〉）劉
因把六經視爲明鏡，可以借鑑歷史的興廢，因此其云：

> 學史亦有次第。古無經史之分，《詩》、《書》、《春秋》皆史也，因聖
> 人刪定筆削，立大經大典，即爲經也。（《劉靜修先生集》卷一，畿
> 輔本，〈敘學〉）

〔註207〕《全集》，頁1776。

因強調治學需要對儒家經典的普遍性關注，其將經與史視爲一而二，二而一，這裡劉因認爲《詩》、《書》、《春秋》原來只是史書，經由聖人刪定之後，才成爲儒家所奉爲圭臬的經典，此言雖然並未貶低經書，但卻有抬高史書地位，並說明學史重要性的作用。劉因重視六經，也重視歷史，其當時提出「古無經史之分」的說法，實有見地。〔註208〕郝經也提出「古無經史之分」的說法，說明治史的重要性，他認爲《書》、《詩》、《春秋》原本即是史書，是經由聖人修訂之後才成爲具述王道的經典，其云：

> 「六經」具述王道，而《詩》、《書》、《春秋》皆本乎史。王者之迹
> 備乎《詩》，而廢興之端明；王者之事備乎《書》，而善惡之理著；
> 王者之政備乎《春秋》，而褒貶之義見。
>
> 聖人皆因其國史之舊而加修之，爲之刪定筆削，創法立制，而王道
> 盡矣。(《陵川集》卷二十八〈一王雅序〉)

郝經的概念與王通相當接近，其在王通的觀念上加以發揮，強調聖人本乎史的概念，經典爲聖人所創的事實。同時其也進而論述六經的史學特點與治史的學術價值：

> 古無經史之分，孔子定「六經」，而經之名始立，未始有史之分也，
> 「六經」自有史耳。故《易》即史之理也；《書》，史之辭也；《詩》，
> 史之政也；《春秋》，史之斷也；《禮》《樂》，經緯於其間矣，何有於
> 異哉！至馬遷父子爲《史記》，而經史始分矣。其後遂有經學、史學，
> 學者始二矣。(《陵川集》卷十九〈經史〉)

這裡郝經認爲自古經史不分，要等到西漢司馬遷作《史記》之後，經史才一分爲二，學術也因之分爲經學與史學。但郝經認爲「若乃治經而不治史，則知理而不知迹；治史而不治經，則知迹而不知理。苟能一之，則無害於分也。」(《陵川集》卷十九〈經史〉)此語是針對由漢至唐，治經偏向訓詁，而宋儒則好發議論動輒疑經改經的弊端〔註209〕言。事實上宋儒對經史關係的看法，

〔註208〕《四庫全書總目 (一)》，台北縣：藝文印書館，1989 年，頁 665。

〔註209〕〔清〕皮錫瑞即言：「宋人不信注疏，馴至疑經；疑經不已，遂至改經、刪經、移易經文以就己說，此不可爲訓者也。世譏鄭康成好改字，不知鄭《箋》改毛，多本魯、韓之說；尋其依據，猶可徵驗。注《禮記》用盧、馬之本，當如盧植所云『發起紕謬』；注云『某當爲某』，亦必確有憑依。……先儒之說經，如此之慎，豈有擅改經字者乎！……吳澄《禮記纂言》，將四十九篇顚倒割裂，私竄古籍，使無完膚。宋、元、明人說經之書，若此者多，而宋人爲

在宋儒以傳道為己任之前提下，宋儒重治經輕治史，解經目的在於明道，故往往從學術體系需要出發決定對經典的態度，正如《四庫全書總目》卷三十二〈毛詩問一卷〉中所言：「漢儒說經以師傳，師所不言，則一字不敢更。宋儒說經以理斷，理有可據，六經亦可改。然守師傳者，其弊不過失之拘；憑理斷者，其弊獲致於橫決而不可制。」

　　基於對六經的認識，宋濂也提出經史不二的看法。浙東金華學派原就重視經史文獻之學，而史學家原本即對文獻特別重視。章學誠云：「故善言天人性命，未有不切於人事者。代學術，知有史而不知有經，切人事也；後人貴經術，以其即三代之史耳；近儒談經，似於人事之外別有所謂義理矣。浙東之學，言性命者必究於經史，此其所以卓也。」〔註210〕浙東學者多具有經世致用的情懷，反對空言著述，要能切合人事。因此宋濂云：

> 或問龍門子曰：「金華之學，惟史最優，其於經則不密察矣，何居？」
> 龍門子曰：「何為經？」曰：「《易》《書》《詩》《春秋》是也。」曰：
> 「何謂史？」曰：「遷、固以來所著是也。」曰：「子但知後世之史，
> 而不知聖人之史也。《易》《詩》固經矣，若《書》若《春秋》，庸非
> 虞、夏、商、周之史乎？古之人曷嘗異哉？凡理足以牖民，事足以
> 弼化，皆取之以為訓耳，未可以歧而二之。謂優於史而不密察於經，
> 曲學之士固亦有之，而非所以議金華也。」《龍門子寧道記下·大學
> 微第八》〔註211〕

他對於經史關係的討論，基本上仍不出其尊經的思想立場。他主張經史兼重的想法，在〈春秋屬辭序〉亦可得見，他說：

> 《春秋》，古史記也，夏、商、周皆有焉，至吾孔子，則因魯國之史
> 修之，遂為萬代不刊之經。其名雖同，其實則異也。蓋在魯史，則
> 有史官一定之法；在聖經，則有孔子筆削之旨。自魯史云亡，學者
> 不復得見，以驗聖經之所書，往往混為一塗，莫能致辨。所幸《左
> 氏傳》尚明魯史遺法，《公羊》《穀梁》二家多舉書不書以見義，聖
> 經筆削粗若可尋。然其所蔽者，左氏則以史法為經文之書法，公、

之俑始。」參見氏著／周予同注釋：《經學歷史》，北京：中華書局，1981年第3次印刷，頁264。
〔註210〕〔清〕章學誠：《文史通義》，台北：華世出版社，1980年，頁53。
〔註211〕《全集》，頁1803～1804。

穀雖詳於經義而亦不知有史例之當言,是以兩失焉爾。〔註212〕

上述之例亦可見經由史出,史經聖人之手而成經的過程。因此經由其對經史的認識,進而提出經史不二的說法,可說是宋濂在經史關係上的創見。宋濂「經史不二」的概念的產生,無疑的也與浙東學術傳統有關,日後諸如王陽明有言「五經亦史」(《傳習錄上》)、李贄言「經史相爲表裡」(《焚書》)、章學誠言「六經皆史」(《文史通義》),也可說是宋濂開其端緒,並在學術實踐中開展婺學經史並重的傳統,同時也將經、史、文三者合而爲一了。

二、宋濂的史學表現

宋濂以文學著稱於世,但在史學方面的表現也令人矚目。若根據鄭濤所撰之〈宋潛溪先生小傳〉中記載,宋濂跟隨聞人先生習《春秋》三傳之學,「凡學《春秋》者,皆苦其歲月先後難記,景濂則并列國紀年能悉誦之。但舉經中一事,即知爲魯公幾年幾月,是年實當列國某君幾年幾月,或俾書而覆之,無少爽者。」〔註213〕這種過人的記憶力,是從事歷史著作的基本條件。

歷來學者對於《元史》的批評甚夥,多歸咎於修史者缺乏史才。若根據〈纂修元史凡例〉,《元史》的纂修其本紀以兩漢史爲準,志準宋史,表準遼金史,傳則「準歷代史而參酌之」。紀、傳均不作論贊,「據事直書,具文見意,使其善惡自見,準春秋及欽奉聖旨事意。」此處已說明不作論贊和「欽奉聖旨事意」,是《元史》和其他歷代諸史不同的特點。

在〈凡例〉中同時也反映出修史的方針,「事實與言辭並載,兼有《書》、《春秋》之義」、「條分件列,覽者易見」、「據所可考者作表,不記詳略」、「據事直書,具文見意」等,總而言之,當時修《元史》的方針就是根據所掌握的材料來修史,有材料就寫,沒材料就不寫,其中並不參雜修史者的看法進行評述。這種修史方法基本上並非眞正史學家的作法,若是眞正準《春秋》之義而據事直書,具文見意,對於歷代史書傳統的論贊,自然可以多所發揮,也才能達到善惡自見的目的。《元史》凡例乍看之下至爲客觀,但深層的意義卻是明確的透露出《元史》的編修實「欽奉聖旨事意」,特別是明太祖本性多疑,面對這種威脅,史家下筆自然小心謹愼,惴惴行事,不求有功,但求無過即可。

〔註212〕《全集》,頁 1891～1892。
〔註213〕《全集》,頁 2323～2324。

　　其次，在入明之後撰有《洪武聖政記》二卷，在序文中宋濂說明寫書的動機在於明太祖與漢高祖相同，皆「以布衣受天命」，〔註214〕但在政治成就上則超越漢高祖，因此他「取其有關政要者，編集成書」，目的在「傳之於聖子神孫者，將與天地相爲無窮」，藉以垂法後世，並給明太組織子孫作爲藉鑑。事實上本書完成於洪武八年，距朱元璋建國並不到十年，作此書的背後的動機或與明太祖越來越剛愎自用、誅殺功臣、刻薄寡恩的行爲有關，面對這樣的發展，宋濂選擇通過史書的撰寫，一方面是給予明太祖美名傳世，一方面則是藉其過往的善言嘉行爲例，希望明太祖少行苛政，以得民心。傳統的史家多是以古鑑今，他則是以今爲鑑，把書寫給當朝皇帝看，雖然作用如何不得而知，但是面對明代艱難的政治環境，宋濂此舉實可謂爲史家別出心裁之創舉。

　　至於宋濂眞正發揮其史才者，是寫成於元末至正年間的家鄉先賢傳《浦陽人物記》二卷。是書分爲忠義、孝友、政事、文學、貞節五類，共爲二十九位浦陽先民作傳。《四庫全書總目》稱其「所作皆具有史法」，〔註215〕歐陽玄爲《浦陽人物記》作序時，認爲此書立論「不以一毫喜慍之私而爲予奪，何其至公而甚當也」。〔註216〕清代學者戴殿泗在《浦陽人物記序》中讚美宋濂爲良史：

> 景濂上下評騭，不激不阿，藉一邑之掌故，周舉夫物性民彝之大，
> 與宇宙相嬗於不窮，非良史材而能及是乎？……竊謂宋公文法，首
> 尾脈絡，交相融貫，是故傳所不能備者，序以先之；序所不能盡者，
> 贊以發之。抑揚唱歎，幾於一字不可增損。〔註217〕

此書最能展現宋濂的史觀，尤其是每一類傳記的序文與傳後的論贊，如〈忠義篇〉序文，他說：「夫生者，人之所甚樂，而有家之私，又人之不能遽忘：彼豈甘於頸血濺地而自以爲得計哉？第以君上決不可背，名教決不可負，綱常決不可虧，忠義一激，雖泰山之高不見其形，雷霆之鳴不聞其聲，刀鋸在前不覺其慘，鼎鑊在後不知其酷，必欲得死然後爲安也。」〔註218〕此處論述即是基於儒家「志士仁人，無求生以害仁，有殺身以成仁」的忠義氣節，目的在於強調儒家的名教綱常。作政事篇的目的在於宣揚儒家治民者，需行仁

〔註214〕《全集》，頁957。
〔註215〕《四庫全書總目》卷五十八史部傳記類二。
〔註216〕《全集》，頁2473。
〔註217〕《全集》，頁2476～2477。
〔註218〕《全集》，頁1821。

政仁政的概念，在〈政事篇〉的序文中云：「政事於人大矣！操厚倫惇俗之具，執舒陽慘陰之柄，御賞善罰惡之權，任出生入死之奇。其在朝廷，則四海被其澤，其在一郡，則一郡仰其賜；其在一縣，則一縣受其福。苟得其人，則上明下淳，歌謠太平，一或反是，則流毒四境，神怒民怨，至有激成他便者，其所繫甚重且難也。」至於在〈文學篇〉中，則反覆論述文與道之間的關係，「文之所存，道之所存，文不繫道，不作焉可也。」是故景濂認為道明而氣充，氣充而文雄，以文知名者，其文大抵據經為本，以聖人之文為宗。

由上可見，宋濂的史學觀基本上並不脫離其道學觀點，特別是他重視經學的作用，因此其文學與史學表現皆是用以傳道的工具。

第四節　對釋道的取捨

宋濂總修《元史》，立〈釋老傳〉，其有言：「釋、老之教，行乎中國也，千數百年，而其盛衰，每繫乎時君之好惡。是故，佛於晉、宋、梁、陳，黃、老于漢、魏、唐、宋，而其效可覩矣。」他根據釋道二教流傳發展的歷史，點出其中的關鍵，就在於「時君之好惡」，在此大前提之下，儒者與釋、道二教關係的親疏，與時代環境與政局發展有密切的關係。

儒、道、佛三教合一的思想起於漢代，三教合一所形成的氛圍對學術的發展產生巨大的影響。最初道教依附陰陽五行、讖緯以及董仲舒主張天人感應的儒學，漢代傳入的佛教則是附庸道教而流傳，〔註219〕但三教於流傳的過程中也彼此產生對抗。這種局面發展到了魏晉南北朝時期，儒、釋、道在融合過程中，雖相互排斥，卻也也相互吸收融貫，促進三教的發展。三教論講雖然肇始於北周武帝時期，但直到唐代三教名士從激烈的論難風氣中，才趨於協調與融合，當時佛教進一步與統治思想結合，道教則受到統治者的恩遇，儒家也得到統治者的青睞而提高地位，總的來說，唐朝政權以「相容並蓄」作為對待儒、釋、道三者的基本政策與立場。學者羅香林曾言：「三教講論導致了學者以釋道義理解釋儒家經義，從而促進儒家思想的轉變。顯然，宋人理學，唐人已開其先緒。」〔註220〕到了宋代，三教合一促使理學的產生，宋

〔註219〕參見張立文：《宋明理學邏輯結構的演化》，臺北：萬卷樓圖書有限公司，1993年，頁19。

〔註220〕參見羅香林：〈大顛惟儼與韓愈李翱關係考〉，《唐代文化史》，臺北：台灣商務印書館，1965年，頁191。

儒周敦頤、程顥、朱熹等者，與釋教中人常有往來，在出入釋、老的同時，也構築以儒家倫理思想為核心，同時吸收道家和道教對於宇宙生成的概念與佛教的思辨哲學，以建立理學的思想體系。〔註221〕

　　元代自元世祖忽必烈始，一方面與儒士保持良好關係，同時選擇姚樞、竇默、王恂教授皇太子真金，同時任命許衡為國子祭酒，因此在元朝建立的過程中，採行多項中原漢人王朝的制度，包括建國史院與施行儒家朝儀，種種行為皆為了取得儒士對其政權取得的贊同。當然在宗教方面忽必烈也與境內其他宗教展開互動，除了蒙古人的薩滿教之外，另一則是佛教。「元興，崇尚釋氏，而帝師之盛，由不可與古同語。」（《元史》卷二百二〈釋老傳〉）由於元世祖認為禪宗太深奧，太超脫，不符實際的需求，因此主流的佛教屬於藏傳佛教，吐番喇嘛八思巴被任命為國師，其為忽必烈的理想提供屬於政治事務中的積極作用〔註222〕。至於元代的道教發展，「維道家方士之流，假禱詞之說，乘時以起，曾不及其什一焉。」（《元史》卷二百二〈釋老傳〉）雖然忽必烈同樣提供道教與佛教相同的獲免與特權，同時也用道教儀式祭泰山，並對道教的法術有興趣，然而由於忽必烈重視佛教，同時北方全真教經過佛教大論辨的失敗，遭受打擊，因此北方道教相對沈寂。值得注意的是，元代南方道教與儒士有著密切的互動，南方的道士中多文學藝術的高士，南方的文儒在元代中末期往往也常藉入道以避世。雖然社會環境如此，但對元代儒者而言，自宋代所延續三教合一的的思想，仍盛行於讀書人之中，因此南儒與南道的互動具有時代意義。〔註223〕及明，三教合一思想更成為當時普遍的風氣，在這種發展的態勢下，明代主要是以儒者為中心，同時並有方士、名僧參與其中，相互交流，互為影響。

〔註221〕在侯外廬、邱漢生、張豈之主編之《宋明理學史（上）》之〈緒論〉，針對宋明理學產生的歷史條件，其中提到「佛學與道教思想的滲透」所造成的影響，反映在佛學滲透的方面，諸如朱熹的理學思想反應華嚴宗的印迹、陸九淵的心學思想接受禪宗的影響，同時出現了佛學與儒經的比附，目的在於已明儒釋之道。至於道教的滲透也很清楚，包括先天圖、河圖洛書、太極圖的傳授等，均出自道教，但其影響不如佛學滲透的深刻。參見《宋明理學史（上）》，頁7～8。

〔註222〕參見〔德〕傅海波、〔英〕崔瑞德編／史衛民等譯：《劍橋中國遼西夏金元史》，北京：中國社會科學出版社，1998年，頁527～532。

〔註223〕參見孫克寬：〈元代的南儒與南道〉，《寒原道論》，臺北：聯經出版事業公司，1977年，頁167～283。

　　宋濂是元末明初儒學的代表人物，相對於其他同時期的儒者，他又格外顯其特殊，一方面是他的人生本與佛教結下不解因緣，因他的出生與佛教高僧永明延壽法師轉世有關，其云：

> 無相居士未出母胎，母夢異僧手寫是經，來謂母曰：「無乃永明延壽，
> 宜假一室以終此卷。」母夢覺巳，居士即生。（〈血書華嚴經贊有序〉）
> 〔註224〕

後來他因受兒孫牽累，七十二歲被謫，安置茂州，至夔，寓僧寺，臥病不食三旬而卒，〔註225〕臨終作《觀化帖》八十二字。宋濂在佛寺去世，臨終前還寫下自己面對貶謫的心情，佛教與道家可說是宋濂面對人生最重大打擊時，藉以排遣不平的力量，其云：「君子觀化，小人怛化，中心既怛，何以能觀？我心情識盡空，等於太虛，不見空空，不見不空，大小乘法門，不過如此。人不自信，可憐可笑。示恪示懌。蓋其從行二孫也。此帖留傳鄭氏云。」〔註226〕此一方面說明他晚年真誠純篤、不沾塵土的修為，〔註227〕實見老子與佛教對宋濂人生的影響。

　　再者，他對釋道二教的造詣頗深，在當時的宗教界也頗有聲譽。〔註228〕他所生活的時代，三教合流蔚為風氣，不僅對其思想文化層面影響深遠，同時也在士人間的生活交往互動中烙下種種印記。宋濂自己曾說：「濂也不敏，蚤從諸老遊，欲假般若為宅心之地，夙障已深。」（〈杭州靈隱寺故輔良大師石塔碑銘有序〉）〔註229〕特別在元末政局混亂時刻，他曾入仙華山為道士，究天人之理，同時撰述《龍門子凝道記》，具體展現其學術思維。他一生早期傾向於道教，壯年「深究內典」，同時在文集中與佛教相關文章篇目已逾一百七十篇，與道教相關文章篇目近五十篇，釋道二教在其文集中所佔比重甚高，

〔註224〕《全集》，頁282；宋濂在〈永明智覺禪師遺像贊〉中，復提及此段因緣：「我與導師有宿因，般若光中無去來。今觀遺像重作禮，忽悟三世了如幻。」《全集》，頁1355。

〔註225〕吳之器：《婺書》，《全集》，頁2332。

〔註226〕〔清〕王崇炳：《金華徵獻略》卷六，收入《續修四庫全書》，上海：上海古籍出版社，1995年，頁96。

〔註227〕參見業師劉文起教授：〈宋濂對《老子》的認知〉，台北：世新大學中文系第十四次學術研討會單篇論文，2004年6月9日。

〔註228〕釋來復曾言「（宋濂）博通經史百家，至於釋老之書，無不研味而探賾焉。」《全集》，頁2301。

〔註229〕《全集》，頁620。

與佛教相關文章於入明後完成者爲數更多，故釋道二者可說是宋濂整體學術思想中的一重要組成部分，他對於儒釋道三家實採相容並蓄的主張，在〈贈清源上人歸泉州覲省序〉中其有云：「大雄氏躬操法印，度彼迷情，翊天彝之正理，與儒道並用，是故四十二章有最神之訓，大報恩中有孝親之戒。蓋形非親不生，性非形莫寄，凡見性明心之士，篤報本反始之誠，外此而求，離道逾遠。」〔註230〕全謝山在〈宋文憲公畫像記〉中言及金華學術有三變，第三次轉變的關鍵在於宋濂「漸流於佞佛者流」。〔註231〕他本身的思想趨向基本上與元末明初三教合一的趨勢相吻合，因此可以在儒言儒、在佛言佛、在道言道，同時也可援佛入儒，也可以會通儒道，有鑑於此，本節將試圖考察探究宋濂本身對釋、道的立場，同時面對釋道二教的思想如何取捨？釋道思想對於宋濂堅定的儒者立場產生何種影響等問題，進行討論與釐清。

一、出入釋教，以儒爲本

宋濂身處的時代，無論是元代或是明初，皆是佛教盛行，特別是明初，明太祖朱元璋與佛教原有淵源，對佛教有較爲深刻的認識。明王室十分崇信與提倡佛教，明太祖對佛教的重視可由幾個部分觀之：如明太祖曾下令整理刊佈《楞伽經》、《般若心經》、《金剛般若經》，規定寺院以講習此三經爲主要課程，並要求宋濂爲之題辭作序，〔註232〕同時他在〈新注《楞伽經》後序〉文中，首先即言明明太祖要求新注諸經之目的：「皇帝既禦寶曆，丕弘儒典，參用佛乘，以化成天下。」文後宋濂復言「佛之大法，惟帝王能興之，宗師能傳之。今一旦遭逢如此之盛，讀是經者，小則當思遠惡遷善，大則當思明心而見性，庶不負聖天子之大德哉！」〔註233〕明太祖也曾言《楞伽經》「實與儒家言不異。」（〈新刻楞伽經序〉），〔註234〕一方面可見朱元璋在宗教政策上統一了佛教思想，一方面吾等亦見明初由朝廷爲首之三教合流思潮。

其次明太祖首開以僧爲使的創舉，宋濂對此舉曾言「予聞大雄氏設教，門雖廣，其推仁及物，要與二帝三王不大異。是故昔之名僧，或籌策藩閫，

〔註230〕《全集》，頁779。
〔註231〕〔清〕黃宗羲著、全祖望補修／陳金生、梁運華點校：《宋元學案》卷八十二〈北山四先生學案〉，北京：中華書局，1986年，頁2801。
〔註232〕〈新刻《楞伽經》序〉，《全集》，頁1239～1240。
〔註233〕《全集》，頁1504～1505。
〔註234〕《全集》，頁1239。

或輔弼廟堂，事業稱於當時，勳名垂於後世，其載於史冊者，蓋班班可考。」
（〈送無逸勤公出使還鄉省親序〉）〔註235〕由於他認為為國效力也是證菩薩道
的方式，故可見明朝由上至下對於佛教的高度重視。

　　再者，明朝建國初期，在蔣山辦了好幾次盛大的廣薦法會儀式，當時朝
廷大臣、「江南有道浮屠」幾乎都應詔參與這些佛事活動，同時如名僧宗泐亦
升座演說。〔註236〕上有所好，下必應之，佛教不僅深入民間，在當時也受士
大夫的青睞，多研究佛學，與僧侶往來友好，故外在的政治社會環境所造成
的影響不可謂不大。若從《宋濂全集》中與佛事相關文章觀之，包括佛塔碑
銘、語錄序跋、佛經題解等等共一百七十餘篇，足以證明其本身對於佛教的
體驗與對佛教思想的關注也至為深切，這種表現在理學家中亦不多見。

（一）儒釋一貫

　　自隋唐時期始，儒學發生的變化就是儒學與佛學的結合，其中又以韓愈
為代表。韓愈一方面排佛，一方面卻又受到佛學的影響。其排佛言論一部分
是以華夷之辨和儒家忠孝思維來反對佛教，一方面則是以《大學》為基礎，
建立儒學的體系，以向佛教的宗教哲學抗衡。韓愈認為孟子講性善、盡心、
知性與佛學可通，因此韓愈主張「治心」。而其「道統」的傳授譜系亦是由佛
教祖統而來，並成為與佛教相抗衡的重要論述。事實上自堯、舜、禹、湯、
文、武、周公、孔子、孟子至韓愈，這一條儒學「道統」前後相繼的歷程，
提高了儒者對儒學道德倫理價值的自覺性，然而也因為韓愈對此成聖成治道
路的遵循，因此儒學並未向宗教層面的轉化。

　　宋濂曾自述自幼至壯齡，潛心研究內典，飽閱三藏諸文，粗識世雄氏所
以明心見性之旨。〔註237〕他認為儒家與佛教雖有不同，但其始終不認為儒家

〔註235〕當時明太祖將佛教視為宗教外，也透過僧侶進行外交工作，故其屢屢派遣高
　　　　僧出使各國進行交流，如引文中的克勤禪師，字無逸，奉命出使日本。《全集》，
　　　　頁894；在洪武三年時，高僧慧曇亦曾奉命出使西域，〈天界善世禪師寺第四
　　　　代覺原禪師遺衣塔銘有序〉，《全集》，頁861。
〔註236〕〈蔣山廣薦佛會記〉，《全集》，頁563。
〔註237〕類似說法，宋濂屢屢言及，如在〈般若波羅密多心經文句引〉言：「自壯齡，
　　　　頗閱三藏之文」；〈佛慧圓明廣照無邊普利大禪師塔銘〉文中有言宋濂「閱盡
　　　　大藏教」；〈四明佛隴禪寺興修記〉有言：「予也不敏，盡閱三藏，灼見佛言不
　　　　虛，誓以文辭為佛事。」；〈佛性圓辯禪師靜慈順公逆川瘞塔碑銘有序〉云：「濂
　　　　自幼至壯，飽閱三藏諸文，粗識世雄氏所以明心見性之旨。及遊仕中外，頗
　　　　以文辭為佛事。」《全集》，頁298、277、537、743。

與佛教有很大的分歧，故其視之「儒釋一貫」。宋濂云：「魯典竺墳，本一塗轍，或者歧而二之，失則甚矣。」（〈贈清源上人歸泉州覲省序〉）〔註238〕他認為從導人為善的角度看，儒佛二家更是一致：

> 天生東魯、西竺二聖人，化導烝民，雖設教不同，其使人趨於善道，則一而已。為東魯之學者，則曰：「我存心養性也」。為西竺之學者，則曰：「我明心見性也。」究其實，雖若稍殊，世間之理，其有出一心之外者哉？……孰能為我招禪師於常寂光中，相與論儒釋之一貫也哉？（〈夾註輔教編序〉）〔註239〕

> 西方聖人，以一大事因緣，出現於世，無非覺悟群迷，出離苦輪。中國聖人，受天眷命，謂億兆生民主，無非化民成俗，而躋於仁壽之域。前聖後聖，其揆一也。（〈金剛般若經新解序〉）〔註240〕

宋濂雖然屢言學周孔之道，其認為孔子與釋迦摩尼佛分別是東西兩方的聖人，都應該加以尊崇，因為他們雖然採不同的方式化育百姓，但無論是「覺悟群迷，出離苦輪」或是「化民成俗，而躋於仁壽之域」，他們導化人心的終極目的是不二的。與儒家之道相較之下，對於釋教與佛法無邊的讚美隨處可見，其表現出對於佛教的重視，可說儒釋二家不分軒輊，宋濂說：

> 大雄氏之道，洪纖悉備，上覆下載，如彼霄壤，無含生之弗攝也；東升西降，如彼日月，無昏衢之不照也。（〈贈定嚴上人入東序〉）〔註241〕

他將佛教之道視為如同天地日月，無所不包，無所不至，「大法之流行與天地相為無窮者矣。」（〈龍遊重建證果寺記〉）〔註242〕此外，他甚至曾言佛法「至大至明」「超乎日月」，無處不在：

> 或問於濂：「世間至大者何物也？」曰：「天與地也。」曰：「至明者又何物也？」曰：「日與月也。」曰：「然則佛法亦明且大也，與天地日月並乎？」……「天地日月，寓乎形者也。形則有成壞，有限量，……皆有窮也，皆有止也。……若如來大法則不然，既無體段，又無方所，吾不為成，孰能為之壞？吾不為後，孰能為之先？吾不為下，孰能為之上？芒乎忽乎，曠乎漠乎，微妙而圓通乎！其小無

〔註238〕《全集》，頁 780。
〔註239〕《全集》，頁 939。
〔註240〕《全集》，頁 1292～1293。
〔註241〕《全集》，頁 512。
〔註242〕《全集》，頁 1214。

內，其大無外，眞如獨露，無非道者。所以超乎天地之外，出乎日
月之上。大而至於不可象，斯爲大矣；明而至於不可名，斯爲明矣。
是故以有情言之，則四聖以至六凡，或覺或迷，佛法無乎不具也；
以無情言之，則火水土石與彼草木，或洪或纖，佛法無乎不在也。」
（〈徑山愚庵禪師四會語序〉）〔註243〕

宋濂認爲有形的物質仍有終始，至於佛法屬於精神層次，超出了終始內外等有
形的界限，因此他認爲「佛法超乎天地之外，出乎日月之上，豈細故哉？人患
不求之爾。今極其贊頌而書於此錄之端，實欲起人之敬信也。」人在佛法的不
二法門中，能否求得佛法的眞義？對佛法大與明的體悟，最重要的仍在於人是
否能學佛證道，這種說法實與宋濂言學「君子之道」，如出一轍，〔註244〕皆需
要身體力行。

當世之人並非如同宋濂一般，皆對佛教抱持肯定的態度，因此面對闢佛
者，他往往爲佛教辯駁。以「孝親」的觀念來說，闢佛者認爲釋教之徒不奉
養父母，是爲「不孝」。他提出不同的意見，認爲佛教並非不講孝親，在魏晉
南北朝時期佛教即用《父母恩重難報經》來面對此種批評，因此他認爲棄其
親是至愚者的誤解，並非佛家的本意。

古之少恩者，雖如申、韓、商、鄧著書排擊堯、舜、孔子之道，且
不敢遺其親，況於佛氏以慈仁爲教者乎！故棄其親者，非佛氏之意，
愚者失之耳。是以佛氏有報恩之經，稱父母恩甚至。（〈送允師母序〉）
〔註245〕

宋濂首先爲提出佛氏亦認爲父母之恩甚重，因此其云：

凡有父母者，不問在家出家，皆當報恩。何以故？我之肌膚筋骸，
非父母不生；我之饑飽寒燠，非父母不節；我之出入勞逸，非父母
不念；我之就安避危，非父母不分；我之循理屏欲，非父母不教；
我之離俗學道，非父母不成。父母恩德，至廣至大，雖竭恒河沙算
數，亦不能盡。（〈報恩說 爲罕無聞沙門作〉）

〔註243〕《全集》，頁786。
〔註244〕宋濂曾經在《龍門子凝道記下・君子微第二》中雲：「朝爲蹠，慕可孔也；晨
爲紂，夕可舜也。一反掌而已矣。周公、仲尼之道粲如也，學之則至也，不
學則終身不知也。千里之遠，起於足下之一步也，一步即千里也，雖遠可到
也；若安坐，則不能也。」《全集》，頁1789。
〔註245〕《全集》，頁1737。

就算要「離俗學道」，也要父母的成全，因此他回到佛教的教義中談「愛」與
「報恩」的關係。

> 夫愛者生死之根，輪回之本，何以故？眾生由由情生恩，由恩生愛，
> 由愛生執，由執生戀，由戀不捨，遂成妄緣，輾轉出沒，無有休息。
> 沙門，汝欲報恩，莫先入道；汝欲入道，莫先割愛；愛盡情盡，性
> 源自澄。能如是者，明大報恩。……能割愛者，乃菩提道。是以思
> 惟，愛之爲害不可具言。沙門，汝善念之。汝能割愛，即可破妄；
> 汝能破妄，即是返真。直入菩提之路，福德所被，無量無邊，雖聚
> 七寶，高如蘇迷盧山，待用佈施，不是過也。是爲大功德力，是爲
> 不思議勝力，是爲十方大覺如來三昧神力，報父母恩，孰出於此？
>
> （〈報恩説 爲罕無聞沙門作〉）〔註246〕

他主張唯有割愛，愛盡情盡，性源自澄之後，才能名爲大報恩。因爲「愛」
是「我執」，也是「虛妄」，宋濂同時舉出許多人世間因愛而執著，因而承受
種種苦之例，只有能夠體認「恩愛本空」諸法皆空，破除我執，才能夠達到
法塵清淨。從佛家的角度而言，也才算是真正的「大報恩」。故「大雄氏言孝，
蓋與吾儒不異。」（〈金華清隱禪林記〉）〔註247〕二者只是報恩方法不同，在行
爲表現上有異，宋濂轉引佛說毗奈耶律「父母於子有大勞苦，護持長養，資
以乳哺。假使一肩持父，一肩持母，亦未足報父母恩。」宋濂借佛律之本旨，
強調孝道實可化度眾生，佛教在傳統觀念上實與儒家不異，因此他也讚美有
如定嚴上人「身居桑門，心存孝道」〔註248〕、無盡燈禪師「天性尤孝謹，迎
母童氏養山中，年九十四終」〔註249〕等禪師在孝道方面的行徑。

　　宋濂曾言儒家的君子之道，具有「與天地並運，與日月並明，與四時並行」
的特徵，然而他更言釋教「超乎天地之外，出乎日月之上」，那麼若順而推之，
釋教的地位就應該在儒家之上了。這種說法在其他篇章中亦曾出現，宋濂持肯
定語氣用借鄭漁仲之語：「佛之書徧佈天下，而儒家之言不越於跋提河」（〈寶蓋
山實際禪居記〉），〔註250〕認定佛教「大覺世尊其道所被甚廣，無與比倫，則嚴
奉之心逾堅」（〈寶蓋山實際禪居記〉）的重要性與化民甚廣的價值意義。

〔註246〕《全集》，頁 1162～1163。
〔註247〕《全集》，頁 1233。
〔註248〕〈贈定嚴上人入東序〉，《全集》，頁 512。
〔註249〕〈無盡燈禪師行業碑銘〉，《全集》，頁 448。
〔註250〕《全集》，頁 1212～1213。

　　同時宋濂更曾直言真儒不非釋的主張,「孔子以佛為西方聖人,以此知真儒必不非釋,非釋必非真儒矣。」(〈天界善世禪師寺第四代覺原禪師遺衣塔銘有序〉)〔註251〕事實上孔子從未將佛視之為西方聖人,故他在釋教的說法上,除了反應出宋濂本身對於佛法的心儀與體認至深外,並沒有仔細推論的過程與架構的建立。

　　宋濂並無意成為佛學家或是虔誠的佛教徒,他一向以儒者自居,屢稱繼承周公、孔子之道,他這種說法無疑的是要找到儒佛的共通點,尤其是借之以成就「內聖外王」事業。宋濂認為佛教化育百姓其功甚大,「前代帝王以王道、真乘並用,每下璽書護其教。蓋以陰翊王度,而有功於烝民也。」(〈恭題賜和托鉢歌後〉)〔註252〕可見釋教對他而言,也是一種輔助實現王道的方式。在〈重刻護法論題辭〉一文中,他說:

> 三皇治天下也善用時,五帝則易以仁信,三王又更以智勇。蓋風氣隨世而遷,故為治者亦因時而取變焉。成周以降,昏囂邪僻,翕然並作。綅縲不足以為囚,斧鑕不足以為威。西方聖人,歷陳因果輪回之說。使暴強聞之,赤頸汗背,逡巡畏縮,雖螻蟻不敢踐履,豈不有補治化之不足?〔註253〕

宋濂看出儒家聖王所主張之仁信智勇在治民層面上,實有其侷限性,雖然孟子也說過人與禽獸的差異就在於人有仁義禮智「四端」之心,雖有行善之可能,但卻沒有必然的保證,如果人仍然不能自覺,那麼無論使用怎樣的刑罰,功效仍是有限。此時宋濂認為釋教的因果輪迴之說,實可在治化方面發揮矯正與勸阻的作用,但其並不沈溺於果報說法。〔註254〕故他視儒佛二家具有互為補缺的作用,其出發點與所秉持的立場,仍不脫以儒家的道學思想進而成就儒治安民之境。

　　他不僅為佛教「寂滅之行」作辯解,也倡言佛教與儒家皆具「忠君愛物之心」。

〔註251〕《全集》,頁859。
〔註252〕《全集》,頁693。
〔註253〕《全集》,頁913。
〔註254〕在〈松隱庵記〉中,宋濂提到一般人總以為釋教能用因果禍福之說箝制人,「蓋我大雄氏以慈悲方便攝受群迷,慧力足以破貪,故人樂而趨之,庶幾期於妄息而真顯乎?或者不知,徒謂釋氏能以禍福鉗制人,故有所冀而為之。嗚呼!是何待釋氏之至淺哉!」但宋濂認為「因果輪迴」說法仍是一種方便法門,讓人容易破除我執的迷障。《全集》,頁1485～1486。

釋門宏勝，無理不該，無事不攝。其於忠君愛物之心，亦甚懸懸。

凡可以致力，雖身命將棄之，況其餘者乎？人徒見其厭離生死，輒指爲寂滅之行。嗚呼！此特見其小乘者爾，吾佛之爲教，豈至是哉？

（〈恭跋禦製詩後〉）〔註255〕

在〈金剛般若經新解序〉中，他也就化導民眾方面而言，認爲佛教是符合明朝需求的，故其有言：「（明太祖）今又彰明內典，以資化導，唯恐一夫不獲其所，其設心措慮，實與諸佛同一慈憫有情，所謂仁之至義之盡者也，於戲盛哉！」〔註256〕全祖望批評宋濂爲「佞佛」，而不是純儒，若從宋濂角度究之，其雖推崇佛教，但是並未因此拋開其身爲儒者並且承擔儒學傳續的立場。

或謂龍門子曰：「古帝王之道，至周末而益離，天生孔子而一之。

孔子卒後七十一年，而子思作《中庸》。迨孟子出，去孔子卒時纔一百四十四年耳。天生二大賢於其間，而孔子之道益明，而異端之說熄矣。天之衛道之嚴蓋如此。自孟子沒後千有餘年，佛老之言遂充塞宇宙。此無他，聖賢不世出故也。如之何？」龍門子曰：

「子何問之卑也？聖賢固不世出，其書還存乎否也？究其書，明其道，雖百佛老不能惑也。」（《龍門子凝道記中·先王樞第五》）

〔註257〕

宋濂以兼容並蓄的方式調和儒佛，這種看法在文章中隨處可見。如在《龍門子凝道記中·先王樞第五》中，龍門子提出「體用」一詞的來源：

龍門子曰：體用之言，非六經之言也，浮屠氏之言也，借用之耳。

究其所以異同，則猶薰猶不可共器而藏也。〔註258〕

他認爲「體用」一詞並非出自於六經，其原爲佛教用語，儒者只是借用而已，儒釋二者仍有本質上的不同。他認爲雖然佛老之言流行，但其追隨聖人的腳步並不變，因爲宋濂一生皆窮究聖人之書——六經，以明周公孔子之道，故言：「予本章逢之流，四庫書頗嘗習讀。逮至壯齡，又極潛心於內典，方信柳宗元所謂『與易、論語合』者爲不妄，故多著見於文辭間。不知我者，或戟手來詆訾。予嘿不答，但一笑而已。」（〈夾註輔教編序〉）同時宋濂面對時人認爲其學有所

〔註255〕《全集》，頁926。
〔註256〕《全集》，頁1293。
〔註257〕《全集》，頁1778。
〔註258〕《全集》，頁1777。

偏頗的質疑，也自陳：「生多讀台衡、慈恩諸家書，或謗其偏，生曰：我雖口之，未嘗心之也，何其偏？」（〈白牛生傳〉）〔註259〕雖然他對於佛理實有極高的興趣，但並不沈迷，雖然出入佛教與佛典，其立足點仍在於六經與聖人之道，「日坐一室中，澄思終日，或執筆立言，動以聖賢自期。」（〈白牛生傳〉）故他自言佛老不能惑，此實爲其表達對聖賢之道的自覺信念。

但縱觀宋濂對於釋教種種溢美之詞，全祖望進而認爲其「佞佛」之說實有根據，足見實有此傾向，全祖望並非泛論空言。

（二）援佛入儒的明心識心之法

宋濂曾提到自己早年與中年之後所關注的焦點不盡相同，他說：「予早歲屢閱一大藏教，晚獨慕乎心宗。」（〈日本建長禪寺古先原禪師道行碑〉）〔註260〕此說證明宋濂道學思想中所談的「心」，除了繼承孟子以來的心性論的說法外，同時也參雜的佛教「明心見性」的思想。

首先，宋濂的道學思想重心主張「心是萬理之原」、「吾心與天地同大」，其一方面傾向心學，同時也認爲佛教「明心見性」的說法與心學有所契合，特別是宋濂提到佛典時，往往強調其「明心見性」與「心學」的作用，如在〈重刻金剛般若尊經序贊〉中即言：「《金剛般若》尤爲明心之要。」，〔註261〕在〈金剛般若經新解序〉中，他也指出「《金剛經》專言住修降伏，而與《心經》《楞伽》二經大旨略同，其舉揚心學最切。」〔註262〕在〈新刻楞伽經序〉中他曾經對明太祖直言：「若般若心經、若金剛般若經，皆心學所繫，不可不講習也。」〔註263〕同時在〈送季芳聯上人東還四明序〉中也言：「吾佛之學，明心而已矣。然心未易明也，結習之所膠滯，根塵之所蓋纏，沈冥於欲塗，顚倒於暗室，而不能自知。」〔註264〕

宋濂此處實用理學家的態度看待佛典，特別是在明太祖贊同宋濂的說法而有言，「人至難持者，心也。觸物而動，淵淪天飛。隨念而遷，凝冰焦火，經言操存制伏之道，實與儒家言不異。」（〈重刻金剛般若尊經序贊〉）因此佛經中講人心的「操存制伏之道」，明太祖同樣認爲與儒家學說所言不異，因此

〔註259〕《全集》，頁81。
〔註260〕《全集》，頁1131。
〔註261〕《全集》，頁1418。
〔註262〕《全集》，頁1292。
〔註263〕《全集》，頁1239。
〔註264〕《全集》，頁509。

只要能「禁邪思，絕貪欲」，縱使未能上齊佛智，也能趨向賢人君子之境。這種論述明顯將理學中的存天理去人欲說法與佛教的明心見性等同視之，宋濂更順著明太祖之意做了發揮：

> （楞伽經）其言幽眇精深，成為攝心樞要之書也。欽惟皇上以生知之聖，一觀輒悟，詔天下浮屠是習是講，將使真乘之教，與王化並行，治心繕性，遠惡而趨善，斯心也，即如來拯度群生之心也，何其盛哉！（〈重刻金剛般若尊經序贊〉）

此處提出習楞伽經可以使人「遠惡而趨善」，能夠「治心繕性」，有益於教化，這種說法是明顯的援佛入儒。對佛教而言，「心」是萬法的本原，也是一切世間與出世間的本原。隋朝天台宗智顗大師在〈摩訶止觀〉中就提出「一念三千」、「一心三觀」〔註265〕的主張，而禪宗慧能則把成佛的途徑歸於自心的覺悟，主張頓悟成佛。〔註266〕慧能根本不承認有外物的存在，人心也就不受外物的影響。成佛的關鍵在於「頓見真如本性」，也就是自識本心本性，因為萬物皆在本心之中，不需要累世修行，不用大量佈施，也不用誦經禮佛，每個

〔註265〕「一念三千」意指大千世界都是一念心的造作，「夫一心具十法界，一法界又具十法界，百法界。一界具三十種世間，百法界即具三千種世間。此三千在一念心。」（〈摩訶止觀〉）；「一心三觀」則是指空、假、中三觀，即龍樹菩薩之《中論》言不可思議一心三觀。宋濂在〈送覺初禪師還江心序〉云：「大雄氏之道，頓與漸之謂也。以漸言之，初臨十信，伏三界見思煩惱，外凡之位也。次至十住位，斷見思惑，兼斷界內塵沙及伏界外塵沙，用假入空觀。次至十行位，斷界外塵沙，用從空入假觀。次至十回向位，則伏無明而習中觀。已上之種三十，通為三賢，內凡之位也。次至十地位，各斷一品無明，證一分中道，入等覺位。又破一品無明，證一分中道，入妙覺位，至於妙覺，始名為佛。以類言之，則不階等第，直造心源，圓妙如如，超出三界，無煩惱可斷，無真乘可證，無法門可學，無眾生可度，此心即佛，彼佛即心，不去不來，忘內忘外，不可以形相求，不可以方所拘也。大抵教中所攝，頓、漸兼收。教外單傳，頓為禪旨。如來五時所說及拈花微笑，無非共一妙用，第以根有利鈍之殊，故其機有遲速之異耳。奈何末流之弊，二家角立，互相詆訶，夫豈佛意也哉？」《全集》，頁505～506。其他相關論述可參見牟宗三：《佛性與般若》，台北：臺灣學生書局，1997年修訂版，頁739～760。

〔註266〕關於禪宗言心的範疇與涵義，可歸納承五點：一，心的本體即是清淨法身，即心即佛；二，心的作用是寂靜無為；三，心的知覺運動功能是常運不停的；四，常觀心的空寂，能入於法界，出入內外，毫無障礙；五，心既是運動不停，又是常住性，能使學道之人覺悟佛性，早入禪定境界。參見張立文主編：《心》，台北：七略出版社，1996年，頁166。

人的本心皆包含眞如本性，只要憑藉個人主觀信仰與良心，皆有成佛的根據與可能性，佛在心內，不在心外，「一切萬法盡在自身中」、「自性迷，佛即眾生；自性悟，眾生即佛。」（《壇經》）此點實與孟子「人皆可以爲堯舜」、荀子「塗之人可以爲禹」的說法有共通性。

但值得注意者，佛教本是宗教，因此其所著重的是心的本體作用以及在宗教層面的功能，目的在於給予信仰者心靈層次的慰藉。佛教所言之心具有思辨性，儒家所言之「以道爲心」概念則具備經驗的直觀性；理學家所言之心是具有動能，是有思想情感，有欲求的心，並非佛教之寂靜不動、纖塵不染的空寂之心，二者實有差異。

對於如何明心與識心，宋濂除了提出「心存則理存」的方式外，其並不僅用格物窮理的方式做爲明心、識心的功夫，同時也取用佛教空寂之意。因此就儒佛二家並用言，他以爲：

> 蓋宗儒典則探義理之精奧，慕眞乘則盪名相之籬跡，二者得兼，則空有相資；眞俗並用，庶幾周流而無滯者也。」「世之學者夥矣，溺文學者則局促經畬，馳驟藝苑，其流必外騖而忘返；泥苦空者則措情高遠，遊志疏曠，其流必內躁而失守：所以皆倀倀他適，不知正塗之從。（〈送璞原師還越中序〉）〔註267〕

他將處世間與出世間互相匯通，如果能夠儒佛兼備，自然就能眞俗並用，內外兼備，避免掉入窮經或苦空的泥淖中，達到「周流而無滯」之境。宋濂這裡提到佛家之「盪名相」的方式，簡而言之，「盪」有盪除之意，「名相」則指事物的名稱概念與形象，對佛教而言，這些都不是眞實的，只有虛靜的心才是眞實的。正因爲是不眞實的，就自然可從人的認識當中被排遣，只要清除物欲自能顯出眞知之心，自然能夠明心識心。是故宋濂言：

> 故聖人（按：佛）之心主乎靜，靜而非靜，而動亦靜也；凡夫之情役於動，動而不靜，而靜亦動也。吾達摩大師特來東土，以迦葉所傳心學化被有情，欲澄濁爲清，止浪爲平，直入於覺地而後止。故其體常寂，而寂吾寂也；其智常照，而照無照也；其應常用，而用無用也。至此，則其妙難名矣，然未易以一蹴到也。惟一惟虛，坐忘其軀；或緩或徐，長與神明居。懼其散而弗齊也，設疑情以一之；恐其至而自畫也，假善巧以引之；慮其偏而失正也，挽沈溺以返之。

〔註267〕《全集》，頁721。

其道蓋如斯而已。（〈瑞巖和尚語錄序〉）〔註268〕

在其道學思想中，也講「主靜」，此意為要能掌握自己的方寸之心，不因外在
事物的障蔽而無法體察事理，這並非「虛靜」，但其同樣也在佛教思想中，找
到禪學與理學的共通點。在〈聲外鏜師字說〉〔註269〕他以鐘聲為例，其云：

> 聲無內外也，心有內外也。心生而內外生，心滅而內外滅，即大雄
> 氏所謂知一切法，即心自性者也。心實即有，心虛即無，慎勿為內
> 外所惑也。余嘗宴坐般若場中，深入禪定，有鉅鐘，朝夕出大音聲，
> 我未嘗聞之也。此無他，所聞既寂，能聞亦泯，能所雙絕，非聞無
> 而聞聞自見矣。

一般人都認為鐘必須透過扣擊，才能發出聲響，而鐘又是人所鑄造的，那麼
究竟鐘與聲孰內孰外？宋濂認為問題的產生在於「局於器」，因為所謂的內
外，是「心」活動的結果，聲無內外，心有內外，「我無內，孰能求吾之外？
我無外，孰能求吾之內？此非內非外也。非外非內，則內外混融矣。」如果
心是寂然不動，自然不會感覺聽聞鐘聲，因此「所聞既寂，能聞亦泯」，他以
此之例，仍是要強調確保「心的寂靜」，也是明心識心的法則。他也舉「風」
為例，其有言：「始風之未生也，斂神功於寂默之中，昏昏冥冥，萬象雖具，
不見其跡，天機一動，隨品物以流行。……且以吾心言之，大用繁興之時，
怒氣熾然，如霆奔火烈；喜色熙然，如霧廓霞舒；興哀則千人霣涕；鼓勇則
萬夫莫敵，皆此一心之變也。然心果有變乎？心無變，所變者緣爾，故當本
體澄湛之際，無物不有，而無一物之留。」（〈松風閣記〉）〔註270〕若要保持心
的寂靜，他主張要排除我執，使心不執著於物、累於物，這樣吾心才能涵蓋
天地，才能不受欲求執著的遮蔽，自然可言吾心為天下最大，因此他說「須
知變之中而有不變者存，不變者何？前所謂心者是也。心無體段，無方所，
無古今，無起滅。」（〈松風閣記〉）釋來復在〈學士亭記〉一文中，以周濂溪、
程伊川與朱晦庵等理學家思想中融會佛理為例，讚美宋濂樂於與佛徒往來，
雖異其教但能同其道，儒佛二教能夠聯繫的關鍵就在於對「心」的詮釋：

> 今太史公學周、程之學者，文足以貫道，才足以用世，智足以周
> 身，治生之暇，樂與吾徒游，雋永禪悅，竟日忘倦，是能不異其

〔註268〕《全集》，頁784～785。
〔註269〕《全集》，頁1317～1318。
〔註270〕《全集》，頁1354。

教而同其道，不外其迹而內其心，非獨知人而又知言者矣。此海
公所以不忘其師之與交，而且重太史之道。……道無二道，心無
二心，必欲歧而外之者，豈通人之論哉？苟能會其同而究其源，
則斯道也。〔註271〕

故在當時佛徒之間對於宋濂兼融儒佛，「道無二道，心無二心」的體認是極深
切，而且也非常肯定。

他擷取佛教寂然不動的「眞知之心」進而以資論證對心的認識，他並不
否定物外的存在，而其所採取「向內冥求」本心的方式，基本上也可以免除
朱學格物窮理的繁瑣，這種會通的態度無礙宋濂對於道學的掌握，反而對「道」
的發展，賦予更爲開闊的空間。

（三）宋濂對佛教的相關論述

宋濂對於佛典的鑽研，頗有所得，同時也與方外人士多有往來，寫過許多
應酬文字與贈言，他屢言：「予也不敏，盡閱三藏，灼見佛言不虛，誓以文辭爲
佛事。」〔註272〕、「某雖不敏，每以文辭爲佛事。」〔註273〕宋濂在師事元儒黃
溍時，黃溍已與妙辯大師、徑山悅堂禪師等人常相往來，因此他在師門中即已
耳濡目染。他曾爲自己與釋子往來之事提出辯解，對於儒者與方外之士的交往，
歷來受批評，其以蘇軾之例，認爲方外之士中亦有君子，且文采益高，其云：

昔者蘇文忠公與道潛師遊，日稱譽之，故一時及門之士若秦太虛、
晁補之、黃魯直、張文潛輩，亦皆願交於潛師，相與唱酬於風月寂
寥之鄉，宛如同聲之相應，同氣之相求者。有識之士疑之，則以謂
潛師遊方之外者也，其措心積慮，皆與吾道殊，初不可以強而同。
文忠公百世士，及其門者亦英偉非常之流，其於方內之學者，尚不
輕與之進，何獨於潛師皆推許而不置邪？殊不知潛師能文辭，發於
秀句，如芙蓉出水，亭亭倚風，不霑塵土；而其爲人，脫略世機，
不爲浮累所縛，有如其詩：此其所以見稱於君子，而其遺芳直至於
今而不銷歇也歟！（〈用明禪師文集序〉）〔註274〕

宋濂相與交往的禪師，多半是文僧，或是有詩文創作者，如蒲庵禪師：「非

〔註271〕《全集》，頁2566。
〔註272〕〈四明佛隴禪寺興修記〉，《全集》，頁537。
〔註273〕〈阿育山王廣利禪師寺大千禪師照公石墳碑文〉，《全集》，頁880。
〔註274〕《全集》，頁500～501。

惟克修內學，形於詩文，氣魄雄而辭調古，有識之儒，多自以爲不及。推其師者，李謐德好文則曰：『任道德爲住持，假文辭爲游戲。』」〔註 275〕、用堂（沙門）：「非惟其詩可稱道如先生所云，其文亦深穩平實，而多言外之趣。」，〔註 276〕以及璞原師、宗泐〔註 277〕等。他對於這些禪師至爲推崇，而這些禪師不僅詩文造詣卓著，同時對於儒家典籍亦極爲熟稔。他也與用明上人〔註 278〕、千巖大師〔註 279〕等名僧相友好，並爲當世名僧名寺撰述相關文辭，此舉亦增益其文名。故宋濂曾言其「不辭文辭」之目的，意在欲以文字弘道，宏揚佛法，「啓眾生之正信也」。〔註 280〕

　　禪宗原是主張「教外別傳，不立文字」，通過「以心傳心」的方式來傳達教義。相對於天台宗、唯識宗繁瑣的章句解釋和抽象的思辨哲學，達摩祖師的「不立文字」是一種易簡的方便法門，尤其是面對唐武宗會昌滅佛的災難，不拘泥於佛教教條的束縛，自然提供一般人更多更容易親近佛法的機會。

　　針對時人對方外之士精通詩文的批評，宋濂認爲方外能文者，能夠勸善懲惡，有益於世。他先舉三界大師宣揚諸經爲例，後世尊稱爲「文佛」，再舉天親、無著、台衡、清涼諸師所集結撰述的作品如《羯摩律文》、《大經義疏》等，證明能文對於教義的宣揚，實有重大的意義，若不能文，也就不可能產生這般卷軸繁夥、汗牛充棟的諸多經典著作。〔註 281〕歷代大師的論著對於佛教教義的理論建構與發展，有其不可磨滅的功績。因此宋濂認爲傳心之法的作用在於「固在於所當急」，摒棄一切文字，「吾未見其可也」。

　　雖然有人認爲「語言文字，紛穢龐雜，足以礙冲虛而窒眞如」，〔註 282〕他並不贊成禪宗認爲語言文字有礙悟道的說法，他認爲歷代諸師不得不有文字紀錄，肇因言語容易遺忘，若形諸簡編，又怕不能行遠，因此「始刻文梓而傳之」。宋濂提出禪宗不立文字，悟道之方有頓、漸之別，主要原因實在「人之根性不同，而垂接之機亦異。」

　　　其上上者，一見之頃，情塵自然銷實，何假於言！若下下者，朝夕

〔註 275〕〈蒲庵禪師畫像贊〉，《全集》，頁 900。
〔註 276〕〈水雲亭小稿序〉，《全集》，頁 502。
〔註 277〕〈廣智全悟大禪師遷塔記〉，《全集》，頁 1369。
〔註 278〕〈送用明上人還四明序〉，《全集》，頁 510。
〔註 279〕〈南堂禪師語錄序〉，《全集》，頁 508。
〔註 280〕〈佛性圓辯禪師淨慈順公逆川瘞塔碑銘有序〉，《全集》，頁 743。
〔註 281〕〈水雲亭小稿序〉，《全集》，頁 502。
〔註 282〕〈育王禪師裕公三會語錄序〉，《全集》，頁 1210。

諄諄誨之，淡如嚼蠟，竟不知其味，苟欲絕文字，令其豁然自悟，
是猶采黿藻於山巔，求女蘿於海底，終不可得也。（〈育王禪師裕公
三會語錄序〉）

扶衰救弊，各隨其時節因緣，有不可執一而論者矣。昔我三界大師，
演說大小乘諸經，其弟子結集，爲《修多羅藏》，至繁且多也。復慮
後之人溺於見解，而反爲心累，故以《正法眼藏》付於摩訶迦葉。
拈華微笑之間，無上甚深妙法，含攝無餘。此亦化導之一法門耳，
非眞謂鹿野苑至跋提河所言，皆當棄之也。不然，如來自兜率下生，
何不即以單傳直指示人？顧乃諄複勸誘而弗置之邪？去佛既遠，學
者纏繞名義，不能出離，誠有如如來之所慮者。達摩出而救之，故
取迦葉微笑之旨，專以示人，蓋意有所甚不得已焉爾。（〈雪窗禪師
語錄序〉）〔註283〕

然而正由於「根有利鈍，故所教有異同；悟有淺深，故所印有小大。」，〔註284〕宋濂認爲佛教面對教徒的根柢不同，因此廣開各種方便法門，面對資質不同的信眾善於採用不同的接引方式，「非假言辭，難窮實際」，包括達摩所提出之「不立文字，直指本心」，目的在於因應佛典在流傳過程中詮解越見繁瑣所造成的弊端，也是一種不得已的方便法門，如果能達到「靈妙一眞，直超三界，其大無外，其小無內，雖無物之不攝，欲求一物，了不可得。」之境，當下自然因無煩惱可除，無法門可學，無佛道可成，那麼語言文字的存在也不足爲之論了。誠然，宋濂雖重視文字的價值作用，但文字本與佛法有其實質上的不同。宋濂認爲禪宗講心，然而最難的就是「空其心」。

游戲翰墨非難，而空其心爲難。所謂心空則一切皆空。視諸世諦文
字，雖有粗迹，而本無粗迹；雖有假名，而實無假名。惟一惟二，
惟二惟一，初何礙於道哉？（〈跋日本僧汝霖文稿後〉）〔註285〕

他認爲最重要的是要體悟佛教的眞如之心，因爲心外無法，只有保持心的清淨空寂，不越一心，才能體會佛身充滿之感。

我聞法藏，總爲五千四十八卷，……於一字中，各有點畫，於點化
中，各備形聲，是名爲字。積字致於三百四百或千萬言，是名爲經。

〔註283〕《全集》，頁 506～507。
〔註284〕〈徑山悦堂禪師四會語序〉，《全集》，頁 734。
〔註285〕《全集》，頁 1073。

積經以至恒河沙數，無有窮極，悉會于一，是名爲心。……或微或顯，不越一心。心外無法，法外無物。……於虛空界，不見一隻，亦猶契經，充塞宇宙，不觀一字，無體之體，無文之文，終日呈露，徧照十方。（〈毗盧寶藏閣碑〉）〔註286〕

透過文字的運用可說是一種宣揚教義的方式，不應該將心力執著於文字的存在或是表現方式。「不二門中，一法不存，何況於言？覽者當求禪師言外之意，使意見兩忘，而忘忘亦忘，方近道矣。」〔註287〕文字與傳道之間，宋濂主張文字的存在有其必要性，不能因噎廢食。而文字與佛法畢竟是體用關係，文字的作用也是爲了傳道，但傳道卻也不應拘泥於文字。

此種說法實呼應了其對於聖人與六經之間的看法，宋濂嘗言：「文者道之所寓也。」（〈徐教授文集序〉）〔註288〕、「文者非他，道而已矣。故聖人載之則爲經，學聖人者，必法經以爲文。譬之於木，經，其區幹者歟；文，其柯條者歟，安可以歧而二之也。」（〈謚議兩首〉）〔註289〕無論是傳儒家聖人之道，或是傳佈佛教之道，正由於重視文字的功效，因此宋濂強調文的作用與價值在於可彰顯道的大義，此亦是其以儒家道學爲本思想的展現。

其次，宋濂主張要消除佛教的門戶之見，平等對待各派，其云：

佛性無南北，而佛法亦然。其融通混合，覃被無際，震盪鏗鈞，靡間幽顯，論者未易多此而少彼也。（〈佛心了悟本覺妙明眞淨大禪師寧公碑銘有序〉）〔註290〕

此處是就掌握「佛性」這個共識而論，面對當時「教禪二分」的狀態，宋濂持「教禪兼修」的態度。

禪則直究心源，以文句爲支離；教則循序進修，以觀空爲虛妄，互相訾謷，去道逾遠。然以密意言之，依性說相，非息妄修心者乎？破相顯性，非泯絕無寄者乎？以顯示言之，眞心即性，非顯明心性者乎？軌轍雖若稍殊，究其歸極，則一而已，奈何後世歧而二之？（〈金華安化院記〉）〔註291〕

〔註286〕《全集》，頁 1290～1291。
〔註287〕〈徑山愚庵禪師四會語序〉，《全集》，頁 787。
〔註288〕《全集》，頁 1351。
〔註289〕《全集》，頁 229。
〔註290〕《全集》，頁 977～978。
〔註291〕《全集》，頁 1289。

在〈靈隱住持樸隱禪師瀞公塔銘〉中，他面對當時世人習佛之弊「習教者不必修禪，修禪者未嘗聞教」，宋濂推崇樸隱禪師，因為其不僅兼修教與禪，「且通儒家言，文又足以達其意，敷闡大論，發揮先哲，釋門每於師是賴」〔註292〕他並未細緻地討論各派的爭議與得失，其贊成各派融通混合，反對揚此抑彼。宋濂認為佛教講求明心見性，各派雖有歧異，皆可說是殊途而同歸，因此不應該彼此對立。

此外，他尚重視宗派的傳承，其在〈傳法正宗記序〉〔註293〕中，肯定其論述「僧統」傳緒，「明其世系」「以闢義學者之妄」，衛道嚴謹的態度「凜凜然乎不可犯」。這種說法與宋濂談儒家聖人道統時的態度實為不二。他對於佛教教義的理解，可說是與整個元代學術多呈現調和朱陸的態勢有關。在他的心中，融通的概念亦可應用於會通佛教諸派上，可見他即使談佛教，在思想方面也時時意圖與儒家道學思想絀合。

二、調和儒道，相互為用

理學家出入佛、道，已是世之定論，清代袁枚就指出理學的產生是融合佛、道，以補儒學不足。

> 宋儒目擊夫佛、老譸張幽妙，而聖人之精旨微言反有所閟而未宣，於是入虎穴，探虎子，闖二氏之室，儀神易貌而心性之學出焉。(《小倉山房文集》卷二十一)

錢穆先生曾說：「北宋儒學崛起，儒術復興，理學家長處在能入虎穴得虎子，兼採釋道有關宇宙人生原則方面，還本儒學，加以吸收或揚棄，遂使孔子思想嶄然以一新體貌新精神，超然卓出於道釋兩家之上，而又獲一新綜合。」〔註294〕理學家兼採佛道之長，而屏除與儒家相悖之說，諸如周敦頤、張載、朱熹皆如此。原本屬於學術派別的道家，在東漢道教形成後，二者往往相混，道教也將老子奉為祖師，也將老子的《道德經》視為道教經典。先秦道家後來演變為黃老學，黃老的養生術亦成為道教的修練術。在元代不僅許多儒士與佛、道之徒相交往，也有許多佛徒、道士註解儒家經典。

在宋濂的學術中，除了釋教之外，也自言受道教的影響，在〈詰皓華文〉

〔註292〕《全集》，頁1457。
〔註293〕《全集》，頁943。
〔註294〕參見錢穆：《孔子與論語》，台北：聯經出版事業公司，1965年，頁176。

中言「龍門子閒居……頗聞道家之言」。〔註295〕他在年幼時，即受道教的的影響，也產生一些興趣與認識。在其九歲時曾操筆立就，贈詩道士樓節翁，其中有「步罡隨踢腳頭斗，噀水能轟掌上雷」之句，〔註296〕而「步罡」、「噀水」等皆屬於道教法術儀式名詞。其次宋濂說「生幼多疢，常行服氣法。」，〔註297〕其年幼時就嘗試用道教的吐納方法以求身體健康。元代時宋濂也曾入仙華山為道士，與知名道士交往如道家正一教第四十二代天師張正常，同時也為道士撰述像贊、碑銘等文字。〔註298〕除了本身早歲的經驗，以及身處元代江南地區儒士與道士互動熱絡的大環境外，同時他自陳因夢見身被黃服的「太乙之精」，〔註299〕授其文學之法，進而了悟學文真諦，文若不由六經入手，則去道甚遠，宋濂對於儒家之道的頓悟竟是由黃老之人太乙之精提點，著實可見道教對於他的影響與薰陶。

（一）對道家、道教觀念的會通

　　學者張立文指出，理學家在出入於佛道的同時，便構築了以儒家倫理思想為核心，吸收道家和道教有關宇宙生成、萬物化生的觀念和佛教的思辯哲學，以彌補儒家哲學學說的粗糙、淺陋和沒有嚴密體系的缺陷。〔註300〕首先，宋濂對於道家概念的會通與運用，一如宋儒，多集中在「道」的宇宙本體意義上言，此於本章第一節業已論述，如「道本無名，有名斯有迹矣。」（〈至樂齋記〉）、宋濂言「道」的存在「不依形而立，不待力而強，不以生而存，不隨死而亡者也」，也援用了與老子「玄之又玄，眾妙之門」說法，「道」是一切玄妙變化的根源。因此其論「道」繼承老子用「玄」字，實為融合道家的特徵。

　　宋濂在援道入儒，調和儒道的過程中，此「道」並不單指道家，因其往往與道教概念混用，其言論多半出現在與道士相關的文章中。首先，在修養

〔註295〕《全集》，頁223。
〔註296〕鄭濤：〈宋潛溪先生小傳〉，《潛溪錄》卷二，《全集》，頁2323。
〔註297〕〈白牛生傳〉，《全集》，頁81。
〔註298〕學者孫克寬提出，元代南方儒生差不多都和道士們交往，受其薰染，歌咏仙真，探求道術，為他們整理道典。到了元末，高士、山人的藝術活動，更令後人為之景仰，這就是「南道」的獨特精神。參見孫克寬：〈元代的南儒與南道〉，《寒原道論》，頁221。
〔註299〕「吾乃太乙之精，在皇漢時，曾降天祿閣，以洪範五行授劉向。」〈太乙玄微記〉，《全集》，頁28。
〔註300〕參見張立文：《宋明理學邏輯結構的演化》，頁79。

工夫上，他的主張也融合道家與道教之說。

> 雖然，老、莊、文、列四家之書，亦往往及之矣，要不出「致虛極、
> 守靜篤」二句之外。蓋虛則動然涵乎太一，靜則凝然萃乎太和。虛
> 非極，無以收純玄之效；靜非篤，無以臻純默之功。馴而致之，與
> 道蓋不遠矣。……
>
> 宋金以來，說者滋熾。南北分二宗，南則天台張用成，其學先命而
> 後性；北則咸陽王中孚，其學先性而後命。命為氣之根，性為理之
> 根。雙體雙用，雙修雙證，奈何歧而二之？第所入門或殊，故學之
> 者不能不異。然致守之法，又不過「一」與「和」而已。……夫「一」
> 者，「萬」之對也。「萬」則紛紜不定，惟「一」能貫之。「和」者，
> 「戾」之反也，「戾」則參差而不齊，惟「和」能全之。（〈送許從善
> 學道還閩南序〉）〔註301〕

致虛守靜的修養方式是建立在老子切身體悟大道的基礎上，因此老子言：「至
虛極，守靜篤。萬物並作，吾以觀其復。」（《老子》十六章）透過至虛極，
守靜篤才能得道，這是一種靜默、內省的修養方式。正因如此，老子之後道
教的修煉方式也主張清淨無為，守虛抱一。宋濂主張道教的修煉方式應該要
雙修雙證，不同意將修性修命「歧而二」，其所採取的修養方式就是「一」與
「和」。老子主張「抱一」，修道之士其精神要能契合體會道，因此「古之至
人，能養而全之。守一處和，若蟄龜然。一故弗雜，和故弗戾，久而行之，
其道乃至。」（〈述玄為張道士作〉）〔註302〕宋濂這種「處一守和」的修養修煉
方式，可說是融合道教，在道家的基礎上論述發展的。

他在談靜的修養功夫時，在〈宇定齋銘〉中，也曾仿用老子筆法與口吻，
他說：

> 君子養生，能兒子乎？專氣致柔，而肯傷于躁急乎？雖終日嗥而嗌
> 不嗄乎？此謂大和塊扎，而不由喜怒乎？外物其能攖乎？四體其有
> 不順乎？所以神之凝然，氣之融然，泰而安乎？天光照耀，物各付
> 物，而不淆亂乎？夫若是，天其天，而不參於人乎？芒乎，忽乎，
> 熙熙乎？其有出入乎？無出入乎？〔註303〕

〔註301〕《全集》，頁 1110～1111。
〔註302〕《全集》，頁 103。
〔註303〕《全集》，頁 787。

此段文字與《老子》第十章之「載營魄抱一，能無離乎？專氣致柔，能嬰兒乎？滌除玄覽，能無疵乎？愛民治國，能無爲乎？天門開闔，能爲雌乎？明白四達，能無知乎？」與第五十五章「含德之厚，比於赤子。毒蟲不螫，猛獸不據，攫鳥不搏。……終日號而不嗄，和之至也。」相合，〔註304〕赤子與嬰兒皆是道家的理想，也是修道養生者所嚮往的人格型態，爲了保有嬰兒的狀態，避免傷生，老子提出清淨自然的方式，這也是聖人修養工夫的極致。

> 人身之中有玄牝焉，繫乎天根，呼吸所關。絲絡聯縣，枝葉扶疏。
> 靜以養之，一氣孔神，超於象先，不見其朕。玉色連娟，天光內朗，
> 蓋以無爲而得，無爲而成。(〈月堀記〉)〔註305〕

宋濂雖然也講焚香默坐，但這裡所主張的無爲而得、靜以養之的修煉方法，亦是同樣由道家思想所從出。

雖然如此，在面對道教長生不老說時，他則站在儒家的角度進行批評：

> 夫人備五行之氣以成形，形成而精全，精全則神固。誠能體乎自
> 然，而勿汩其中，勿耗其神，勿離其精，以葆其形。大可以運化
> 機，微足以閱世而不死，豈特致上壽而已乎？雖然，此道家之說
> 也。吾亦有所謂不死者，書契以來可謂久矣，凡聖賢豪傑之士，
> 至今儼然具乎方冊間，其事業可爲世法，言語可爲世教，國用之
> 則興，家用之則和，人身用之則修。或反其道，敗亡可立見。〈贈
> 陸菊泉道士序〉〔註306〕

宋濂與道士陸永齡談「養生」，「氣」成爲靜默養生的媒介，他並不贊同透過個人精神與形體的修練以達長生之境，人的生死也是大化流轉運行的過程，其認爲應該更積極的從事道德修養工夫以求相應。對他來說「聖賢豪傑之士」的道德自覺與人格價值才能不朽，這種「大我之壽」其永恆性超越了「小我之壽」的限制，這是宋濂巧妙調和儒道之處。

（二）對道家、道教取捨的準則

宋濂對於方士求長生之神仙術，實多所批評，認爲這些術士是「左道惑眾者」，他以漢武帝爲例：

> 齊地自古多方士，爭言有禁方，能神仙。而少翁、欒大猶善惑，雖

〔註304〕參見業師劉文起教授：〈宋濂對《老子》的認知〉。
〔註305〕《全集》，頁646～647。
〔註306〕《全集》，頁1585～1586。

> 漢武雄才，亦所不免。……先王之世，以左道惑眾者，必拘殺於司
> 寇。有旨哉，必有旨哉！〈說玄凝子〉〔註307〕

宋濂這麼激動的批評，對照方士貽誤朝政的歷史殷鑑，足見他對於惑眾方士
的不滿。對於道家與道教思想，他所兼取者多屬於有助修養、濟世者，同時
須與儒家經典意涵相符。

> 道家者流，秉要執本，清虛以自守，卑弱以自持，實有合於書之克
> 讓，易之謙謙，可以修己，可以治人，是故老子、伊尹、太公、辛
> 甲、鬻子、管子、蜎子，與夫兵謀之書，咸屬焉。自其學一變而神
> 仙方技之說興，欲保性命之眞，而游求於外，蕩意平心，同死生之
> 域，而無怵惕於胸中，則其玄指復大異於前矣。所以劉歆之著七略，
> 既書道家入於九流，而復別出方技，其意豈無見哉？〈混成道院記〉
> 〔註308〕

宋濂此言多本《漢書‧藝文志》，他以儒者本色，將道家歸入「修己安人」的
範疇，並認爲道家意旨與儒家經典尙書、易經相合。同時肯定神仙、方技、
道教皆同出於老子，並肯定他們亦有學術價值與地位，也點出道家與方技實
有不同。

> 所謂葆眞之士，其慮沖，其志靜，虛其神，凝以全，故其一語默，
> 一吸噓，誠可嘯呼麾斥，鞭笞魑魅於指顧之間矣。嗚呼！此事然也，
> 則夫有事周孔之學，以致中和之功者，其應神速又爲何如哉？參天
> 地而妙萬物，固宜有在也。世之人胡不爾思？隨物變遷，至與人道
> 弗類，其可悲也夫？抑亦可慨也夫？〈元莫月鼎碑傳〉〔註309〕

儒家自漢代以來已雜揉神仙方外陰陽五行之說，宋濂在調和儒道方面，其認
爲感應之事亦不足爲奇，因事周孔之學，以致中和之功，進而能參天地而妙
萬物，了解天地萬物流轉之道，天道與人道自然能相應。〈體仁守正弘道法師
金君碑代黃侍講〉一文中，宋濂認爲：

> 昔老子長爲周柱下史，周之舊典禮經，無不知之，非棄絕人倫者也。
> 至其以「無爲」、「清淨」爲教，漢人用之而天下以治，豈無益之學
> 哉！老子遠矣，今道家者流所宗漢天師張氏，既舉賢良方正，直言

〔註307〕《全集》，頁185。
〔註308〕《全集》，頁1100。
〔註309〕《全集》，頁567。

極諫。其子若孫，或徵爲黃門侍郎，或辟爲丞相掾，祚胤相承，逮
今千有餘歲不絕。有能遵其軌範，無廢人間事，而有以究夫道之所
存，不易善學老子者乎？〔註310〕

此處從肯定道教有其正向面，他採儒家的態度作爲判斷的準則，認爲自漢代
以後道教傳續者皆能不廢人間事，遵其軌範，能爲朝廷所用，亦是「善學老
子者」，此處亦展現宋濂思想中儒道融貫的概念。在〈盧龍清隱記〉中他一方
面採「名氏不落於聲利之場，心迹不屬於榮辱之境」的淡泊名利之態，同時
也云：

老氏之道，清靜而無爲，隱約以無名，不以清爲清，不以名爲名，
是則無所不名。可以治國，可以觀兵，可以修身，可以延齡。其小
靡不該，其大無不并。〔註311〕

除了修養工夫之外，很明確的，宋濂對道家道教的取捨的標準在於能否濟世，
爲朝廷服務。因此他推崇老氏之道，認爲其不僅可修身延齡，同時可以治國
觀兵。同樣的說法重複出現，如：

（《道德經》）善識之，可以修身，可以化人。（〈書劉眞人事〉）〔註312〕

濂聞《老子》之旨可以治國，可以修身，可以鍊眞，其大者與孔氏
或不異也。（〈太上清正一萬壽宮住持提點張公碑銘有序〉）〔註313〕

由此可見，宋濂對於老子的推崇，實著眼於「治國」與「修身」兩大方面，
此二部分他認爲與儒家至爲相合，尤其是不斷提及要有積極入世的精神，進
而能夠治世，此亦符合其主張內聖修身外王治國的功用，同時宋濂也認爲眞
儒在用世。在此前提下，宋濂自可言《老子》之旨可以治國，可以修身，與
孔氏或不異，致於「鍊眞」煉丹求道，或可略去不論，在〈傅同虛感遇詩序〉
〔註314〕中，他認同齋科之行、符籙之傳皆爲法中一事，但他另外針對傅同虛
受明太祖寵眷一事，其仍強調應「使世之人咸知道家功用足以濟世而安民」，
能否有用於世，才是他最爲關注者。

〔註310〕《全集》，頁 33。
〔註311〕《全集》，頁 729。
〔註312〕《全集》，頁 1402。
〔註313〕《全集》，頁 656。
〔註314〕《全集》，頁 1482～1483。

第四章　宋濂文論的內涵建構

　　任何一種文學現象的形成，背後的原因往往具有多面向的特性。中國歷代文論的建構與發展，實建築在傳統的人文價值精神中，因此對於文學理論的討論與批評，不能僅侷限於歷史的呈現，除了闡明對詩文基本問題的看法外，尚須對各種命題範疇的進行微觀研究，並廣泛宏觀地論述文學發展的歷程。

　　每個朝代的建立，對文風的形成皆會產生一定程度的繼承與轉變，而這些轉變則取決於當時的歷史條件、執政者對文風發展的態度，以及相應的教育政策。元代詩文理論的發展受到理學的影響，根據《宋元學案》的敘述，元代著名的詩文作家多少都與理學家有著師友的關係，或者本身具備理學家的背景，尤其在延佑年間重開科舉之後，程朱理學因此成為官學，諸如吳澄、郝經等人的文學觀念，皆呈現受理學薰染的痕跡，郝經就認為「蓋文可順而不可作也。天地有真實正大之理，變而順，有通明純粹不已之文，是其所以為之，非矯然造鑿而然也。」（《陵川文集》〈文說送孟駕之〉）戴表元是當時東南地區有影響力的文章大家，為學崇尚朱熹，論文注意新變，取徑較朱熹寬廣，反映了元代文壇的普遍風氣，〔註1〕《元史》卷一九十本傳稱之「其學博而肆，其文清深雅潔」，其曾言：「人之精氣，蘊之為道德，發之為事業，而達之於言語詞章，亦若是而已矣。」（《剡源集》〈紫陽方使君文集序〉）。其他如元代南方所謂「元文四大家」虞集、揭傒斯、柳貫、黃溍等人，也受理學的影響甚深。自元佑重開科舉到元末為止，諸如楊維楨、蘇天爵、戴良、宋濂、劉基、高啟等人，或多或少皆受到理學的影響，特別是金華地區是宋元之際理學家金履祥的故鄉，

─────────────────

〔註1〕　參見陶秋英編選／虞行校訂：《宋金元文論選》，北京：人民出版社，1999 年，頁 520。

其學傳許謙、柳貫等人，影響所及，金華地區的文士多崇尚理學。〔註2〕

宋濂本是婺州文士，黃百家針對金華學術文章承先啓後的遞嬗規律言：「北山一派，魯齋、仁山、白雲既純然得朱子之學髓，而柳道傳、吳正傳以逮戴叔能、宋潛溪一輩，又得朱子之文瀾，蔚乎盛哉！是數紫陽之嫡子，端在金華也。」〔註3〕《明史·文苑一》言及明初文士實與元季文士關係密切：「明初，文學之士，承元季虞、柳、黃、吳之後，師友講貫，學有本原。宋濂、王禕、方孝孺以文雄，高、楊、張、徐、劉基、袁凱以詩著。其他勝代遺逸，風流標映，不可指數，蓋蔚然稱盛已。」王梓材則清楚的點出宋濂遠紹呂祖謙之學：「東萊學派，二支最盛，一自徐文清再傳至黃文獻、王忠文，一自王文憲再傳而至柳文肅、宋文憲，皆兼朱學，為有明開一代學緒之盛。」〔註4〕全祖望對於婺中之學從理學轉變為文學流派的過程始於柳貫、黃溍、吳萊、吳師道等人，〔註5〕他們俱為元末金華地區的知名文士，因此日後傳衍詩文之學於宋濂、王禕，對明代開國功業實有貢獻。〔註6〕

〔註2〕周予同談到「浙東學派」時提到，浙東學派分永嘉（今溫州）學派，以陳傅良、葉適為代表，以及永康（今金華）學派，以呂祖謙、陳亮為代表。「我稱之為批判學派，或者經濟（救世、淑世）之學，實際上是改良派。他們從文史著手，以為文學是表達工具，史學是學問的基本功。他們的方法是批評的。」參見朱維錚編：《周予同經學史論著選集（增訂本）》，上海：上海人民出版社，1996年第2版，頁898。

〔註3〕參見黃宗羲著／全祖望補修：《宋元學案》卷八十二「北山四先生學案」，頁2727。

〔註4〕參見黃宗羲著／全祖望補修：《宋元學案》卷七十三「麗澤諸儒學案」，頁2434。

〔註5〕全祖望在〈宋文憲公畫像記〉中提到「婺中之學」有三變，「予嘗謂婺中之學，至白雲（許謙）而所求於道者疑若稍淺；觀其所著，漸流於章句訓詁，未有深造自得之語。視仁山（金履祥）遠遜之，婺中學統之一變也。義烏諸公師之，遂成文章之士，則再變也。」雖然全祖望認為浙東理學在許謙門人身上已產生轉變，尤其在義烏地區的文士身上已看見明顯傾向文章之學，無疑的，此時浙東學派不僅是文學流派，亦可視為從浙東學術統緒中衍生出來的特色。許謙、柳貫皆是金履祥的門人，還有被稱為許謙「學侶」的張樞、吳師道，元代浙東學派傳承以許謙的弟子與再傳弟子為主，葉儀是許謙的親傳弟子，章溢、葉琛、朱右等是許謙的再傳弟子，宋濂、戴良師事柳貫、吳萊、黃溍，王禕也受學於黃溍，胡翰也師事吳萊，方孝孺則是宋濂的門人，是故元末明初的浙東文士與浙東理學的傳承有密不可分的關係，同時他們皆是當世重要的文士，對明王朝政經制度的制定與思想文化的建立作出重要的貢獻。參見黃宗羲著／全祖望補修：《宋元學案》卷八十二「北山四先生學案」，頁2801。

〔註6〕學者孫克寬言：「金履祥入元隱居不仕，傳於許謙，又傍衍為吳萊、柳貫、黃

　　自韓愈以降，無論是文學史方面所重視的古文運動，或是哲學思想史方面的儒學復興運動，可視之為一體兩面，唐宋韓柳歐蘇四大家皆從「道」出發，對「文以載道」這個歷史命題展開論述。若從文學史角度觀之，不管是「文以載道」、「文以明道」或是「文道不二」，種種說法皆清楚證明「道」與「文」之間有其緊密的關係，同時構成具有同一規律的特色，在時代的思潮中，「道」對歷代正統詩文發展中展現積極促動的影響力。元代正統之詩文理論受理學影響，故當代文士論文總標舉儒家之道的價值作用，〔註7〕也因此元代文士修正了宋代理學家「文以害道」的偏頗觀念，同時走向文道並重的路線，元代詩文的主流是文統與道統結合，試圖對宋代理學作修正，使之更能包容文學。〔註8〕此外元末明初更有文士企圖掙脫理學的羈絆與束縛，力求文學的發展，諸如楊維楨、戴良等人，在文學發展方面無論是採取主流或是旁枝，此二種發展方向實影響了明代詩文的發展。

　　是故元明之際的文學氛圍與元代以來紹述程朱學術發展有著密切的關係，文學理論方面也承繼著宋元時期的論點，特別是入明之後，在傳統儒家的文學思想上融合道學家與古文家的觀點，進而建立一符合官方需要之文學理論，明初文論走向實與元代詩文主流相吻合。《元史・儒學傳序》稱：

> 前代史傳，皆以儒學之士分而為二，以經藝顯門者為儒林，以文章名家者為文苑。然儒之為學一也，六經者斯道之所在，而文則所以載夫道者也。故經非文則無以發明其旨趣；而文不本於六經，又烏

滔，這些華實並茂的學者，他們都是金華人。再傳而有宋濂、王禕，以文章為經濟，用詩書禮樂的儒學正道，來輔佐由平民革命，挺起濠泗的明太祖朱元璋，光復大漢河山，創建一代制度。」參見孫克寬：〈元代金華之學術評〉，《幼獅學誌》8：3，1969年，頁1～33。

〔註7〕　學者孫克寬對於金華之學的發展，有一精闢的見解：「我總覺得元代金華之學應以金仁山為開山，……到了仁山經歷國變的滄桑，其講學才注意尚書、春秋孔門史學的微言大義，而播下反抗胡元的革命種子。而這時亡宋遺民，或以詩歌來抒發故國哀思，或以文學教授鄉里來培育下一代的人才。正由於有了這些深厚的學術淵源，所以無論在朝如柳貫、黃溍，在野如方鳳、吳萊，都不曾忘記宗社淪亡，與傳衍儒學的任務。後人在純理學的標準上，不免排斥詞華，如吳萊、王禕，在學案中未曾賦以較重要的地位，甚且以金華之學，文勝於質，引為遺憾。而我們今天卻正以金諸士的文彩紛披，事功卓舉，才寄予深厚的同情。參見孫克寬：〈元代金華之學術評〉，《幼獅學誌》8：3，1969年，頁1～33。

〔註8〕　參見馬積高：《宋明理學與文學》，長沙：湖南師範大學出版社，1989年，頁135。

足謂之文哉。由是而言，經藝文章，不可分而爲二也明矣。

> 元興百年，上自朝廷内外名宦之臣，下及山林布衣之士，以通經能
> 文顯著當世者，彬彬焉眾矣。今皆不復爲之分別，而采取其尤卓然
> 成名、可以輔教傳後者，合而錄之，爲儒學傳。

《元史》將儒林與文苑傳合一的做法，反映了當時宋濂和其他編修《元史》儒者們的共識，強調學者不應偏廢任何一途。他們對文章、六經與載道關係的意見實受程朱理學影響甚深，由於宋代對於文章實有「論理」與「論文」兩派，宋濂將二者合一，在當下時空環境上有其一定的歷史意義與價值。〔註9〕「文以明道」的正統文學主張，持續影響了明初的詩文創作觀念，一方面反映出當代文士重實用的態度，同時相對於元代蓬勃發展充滿個人風格與自由的文學創作，明初文學思潮的轉變，影響不可謂不大。

同時上述引文中提到能做到「通經能文」，同時「顯著當世」者，仍是爲數甚夥，然而在此標準的揀擇之下，無疑對明初的文風與發展做了定調。當然，這種發展情況與當日的政治脫離不了關係，尤其是與明太祖個人主觀意識中欲加強對思想文化層面的控制有關。此外元末明初浙東派文士參與明王朝建立，並用儒家思想引導明王朝制度的制定，特別是對明初開國文治教化的需要，提供了切實可行的法式。

宋濂在元明之際是當時公認的能文之士，《明史》記載其「在朝，郊社宗廟山川百神之典，朝會宴享律曆衣冠之制，四裔貢賦賞勞之儀，旁及元勳巨卿碑記刻石之辭，咸以委濂，屢推爲開國文臣之首。」徐尊生也謂其爲「以筆爲舌」的博學之士。〔註10〕黃宗羲在〈明文案序〉〔註11〕認爲「有明之文，莫盛於國初，再盛於嘉靖，三盛於崇禎」，「有明文章正宗，蓋未嘗一日而亡也。自宋、方之後，東里、春雨繼之，一時廟堂之上，皆有其文。」黃宗羲實視明初宋濂、方孝孺爲承襲宋儒文章正宗傳統。明太祖在誥文中推崇宋濂「學足以明道，文

〔註9〕 宋代散文向有文章派、道學派、事功派之分，其中浙東永嘉一脈如薛季宣、葉適等論學主事功，論文則合義理與辭章文藻爲一，宋濂將儒學與文苑二傳合一的做法，一方面展現其學術方面融貫的特性，同時也容易爲當代儒士所接受，日後清代桐城派也主張義理辭章合一，亦是此種文論觀念的延續。

〔註10〕 《明史》卷136〈曾魯傳〉記載：「徐尊生嘗曰：『南京有博學士二人：以筆爲舌者宋景濂，矣舌爲筆者，曾得之也。』」

〔註11〕 〈明文案序〉僅見載於黃宗羲之《南雷文定》（北京：中華書局，1985年版）第一卷之首，現受入沈善洪主編：《黃宗羲全集》（十），杭州：浙江古籍出版社，1993年，頁17～20。

足以垂世」，劉基與朱元璋論當世文章時，更首推宋濂，己居第二，張孟兼第三。〔註12〕黃百家復言：「金華之學自白雲一輩而下，多流而爲文人。夫文與道不相離，文顯而道薄耳，雖然，道之不亡也猶幸有斯。」〔註13〕至於當代學者張須也認爲宋濂可說是「一代作手」，〔註14〕學者郭紹虞則認爲，宋濂之所以值得推尊，原因在於其爲明代復古潮流中的代表，同時屬於學者主持之復古，因此從正統派的眼光看，古文家推崇他，理學家也推崇他。〔註15〕

　　宋濂本身兼有思想家、經學家與文章家的身分與特色，其承繼元代金華學術重道又重文的特色，特別是在其思想中，一方面雖以程朱理學爲本，卻又兼及心學與事功之學，反映在文學思想方面，特別是在文道關係的論述上，也就相對有所進展。表現在具體創作方面，不僅文章內容題材擴大，同時亦有多元性和實用性的特質，也共同構成反應時代文化的整體風貌。而且宋濂身爲明初開國文臣之首，其文學理論可視爲明初官方理論指導的代表，對明初的文學思潮與學術變遷有其舉足輕重的地位與影響。回顧歷代提出文論的學者往往也是思想家，關心的觸角不僅限於考察文學現象與鑑賞批評，他們希望在傳統與創新之間尋求平衡與位置，進而在實踐方面有所創新與開展，因此明初浙東文士的文學觀，特別是宋濂、王褘、胡翰、方孝孺等所致力於理學思想和文學理論的融貫，他們的文學論旨，亦攸關明代文學思想的發展。

　　若單就微觀角度言，宋濂身爲文士的畢生志業，是藉由文章以彰顯道的價值意義，復因學術思想的內在體悟，因而對文章有所增益與提升。若從宏觀的學術價值方面看，文章與文學在其學術中佔相當重要的部份，然相較於宋代，因元末明初正統詩文理論的發展已產生了變化，特別是其繼承宋元以

〔註12〕「（劉基）一日侍上於謹身殿，偶以文學之臣爲問，伯溫對曰：『當今文章第一，輿論所屬，實在翰林學士臣濂，華夷無間言者。次即臣基，不敢他有所讓。又次即太常丞臣孟兼。孟間才甚俊而奇氣燁然。』」〈跋張孟兼文稿序後〉，《全集》，頁 1161。

〔註13〕黃宗羲著／全祖望補修：《宋元學案》卷八十二「北山四先生學案」，頁 2801。

〔註14〕參見張須：「宋濂記誦淹博，明初亦以文宗推之，而姚姬傳乃直詆爲外道。余觀濂所爲『文原』諸篇，置辭險怪，誠有不免者，要其才富贍，自是一代作手。」〈宋元明清文論〉，收入羅聯添編：《中國文學史論文選集（四）》，台北：臺灣學生書局，1986 年第二次印刷，頁 1327～1334。

〔註15〕參見郭紹虞：《中國文學批評史》，台北：五南圖書出版有限公司，1994 年，頁 303。

來的詩文理論,並對明代洪武之後的文學理論發展有所啓發,故吾等必須將
其歸入中國古典詩文理論的變遷中考察,才能清楚明白地釐清此時文學理論
的發展趨勢與影響。因此本章將針對宋濂的文論議題進行討論,首從宋濂文
論的基本構型進行論述,進而探究宋濂所主張的「養氣」說,對文章的本原
如何把握,同時並論証「道」的內涵如何展現在文學創作之中,以下將由此
三方面釐清宋濂文論所主張的內涵架構與價值。

第一節　宋濂文論闡示的文道規律

　　中國古典文論中許多重要的範疇在先秦時期即有著蓬勃的發展,不僅提
出具有創造性的文論概念,〔註16〕也進而下開漢代文論高潮的先河,對以後
歷代的文論發展產生了深遠的影響。章學誠在《文史通義‧詩教上》就肯定
先秦諸子的文學成就:

　　　　六藝道息而諸子爭鳴,蓋至戰國而文章之變盡,至戰國而著述之事

　　　　專,至戰國而後世之文體備,故論文於戰國而升降盛衰之故可知也。

不管是在議題的開拓、審美的角度,或是將文藝提升至道德層次等等的論述,
無一不在追求文學終極價值意義,同時也是學者揭示其文學思想與道德精神
的相互融貫,亦可說是個人生命情境的追尋與完成。

　　文學原是人類內在精神表現之一,因此透過文論可用以理解文學所蘊含

〔註16〕　先秦諸子多半具備思想家與政論家的身分,因此其文學理論與思想往往表現出
　　　　他們對於人生問題、文化主張或是政治觀點的思考,甚而可視之爲學說的投射
　　　　與理想人格完成。是故面對時代的課題,無論是孔、孟、荀、墨子或是老莊,
　　　　他們無一不具有憂患意識,也皆透過文辭以表達其思想立場。同時因爲禮崩樂
　　　　壞的危機,形成諸子百家爭鳴的局面,無論是對立也好,承繼也好,先秦儒家
　　　　和道家在古代文學理論體系的建立上,分別揭示兩種不同的思考路向,一是以
　　　　儒家政治思想和倫理道德爲基礎,以「政教」爲中心的文學論,另外則是以道
　　　　家思想爲基礎,以「審美」爲中心的美學理想。儒家和道家在思想發展上,儒
　　　　家首重文藝的社會作用與實用價值,容易忽視文學的獨立性,雖然孔子也重視
　　　　藝術審美的理想,卻不容易建立屬於文學層次的審美理論。相對的,由於道家
　　　　推崇自然之道,排斥政治活動,尤其是莊子豐富的思辨哲學,諸如自然、虛靜、
　　　　形神、道氣等觀點,對於文學理論的發展尤其是針對文學的內在聯繫與規律的
　　　　探索,產生了積極性的作用。正由於儒家和道家在思想發展上的不同,在此影
　　　　響之下,「逐漸形成了中國文論史上政教中心論和審美中心論兩派對立的文藝
　　　　理論。」參見黃保眞、成復旺、蔡鍾翔:《中國文學理論史——先秦兩漢魏晉
　　　　南北朝時期》,台北:洪葉文化事業有限公司,1993 年,頁 2。

的精神價值。若從文學本體意義觀之，文學與天道自然統一，亦與人性藝術和諧，中國古代文論實從天道觀、人性論與人生論等中心出發，形成古代文論在思想體系上的開放與靈活，在方法論上的包容與創新。由於不同時代對於文學藝術的看法並不相同，其所構成的形態與相應的文學表現，每每展現不同時代的意義與風貌特色，因此歷代文學思想的發展變遷，皆有一段從萌芽到興盛，而後步向衰弱、消失，再重新萌芽的循環規則。

　　然而這種分合的過程並非偶然發生，文學理論的發展本有其依循的規範，尤其是儒家思想長期以來居重要位置，學者之文學理論建構實與思想有不可分割的關係，而文論背後所秉持的儒家倫理道德的核心價值，實已屬於人格精神境界。若是從功用論而言，儒家特別強調提高文學的實用價值，因此文學也必須肩負社會功能與道德教化的責任，〔註17〕從曹丕《典論・論文》之言「蓋文章，經國之大業，不朽之盛事」中，已可見先秦以降，儒家對文章作用的高度評價。我們若從文學發展的角度觀之，在儒家思想的規範下，對於文藝的發展或許有所制約；〔註18〕然就文學發展的本質觀察，文學本有其獨立的嬗遞與姿態。如果進一步從政經文化的角度討論，值得關注的焦點當集中於當代人身處一特定時代，對於文學的觀念與審美特徵所達成的集體共識，這對關心文學的發展變化具有重要的意義。

一、「文」的辨析

（一）「文」的定義與範疇

　　在中國傳統文論中，對「文」的定義與界說，呈現賞悟紛雜的狀態，也

〔註17〕如孔子在《論語・季氏》中提出「不學詩，無以言。」之說，展現對於詩歌實用價值的重視；在《論語・陽貨》中認為詩歌的社會功能在於「詩可以興，可以觀，可以羣，可以怨，邇之事父，遠之事君，多識於鳥獸草木之名。」

〔註18〕歷代學者在儒家宗經重儒思想的薰陶中，倫理道德觀念往往成為評斷文學作品的標準，諸如佛老之文或小說詞曲等作品，往往無法得到適切的評價。尤其是宋儒明顯將道德與文學一分為二，以「聖學」為念，將文學箝制在狹隘的框架中，在《二程遺書》卷十八中，就有「《書》云：『翫物喪志』，為文亦翫物也。」說法，否定文學的價值意義。另如顧易生在〈先秦文學批評〉中也曾提到：「儒家特別強調文藝的社會作用，既提高文學的實用價值，促進其繁榮與現實性的加強，又使它從屬於封建政治和道德，形成某種束縛藝術生命的桎梏。」參見王運熙、顧易生主編：《先秦兩漢文學批評史》，上海：上海古籍出版社，1996年，頁13。

突顯出了「文」的寬泛與靈活。近人章炳麟針對「文」與「文學」做了區別：「文學者，以其有文字著於竹帛，故謂之文；論其法式，謂之文學，凡文理文字文辭皆稱文。」〔註19〕若按照章炳麟之說，這是從傳統文論的背景上論「文」，凡是書寫在竹帛絹紙上者稱爲「文」，故「文」指一切書面言述，而「文學」則指論說一切書面言述法式之學問。歷來「文」的涵意跟著時代有所嬗變，先秦時期「文學」和學術分不開，孔子有言：

子畏於匡，曰：「文王既沒，文不在茲乎？天之將喪斯文也，後死者

不得與於斯文也！天之未喪斯文也，匡人其如予何？」《論語·子罕》

「文」在這裡不只是一種書寫形式，它的意涵深遠而且具備典範意義，因此在孔門教學中，曾分爲「四科」，〔註20〕其中「文學」一項代表人物爲子游、子夏，這裡「文學」是指對《易》、《書》、《詩》、《禮》、《春秋》等文化典籍的學習、研究與傳述，弟子皆習四科而各有擅長，「文學」在排序上雖次於後，卻是學習的基礎，「博學於文，約之以禮」（《論語·雍也》），孔子雖不否定文學與辭章，但也僅是「辭達而已矣」（《論語·衛靈公》）。同時孔子也揭示「文質彬彬」（《論語·雍也》）的準則，除了人格修養也要兼顧道德，尚文成爲手段，尚用才是眞正的目的，所以反映在文學層次主張內容與形式要兼重。先秦時期儒家所謂「文學」的含意可說是最廣義的文學觀念，特別是孔子說：「誦詩三百，授之以政，不達；使於四方，不能專對，雖多亦奚以爲！」（《論語·子路》）這種崇尚實用的文學觀，也影響了後世的理學家和朝廷主張的正統文論。

宋濂在《龍門子凝道記中·先王樞》之言，實已泯去文與經的界限，可見其對「文學」意涵的掌握。

龍門子曰：游、夏文學，非今世之詞章也，詩書禮樂事也。若專謂

子游作檀弓、子夏作樂記爲文學者，其待游、夏也淺矣。〔註21〕

他同樣認爲「文學」並非專指詞章，「昔者孔子生於周末，憫先王道衰，以四科教學者，而游、夏以文學名。其所爲文學者，儀章度數之間，或損之，或益之，以就夫厥中，欲使體用之相資，而本末之兼該也。」（〈訥齋集序〉）、「昔者游、夏以文學名，謂觀其會通而酌其損益之宜而已，非專指乎辭翰之文也」

〔註19〕 參見章炳麟：《國故論衡·文學總略》，收入《中國歷代文論選》（四），上海：上海古籍出版社，1986年，頁303～304。

〔註20〕 「文學」一詞首見於《論語》，《論語·先進》：「德行：顏淵、閔子騫、冉伯牛、仲弓。言語：宰我、子貢。政事：冉有、季路。文學：子游、子夏。」

〔註21〕 《全集》，頁1778。

（〈文原〉）。〔註22〕而是指對儒家的經典的理解與實踐。

　　先秦兩漢文論可說是以天、地、人之「文」爲主體，此時並未明確區分文章之「文」與學術意義之文。到了曹丕《典論‧論文》之際，則明確的將「文」作爲文章分類的總稱。〔註23〕到了魏晉南北朝對「文學」的體認更爲深刻，因此「文學」的名義開始和現代的認知較爲接近，同時已產生「文」「筆」分別的問題。〔註24〕經過這幾個階段，「文學」觀念次第演進，後世包括辭章、聲律、性靈、文與詩、文與道等論述，仍是承繼上述議題的分述討論不斷開展。在古代文論中，「文」的含義包含多種，而多種涵意中往往也互相融攝，因此其論域的空間相對擴大，甚至可說是無所不包。文論在發展的過程中，也受到儒道二家思想的影響，特別是「天」、「道」、「天人合一」的概念構成形而上與形而下的統一，歷代文論背後終極思想依據可說是「天人合一」之道，〔註25〕因此由天文到人文的演化軌跡，不僅是可說是探究文學本原的思想方法，也是中國古代文論中重要的特質。〔註26〕

　　「斯文也，非指夫辭章而已也」，宋濂在「文」的辨析上，首先即指「文」並非單指辭章，這種說法在其文集中屢見不鮮。對於「文」的範疇與價值，與其論「道」的立場完全一致，「道」是中國古代哲學中最高的概念範疇，「道」

〔註22〕《全集》，頁 1404。

〔註23〕兩漢時對文學的認識較前代清楚，因此「文學」多指經學、史學，廣義來說代表一切學術，帶有詞章意義者，則稱爲「文章」或「文辭」，此與《漢書‧藝文志》中首先把「詩賦」別出爲一類有關。曹丕在《典論‧論文》中說：「夫文本同而末異。蓋奏議宜雅，書論宜理，銘誄尚實，詩賦欲麗。」曹丕因爲認識到文的本同末異，因此認爲各種體裁都有不同的作用與不同的修辭標準。此時業已就文論文，進而關注「文體」方面的問題。

〔註24〕《文心雕龍‧總術》：「今之常言有文有筆，以爲無韻者筆也，有韻者文也。」

〔註25〕錢穆先生曾言：「中國文化精神在重此心天合一之人生共相，故文學藝術諸種造詣，亦同歸於此一共相，而莫能自外。」參見錢穆：《中國史學論文選集》（二），台北：台灣幼獅文化事業公司，1985 年，頁 111。

〔註26〕余虹曾在《中國文論與西方詩學》一書中談到中國古代文論將自己的研究對象設定爲道之文的一種：人文，從而它與一般「道之文」的概念之間有一種垂直的形而上從屬性關係。「文」是納入宇宙自然的總體文象中來加以思考的，因而「文論」是總體宇宙自然道論的一部分，對「道」以及「道之文」的一般思考在根本上規定著文論的思想前提。同時由於「天人合一」的主導信念之規約，人文與天文、地文、物文之間的並列性關係又主要是從同一性上來理解的，因此人文與天文、地文、物文之間的自然比附成爲理解人文的基本思想方法。參見余虹：《中國文論與西方詩學》，北京：生活‧讀書‧新知三聯書店，1999 年，頁 59～60。

也是古代文論的哲學基礎，因此宋濂所謂之「文」亦指廣義之文。他說：

> 凡天地間，青與赤謂之文，以其兩色相交，彪炳蔚耀，秩然而可睹
> 也。故事之有倫有脊，錯綜而成章者，皆名之以文。唐虞以來，賢
> 聖之君迭作，而其文至周特備：畫疆定野，授田分井，邦之文也；
> 前室後寢，左昭右穆，廟之文也；車服有章，爵土有數，官之文也；
> 鐘磬竽瑟，干戚旄翟，樂之文也；朝會燕饗，郊社禘嘗，禮之文也；
> 振旅茇舍，治兵大閱，兵之文也；發號施令，陳經布紀，政之文也；
> 舒陽慘陰，彰善癉惡，刑之文也。如此之故，殆不可以一二數。斯
> 文也，非指夫辭章而已也。〔註27〕（〈訥齋集序〉）

在〈訥齋集序〉中，其所言之文泛指廣義之文，除了辭章之外，也包括邦文、廟文、官文、刑文、禮文種種，不僅不限純文學作品，舉凡典章制度皆屬於「文」的範圍，這裡所言之「文」亦可視為「人文」。歷來不同的文論家對於「文」有不同的規定與標準，但對「文」之論述採廣義之意，亦為歷代文論家所認可。《周易・繫辭上》即言「易與天地，故能彌綸天地之道。仰以觀於天文，俯以察於地理，是故知幽明之故。」在思想的發展上，天道觀屬於本體論的範圍，而形上形下可以統一的關鍵就在於「道」。因此在中國傳統知識論述中，從天、地、人角度開啟思考的視野，無論是對文論、藝術或是人生價值層面，皆是一獨特而又具體的思考路向。《周易・繫辭下》有云：「陰陽合德，剛柔有體」，在《周易・賁・象》則云：「剛柔交錯，天文也；文明以止，人文也。觀乎天文以察時變；觀乎人文以化成天下。」《周易》思想中，「人文」本於「天文」，而「天文」生於天地之道。由陰陽合德所產生之剛柔交錯的宇宙萬象，就是「文」，因此「道」是內在的規律，「文」則是外在形象的展現，「文」與「道」實為表裡，透過通天地之變的聖人以展現人文，確立了人世法度。劉彥和論文，亦從日月天象、山川地形的「道之文」談起：

> 文之為德也，大矣！與天地並生者，何哉？夫玄黃色雜，方圓體分，
> 日月疊璧，以垂麗天之象；山川煥綺，以鋪理地之形；此蓋道之文
> 也。仰觀吐曜，俯察含章，高卑定位，故兩儀既生矣。惟人參之，
> 性靈所鍾，是謂三才。為五行之秀氣，實天地之心生，心生而言立，
> 言立而文明，自然之道也。旁及萬品，動植皆文：龍鳳以藻繪呈瑞，
> 虎豹以炳蔚凝姿；雲霞雕色，有踰畫工之妙；草木賁華，無待錦匠

〔註27〕《全集》，頁 2031。

之奇；夫豈外飾，蓋自然耳。至於林籟結響，調如竽瑟；泉石激韻，
和若球鍠；故形立則文生矣，聲發則章成矣。……原道心以敷章，
研聖理而設教，取象乎河洛，問數乎蓍龜，觀天文以極變，察人文
以成化；然後能經緯區宇，彌綸彝憲，發揮事業，彪炳辭義。(《文
心雕龍‧原道》)

其認爲人綜合五行之秀氣，依天地之心而生，爲了表情達意，語言因而產生，
有了語言而後產生文章，是自然而然的事，及於萬品與動植的形色音聲，也
都是不假外飾的自然之文。若依彥和之見，此段文字說明了「道」是萬物生
成的動力，「文」是「道」在大化運行流轉的具體表現，故可言文學本原於自
然。「道沿聖以垂文，聖因文以明道」，聖人則介於「道」與「文」之間，聖
人之文名曰「經」，「三極彝訓，其書曰經。經也者，恆久之至道，不刊之鴻
教也。」(《文心雕龍‧宗經》)因此非聖人不能體道，聖人之鴻文非道不能樹
立，「人文」與「天文」因此縮和，此種說法也確實的點出古代文論的內在思
路，聖人之言爲「道之文」，聖人經典就具備了典範的意義。因此古代文論基
本上就是道——聖（經）——文的一套方法邏輯。〔註28〕

　　宋濂心中之「文」除了「人文」，尚包括「天文」和「地文」。在〈華川
書舍記〉中，其寫道：

嗚呼！文豈易言哉！日月照耀，風霆流行，雲霞卷舒，變化不常者
天之文也；山嶽列峙，江河流布，草木發越，神妙莫測者地之文也。
群聖人與天地參，以天地之文發爲人文，施之卦爻而陰陽之理顯，
行之典謨而政事之道行，味之《雅》《頌》而性情之用者，筆之《春
秋》而賞罰之義彰，序之以禮、和之以樂而扶導防範之法具。雖其
爲教有不同，凡所以正民極、經國制、樹彝倫、建大義，財成天地
之化者，何莫非一文之所爲也。〔註29〕

此段文字與《文心雕龍‧原道》篇所云如出一轍，宋濂論「文」，基本上是延

〔註28〕學者鄭毓瑜認爲「道——聖——文」這種傳播模式更值得關注之處在於由於
　　　　語言本身無法具有宇宙之道的意義，因此「宗經」的重點在於探尋語言文字
　　　　的書寫運用如何得以完整體現道心、神理。這種關注將使得「道」的具體體
　　　　現不以人文社會的體制架構爲焦點，而是一種成爲規範的語言型式。參見氏
　　　　著：〈文學典律與文化論述——中古文論中的兩種「原道」觀〉，《漢學研究》
　　　　18：2，2000 年，頁 285～318。
〔註29〕《全集》，頁 56。

續《文心雕龍》的概念陳述，《文心雕龍》所言之「文」實可視爲普遍寬泛的「共名」，在共名下泛論群言乃是中國古代廣義文論的基本樣式，歷千年而不變。〔註30〕因此類似的話語也於其行文中重複多次，如在〈續志林小引〉中宋濂謂：「文垂世行遠者，彬彬然諧，彪彪然炳，斯可矣。……天，文之昭也；地，文之著也；人，文之烜也。」〔註31〕、在〈黃文獻公祠堂碑〉中宋濂復云：「星辰之昭乎上者，天之文；河嶽之列於下者，地之文；經緯乎兩間而丕昭至道，人之文。人之文，雖若有不同，或得之者亦足以配二儀而常存，後萬物而弗凋。」〔註32〕古代文論對於天文、地文、人文三者的具體開展與關聯，並無緊密的推論過程，具體文論的建構往往呈現跳躍性的思考，也因此論點可以縱貫古今，形上形下的概念也可互相會通，除了具有深度與廣度之外，尚多了隨意與自由。總之，一切「道」的體現皆是「文」，所以宋濂論「文」的範圍就更爲寬泛許多，故在〈曾助教文集序〉中即謂：

> 天地之間，萬物有條理而弗紊者，莫非文，而三綱九法，尤爲文之著者。何也？君臣父子之倫，禮樂刑政之施，大而開物成務，小而禔身繕性，本末之相涵，終始之交貫，皆文之章章者也。〔註33〕

在〈文原〉中，則清楚陳述其「以道爲文」的文學立場，其云：

> 余之所謂文者，乃堯、舜、文王、孔子之文，非流俗之文也，學之固宜。……故凡有關民用及一切彌綸範圍之具，悉囿乎文，非文之外別有其他也。然而事爲既著，無以紀載之，則不能以行遠，始托諸辭翰，以昭其文。〔註34〕

蓋宋濂所謂之「文」，乃是自然界有條理而弗紊的萬物，後成爲有條理而弗紊之事，事爲既著，透過記載使之成爲有條理之文，然後可以行遠，因此文之著者，就是三綱九法，而三綱九法亦是文之本。所以在〈曾助教文集序〉中，他復言「傳有之，三代無文人，六經無文法。無文人者，動作威儀人皆成文；無文法者，物理即文，而非法之可拘也」，「所謂三綱九法，其文理之粲然者，加體索而擴充焉。」

由於宋濂對於「文」的定義與範疇實爲寬泛，「文」雖然有眾多的形式，

〔註30〕參見余虹《中國文論與西方詩學》，頁 44。
〔註31〕《全集》，頁 196～197。
〔註32〕《全集》，頁 251。
〔註33〕《全集》，頁 1167。
〔註34〕《全集》，頁 1403～1404。

但在內容方面卻是以孔孟之「道」為準則。在〈徐教授文集序〉中，舉凡「存心養性之理，窮神知化之方，，天人感應之機，治忽存亡之候」都是包含在「文」中，其並針對文學作品具體指出「非文」之例：

> 是故揚沙走石，飄忽奔放者，非文也；牛鬼蛇神，恑誕不經而弗能宣通者，非文也；桑間濮上，危絃促管，徒使五音繁會而淫靡過度者，非文也；情緣憤怒，辭專譏訕，怨尤勃興和順不足者，非文也；縱橫捭闔，飾非助邪而務以欺人者，非文也；枯瘠苦澀，棘喉滯吻，讀之不復可句者，非文者；廋辭隱語，雜以詼諧，非文也；事類失倫，序例弗謹，黃鐘與瓦釜並陳，春穠與秋枯並出，雜亂無章，刺眯人目者，非文也；臭腐塌茸，厭厭不振，如下俚衣裝不中程度者，非文也。如斯之類，不能遍舉也。必也旋轉如乾坤，輝映如日月，闔闢如陰陽，變化如風霆，妙用同乎鬼神，大之用天下國家，小而為天下國家用，始可以言文。

透過上述引文，可見在宋濂心目中，扣除這些「非文」之後，符合其「文」的標準者，無疑只有堯、舜、文王、孔子之文、六經、孟子與宋代理學家的作品，只有正三綱、齊六紀的文章才會受到他的推崇，亦可說凡與儒家孔孟之道有間者，皆不在其所認知之「文」的範圍中。

〈文原〉一文將統攝萬物的自然之道與儒家孔孟之道等同論證，此概念實繼承《周易》與〈原道〉篇，因此他曾說：

> 人文之顯，始於何時？實肇於庖犧之世。庖犧仰觀俯察，畫奇偶以象陽陰，變而通之，生生不窮，遂成天地自然之文，非惟至道含括無遺，而其制器尚象，亦非文不能成。……吾之所謂文者，天生之，地載之，聖人宣之，本建則其末治，體著則其用彰，斯所謂乘陰陽之大化，正三綱而齊六紀者也，亙宇宙之始終，類萬物而周八極也。
> 嗚呼！非知經天緯地之文，惡足以語此。

由於其所界定者為廣義之文，在意義上實指思路的開展。廣義之文相對狹義的文章之文，「文」可說是天地萬象，也是道的顯現，同時是宇宙本身，因此才能成就「天地自然之文」。是故廣義的道之文並須透過不斷領會與感悟，才能洞悉「文」的真意與精神。宋濂除了闡明「文」之始，其所謂之文是「天生之，地載之，聖人宣之」，與道的地位等同。文是本也是末，文是體也是用，因此「文」不只是一種表達思想的形式，更是一個含括儒學、政治、經世、

文章等多方面的文化傳統。

　　宋濂對文的界說並非獨創，元代陳繹曾即云：

　　　　文者何？理之至精者也。三代以上行於禮樂刑政之中，三代以下昭
　　　　於易書詩書春秋之策。秦人以刑法爲文，靡而上者也。自漢以來，
　　　　以筆札爲文，靡斯下矣。嗚呼！經天緯地曰文，筆札其能盡諸？（〈文
　　　　筌序〉）〔註35〕

郝經也言文應順天地自然之理，故反對「作爲」：

　　　　天地有眞實正大之理，變而順，有通明純粹不已之文，是其所以爲
　　　　之，非矯揉造鑿而然也。唯其變，是以有文；唯其順，是以不已，
　　　　皆然也。故陰陽得以文乎天，剛柔得以文乎地，仁義得以文乎人，
　　　　羽毛麟介苞葉根荄得以文乎物，清濁高下得以文乎聲，升降舒綴得
　　　　以文乎節，麗縟華采得以文乎色，理樂射御書數得以文乎服。易其
　　　　無有，利其興革，化而新之，至至終終，爲神道之極致，亦得本然
　　　　之理而已，焉有作爲之贅哉！（〈文說送孟駕之〉）〔註36〕

郝經復言「不作不爲，萬理皆具。推而順之，文在其中矣。」其認爲把握天
地之理後的自然流露之文才是眞正的「自然」，宋濂的「自然之文」與「非文」
說，其意實與郝經之言不異。「文」在這裡展現出無所不包，無所不至之廣闊
概念，可見從元代時期特別是道學家的文學思想發展，對於「文」亦傾向調
和道學與文學，也因此能夠爲官方的文學思想提供一套完整的理論根據，宋
濂的說法亦是承此路數而發。

（二）文的價值作用

　　宋濂論文重視文章所應擔負的社會作用與價值，其云：

　　　　先王之文，所以範圍天下者，吾不得行之，著明於經，庶幾後之人
　　　　或有所興起者乎。孔子憂世之志深矣，奈何世教陵夷，學者昧其本
　　　　原，乃專以辭章爲文，抽媲青白，組織華巧，徒以供一時之美觀。
　　　　譬如春卉之芳穠非不嫣然可悅也，比之水火之致夫用者，蓋寡矣。
　　　　嗚呼！文之衰也一至此極乎！（〈訥齋集序〉）

由於他重視文章的社會作用，因此在文中以水火之致用來比喻文章的價值作

〔註35〕　〔元〕陳繹曾：〈文筌序〉，收入《宋金元文論選》，北京：北京人民出版社，
　　　　　1999 年，頁 599。

〔註36〕　〔元〕郝經：〈文說送孟駕之〉，收入《宋金元文論選》，頁 472。

用，相較之下，文章具備有如春卉之可悅的藝術成分，就不是他所特重者。
關於文章的價值作用，概括而言即是：

> 明道之謂文，立教之謂文，可以輔俗化民之謂文。斯文也，果誰之
> 文也，聖賢之文也。（〈文說贈王生黼〉）〔註37〕

文中明確的提出實用價值至上的文學樣式，同時也是道德與事功的融攝，為
文的目的正在於「明道」、「立教」與「輔俗化民」，由此可見，宋濂實重視文
章在思想、政治與教化的功用。他曾為不少貞婦節婦作了小傳，希冀藉由她
們的事蹟以達成「移風俗，美教化」（〈王節婦湯氏傳〉），〔註38〕因此文章實
有大用，也是儒士用以經世的途徑。〈文原〉一文將文章視為「人文」中之一
環，並提出「經天緯地之文」的說法，無疑地是正面提出文學的「功用論」。
宋濂屢次強調文章的功能與肩負的教化責任，如其所言之「文辭有助於名教」
（〈華川文派錄序〉）〔註39〕、「作文當有關世教」（〈元贈進義副尉金溪縣尉陳
府君墓銘〉），〔註40〕在〈曾助教文集序〉中，他首先點出「文之為用其亦溥
博矣」的概念：

> （文）施之於朝廷則有詔、誥、冊、祝之文，行之師旅則有露布、
> 符檄之文，託之國史則有記、表、志、傳之文，它如序、記、銘、
> 箴、贊、頌、歌、吟之屬，發之於性情，接之於事物，隨其洪纖，
> 稱其美惡，察其倫品之詳，盡其彌綸之變，如此者，要不可一日無
> 也，然亦豈易哉？必也本之於至靜之中，參之於欲動之際。有弗養
> 焉，養之無弗充也；有弗審焉，審之無不精也。然後嚴體裁之正，
> 調律呂之和，合陰陽之化，攝古今之事，類人己之情，著之篇翰，
> 辭旨無所畔背，雖未造於至文之域，而不愧於適用之文矣。

從此言觀之，其明顯的重視文的功能性，同時更關注文的內涵表現，教化作
用對文的內容時有所限制，但前提仍必須是不違背道的原則。儒家的文學觀
念是以文德教化為主，同時也要有益於治道，治道不僅在於修己治人，更重
要的是文學能發揮對事功完成的俾益，他說：

> 文辭與政化相為流通，上而朝廷，下而臣庶，皆資以達務。是故祭

〔註37〕《全集》，頁 1568。
〔註38〕《全集》，頁 1444。
〔註39〕《全集》，頁 486。
〔註40〕《全集》，頁 1125。

饗郊廟則有祠祝，播告寰宇則有詔令，胙土分茅則有冊命，陳師鞠
旅則有誓戒，諫諍陳請則有章疏，紀功耀德則有銘頌，吟咏鼓舞則
有詩騷。所以著其典章之懿，叙其聲明之實，制其事爲之變，發其
性情之正，闡闢化原，推拓政本，蓋有不疾而速，不行而至者矣。(〈歐
陽文公文集序〉)〔註41〕

宋濂學術思想積累的過程中，實泛取諸家，特別是元代浙東學派重理學也重
事功，同時浙東學派自柳貫、黃溍、吳師道、吳萊等人之後明顯地轉向文學
流派。正由於浙東派重文，同時在發展過程中對理學的探究不若宋儒純粹，
因此在思想方面也較爲活躍。在文學本質上，對於文中所含之道的含義，自
然也就意義豐富許多，因此他文章所應反映者包括「天衷民彝之叙，禮樂政
刑之施，師旅征伐之法，井牧州里之辨，華夷內外之別，復皆則而象之。」(〈文
原〉)，文章同時也要能夠「妙用同乎鬼神，大之用天下國家，小而爲天下國
家用，」(〈徐教授文集序〉)，宋濂更認爲身爲文學之彦的儒者，必須能夠「精
瞻宏博，足以爲經濟之用。」(〈大明故中順大夫、禮部侍郎曾公神道碑銘有
序〉)〔註42〕因此於其思想中特重世用的想法，在文章中也特意呈現反對空虛
而重實用，強調個人相應於社會的責任與外在事功表現。宋初實學家李覯在
〈上李舍人書〉中即言「文者，豈徒筆札章句而已，誠治務之器也。」由於
經歷元末社會動亂，浙東學者並未空談心性，特別是入明之後，朱元璋稱宋
濂爲「開國文臣之首」，自然唯有將心力投注在實際的政經施爲上。由於明初
浙東文士與明王朝的關係密切，因此透過倡言撰論的方式，進而實際參與明
初制度的規劃與創制，包括強調文辭在治道上的作用，顯然符合統治者的需
求，從個人角度言之，亦期能裨補時政。

然而儒者所言之理想制度，不管如何可行可法，總需先透過文字叙述的
方式呈現，但若要能夠落實與執行，往往尚有大段的距離，同時受限於所處
的地位與立場，也限制了儒士本身實際的施爲。但從眞正執行方面來說，讀
書與著書並不算是眞正的實行。宋濂也曾多方努力，但面對明初的政局，以
明太祖興文字獄一事觀之，雖然他本身備感困惑，但仍堅持地認爲文章一定
要能經世致用，可見其重視「立言」的價值。

自《左傳》標舉「立德、立功、立言」(〈襄公二十四年〉)三不朽的人生

〔註41〕 《全集》，頁 1909。
〔註42〕 《全集》，頁 696。

方向，以及「言以足志，文足以言，言之無文，行而不遠」（〈襄公二十五年〉）的說法，皆證明前人認為言辭具有垂諸永久的價值，之後的儒者無不受其影響。對個人道德的修持，宋儒原已闡說詳備，面對「立功」，或有客觀環境的限制，不一定有機會能承擔治民的任務，然若因為道德的修持，進而能使君主人民受到感化，亦是一種「立功」的表現，故他身為帝師，於此居功厥偉。如果二者皆不可為，那麼歷代儒士所做選擇的就是講學與著書立說。曹丕有言，文章是「經國之大業，不朽之盛事」，宋濂也認為「立言」的價值在於「其能致不朽也宜哉」、「言以足志，文足以言；言之無文，行之不遠。」（〈徐教授文集序〉），「立言」是不朽的途徑，欲能「行遠」，也必須透過文。〔註43〕在〈太乙玄徵記〉中，他提到「有德者必有言」，：

> 文者，乾坤之粹精也，陰陽之靈穌也，四時之衡石也，百物之錧鎋也，中國之采章也，四裔之儀法也，可不務乎！……充於一身，和順內積，英華外發；達於四國，民物阜康，政教洽洽。筆之於書，則可為天下後世法。傳曰：「有德者必有言。」〔註44〕

話雖如此，然其也直言「立言」是一種不得已的選擇：

> 古之立言者，豈得已哉！設使道行於當時，功被於生民，雖無言可也。其負經濟之才，而弗克有所施，不得已而形於言。庶幾後之人或行之，亦不翅親展其學，所以汲汲遑遑弗忍釋者，其志蓋如是而已。（〈守齋類稿序〉）〔註45〕

他曾說過「夫道明德立，其言足以繫世教之重輕」，〔註46〕面對好友陶宗儀辭官返鄉講學的選擇，其云：

> 九成之歸也，結廬泗涇之上，日坐皋比，橫經而講肄之。子弟從之者，皆知所以孝弟忠信；出而事君，又皆知能致其身之義。（〈送陶九成辭官歸華亭序〉）〔註47〕

「立言」的意義在於儒者雖不能親身實踐個人的外王事業，卻可以藉由語言文字闡述心中理想，以影響後學，若其中有人能夠「出而事君」，也就等於完成了

〔註43〕「事為既著，無以紀載之，則不能以行遠，始托諸辭翰，以昭其文。」（〈文原〉）

〔註44〕《全集》，頁30。

〔註45〕《全集》，頁918。

〔註46〕〈八詠樓詩紀題辭〉，《全集》，頁1914。

〔註47〕《全集》，頁730。

個人未竟理想的實踐，其「立言」之意與「立功」可說是等同的。他反對「空言」，是故「立言」仍必須有用於世。在《浦陽人物記》中，他曾提到浦江歷來不乏立言之士，然其著作「皆散佚無存，或僅存，人亦鮮知之者。」其臆測原因爲「事功之實行難亡，語言之空文易泯，故致是爾。」所以他接著說：

> 世之傳者亦何往而非空文哉？必繫其學之醇疵，醇則習之者多，疵則傳之者少也。嗚呼！信如是說，古之荒誕不經之文，縱橫捭闔之術，可謂極疵矣。至今在人口者，又何其多耶！是蓋有不可曉者。意亦有幸不幸存焉。幸不幸，天也，則非人之所知矣！雖然，人眾者勝天，文之得傳與否，實繫乎後之人，天何預哉？〔註48〕

對於文章能否流傳後世，能夠經得起時間的考驗，他雖然認爲有人力所不能控制的因素在，但是問題的根本在於立言之人本身的學養是否醇厚，作品內容與創作動機是否有益世教。「立言如六經，此濂夙夜所不忘者。」（〈吳瀚州文集序〉）〔註49〕因此立言必含本於經義之旨，同時需要「德」「功」兼備，著重文章本身的價值意義。

二、文學本源——明道與宗經

宋濂的文學思想的開展，與其道學思想中所秉持的「明道」與「宗經」立場密不可分，《龍門子凝道記卷中・樂書樞第五》中云：

> 道無往而不在，豈易明哉？造文固所以明道，傳經亦將以明道，何可以歧而二哉？東漢以下，道術不一，學者始各即心爲師，以組麗華彩爲文，非載道矣，以穿鑿破碎爲學，非釋經矣。〔註50〕

他在此處點出造文、傳經的目的皆是爲了要「明道」。文道不二的概念在其文中重複出現，例如宋濂曾言「予聞之，文者將以載道，道與文非二致也。」「大道流行，日用昭宣。非文載之，道孰與傳。安可岐之，徇於一編。」（〈故新昌楊府君墓銘〉）、「文者非他，道而已矣。」（〈諡議兩首〉），〔註51〕其在文道關係上，雖然用詞不一，如「文道不二」、「文以載道」、「文道合一」、「文以明道」，但皆傳達出相同的觀點——文章是「道」的載具。其在《浦陽人物記

〔註48〕《浦陽人物記下卷・文學篇・黃景昌》，《全集》，頁 1847。
〔註49〕《全集》，頁 831。
〔註50〕《全集》，頁 1780。
〔註51〕《全集》，頁 229。

——文學篇》的序文云：

> 文學之事，自古及今以之自任者眾矣，然當以聖人之文爲宗。……
> 文之所存，道之所存也。文不繫道，不作焉可也。苟繫於道，則萬
> 世在前不謂其久，吾不言焉，言則與之合也；萬世在後，不謂其遠，
> 吾不言焉，言則與之合也。是故無小無大，無外無內，無古無今，
> 非文不足以宣，非文不足以行，非文不足以傳，其可以無本而致之
> 哉？〔註52〕

早在孔門文學觀中，不僅尙文也尙用，可說是日後文道合一說的發端，〔註53〕而文道議題可說是中國文論的主流，先秦以來，儒家的文學觀，特別是唐宋的古文運動、明代的復古運動，以及清代桐城派對古文義法的討論等重要文論的發展，無疑皆是由文道觀念所貫穿終始者。

「造文以明道」之說肇端於荀子，荀子可說是最早論述「聖人之道」與「文」二者之關係者，其在〈儒效〉篇中提出「道者，非天之道，非地之道，人之所以道也，君子之所道也。」的概念，能夠體此「道」者是「聖人」，聖人又以文章來表達此「道」，「井井兮其有理也，嚴嚴兮其能敬己也，分分兮其有終始也，猒猒兮其能長久也，樂樂兮其執道不殆也，炤炤兮其用知之明也，脩脩兮其用統類之行也，綏綏兮其有文章也，熙熙兮其樂人之臧也，隱隱兮其恐人之不當也，如是則可謂聖人矣。」這是荀子對於文道關係的原則性表述，因此要求進行文學修習與文采修飾，並以爲這是轉變性情與提高身份的必要途徑。同時「道」是「詩書禮樂之歸」，荀子標舉詩書禮樂春秋爲學習對象，認爲修身治國之道集中於聖人，並全面載於這些典籍中，就荀子的角度言，古今所有的文章皆應是「道」的載體。這樣並舉與推崇儒家經典的說法，因而成爲後世「明道」、「徵聖」、「宗經」說的先聲，〔註54〕之後儒者「文以明道」、「文以載道」、「文以貫道」諸說，莫不由此從出。〔註55〕到了漢代，如在賈誼《新書・道德說》中：「道者，聖王之行也；文者，聖王之辭

〔註52〕《全集》，頁1838。

〔註53〕參見郭紹虞：《中國文學批評史》，台北：五南圖書出版有限公司，1994年，頁14。

〔註54〕參見王運熙、顧易生主編：《中國文學批評通史——先秦兩漢卷》，上海：上海古籍出版社，1996年，頁11。

〔註55〕參見陳良運：《周易與中國文學》，南昌：百花洲文藝出版社，1999年，頁220～221。

也。」已明顯的將「文」「道」對舉，對後來文論發展的思路有其影響，董仲舒也說「志爲質，物爲文，文著於質，質不居文，文安施質？質文兩備，然後其禮成。」特別是揚雄，其重新闡發荀子「明道、徵聖、宗經」原則，並加以體現，在《法言》一書中，揚雄言：

> 捨舟航而濟乎瀆者，末矣；捨五經而濟乎道者，末矣。棄常珍而嗜乎異饌者，惡睹其識道也？
>
> 或曰：人各是其所是，而非其所非，將誰使正之？曰：萬物紛錯，則懸諸天；眾言淆亂，則折諸聖。或曰：惡睹乎聖而折諸？曰：在則人，亡則書，其統一也。（《法言‧吾子》）
>
> 或問：五經有辯乎？曰：惟五經爲辯：說天者莫辯乎易，說事者莫辯乎書，說體者莫辯乎禮，說志者莫辯乎詩，說理者莫辯乎春秋。捨斯，辯亦小矣。（《法言‧寡見》）

可見漢儒已給予六經高度的評價，一切文章皆原於六經，六經的內容可說是詩文的本體。

荀子在〈儒效篇〉中提出「聖人也者，道之管也」的觀點，彥和進而吸收此概念，認爲道文二者間，關鍵在聖人。他認爲道是文的本原，〔註56〕因此在〈原道〉篇中把道、聖、文的關係表述爲「道沿聖以垂文，聖因文以明道」，所以《文心雕龍》中「原道」、「徵聖」、「宗經」三篇依序排列，用以闡明道、聖、文三者的關聯。一般而言，古代文論研究中的文道論大概可分成三種情形，一是古文家的文論，或強調尊崇經典，返古貫道與歸本六經；或強調現實關懷，時代承擔；或反對作文的離道傾向，反對無道而爲文的辭章之技，反沉溺風月的浮靡文風。二是道學家的文論，將「文以載道」推進到有道必有文，乃至「作文害道」。三是文章家的文論，文章家主要是以作文之法的探討爲論文道關係的指歸。〔註57〕宋濂的文論可說是兼綜上述三種特質，雖傾向由古文家與道學思想角度論文，但其重「道統」也重「文統」，同時不廢文章的文學意義。

宋濂的文學思想概念基本上源自《文心雕龍》，可說是遠紹劉勰，近爲唐

〔註56〕參見孫蓉蓉：〈「文原於道」與「文以載道」〉，「文心雕龍」國際學術研討會論文，台北：臺灣師大國文系編，1999年5月15、16日，頁71～84。

〔註57〕參見吳興明：《中國傳統文論的知識譜系》，成都：巴蜀書舍，2001年，頁128～129。

宋古文家文以明道的延續。其所言之「明道」，實以儒家周孔之道爲依歸，因此他認爲文的作用在於彰顯道的大義：

> 聖人者出，扶弼教基，揭我日月，燭我冥埴。所謂建生民極，立天地心者，是不有其道歟？道雖無形，揆文可知。《典》《謨》渾淳，卦畫閎奇，《雅》《頌》恢張，《禮》《樂》咸儀，《春秋》謹嚴，衰褒鈇鉞。不由於此，去道遠而舍其根荄，玩其葩葉，而何以史遷諸子爲？且非文不行，非文不章。天子非文，曷風四方；諸侯非文，莫守其邦；卿大夫非文，身鬱不揚；士庶人非文，卒遏于鄉。（〈太乙玄徵記〉）〔註58〕

「道雖無形，揆文可知」，體「道」需要從「文」開始。這裡的「文」是聖人之文，也就是六經，「經則是萬世之準繩也」、「聖人垂訓，皎若丹青，所謂載道之經是已。」（〈送陳生子晟還連江序〉）〔註59〕「經」原即有典範之意，因此宋濂乃言習文若不由六經入手，去道甚遠。他在學文之事上經歷一番澈悟，自己曾做出「悉燔毀筆硯，取六藝燖溫之」的舉動，意指揚棄以往僅著重古文辭的態度，重新體悟經典的內容，因此「未幾學果進」。他也曾自陳個人由專注文辭而向追求文之內涵的歷程：

> 余自十七八時，輒以古文辭爲事，自以爲有得也。至三十時，頓覺用心之殊微，悔之。及踰四十，輒大悔之。五十以後，非惟悔之，輒大愧之，非爲愧之，輒大恨之。自以爲七尺之軀，參於三才，而與周公、仲尼同一恒性，乃溺於文辭，流蕩忘返，不知老之將至，其可乎哉？自此禁毀筆研，而游心於沂泗之濱矣。……文之華靡，其溺人也甚易之故也。雖然，天地之間有全文焉，具之於五經，人能於此留神焉，不作則已，作則爲天下之文，非一家之文也。（〈贈梁建中序〉）〔註60〕

他認爲辭藻華麗是末節，而五經可視爲天地之至文，造文與明經的目的在於「明道」，故習文者實應掌握文的內涵意義。宋濂可說是以文立身，傳道自許，〔註61〕所以他在教導後學時，特別強調以聖人之文教之，並使知「以道爲文」

〔註58〕《全集》，頁29～30。
〔註59〕《全集》，頁865。
〔註60〕《全集》，頁558。
〔註61〕「浦江鄭楷、義烏劉剛、楷之弟柏嘗從予學，已知以道爲文。」〈文原〉，《全集》，頁1403。

的重要，此亦是「傳經以明道」的具體實踐。正因「道」是宇宙萬物的本原本體，且存於儒家的經典中，故其不斷地強調撰文需要「明道」。在〈徐教授文集序〉中，他提出「文與道非二致者」的說法，其云：

> 文者道之所寓也，道無形也，其能致不朽也宜哉。是故天地未判，道在天地；天地既分，道在聖賢；聖賢之歿，道在六經。凡存心養性之理，窮神知化之方，天人感應之機，治忽存亡之候，莫不畢書之。皇極賴之以建，彝倫賴之以敘，人心賴之以正，此豈細故哉？後之立言者，必其無背於經，始可以言文。……言以足志，文足以言；言之無文，行之不遠。此文之至者也。文之至者，文外無道，道外無文。粲然載於道德仁義之言者即道也，秩然見諸禮樂刑政之具者即文也。道積於厥躬，文不其工而自工。不務明道，縱若蠹魚出入於方冊間，雖至老死，無片言可以近道也。

類同的概念，在其文友王褘之〈文原〉一文中，也有「文與道非二物」的說法：

> 天地之間，物之至著而至久者，其文乎。蓋其著也，與天地同其化，其久也，與天地同其運。故文者，天地焉相為用者也。是何也？曰，道之所由託也，道與文不相離。妙而不可見之謂道，形而可見者之謂文。道非文，道無自而明，文非道，文不足以行也。是故文與道，非二物也。道與天地並，文其有不同於天地者乎？載籍以來，六經之文至矣，凡其為文，皆所以載夫道也。陰陽之變化，載於易；帝王之政事，載於書；人之情性，草木鳥獸之名，載於詩；君臣華彝之名分，人事之善惡，載於春秋；尊卑貴賤之等級，以節文乎天理者，則禮載焉。聲容之美，以建天地之和者，則樂載焉。此其為道，實至著至久，與天地同化而同運者，而皆託於文以見，則其為文，固亦至著而至久，無或不同於天地矣。嗚呼！此故聖人之文也歟。……故曰，為文苟以載夫道，雖未至於聖人之文，固可謂不謬於聖人者也。由是論之，文不載道，不足以為文。〔註62〕

宋濂特別強調聖人之文的典範意義，其復云：

> 所謂文者非他，道而已矣。故聖人載之則為經，學聖人者，必法經

〔註62〕王褘：《王忠文公集》，金華叢書本，北京：中華書局，1985年，頁427～428。

以爲文。譬之於木，經，其區幹者歟；文，其柯條者歟，安可以歧
而二之也。（〈謚議兩首——淵穎先生私謚議〉）

他認爲文與道是一致的，「六經」是聖人之文，也是落實「明道」的典範，是
故撰述文章必要以六經爲準則，經與文實無法歧之爲二。在〈白雲稿序〉中，
其更加以融貫：

五經各備文之眾法，非可以一事而指名也。蓋蒼然在上者天也，天
不能言而聖人代之，經乃聖人所定，實猶天然。日月星辰之昭布，
山川草木之森列，莫不繫焉覆焉，皆一氣周流而融通之。……夫經
之所包，廣大如斯，事之學文者其可不尊之以爲法乎？……是則文
者非道不立，非道不充，非道不行，由其心與道一，道與天一，故
出言無非經也。〔註63〕

此處將「徵聖」「宗經」的傳統主張推向極致，文不僅與道合一，文也與天一，
正因「經」無所不包，因此以經爲本，文自然也能無所不包無所不行，達到
最高的境界，也就是文等於道，道等於心，道等於天，經也等於道、天、心，
故六經的地位至爲崇高。宋濂認爲孟子之後，對六經有最深切體認者，莫過
於宋代二程、朱熹等理學家：

夫自孟氏既沒，世不復有文。賈長沙、董江都、太史遷得其皮膚，
韓吏部、歐陽少師得其骨骼，舂陵、河南、橫渠、考亭得其心髓。
觀五夫子之所著，妙幹造化而弗違，百世以俟聖人而不惑。斯文也，
非宋之文，唐虞三代之文，非唐虞三代之文也，六經之文也。文至
於六經，至矣盡矣。（〈徐教授文集序〉）

根據上述之言，賈誼、司馬遷等漢代知名文士只學得皮膚，韓愈、歐陽修也
只學得文章骨骼，唯獨理學家之文才是繼承聖人之文者，這種「文統」觀與
道統觀並無二致。宋濂宗經色彩不僅濃厚，此處也可看出其對統合道統與文
統爲一的態度，參照王禕之言，可見此說實爲當時浙東文士一致的想法。

宋濂主張文學本原爲「明道」與「宗經」，這種想法也受到理學與時代環
境的影響。韓愈在〈原道〉篇中不僅提出「道」的傳承譜系，在接續道統的
同時也要接續文統。蘇軾讚美韓愈「文起八代之衰，道濟天下之溺」（《蘇軾
文集》卷十七〈潮州韓文公廟碑〉）蘇軾認爲韓愈不僅發揚道統，也光大了文
統。但宋代理學家周敦頤提出「文以載道」說、二程提出「作文害道」的成

〔註63〕《全集》，頁494～495。

見，朱熹則將有德者與能文者劃分爲二等，主張文道合一，「文便是道」、「文皆是從道中流出」，宋代理學家多所展現「重道輕文」的態度，較不重視文學的獨立性地位、形式技巧的作用與審美特徵的重要性。〔註64〕

金元之際，元代新王朝建立，向漢民族學習文化傳統的需求較爲迫切，因此文論以宗經致用爲號召。元祐元年重新復科之後，元代政治較爲穩定，因此文臣以治文合一的觀點鼓吹「盛世之音」。但元代中末期，由於政治衰敗，社會動亂，文論也開始傾向傳統儒學思想，要求文學能有補世事，提出明道宗經致用的觀點，如黃溍、柳貫、歐陽玄等人，其多爲信守「文道合一」理論背景的文章家兼學問家，他們的仍自覺地維護道統的傳承，並自認己身是兼道統與文統之寄的儒者，〔註65〕宋濂與劉基在元末亦有相同的認知。黃百家在《宋元學案》卷八十二〈北山四先生學案〉之言：「金華之學，自白雲一輩而下，多流而爲文人。夫文與道不相離，文顯而道薄耳。雖然，道之不亡也，猶幸有斯。」元代的學術環境呈現融貫的特色，因此文統與道統合一，也是順應此種文化背景呈現的學術取向，元末的道學之傳反而依靠金華地區文士，也是不得不然的選擇。但也正因有宋濂、劉基等人，儒家之道也得以傳緒之外，也影響了明代初年的文學發展。在《元史・儒學傳》中將儒林傳與文苑傳合一，不再區分學者與文人，正反映出元代的學術觀念與狀況，同

〔註64〕朱熹曾在《朱子語類（八）》卷一三九中說：「道者，文之根本；文者，道之枝葉。惟其道本乎根，所以發之於文，皆道也。三代聖賢文章，皆從此心寫出，文便是道。今東坡之言曰：吾所謂文，必以道俱。則是文自文而道自道，待作文時，旋去討箇道來入放裡面，此是他的大病處。只是它每常文字華妙，包籠將去，到此不覺漏逗，說出他本根病痛所以然處，緣他都是因作文，卻漸漸說上道理來，不是先理會得道理了，方作文，所以大本都差。」朱熹認爲道是根本，文是枝葉，在朱熹看來，三代聖賢隻文可說是道心的流露，因此文就是道，文道不可區分爲二。故其批評東坡「文自文，道自道」的說法，認爲這樣便將文道割裂爲二，朱熹重視的是道本文末的關係。朱熹在文學創作方面也留下質量可觀的作品，其亦有意以詩文來體現至道，因此並非全然反對文學。關於朱熹的文道關係，可參見王利民：〈朱熹詩文的文道一本論〉，《浙江大學學報》32：1，2002年，頁104～109、陳志信：《朱熹經學志業的形成與實踐》，台北：臺灣學生書局，2003年，頁147～160；馬積高提出宋代理學家關注文道關係，北宋理學家多重道輕文，但程度不同。如周敦頤只提「文以載道」並未廢文，到了程頤說「作文害道」，就走向極端，朱熹則言「文從道流出」。參見馬積高：《宋明理學與文學》，頁69～83。

〔註65〕關於元代文道離合相關討論，可參見查洪德：〈文道離合與元代文學思潮〉，《晉陽學刊》2000：5，2000年，頁53～59。

時表現出宋濂等諸學者以道統文的意識。因此論及詩文，他的態度同樣是「詩文不二」，故其有云：

> 詩文本出一原，未嘗歧於二。沿及後世，其道愈降，至有儒者、詩人之分，自此說一行，仁義道德之辭遂為詩家大禁，而風花煙鳥之章留連於海內矣，不易悲夫。(〈題許先生古詩後〉) 〔註66〕

在他的思想中原有強烈經世致用的精神，因此其屢屢表現出以道統文的態度，側重明道致用，一方面是從理學家的態度上講論，一方面卻也體現儒家文論的傳統精神。在〈經畬堂記〉中，宋濂批評世儒並不了解文學五經的意義，其云：

> 世儒不之察，顧切切然剿攘摹儗其辭，為文章以取名譽於世，雖韓退之之賢，誨勉其子亦有經訓菑畬之說。其意以為經訓足為文章之本而已，不亦陋於學經矣乎！〔註67〕

學經的意義不只在追求文章之美而已，因此宋濂文論實與理學家相近，其認為立言之士「其心勤矣，其慮精矣」，〔註68〕所以他將學文者分為三種層次：

> 文，非學者之所急，昔之聖賢，初不暇於學文。措之於身心，見之於事業，秩然而不紊，粲然而可觀者，即所謂文也。其文之明，由其德之立；其德之立，宏深而正大，則其見於言，自然光明而俊偉，此上焉者之事也。優柔於藝文之場，饜飫於今古之家，搴英而咀華，遡本而探源，其近道者則而效之，其害教者闢而絕之，俟心與理涵，行與心一，然後筆之於書，無非以明道為務，此中焉者之事也。其閱書也搜文而摘句，其執筆也厭常而務新，晝夜孜孜，日以學文為事，且曰：「古之文淡乎其無味，我不可不加穠艷焉。古之文純乎其斂藏也，我不可不加馳騁焉。」由是好勝心生，誇多之習熾，務以悅人，惟日不足，縱如張錦繡於庭，列珠貝於道，佳則誠佳，其去道亦遠矣，此下焉者之事也。嗚呼！上焉者吾不得而見之，得見中焉者斯可矣。奈何中焉者亦十百之中不三四見焉，而淪於下焉者又奚其紛紛而藉藉也？此無他，為人之念弘，為己之功不切也。(〈贈梁建中序〉) 〔註69〕

〔註66〕《全集》，頁 2085。
〔註67〕《全集》，頁 1671。
〔註68〕〈華川文派錄序〉，《全集》，頁 486。
〔註69〕《全集》，頁 557～558。

宋濂認為最上者是德立而文明，文以明道次之，最下者是文與道離，搜文摘句，以辭翰為能事者，此亦佔多數。其文中最上者就是聖賢，特別是「有德者必有言」，因此聖賢之文，自然而成，實為上焉之文，學者也應取法乎上，也是道學家一致追求的最高理想。最下者，只重於文辭的詞藻與技巧，去道甚遠，他認為無用於世。「中焉者」，雖是道學家理想與現實折衷者，但能夠「明道闢邪」，實為其所看重。其文論雖然偏向道學家說法，但卻沒有道學家的偏執，面對理學家對於辭章的批評，其用「形」與「影」來比喻文道關係，認為能夠「窮理攻文」，即可稱為「知道」者。

> 自夫世教衰，民失其正，高談性命者，每鄙辭章為陋習；拘泥辭章者，輒斥性命為空言，互相譏訕，莫克有定。殊不知道與文猶形影然，有形斯有影，其可岐而二之乎？是可歎也。府君以超卓之姿，窮理攻文，孜孜弗之倦，務欲合而一之，亦可謂知道者矣。（〈故新昌楊府君墓銘〉）〔註70〕

在此處他的態度與傳統理學家不盡相同，並展現出浙東學派重道又重文的特質。同時在〈文原〉中，提出除了「載道」之文外，宋濂還強調「紀事」之文，即表現出其重史學的態度：

> 世之論文者有二：曰載道，曰紀事。紀事之文，當本司馬遷、班固，而載道之文，舍六籍吾將焉從？雖然，六籍者，本與根也；遷固者，枝與葉也。……六籍之外，當以孟子為宗，韓子次之，歐陽子又次之。

宋濂除了強調「明道」的重要，還主張六經之外，文「當以孟子為宗，韓子次之，歐陽子又次之……可以直趨聖賢之大道。」，這裡所展現出觀點是文道並重，六經為根本，司馬遷、班固之文可視為「枝葉」，在排序上六經之後，接著是孟子、韓愈與歐陽修。在〈蘇平仲文集序〉中，宋濂盛讚蘇軾「自秦以下，文莫盛於宋，宋之文莫盛於蘇氏。」〔註71〕在〈張侍講翠屏集序〉中，認為韓愈、歐陽修、曾鞏、王安石之文，「皆以古文辭倡明斯道」，〔註72〕可見宋濂雖然講「明道」，但並非如宋代理學家純粹與專注，浙東學派重文，因此雖然力求文道合一與明道宗經，但如同宋濂，亦難免流露出用意於文的用心，正為黃百家之言「文顯而道薄」，卻也證明他的思想較為活躍，不受理學思想的侷限。

〔註70〕《全集》，頁 1242。
〔註71〕《全集》，頁 1575。
〔註72〕《全集》，頁 2027。

在〈文說贈王生黼〉一文中，他提出「至文」的說法：

> 斯文也，果誰之文也？聖賢之文也，非聖賢之文也？聖賢之道充乎中，著乎外，形乎言，不求其成文而文生焉者也，不求其成文而文生焉者，文之至也。

他在〈朱葵山文集序〉〔註73〕中也云：

> 文不貴乎能言，而貴於不能不言。日月之昭然，星辰之煒然，非故為是明也，不能不明也；江河之流，草木之茂，非欲其流且茂也，不能不流且茂也！此天地之至文，所以不可及也。惟聖賢亦然，三代之書詩，四聖人之易，孔子之春秋，曷嘗求其文哉？道允於中、事觸於外而形乎言，不能不成文爾！故四經之文，垂百世百無謬，天下則而準之。……聖賢之經，其所不言，益以片辭則多矣；其所言也，刪其一言則略矣：以其不志於文，此文所以卒莫能過也。故志於文者，非能文者，惟志於道者能之。

此處提出「至文」可展現自然之道的觀點，劉彥和在〈原道〉篇中就曾言及「仰觀吐曜，俯察含章，高卑定位，故兩儀既生矣。惟人參之，性靈所鍾，是謂三才。為五行之秀氣，實天地之心生，心生而言立，言立而文明，自然之道也。」「夫豈外飾，蓋自然耳」的觀點。劉勰認為人是自然界的重要成員，因此唯有人才能仰觀俯察天地之文，並且能心生而言立，所以人文的本原本體是「自然之道」。〔註74〕「自然」原屬於道家哲學概念，漢末之後，擴展入文藝學各方面，也影響了文論。〔註75〕「至文」可說是文的最高境界，宋濂所言之「至文」就是「聖人之文」，其境界是「不求其成文而文生焉」，因此其認為「三代之書詩，四聖人之易，孔子之春秋」皆是「道允於中、事觸於外而形乎言，不能不成文」，四經之文足以為天下之文準則，影響後世至深。方孝孺談宋濂與王褘之文時，也持相同之論「斯文者，造化之至理寓焉，人患不能造其極耳。」〔註76〕故從宋濂對於文、經、道的態度觀之，志於文者與能文者不同，只有真正有志於道者，其所作之文才會近於「至文」。對文士而言，「至文」之境可說是一種道德價值表現落實的理想與目標。

〔註73〕《全集》，頁1674。
〔註74〕參見陳良運：《周易與中國文學》，頁226～227。
〔註75〕參見成復旺：《文境與哲理》，北京：中華書局，2002年，頁35～68。
〔註76〕《全集》，頁2580。

成復旺等論者曾對宋濂提出嚴厲的批評，認為他的說法「似乎是在提倡反映客觀世界，發為自然之音，其實不過是竊取老、莊之謬餘，為日趨反自然的孔孟之道與其文披上一點自然之道的偽裝罷了。」〔註77〕這種說法實為武斷，對他而言，文以明道的前提在於道本文末，故道明而文自見。聖人有道，因此發而為文，故成四經，乃是天地之至文。在這裡他巧妙的把道與自然調和在一起，一方面是依循其思想所言「天生人成」概念，一方面也強調文繫於道，才能不朽，作文也要合於自然之道。〔註78〕

故宋濂文論的基本理念實為以天人合一之道為終極本原，聖人之文是天文與人文的最高典範，因此「明道致用」是宋濂文章的主旨，「宗經」是具體的途徑，文章必須以經為準則才能明道，以企達天人合一體道之境，非徒有藻麗文飾之「空文」而已。

第二節　氣文互為表裡的文論旨趣

一、從養氣到文氣——氣與文的貫通

宋濂文論的基本立場就是以道為文，並要求明道致用，同時也認為宇宙間的升降運動、四時的遞嬗與萬物的欣榮藏息，皆是「一元之氣運行」的表現，因此宋濂注重「養氣」。基於此種前提，「養氣」成為其文論中另一個具體的主張。他的「養氣」說實承孟子的「知言養氣」論，與曹丕以降之「文氣」說而來。

關於「知言」的重要性，孔子已指出「不知言，無以知人也。」（《論語‧堯曰》），言辭可表現出人品，通過對言辭的分析，亦可了解人的人格氣質。「養氣論」首見於孟子，在道德人格的修養工夫上，孟子自稱擅長「知言養氣」。

〔註77〕參見黃保真、成復旺、蔡鍾翔：《中國文學理論史——明代時期》，台北：洪葉文化事業有限公司，1994年，頁11。
〔註78〕王齊洲把元代文道觀的演變分為兩期，前期文論文道並重，扭轉程朱理學重道輕文的偏執。後期則在此基礎上朝重道與重文兩個方向展開，理學家重道輕文，而文章家則表現出背離聖人之道的傾向。這兩種傾向的進一步發展，就成為元明之際的越派文論與吳派文論。吳派文論不再把文視為載道工具，而關注文學文學本體。越派文論則將理學家的文道觀與文章家的文道觀相結合，是對宋元以來文學思想的全面繼承。參見王齊洲：〈元代文學思想之嬗變〉，《北京師範大學學報》1991年增刊。

　　敢問夫子惡乎長？我知言，我善養浩然之氣。敢問何謂浩然之氣？
日：難言也。其為氣也，至大至剛，以直養而無害，則塞於天地之間。
其為氣也，配義與道，無是，餒也。是集義所生者，非義襲而取之也。
行有不慊於心，則餒矣。……何謂知言？詖辭知其所蔽，淫辭知其所
陷，邪辭知其所離，遁辭知其所窮。生於其心，害於其政，發於其政，
害於其事。聖人復起，必從吾言矣。(《孟子·公孫丑上》)

「知言」與「養氣」原是孟子不動心的的根本條件，至大至剛的浩然之氣，
是自我修養所達到的最高精神境界，與義、道相輔相成，必須透過不斷積累
的工夫而有所得。「養氣」初視之，與文學並無太大的關聯性，然而孟子的「養
氣」說認為「知言」必須根植在「養氣」之上，「養氣」是為了推擴人本有的
「善端」，不斷進行積累的過程，這樣自然可以成就具有高尚品德的人。此處
言「氣」，雖然抽象，但卻是源自其個人遵循聖人之道，同時展現思想體系的
自信，以及與眾不同的氣勢和獨立人格精神，是自我修養的最高境界。

　　同時孟子認為能夠「知言」，才能知詖辭之所蔽、淫辭之所陷、邪辭之所
離、遁辭之窮，這也是一種對於言辭的鑑別能力，能夠鑑別，才能夠「正人
心，息邪說，距詖行，放淫辭」(《孟子·滕文公下》)這是身為儒者重要的責
任，因此「知言養氣」形諸文章，如「賊仁者謂之賊，賊義者謂之殘。殘賊
之人，謂之一夫。聞誅一夫紂，未聞弒君也。」(《孟子·梁惠王下》)、「君之
視臣如手足，則臣視君如腹心；君之視臣如犬馬，則臣視君如國人；君之視
臣如草芥，則臣視君如寇仇。」(《孟子·離婁下》)在這些語句正是孟子展現
其深刻思想背後的巨大力量，也因此使其文章豪邁宏博。雖然他的目的並不
在論文章的創作與批評，但此論點對後代文以氣勝的創作觀，和以「氣」論
文的文藝批評有著深遠的影響。

　　漢魏時期「元氣」論的說法已經流行，「氣」無所不在，也是一切事物的
根本，如董仲舒言：「天地之氣，合而為一：分為陰陽，判為四時，列為五行。」
(《春秋繁露·五行相生》)、王充言：「天地，含氣之自然。」(《論衡·談天
篇》)王充進而把人的強弱、壽夭、貧富、貴賤種種差別皆歸因於稟氣的厚薄。
由於氣無所不在，文章中自然也有氣的存在。最先將「氣」與「人」與「文」
三者聯繫起來者，是曹丕在〈典論·論文〉中著名的論述，自此文氣論成為
中國文論中的重要範疇：

　　文以氣為主，氣之清濁有體，不可力強而致。譬諸音樂，曲度雖均，

> 節奏同檢，致於引氣不齊，巧拙有素，雖在父兄，不能以移子弟。

〔註79〕

這裡由曹丕的論說可得見其將文氣與人氣相聯繫，此舉與漢魏時期人物品鑒重視以氣論人有關。正由於作品的辭氣也是由作家的才氣所決定，故其言「徐幹時有齊氣」，「應瑒和而不壯，劉楨壯而不密，孔融體氣高妙」。雖然曹丕對於氣的論述並不深入，但此「氣」並非僅限於氣勢、情感、氣質等方面，其已注意到作家個性是否影響作品風格的問題。曹丕所言之氣，不再是僅周流天地的形上之氣，而是「可觀可感的文章整體的精神力度和氣象」。〔註80〕之後劉勰在《文心雕龍・風骨》中也討論文章的辭氣，其云：

> 綴慮裁篇，務盈守氣，剛健既實，輝光乃新，其爲文用，譬徵鳥之使翼也。

謀思成篇，實受「氣」之影響，守氣才能使文充滿剛建之實。劉勰以鳥爲例，認爲氣對作品的作用，就如同翅膀對飛鳥的功用一樣，無氣不能成文，氣可說是文章生命之所在。唐代韓愈認爲「氣」是文章的根本，而「言」是指文章的氣勢，因此「養氣」是爲文的訣竅。其云：

> 氣，水也；言，浮物也。水大而物之浮者大小畢浮。氣之與言猶是也，氣盛則言之短長與聲之高下者皆宜。(《韓昌黎文集校注》卷三〈答李翊書〉)

韓愈所謂的「氣盛」，就如同孟子所言至大至剛的「浩然之氣」，此時文氣說的概念已逐漸成爲一種精神力量，作家必須要能感應天地宇宙之氣，語言才能生動傳神，展現作家的生命力，進而才能夠蘊含豐富的文章內容。〔註81〕韓愈認爲道德的養成可和爲文雙向進行，故其知言養氣論述仍是近於孟子。「養氣」已從孟子的道德修養層次轉而爲成就道德文章的重要關鍵。

朱熹後學眞德秀提出「養氣」與「勵學」是習文的方法論，眞德秀認爲六經是作家所應「勵學」者，「沉極六藝，咀其菁華，則其形著亦不可揜。此學之所本者然也。」(《眞文忠公文集》卷二十八〈日湖文集序〉)因此學貴在「宗經」。其復言：

〔註79〕 參見郭紹虞主編：《中國歷代文論選》（一），上海：上海古籍出版社，1989年，頁158。
〔註80〕 參見吳興明：《中國傳統文論的知識譜系》，頁127。
〔註81〕 參見童慶炳、謝世涯、郭淑雲：《現代學術視野中的中華古代文論》，北京：北京出版社，2002年，頁57。

是故致飾語言，不若養其氣，求工筆札，不若勵於學。氣完而學
粹，則雖崇德廣業亦自此進，況其外之文乎？此人之所可用力而
至哉！

眞德秀認爲無論是「致飾語言」或「求工筆札」，皆是捨本逐末的作法，最根
本之道應是「養其氣」與「勵於學」。眞德秀的說法點明了「學」雖然是後天
的修養工夫，「氣」也可以藉後天的修養而改變。道學家從事文學活動仍然首
重學道，才能爲文，先道後文與文以載道是宋代道學家一貫的主張，因此道
學家重道義而不輕文藝。〔註82〕

宋濂談文與氣的關係，他說：

天地之氣日新而無窮，文辭亦與之無窮，蓋其升降、翕張、俯仰、
變化皆一神之所爲。神者也，形之而弗竭，用之而彌彰。氣之樞，
文之囿也。（〈金華先生黃文獻公文集序〉）〔註83〕

其認爲文辭的風格變化與「氣」不可分，在〈深裹先生吳公私諡貞文議〉中
提到「正」文的重要性，其有云：

斯文，天地之元氣。得其正者，其文醇；得其偏者，其文駁。世之
治也，正文行乎上，則治道修而政教行；世之亂也，正文鬱乎下，
則學術顯而經義章。斯文之正，非謂其富麗也，非爲其奇傀也，非
爲其簡澀渙漫也。本乎道，輔乎倫理；據乎事，有益乎治。推之於
千載之上而合參之於四海之外而準，傳之乎百世之下而無弊。若是
者，其惟文之正者乎！〔註84〕

這裡明確提出「文」是天地元氣的表現，因此氣正則文醇，氣偏則文駁。詞
藻富麗、內容奇傀，字句結構簡澀渙漫者並非雅正之文，眞正的雅正文章內
容應是本乎道、據乎事，有益於倫理教化與國治，並且能夠傳之久遠，無所
弊害。對宋濂來說，其重視周孔之道，也重視文章的作用。他曾和學生鄭楷、
鄭柏、劉剛等人講述「以道爲文」的目的，其心目中經天緯地眞實之文乃是
「堯、舜、文王、孔子之文」，同時強調要作此經天緯地之文的前提，爲文者
最重要的是要先做好修養工夫「養氣」，因此創作之前能夠注重積學養氣，創

〔註82〕 參見張健：〈眞德秀的文學評論研究〉，《文學評論集》，台北：學生書局，1985
　　　 年，頁187。
〔註83〕 《全集》，頁1985。
〔註84〕 《全集》，頁1509。

作時便能發爲波瀾，縱橫開合，隨心所欲。故在〈文原〉下篇的開端，首句就直言「爲文必在養氣」：

> 爲文必在養氣。氣與天地同，苟能充之，則可配序三靈，管攝萬彙，
> 不然，則一介小夫爾。君子所以攻內不攻外，圖大不圖小也。力可
> 以舉鼎，人之所難也，而烏獲能之，君子不貴之者，以其局乎小也。
> 智可以搏虎，人之所難也，而馮婦能之，君子不貴之者，以其驚乎
> 外也。氣得其養，無所不周，無所不極也，攬而爲文，無所不參，
> 無所不包也。〔註85〕

文中所言「與天地同」之氣，實同於〈華川書舍記〉〔註86〕中「群聖人與天地參」得之「道」，宋濂所謂的「養氣」，即是要涵養「周孔之道」。「人備五行之氣以成形」（〈贈陸菊泉道士序〉），〔註87〕人雖然是因氣而有形體，但氣也與天地同，他把天地之氣、人與文放在一起考察，可見氣是人生命力的展現外，人格因之以建立，氣魄也由此出焉。對他而言，「氣」包含了「力」與「智」，氣是無所不在，遍及各個領域，那麼氣也會貫串在文章創作之中，只要能「養氣」，文章也能與天地合德，展現無所不參，無所不包的範圍與功用。在《浦陽人物記──文學篇》序文中他更清楚提出養氣而道明，道明而氣充，氣充而文雄，文雄而後追配乎聖經，這種道、氣、文相輔相成的關係。

> 天地之間，至大至剛，而吾藉之以生者，非氣也耶？必能養之而後
> 道明，道明而後氣充，氣充而後文雄，文雄而後配乎聖經。不若是，
> 不足謂之文也。何哉？文之所存，道之所存也。文不繫道，不作焉
> 可也。苟繫於道，則萬世在前不謂其久，吾不言焉，言則與之合也；
> 萬世在後，不謂其遠，吾不言焉，言則與之合也。

宋濂所言之氣，一方面是天地間至大至剛的道德之氣，即是孟子所言之「浩然之氣」，同時也是理學家共同認知中天地萬物生成皆受「氣」以成形的五行之「氣」。他的學友戴良也曾說過：「文主於氣，而氣之所充，非本於學不可也。六經而下，以文雄世者，稱孟軻氏、韓愈氏。孟軻氏曰：『我善養浩然之氣。』韓愈氏曰：『氣盛則言之短長，聲之高下皆宜。』然孟軻氏之養氣，則既始之以

〔註85〕《全集》，頁 1404。
〔註86〕《全集》，頁 55。
〔註87〕《全集》，頁 1585～1586。

知言；而韓愈氏之氣盛，亦惟三代兩漢之書是觀，聖人之志是存耳。文以氣為主，氣由學以充，見之二氏可考而知也。後之學者，乃或不是之求，方貴華尚采，粉澤以為工，遒密以為能。吁，亦末矣。」(〈密菴文集序〉)〔註88〕此可見當時浙東文士實重文氣關係，一方面秉持理學家的的文學觀，一方面又試圖不盡受束縛而有所突破，可說是浙東文士傳演的心法。

宋濂此處以「氣」為文之「原」，接著談文的創作必受天地自然的影響，因此文章絕對不是孤立的文學作品而已：

> 九天之屬，其高不可窺，八柱之列，其厚不可測，吾文之量得之；規毀魄淵，運行不息，蕜地萬熒，纏次弗紊，吾文之歔得之；昆侖縣圃之崇清，層城九重之嚴遂，吾文之峻得之；南桂北瀚，東瀛西溟，杳眇而無際，涵負而不竭，魚龍生焉，波濤興焉，吾文之深得之；雷霆鼓舞之，風雲翕張之，雨露潤澤之，鬼神恍惚，曾莫窮其端倪，吾文之變化得之；上下之間，自色自形，羽而飛，足而奔，潛而泳，植而茂，若洪若纖，若高若卑，不可以數計，吾文之隨物賦形得之。嗚呼！斯文也，聖人得之，則傳之萬世為經；賢者得之，則放諸四海而準，輔相天地而不過，昭明日月而不忒，調燮四時而無愆，此豈非文之至者乎？(〈文原〉)

這一番精彩的表述，雖未曾直言文之剛柔、文之峻深等藝術風格，但宋濂認為只要能「養氣」，「文」就能突破一切的制約，發而為文章，就可以量之九天之高、八柱之厚，甚至是體會雷霆風雲鬼神變化、風雲之翕張、雨露之潤澤，「吾文之隨物賦形」，文章的內容範圍自然能縱橫豪放。他在文章之道中談「氣」的作用，仍是將「養氣」歸於道德修養中，因此宋濂之養氣說，是站在道學的角度論。

「近世道漓氣弱，文之不振已甚」(〈蘇平仲文集序〉)，〔註89〕面對元末明初的「纖弱」文風，他認為「大道堙滅，文氣日削，騖外而不攻內，局小而不圖大」，因此文章產生「四瑕」、「八冥」、「九蠹」等現象，正因為為文者不知「養氣」，所造成的後果不單只是影響文章結構，甚而文章內容與文章的精神價值，皆因此而無法掌握，造成「心受死而文喪」的局面：

〔註88〕參見陶秋英編選／虞行校訂：《宋金元文論選》，北京：人民出版社，1999 年，頁 593。

〔註89〕《全集》，頁 1576。

> 何謂四瑕？雅鄭不分之謂荒，本末不比之謂斷，筋骸不束之謂緩，
> 旨趣不超之謂凡。是四者，賊文之形也。何謂八冥？訐者將以疾夫
> 誠，撏者將以蝕夫圓，庸者將以混夫奇，瘠者將以勝夫腴，牁者將
> 以亂夫精，碎者將以害夫完，陋者將以革夫博，昧者將以損夫明。
> 是八者，傷文之膏髓也。何謂九蠹？滑其真，散其神，揉其氣，徇
> 其私，滅其知，麗其蔽，違其天，昧其幾，爽其貞。是九者，死文
> 之心也，有一於此，則心受死而文喪矣。

宋濂的文學宗旨展現出理學家重功夫與實踐的態度，因此看重文章在創作層面與表裡一貫之道的相涵攝。他的「養氣」說，旨在藉文以明道的意義之外，同時也彰顯出文章存在的價值，必須依賴人的道德修養，相應於宇宙運行的規律，上達天人，以臻「至文」之境。然正因「四瑕」：荒、斷、緩、凡；「八冥」：訐者疾誠，撏者蝕圓，庸者混奇，瘠者勝腴，牁者亂精，碎者害完，陋者革博，昧者損明；「九蠹」：之累，足以喪盡斯文，因此他特別強調「養氣」的重要與必要性，「人能養氣，則情深而文明，氣盛而化神，當與天地同功」。這樣一來，其所謂的「情」與「氣」者，就不僅指生活情感與個性氣質，而是更明確指稱為明道合理的「性情」與「性氣」。因此明道需「知言養氣」，以六經為根本，才能振興文運，而文必則自佳。他對「四瑕」「八冥」「九蠹」的分述至為細密，除可見其才識外，相較於其對道學思想分析呈現跳躍性思維與採取簡易工夫，足見其對於文章之道與文章之弊的體悟甚深。

方孝孺面對當代文章之弊，推崇業師宋濂在文章事業上有振衰起蔽的功勞，糾正元末以來空疏浮豔的文風。其有云：

> 蓋文與道相表裡，不可勉而為。道者，氣之君；氣者，文之師也。
> 道明則氣昌，氣昌則辭達。文者，辭達而已矣。然辭豈易達哉？今
> 之世不幸斯事廢缺，賴太史公起而振之，一代之文粲然始完。〔註90〕
> （與舒君書）

從上述諸引文可見，「氣」可說是天地人心的貫通，修養與為文更需要靠「氣」來貫通，通過「養氣」，實能理解宋濂對於文章創作的態度與對雅正之文的重視。因此宋濂所謂的「養氣」不是古文家所重視的行文氣勢，而是道德仁義之氣對作家而言，不能僅在文字上下工夫。

〔註90〕《全集》，頁 2581。

二、隨人著形，氣充言雄──人格與文格的聯繫

　　歷來評論者皆重視作家的行為是否符合道德要求，文品出於人品，人與文的統一是中國文德修養中，首要被關注的目標。孔子在《論語・雍也》中提到「質勝文則野，文勝質則史，文質彬彬，然後君子。」孔子重視人格修養與道德精神，若推至文藝發展層次看，孔子實已重視內容與形式，對於文采與質樸風格孰輕孰重的論述，也為後學者承繼與發揚，影響日後文學理論的發展。因此孔子論文時，多認為文與人的品德有所聯繫，文與質能夠並重，才能展現君子的風貌。

　　在曹丕的「文氣」說中，已肯定人的「志」是由「氣」所決定，「氣」在文中可體現獨特的風格，作家的氣質不同，自然會形成作品不同的風格。揚雄說：「言，心聲也」（《法言・問神》），王充也提出：「實誠在胸臆，文墨著竹帛，外內表裡，自相副稱。」（《論衡・超奇》）經由這些論述，可知作家可透過著於竹帛的文學作品，表達其精神與情感，作品的內容同樣可以表現作者的思想與心理，故二者可言「自相副稱」。在魏晉南北朝時期，「風格」常指人的言行風度與精神品格，如《世說新語・德行》有云：「李元禮風格秀整，高自標持，欲以天下名教是非為己任。」特別是在《顏氏家訓・文章》中，其有云：

　　　　古人之文，宏材逸氣，體度風格，去今實遠。

顏之推品評文章時，已將人物的精神品格、思想情感與氣質個性加以聯繫。劉勰在《文心雕龍・體性》中認為「功以學成，才力居中，肇自血氣。」個人的品格會產生獨特的文氣，會決定作品的優劣。劉熙載進而在《藝概・詩概》中也提到「詩品出於人品」的概念，人品包括了思想品格、道德品格，不同的人格精神境界，會使文章呈現不同的風貌。清代的葉燮曾在《原詩》中，對人品與詩歌風格的關係做了論述：

　　　　蓋是其人，斯能為其言，為其言，斯能有其品。人品之差等不同，而詩文之差等即在可推券取也。近代間有巨子，詩文與人判然為二者，亦僅見，非恒理耳。余常操此以求友，得其友，及觀其詩與文，無不合也。又嘗操此以求文，誦其詩與文，及驗其人其品，無不合也。信乎詩文一道，根乎性而發為言，本諸內者表乎外，不可以矯飾，而工與拙亦因之見矣。

葉燮言詩人因為人品不同，詩文創作的風格自然不同，風格與人品一致，才

是「恆理」。因此詩文一道根本的原因在於詩文作品「根乎性」才能夠「發爲言」，自然在作品中得以展現作家獨特的氣質風格。

宋濂認爲人格品格與文章之間關係至爲密切，在〈王君子與文集序〉中，其提道：

> 子與爲人，秉剛而守毅，葆醇而蹈道，其律己也，不以夷險而易其操；其接物也，不以貴賤而二其節。一履乎塗轍之正，不違乎繩尺之素，融融乎，森森乎，不可企已。故其發之於文，根柢於諸經，涵濡乎百世。體製嚴而幅尺弘，音節諧而理趣遠，有益乎倫理之重，不爽乎物則之訓。世之論者咸謂類其爲人，不亦信哉？〔註91〕

文章若「其本不立」，欲以示攸遠於人，「亦難哉」。這裡宋濂以王子與爲例，說明其文章展現的價值與人格分不開，因爲其爲人「秉剛守毅」「葆醇蹈道」，律己接物皆秉持原則，同時發而爲文章，同樣以諸經爲根柢，在高節剛正的品格與堅守文章之正的相輔相成下，文章自能行之悠遠。故要有高尚的人品，才能創造出優秀的作品。

對他而言，個人人品的培養，也是影響文章價值的重要關鍵。早在劉勰《文心雕龍·體性》中，就曾有一段深刻的論述：

> 風趣剛柔，寧或改其氣；事義深淺，未聞乖其學；體式雅鄭，鮮有反其習；各師成心，其異如面。……氣以實志，志以定言，吐納英華，莫非情性。

劉勰認爲「氣」與「學」是決定文章風格的重要條件，作品風格所展現出的剛柔，皆與作家的氣質精神相一致，因此寫成的文章，必定是「其異如面」，是故劉勰認爲「觸類以推，表裡必符。豈非自然之恆資，才氣之大略哉！」作品的外在文辭必定與作家的內在氣質相符不二。

宋濂曾在〈題盛孔昭文稿後〉一文中提到其從弱齡就跟隨黃文潛公學習文章，四十餘年間，看了海內朝野人士的諸多文章，在風格方面，他認爲其中常出現的問題在於「氣豪者，失於粗厲；體局者，不能有所發舒。求其臻平和者，十無四三。」〔註92〕文章的風格與內容往往不能兼顧，文氣豪放的作品，常會失之粗厲，講究形式內容，在個人情致的抒發上卻又有所侷限，能夠二者兼俱的好文章並不多見。他意識到作家氣質個性對文章風格的影

〔註91〕《全集》，頁688。
〔註92〕《全集》，頁866。

響，故其論文章之道強調「養氣」的作用。

宋濂主張「詩文不二」，但其在論詩時，仍特別重視「詩為心聲」：

> 詩，心之聲也。聲因於氣，皆隨其人而著形焉。是故凝重之人，其詩典以則；俊逸之人，其詩藻而麗；躁易之人，其詩浮以靡；苛刻之人，其詩峭厲而不平；嚴莊溫雅之人，其詩自然從容而超乎事物之表。如斯者，蓋不能盡數之也。嗚呼！風霆流形，而神化運行於上；河嶽融峙，而物變滋殖於下。千態萬狀，沉冥發舒，皆一氣貫通使然。必有穎悟絕特之資，而濟以該博宏偉之學，察乎古今天人之變，而通其洪纖動植之情，然後足以憑藉是氣之靈。……世之學詩者眾矣，不知氣充言雄之旨，往往局於蟲魚草木之微，求工於一聯隻字間，真若蒼蠅之聲，出於蚯蚓之竅而已。（〈林伯恭詩集序〉）〔註93〕

詩如心聲，也受「氣」的影響。人心發出的聲音也因人而異，故言「聲因於氣」。詩歌的語言形式皆受詩人氣質的影響，詩如其人，氣足以決定作品的風格。因此詩人的性格或凝重、或俊逸、或躁易、或苛刻、或莊嚴溫雅，在詩中所表現的風格就有典則、藻麗、浮靡、峭厲不平與自然從容等不同的風格。詩能夠有這麼多樣的風格表現，可見詩格即人格，都是因為「一氣貫通」使然，同時能夠加以察古今天人之變、洞悉天地萬物之情，背後所憑藉的就是「氣之靈」。一般人因為不了解氣充言雄的道理，反而侷限在文章的枝微末節處，文章的價值自然低落。

宋濂對於詩歌實有所體認，其在〈王氏夢吟詩卷序〉有云：「詩者，發乎性情者也，觸物而動，則其機應籟隨，自有不容遏者。」〔註94〕詩就是作者性情的抒發，《文心雕龍・明詩》中即言：「人稟七情，應物斯感，感物吟志，莫非自然。」這是傳統的詩學觀，宋濂論詩亦本乎此，因此其於〈霞川集序〉中提出了「詩者，本乎性情，而不外於物則民彝也。舍此而言詩，詩之道喪矣。」〔註95〕針對詩歌的本質，其云：

> 夫詩在堪輿間，無纖弗圍，無鉅弗涵。太極陰陽之化物，則民彝之懿。烟風月露之形，河山草木之昭，氣候燠寒之更，毛羽鱗介之蕃，天壽死生之變，可疑可存，可悅可愕，可感可慨。外觸乎物，內發

〔註93〕《全集》，頁 1008。
〔註94〕《全集》，頁 112。
〔註95〕《全集》，頁 2025。

乎情，情至而形於言，言形而比於聲，聲成而詩生焉。〔註96〕

宋濂用「至文」的概念來論詩，詩的本質與文並無二致，因為受到外物影響，而有不同的情感產生，發乎情、形乎言、比於聲，然後聲成詩生。在〈皇明雅頌序〉中亦云：

> 今不得為古，由古不得為今也。今古雖不同，人情之發也，人聲之宣也，人文之成也，則同而已矣。……世之治，聲之和也。聲之和也奈何？天聲和於上，地聲合於下，人聲和於中，則體信達順至矣。〔註97〕

宋濂把人聲與天聲、地聲並論，同時也提出詩與世之治亂有關，此表現出人格即風格的展現，其強調詩品與人品的關係，也強調詩歌的教化作用。正因為詩為心聲，且本於性情，因此在〈故朱府君文昌墓銘〉中談詩之道時，認為若要學詩，仍要本諸《詩經》，強調性情之正：

> 夫詩之為教，務欲得其性情之正。善學之者，危不易節，貧不改行，用捨以時，夷險一致，始可以無愧於茲，……世之人不循其本，而競其末，往往拈花摘艷以為工，而謂詩之道在是，惜哉！〔註98〕

宋濂之所以認為詩應要「發乎情，而止乎禮義」（〈劉母賢行詩集序〉），〔註99〕目的在於能夠有益於世，因此他並不是不重視個人性情的重要，但個人的情感需要節制，透過《禮》來節制情感，避免有所偏頗。在〈樗散雜言序〉〔註100〕中宋濂認為學詩應該取法乎上，以「三百篇」為準則，因為《詩經》有三經：風、雅、頌，三緯：賦、比、興，「三經而三緯之所以聆其音節之詳，玩其義理之純，養其性情之正」，他說：

> 大風揚沙，天地晝晦，雨雹交下，萬彙失色，不知孔子所刪之者，其有若斯否乎？組織事實，矜悅葩藻，僻澀難知，強謂玄祕，不知孔子所刪之者，又有若斯否乎？牛鬼蛇神，騁姦眩技，龐雜誕幻，不可致詰，不知孔子所刪之者，又有若斯否乎？如是者殆不可勝數。

宋濂言「孔子，吾徒之所願學者也」，因此為詩者宜養性情，其主張承繼孔子，認為性情不正之詩皆應刪除。

〔註96〕《全集》，頁 259。
〔註97〕《全集》，頁 600。
〔註98〕《全集》，頁 1333～1334。
〔註99〕《全集》，頁 1171。
〔註100〕《全集》，頁 2026。

　　他也曾以好友朱右「致力爲經」的過程爲例：

> （朱右）已而嘆曰：「學文不本諸經，其猶玩培塿之卑，而忽嵩、華
> 之高乎？」乃復致力於經，功益倍於前時。越數歲，胸中浩然若有
> 所得。操觚書之，凡陰陽盈虛之運，民物倫品之理，萬彙屈伸之變，
> 皆隨事而著，源源乎罔知其所窮，且其爲體多不冗，簡而有度，神
> 氣流動而精魄蒼勁，誠可謂粲然藻火之章矣。（〈白雲稿序〉）〔註101〕

朱右因致力於經後，下筆不僅道明理充，而且能隨事而著，內容豐富，在形
式方面也能「體多不冗，簡而有度」，造就了「神氣流動而精魄蒼勁」的風格，
這樣才是眞正「粲然藻火」的好文章。這裡宋濂認爲明道宗經之後，文章的
氣勢自然能夠展現無遺。

　　雖然詩文作者的風格個個不同，但他認爲「養氣」對於文章的風格建立
實有所助益，他說：

> 聖賢與我無異也，聖賢之文若彼，而我之文若是，豈我心之不若乎，
> 氣之不若乎，否也，特心與氣失其養耳。聖賢之心浸灌乎道德，涵
> 泳乎仁義，道德仁義積而氣因以充，氣充，欲其文之不昌不可遏也。
> 　（〈文說贈王生黼〉）〔註102〕

其所倡導的「養氣」之法就是加強仁義道德的修養，體會聖賢之心，自然就
會因爲心中充滿道德仁義，而氣充文雄，文因之以昌。宋濂的說法仍秉持其
明道以爲文，養氣以爲文的態度，六經是文學、事功、體道的典範，因此在
〈清嘯後藁序〉的說法，亦是基於「溫柔敦厚」的傳統詩觀。其云：

> 詩之爲學，自古難言。必有忠信近道之質，蘊優柔不迫之思，形主
> 文譎諫之言，將以洗濯其襟靈，發揮其文藻，揚厲其體裁，低昂其
> 音節，使讀者鼓舞而有得，聞者感發而知勸，此豈細故也哉？奈何
> 習之者多如牛毛，而專之者少如麟角也？〔註103〕

這裡宋濂強調詩文必須要以忠信近道的氣質爲本，才能發揮於文藻，同時也
要重視文章的諷諫勸喻與教化功用，才是學詩作詩的主要意義。因此宋濂實
認爲氣文可以互相貫通，人格與文章可以統一。他曾讚美好友楊維楨於明初
「白衣宣至白衣還」，不願爲官的氣節與勇氣：

〔註101〕《全集》，頁494～495。
〔註102〕《全集》，頁1569。
〔註103〕《全集》，頁489。

皓仙八十起商山，喜動天顏咫尺間。一代遼金歸宋史，百年禮樂上
春官。歸心只憶鱸魚鱠，野性寧隨駕鷺班？不受君王五色詔，白衣
宣至白衣還。〈送楊廉夫還吳浙〉〔註104〕

楊維楨的詩歌稱爲「鐵崖體」，在元末影響很大。他主張抒寫個人性情，故於
〈李仲虞詩序〉中，楊氏即言「詩者，人之情性也。人各有情性，則人各有
詩也。得於師者，其得爲吾自家之詩哉？」楊維楨主張「師心自得」，在〈郯
韶詩序〉中也說「詩不可以學爲也」，因爲詩本情性，「未嘗有不依情而出也」，
二人對於「詩」的看法相同，認爲皆是用以發抒性情。但楊氏同時又強調正
統詩教「本諸三綱，運之五常」之說：

詩之教尚矣。虞廷載〈賡〉，君臣之道合；〈五子〉有作，兄弟之義
章；〈關雎〉者，夫婦之匹；〈小弁〉，全父子之思。……魏晉而下，
其教遂熄矣。咏詩者類求端序於聲病之末，而本諸三綱、運之五常
者逐棄弗尋，國史所資又何采焉？（〈詩史宗要序〉）

可見楊氏所追求的，正是情志與正統詩教的統一。正因爲詩出於個人情性，
故不可學；但又因爲情有正邪之別，「雖然，不可學詩之所出者，不可以無學
也。聲和平中正必由於情，情和平中正或失於性，則學問之功得矣。」（〈郯
韶詩序〉）故須通過學以正其情。楊維楨強調正統詩教不可偏廢，此與宋濂主
張儒家正統詩教講求「性情之正」的見解，在創作優先順序上雖或有先後，
二者基本上的看法可說是一致的，楊維楨自然在文學思想上沒有提出更激進
的見解。然而由於其亦提倡宮詞豔體，此已超出正統文人所提倡之雅正復古
的規範，故明初論詩者多基於此點抱持否定態度，如徐一夔、王彝等，特別
是王彝抨擊楊維楨最力，其言「以淫詞譎語裂仁義，反名實，濁亂先王之道。」、
「予故曰：會稽楊維楨之文，狐也，文妖也。」（《王徵士集‧文妖》）〔註105〕

〔註104〕《全集》，頁2188。

〔註105〕楊維楨於元末頗有文名，其詩歌作品中最著名者爲古樂府，此外竹枝詞、宮
詞、香匳體詩也很著名。雖然其放蕩的行爲受當世與後世的批評，但其古樂
府與竹枝詞，實受到明代朱彝尊、清代王士禎、翁方綱等人的激賞，王彝之
言較爲偏頗，其所指應是楊維楨香匳詩等浮豔詩詞。參見鄧紹基主編：《元代
文學史》，北京：人民出版社，1987年，頁494～501。關於楊維楨行爲受到
非議之事，根據陶宗儀在《南村輟耕錄》卷二十三〈金蓮杯〉一條記載，「楊
維楨耽好聲色，每於筵間見歌兒舞女有纏足纖小腳者，則脫其鞋載盞以行酒，
謂之金蓮杯。」〔元〕陶宗儀：《南村輟耕錄》，北京：文化藝術出版社，1998
年，頁317。

因此面對時人批評楊維楨時，宋濂不免替他辯護，並給予肯定，在〈元故奉訓大夫江西等處儒學提舉楊君墓誌銘有序〉中，宋濂云：

> 元之中世，有文章鉅公起於浙河之間曰鐵崖君。聲光殷殷，摩戛霄漢，吳越諸生多歸之，殆猶山之宗岱，河之走海，如是者四十餘年乃終。……君為童子時，屬文輒有精魄，諸老生咸謂咄咄逼人。暨出仕，與時齟齬，君遂大肆其力於文辭，非先秦兩漢弗之學，久與俱化。見諸論撰，如觀商敦周彝，雲靄成文，而寒芒橫逸，奪人目睛。……至若文人者，挫之而氣彌雄，激之而業愈精，其巍立若嵩華，其昭回如雲漢，衣被四海而無慊，流布百世而可徵。……斯文如元氣，司化權者每左右馮翼，俾其延綿而弗絕，則其燾育以成君，豈不甚侈也邪？一世之短，百世之長，如君亦足以不朽矣。或乃指此為君病，豈知天哉？〔註106〕

其曾於文中自述曰：「濂投分於君者頗久，相與論文屢極玄奧」，可見二人的文學觀點有相通處，就上引之文觀之，楊氏雖然認為「詩本性情」，但其復言「雖然不可學，詩之所出者，不可以無學也。」楊氏將「學」次於性情後，認為師法是次要的，但其並不廢學。同時楊氏在辭官之後，致力於文辭，「非先秦兩漢弗之學」，因此文章光芒耀眼。雖然其不全以明道養氣論楊維楨之文，但「斯文如元氣」，面對挫折能夠越挫越勇，文辭能夠精益求精，其文章所展現的氣度，仍與人格有不可分的關係。面對批評，宋濂急切的為楊氏辯解，對其詩文作正面的讚揚，認定其文可「不朽」，可見雖以明道養氣為文章之本，其創作也要能夠恣肆多姿，評論的重心與角度並不脫其原則，除重視關心浩然之氣的修養外，同時重性氣也重性情。。

三、從山林到臺閣——環境對文氣的影響

蘇轍也談「養氣」，其有言：「轍生好為文，思之至深，以為文者氣之所形；然文不可以學而能，氣可以養而致。」（《欒城集》卷二十二〈上樞密韓太尉書〉）透過蘇轍這段話可知文是氣之所形，因此養氣而文自工。故蘇轍對於如何養氣，其舉出兩例說明：

> 孟子曰：我善養浩然之氣。今觀其文章，寬厚弘博，充乎天地之間，

〔註106〕《全集》，頁 679～682。

稱其氣之小大。太史公行天下，周覽四海名山大川，與燕趙間豪俊
交遊，故其文疏蕩，頗有奇氣。此二子者，豈嘗執筆學為如此之文
哉！其氣充乎其中，而溢乎其貌，動乎其言，而見乎其文而不自知
也。(〈上樞密韓太尉書〉)

蘇轍以孟子和太史公為例，孟子之例主要是從個人修養入手，太史公之理則
是從閱歷論，孟子善於修養德性，太史公得山川之助，而且廣交賢友。一是
由內，一是由外，二種方式皆為「養氣」之法，內外兼備，自能氣壯文雄。
但二者中，蘇轍更重視後者，其復言：

轍生十又九年矣！其居家所與游者，不過其鄰里鄉黨之人，所見不
過數百里之間，無高山大野可登覽以自廣。百氏之書雖無所不讀，
然皆古人之陳述，不足以激發其志氣。恐遂汩沒，故決然捨去，求
天下奇聞壯觀，以知天地之廣大。(〈上樞密韓太尉書〉)

蘇轍認為閱讀古代典籍，透過古人之陳述，並不足以激發志氣，因此需要透
過登覽高山大野、求天下奇聞壯觀，才能激發個人志氣，因此蘇轍重視藉由
外在環境來激勵自我的「養氣」方式，因此其養氣之方就是「行萬里路」。
　　宋濂進一步繼承蘇轍論點，認為除了修養功夫外，「閱歷」也可以「養氣」，
遊歷名山大川就是一種養氣的方式。在〈詹學士文集序〉中云：

竊自嘆賦才暗劣，規規方圓中，日蹈古人軌轍，不敢奮迅吐一奇崛
語。雖見諸簡牘者近一二千篇，奄奄如無氣人。作文固當如是
邪？……然予聞太史公周覽名山川，故作《史記》，燁燁有奇氣。同
文他日西還，予將相隨泛洞庭，浮沅湘，登大別、九疑之山，吸風
吐雲，一洗胸中穢濁，使虛極生明，明極光發，然後揮毫以尾同文
之後，萃靈鳳之彩毛，擷天葩之奇馨，或者當有可觀。〔註107〕

他提到自己的「嘆賦才暗劣」，雖然讀過很多文章，但是為文「奄奄如無氣人」，
這個過程與蘇轍所言極為類似。其舉司馬遷二十歲開始壯遊為例，認為遍覽名
山大川與名勝的體驗，才能夠創作出「燁燁有奇氣」的《史記》。〔註108〕因此

〔註107〕《全集》，頁483。
〔註108〕學者李長之認為司馬遷的旅行，意義並不只在表面上。司馬遷的精神是浪漫
　　　　的，其本有囊括宇宙，氣吞山河的魄力，因此遨遊對天才縱橫的司馬遷而言，
　　　　更是「無限」的象徵。他的旅行經驗皆展現在《史記》各個篇章中，如元封
　　　　元年五月參與封禪的北邊之行，日後就記載在〈蒙恬列傳贊〉中、如元鼎六
　　　　年的西南夷之行，也寫成〈西南夷列傳〉這篇極有韻致的地理文。參見李長

他與詹同文共勉，認為生活閱歷的豐富實可開闊胸襟，增長智慧，對於提升積弱不振的文氣實有助益。他提出此觀點，一方面是對矯正元末文風，有著具體現實的意義，一方面則是在道德修養之外，以前人的經驗為師，提供更積極的做法。宋濂自己也曾期待出外擴展交遊與見聞，在〈送陳庭學序〉一文中宋濂表達無法出外遊歷的遺憾：「方余少時，嘗有志於出游天下，顧以學未成而不暇；及年壯可出，而四方兵起，無所投足」，〔註109〕與陳庭學經歷形成鮮明的對比。故宋濂認為陳庭學能為詩，原因即在於他遊歷經驗所帶給他的收穫：

> 成都，川蜀之要地，楊子雲、司馬相如、諸葛武侯之所居。英雄俊傑戰攻駐守之迹，詩人文士游眺飲射、賦咏歌呼之所，庭學無不歷覽。既覽必發為詩，以紀其景物時世之變，於是其詩益工。……其氣愈充，其語愈壯，其志意愈高，蓋得於山水之助多矣。

宋濂讚美陳庭學的成就實得山水之助，透過歷覽名勝，緬懷過往歷史上之風流人物，故言山水有助於「養氣」，並非虛言。其他如〈題棲雲軒記後〉〔註110〕所言：

> 因文辭而想見其處，雅興遄發，尚妄其時之燠炎，況親睹嵬眼頑耳之勝者乎？蓋玄靖久棲此山，太史亦嘗出游覽，故其言真切有足以動人也。

他亦認為不僅游歷能對文章產生影想，同時讀者亦能從文章動人的敘述中，體會想像名山勝水的美景與氣勢。與宋濂同時的貝瓊，也注意到山川和遊歷對於創作的影響，認為對文章造詣的提升實有可觀，其云：

> 曲盡書寫之妙，婉而不迫，奇而不僻，蓋有唐人之風裁矣。使其翱翔萬國，覽黃河、太華之勝，大篇短章，又不止於是也。（《清江貝先生文集》卷七〈馬文璧灌園集序〉）

學者郭紹虞認為，道學家論氣，重在修養；古文家之養氣，重在閱歷。所謂文章得江山之助，是古文家的養氣方法。〔註111〕文章格調的高低與作家的氣概胸襟，實有直接的關係，因此宋濂在〈送陳庭學序〉一文的最後，宕開文

之：《司馬遷之人格與風格》，台北：臺灣開明書店，1980年臺15版，頁79～93。

〔註109〕《全集》，頁1711。

〔註110〕《全集》，頁1279。

〔註111〕參見郭紹虞：《中國文學批評史》，台北：五南圖書出版有限公司，1994年，頁194。

筆，點出其欲表達的絃外之音——儒家養氣的修養功夫：

> 然吾聞古之賢士，若顏回、原憲，皆坐守陋室，蓬蒿沒户，而志意
> 常充然，有若囊括於天地者，此其故何也？得無有出於山水之外者
> 乎！

宋濂在「養氣」的方法上，較偏向個人修養功夫，「遊歷」對宋濂而言是一種
可行的「養氣」方式，因此他的「養氣」可說是兼採道學、古文二家，順序
上是先涵養周孔之道，有機會遊歷再藉之以增廣見識，就能提升文章的氣勢
與充實文章的內容題材。

　此外，宋濂也提出客觀環境的陶冶，對於「養氣」同樣有所影響。在〈汪
右丞詩集序〉中，宋濂云：

> 昔人之論文者，曰有山林之文，有臺閣之文。山林之文，其氣枯以
> 槁；臺閣之文，其氣麗以雄。豈惟天之降才爾殊也？亦以所居之地
> 不同，故其發於言辭之或異耳。濂嘗以此而求諸家之詩，其見於山
> 林者，無非風雲月露之形，花木蟲魚之玩，山川原隰之勝而已。然
> 其情也曲以暢，故其音也眇以幽。若夫處臺閣則不然，覽乎城觀宮
> 闕之壯，典章文物之懿，甲兵卒乘之雄，華夷會同之盛，所以恢其
> 心胸，踔然厲其志氣者，無不厚也，無不碩也。故不發則已，發則
> 其音淳龐而雍容，鏗鍧而鏜鞳。甚矣哉，所居之移人乎！……〔註112〕

在這段話中，首先可見在明興之前即有對此種寫作方式的類例存在，元代時
虞集、歐陽玄等人已在館閣提倡雅正宏達的古文，而且是人多趨效法，但宋
濂老師黃溍對於區分山林與臺閣之文，則表不以為然的態度，黃溍主張為文
當寫於實，〔註113〕其有言：

> 論文者蓋曰：文之體有二，有山林草野之文，有朝廷台閣之文。夫
> 立言者或據理、或指事、或緣情，無非發於本實。有是實，斯有是
> 文，其所處之地不同，則其為言不得不異，烏有一定之體乎？（〈雲
> 蓬集序〉）

同時王褘在〈張仲簡詩序〉中言：

> 士之達而在上者，莫不詠歌帝載，肆為瓌奇盛麗之詞，以鳴國家之

〔註112〕《全集》，頁481。
〔註113〕參見王運熙、顧易生主編：《中國文學批評史——宋金元卷》，上海：上海古
　　　　籍出版社，1996年，頁1027。

盛：其居山林間者，亦皆謳吟王化，有憂深思遠之風，不徒留連光
景而已。〔註114〕

王禕此處已指出盛世之文的特點。所謂「臺閣體」顧名思義是內閣大臣們所
創立並倡導的一種文體或曰詩文模式，〔註115〕多指在明成祖永樂（1403～
1424）至孝宗弘治（1488～1505）約一百年間佔主流地位的文學型態，翰林
院是基礎的架構，而「臺閣」概念常用於與「山林」概念對舉。〔註116〕而山
林與臺閣概念的對舉，不僅是思想方式的不同，同時在生活方式上也有差異，
山林的意義多半限定指長期以來未曾穿越科舉通道，並滯留在政府體制之
外，又進而以隱逸爲更重要生活旨向的布衣之士。〔註117〕

　　明代的「臺閣」體以楊士奇、楊榮、楊溥爲標誌，臺閣文學是出於封建
王朝宣揚王化，鼓吹盛世的需要而產生的。〔註118〕宋濂在〈恭跋御賜詩後〉
一文中提到明太祖曾要他喝酒，然他卻不勝酒力，後來明太祖還爲其賦醉歌，
並要求朱右重書以遺濂，同時明太祖有言：

卿藏之，以示子孫，非惟見朕寵愛卿，亦可見一時君臣道合，共樂
太平之盛也。〔註119〕

明太祖想留下君臣道合的美名，宋濂於同文中，亦讚美太祖如唐之文皇，宋
之太宗，可見這種君臣唱和已開台閣風氣的先聲。同時明太祖曾親制〈設大
官卑職館閣山林辯〉一文，明確的貶斥山林之作而推揚館閣之文，可見臺閣
體的盛行也與明太祖的作爲與態度有關。

　　宋濂認爲會有「山林之文」與「臺閣之文」的分別，除了二者風格內容

〔註114〕王禕：《王忠文公集》，金華叢書本，北京：中華書局，1985 年，頁 54～55。
〔註115〕參見廖可斌：《復古派與明代文學思潮》，台北：文津出版社，1994 年，頁 78。
〔註116〕參見黃卓越：《明永樂至嘉靖初詩文觀研究》，北京：北京師範大學出版社，
　　　　2001 年，頁 4。
〔註117〕同前註，頁 208～209。
〔註118〕學者王運熙等認爲臺閣體的流行有其特定的歷史與文學背景，洪武之初，
　　　　朱元璋重視文治，興學校、敦教化，重用儒生，興辦科舉，儼然太平盛世。
　　　　在這樣的社會環境與政治要求下，和宋濂等所倡導的明道致用文學主張相
　　　　結合，就構成臺閣體萌發的基礎。至永樂以後，國家承平日久，氣運日盛，
　　　　於是以褒揚帝德、歌詠盛世爲目的的雍容典雅、自然醇正的臺閣體便應運
　　　　而生了。參見王運熙、顧易生主編：《中國文學批評史——明代卷》，上海：
　　　　上海古籍出版社，1996 年，頁 70～71。亦可參見杜貴晨：〈明詩略論〉，《中
　　　　國文學研究》（三），南昌：江西教育出版社，2000 年，頁 189～210。
〔註119〕《全集》，頁 1021。

各異之外，其產生差異之因，不僅由於作者的氣質不同，同時也與居住環境互異有關。宋濂提出「山林之文，其氣枯以槁；臺閣之文，其氣麗以雄。」的論點，其強調所居之地不同，自然所發言辭也有所差異。相較於臺閣的氣勢恢弘，自然山林之文的氣勢就比較平和舒緩，宋濂談到山林之文，由於所見所聞皆是自然景物，因此文章多表現出情感曲暢，音聲眇幽之感。其所指的「臺閣之文」與明初所流行的臺閣體不是同一種特定概念，而指「身處於臺閣」，即在朝廷為官者所寫之文章。由於身分職位的不同，因此其所覽盡是公闕的宏偉，軍容的雄壯，甚至是四方使節朝會的盛況，這些經驗對於個人志氣與見識的開闊影響至大，故宋濂強調身處環境所造成的「移人」作用。在〈蔣錄事詩集後〉，他仍重複相同的觀點：

> 予聞昔人論文，有山林、臺閣之異。山林之文，其氣瑟縮而枯槁；
> 臺閣之文，其體絢麗而豐腴。此無他，所處之地不同，而所托之興
> 有異也。有立以粹然之學，位居柱史，日趨殿陛，濡毫螭坳，回視
> 山林，不翅有仙凡之隔。〔註120〕

宋濂所處之明代初期尚無「臺閣體」的說法，因此這裡他曾以風雅頌作類比，認為「風」近似於「山林」之文，「雅頌」則近所謂的「臺閣」之文，因此臺閣之文非公卿大夫不能創作，這透顯出在朝在野不同階級，對文章也產生不同程度的影響。

> 詩之體有三，曰風、曰雅、曰頌而已。風則里巷歌謠之辭，多出於
> 氓隸女婦之手，髣髴有類乎山林。雅、頌之制，則施之於朝會，施
> 之於燕饗，非公卿大夫或不足以為，其亦近於臺閣矣乎！（〈汪右
> 丞詩集序〉）

在明代的文學發展中，宋濂、王禕等被視為是臺閣體的濫觴，〔註121〕歷來學者皆認為宋濂重臺閣輕山林，即使在當世之人也有同樣的看法，特別是從〈汪右丞詩集序〉一文觀之。基本上宋濂之文於明代已刊刻並廣為流傳者，多屬於元末時期的作品，《潛溪集》十卷，附錄二卷就是在元至正十五年由宋濂自己編訂，由門人鄭淵編集，鄭濂付梓刻印，當時他並未入朝為官，這些作品

〔註120〕《全集》，頁842。

〔註121〕明代李東陽認為臺閣體的開端可溯自洪武時期，在《李東陽集》卷二〈倪文僖公集序〉中，曰：「自高皇時，宋學士景濂諸公首任制作，而猶未得位。文皇更化，楊文貞諸公亟起而振之。天下之修養涵育，以暨英廟之初，富庶之效，可謂極盛矣。」

應可算是「山林之文」。因此楊維楨在洪武三年刊刻的《潛溪新集》序文中，面對當時諸人對於宋濂山林館閣之文，「氣貌聲音，隨其顯晦之地不同者」的意見，楊氏為他辯解，其從早年即知他劬學青蘿山，得鄭氏藏書數萬卷，勤學著書事蹟說起，又言：

> 其文之師者，聖也；聖之師者，道也；道之師者，先王先聖也。而未嘗以某代家數為吾文之宗，某人格律為吾文之體，其所獨得者三十年之心印，律之前人，石不能壓之而鈞，鈞不能壓之而斤者，萬萬口之定價也。昔之隱諸山林者，奕乎其虎豹烟霞也；今之顯諸館閣者，燦乎其鳳皇日星也。果有隱顯易地之殊哉？不然，以宋子氣枯，神寂於山林，與志揚氣滿於館閣，是其文與外物遷，何以為宋子？抑余聞婺學在宋有三氏，東萊氏以性學紹道統，說齋氏以經世立治術，龍川氏以皇帝王霸之略志事功，其炳然見於文者，各自造一家，皆出於實踐，而取信於後之人而無疑者也。宋子之文，根性道榦諸治術，以超繼三氏於百十年後，世不以歸於柳、黃、吳、張，而必以宋子為歸。〔註122〕

楊維楨認為，宋濂之文，本乎明道、徵聖的原則，三十年來皆如此，其文章「根性道榦諸治術」，並且秉持婺學傳統，重視實踐，其文不受外物而遷，因此宋濂之文根本沒有山林與館閣的分別，一般人不了解其為文之用心才會有此疑問。回顧宋濂曾在〈元故奉訓大夫江西等處儒學提舉楊君墓誌銘有序〉〔註123〕首段記下楊維楨臨終前之語，足見二人交情甚篤，相知甚深：「知我文最深者，唯金華宋景濂氏，我即死，非景濂不足銘我，爾其識之！」此段楊維楨之言，何嘗不是對宋濂的治學為文用心了解透徹？

貝瓊在《潛溪前集後續別四集・序》的說法，更可看出宋濂在明初的政治氣氛下，為文的難處，其言：

> 公自五經子史靡不通究，其造理也精，其考事也博，故發之於文章，悉鏟近習之陋，學者翕然宗之。國朝龍興，遂以布衣登侍從之選歷十餘年，凡大制作，大號令，修飾潤色，莫不曲盡其體，實與虞、黃二公屬重熙累洽，所以黼黻一代之盛者為易。今國家肇造之時，將昭武功而宣文德，以新四方之觀聽，使知大明之超軼三五，豈不

〔註122〕《全集》，頁 2500～2501。
〔註123〕《全集》，頁 679。

爲難乎？〔註124〕

宋濂在諸多文中，皆表現出其重臺閣輕山林的態度。事實上，宋濂這些相關
論述，幾乎都在入明後完成，如在〈汪右丞詩集序〉中，由於汪廣洋任中書
右丞，對明朝開國實有功績，故宋濂稱「氣與時值，化隨心移，亦其勢之所
宜也。」這是時代環境之故，造就不同的風格。在〈蔣錄事詩集後〉一文中
之蔣有立，身爲柱史，隨於皇上之側，得「皇上以其才良而行純，深眷遇之」，
二人皆在明初頗受明太祖重視。此外在〈鄭氏聯璧集序〉中，宋濂亦言：

> 杲齋之文則氣韻沉雄，如老將帥師，旌旗火鼓繽紛交錯，咸歸節度。
>
> 曲全之文則規製峻整，如齊魯大儒，衣冠偉然，出言不煩，曲盡情
>
> 意。然皆有臺閣弘麗之觀，而無山林枯槁之氣。〔註125〕

在這些尊崇臺閣之文，貶抑山林之文的論述中，宋濂自己同時寫過山林之文
與臺閣之文，特別是其於元末明初所流傳者，多屬於山林之文者，同時他的
人生經驗中也有經歷亂世而入治世、飽嘗憂患復得享榮華、入山爲道士後入
仕爲太子帝師的境遇。宋濂應不至於否定過去之文，因此楊維楨對於他的論
點至爲妥貼，明道、徵聖、宗經是宋濂最根本的信念，不可能改變。

宋濂將臺閣之文高置於山林之文上，其說法不可否認的是，環境本就對
作家的氣質個性有影響。再者也與其主張文章有大用的觀念有關，特別是入
明之後冀望自己與當政者皆能有所作爲，故有此種抉擇性的論述。其次作出
這種高低的評斷，也與他入明之後的仕宦經歷有關，宋濂在元末懷抱憂國憂
民心境，入明後對明太祖的知遇之恩屢表欲「盡瘁報國」（〈庚戌京畿鄉闈紀
錄序〉）〔註126〕、「聖德至渥，度越前代」（〈京畿鄉試策問〉）〔註127〕、「以忠
貞佐國家，而致黎民於變時雍之治，庶於明體適用之學」（〈會試紀錄題辭〉）
〔註128〕等爲國盡忠之言。明初社會安定與經濟逐漸繁榮並未促使文壇振興，
反而爲了因應明王朝的政治需要，面對明初的政治局勢與明太祖的重視，自
然在文章中亦要盛讚明代開國的文治武功，黃佐即言：「國初劉基、宋濂在館
閣，文字以韓、柳、歐、蘇爲宗，與方希直皆稱名家。」〔註129〕宋濂文論遠

〔註124〕《全集》，頁 2502。
〔註125〕《全集》，頁 818。
〔註126〕《全集》，頁 464。
〔註127〕《全集》，頁 545。
〔註128〕《全集》，頁 465。
〔註129〕黃佐：《翰林記》卷十一，文淵閣《四庫全書》本。

承唐宋古文家的基本觀點，近紹金華文派的傳統，其論述甚多，但不脫唐宋古文家範疇。特別是身為翰林學士，一些應制之文無可避免需要展現皇上之德被與恩澤，本身或有時代的必然性，但當時宋濂就能意識到此面向的問題，亦足見他敏銳的洞察力與宿命。因此面對明初的文風，台閣體的出現也是不得不然的趨勢。

第三節　文章創作之法則

宋濂雖然自謙不能文，但其卻是文名遠播，同時對於明初的開國文治與科舉有其影響。雖然屢屢強調為文要明道、宗經、徵聖，但面對後學與門生，在具體的創作層次上，他仍必須有一套堪足履踐，為作文者典範的方式。

一、五經為本，史漢為波瀾

宋濂的文學的主旨就是明道致用，因此作文最重要的根抵，首先就是要窮究群經。其先引老師黃文獻公之言為準則：

> 作文之法，以群經為本根，遷固二史為波瀾。本根不蓄，則無以造道之原；波瀾不廣，則無以盡事之變。舍此二者而為文，則槁木死灰而已。（〈葉夷仲文集序〉）〔註130〕

黃溍在教導宋濂作文之法時，就明確的表達過，群經是本根，史記、漢書是波瀾，其所指即是要先經後史，為文不能不由此入手。五經各備文法，同時為聖人所刪定，故以宗經為先，宋濂以此言為範式，因此「竊識之不敢忘」。

> 於是取一經而次第窮之。有不得者，終夜以思。思之不通，或至達旦。如此者有年，始粗曉大旨。然猶不敢以為是也。復聚群經於左右，循環而溫繹之。如此者亦有年，始知聖人之不死，其所以代天出治，範世扶俗者，數千載猶一日也。然猶不敢以為足也。朝夕諷詠之，沉潛之，益見片言之間，可以包羅數百言者，文愈簡而其義愈無窮也。權衡既懸，而百物重輕無遁情矣。然猶不敢以為易也。（〈葉夷仲文集序〉）

上述引文為宋濂自言秉持師囑，先取一經而窮之，進而復聚群經循環溫繹的學文程。此就文章的實質內容言之，有了窮經的經驗與領悟經典內涵的價值意義，「由是去讀遷固之書，則勢若破竹，無留礙矣。」以此為準則，面對其

〔註130〕《全集》，頁1028。

他的典籍，就能得心應手，了然透徹。

面對習文的歷程與心得，宋濂作了一大段的敘述，而且過程也刻畫細密，雖然其自謙云「予以五十年之功，僅僅若此」，其目的不外乎是對後學之輩作一種清楚的說明。爲文不易，就必須要有方法。學者張健把宋濂習文的方法歸納成八點，依次是：（一）讀經探源、（二）反覆思考、（三）循環溫繹，比較生發、（四）朝夕沉潛、（五）讀史記漢書，勢如破竹、（六）使百物無遁情、（七）稽本末、析文體、究幽微、（八）觸物成文，翻翻滾滾，無所不包。「可作千秋爲文者之典範」。〔註131〕宋濂爲朱右撰寫的〈白雲稿序〉中，同樣勸後學者要「先經後史」：

> 濂有志爲文，不下於伯賢，古今諸文章大家亦多究心。及遊黃文獻公門，公誨之曰：「學文以六經爲根本，遷、固二史爲波瀾，二史姑遲遲，盍先從事於經乎？」濂取而溫繹之，不知有寒暑晝夜，今已四十春秋矣。〔註132〕

在〈丹崖集序〉中，宋濂亦言「沉涵於經而爲之本原，饜飫於史而注其波瀾，出入諸子百家以博其支流。」〔註133〕這裡明確的定出次序：經爲本原、史爲波瀾、諸子百家爲支流，習文也應按此次序。同樣的意思在〈文原〉中，也一再重複：

> 紀事之文，當本之司馬遷、班固，而載道之文，舍六籍吾將焉從？雖然，六籍者，本與根也；遷固者，枝與葉也。……六籍之外，當以孟子爲宗，韓子次之，歐陽子又次之，可以直趨聖賢之大道。〔註134〕

「人文本爲載道具，次則紀事垂千齡。」，〔註135〕這是宋濂與王褘秋夜論文之後寫下的共識與感受，「先經後史」實可以黃溍授予諸門生的心法視之，此亦與宋濂的明道觀念密不可分。

二、師古必師心

在涉及詩文創作的物心關係時，自古以來就有不同的認識與理解。在南

〔註131〕參見張健：：《明清文學批評》，台北：國家出版社，1983 年，頁 5～6。
〔註132〕《全集》，頁 494。
〔註133〕《全集》，頁 491。
〔註134〕《全集》，頁 1406。
〔註135〕〈秋夜與子充論文，退而賦詩一首，因簡子充并寄胡教授仲申〉，《全集》，頁 2209。

朝的詩畫品評中，已初步提出師物、師造化、師心等概念。但宋濂在文章須以六經爲本原的準則上，就確定了師法的對象。在〈華川書舍記〉中，宋濂提到「士無志於古則已，有志於古，捨群聖人之文何以法焉？」〔註136〕而〈樗散雜言序〉中，他則認爲「詩至於三百篇而止爾，……學詩者其可不取之以爲法乎？學詩者固不可不取之以爲法，若夫出品裁之正，合物我之公，高不過激，悲不傷陋，則論詩者又可不倚之以爲權度乎？」〔註137〕在〈張侍講翠屏集序〉中，更肯定張寧「非漢、非秦周之書不讀」〔註138〕的態度。由此可見宋濂對於文章必須「復古」「師古」的態度與立場，亦是根據其明道宗經的主張。其曾言：

> 余少於斯文，蓋有志焉，及今尤眞知之，然後嘆先師（按：黃文獻
> 公）之不可及也。後之有志於學者，非果有得於古人之法，烏知余
> 言爲然哉？（〈書劉生鏡歌後〉）〔註139〕

古代文學史上頻繁出現「復古」的現象，其背後意義根源在於「以復古爲革新」方式，成爲文學發展的一種動力。「宗經」、「復古」的文學觀念，在各朝代皆曾出現，如唐代的古文運動、北宋的詩文革新運動、江西詩派的復古，以及南宋末年文學宗唐宗宋的爭論等皆是，特別到了明代可說是復古風氣最盛的一個朝代。是故宋濂所持之「師古」論，並非突然而起，金元之際復古之風未絕，元代中後期元祐復科後的文風，即主雅正、尚古、尚辭章。〔註140〕歐陽玄云：「宋訖科舉廢，士多學詩，而前五十年所傳士大夫詩多未脫時文故習。聖元科詔頒，士亦未嘗廢詩學，而詩皆趨於雅正。」（〈李宏謨詩序〉）余闕也說：「文之弊至宋亡而極矣，故我朝以質承之。……蓋久而至於至大、延祐之間，文運方啓，士大夫始稍稍切磨爲辭章。」（〈柳待制文集序〉）從上述言論中，已反映元代中後期師古乃至於入明後文學復古的傾向。

宋濂在〈復古堂記〉中，對其所主張之「復古」意涵做了清楚的解說。

> 古之人以道德爲師者，有孔子焉，有孟氏焉。以政業居輔弼者，有
> 伊尹焉，有周公焉。人而不爲孔孟伊周，其學皆苟焉而已，子將復

〔註136〕《全集》，頁 57。
〔註137〕《全集》，頁 2025～2026。
〔註138〕《全集》，頁 2028。
〔註139〕《全集》，頁 1555。
〔註140〕參見王運熙、顧易生主編：《中國文學批評史──宋金元卷》，頁 1001。

古必如斯而後可爾。〔註141〕

他認為「欲師古者宜取則於上上」，故在道德與政事方面，應以孔、孟、伊尹、周公為師。至於「復古」的具體步驟，他則認為儒家經典中最古者為《易》，因此可從學《易》入手，因為「伏羲之卦，文王之象，周公之爻，孔子之繫，於是乎悉備。」「一卦一爻，皆開務成物之道也。」認為真正能夠追尋古代聖賢先王步伐者，才能夠「過則聖，不及則賢，達則兼善於人，窮則獨善諸己」。宋濂把「師古」的意義說的更透徹：

> 然則所謂古者何？古之書也，古之道也，古之心也。道存諸心，心
> 之言形諸書。日誦之，日履之，與之俱化，無間古今也。若曰專溺
> 辭章之間，上法周漢，下蹴唐宋，美則美矣，豈師古者乎？

上述所謂之「古」，範圍很大，從道至書皆可稱之。若從將之分為學與行兩個層面言之，所謂「學」者，當由古之書，以求古之道，明古之心。「行」則是實踐古之道，「與之俱化，無間古今」。宋濂在〈復古軒記〉中也提到：「春秋之義大復古。其謂復古者，所繫甚大，非一器物之謂也。」所謂的復古，是要學習古人的行為與思想，〔註142〕古之道與古之心也是行事教化之本，因此他反對「專溺辭章」而徒究形式的「上法周漢，下蹴唐宋」，這樣並非是真正的「師古」。在〈師古齋箴并序〉〔註143〕一文中，宋濂提出「師古」的重要性：

> 師古者何？志之所存也。志之所存，奈何？事不師古，則苟焉而已。
> 言之必弗詳也，行之必弗精也。弗精且詳，則減裂之弊生，而頹惰
> 之氣勝矣。能師古則反是。

這裡強調要師古人之志，若不能師古，則弊端叢生，「頹惰之氣勝矣」。

此外，若從詩文發展的角度論，倡導「師古」實有其必要性，在〈答章秀才論詩書〉中，宋濂首先說明自漢至宋代詩人無一不有師承，但「詩之格力崇卑，固若隨世而變遷，然謂其皆不相師可乎？」因此他對時人詩作表達不滿，云：

> 近來學者類多自高，操觚未能成章，輒闊視前古為無物。且揚言曹、

〔註141〕《全集》，頁 1169。

〔註142〕其文中有云：「古之人朝出耕，夜歸讀古人書，今則飽食以嬉，我當復之；古
之人入孝出弟，如用菽粟布帛斯須不可離，今或有凌犯者，我當復之；古之
人事君如天，一動二靜，儼如有赫其臨，今則鮮有致其身者，我當復之。」
《全集》，頁 1303。

〔註143〕《全集》，頁 922。

> 劉、李、杜、蘇、黃諸作雖佳不必師，吾即師，師吾心耳。故其所
> 作往往猖狂無倫，以揚沙走石爲豪，而不復知有純和沖粹之音，可
> 勝嘆哉！

宋濂認爲這些人雖然是「師心」，卻是「師吾心」，雖帶有擬古傾向，卻是以
狂怪爲尙，呈現出元代中後期詩文創作中師心自用、自我作古的創作特質。
以元明之際的楊維楨爲例，其提倡古樂府，詩論與創作皆帶有復古傾向，其
所倡之鐵崖體雄暢怪麗風靡一時，兼含李賀之奇詭，李白之酣暢，李商隱之
誕幻，楊氏雖尙古，卻不侷限於古。但時人多只學到皮毛與形式，殊不知楊
氏本主張復古與師古，他說：

> 然詩之情性神氣，古今無間也。得古之情性神氣，則古之詩在也。
> 然而面目未識而得其骨骼，妄矣；骨骼未得而謂得其情性，妄矣；
> 情性未得而謂得其神氣，益妄矣。（〈趙氏詩錄序〉）

楊維楨之言，與宋濂的說法類似。由於楊維楨強調「情性神氣」與「面目骨
骼」之間的必然聯繫，因此宋濂提出：

> 其上焉者師其意，辭固不似，而氣象無不同；其下焉者師其辭，辭
> 則似矣，求其精神之所寓，固未嘗近也。（〈答章秀才論詩書〉）

這裡明確地提出師古要以師意爲上，師辭則爲下，空有辭似而沒有掌握精神，
這樣並不是眞正的師古。在〈胡仲子文集序〉中，就提出「師古」最重要的
就是「師其心」的概念，師古人之心就是師古人之道，若不能掌握「師心」
這個關鍵，即使努力，也是庸庸碌碌無所成就。他說：

> 古之君子，其自處也高，其自期也遠，其自視也尊，期則師與友也
> 審，舉天下無足慊吾意者，則求古人之賢者而師友之。苟有得於心
> 矣，當時知否不恤也，身之賤貴弗論也。行之爲事功，宣之爲言論，
> 一致也。其心廓然，會天地之全，而游乎萬物之表，視古今如一旦
> 暮，視千載以上之人，若同堂接膝而與之語，何暇以凡近者累其心
> 乎？孟子舍子思之門人，而願師孔子，非遺其師也，道宜然也。近
> 世學者，鄙陋而無志，聞古之人，畏之如雷霆鬼神，不敢稍自振，
> 僕僕焉於庸常之人，師云師云，而足無所成者，皆習之（李翱）之
> 所棄也。〔註144〕

他極反對摹擬之舉，曰：

〔註144〕《全集》，頁1507。

> 雖然，為詩當自名家，然後可傳于不朽。若體規畫圓，準方作矩，
> 終為人之臣僕，尚烏得謂之師哉！是何者？詩乃吟詠性情之具，而
> 所謂風、雅、頌者，皆出於吾之一心，特因事感觸而成，非智力之
> 所能增損也。古之人，其出雖有所延襲，末復自成一家言，又豈規
> 規然必于相師者哉？（〈答章秀才論詩書〉）

此段文字之意乍看之下，似乎有些矛盾，因為宋濂認為詩的創作是吟詠性情、
出於一心，特別是心有所感而成詩，這樣是否就只要完全表達出個人情感即
可？他還是認為學詩當學名家，但也反對「體規畫圓，準方作矩」摹擬的習
詩態度，對他而言，師古之意在於師「古之意」和「古之心」，即是宋濂一生
秉持的師「聖賢之道」，至於語辭、體製等形式層面者，則抱以彈性的態度處
理。因此宋濂雖然主「師古」說，其一方面強調「師心」的重要，另一方面
就文章的體裁語言與風格而言，他倒是認為可以發揮與創造的，因此反對拘
泥於古之辭語與形式，其目的仍希望學之者有朝一日皆能成就一家之言，有
自己獨特的風格。

黃溍在面對當世尚摹擬之風的現象時，他說：

> 世之善為近似者，方竊竊然揣量剽掇，謹眾以立的，而曰吾古學也。
> 陳性命者躡幽微，辨名數者彈毫末。（《金華黃先生文集・山南先生
> 集後記》）

黃溍認為「近似」並非師古，其反對剽竊式的師古，認為文辭因由己出，因
此提出主張「師心」之說。宋濂在〈文原〉中亦時有感慨：

> 予竊怪世之為文者不為不多，騁新奇者，鉤摘隱伏，變更庸常，甚
> 至不可句讀，且曰「不詰曲聱牙，非古文也」；樂陳腐者，一假場屋
> 委靡之文，紛揉龐雜，略不見端緒，且曰「不淺易順，非古文也」。……
> 予復悲世之為文者，不知其故，頗能操觚遣辭，毅然以文章家自居，
> 所以益摧落而不自振也。（〈文原〉）〔註145〕

> 夫文為可以學為哉！彼之以句讀順適為正，訓詁難深為奇，窮其力
> 而為之，至於死而後已者，使其能至焉，亦技而已，況未必至乎。（〈文
> 說贈王生鼎〉）

> 近代之文予見之夥矣，大風揚沙而五色為之昏昧，繁音嘈雜而五聲

為之失倫，……此無他，無真實之功，求鹵莽之效，西抹東塗，莫尋統緒，左剽右竊，僅成簡編，輒號諸人曰：「我知文！我知文！」人以艱深文淺近者示之，則曰：「是誠古文哉？何其雅奧而不群也！」或以其言之易，又以塵腐罷軟者戲之，則又曰：「此亦古文耳，何其暢達而無礙也！」是皆無真見以人舌為之目，故靦然而無愧作。（〈丹崖集序〉）〔註146〕

面對時人對古文理解的偏頗，有些人認為必須詰曲聱牙才是古文，因此刻意去營造書寫艱澀的語句，而有些人卻認為要趨於口語，才是古文。實際上窮其力於句讀順適與訓詁難深，這些只是形式技巧，並未掌握到文的精神。宋濂反對模仿形跡，因此曾針對時人文章之弊與方孝孺云：

世之人多不能與此樂，寒澀者以艱言短語為奇，好平易者以腐熟冗長為美，或采摭異書怪說以為多聞，或蹈襲庸談俚論以為易曉，而不知文之美，初不在是也。古之名世者具可見矣。（〈與郭士淵論文〉）〔註147〕

他感嘆一般人不知道真正的文章之美與價值，應該能順時而變，有多樣的面貌，而非拘泥在文辭的簡短冗長以為奇美，或摘錄異書怪說以為自己見多識廣，也不是隨便寫些庸談俚論入文，就認為文章易曉，這些都是對於文章價值作用的誤解。宋濂對只重文章之文飾辭藻者，非常不以為然：

士之有志於文者夥矣，抽青媲白，組織文繡，柔筋脆骨，點綴形似，徒夸艷乎凡目，已違拂乎恒性。所謂蠟其言，梔其貌者，其視子與有德而有言，殆猶魚目之於夜光，嫫母之於西施也歟？（〈王君子與文集序〉）〔註148〕

此種看法實繼承唐宋古文運動的精神，特別是在古文運動中，反對艱深怪僻，提倡平易通達。韓愈論文主張「務去陳言，追求獨創」，卻非刻意求難；力主「文從字順」，也非刻意求「易」，韓愈所重視的只是如何適切的達意。〔註149〕其後學皇甫湜、孫樵等人，卻繼承發展韓愈「怪怪奇奇」的一面，因而產生艱深怪僻的文風，影響晚唐、宋初的文士，以為撰寫古文就必須要詰曲聱牙。

〔註146〕《全集》，頁491。
〔註147〕《全集》，頁2581。
〔註148〕《全集》，頁688。
〔註149〕參見方介：《韓柳比較研究——思想、文學主張與古文風格之析論》，台灣大學中文研究所博士論文，1990年，頁292。

面對北宋文壇流行怪僻不可讀的古文，故以歐陽修爲首之北宋古文運動，在語言風格方面就主張反摹擬，反古奧，提倡流暢自然。〔註150〕宋代古文先驅柳開認爲：

> 古文者，非若辭澀言苦，使人難誦讀之，在於古其理，高其意，隨言短長，應變作制，同古人之行事，是謂古文也。(〈應責〉)。

可見古文不在於言辭的古奧，而是應當涵備古理，體現古人行事之風範。宋濂除了批評時人只重辭藻之弊外，宋濂特別點出古人學文，是「以躬行心得者著爲言」，但後世之人則是以文學文，「皆億度想像而爲之」：

> 辭章之弊久矣。梔蠟爲葩，以逞妖艷，非不眩人目睛，比之元氣流千紅萬紫遍發洛陽名園，固自弗侔。何也？生意之動盪，與死色之不澤者，其可以並論也哉？蓋古人之於文，以躬行心得者著爲言。言有醇疵，但繫乎學之深淺爾。後世則不然，以文學文，皆億度想像而爲之。知道君子，未嘗不一笑擲之。(〈朱悅道文稿後題〉) 〔註151〕

因此他認爲「文者，欲其辭達而道明耳。吾道既明，何問其餘哉！」(〈文原〉)要能達到「辭達」，仍必須體會「聖賢之心」：

> 聖賢之心浸灌乎道德，涵泳乎仁義，道德仁義積而氣因以充，氣充，欲其文之不昌不可遏也。

整個學文過程必須自心而身，自身而家，直到修養功夫完成，才能談「文」的創作。歐陽修在〈與張秀才第二書中〉曾指出：

> 君子之於學也，務爲道，爲道必求知古。知古明道，而且履之以身，施之於事，而又見於文章而發之，以信後世。其道，周公、孔子、孟軻之徒常履而行之者是也。其文章，則六經所載至今而取信者是也。

此處「爲道」與「發而爲文章」的關係至爲明晰，歐陽修所謂之「道」就是儒家之道，「文章」也如同六經所載，目的在於能爲時爲事之用。「不浚其源而揚其瀾，不培其本而抽其枝，弗至於槁且涸不止也。」宋濂不斷的陳述師古在師心的見解，強調師古並非擬古，此與其明道宗經的文論態度密不可分，「師古」實可說是初學者習文的入門途徑。

在〈書劉生鐃歌後〉中，宋濂認爲元代四大家虞文靖公、揭文安公、黃文獻公、歐陽文公四人中，以黃文獻公之文爲最，「和平淵潔，不大聲色，而

〔註150〕參見王運熙、顧易生主編：《中國文學批評史──宋金元卷》，頁80。
〔註151〕《全集》，頁813。

從容於法度」，因此：

> 是以宗而師之者，雖有高下淺深之殊，然皆守矩蹈規，不敢流於詭
> 僻迂怪者，先師之教使然也。〔註152〕

對初學者而言，取法乎上至爲要緊，因爲有好的榜樣，在學習的過程中，自然「不敢流於詭僻迂怪」。而這些知名文士原本就重視宗經復古，六經乃是天地至文，而爲文的目的就是爲了能夠達成明道而立教，輔俗而化民之功。

　　宋濂主「師古」的立場在明初當然是有影響的，文章需能合於聖賢之道，有用於世的觀念，其在洪武四年所作的〈剡源集序〉〔註153〕中，批評宋季的辭章：

> 辭章至於宋季，其敝甚久，公卿大夫視應用爲急，俳諧以爲體，偶
> 儷以爲奇，靦然自負其名高。稍上之，則穿鑿經義，驪括聲律，孳
> 孳爲諛世取寵之具。又稍上之，剽掠前修語錄，佐以方言，累十百
> 而弗休，且曰：「我將以明道，奚文之爲？」又稍上之，騁宏博，則
> 精麤雜揉而略繩墨；慕古奧，則刪去語助之辭而不可以句：顧欲矯
> 弊而其弊尤滋。

宋濂指出當時文士作文的弊病在於公卿大夫致力於應用之文，「俳諧以爲體，偶儷以爲奇」，這是最等而下之者。不然就是孜孜矻矻於「穿鑿經義，驪括聲律」，要不也就「剽掠前修語錄」，以爲這樣就是道學之文，當然也有人是「騁宏博而略繩墨」「慕古奧而不可以句」，精麤雜揉，刪去語助辭以爲所作的就是古文。宋濂一方面批評，一方面自己所作之文又似韓昌黎，雖然是針對宋季文人之弊而論，但事實上仍是爲了明初文治的需要，呼應明太祖的要求，如朱元璋曾言「今後牋文但令平實，勿以虛辭爲美也。」（《明通鑑》卷四），而在洪武六年命翰林儒臣「擇唐宋名臣箋表可爲法式者」，詞臣以柳宗元〈代柳公綽謝表〉及韓愈〈賀雨表〉進之，後太祖命中書公佈上奏箋表以韓柳之文爲法式，「禁駢麗對偶體」。（《明會要》卷三十五職官七）這裡可見，宋濂的論述與明初政令有關，也具體展現明初官方思想。

三、文主通變

　　宋濂爲文雖主「師心」，但不表示其不重文辭與形式技巧。宋濂受學於吳

〔註152〕《全集》，頁 1554～1555。
〔註153〕《全集》，頁 468。

萊時,曾向其請教作文之法。吳萊認爲「辭氣音調,世有不同」,一個時代有一個時代的通行的文辭用語,語言是隨時代而變遷,所謂的「古文」是採用古代通行的散文來表現,絕非一味模仿古書文辭,而必須古今融貫,另創新語,這是觀念是作文者首先要深察的。其次,對於作文之法,吳萊云:

> 問其作文之法,則謂:「有篇聯,欲其脈絡貫通;有段聯,欲其奇耦迭生;有句聯,欲其長短合節;有字聯,欲其賓主對待。」又問其作賦之法,則謂:「有音法,欲其倡和闔闢;有韻法,欲其清濁諧協;有辭法,欲其呼吸相應;有章法,欲其布置謹嚴。」總而言之,皆不越生承還三者而已。然而辭有不齊,體亦不一,須必隨其類而附之,不使玉瓚與瓦缶並,斯爲得之。此又在乎三者之外,而非精擇不能到也。(《浦陽人物記·文學篇·吳萊》)〔註154〕

吳萊所言作文之法,實就文學創作的形式言之。在文章形式結構方面,要掌握篇章的脈絡方向、段與段之間的聯繫,也包括句子的長短安排與字辭的運用,特別是創作時,散文有散文的做法,賦與韻文也有其應注意的條件,在創作方面應該依照不同的文類而有所別,同時也必須要能夠做到運用自如,「不使玉瓚與瓦缶並」,其關鍵在於「精擇」的功夫。可見身爲一代文章大家,吳萊也至爲重視文章的結構安排與字辭應用是否得宜。

宋濂在創作之法上,雖然並未如吳萊這麼清楚明白就形式方面的技巧作一說明,但就創作上也必定依循此種方法,只是自謙「恨學之未能」,特別他早年曾致力於古文辭與舉子業,篇章外在的形式技巧早就熟稔,只是他要求應不受形式技巧的約束,而致力追求文章經世明道致用的價值。因此他重視「師心」,在章法技巧與文辭上主張通變,這裡不僅是文辭的創新,進而也可在聖人之道上,展現文意的更新,這種做法同時可以賦予聖人之道新的面貌,除了可以迎合潮流,與時推移之外,所作之古文,也能在時代的潮流中,保有其價值。

因此楚王府伴讀陳子晟從宋濂學文,宋濂對學生說明作文之法時,首先就提到「能知變化」的概念:

> 爾之從我者,學爲文耳。文豈易言哉?翻秋濤之洶湧,屹喬嶽而不遷,沛元氣之淋漓,未足以喻其變化也。能知變化,則軼遷轢固,蹴蔡駕韓,燁然有光萬丈矣。(〈送陳生子晟還連江序〉)〔註155〕

〔註154〕《全集》,頁 1850。
〔註155〕《全集》,頁 864。

他認為知所變化，文章才有超越司馬遷、班固、韓愈等文士的可能性。但前提是要能夠先掌握「經是萬世之準繩」的原則，先使言理相涵，才有可能「排斥毛鄭、輕視王馬，而靡所不通。」

吳萊曾把作文比作為用兵，以喻其變化，其云：

> 作文如用兵。兵法有正有奇，正是法度，要部伍分明；奇是不為法度所縛，舉眼之頃，千變萬化，坐作進退擊刺一時俱起。及其欲止，什自歸什，伍自歸伍，元不曾亂。(《浦陽人物記・文學篇・吳萊》)

「正」與「奇」是具有對立性質的美學範疇，「正」指的是作文的準則與內涵，「奇」則是文辭的創新出奇。聖人之道有多種方法可以展現，如見諸於生活，見諸於政治，若欲以文道，「奇」可以說是樹立自己獨特的風格，使文章傳於後世。這裡「正」與「奇」的對舉，展現出不拘一格，融會眾美的宏觀眼光。因此學聖人之道是要師其意，學古文，同樣也要掌握其意，但可以「不師文辭」，而有所發揮。

宋濂也用先師吳萊的用兵之法，向學生說明作文之方。其在〈蘇平仲文集序〉中，他舉霍去病重「方略」為例，云：

> 漢武帝欲教霍去病兵法，去病辭曰：「顧方略何如耳？」濂謂去病真能用兵者。古今之勢不同，山川風氣亦異，而敵之制勝伺隙者常紛然雜出而無窮，吾苟不能應之以變通之術，而拘乎古之遺法，其不敗覆也難哉！
>
> 為文何以異此？古之為文者未嘗相師，鬱積于中，攄之於外，而自然成文。其道明也，其事覈也，引而伸之，浩然而有餘，豈必竊取辭語以為工哉？……近世道漓氣弱，文之不振已甚。樂恣肆者失之駁而不醇，好摹擬者拘於局而不暢，合喙比聲，不得稍自凌屬以震盪人之耳目。譬猶敝帚漏卮，雖家畜而人有之，其視魯弓郜鼎亦已遠矣。(〈蘇平仲文集序〉) [註156]

他體認到「古今之勢不同，山川風氣亦異」，若要完全效法古人，連語辭都要相似，如作秦漢語，是絕無可能之事。這裡宋濂看到古今時代環境的差異，可以造成文體與文辭的不同，因此創作也需要因應時代潮流，古今貫通，在方法和技巧與用字遣辭皆應有所變通。特別是在在古文的詞語體制方面，不

〔註156〕《全集》，頁 1575～1576。

僅不需要摹擬，反而應該別出心裁。雖然古今之事順隨時代的變遷而有不同，但古今不異的是人的情感以及對「道」的把握。是故古人為文皆是自然成文，也能充滿浩然之氣，故無所謂致力於辭語的摹擬和雕琢。

在《浦陽人物記・文學篇》中其主張「文重通變」，曰：

> 于房論文有曰：陰陽開闔，俯仰變化，出無入有，其妙若神。何其言之善也。蓋文主於變，變而無迹之可尋，則神矣。司馬遷、班固、韓愈之徒，號為文章家，其果能易此言哉？宜其三世以文名也。〔註157〕

宋濂認為時人之文必須要能夠做到：「如造化之於物，歲異而日新，多態而善變，使人觀之而不厭，用之而不窮，不失榮悴消長之常理」（〈與郭士淵論文〉），才能稱的上是真正的好文章。他在〈金華先生黃文獻公文集序〉也以老師黃溍先生之文為例：

> 今之論者，徒知先生之文清圓切密，動中法度，如孫吳用兵，神出鬼沒，不可正視。而部位整然不亂，至先生之獨得者，又焉能察其端倪哉？於戲！踟洊之水，其流不能尋尺；通將之海，則涵浴日月，一朝而千變。土鼓之聲，其聞不及百戍；迅風驚霆，則震撼萬物，衝縱高庫，無幽而不被。此無他，神與不神也。文辭之出，與天地之氣相為無窮，奈何不若河海風霆之若，而睍睍焉踟洊、土鼓間，果誰之過？上而六藝，下而諸家言，所倡雖有大小之殊，其生色之融液，至今猶津津然，是誠何道哉？〔註158〕

這裡宋濂提出文士盛讚黃文獻公之文，認為其文章清新自然，同時結構縝密，文章波瀾壯闊，風格卓奇耀眼。在其道學思想中，「神」的概念是落實於天地自然人世運行變化的內在動力，因此「神與不神」之藝術風格表現之形成，實端看個人的學養、自覺的追求與理性的思考。正因為個人在「道」方面有不同的造詣，對「道」的內涵有獨特的體悟，因此在創作上也有獨到的心得，因此會與其所展現的文風相一致。從六經到歷代文章名家，對於為文之方與文章成就或有高低差異，但其文能夠流傳久遠的根本原因，就在於其秉持之「聖人之道」的為文用心。宋濂認為只有根基穩固，才能有所變化，故言：

> 先生之所學，推本根則師群經，揚其波瀾則友遷、固，沉浸之久，犁然有會於心。嘗自誦曰：「文辭各載夫學術者，吾敢苟同乎？無悖

〔註157〕《全集》，頁 1839。
〔註158〕《全集》，頁 1985～1986。

先聖人斯可已。」故其形諸撰述，委蛇曲折，必罄所欲言。出用於
時，則由進士第教成均，典儒臺，直禁林，侍講經幃，以文字爲職
業者殆三十年。精明俊朗，雄蓋一代，可謂大雅不群者矣。

此段雖然在於敘述先師習文之方，同時其一生以文爲志業三十年，無論是在
教育學子儒士，或是在元朝居高位爲侍講經幃，論文必究聖人之道。宋濂秉
持師囑，同樣從個人習文到日後教導門生，甚至爲太子帝師，皆追隨先師步
伐，堅定不移地以聖人之道爲習文最根本而且重要之法則。

　　方孝孺認爲明初朝廷文章之士甚多，堪足典範者只有宋濂與王禕二人：

昔在朝廷，爲文者非不多，而人惟推太史公與待制君。蓋文之法，
有體裁，有章程，本乎理，行乎意，而導乎氣。氣以貫之，意以命
之，理以主之，章程以羈之，體裁以正之。體裁欲其完，不完則端
大而末微，始龍而卒蚓，而不足以爲文矣。章程欲其嚴，不嚴則前
甲而後乙，左鑿而右枘，而不足以爲文矣。氣欲其昌，不昌則破碎
斷裂而不成章。意欲其貫，不貫則乖離錯糅而繁以亂。理欲其無疵，
有疵則氣沮詞漸，雖文而於世無所裨。此五者，太史公與待制君能
綦其法而不蹈其弊。（〈答王仲縉五首〉）〔註159〕

宋濂與王禕二人之文，無論在體裁或是章法，都能夠「本乎理，行乎意，而
導乎氣」，五者兼備，自然在明初文壇上有其重要的地位。因此宋濂視文以明
道爲任務，卻也不忽略文辭形式的功用，同時他認爲眞正的好文章要出於自
然，由變以臻神妙之境。當世爲文者最嚴重的問題在於即使「師古」卻不能
「師心」，因此「道漓氣弱」，文自然不振。宋濂始終堅持「明道」的重要，
掌握此前提，自然其所主張的通變、因事感觸、吟詠性情等仍可以發揮，因
此就反摹擬與詩文主通變方面的意見，是帶有積極意義的。

〔註159〕〔明〕方孝孺：《遜志齋集》，寧波：寧波出版社點校本，2000 年，頁 330。

第五章　宋濂文論之具體表現

　　宋濂執明代文壇牛耳於一時，透過對其道學思想與文論內涵的梳理，足見其深厚的學養。他講求詩文不二，其繼承宋代理學家文以載道的文學觀，為文主張要「明道」「宗經」，企圖以道統文，也將理學家的道統與唐宋古文家所倡言的文統與道統融為一體，故於作品中實可見到融貫的特質。在此前提下，宋濂一方面以道學為本建構其文論，也談天賦才情，並不廢文辭。特別是其本身文章作品創作豐富，亦頗具特色，雖然作品中屬於道學家說教式的衛道文章不少，但在創作實踐的過程中，往往超越突破其文論概念。

　　身為明初的文學宗匠，宋濂學問路數頗為駁雜，其治學旨趣也不外乎道學家所看重「知所歸宿」的功夫。同時代與後人對於宋濂的文才與文章評價甚高，其文學成就以及其對於後代文學的影響，都是客觀存在的事實。諸如「士大夫造門乞文者，後先相踵，外國貢使亦知其名，數問宋先生起居無恙否，高麗、安南、日本至出兼金購文集。」（《明史・宋濂傳》），連日人桑原忱亦讚美宋濂「才富學博，老於經義，長於文章。以程朱之理行韓蘇之筆，富贍雄厚。」（〈宋學士文粹序〉）〔註1〕全祖望在總評宋濂的學問格局時曾言，「吾讀文獻、文肅、淵穎及公之文，愛其醇雅不佻，粹然有儒者氣象。此則究其所得於經苑之墜言，不可誣也。詞章雖君子之餘事，然而心氣由之以傳，雖欲粉飾而卒不可得。公以開國巨公，首唱有明三百年鐘呂之音，故尤有蒼

〔註1〕桑原忱（按孫鏘考證，此文撰於清同治元年。）在序中言：「景濂之學正，故其論義確而理醇；其才大，故其文縱橫變化，能言人所不能言者；其學博，故其辭富贍有餘。值明氏勃興之時，故其志銳氣豪，是其所以助明氏之風教，為三百年文章之魁也。」《全集》，頁2549～2550。

渾肅穆之神。」（〈宋文憲公畫像記〉）全祖望肯定宋濂的詞章成就是基於對經術的重視，但也指出婺中之學正因為對「詞章」這種君子之餘事的看重，導致義烏諸公遂成文章之士。雖然學者已看到金華之學有「文顯道薄」，成為載道的文章之士傾向，但基本上作為一介文士的宋濂，其文章之淵源並非不正，特別是在《元史》的修纂，其合文苑與儒林另立〈儒學傳〉，顯然「文道合一」的信念可說是宋濂鍥而不捨的志業。

　　雖然宋濂在文論思想主張中，往往認為文章優劣實繫乎一心，天地間的至文是聖人之文，「不求其成文而文生焉」，其文學理論可說是道學與文學的融合，至於對於歷代詩文的批評，是其文學思想的體現。若欲徹底了解學者之文論結構體系，並作出正確的評價，分析其對詩文鑑賞的態度方法實屬必要。本章即欲探求宋濂的文論思想如何具體印證在現實創作與批評層面，作進一步之探賾，俾能對其文論的全體有清楚的認識與評價。故分別就文學的批評鑑賞之方、詩文評騭與寫作風格等方面論述之。

第一節　詩文鑑賞的態度與方法

　　若從對宋濂學術思想的認識觀之，其對文學本原價值的理解、文、道與六經之間的聯繫，以及文章創作法則等觀之，實可推知其對詩文鑑賞品評的態度。關於宋濂衡文的標準，在本文第三章曾就其道學思想、第四章闡述其文論內涵時，已有論述，故本節將對於宋濂對詩文鑑賞的具體態度與方法予以考察。

一、鑑賞的態度

　　歷來對於文學的鑑賞與批評，往往肇因於讀者或批評者主觀的興趣偏好或是學識不足等因素，遂令文章真義難以洞察，產生褒貶過當之議，以致作品難得正確之評價。事實上，文學鑑賞原本即需以理性的態度面對作家作品與文學現象，作出合情合理、客觀公允的評價，進而試圖得到某一規律性的原則與認識。因此孟子對於詩文的闡釋，提出了「知人論世」說：「頌其詩，讀其書，不知其人可乎？」（《孟子·萬章上》）一切的詮釋，都不能脫離文本，以及作者本身的思想情感與經歷。

　　劉勰在《文心雕龍·知音》篇中，首揭「知音難逢」，好作品雖可得，但

能夠得到有共鳴的知音，即現代所謂的批評者，卻更難求。關於「知音難覓」的情況，歷來文士皆有感慨，以下茲舉例觀之，如：

> 知音其難哉！音實難知，知實難逢，逢其知音，千載其一乎！（《文心雕龍‧知音》）

> 僕為文久，每自則意中以為好，則人必以為惡矣。小稱意人亦小怪之，大稱意即人必大怪之也。（《韓昌黎文集校注》第一卷〈與馮宿論文書〉）

> 昔梅聖俞作詩，獨以吾為知音，吾亦自謂舉世之人知梅詩者莫吾若也。吾嘗問渠最得意處，渠誦數句，皆非吾賞者，以知披圖所賞，未必得秉筆之人本意也。（《歐陽文忠公文集》卷一百三十八‧〈唐薛稷書〉）

由上述三段徵引文字可見，評論者對於作者作品原意的把握與理解，並非易事。劉勰在知音篇中，曾借鍾子期聆聽伯牙鼓琴典故，來比喻只有像鍾子期能夠深刻領會作者創作的情感、心態和意旨者，才有資格被稱作「知音」。然而往往因為作者與讀者的立場不同，或對於作品文本的解讀角度不同，即使互為「知音」，面對這些客觀文本內涵對讀者所產生的制約，都可能導致對作品的誤讀或產生不同的反應，因此評論者勢必需要對作品內容有更深的認識與理解。

正因為每個人的學養不同，喜好不同，因此宋濂主張「知音之必要」：

> 為文非難，而知文為難。文之美惡易見，而謂之難者何哉？問學有深淺，識見有精麁，故知之者未必真，則隨其所好以為是非。照乘之珠或疑之於魚目，淫哇之音或媿之以黃鐘，雖十百其喙，莫能與之辨矣。（〈丹崖集序〉）〔註2〕

宋濂一開始就認為作文不難，而難在知文。正因為評論者的學問有深淺，識見有精粗，因此往往是用自己的喜好而判斷優劣是非，結果就造成寶珠被誤為魚目，淫聲反被視之為黃鐘雅樂，故許多好的文辭作品因此而無法得到應有的重視。結果造成好的作品不為世人注意，世人反而以為好的作品極少，事實並非如此。在〈送天淵禪師濬公還四明序〉一文，宋濂即言：

> 非文辭之鮮也，作之者雖精，而知之者未必真，知之者固審，而揚之者未必至，此其每相值而不相成。唐有柳儀曹而浩初之文始著，

〔註2〕《全集》，頁490。

宋無歐陽少師而祕演之名未必能傳至于今，蓋理勢之必然，初不待燭照龜卜而後知之也。〔註3〕

「知之者未必眞，知者固審，而揚之者未必至，此其每相值而不相成」，宋濂以柳宗元與歐陽修爲例，因爲柳宗元賞識浩初之文，歐陽修提拔秘演，二人之文章才得以廣爲流傳，享有文名。這可說是特例，因爲無論是在唐代或是宋代，柳宗元與歐陽修皆是一代文章大家，除有文名之外，同時也才學兼備，是故能得到名士的推薦，自然際遇就有所不同。

這種情況如同韓愈在〈雜說四首〉之四中所發出的感嘆：

世有伯樂，然後有千里馬。千里馬常有，而伯樂不常有。其眞無馬邪？其眞不知馬。

宋濂也有同感，其云：

余竊以謂天淵之才，未必下於祕演、浩初，其隱伏東海之濱而未能大顯者，以世無儀曹與少師也，人恆言文辭之美者蓋鮮，嗚呼！其果鮮乎哉？方今四海會同，文治聿興，將有如二公者出荷斯文之任，倘見天淵所作，必亟稱之，浩初、祕演當不專美於前矣。

根據他的認知，詩文不見賞於人，歸納其理由有四：一、知之者不精；二、欣賞者異好；三、時代潮流不合；四、揚之者未至。〔註4〕如此說來，正因知音難覓，許多如同浩初、秘演之流的文士，往往因此而湮滅不彰。宋濂認爲天淵禪師之文采，未必會下於秘演、浩初，其未能大顯的原因，乃是沒有如同柳宗元、歐陽修等知名文士的推薦，如果有此際遇得到知音，天淵禪師之文是不讓浩初、祕演專美於前的。宋濂曾與天淵禪師論文，「其辯博而明捷，寶藏啓而探貝焜煌也，雲漢成章而日星昭煥也，長江萬里，風利水駛，龍驤之舟藉之以馳也。」其首先推崇天淵禪師博學善言，反應敏捷，「因徵其近製數篇讀之，皆珠圓玉潔而法度嚴謹。」他因此「傳之禁林，禁林諸公多嘆賞之。」

宋濂身爲文臣之首，當時的文名與地位，亦堪足比擬柳宗元與歐陽修，此種舉動何嘗不是表明自己正是天淵禪師的知音與伯樂？在《文心雕龍·知音》篇中，劉勰認爲：

凡操千曲而後曉聲，觀千劍而後識器，故圓照之象，務先博觀。閱喬岳以形培塿，酌滄波以喻畎澮，無私輕重，不偏於憎愛，然後能

〔註3〕 《全集》，頁503～504。
〔註4〕 參見張健：《明清文學批評》，台北：國家出版社，1983年，頁19。

平理若衡，照辭如鏡矣。

知音之本，端在識見與學養，因此夠資格的評論者，首先要具備的條件就是要有「博觀」的修養，山岳之所以高大在於不辭細壤，海水之所以廣闊是因為不棄細流，故博學多聞有其必要性。劉勰提出對於文章的鑑賞只要不以輕重私心論斷，不因愛憎而生偏見，觀察文辭自然能一如形之照鏡。

宋濂自認自己是一客觀的知音文士，在〈劉兵部詩集序〉中，其自謂：「濂雖不善詩，其知詩絕不在諸賢後。」由此言可見，他對自己的鑑賞能力是相當有信心的，〔註 5〕因此屢屢揚舉當代出色卻不為人知的文士，盡力為其排除知音難遇的缺憾，如上述引文中的天淵禪師，即是在此心態之下的作為。其他如〈丹崖集序〉的唐肅，宋濂認為「處敬之文，荊山之玉也，渥洼之馬也，又豈患無卞和與九方歅者乎？」「予雖不敏，愛玩處敬之文日不釋手，以為可垂遠而傳後。」〔註 6〕、〈劉兵部詩集序〉的劉鵬舉，「雖然，濂雖不善詩，其知詩決不在諸賢後，故因作序而相與一言之，使郊、愈復生，當不易吾言矣。」、〈林伯恭詩集序〉之林溫，「今吾伯恭之詩出，一洗習俗之陋，信之豪傑之士自有其人也。故敢執筆直題於首簡，世有知言者，必深有取焉。」〔註 7〕宋濂本身學養深厚，辨析亦精，以上述之言觀之，無疑是當代諸多文士的伯樂，從諸文中亦見其胸襟與用心。

二、品評的標準與方法

（一）明道宗經與知人論世的深化

詩文品評是批評者透過反省與考察，對於具體的文章作品加以分析與梳理。對於詩文的品評，可就形式的表現以探析作品的體式、聲律等種種問題；也可就作品的內容，討論作品所表達的主題、情感與思想。文學作品的價值不僅在藝術層面，由於作品是由作者所創作，在歷代文論的範疇中，人品與文品往往有其密切的聯繫，也因而影響作品的價值性。因此在分析歸納與辨証的過程中，除了批評者個人主觀的態度要求之外，必有特定的觀點作為支

〔註 5〕 宋濂個人詩不如文，陳田在《明詩紀事》中認為宋濂的詩作「集中小詩，猶是元習；長篇大作，往往規橅退之，時亦失之冗沓。蓋兼才為難，自唐以來如韓退之、蘇長公世不多見，正不必美備難具也。」參見氏著：《明詩紀事》，上海：上海古籍出版社，1993 年，頁 110。

〔註 6〕 《全集》，頁 491。

〔註 7〕 《全集》，頁 1009。

持正確評價作品的標準。大抵而言，宋濂評文的著重在作品的積極意義與經世的的作用，舉凡作家著述之心術養成、學養的積累、對文理的掌握、文學發展的規律等，皆是其所注重。他對於詩文品評，基本上就是其道學思想與文論原則的落實，因此其評文的標準，正是其論古文辭著述的原則——明道與宗經，這些原則也一一出現在其文論主張中。

至於品評方法，首先仍是將傳統的「知人論世」加以深化擴大運用，因此其在進行詩文品評之際，首先要探察作者的習文背景與態度，同時將時代背景與社會變遷等因素放如考察的範圍中，這樣在解析作品時，才能避免武斷。之後，才能進一步針對作品的內容形式進行分析與討論。

> 稽本末以覈其凡，嚴褒貶以求其斷，探幽隱以究其微，析章句以辨其體。事固粲然明白，而其制作之意，亦皦然不誣也。由是以定諸子百家之異同，若別白黑而絕無難矣。及夫物有所觸，心有所向，則沛然發之於文，翩翩乎其萃也，袞袞乎其不餒也，渢渢乎大無不包，小無所遺也。（〈葉夷仲文集序〉）〔註8〕

宋濂認為必須要稽覈本末、嚴正褒貶、探究幽微、辨析章句，這樣才能徹底了解作者的寫作動機，以及所運用的方法。接著就可判別諸子百家的異同，也能區分其中的差異。如此一來，基礎穩固，寫作時自然就能感物吟志，沛然成文，作品也能氣象恢弘，無所不包。

在〈樗散雜言序〉中，宋濂首先就以學詩者應以《詩》為法式作為品評的準則，因為《詩》之體有三經、三緯，對詩文創作的形式與內容，有極重要的影響。

> 三經者，風、雅、頌也，聲樂部分由是而建。所謂三緯者，賦、比、興也，制作法裁由是而定。……三經而三緯之所以聆其音節之詳，玩其義理之純，養其性情之正，詩之為用，其深且大者蓋若此。嗚呼！學詩者其可不取之以為法乎？學詩者固不可不取之以為法，若夫出品裁之正，合物我之公，高不過激，悲不傷陋，則論詩者又可不倚之以為權度乎？〔註9〕

凡能掌握三經三緯的原則，就能對音節等形式層面知之甚詳，同時對義理的掌握與詩歌內容的安排至為妥貼。因此是否為好詩，其評斷標準就是學詩者

〔註8〕 《全集》，頁 1028。
〔註9〕 《全集》，頁 2025。

是否以《詩》爲準，取法乎上，這正是論詩者倚爲權度者。在〈張侍講《翠屏集》序〉中，宋濂讚美張志道之文爲「一代奇作」，其品評方式首先先就其習文經歷言：「觀先生之文，非漢、非秦周之書不讀，用力之久，超然有所悟入。」〔註10〕有了正確的學習對象與認眞的鑽研，其文自然能夠展現出「豐腴而不流於叢冗，雄峭而不詩於粗屬，清圓而不涉於浮巧，委蛇而不病於細碎」之優點。

其他如在〈《訥齋集》序〉中，對於括蒼王毅的作品，宋濂則先從個人行誼論起，謂其「刻志經傳，而其所學必欲見之於實用。」接著引用王毅之言，以證其爲文志向。日：

> 古人之所謂文者，治具也，經籍之所載者，載此而已，非若後世侈靡之文也。侈靡之文，吾不欲觀焉。吾所謂文，達吾胸中之所欲言耳，初不知有他也。〔註11〕

正因王毅本人對於文章有正確的概念，雖藉文章以抒發個人的想法，然視文爲經籍之載具，因此自然對侈靡之文不屑一顧，故宋濂讚美先生之文不僅明白洞達，「皆不假乎雕琢，而其至味自足。」由上述諸例觀之，宋濂品評詩文皆秉持其積學「明道」、「宗經」的原則，以求文章能致用於世，只要能掌握大方向，文章的價值因之顯明。

（二）「五美云備」的品評方式

除了掌握明道宗經的精神外，宋濂在考量文辭述作之際，也重視作者對於文德層面的個人修養，如持敬與養氣、性情之正，其次才兼顧表現方法與修辭技巧的運用。因此他具體的提出五個要件與準則：

> 詩，緣情而托物者也，其亦易易乎？然非易也。非天賦超逸之才，不能有以稱；其器才稱矣，非加稽古之功審諸家之音節體制，不能有以究其施；功加矣，非良師友示之以軌度，約之以範圍，不能有以擇其精；師友良矣，非雕肝琢腎，宵咏朝吟，不能有以驗其所至之淺深；吟咏侈矣，非得夫江山之助，則塵土之思，膠擾蔽固，不能有以發揮其性靈。五美云備，然後可以言詩矣。蓋不得助於清暉者，其情沉而鬱；業之不專者，其辭蕪以庬；無所授受者，其制澀而乖；師心自高者，其識卑以陋；受質蹇鈍者，其發滯而拘。古之

〔註10〕《全集》，頁 2028。
〔註11〕《全集》，頁 2032。

> 人所以擅一世之名，雖其格律有不同，聲調弗有齊，未嘗有出於五
> 者之外也。（〈劉兵部詩集序〉）〔註12〕

他明確提出詩歌創作的基本規律，並稱之為「五美」，依次是：天賦超逸之才、
稽古之功、良師益友、吟咏雕琢、江山之助，此「五美」對創作與鑑賞至為
重要，同時上述幾項規律皆是歷代批評家所曾言，但卻從未如此並列全舉者。
此五者有其先後次序，宋濂此處安排層層推移，實見其精密。此不僅是創作
實踐的經驗，同時也從中展現了文學觀念。「五美」兼得，「則能隨物賦形，
高下洪纖，變化有不可測」，而且「實於古人篇章中，幾無可辨者」。是故「五
美」缺一，作品必有瑕疵，此實可視為宋濂對於詩文的批評與鑑賞法則。

1、天賦之才

宋濂在分述五個條件時，首先關注者就是「詩才」。其曾提到「非天賦超
逸之才，不能有以稱」，這裡所言「詩才」，意指天賦之才，也就是個人資質。
在〈靈隱大師復公文集叙〉〔註13〕中，他說：

> 才，體也，文，其用也。天下萬物有體斯有用也。若稽厥初，玄化
> 流形，品物昭著，或洪或纖，或崇或卑，莫不因才之所受而自文焉，
> 非可勉強而致也。

天賦之才，原得之於天，受之於父母，因此習文之初，文章的高下好壞往往
受到天賦才情的限制，「其性同，其才或不同，雖以七十子之從聖人，其學各
得其才之所近，況下此萬萬者乎？由是觀之，因才所受而自文者，人與動靜
之物，概可見矣！」（〈靈隱大師復公文集叙〉）因此宋濂言才是體，文是用，
個人天賦資質的問題實不能勉強也不能改變。

他並非不重天賦，其曾以自己的資質為例：

> 學文五十餘年，群書無不觀，萬理無不窮，碩師鉅儒無不親，自意
> 可以造作者之域。譬諸登山，攀躋峻絕，不為不力，而崇顛咫尺不
> 能到也。此無他，受才之有限也。（〈靈隱大師復公文集叙〉）

他認為除了學、識、師、力之外，自我天賦也不可忽視。此段言論雖是他的
自謙之詞，但亦是真實回顧。個人習文時間逾五十年，識見亦廣，不僅期許
窮盡事理之原，同時也與碩師鉅儒互相交遊切磋，自己本身對於文章創作也
孜孜矻矻，努力不懈，然所作之文仍未達頂峰，原因仍在於「受才有限」之

〔註12〕《全集》，頁 608。
〔註13〕《全集》，頁 1416～1417。

故。但宋濂所言之「才」乃是針對廣義的詩才言：

> 有一人之人，有十人之人，有百人之人，有千萬人之人，有億兆人
> 之人，其賦受有不齊，故其著見亦不一而足。所謂億兆人之人，聖
> 人是也；千萬人之人，賢人是也；百十人之人，眾人是也。眾人之
> 文不足論，賢人之文則措之一鄉而準，措之一國而準，措之四海而
> 準。聖人之文斡天地之心，宰陽陰之權，掇五行之精，無鉅弗涵，
> 無微弗攝，雷霆有時而藏，而其文弗息也；風雲有時而收，而其文
> 弗停也；日月有時而蝕，而其文弗晦也；山崖有時而崩，而其文弗
> 變也。其博大偉碩有如此者，而其運量則不越乎倫品之間。蓋其所
> 稟者盛，故發之必弘；所予者周，故該之必備。嗚呼！此豈非體大
> 而用宏者歟？

所謂的「超逸之才」、「器才」，意指聖人之才與賢人之才，故聖人之文是有體
有用的表現。「天賦之才」雖然不能改變，但他並不是宿命論者，因此其認為
聖人之文是可透過學習而達成的境界。在他的想法中，聖賢之文屬於「至文」，
若要能達到這個境地，就要涵養周孔之道，以「六經」為本，並且要「養氣」。
在〈文原〉中有云：

> 人能養氣，則情深而文明，氣盛而化神，當與天地同功也。

> 大抵為文者，欲其辭達而道明耳！吾道既明，何問其餘哉？雖然，
> 道未易明也，必能知言養氣，始為得之。

宋濂認為文章的高下不應只在語言文字上推求，而要從養氣下工夫。於是其
在〈文說贈王生黼〉一文中云：

> 夫文，烏可以學為哉？彼之以句讀順適為正，訓詁難深為奇，窮其力
> 而為之，至於死而後已者，使其能至焉！亦技而已矣！況未必至乎？

句讀、訓詁對他而言，皆只是細微末節而已，其復云：

> 聖賢非不學也，學其大，不學其細也。窮乎天地之際，察乎陰陽之
> 妙。遠求乎千載之上，廣索乎四海之內，無不知矣！無不盡矣！而
> 不止乎此也，及之於身以觀其誠，養之於心而欲其明，參之於氣而
> 致其平，推之為道而驗其恆，蓄之為德而俟其成。德果成矣！道果
> 至矣！視於其身，儼乎其有威，煜乎其有儀，左禮而右樂，圓規而
> 方矩，皆文也。聽乎其言，溫恭而不卑，皎屬而不亢。大綱而纖目，
> 中律而成章，亦皆文也。察乎其政，其政莫非文也；微乎其家，其

> 家莫非文文也。夫如是,又從而文之,雖不求其文,文其可掩乎?
> 此聖賢之文,所以法則乎天下,而教行乎後世也。(〈文說贈王生黼〉)
> 〔註14〕

為文而不知養氣,不知習聖賢之文,僅究文句修辭窮盡其力,實為捨本逐末之舉。在〈洪武正韻序〉中,宋濂同時言:「至如《國風》《雅》《頌》四詩,以位言之,則上自王公,下逮小夫賤隸,莫不有作」,〔註15〕屬於「百十人之人」的「小夫賤隸」,眾人之文雖不足論,但無礙其也能作出好詩,原因就在於「學」。為「學」之首要就是「仁義」,宋濂認為一切的根本就在「仁義」,也就是其屢言之「周孔之道」。

> 君子之言,貴乎有本,非特詩之謂也。本乎仁義,斯足貴耳。……
> 先王道德之澤,禮樂之教,漸於心志而見於四體,發於言語而形於
> 文章,不自知其臻於盛美耳。(〈林氏詩序〉)〔註16〕

宋濂這裡所提之「才」,不僅是天賦之才,也包括後天的學養與環境薰陶所造就的「器才」。此說法與《文心雕龍・才略》、《文心雕龍・程器》類似,〈才略〉篇所言之作家以才能識略為本,而「辭令華采」繫乎於才能識略,故創作與作家之才略有密不可分的關係。同時〈程器〉篇亦言「是以君子藏器,待時而動。」,劉勰認為一個作家必須文采與器用兼具,「周書論士,方之梓材,蓋貴器用而兼文采也。」而器用方面的要求在於「窮則獨善以垂文,達則奉時以騁績」。

宋濂還提及,許多作者以為文皆由學而後成,於是「窮日夜之力而竊儗之」,但「言愈工而禮愈失,力愈勞而意愈違」,原因並非才不如古人,而是「其無本也。」因此其認為本於仁義,文章自美,林仕猷只是一般人,但詩文出色,宋濂述其學詩的經歷,指其要「學《詩》三百篇,以求先王政教之善,治功之隆;賢人君子性情之正,道德之美。」(〈林氏詩序〉)這樣自能「不資於口耳之淺而成文者,文之善者也;不資於爵位之顯而成名者,名之高者也。」

「才能識略」本是作家的內在資稟,無論是先天已具,或是後天積累,所展現出的情貌皆是影響詩歌形式內容的深層原因,故宋濂第一步即深究作家之「詩才」,此實屬於知人論世的一環。

〔註14〕《全集》,頁 1568～1569。
〔註15〕《全集》,頁 815。
〔註16〕《全集》,頁 1729。

2、稽古之功

其次，宋濂提到「稽古」，這裡的「稽古」，可泛指學習古代古代典籍，即以六經為根本，史記、漢書為波瀾，同時要以名家作品為借鑑。此點實與其文論主張「師古必師心」為同義辭，正因為能夠「師古」之心，「師古」之意，把握文章的價值意義之後，在文辭方面著力才有意義。

至於「審諸家之音節體制」則是針對詩文創作的形式而言，其中包括詩歌的音律、體制等形式特點的掌握。在〈洪武正韻序〉中宋濂曾提到聲律的重要，其云：

> 臣濂竊惟司馬光有云：「備萬物之體用者，莫過於字；包眾字之形聲者，莫過於韻。」所謂三才之道，性命道德之奧，禮樂刑政之原，皆有繫於此，誠不可不慎也。〔註17〕

他認為所有的典籍皆是由語言文字所構成，因此在使用上不可不小心謹慎，寫詩作文亦如此，因此審音節，究體制，實為詩文創作與鑑賞上必須注意的事項。特別是詩歌語言，更需要合於聲律，早在《尚書・堯典》就有「詩言志，歌詠言，聲依詠，律和聲」之論，宋濂之主張於此已包含對聲律美的認識。摯虞在《文章流別論》也云：「夫詩雖以情志為本，而以成聲為節」，此即強調詩歌應講究聲律節奏，可見得聲律和諧是詩歌不可缺少的審美條件。

在〈劉彥昺詩集序〉中，宋濂曾提及自己學詩的經驗：「予昔學詩於長薌公（按：吳萊），謂必歷諳諸體，究其制作聲辭之真，然後能自成一家。」〔註18〕可見「稽古」與「審諸家之音節體制」此點，實與其創作經驗不可分，同時宋濂點出必須要能掌握各種體裁，並重視和諧的聲律，才有機會「自成一家」。

另外他也認為作文者必須要能夠「嚴體裁之正，調律呂之和」（〈曾助教文集序〉），〔註19〕作詩則要「發揮其文藻，揚厲其體裁，低昂其音節」（〈清嘯後藁序〉），〔註20〕故其曾自言，「雖自漢魏至于近代凡數百家之詩」學起，「無不研窮其旨趣，揣摩其聲律。」同時在〈孫伯融詩集序〉中，也提到孫伯融「日取唐諸家詩而紬繹之，稽其聲律，求其指趣，察其端倪，以而學大進。」宋濂的文論雖以明道宗經為主旨，同時講求師「聖人之心」，由上述之例可見，宋濂

〔註17〕《全集》，頁816。
〔註18〕《全集》，頁693。
〔註19〕《全集》，頁1167。
〔註20〕《全集》，頁489。

並不是不重視體制與聲律等形式層面的學習，只是他更重視內容價值，此說亦承《文心雕龍》之〈鎔裁〉、〈聲律〉篇之論述〔註21〕而來。

3、良師益友

宋濂認爲師友的切磋，對創作的助益甚偉。「非良師友示之以軌度，約之以範圍，不能有以擇其精」，這種見解在〈孫伯融詩集序〉中，更清楚明確的呈現：

> 詩道之倡，其有師友淵源乎？非師不足盡傳授之祕，非友不足成相觀之善，無是二者，不可以言詩也。〔註22〕

「詩道」的掌握也與師友的關係密切，原因在於透過良師，才能盡傳授之祕，有益友才能相互討論有所增進。面對師友之道，宋濂實有體會，在〈題永新縣令烏繼善文集後〉其有云：

> 世之學者必有師，雖百工伎藝之微，亦必有以相授，然後能造其閫奧。況爲文者，發造化之祕，貫今古之統，苟無以管攝而闔闢之，則何以盡其變化不測之妙？……吾鄉修道先生胡公，以光明正大之學，發於精深言簡之文。啓迪學子，篇章句字皆有法。往往從之者，多得文之旨趣。〔註23〕

宋濂一生得力於名師之處甚多，因此其強調師者在傳道授業上的重要，特別是在詩文的規範與技巧上，透過師者在爲學內容與篇章字句的提點，往往更容易入門掌握精髓之旨。至於學友之間的交遊往來，從宋濂文集中實可見早年求學之際，雖然貧窮，但與學友互相切磋，彼此砥礪的眞摯友誼。如宋濂與好友「相與詰難經義，連日夕弗休，迨別去，猶依依南望，至日落乃止。」（〈亡友陳宅之墓銘〉），〔註24〕宋濂早年家貧，遊學諸暨時，靠著好朋友陳子章相陪讀書論學度過寒冷的夜晚，這一段經歷在宋濂的人生中至爲重要。〔註25〕再如王禕是宋濂一生的好友、同學、同僚，二人交情深厚，在〈和王內翰見懷韻并序〉中，也附錄了一首王禕寫給宋濂的詩，可見二人的相知：

〔註21〕 學者龔顯宗認爲宋濂欲詳審音節體制，乃受到王安石「先體製而後工拙」、嚴羽「辨家數如辨蒼白」的影響。參見龔顯宗：〈宋濂詩論述評〉，《明清文學研究論集》，台北：華正書局有限公司，1996年，頁33。

〔註22〕 《全集》，頁1253。

〔註23〕 《全集》，頁1061～1062。

〔註24〕 《全集》，頁1225。

〔註25〕 〈陳子章哀辭〉，《全集》，頁76。

> 同門同里復同官，心事相同每共歡。袞斧並操裁玉牒，絲綸分演直
> 金鑾。名齊伯仲吾何敢，義重師資分所安。重會定知頭更白，肯令
> 歲晏舊盟寒？〔註26〕

在〈送東陽馬生序〉中，宋濂也已自身早年刻苦勤學的艱難過程，用以勉勵馬生：

> 同舍生皆被綺繡，戴朱纓寶飾之帽，腰白玉之環，左佩刀，右備容
> 臭，燁然若神人。余則縕袍弊衣處其間，略無慕艷意，以中有足樂
> 者，不知口體之奉不若人也，蓋余之勤且艱若此。〔註27〕

由上可見在學習道路上，若有師友相互切磋，實難能可貴。同時透過彼此往來交遊，除可收觀摩學習之功效，亦可藉之克服自己的盲點，通過論辯也可激盪出新的想法。特別當日宋濂所相往來者，諸如胡翰、劉基、王禕、蘇伯衡、章溢、葉琛等，俱為文章名家，在討論的過程中對個人的學養亦可有所提升，因此其強調師友的重要性。

4、吟詠雕琢

宋濂提到第四個要件就是「雕肝琢腎，宵咏朝吟」，學者龔顯宗認為可將此視為作家個人專與勤的功夫。〔註28〕此點也攸關創作者本身的態度，宋濂認為作家在創作時，要能夠精心構思，推敲字句的使用，同時也要透過吟誦，來檢驗文章的聲律與押韻，此點與第二點之「審音節」、「稽聲律」相關。同時此種說法亦與《文心雕龍》之〈神思〉篇所言概念類似：

> 文之思也，其神遠矣。故寂然凝慮，思接千載，悄焉動容，視通萬里，
> 吟詠之間，吐納珠玉之聲，眉睫之前，卷舒風雲之色，其思理之致乎！

劉勰談到作家的思維作用，特別是在寂靜無聲、聚精會神的時候，可以聯想前代古人的創作，透過反覆的吟詠，以感受音韻帶來的情致。但是在為文運思的過程中，往往在措辭落筆之前，文思豐富，但是在落筆時卻形成極大的差距，故劉勰曾言「方其搦翰，氣備辭前，暨乎篇成，半折心始」，因此劉勰認為草稿初定，尚須經過仔細的推敲與修改，對於文字的聲律與手法的拿捏，都要把握創作的規範。

〔註26〕《全集》，頁 1621。
〔註27〕《全集》，頁 1679。
〔註28〕參見龔顯宗：《明初越派文學批評研究》，台北：文史哲出版社，1988 年，頁72。

對宋濂而言，此點觀念可說是承劉勰而來，作文若能深思熟慮，加上字斟句酌的推敲功夫，並能夠自我苦學與努力，最後展現在詩文作品上的成就，必有可觀之處，對詩文創作也能夠得心應手。宋濂此處並要求需提高對詩學批評的修養，才能「有以驗其所至之淺深」，增進自己的能力，貫通創作的道理。

其次，宋濂重視「雕肝琢腎，宵咏朝吟」的作用，若從作品角度而言，表示作品需妥善處理音律與詩歌內容間的關係。聲律本屬於形式範疇，過度的重視聲律形式會造成輕忽內容的傾向，歷來諸如沈約的「永明體」、初唐時期的宮體詩、宋初的西崑體皆有此種問題，因此詩歌不可因為聲律而影響內容情感的表達，創作上雖然要重視音律，但卻又不可受拘於音律。

劉熙載在《藝概・詩概》中曾言「意境與聲律相稱，乃為當行」，顧炎武《日知錄》中也云：「凡詩不束於韵而能盡其意，勝於為韵束而意不盡，且或無其意而牽入他意以足其韵者千萬也。故韵律之道，疏密適中為上；不然，則寧疏無密，文能發意，則韵雖疏不害。」詩的價值應是在於內容，進而「讀者鼓舞而有得，聞者感發而知勸」，但宋濂感嘆學詩者多如牛毛，但專之者卻「少如麟角」（〈清嘯後藁序〉），因此其言「詩之為學，自古難言」。宋濂曾舉東白王先生自幼至老，六十餘年未嘗一日廢詩，「猶濡毫挈牘，行吟不少休」，故認為其詩「可為專矣」。同時也藉以批評當世不少有志於學詩者，「徒以鹵莽厭煩之學，不克加修，每一操觚，動至旬月不再。片章之出，輒務求勝。所以塵土之思，填心塞臆，往往如酣醉人，語言了不知端緒。」（〈王氏夢吟詩卷序〉）〔註29〕

宋濂認為好的詩文創作，在個人方面必須非常用心鑽研，刻苦勤奮，才能精益求精。此點恐是其針對時人詩文作品質量不佳，其中一部分原因在於不願勤勉與專注在詩文事業之故而提出。

5、江山之助

宋濂對詩文品評鑑賞條件的最後一項，就是「江山之助」。明山秀水有益於文思，這種作用早在司馬遷身上就已展現。及《文心雕龍・物色》篇，劉勰首度提出了「江山之助」的說法，「乃若山林皋壤，實文思之奧府」，自然風物有助於文學的創作，其以屈原作《楚辭》為例，云：「然屈平所以能洞監風騷之情者，抑亦江山之助乎？」《楚辭》是南方文學的代表，南方風景秀麗，物產豐饒，在《九歌》中也讚美了楚地的自然風光，特別是名山大川、奇花異草，皆是當

〔註29〕《全集》，頁112。

地特有的產物，故也提供作者許多書寫的材料。因此劉勰認為「目既往還，心亦吐納」，如果內心受到山水景物的感動，自然就會形之於文辭。

到了宋代的陸游，其創作與詩論在中年從軍南鄭入蜀地之後，「廣闊的現實世界，激動人心的戰地生活，大大激發了他的創作活力，並進一步在創作實踐中證悟到生活與創作的密切關係。」〔註30〕陸游在詩作中云：

> 文字塵埃我自知，向來諸老誤相期。揮毫當得江山助，不到瀟湘豈有詩！（《陸游集》〈予使江西時以詩投政府丐湖湘一麾會召還不果偶讀舊稿有感〉）

陸游認為作詩必須多向外界接觸，閉門覓句，對創作而言並無助益。宋濂吸收前人的說法，把「江山之助」明確的視為詩文創作的要點，可拓展視野，充實創作的題材。

宋濂先師吳萊就曾言：「胸中無萬卷書，眼中無天下奇山水，未必能文。縱能，亦兒女語耳。」〔註31〕因此他在論詩時，其認為特別是作者有遊歷經驗者，皆能得江山之助，在詩文上更有所發揮與成就，如在〈送陳庭學序〉中，就指出「西南山水，惟川蜀最奇」，「非仕有力者不可以游，非才有文者縱游無所得」，陳庭學既有機會遊，其又有才，因此「既覽必發為詩，以紀其景物時世之變，於是其詩益工。」〔註32〕其他如宋濂認為汪廣洋之詩能夠寫的好，與其特殊的經歷際遇及見識有關：

> 當皇上龍飛之時，杖劍相從，東征西伐，多以戎行，故其詩震盪超越，如鐵騎馳突，而旗纛翩翩，與之後先。及其治定功成，海宇敉寧，公則出持節鉞，鎮安藩方，入坐廟堂，弼宣政化，故其詩典雅尊嚴，類喬嶽雄峙，而群峰左右如揖如趨。（〈汪右丞詩集序〉）〔註33〕

宋濂談劉嵩之詩時，認為其詩甚佳之因，首先在於天份甚高，同時用功甚深，「上自詩騷，下從魏晉以來迄唐宋，凡數十百家皆鑽研考覈，窮其所以言」。再來就是與當時已有詩名者游，「相與揚攉風雅，夙夜孜孜，或忘寢食。反徵之於古，瞭然白黑分矣。」這樣還不夠，尚且「復痛自策督，日賦一篇，雖沍寒之折膠，燬暑之流金，劉君擁鼻鼓膝，實作嗚嗚聲，不成章不止。」這

〔註30〕　參見王運熙、顧易生主編：《中國文學批評史——宋金元卷》，上海：上海古籍出版社，1996年，頁272。
〔註31〕　《浦陽人物記·文學篇·吳萊》，《全集》，頁1850。
〔註32〕　《全集》，頁1711。
〔註33〕　《全集》，頁481～482。

麼辛勤用心於詩學上,但劉嵩還是認為對詩尚未所得完全,於是就做了出外遊歷的決定。起先從住家附近開始,後又前往外地一覽名山大川:

> 復具布襪行纏,臨釣臺,上三顧山,陟虎鼻峰,眺龍門,或竟日冥搜,終月忘返。然以州里之近,未足以窮耳目之遐觀。還江右之境,有奇山川,不論道途之遠,必一至焉。襟宇向廣,終若未能舒暢厥志,復度庾嶺,勺曲江,翫韶石,過清遠峽,登越王之臺,乘蒲間泉,游石室,歷觀海北名山,再涉鯨波,覽瓊臺雙泉之勝而還。〔註34〕

劉嵩有非常豐富的遊歷經驗,不僅有天賦之才,同時用功不輟,與友朋切磋至廢寢忘食,不分寒暑,皆能勤於書寫,因此「五美兼具」,故其詩自然大昌。宋濂此處花了大篇幅敘述劉嵩的遊歷經過,可見其認為江山環境對於詩人閱歷的增長極有幫助,也能拓展胸襟。但若過於強調江山之助,當然會造成片面之效,有所偏頗,故宋濂仍將江山之助放在後面,最重要的仍是才情的培養、內容與詩法技巧的掌握,沒有這些基礎,即使能外出遊歷,也難以能發揮性靈,使作品達到情景交融。

宋濂提出評論文學作品與理解文學作品的最主要的方法,就是在明道宗經、知言養氣,並結合知人論世的基礎,對詩文進行條理分明先後有序的論述,由內而外,由外而內,無所不包,面面俱到,其所關注者,大至詩文風格的建立、詩法技巧的運用,小至一字一句的推敲斟酌,加上師友間的討論建議與自我勤作,甚至是遊歷對於創作的助益,足見其論述的周延與細密。其中宋濂最在意者,仍是個人對於創作的努力。就方法而言,雖無新意,但可從中看出其思想體系的一貫性,特別是此五點的掌握實有其優先順序。文學作品的產生,本有作者的人格思想蘊藏其中,但人的性情與思想本俱多變性,因此察其性情,就其言行,以求對詩文作品有深刻的認識,實為鑑賞過程中不可忽視的一環。

第二節　對漢代以來的詩文評騭

宋濂對於前代詩文的評論甚多,包括司馬遷、班固、韓愈、歐陽修、蘇軾等,在其品評流別之際,一方面展現其學問淵博,對學術發展至為熟稔,一方面亦能見其論文之旨趣,對於同時期文士作品評論中,或有所批評,但

〔註34〕《全集》,頁 608〜609。

其中或有出現肆意譏詆者，大抵皆因詩文造成文風流弊，在當代產生不良之影響。是故宋濂對歷代詩文的品評，也深具現實意義。同時在宋濂的詩文品評實例中，也能見其文論在實際批評上面的運用與驗證。以下將針對宋濂對古文與詩歌的看法，分別敘述，以究其旨意之所在。

一、以宋文爲尊

宋濂本身深受理學朱學的影響，秉持明道宗經的主張，其帶有強烈經世致用精神的文學思想，對明初開國之時滌蕩爲尚辭翰的文風，有其重要性與時代性。在〈元故奉訓大夫江西等處儒學提舉楊君墓誌銘有序〉中，他說：

> 暨出仕，與時齟齬，君遂大肆其力於文辭，非先秦兩漢弗之學，久
> 與俱化。見諸論撰，如觀商敦周彝，雲罍成文，而寒芒橫逸，奪人
> 目睛。其於詩尤號名家，震盪凌厲，駸駸將逼盛唐。〔註35〕

從這段讚許楊維楨之語，也透露出其遠溯秦漢之文的態度。若按宋濂的學術與師承背景，身爲金華學派在明初的傳人，因此必定推崇宋代理學之「九賢」，此九賢分別是周濂溪、程顥、程頤、邵雍、張載、司馬光、朱熹、張栻、呂祖謙。在〈宋九賢遺像記〉中，宋濂云：

> 天生九賢，蓋將以興斯道也。今九原不可作矣，濂寤寐思之而無以
> 寄其遐情，輒因世傳家廟像影，參以諸家所載，作〈九賢遺像記〉。
> 時而觀之，則夫道德沖何之容，儼然於心目之間，至欲執鞭從之有
> 不可得。〔註36〕

由此可知，其所推崇之文士與文章，首先必爲宋代理學家之文。在《宋元學案》中黃百家認爲宋濂得朱子之文瀾：

> 北山一派，魯齋、仁山、白雲既純然得朱子之學髓，而柳傳道、吳
> 正傳以逮戴叔能、宋潛溪一輩，又得朱子之文瀾，蔚乎盛哉！（《宋
> 元學案》卷八十二〈北山四先生學案〉）

因此在〈華川書舍記〉（《潛溪前集》卷五）中，宋濂即指出，除了聖人之文外，「上下一千餘年，惟孟子能闢邪說，正人心，而文始明。孟子之後，又惟春陵之周子、河南之程子、新安之朱子完經翼傳而文益明爾！」〔註37〕在宋

〔註35〕《全集》，頁 679～682。
〔註36〕《全集》，頁 2011。
〔註37〕《全集》，頁 57。

濂心目中，只有堯、舜、文王、孔子之文、六經、孟子與宋代理學家的作品才符合明道之文的標準。在〈徐教授文集序〉中宋濂亦言：

> 夫自孟氏既沒，世不復有文。賈長沙、董江都、太史遷得其皮膚，
> 韓吏部、歐陽少師得其骨骼，舂陵、河南、橫渠、考亭得其心髓。
> 觀五夫子之所著，妙幹造化而弗違，百世以俟聖人而不惑。〔註38〕

《史記》與《漢書》本是唐宋古文家重要的取法對象，因此這裡提到六經之後，當師孟子。在宋濂看來，賈誼、董仲舒、司馬遷只學得聖人之文的形式，賈誼雖通聖人之道，但在其思想中本就夾雜申、韓非之術，並非純粹儒家。而韓愈、歐陽修得到聖人之文的骨髓，指的是二人以文立志，不離聖人之道。韓愈曾說「非三代兩漢之書不敢觀，非聖人之志不敢存」（《韓昌黎文集校注‧答李翊書》）、歐陽修則是重道又重文，主張「道勝者文不難而自至」。若從宋濂文論明道、宗經與徵聖的角度觀之，歷代的古文家皆僅習得孟子其中之一體，唯有宋代理學家得到聖人之文的真髓，故宋濂實肯定理學家之文可以視為接緒聖人之文。

特別值得注意的是宋濂對司馬遷與班固的看法，同樣是史學家，在習文的順序上，所展現的是其先經後史的態度，這也是早年受業於黃溍時，所遵循之師誨。宋濂回想當日情景，說：

> 濂之有志為文，不下於伯賢，古今諸文章大家亦多所究心。及遊黃
> 文獻公門，公誨之曰：「學文以六經為根本，遷、固二史為波瀾，二
> 史姑遲遲，盍先從事於經乎？」（〈白雲稿序〉）〔註39〕

正因為這個教誨，影響了宋濂習文以及日後論文的態度與主張。在〈吳濰州文集序〉（《翰苑續集》卷三）云：

> 濂嘗諷二家書，遷之文如神龍行天，電雷惚恍而風雨驟至，萬物承
> 其滋澤，各致餘妍；固之文類法駕整隊，黃麾後前，萬馬夾仗，六
> 引分旌，而循規蹈矩不敢越尺寸。嗚呼！法之固堪法，其能以易致
> 哉？然而淵沖之容，可以攬結；雄毅之氣，可以掇拾。古語有云：「取
> 法者宜上」。〔註40〕

宋濂曾經對遷、固之文有所論述，其將司馬遷之文形容成「如神龍行天，電

〔註38〕《全集》，頁 1351。
〔註39〕《全集》，頁 495。
〔註40〕《全集》，頁 831。

雷惚恍而風雨驟至」，蘇轍就指出太史公之文特徵在於「疏蕩有奇氣」，[註41]
而且司馬遷論文並不固守儒家的成規。班固在《漢書・司馬遷傳贊》中提出
司馬遷謬於聖人之處在於「論大道則先黃老而後六經，序遊俠則退處士而進
姦雄，述貨殖則崇勢利而羞貧賤。」司馬遷本身就具有獨立思考的特質，並
不以聖人之言爲標準以論是非。至於班固之文，宋濂則認爲其文章循規蹈矩，
條理分明，不會逾越分際。

　　宋濂基本上肯定二人的文采與成就，但是就初學文者而言，他卻以爲此
二者雖堪足法式，但是面對二者如此高的文史成就，後學者並不易達成。同
時從過往經驗來說，善學遷固而在文章方面有所成就者，歷來並不多見，因
此宋濂仍是主張「立言如六經，此濂夙夜所不忘者。」

　　在〈華川書舍記〉中他認爲，「文日以多，道日以裂」，文士用力爲文，
但文章若不能法聖人之文，同時不能正民極、樹彝倫，有用於世，就不足以
爲文。所以基於此種立場，宋濂列舉自漢代以來的文章家，其有言：

> 自是以來，若漢之賈誼、董仲舒、司馬遷、揚雄、劉向、班固、隋
> 之王通，唐之韓愈、柳宗元，宋之歐陽修、曾鞏、蘇軾之流，雖以
> 不世出之才，善馳騁於諸子之間，然亦恨其不能皆純撰之群聖人之
> 文，不無所愧也。

上面所列都是自漢、隋、唐、宋以來的古文大家，雖然賈誼、董仲舒、司馬
遷、揚雄、班固、王通、韓愈、柳宗元，甚至是歐陽修、曾鞏、蘇軾，皆爲
著名之古文家，但在宋濂眼中，只要不是強調明道、宗經，文爲道服務者，
皆有所不足，這裡宋濂是以理學家的角度，從是否內容足以明道論述，不屬
於宣揚聖道綱常之文都在批評之列。

　　但值得注意者有二，一是在〈宋九賢遺像記〉中的司馬光，一般並非將
其視爲理學家，其在哲宗朝爲宰相，主持編纂《資治通鑑》二百九十四卷，
對史學影響很大，爲著名的史學家。宋濂將司馬光視爲宋代九賢之一，一方
面可能是因金華學派同樣著重史學，再者，司馬光論文時揭櫫「文以明道」
的原則，同時其在〈答孔文仲司戶書〉中也指出：

> 學者貴於行之，而不貴知之；貴於有用，而不貴於無用。……然則
> 古之所謂文者，乃所謂禮樂之文，升降進退之容，絃歌雅頌之聲，

〔註41〕參見李長之：《司馬遷之人格與風格》，台北：臺灣開明書店，1980 年台 15
版，頁 340。

非今之所謂文也。今之所謂文者，古之辭也。孔子曰：「辭達而已矣。」
明其足以通意斯止矣，無事於華藻宏辯也。

司馬光以爲「學」應該貴在實行與有用，「文」就是禮樂，而「辭」只要求能夠通意，不需要華麗的辭藻與宏博的辯說。〔註 42〕因此司馬光的文學觀明確的主尙用與「文以明道」，就此種明道尙用的觀點角度論，實與宋濂的文論主張不二，因此他在此提出司馬光，將其列爲九賢之一，與理學家並列，意義甚明。

其次是宋濂除五經與史漢之外，特別標榜宋文，尤其是「三蘇」之文。宋濂在〈蘇平仲文集序〉（《芝園續集》卷六）中言：

自秦以下，文莫盛於宋，宋之文莫盛於蘇氏。若文安公之變化傀偉，文忠公之雄邁奔放，文定公之汪洋秀傑，載籍以來，不可多遇。其初亦奚暇追琢絺繪以爲言乎，卒至於斯極而不可掩者，其所養可知也。近世道漓氣弱，文之不振已甚。樂恣肆者失之駁而不醇，好摹擬者拘於局而不暢，合喙比聲，不得稍自凌厲以震盪人之耳目。譬猶敝帚漏巵，雖家畜而人有之，其視魯弓郜鼎亦已遠矣。每讀三公之文，未嘗不太息也。〔註 43〕

其提出：「古之爲文者未嘗相師，鬱積於中，擴之於外，而自然成文。」而「自然成文」正是蘇洵、蘇軾對文學創作的重要主張，〔註 44〕蘇洵在〈仲兄字文甫說〉以風與水的相遭作比喻，對於自然成文之說有其看法：

且兄嘗見夫水之與風乎？油然而行，淵然而留，停泗汪洋，滿而上浮者，是水也，而風實起之。蓬蓬然而發乎太空，不終日而行乎四方，蕩乎其無形，飄乎其遠來，既往而不知其跡之所存者，是風也，而水實形之。……故曰「風行水上渙」，此亦天下之至文也。然此二物者，豈有求乎文哉？無意乎相求，不期而相遭，而文生焉。是其爲文也，非水之文也，非風之文也。二物者非能爲文，而不能不爲文也，物之相使而文出於其間也，故此天下之至文也。今夫玉不溫然美矣，而不得以爲文；刻鏤組繡，非不文矣，而不可與論乎自然，

〔註 42〕 參見王運熙、顧易生主編：《中國文學批評史——宋金元卷》，上海：上海古籍出版社，1996 年，頁 121。

〔註 43〕 《全集》，頁 1576。

〔註 44〕 參見張健：《明清文學批評》，頁 7。

故夫天下之無營而文生之者，唯水與風而已。(《嘉祐集》卷十四）

郭紹虞先生認為，平常所了然於心者是水，一時所動盪激發不得不使之了然於口與手者是風。「是水也，而風實起之」、「是風也，而水實形之」，這樣風水相遭，以備風水之極觀者，才成為天下之至文。而此天下之至文，卻正是所謂不能自已而作者。〔註45〕「風」如指客觀事物，「水」指文章創作，作品就可說是客觀事物的反應。作者有創作衝動，文思洋溢，不可遏止地傾洩出來，自然能波瀾壯闊；反之，若沒有創作的衝動，只是一味的勉強雕章麗句，堆砌辭藻，甚至是無病呻吟，一切皆非出於自然，就不可能成為好文章。這裡實強調隨物賦形，渾然天成自得的藝術境界。蘇軾在文學形式方面，同樣崇尚自然，反對雕琢，其云：「所示書教及詩賦雜文，觀之熟矣。大略如行雲流水，初無定質，但常行於所當行，常止於所不可不止，文理自然，姿態橫生。」(《蘇軾文集》〈答謝民師書〉) 其主張自由抒寫，重視創造力的發揮，因此他反對浮巧輕媚，叢錯采繡的文章，也反對務奇怪僻的古文。因此宋濂認為三蘇之文「其道明也，其事覈也，引而伸之，浩然而有餘，豈必竊取辭語以為工哉？」既然道理明白，氣勢充沛，韻致有餘，就不需要刻意為了文辭的精巧而剽竊古人語句。

宋濂對於三蘇之文至為推崇，其認為蘇洵之文變化傀偉，蘇軾之文雄邁奔放，蘇轍之文汪洋秀傑，可說是「載籍以來，不可多遇」的創作成就。他們所憑藉的是學養的深厚，以及修養個人浩然氣魄使然。蘇軾認為文章「行於所當行，常止於所不可不止」，宋濂也認為：「文不貴乎能言，而貴於不能不言」(〈朱葵山文集序〉《朝京稿》卷二)，〔註46〕此種說法亦可視為受蘇軾論文觀念的影響。蘇軾之「道」本有自然之理的總稱之義，文章以「道」為內容，目的即在於表達自然之理。〔註47〕蘇軾反對重道輕文，其主張文與道俱，面對宋代道學家主張「文以載道」，蘇軾則認為文學是個人生活感受的表現，只要有真實情感，就不是為文而文，這是蘇軾與道學家在文學觀念上的差異。

朱熹在文道關係中，對蘇軾有所批評，其否定東坡之「文自文，道自道」的說法，〔註48〕因為在朱熹的觀念中，文不能離開道，道不僅是文的目的，

〔註45〕 參見郭紹虞：《中國文學批評史》，台北：五南圖書出版有限公司，1994 年，頁 192。

〔註46〕《全集》，頁 1674。

〔註47〕 參見朱剛：《唐宋四大家的道論與文學》，北京：東方出版社，1977 年，頁 124。

〔註48〕 朱熹批評蘇軾：「道者，文之根本；文者，道之枝葉。唯其根本乎道，所以發

也是文的本源，「文皆是從道中流出」，〔註49〕因此朱熹對於文道關係仍是構築在它的理氣論上，文不能單獨離開道而存在。宋代的道學家認為所作之文必須「皆合於道」，內容上必如程頤言「如二南之詩及大雅小雅，是當時通上下皆用底詩，蓋是修身至家底事。」(《二程遺書》卷十九) 朱熹同樣說過：「義理既明，又能力行不倦，則其存諸其中，必也光明四達，何施不可？發而為言以宣其心志，當自發越不凡，可愛可傳矣。今執筆以習，研鑽華采之文，務悅人者，外而已，可恥也矣。」(《朱子語類》卷一三九) 但若從朱熹理一分殊的思想觀之，詩文也是萬物之殊，由此順推，自然不能認為詩文害道。這處實產生了一些矛盾，朱熹雖然對古文家如歐、蘇、曾有所批評，〔註50〕但卻又讚美他們的文章，同時要求後學以之為師。如：

> 韓退之議論正，規模闊大，然不如柳子厚較精密。文字到歐、曾、
> 蘇，道理到二程，方是暢。荊公文暗，東坡文字明快，老蘇文雄渾，
> 儘有好處。如歐公、曾南豐、韓昌黎之文豈可不看？柳文雖不全好，
> 亦當擇。合數家之文，擇之無二百篇，下此則不需看，恐低了人手
> 段。但采他好處，以為議論，足矣。(《朱子語類》卷一三九)

在歐蘇古文家眼中，文學現象其實非常豐富，文章內涵意旨並非僅止於道學家所主張，屬於道德主體意識之「道」，因此歐蘇等古文家對於詩文風格的主張，實要求重視生動、真切與自然。朱熹認為多讀前人作品，目的就是要吸取前人的經驗，從而掌握寫作的法度，也就是形式與技巧。但理想與實際的矛盾也終究在朱熹身上出現，〔註51〕雖然引申出文道一本論，〔註52〕但道與

之於文皆道也。三代聖賢之文皆從此心寫出，文便是道。今東坡之言曰『吾所謂文，必與道俱』，則是文自文而道自道，待作文時旋去討個道來入放裡面，此是它大病處。只是它每常文字華妙，包籠將去，到此不覺漏逗。說出他本根病痛所以然處，緣他都是因作文，卻漸漸說上道理，不是先理會得道理了，方作文，所以大本都差。」(《朱子語類》卷一三九)

〔註49〕 朱熹同時言「這文皆是從道中流出，豈有文反能貫道之理？文是文，道是道，文只如喫飯時下飯耳。若以文貫道，卻是把本為末，以末為本，可乎？其後作文者皆是如此。」卻健健說上道理，不是先理會得道理了，方作文，所以大本都差。」(《朱子語類》卷一三九)

〔註50〕 參見何寄澎：《北宋的古文運動》之〈附論貳、古文家與理學家之交涉〉，台北：幼獅文化事業公司，1992年。

〔註51〕 關於此點，郭紹虞先生認為朱熹所講的「文以載道」之說，似乎是把文與道分為二，但朱熹的意思並非如此，若從他的主張「這文皆是從道中流出」，那麼文與道又豈可以別為二？參見郭紹虞：《照隅室古典文學論集》，台北：丹

文二者究竟能否分離？朱熹的文學理論試圖將道學與文學融合，以對蘇軾的評價爲例，朱熹認爲不能僅取其高妙，在思想內容上仍要重「道」，這仍是從道學角度論，其云：

> 夫學者之求道，固不於蘇氏之文矣。然既取其文，則文之所述有邪有正，有是有非，是亦皆道焉，固求道者之所不可不講也。講去其非以存其是，則道固於此乎在矣，而何不可之有？若曰惟其文之取，而不復議其理之是非，則是道自道，文自文也。道外有物，固不足以爲道，且文而無理，又安足以爲文乎？（《朱子文集》〈與汪尚書〉）

若從文章的形式技巧與藝術層次論，朱熹也欣賞韓、柳、歐、蘇等人的文字，故可見其亦頗爲傾心於文學的形式之美。在〈答程允夫〉一文中，其云「蘇氏文辭偉麗，近世無匹，若欲作文，自不妨模範。但其詞意矜豪譎詭，亦有非知道君子所欲聞。是以平時讀之，然未嘗不喜，雖既喜，未嘗不厭，往往不能終帙而罷，故非欲絕之也。」朱熹還是認爲作品不能離開內容而只追求藝術層次，其對於文學創作的態度是以明道爲出發點，重視內容，文字功夫只要能說理明白、流露道心即可。朱熹的文學論點並未超出其思想體系的範圍，但朱熹重視文學的述志、抒情功能，也承認文學有其審美性在。〔註53〕

宋濂在〈華川書舍記〉中有言：

> 宋之歐陽修、曾鞏、蘇軾之流，雖以不世出之才，善馳騁於諸子之間，然亦恨其不能皆純揉之群聖人之文，不無所愧也。

一方面指出蘇軾文章問題在於不是純粹的聖人之文，一方面卻又極力推崇他，畢竟宋濂雖然以明道爲務，但其不廢文辭，同時又重天賦才情，因此如同朱熹，在實際層面的文道作用上就會產生拉鋸。在宋濂的文學思想裡，本於六經，詩道性情是基本的主張，但是面對文與道之間的矛盾，他亦積極地超越二者之間的壁障。第一，宋濂努力地積累各種知識，學養深厚之後，才能掌握歷代詩文發展流變；第二，宋濂反對摹擬，重視自然成文；第三，面對「經典」的態度，應是將聖人之意融會貫通，文之所以要根源於「六經」，

青圖書公司，1985 年，頁 254；同時相關討論亦可參見潘立勇：〈朱熹對文道觀的本體論發展及其內在矛盾〉，《學術月刊》2001：5，頁 48～56。

〔註52〕關於此點可參見王利民：〈朱熹詩文的文道一本論〉，《浙江大學學報》（人文社會科學版）32：1，2002 年，頁 104～109。

〔註53〕參見莫礪鋒：〈論朱熹的文學理論〉，《國學研究》6，北京：北京大學出版社，1999 年，頁 255～280。

實因其為學問的根基，因此其主張要「師古」，師古之「心」與「義」，非師古之「辭」，這樣文章不僅有根基，而且亦具有獨創精神。

宋濂承金華朱學，雖然重道卻也重文，在文章內容與文采方面，與朱熹的言論類似，著重在文章內容需能體現儒家之道。在堅定的明道載道文學觀中，宋濂推崇三蘇之文，充分流露出金華文士重文的特質。故宋濂所得為朱子之「文瀾」，黃百家之言謂其「文顯而道薄」，此處亦可驗證。

元代散文改革基本上出現三種傾向，〔註54〕元代初期為了面對宋季文風平弱，其流弊皆因片面學歐、蘇而起，因此自金代元好問到元代郝經、閻復、姚燧，皆主張振唐風以救其弊，特別是姚燧，學文從韓愈文入手，欲以韓文之健崛救金、元的疲弱。

宋濂曾特別提到宋季文風之弊，其云：

> 辭章至於宋季，其敝甚久，公卿大夫視應用為急，俳諧以為體，偶儷以為奇，靦然自負其名高。稍上之，則穿鑿經義，隳括聲律，攀攀為譁世取寵之具。又稍上之，剽掠前修語錄，佐以方言，累十百而弗休，且曰：「我將以明道，奚文之為？」又稍上之，騁宏博，則精麤雜揉而略繩墨；慕古奧，則刪去語助之辭而不可以句：顧欲矯弊而其弊尤滋。私自念辭章在世，如日月之麗乎天，雖疾風暴雨動作無時，將不能蔽蝕其精明。（〈剡源集序〉《鑾坡前集》卷六）〔註55〕

由於元代散文家多接受程朱理學，因此當時眾人亦思考學歐、蘇之文與宋季文風流弊的關係。當時較多文士認為宋季的文風平弱主因在於學歐蘇之文者，未得其真，因此他們仍要透過學歐蘇之文，以開元文之新局。當時支持此說法者有由宋入元者，也有成長於元朝者，因此繼承北宋古文傳統，以歐、蘇為宗的傾向，影響極廣。如戴表元為學崇尚朱熹，論文主張文道合一，宋濂在〈剡源集序〉中稱其文曰：「新而不刻，清而不露，如晴巒出雲，姿態橫逸，而連翩弗斷；如通川縈紆，十步九折，而無直瀉怒奔之失。」他認為戴文清新自然、姿態橫逸而又縱放灑脫之特點，其皆原出自蘇軾而兼得歐文之紆徐。

再者如歐陽玄，亦是繼承歐文之文風，他曾論及玄文特色：

> 君子評公之文，意雄而辭瞻，如黑雲四興，雷電恍惚，雨雹颯然交下，

〔註54〕參見熊禮匯：《明清散文流派論》，武昌：武漢大學出版社，2003年，頁47～68。
〔註55〕《全集》，頁468。

可怖可愕；及其雲散雨止，長空萬里，一碧如洗，可謂奇偉不凡者矣。
非見道篤而擇理精，其能致然乎？嗚呼！自宋迄元三四百年之間，文
忠公以斯道之倡於其先，天下學士翕然而宗之。今我文公復倡之於其
後，天下學士又翕然而宗之。雙璧相望，照耀兩間。何歐陽氏一宗之
多賢也，不亦盛哉！（《歐陽文公文集》序））〔註56〕

此篇為宋濂於元末時所作，透過其言可證明歐陽玄倡導北宋歐文之風，實得
天下學士的認同，故當時學歐成為時代的風氣。至於元代中晚期，主唐宗宋
的文風路線仍不斷在學者間討論，而吳萊與楊維楨論文始以先秦兩漢之文為
高，為元代後期的散文發展指引了新的途徑。

在〈張侍講翠屏集序〉中，宋濂也推崇歐陽修、曾鞏、王安石之文，認
為其皆因師法得宜而成其大家，故天下宗之。其云：

文之難言久矣。周秦之前，固無庸議，下此唯漢為近古。至於東都，
則漸趨於綺靡。而晉、宋、齊、梁之間，俳諧骫□，歲益月增，其弊
也為滋甚。至唐韓愈氏，非唐之文也，周、秦、西漢之文也。韓氏之
文固佳，獨不能行於當時，逮宋歐陽修氏，始效而法之。歐陽氏之文，
非宋之文也，周、秦、西漢之文也。歐陽氏同時而作者，有曾鞏氏，
有王安石氏，皆以古文辭倡明斯道，蓋不下歐陽氏者。〔註57〕

宋濂文中論及元代文風多宗此三者，「有元號稱多士，或出入其範圍而隳括其
規模者，輒取文名以去，故章甫逢掖之徒每驕人曰：『我之文學歐陽氏，學曾、
王氏也。』」這裡批評眾人不去深究歐陽修、曾鞏、王安石之文，實取法乎周、
秦、漢之文。因為片面的認知，元代學者雖出入三家之間，享有文名，但學
之不當，所造成的流弊就是：「學歐陽氏而不至者，其失也纖以弱；學曾氏而
不至者，其失也緩而弛；學王氏而不至者，其失也枯以瘠。」

元代散文的發展經歷宗唐與宗宋的不同傾向，最後趨向於唐宋並尊，其在
發展過程中提出直追秦漢和唐宋並尊的觀點對明代散文也產生影響。〔註58〕元

〔註56〕　《全集》，頁1910。
〔註57〕　《全集》，頁2027。
〔註58〕　《元代文學史》談到元代散文發展的主要特點時，認為宋代理學盛行後，曾
經出現談理派與論文派的分歧。雖然這種現象在元代散文領域中也有所反映
和表現，但站主導地位的是對談理派和論文派的調和主張，其直接結果是使
元文重經世致用。元代散文總成就不及唐宋，但在發展過程中提出直追秦漢
和唐宋並尊的觀點，對明代散文產生過影響。參見鄧紹基主編：《元代文學
史》，北京：人民文學出版社，2001年，頁382。

代後期的文章家陳旅在〈潛溪集序〉中即云：

> 大哉文乎！不可無淵源乎！西京而下，惟唐、宋爲盛。……獨韓氏
> 吐辭持論，一本之六經，然後斯文煥焉可觀。故凡經其指授者，往
> 往以文知名於一世。夫以渾涵彌綸之道，淳龐沖雅之音，欲藉是以
> 宣之揚之，使其文字各從職而不紊，苟不傳之於師，奚可哉？〔註59〕

陳旅之文已展現出唐宋並重的傾向，宋濂推崇韓愈、歐陽修、曾鞏、王安石
等人，讚美他們「皆以古文辭倡明斯道」。宋濂此處的論文主張就是宗宋但亦
重視韓柳古文家之文，因爲這些唐宋大家文章在宋濂眼中俱爲周秦西漢之
文，這裡也可視爲有元一代尊唐宗宋調和的結果，也展現理學與古文合一的
態勢。

宋濂在洪武十二年所作之〈送王文冏序〉文中記載：

> 丞相召諸生喻上旨，以爲：「古之有文學者，若游、夏以降，漢之司
> 馬遷、班固，唐之韓愈，宋之歐陽修、蘇軾，皆傑然自立於世，後
> 世從而師之，至今不衰」。〔註60〕

明代張爕在《書宋文憲集後》（《明文海》卷二百五十四）中談到宋濂文風以
歐陽修爲宗，崇尚平易，雍容醇厚，因此「豐瞻稠密，然後徐行而少俊快，
取平調而少昂聳，取直敘而少結束」，實適合台閣文章的審美要求。明人黃佐
在《翰林記‧文體三變》中也言：「國初劉基、宋濂在館閣，文字以韓柳歐蘇
爲宗，與方希直皆稱名家。」事實上宋濂在元代即主宋文，沒未刻意標榜唐
代韓、柳文章，但其唐宋並尊的說法主要展現在入明之後的文章中，其一方
面是承繼宋代以來的古文運動的發展，一方面則是爲了因應明代官方正統文
學思想的要求，配合明初朝廷對於太學培育文學之才的準則。學者張健認爲
宋濂此說實開明代唐宋派之先河，〔註61〕即日後以唐順之、歸有光、王愼中、
茅坤等爲代表，主張爲文需師法唐宋八大家：韓愈、柳宗元、歐陽修、蘇洵、
蘇軾、蘇轍、曾鞏、王安石。這種復古觀念亦對後來明代擬古主義的興盛有
所影響，特別是前七子與茶陵詩派李東陽、何景明，他們認爲散文的典範在
先秦，故其論文，主張作文必以秦漢之文爲標準，因此宋濂的主張對於日後
台閣體的發展實有影響，同時亦埋下明中葉開創新文風的契機。

〔註59〕《全集》，頁 2481。
〔註60〕《全集》，頁 1694。
〔註61〕參見張健：《明清文學批評》，頁 7。

二、詩宗盛唐，尚風雅比興之美

元詩發展過程中，宗唐抑宋成爲潮流與風氣，特別是元祐復科之後，虞集、歐陽玄等人竭力提倡盛唐詩歌雅正恢弘氣象，同時力斥金末宋季所謂的亂世之音。到了元代末期，雖然戴良已開始認肯定宋詩的理趣，楊維楨也反對一味宗唐，其認爲三百篇以下，唯有古樂府爲近。〔註62〕但是就整個元代詩壇發展而言，宗唐抑宋是一主流的方向，從詩史的發展而言，元詩的宗唐也具有以復古爲新變的特質。〔註63〕

宋濂曾自言，「余也不敏，以荒唐之資，操褊迫之行，雖自漢魏至于近代凡數百家之詩，無不研窮其旨趣，揣摩其聲律，秋髮披肩，卒不能闖其閫奧，而補於政治。」（〈清嘯後藁序〉）〔註64〕從上述之言，可見其對學詩努力鑽研的態度。宋濂自幼即學詩，其認爲詩的功用在於「補於政治」，同時也具有教育的意義，故在〈題危雲林訓子詩後〉一文中言及：「蓋詩緣性情，優柔諷詠，而入人也最深。」〔註65〕其對於詩的認識是繼承「詩言志」說而來，《毛詩序》曾提出「發乎情，止乎禮義」的原則，「止乎禮義」的情，也就符合儒家的道德規範，這也是宋濂認知的「詩之道」，故其有云：

> 詩其可學乎？詩可學也。然宮羽相變，低昂殊節，而孚聲切響，前後不差，爲之詩乎？詩矣，而非其美者也。辭氣浩瀚，若春雲滿空，倏聚而忽散，爲之詩乎？詩矣，而非其美者也。斟酌二者之間，不拘不縱，而臻夫厥中，爲之詩乎？詩矣，而非其美者也。然則詩之美者其將何如哉？蓋詩者，發乎情，止乎禮義者也。〔註66〕（〈霞川集序〉）

「詩文不二」是宋濂的詩文主張之一，其對詩道的想法，與其論文時並無二致。宋濂認爲「詩至於三百篇而止爾」，《詩經》是他最推崇者，因此學詩必

〔註62〕參見王運熙、顧易生主編：《中國文學批評史──宋金元卷》，上海：上海古籍出版社，1996年，頁1002、1047～1048。

〔註63〕鄧紹基認爲，元詩宗唐的結果，不僅使它本身有一個相對繁榮的局面，同時也使它在中國詩歌史上佔有一定的地位，其中一個方面是它在宗唐實踐中所表現出來的成敗得失，也給後代詩家帶來了經驗和教訓。明代前後七子倡導復古，提出所謂『詩必盛唐』，不僅針對著宋詩，同時也針對著元詩，因爲元詩全面學唐的結果，也就包括著學中晚唐而帶來『纖弱』的弊病。」參見鄧紹基主編：《元代文學史》，頁374～375。

〔註64〕《全集》，頁490。

〔註65〕《全集》，頁882。

〔註66〕《全集》，頁2024。

須要取法《詩經》，論詩也要以《詩經》為權度，才能「出品裁之正，合物我之公，高不過激，悲不傷陋」。宋濂同時言自《詩經》以降，凡有三變：

> 夫詩一變而為楚騷，雖其為體有不同，至於緣情托物，以憂戀懇惻
> 之意而寓尊君親上之情，猶夫詩也。再變而為漢魏之什，其古固不
> 逮夫騷，而能辨而不華，質而不俚，亦有古之遺美焉。三變而為晉
> 宋諸詩，則去古漸遠，有得有失，而非言辭之所能盡也。（〈楀散雜
> 言序〉）〔註67〕

此言明白表示《詩經》是詩的最高境界，雖之後歷經三變，但其評論的標準就在於還存有多少《詩經》中的「古之遺美」。雖然一代有一代的發展，但在宋濂眼中，即使到了晉宋時期詩歌興盛之際，作品仍是「有得有失」。三變之後，他認為天下之詩合於古者鮮也，只有唐宋諸家「其近古者固不可絕謂無之，而不及者，抑何其多也！」在其眼中，連當世以詩鳴者，「其視唐宋又似有所未逮」。故對於詩歌的發展，他不止一次強調詩道的重要，在〈藥房樵唱序〉一文中，其云：

> 商、周之隆，斯義為盛；漢、魏以來，古意漸削；下沿唐、宋之間，
> 而得之者蓋鮮矣。於是吳趨楚艷而哇淫之詠汩焉，牛鬼蛇神而誕幻
> 之事彰焉，霆飛霰擲而粗屬之文布焉，胡唄梵吟而忽荒之趣見焉，
> 僋言粵語俚鄙之褻形焉，鶯支蝶卉而留連之思滯焉，詩道亦幾乎熄
> 矣。〔註68〕

面對詩歌發展的亂象與困境，宋濂認為復《詩經》典範，以求詩道之正是最要緊的。因此對於詩歌創作，仍一本其「師古」說，除了要師法《詩經》，還特別重視師其意與師其心。

他在〈答章秀才論詩書〉中一文洋洋灑灑兩千言，縱論詩歌之歷史發展，以風騷為標的，以盛唐李、杜為大家，提倡在師古的前提下也能夠自成一家，同時針對章秀才「歷代詩人皆不相師」之觀點予以辯駁，可說是宋濂敘述其對於歷代詩歌發展的重要篇章。其中他認為：

> 詩之格力崇卑，固若隨世而變遷，然謂其皆不相師可乎？第所謂相
> 師者或有異焉，其上焉者師其意，辭固不似，而氣象無不同；其下
> 焉者師其辭，辭則似矣，求其精神之所寓，固未嘗近也，然唯深於

〔註67〕《全集》，頁 2026。
〔註68〕《全集》，頁 259～260。

　　比興者乃能察知之爾。雖然，爲詩當自名家，然後可傳於不朽。若
　　體規畫圓，準方作矩，終爲人之臣僕，尚烏得爲之詩哉！

宋濂雖然同意詩風會受時代環境的影響，但此段文字仍強調師古的重要，特別是要人師其意而不師其辭的概念，同時因爲「詩，心之聲也」〔註69〕，詩的作用在於表達個人內心感受，其所重視者自然是貴獨創而非模擬，因此宋濂的「師古」說，在其詩歌評論中亦可得到印證。在〈答章秀才論詩書〉一文裡，其品評自漢代的蘇武李陵以迄宋代的詩歌表現，此文一方面可見其對詩歌的獨到見解，一方面亦可觀察宋濂對於其詩文理論的實踐。

　　漢代以下的詩人，宋濂首論蘇武與李陵，認爲二人之辭「實宗《國風》與楚人之辭。」這是符合其詩論的精神者，然「二子既沒，繼者絕少」。論建安詩歌三曹父子、劉公幹（楨）、王仲宣（粲），到竹林七賢嵇康、阮籍等人之詩，宋濂認爲此時「詩道於是乎大盛」，原因在於「皆師少卿而馳騁於《風》《雅》者也。」宋濂認爲這些文士也對後世產生影響，陸機、陸雲兄弟倣曹植，潘岳、張華、張協學王粲，左思、張翰學劉楨。

　　漢以後的詩人宋濂最爲推崇者爲陶淵明，其對陶淵明的評論是這樣說的：
　　　　獨陶元亮天份之高，其先雖出於太沖、景陽，究其所自得，直超建
　　　　安而上之。高情遠韻，殆猶大羹充鉶，不假鹽酶而至味自存者也。

鍾嶸《詩品》曾言陶潛「協左思風力」，他這裡認爲陶潛雖然先學左思與張華，但因爲天份高，同時能夠自有所得，自成一家，故能超越了建安詩人的成就。

　　接續而下者，則是針對南朝元嘉詩壇以降之詩人而評論之，其云：
　　　　元嘉以還，三謝、顏、鮑爲之首。三謝亦本子建而雜參於郭景純。
　　　　延之則祖士衡，明遠則效景陽而氣骨淵然，駸駸有西漢風。餘或傷
　　　　於刻鏤而乏雄渾文氣，較之太康則有間矣。

除了謝靈運、顏延之、鮑照等人的詩作外，宋濂認爲其餘詩人的作品多流於雕琢，同時因爲玄言之風猶存，因此缺乏雄渾文氣展現的作品，與太康體相比較下，元嘉詩人更重視雕琢。

　　對於永明詩人的特色，宋濂批評甚力：
　　　　永明而下，抑又甚焉，沈休文拘於聲律，王元長局於褊迫，江文通
　　　　過於摹擬，陰子堅涉於淺易，何仲言流於瑣碎，至於徐孝穆、庚子
　　　　山一以婉麗爲宗，詩之變極矣。

〔註69〕〈林伯恭詩集序〉，《全集》，頁1008。

宋濂對於齊、梁詩人的評價不高，齊、梁二代詩風追求形式，宮體詩盛行一時，諸如沈約重聲律，創「四聲八病」說，江淹重模擬，陰鏗作品語言雖然清麗，但以艷體聞名，徐陵、庾信亦喜作艷體。聲律說同時在齊梁時期興起，駢麗之風日盛，較之前代，文風更為卑下。

對於唐代詩歌的發展，宋濂認為初唐詩歌多繼承齊梁餘風，並無新意，同時諸如沈佺期、宋之問等人，則在律詩方面重視結構的精密嚴謹。由於宋濂不尚聲律，因此初唐時期他首推陳子昂，其云：

> 惟陳伯玉痛懲其弊，專師漢魏而友景純、淵明，可謂挺然不群之士，復古之功於是為大。

陳子昂在唐代首先高舉文學革新旗幟，反對六朝華靡的文風，追求漢魏風骨與風雅興寄，因此為宋濂所推崇。

在評論盛唐詩歌時，宋濂則視李、杜為大家：

> 開元、天寶中，杜子美復繼出，上薄風、雅，下該沈、宋，才奪蘇、李，氣吞曹劉，掩顏、謝之孤高，雜徐、庾之流麗，真所謂集大成者。並時而作有李太白，宗風、騷及建安七子，其格極高，其變化若神龍之不可羈。

他對於盛唐詩人推崇杜甫與李白，特別是杜甫，他認為是所謂歷代詩人中集大成者。〔註70〕在〈杜詩舉隅序〉一文中，他清楚說明杜詩的優點：「杜子美詩，實取法三百篇，有類國風者，有類雅頌者，雖長篇短韻，變化不齊，體段之分明，脈絡之聯屬，誠有不可紊者。」〔註71〕而李白詩歌則是具有雄放多樣的特質。

至於盛唐其他詩人，宋濂則分述其所師與成果，論王維，「依倣淵明，雖運詞清雅，而萎弱少風骨。」認為其學陶潛未至。論韋應物，則言「祖襲靈運，能一寄穠鮮於簡淡之中，淵明以來蓋一人而已。」論岑參、高適、劉長卿、孟浩然、元次山，宋濂云「咸以興寄相高，取法建安。」論韓、柳則云：「韓初效建安，晚自成家，……柳斟酌陶謝之中，而措辭窈眇清妍」，這裡可

〔註70〕 宋濂推崇杜甫為盛唐集大成者，宗杜之說，楊維楨亦宗之，其在〈李仲虞詩序〉中有言：「刪後求詩者尚家數，家數之大無止乎杜。」可見此應是當代的共識。同時楊維楨在此文中明確指出「杜詩之全」在於：「觀杜者不唯見其律，而有見其騷者焉；不唯見其騷，而有見其雅者焉；不為見其騷與雅也，而有見其史者焉。」參見《宋金元文選論》，北京：人民文學出版社，1999年，頁580。

〔註71〕 《全集》，頁1086。

看出宋濂對於韓、柳能夠自成一家的重視，亦見盛唐之際名家的輩出。

> 元、白近於輕俗，王、張過於浮麗，要皆同師於古樂府，賈浪仙獨
> 變入僻，以矯艷於元、白。劉夢得步驟少陵而氣韻不足，杜牧之沈
> 涵靈運而句意尚奇，孟東野陰祖沈、謝而流於塞澀，盧仝則又自出
> 新意而涉於怪詭，至於李長吉、溫飛卿、李商隱、段成式專誇靡曼。
> 雖人人各有所師，而詩之變又極矣，比之大曆尚有所不逮，況廁之
> 開元哉？

此處宋濂談中晚唐時期的詩風流於輕俗浮麗，其對元、白、賈島等人的風格
並不讚賞，足見其論詩態度，不重雕飾，也反對怪詭。到了晚唐，詩風更呈
現衰弱狀態，李賀、李商隱等人「專誇靡曼」，因此詩風又變得十分極端。

至於入宋時，宋初詩風仍承襲晚唐，因此宋濂認爲「全乖古雅之風」。接
下來論王安石、歐陽修、蘇舜卿、梅堯臣等人，宋濂則云：

> 迨王元之以邁世之豪，俯就繩尺，以樂天爲法；歐陽永叔痛矯西崑，
> 以退之爲宗。蘇子美、梅聖俞介乎其間。梅之覃思精微，學孟東野；
> 蘇之筆力橫絕，宗杜子美。亦頗號爲詩道中興。

由於王安石、歐陽修、蘇舜卿、梅堯臣實能矯正西崑體重形式的弊端，因此
他認爲此時是「詩道中興」的局面。至於蘇軾與黃庭堅，文中則認爲二人對
後代影響至爲深遠，〔註72〕其云：

> 元祐之間，蘇、黃挺出，雖曰共師李、杜，而競以己意相高，而諸
> 作又廢矣。自此以後，詩人迭起，或波瀾富而句律疏，或鍛鍊精而
> 性情遠，大抵不出於二家。觀於蘇門四學士，及江西宗派諸詩，蓋
> 可見矣。

此段敘述主要針對批評黃庭堅之江西詩派的詩歌主張，由於此派主張奪胎換
骨之法，以致於造成詩壇模擬與剽竊之習，不僅要字字有來歷，重拗體，同
時強調去陳反俗、好奇尚硬的詩法，〔註73〕所造成的弊端就是重形式以致於

〔註72〕宋濂這個看法是依循元代宗唐說而來，鄧紹基認爲因爲元詩宗唐的結果，使
　　　　它在整體上完成了自宋代就已出現的批判宋詩中存在的違反形象思維積弊的
　　　　歷史任務，並在實踐上宣告和這種積弊決裂；黃庭堅和江西詩派乃至蘇軾的
　　　　詩，自元代到明中葉一般地說都不受重視，正式同這一點相聯繫著的。參見
　　　　鄧紹基主編：《元代文學史》，頁374。
〔註73〕參見劉大杰：《校訂本中國文學發展史》，台北：華正書局，1980年，頁705
　　　　～709。

漠視內容的重要。原來歐陽修等人所開之詩道中興的局面，在此時又逐漸步
向下坡。之後宋詩的發展，宋濂認為去盛唐日遠，每下愈況：

> 馴至隆興、乾道之時，尤延之之清婉，楊廷秀之深刻，范至能之宏
> 麗，陸務觀之敷腴，亦皆有可觀者。然終不離天聖、元祐之故步，
> 去盛唐為益遠。下至蕭、趙二氏，氣局荒顇，而音節促迫，則其變
> 又極矣。

首先，透過上述對於歷代詩歌的批評觀之，他認為其所師者越高，成就愈大，
〔註 74〕同時如能像陶潛一般自出己意，就能自成一家。當然宋濂對於歷代詩
歌發展的論述，可說脈絡分明，至於其所言因師承之故而有此發展，此處仍
是強調師古的重要。因此他說「上焉者師其意，辭固不似，而氣象無不同；
其下焉者師其辭，辭則似矣，求其精神之所寓，固未嘗進也。」若根據其的
思路論斷，所「師」愈高，詩文作品就愈佳，此言雖並非絕對，但宋濂提出
此說的原因在於要求習詩者必定要「取法乎上」。

其次要注意的是，宋濂在盛唐之前論詩的標準，是以是否含有《三百篇》
風雅比興的「古之遺美」，雖然乍看之下雖較為保守，似乎不重視詩人個人的
創作特色，但其論詩時也並未忽略這些風格在當時所造成的影響。至於盛唐
之後的評論標準，除了師承、風雅比興的含俱之外，尚要加上「盛唐之詩」
作為評比的原則，如其「比之大曆尚有所不逮，況廁之開元哉」、「去盛唐為
益遠」這些說法，可見宋濂的詩觀，也受到元代「宗唐得古」的風氣影響。

再者雖然其從歷時性的角度論述自漢至宋的詩歌發展情況，但這裡特別
用心者是對唐宋二朝詩人的看法，宋濂除了對陶潛、杜甫評價甚高之外，也
用「詩道中興」來肯定歐陽修等人在詩歌創作上的貢獻。雖然究其論述中，
宋代詩歌發展不若盛唐一般名家輩出，但其態度已逐漸從主盛唐之詩，看到
宋詩主議論，反對雕琢模擬的特質。

宋濂在元末東明山講學時，曾針對當時的詩歌風氣而有所批評，其云：

> 濂頗觀今人之所謂詩矣，其上焉者，傲睨八極，呼吸風雷，恒以意
> 氣奔放自豪；其次也，造為艱深之辭，如病心者亂言，使人三四讀，

〔註74〕 此點說法參見楊維楨並不同意，他認為「宗杜者要隨其人之資所得爾。資之
　　　　拙者，又隨其師之所傳得之爾。詩得於師，固不若得於資之為優也。詩者人
　　　　之性情也，人各有情性，則人有各詩也。得於師者，其得為吾自家之詩哉！」
　　　　楊維楨認為詩歌最重要的是「性情」，而「師」之所傳則是次要的條件。《宋
　　　　金元文選論》，北京：人民文學出版社，1999 年，頁 580。

終不能通其意；又其次也，傅粉施朱顏，燕姬越女，巧自衒鬻於春
風之前，冀長安少年為之一顧。詩而至斯亦可哀矣。(〈杏庭摘稿序〉)
〔註77〕

面對元末的詩歌風氣，宋濂是有所不滿的，因為上焉者是「恒以意氣奔放自豪」，
裝腔作勢而已，其次則是喜歡創造艱難僻澀之語，再下者就是賣弄姿色，只著
重雕琢與綺麗。他藉此表達元末詩風的弊病在於不重詩歌雅正內容，以及不知
詩歌有純和沖粹之意。其批評元代詩歌之弊的言論甚多，資舉例如下：

今之人，有志於詩者，亦不少矣，徒以鹵莽厭煩之學，不克加修，每
操一觚，動至旬月不再。片章之出，輒務求勝。所以塵土之思，填心
塞膺，往往如酣醉人，語言了不知端緒。(〈王氏夢吟詩卷序〉)〔註76〕

詩之為教，務欲得其性情之正。善學之者，危不易節，貧不改行，
用捨以時，夷險一致，始可以無愧於茲，……世之人不循其本，而
競其末，往往拈花摘艷以為工，而謂詩之道在是，惜哉！(〈故朱府
君文昌墓銘〉)〔註77〕

君子之言，貴乎有本，非特詩之謂也。……言愈工而理愈失，力愈
勞而意愈遠，體調雜出，而古詩亡矣。(〈林氏詩序〉)〔註78〕

縱觀上述徵引之文，可見元末詩歌之弊甚夥，宋濂認為雖然有志於詩者並不
少，但在心態上往往是三天打魚兩天曬網的態度，由於不夠勤奮努力習詩，
自然詩作表現不佳。然而時人常常陷入一種困境，總覺得詩文一出，就應該
吸引所有的目光，因此這些人的作品內容價值並不高，但卻竭盡所能地在字
句上下功夫，如此一來反而不知詩歌的真義與價值。宋濂對於元末詩歌的問
體不僅實有體會，同時也憂心甚深，認為「言愈工而理愈失，力愈勞而意愈
遠」，越是將心力放在言辭上，就會忽略了詩歌之道，越是用心鋪排文辭，就
離詩歌的本義越遠。面對於時人競相投入雕章麗句的行列，而忽視詩最根本
的價值意義，尚以為只要在字句上用功，自能達到詩的最高境界，故宋濂的
批評實著眼於「世之人不循其本，而競其末，往往拈花摘艷以為工，而謂詩
之道在是」的誤謬。

〔註77〕《全集》，頁 74。
〔註76〕《全集》，頁 112。
〔註77〕《全集》，頁 1332。
〔註78〕《全集》，頁 1729。

宋濂詩文評騭的立場，仍以其明道、宗經、師古之文論內涵為依歸，雖然宋濂論文並不將詩文視為二物，但透過對於歷代詩人風格內容的評述，不僅是具體落實其文論主張，同時亦可解尤其文章探究對元代以來的詩歌主唐說的繼承與發展。此篇細數歷代詩人詩歌的創作發展與傳承軌跡，可視為對於歷代詩歌流變發展的綱要，雖然宋濂的論詩之文並沒有完整的架構，也缺乏理性而嚴謹論述，但卻清楚的闡明其詩觀，當然對後世與其門生弟子有所影響，宋濂曾言「濂雖不善詩，其知詩絕不在諸賢後。」（〈劉兵部詩集序〉），此實為自信之言。

第三節　宋濂的詩文成就

錢謙益曾謂「明初之文，以金華（宋濂）、烏傷（王禕）為宗」（《初學集》卷 83），《元史》稱宋濂為「開國文臣之首」，後世宋濂乃獨擅文名。關於宋濂的詩文風格，歷來皆有評議，《四庫全書總目提要》謂宋濂之文「雍容渾穆」，雖然為《四庫全書》館臣所稱，但明初的文風，實與元代儒者之文一脈相傳。清代邵長蘅就認為：

> 潛溪文有根柢，故能不規模史、漢、歐、曾，自成杼軸。雖其牽率於應酬，病冗病俗，往往而有，要不失為大家。余嘗謂明代名能文章亡慮數十家，文之工者不乏，正苦根底淺薄。求其貫穿四庫之書而粹然一本於六經，不得不推潛溪。《青門麓稿卷十一‧書宋學士集後》〔註79〕

錢基博在《明代文學》則評宋濂之文云：

> 為文章醇深演迤，而乏裁翦之功；體流沿而不返，詞枝蔓而不修，此其短也。……濂則敷腴朗暢而不免冗蕪，顧筆力遒足以自振，故不以冗蕪為病。〔註80〕

二人的說法實為中肯，特別是邵長蘅所謂的宋濂「文有根柢」，所指即為歸本於六經。雖然二人皆認為宋濂文章之病在於冗蕪，但因為宋濂的根基深厚，冗蕪對宋濂而言可說是大醇而小疵。宋濂文論思想的具體實踐，也落實在其文學創作中。以下就針對其散文與詩歌的特色進行析論。

〔註79〕〔清〕邵長蘅：《邵青門全集》（叢書集成三編），台北縣：藝文印書館。
〔註80〕錢基博：《明代文學》，台北：商務印書館，1999 年，頁 4～5。

一、宋濂的散文特色

　　宋濂創作上的主要成就在散文，在其實踐以明道宗經為本原的文學觀下，其散文發展走向兩個方向，一個就是沿著文以明道的路向發展，一則是游離於文道兩端。宋濂之文值得關注之處，應是其文章本身所散發的魅力，即是如何立意與命題，再進而從容展開論述。宋濂的文章有其獨特的姿態與風韻，當然這種特質來自其豐厚的學養與穩固的文章訓練，面對易代之際的生活閱歷，特別是在大亂中因重氣節，或保家衛民而犧牲生命者，在為其作傳時，特別容易感受其真情流露，事件與傳主似乎如在眼前，因此在文章制作上特別能夠看出其情深而文工的特性。

　　在宋濂的散文中，有很大一部分是屬於為朝廷製作的應制文，和為知名公卿縉紳先生所作以及相關人士所作的傳狀碑銘，這種應酬文字花費宋濂許多精神，價值意義卻不高。〔註81〕由於其主張文道合一、文以明道，其所謂「道」的核心價值就是儒家的仁義禮智信，因此文以明道的目的就在於「正民極、經國制、樹彝倫、建大義，財成天地之化」。〔註82〕宋濂之文基本上主實用性與多元性，目的皆要對社會起教化作用，這也是另一種實踐「道」的方式。因此宋濂寫過不少明道頌聖之作，如寫於元代的〈國朝名臣序頌〉，其序云：

> 帝王之興，必有不世出之人豪，以自赴雲龍風虎之會，《易》所謂「聖人作而萬物覩」者是已。我皇元受天明命，撫安方夏，天戈所指，萬方畢從。是故一鼓而諸部服，再鼓而夏人納款，三鼓而完顏氏請降，四鼓而南宋平，東西止日之出入，罔不洽被聲教，共惟帝臣。雖睿謀雄斷，動無不勝，亦賴熊羆之士、不二心之臣，有以誕宣天威，故功成治定若是之神速也。〔註83〕

明初文士即曾針對宋濂山林之文與館閣之文孰優孰劣而討論，此篇文章是對皇元的歌頌，可謂十分得體。〔註84〕此篇盛贊皇元之文撰成時宋濂只是區區一名儒生，但可見其當時心中並未分別所作究竟是山林之文抑或館閣之文，其所在意的只是「明道」。宋濂為世人所稱道的作品則是入明以後的館閣之文，為朝廷作應制文也可算是廣義的「明道」，故洪武七年所奉旨撰寫的〈閱江樓記〉就可

〔註81〕宋濂自己曾言：「余也賦質凡庸，有志弗強，行年六十，曾莫能望作者之戶庭，間嘗出應時須，皆迫於勢之不能自以者爾。」〈贈梁建中序〉，《全集》，頁557。
〔註82〕〈華川書舍記〉，《全集》，頁56。
〔註83〕《全集》，頁1。
〔註84〕參見郭預衡：《中國散文史》（下），上海：上海古籍出版社，2000年，頁20。

說是一典型之例，也是最爲後人所傳誦。此文非常講究謀篇，文章首先敘述建樓的動機在於朱元璋平定天下，定都金陵，因此建樓欲「與民同游觀之樂」。接下來從登覽之「閱」開始，引出三個層次誇贊明太祖的大一統之功：

> 當風日清美，法駕幸臨，升其崇椒，憑欄遙矚，必悠然而動遐思。見江漢之朝宗，諸侯之述職，城池之高深，關阨之嚴固，必曰：「此朕沐風櫛雨、戰勝攻取之所致也。」中夏之廣，益思有以保之。見波濤之浩蕩，風帆之下上，蕃船接跡而來庭，蠻琛聯肩而入貢，必曰：「此朕德綏威服，覃及外內之所及也。」四夷之遠，益思所以柔之。見兩岸之間、四郊之上，耕人有炙膚皸足之煩，農女有挈桑行饁之勤，必曰：「此朕拔諸水火，而登於衽席者也。」萬方之民，益思有以安之。〔註85〕

宋濂設想皇帝登樓，「必悠然而動遐思」，一是看到「中夏之廣」，必「益思有以保之」；二是看到「四夷之遠」，必「益思所以柔之」；三是看到「萬方之民」，必「益思有以安之」。宋濂委婉的期盼明太祖能夠永保疆土，安定邊關，體恤百姓，然後才點出題旨「臣報君恩」，既是頌君，也是諷臣：

> 逢掖之士，有登斯樓而閱斯江者，當思帝德如天，蕩蕩難名，與神禹疏鑿之功同一罔極，忠君報上之心，其有不油然而興者耶？

此篇文章原爲歌功頌德之作，但字裡行間亦帶有規諷之言，是一篇十分得體的應制文字。類似這種頌聖明道之文在宋濂文集中並不少，如〈平江漢頌〉〔註86〕、〈恭跋御製詩後〉〔註87〕、〈見山樓記〉〔註88〕、〈天降甘露頌〉〔註89〕等皆是。

然而在宋濂的文章中也出現了一種現象，如在〈送許時用還越中序〉〔註90〕中先敘述二人交往的始末，同時表達「人事之參差不齊，何可復到？」這種短暫相聚，卻又匆匆別離的無奈。但話鋒一轉，接著又回到頌聖上頭言：

> 時用之歸也，其有繫於名節甚大。時用採蕺山之蕺，食鑑湖之水，日與學子談經以爲樂者，果誰之賜歟？誠由遭逢有道之朝，故得以上霑滂沛之恩，而適夫出處之宜也。夫道宣上德，以昭布於四方者，

〔註85〕《全集》，頁 780～781。
〔註86〕《全集》，頁 325。
〔註87〕《全集》，頁 926。
〔註88〕《全集》，頁 568。
〔註89〕《全集》，頁 328。
〔註90〕《全集》，頁 484

　　史臣之事，因不辭而爲之書，區區聚散之故，一己之私爾，則又當
　　在所不計也。

其他像〈瑯琊山游記〉、〈游塗荊二山記〉〔註91〕皆是洪武八年宋濂陪太子出
遊途中寫下的，特別是〈瑯琊山游記〉除了敘述山中古蹟的興廢，並對文化
古蹟加以考證外，最末仍不忘落於體會聖德，皇恩浩蕩。宋濂云：

　　獨念當元季繹騷，竄伏荒土，朝不能謀夕，今得以廁迹朝班，出陪
　　帝子巡幸，而瑯琊之勝，遂獲窮探，豈非聖德廣被，廓清海宇之所
　　致邪？非惟濂等獲霑化育生成之恩，而山中一泉一石，亦免震驚之
　　患。是宜播之聲歌，以侈上賜，游觀云乎哉？〔註92〕

從這一段引文可見連天地萬物皆受到浩蕩皇恩的沐育，豈非明顯的歌頌之
意？宋濂在許多文章中，無論是遊記或是送序之文，末尾往往會出現頌聖明
道之語，或可說是曲終而雅奏，也算開台閣體風氣之先。

　　雖然宋濂所作館閣之文多爲人所重，最富有興味的則是展現自由人格、
有感而作且富有情趣之文。如〈味梅齋稿序〉是宋濂致仕之後爲故舊傳則明
之文集撰寫的序言，在序言中抒發內心深處對故友的懷念，同時也感嘆故友
零落的滄桑之感。宋濂口中的故友是當日同修《元史》者，因此透過此文追
憶當日美好的時光，其有言：

　　于時執筆者凡數十人，皆四方豪傑，余日與之周旋會聚，間一休沐，
　　輒相過從飲酒爲歡。酒闌氣盛，撫掌大噱，論古人文章政事，不深
　　夜弗止，信一時之樂哉。

宋濂當時以爲此樂可常有，接著下來就引發對人生的感慨與無奈，其云：

　　及後，未數年，人事稍稍乖殊，或得州縣官，散之南北；或以老癃
　　疾痰，引歸田里；或抵法遇患，轉徙遠方；求如舊時之歡須臾而不
　　得，然後知此樂之難遇。每一思之，不知俛首愴心，而繼之以嘆息
　　也。又況餘年愈耄，觸事愈多，而英才凋謝愈盡，雖欲不思，何可
　　得哉？〔註93〕

人至暮年，格外懷舊，特別是在閱盡滄桑後，藉此抒發生死盛衰之嘆。特別
是「英才凋謝愈盡」，宋濂提到諸多原因，或者是人事的變遷，或者是難以抗

〔註91〕《全集》，頁 1391。
〔註92〕《全集》，頁 1065。
〔註93〕《全集》，頁 1663～1664。

拒的外力，整篇文章充滿悲涼的氣氛，讀之令人倍覺感慨。

宋濂之文爲世所傳誦者，還有人物傳記。如〈秦士錄〉，〔註94〕描寫秦士鄧弼有豪氣，然懷才不遇，他緊扣住人物的特點，勾勒鄧弼的形象：

> 一日，獨飲娼樓，蕭、馮兩書生過其下，急牽入共飲。兩生素賤其
> 人，力拒之。弼怒曰：「君終不我從，必殺君，亡命走山澤耳，不能
> 忍君苦也。」兩生不得已，從之。……弼止之曰：「勿走也。弼亦粗
> 知詩書，君何至相視如涕唾。今日非速君飲，欲少吐胸中不平氣耳。
> 四庫書從君問，即不能答，當血是刃。」兩生曰：「有是哉。」遽摘
> 七經數十義叩之，弼歷舉傳疏，不遺一言。復詢歷代史，上下三千
> 年，纚纚如貫珠。弼笑曰：「君等伏乎，未也？」兩生相顧，慘沮不
> 敢再有問。

在人物性格的刻畫上，他不僅注重豐富性、多面性，也帶有立體性，透過細節的描寫，使之成爲突出而充滿生氣的人物形象。鄧弼與蕭馮二人比賽文史知識，鄧弼皆對答如流。鄧弼的傲，實在於才兼文武，故寫鄧弼則野而有文。鄧弼徒有滿腔抱負，卻不得見用於當世，「弼環視四周，嘆曰：『天生一具銅筋鋼肋，不使立勛萬里外，乃槁死三尺蒿下，命也，亦時也，尚何言！』遂入王屋山爲道士，後十年終。」鄧弼在嘆息中猶帶有不平之氣，此亦是宋濂感慨元朝廷埋沒人才進而構思創作的作品。

再者如〈記李歌〉〔註95〕一篇，則是通過人物語言，揭示人物特性與風貌。李歌是一個不幸落入娼門的少女，十四歲時，鴇母讓他學歌舞，李歌艴然曰：「人皆有配偶，我可獨娼邪？」當她知道是因衣食所迫，便和母約定：「媼能寬我，不脂澤，不葷肉，則可爾，否則，有死而已。」通過李歌的語言，展現其不甘墮落，只賣藝而不以色事人。當縣令想佔有她時，李歌怒罵曰：

> 吾聞縣令爲風化首，汝縱不能，而忍壞之耶？令冠裳其形，而狗彘
> 其行，乃眞賊爾，豈官人耶？汝即來，汝即來，吾先殺汝而後自殺
> 爾。令驚走。

李歌義正辭嚴，剛烈之致，縣令莫可奈何，只有「驚走」，保住貞潔。後來李歌與監州之子結爲夫婦，天下大亂，逃難時二人俱爲賊所執。賊因貪圖李歌姿色而欲殺其夫，李歌抱其夫，詬曰：

〔註94〕 《全集》，頁181。
〔註95〕 《全集》，頁545～546。

汝欲殺吾夫，即先殺我，我寧死，決不從汝作賊也。

賊怒，李歌與丈夫一起殉難。在此宋濂著重通過李歌鏗鏘有力、擲地有聲的語言，表現出李歌出污泥而不染，誓死捍衛自己人格尊嚴的高貴情操與精神。

　　宋濂在傳記的書寫上，運用了很多的技巧，比如〈杜環小傳〉〔註 96〕實寫杜環收留奉養父親朋友的母親張氏的事蹟。此文中，宋濂使用比較與對照的手法書寫，先以張氏兒子的朋友譚敬先與杜環相較，當時面對常母，譚氏的反應是謝而不納，而當時杜環父親與父執好友常允恭都已過世，但當常母張氏來投靠他時，雖然正值兵荒馬亂，況且杜環家裡也很貧窮，仍毅然決然收留張氏，待之如生母。後又以張氏親生之子「伯章見母老，恐不能行，竟紿以他事辭去，不復顧」與杜環相比，二人人格高下立判。通過對比，宋濂得以塑造杜環崇高的人格品質。

　　宋濂的傳記人物都具有鮮明的個性，通過多樣的描寫技巧，塑造血肉豐滿的人物特徵，並在所書寫的人物身上，寄寓個人的胸懷與情志，足見宋濂散文造詣的深厚。這種傳奇式的傳記寫法，濫觴于阮籍的〈大人先生傳〉、陶淵明的〈五柳先生傳〉，至蘇軾〈方山子傳〉始成為傳記散文的一種形式。宋濂是這種傳記寫法的集大成者，把前人偶爾一用的寫法廣泛地用於創作實踐，也因此形成他的特色，也影響了門生方孝孺，其也有一些類似的作品。〔註 97〕

　　因此宋濂之文值得關注者，除了宗經明道的概念外，應是其文章本身所散發的魅力，即是如何立意與命題，再進而從容展開論述。宋濂的文章有其獨特的姿態與風韻，當然這種特質來自其豐厚的學養與穩固的文章訓練，面對易代之際的生活閱歷，特別是在大亂中因重氣節，或保家衛民而犧牲生命者，宋濂為其作傳時，特別容易感受其真情流露，事件與傳主似乎如在眼前，因此宋濂在其文章制作上特別能夠看出其情深而文工的特性。

二、宋濂的詩歌特色

　　宋濂身為開國文臣之首，其作品多集中在散文方面，至於詩歌數量則相形單薄許多。在明初詩文三大家中，宋濂的詩歌方面的成就不如劉基，更無法與高啟相比。但他在理論了落實上主張復古與師古，對其本身的詩歌創作

〔註96〕《全集》，頁 1521。
〔註97〕參見張仲謀：〈論宋濂的文論與散文創作〉，《徐州師範學院學報》（哲學社會科學版）1996：2，頁 64～68。

也產生了影響，在宋濂的詩作中，多半都是古體詩，近體詩包括絕句與律詩數量相對於古體詩較少。

宋濂喜作古體，亦與師承及元代詩風有關。黃溍的詩作中，有些作品是以耿介之心表達對社會人情物理的感受，另外也有不少風格淡雅的旅遊詩作，其中五古尤多，楊維楨獨尊黃溍這類作品「遇佳山水，竟日忘去，形於篇什，多沖淡簡遠之情」。柳貫詩作很多，其詩風受江西詩派影響，古硬奇險，黃溍謂其「少作尤古硬奇逸」。至於吳萊詩作少寫律絕，多寫古體，歌行尤多。清代王士禎頗為推崇他，在其論詩絕句中就寫道「鐵崖樂府氣淋漓，淵穎歌行格盡奇。耳食紛紛說開寶，幾人眼見宋元詩。」吳萊的長篇歌行其特處在於險怪，主學韓愈的「橫空盤硬語，妥貼力排奡」，對韓詩使用奇字也加以模仿，因此明代胡應麟認為吳萊五古長篇「氣骨可觀，而多奇僻字」。〔註98〕

宋濂追隨吳萊習文習詩，二人的亦師亦友的情誼甚深，在二人現存的往來書信中可見一斑。〔註99〕在吳萊所作之〈早秋偶然作寄宋景濂十首〉中，其第九首有言「自來閒作詩，瘦島與窮郊」，〔註100〕可知吳萊明確宗唐之韓、孟詩派。吳萊與宋濂屢有詩文交換討論之舉，吳萊曾言「大抵景濂之文，韻語為最勝」。〔註101〕

王禕在觀宋濂與戴良二人唱酬的古詩二十首〔註102〕後，其感慨「詩道之廢久矣！十年以來，學士大夫往往詘於世故之艱難，溺於俗尚之鄙陋，其見諸詩，大抵感傷之言，委靡而氣索；放肆之言，荒疏而志乖，爾雅之音遂無復作矣。」面對元末詩風的萎靡情況，認為讀此二人詩作，「於是有慨夫古詩之緒未終絕也」。故其論二人詩風云：

> 二君素以古道相尚，是詩之倡酬，蓋倣蘇、李，譬猶律品之相宣，
> 規矩之互用。然其為言，或務簡善，而其思遠以切；或尚宏衍，而
> 其情婉以周。鮑、謝之微旨，殆各有之。至其託物連類，撫事興懷，
> 則又俱有陳子昂、朱元晦感興之遺音。〔註103〕

〔註98〕參見鄧紹基主編：《元代文學史》，頁461〜468。
〔註99〕王禕在〈跋宋景濂所藏《師友帖》〉有言：「景濂受業於吳先生最蚤，繼乃登二公之門，平日往來書牘，殆不止此。然即此三帖觀之，師友之誼固藹然筆札間矣。」《全集》，頁2570。
〔註100〕《全集》，頁2592。
〔註101〕《全集》，頁2561。
〔註102〕宋濂文集中收錄〈寄答戴九靈古詩十首〉，《全集》，頁2192。
〔註103〕《全集》，頁2570。

王禕在此讚美宋濂與戴良的古詩造詣，不僅倣蘇、李，也有鮑照、謝靈運的情致，同時也帶有陳子昂、朱熹感懷、感遇詩的味道。王禕對二人的評價頗高，可見當日宋濂長於古詩，同時詩作帶有唐宋詩人的餘韻，他在評詩時主盛唐，尚師古，其在創作中亦實踐此原則，至於「以韻語最勝」說法，目前倒只見吳萊之語，故仍有待斟酌。

　　一般認為宋濂的詩不如文，〔註104〕但徐泰認為「宋景濂、王子充詩亦純雅」，胡應麟在《詩藪》中認為宋濂雖「不喜作六朝語」，他本身就反對雕琢，但其亦有一些「物華半老胭脂苑，春霧輕籠翡翠城」、「因彈別鶴心如窘，為妬文鴛繡嬾成」等精工流麗之句。陳田在《明詩紀事》中也認為宋濂的詩歌「集中小詩，猶是元習；長篇大作，往往規規橅退之，時亦失之冗沓，蓋兼才為難。」〔註105〕觀宋濂之詩，一如眾家所言，小詩不多，但讀之亦感清逸，頗見其性情，此多半為寫景詩。如〈題玄麓山八景詩〉〔註106〕之〈飲鶴川〉：

　　　　渴鶴忽飛來，愛此一勺清。五湖非不多，恐染梟鶯腥。

此詩以渴鶴不願與一般野鴨水鳥同飲五湖之水，寧可獨自選擇小水潭為喻，比喻詩人的高潔品格，不願與世俗同流。

　　再如〈五折泉〉寫道：

　　　　一汲復一汲，有若步雲梯。終然投東意，萬折不肯西。

此首詩寫瀑布之景，用瀑布急沖直下的景況，比喻義無反顧，百折不回的忠直品格。〔註107〕再如〈題長白山居圖〉：

　　　　滿地雲林稱隱居，燕泥污我讀殘書。五更風急鳥聲散，時有隔花來
　　　　賣魚。

這首小詩雖是一首題畫詩，詩人根據畫面的提示，通過想像來進行描寫，整首詩敘述隱居山林，四下靜謐無人干擾，只有偶一落下的燕泥，以及風聲、鳥聲交錯，唯一能聽到的人聲，是偶爾出現賣魚小販的叫賣聲，完全勾勒出

〔註104〕《元史》記載宋濂以文章見知，也以文章名世，龔顯宗認為宋濂「其詩則不
　　　　如文，所作樂章，無甚新意」。參見龔顯宗：《明初越派文學批評研究》台北：
　　　　文史哲出版社，1988年，頁47。
〔註105〕陳田：《明詩紀事》，上海：上海古籍出版社，1993年，頁110。
〔註106〕《全集》，頁2184。
〔註107〕此詩之意參酌王春南、趙映林：《宋濂‧方孝孺評傳》，南京：南京大學出版
　　　　社，1998年，頁157。

一派恬靜自然的隱居情境，讀之宛如猶在目前。

在宋濂的詩作中，有一部分是自抒心境的感懷之作。比如表達對時光與歲月的流逝，而心生感慨，如〈始衰〉：

> 四時相推斥，行年五十過。觸心苦無惊，況復直春華。良節足游衍，
> 逝齡翻成嗟。憂眉拭花露，按愁聆禽歌。氣索怯緒風，顏凋仰流霞。
> 倚林思寢裯，躐坡企行車。志士惜墜景，達人傷逝波。寧不動靈襟，
> 潸然下涕多？人生大化中，飄蕭風中花。百年終變滅，感慨欲如何。

〔註 108〕

宋濂於 1310 年生，至其五十歲時，明朝才剛建立，國家還處在混亂的狀態，因此此首詩表達人生有限感慨，與有志難伸的無奈，用字平實，似可視為元末大亂，其隱居不出時的心聲。類似的感嘆歲月消逝的題在〈鑷白髮二首〉中，呈現較為輕鬆豁達的情調：

> 白髮如青草，剪已竟還生。草青能變白，髮白不復青。人生須知會
> 有盡，紫馬馱錢沽酒傾。昨日花如繡，今朝花作塵。人身一如花，
> 何為長苦辛。古今富貴皆黃土，唯有青山解笑人。

宋濂同時在給門生的贈詩中，多屬於長篇古體詩，同時亦在其中亦夾雜議論，如方孝孺要回寧海歸省，宋濂作了一首贈詩〈送方生還寧海並序〉，其中就有幾句散文型態的詩句，其云：「真儒在用世，寧能滯彌文？文繁必喪質，適中迺彬彬。」「道貴器乃貴，奚須事空言？」「孳孳務踐行，勿負七尺身。敬義以為衣，忠信以為冠，慈仁以為配，廉知以為鞶。」〔註 109〕這裡仍不忘強調文以載道的功能，因此要能不滯於文，掌握文章的精義，同時也提醒方孝孺，要能為世所用，並秉持仁義忠信立身不忘。在另一首〈送方生孝孺還天台詩有序〉中，他也勉勵方孝孺為學且不溺於文辭，「須知九仞山，功或少一簣。學功隨日新，慎毋中道廢。群經耿明訓，白日麗青天。苟徒溺文辭，螢爝遇爭妍。」〔註 110〕

其次在〈送黃伴讀東還故里〉一詩當中，宋濂細數當時受業於黃溍先生的情景，一方面黃溍先生之孫黃昶也從宋濂學經，能有這種遇合，實為不易，因此宋濂一方面在詩中緬懷師恩，一方面不忘勉勵黃昶「別去期早來，立業

〔註 108〕《全集》，頁 1947。
〔註 109〕《全集》，頁 1627。
〔註 110〕《全集》，頁 1962。

繼而翁。翁名亘天地，不見初與終。」〔註111〕但是此首詩至為感人者，並非詩本身，而是詩前之序文，其言「濂，黃文獻公老門人也，嘗恨無以報深恩。一旦諸孫昶從予學經，為之喜而不寐。」這種師生間的情誼，是宋濂畢生難以忘卻磨滅的。

再者，宋濂的詩歌中，也有氣勢雄渾者，這一類詩歌屬於題畫詩，多以歌行體表現。如〈題李白觀瀑圖〉：

> 長庚燁燁天之章，精英下化為酒狂，匡廬五老森開張，銀河萬丈掛石梁。下馬傲睨立欲僵，聳肩袖手神揚揚。亦昔開元朝上皇，宮中賜食七寶床，淋漓醉墨交龍裏。人疑錦繡為肝腸，麾斥力士如犬羊。
> 營營青蠅集于房，金鑾不復承龍光。……〔註112〕

在此篇中，雖然畫中只是李白觀瀑，但是李白的形象尤具風采。宋濂此篇幾乎可說是用詩歌形式為李白寫傳記，對當時李白的睥睨天下、斥權貴如犬羊的氣概，甚至是日後失寵遭流放的境遇，以及對長生的追求等無不加以敘述。面對李白的人生遭遇，他細緻具體的加以刻畫李白一生不凡的行徑。雖然圖畫所能表現的情景有限，但是配合宋濂充滿想像的描繪，讓讀者即使沒有看見畫，也能從中想見當日李白豪放不羈的行事風格，足見詩畫二者的相輔相成。類似的詩作如〈題李廣利伐宛圖〉，〔註113〕通過詩歌的描述，讓人對於畫中人物的印象更強烈，感受更深刻，猶如跟著李廣利巡覽當時歷史情境。

宋濂時擅長于人物刻畫，其筆下的人物有歷史人物、俠客、隱士種種，實與其傳記文中的人物風采互相輝映。如歷史人物宗澤，宋濂在〈題宗忠簡公誥——王黼時為少宰，書名誥上〉云：

> 青城妖祲連雲堵，犬羊在都龍遁野。百年藝祖舊河山，萬騎長驅若冰解。京城留守一世豪，仰天雪涕風蕭騷。起伏白日照河北，赤手欲障三秋濤。義旂戞天天為泣，四方猛士聞風集。自期徇國與天通，豈謂忠言反難人。披肝上疏留至尊，乘輿不顧東南巡。拊床大叫三聲落，非天棄宋良由人。功業無成志可紀，古來英傑多如此。……〔註114〕

他對於歷史人物事蹟十分熟稔，雖是作詩，但信手拈來，就勾勒出事件的前

〔註111〕《全集》，頁 1616。
〔註112〕《全集》，頁 1614。
〔註113〕《全集》，頁 1953。
〔註114〕《全集》，頁 1621。

因後果,包括宗澤當日的英勇愛國與忠誠。然北宋國君卻因選擇主和,最後導致南宋偏安之局,「君不見汴京禮樂正全盛,江南杜宇啼天津。」宋濂緬懷歷史總有無限的感嘆,對於忠勇愛國的歷史人物,「我來已恨生世遲,不得親觀忠勇姿」,他也不忘給予歌頌,想見千古風流人物。

在〈題花門將軍游宴圖〉,也對於花門將軍有精采而形象性的描寫:

> 花門將軍七尺長,廣顙穹鼻拳鬚蒼。身騎叱撥紫電光,射獵娑陵古塞傍。一劍正中雙白狼,勇氣百倍世莫當。胡天七月夜雨霜,寒沙莽莽障日黃。先零老奴古點羌,控弦鳴鏑時跳踉。將軍怒甚烈火揚,寶刀雙環新出房,麾卻何翅驅牛羊,平居不怯北風涼。……〔註115〕

宋濂一開始只用了十四個字,就把花門將軍的外貌生動而具體的勾勒出來。這個花門將軍形象是依據繪畫描繪所建構的,是一個胡人。畫雖固定不變,但宋濂在詩歌中卻可以自由的想像,自在的馳騁,突破時間與空間的限制,同時進一步描寫花門將軍蓋世的英勇豪情與高強的武藝。宋濂描寫花門將軍個性烈如火,退敵如驅牛羊一般的英武。接下來轉換場景,續寫宴飲歡樂的場景:「將軍中坐據胡床,熾炭炙肉泣流漿,革囊挏酒蒲陶香,駝蹄斜割勸客嘗。」此時將軍的形象是性格豪爽,熱情好客,包括烤肉、葡萄酒,連駝蹄都出現的,此種書寫方式實強化了人物形象,同時根據詩歌的描寫,也讓畫面帶有更多的想像空間。

類似的英雄人物刻畫在〈紫髯公子行〉中,亦出現這樣的描繪:

> 紫髯公子五花䯄,蛇矛犀甲八扎弓。黃昏沖入北營去,裒裒流星天上紅。十萬雄兵若秋隼,千瓮行酒須臾盡。太白在天今歲高,千旄指處皆虀粉。涼州白騎少年兒,紫繡麻□來似羆。鴉翎羽劍始一發,射翻不翅牛尾狸。紫髯紫髯勇無比,愧殺生須諸婦女。當年冠劍圖麒麟,何曾三目異今人?

此處描寫一位衝鋒陷陣,所向披靡的英勇戰士形象,值得關注者在於宋濂運用了對比的手法,尤其用「生須諸婦女」來形容怯懦之輩以作為對照,也襯托突顯了紫髯公子正面英勇的人物形象。

除了刻畫英雄人物之外,他也關心平民百姓,在〈出門辭為蘇鵬賦〉中,面對平民百姓生活的悲哀與無奈,因此通篇格調較為沉鬱:

> 憶昔出門時,營魂不相依。亂行忘戶庭,欲東卻從西。升堂拜嚴父,

〔註115〕《全集》,頁1958。

鶴髮七十餘。欲語不成語，涕下如縆縻。老妻哭中閨，半世嘆分違。
孰意垂白後，亦復不同棲。妾病入骨髓，一命僅若絲。不知君還日，
能有相見期。爭如床下舄，反得隨君之。不忍出門別，難禁君去時。
言已咽就榻，見者皆歔欷。流雲雖無情，慘澹亦如悲。瘦女候庭前，
含淚整衿裾。東風尚苦寒，凜凜中人肌。願耶善自愛，以慰兒女思。
三孫拜馬前，頭角何纍纍。大者始十齡，小者猶孩提。伯仲以解事，
飲泣貌慘淒。季也最可憐，頓足放聲啼。我欲同翁去，明日同翁歸。
石人縱無腸，對此能自持？二兒遂相行，直至雙溪涯。淚眼似井水，
源源流弗虧。舟師催棹發，丁寧且遲遲。我父去終去，幸得緩斯
須。……〔註116〕

這首詩是宋濂為蘇鵬所寫，他筆下的平民形象一如其於傳記中所刻畫的平凡
人物富有真實感。在這首詩中，他用其悲憫的心情描寫蘇鵬為了生計不得不
離鄉背井，出門遠行的的圖像，此篇共有九個人物，每個人物皆有不同的描
寫，無論是年邁的老父、重病的妻子，還有悲傷的兒女與三個孫子，每個人
都展現不同的表情與悲傷，說著符合身份年紀的話語，九個人各各形象鮮明，
宋濂的書寫也條理分明，同時能夠配合離別的氛圍，有不同的舉動與表現。
可見宋濂透過細部描寫以塑造人物形象的能力，無論在文章或是詩歌方面，
都有傑出的表現。

　　宋濂的詩作不多，但在古體詩的表現上，可說是迭宕雄奇，情節緊湊，
語言質樸流暢，人物形象鮮明，在描寫方面也是細緻而具體。小詩多清雅，
不雕琢、不繁瑣浮誇，也不刻意重聲律，實合於徐泰之評價「純雅」。宋濂論
詩認為詩本乎仁義，但也言「詩者，發乎性情者也，觸物而動，則其機應籟
隨，自有不容遏者。」（〈王氏夢吟詩卷序〉）〔註117〕其雖主師古，但主張要師
其心，師其意，而不師其辭，同時若能別出新意，才能自成一家。由此觀之，
雖然宋濂詩作符合王褘所言之雅正簡善，同時陳田對宋濂詩歌的評價為「集
中小詩，猶是元習」、「長篇大作，時亦失之冗沓」，亦是看到宋濂在創作方面
的問題。但是若就宋濂的文道理論觀之，他在創作方面亦具體實踐其所言，
其師古但不泥於古，同時能夠自出新意，雖然其詩歌創作成就不如散文，但
亦無違背其文論立場與主張。

〔註116〕《全集》，頁2197。
〔註117〕《全集》，頁112。

第六章　結　論

　　宋濂（1310～1381）被譽為明朝「開國文臣之首」，同時具有太子帝師的身分，明初開國典章制度也多由其所裁定。宋濂雖以文名於世，但並不樂見時人將其視之為「文人」。方孝孺在〈贈梁建中序〉後記中曾言：

> 太史公平生以文章名天下，而其該貫群籍，窮極經史，蓄積浩穰，
> 與古人爭長者，人未必盡之。縱或知而尊之，致其心制行，敦大和
> 雅，揆諸聖賢之道而無愧者，世固未必識也。於其大者不之識，而
> 謂足以知文章，豈果能得其精微之意乎？

學術傳承對儒者而言是不容忽視的重擔，因此宋濂、劉基等浙東文士在明王朝建國之初，有很大的貢獻。

　　宋濂之道學思想與文論理路，皆順承儒家傳統，接續宋元二代學術發展，同時為了面對元末明初混亂時局所產生的流弊，落實於個人的身心修養與政治教化，進而提出足以撥亂反正的解決之道，因此宋濂的主張有其實用可行的價值。在以上以諸多章節論述宋濂道學與文論之間的互動關係後，此處將以精簡扼要的方式，總結其道學與文論的意義，及元明之際文道關係與時代環境、學術脈動之間所展現的價值，以收以簡御繁之效。

一、在仕隱抉擇方面展現的意義

　　錢穆先生在〈讀明初開國諸臣詩文集〉[註1]中，曾用史學者的態度批評

〔註 1〕　見錢穆：《中國學術思想史論叢（六）》，台北：東大圖書股份有限公司，1994
　　　　年三版，頁 77～171。

明初文士沒有華夷之辨。但就實際的政治發展觀之,歷經元朝近百年的統治之後,且元代曾重開科舉,給予儒士與釋道平等的地位,因此明初儒者如宋濂、王禕等人,早已肯定元朝正統的地位,連明太祖朱元璋取得政權之際,也肯定元代的正統,因此華夷之別並不是這些文士所關注的焦點。身為文士,他本有經世致用的熱忱,其於入明之後任太子帝師,亦身居翰林院,道德文章也對當世影響深遠,特別是從元末過渡到明朝之際,宋濂的主張也提供了當代文士面對新局的一種方向。

關於儒者如何實踐「外王」事業,並落實自我學術理想,此種議題在元末明初之際,首先即是儒者對仕隱問題的態度。在歷代儒士心中,仕與隱的抉擇是自春秋時代以來,知識份子在面對「無道」時刻,所必須面對的一種難題與困境。宋濂前半生四十九歲以前皆在元朝渡過,其因危素的推薦而有機會入史館,然他並未踏上仕途。他的衡量標準與錢穆先生的看法不盡相同,對宋濂而言仕不仕元的準則在於元朝行不行「道」。

元代末期,宋濂選擇隱居小龍門山著書立說,但在文集中,特別是於元代時期創作的文章中,屢屢可見其表達其欲有用於世的熱情。在《龍門子凝道記》中,展現其治學成果與經世濟民之理念原則,包括提供為政者關於治國的意見,尤其是在現實政治運作上切實可行的建言。他本身並不贊成「隱逸」,對於知識份子而言,「道」的承擔是最高的使命,無論「仕」或「隱」,皆須不悖離孔孟之道。故宋濂的「隱」實有伺機而動的意味在,這也是他在仕隱問題上提出「時遇」的看法,即「逢有道而仕」的概念。

文士為「有道之朝」服務,是符合「義」的一種表現,正因為宋濂並非僅是一介書生,其對於政治情勢的判斷與選擇有獨到的見解,在衡量元末政局是否能有所作為後,才做了「不仕」的決定,因此背後尚有對「職位」高低之可為性的條件考量因素存在。入明之後他雖然沒有得到真正政治層面的權力位置,但身為「帝師」,實可為國君在新王朝的執政提供儒家的安邦治國之道,也間接表達自己在新政局開展之後對文治教化的理念,因此他由明代開國之後直到致仕返鄉,對明初的文化發展,實有功績。

二、宋濂道學思想的發揮

《明史・文苑傳》說:「明初文學之士,承元季虞、柳、黃、吳之後,師友講貫,學有本原。」宋濂在明初學術地位崇高,同時也是浙東金華學術在

明初的傳續者，也直接承繼從朱熹至黃榦一脈的金華朱學傳統。宋濂所學並非止於一家，除了受業於聞人夢吉、柳貫、黃溍、吳萊之外，在《宋元學案》中也被視爲「呂學續傳」，足見浙東之先哲與學風對於其學術思想的建立，實有重要的影響。同時透過學友間的交遊往來，以及求學以六藝爲依歸並能知類通方，宋濂學術的構成實有淵源。

宋濂既然繼承了金華朱學傳統，自然對道學思想有其獨到的思維。在「道學」方面，雖然並未同宋代理學家一般，有一套完整的理論架構與思想體系，然究其道學思想可歸納出四個重要的方向，而此四個思考方向有其先後順序，其一爲天道與人道之間的討論，其二爲理想人格的建構，其三爲經典意識的審視，其四則爲對釋道的取捨。

其一，宋濂提出自然的天道觀，包含了道之自然無爲、萬物的生成化育與效法自然以弘道，其一如宋代理學家將「道」視爲哲學思想中的最高範疇，是萬物形上的依據。他論「道」綜合了道家老、莊、道教與宋儒的意見，但並未在宇宙本原問題上加以深入探索，所討論的重心主要側重於人事發展變化之客觀規律。其理氣關係是繼承張載之說，並結合道教的「氣母」概念，萬物的生成化育則要靠「氣」的流動，因此對「氣」的論述仍本程朱理學理先氣後的觀念，道與器的結合是事物運行的重要條件。在宋儒的基礎上，宋濂一貫認爲修道問學的目的就是要體現君子之道，「道」應在人世中展現不朽。

其二，在宋濂道學思想中，「心」的論述是非常重要的概念，他將「道」視之爲「天地之心」，一如天理，因此在其思想中，心、天地、道與太極基本上是處於同一層次的本體位階，這種論述實與程朱理學家不盡相同，反而與陸象山的「本心論」相似。同時宋濂認爲「人心本同天地」，人心與天地相感通，透過掌握「本心」，不僅可與天地同大，還有人人皆爲聖賢的可能性，因此宋濂進而提出「六經皆心學」的說法，企圖以「六經」來縮和朱學與陸學。

宋濂的心性論一本孟子「盡其心者知其性也，知其性則知天矣」的路數，其承襲孟、荀學說，他所認知的「心」屬於道德心，也認爲人人皆有成聖的可能性，因此其認定最根本的問題仍在「治心」。對於如何「明心」、「識心」，除了「心存及理存」的概念之外，他提出養心需要「持敬」的說法，並提出七個要件，隨時自我審視，用心省察事物，做到道德修養功夫的極致，就能掌握聖人之學，實踐儒者成己成物的責任。故景濂採取內外兼進之具體修養方法，亦提出「靜、敬、誠、明」的步驟順序。宋濂談「靜」雖然是主張掌

握方寸之心，不受外務的障蔽，但其卻受到禪宗「明心見性」的影響，擷取了佛教寂然不動的「眞知之心」，是故此種向內冥求以明瞭本心的方式，一方面對日後明代心學有所啓發，一方面也免除了朱學的繁瑣。

其三，由於自然的運行與人的存在皆是一氣運行的結果，因此存心與法天可展現人的地位與價值，而聖人君子所展現的典範，就代表此種「人道」的價值意義。宋濂談天人合一時，認爲人雖應法天，但相信事在人爲，故極力主張人君更應法天，法天的重要與最終意義在於平天下，達到「天人合德」之境，故天道與人道有其感通，並不析分爲二。他對於天人性命的追求，不僅繼承宋明理學的方向，同時亦遠紹漢儒，可見其思想中的博雜性。他繼承程朱理學思想，也堅持宋儒建立的道統論系統概念，而他所謂之「道」，亦即是儒家的周孔之道「仁、義、禮、智、信」。在元末之際，並未刻意強調道統傳續對其產生的影響，所著重之處則在於必須切實踐履周公、孔子、顏淵、孟子之行爲、思想與儒家經典，只要確實掌握上述方向，從子貢與宰我之後即可「蓋不論也」。此外，其繼承元儒對延續道統的精神，並將道統意識內化爲道德修養與學術傳承的重要標的，同時延續元儒熊鉥的概念，用以影響國君施政行儒道。在宋濂的道學思想中，其提出六經皆心學的概念，經是聖人之言，宋濂因此將經的範圍無限擴大，認爲對經的體悟也必須在大化流行中，若論及經史觀，基本上仍本於道學思想再予以闡發，由此觀之，文學與史學皆是用以傳道的工具，目的仍在彰顯儒家道德價值的眞義。

其四，宋濂本身與釋子往來密切，對佛典亦有體悟，甚至認爲儒釋一貫、援佛入儒，其目的仍然只是爲了「有用」而已。即便如此，全祖望認爲宋濂「佞佛」的說法，某種程度上亦反映出宋濂對於佛理認知的深刻。至於宋濂論道家與道教，其目的欲用以調和儒道二家，然其所採並非是傳統「道家」之道，而是混合了「道教」之道。是故宋濂所言之「道」其雖採取諸家之言，但從其文章觀之，其根本價值也就只有儒家的周孔之道而已。

若從思想史的角度觀之，在時代的樞紐上，綜觀宋濂的道學思想，其理論架構極爲清楚，雖然創造發明之處不多，但其所提出「六經皆心學」、「經史不二」之說，對後代浙東學術倡言「六經皆史」之說有其啓發性。其繼承了傳統儒家道德思想，諸如其反對祿命的主張，也產生了積極的意義。然而正因爲宋濂思想較爲博雜，因此在論述過程中偶有矛盾之處，比如其反對祿命，卻又相信瑞應之說；雖然宋濂不認爲自己的受佛教的影響，但其在心性

修養上實已摻雜了佛教明心見性的方式；同時宋濂面對朱陸學說，試圖透過「六經」來做一縮和，雖然是創舉，也反映出元末對於合會朱陸的學術風氣，但由於缺乏中間論述的過程，因而呈現跳躍與簡易的傾向，思想性並不高。

三、宋濂的文學特色與明初詩文發展

宋濂的文學思想可說是遠紹劉勰之《文心雕龍》，近則爲唐宋古文家文以明道、文以載道的延續。其所言之「明道」，即以儒家周孔之道爲依歸，因此他認爲文的價值作用正在於彰顯儒家道德思想的大義。

（一）文道合一的論文立場

由於宋濂文論的內容明顯是隨其道學思想而發展，其所闡釋的文道規律，也與「天人合一」之道相合，人文本於天文，因此文與道實爲表裡，一切道的體現皆是文。因此「以道爲文」是宋濂的文學立場，也是文論最基本的意涵。同時因爲六經皆心學，經又爲聖人所作，故宋濂也談「至文」。雖然「至文」的概念原由道家所從出，但他實將之視爲「聖人之文」的代名詞，因此「六經」即等同「至文」之意。他重視文章的功能性，即其所應擔負的社會作用與價值，並要能有益於治道，對事功的完成要有積極的作用，故其所認知的文學本原，與其道學思想所秉持的「明道」、「宗經」立場密不可分，也因此主張文道不二、文道合一與明道致用。當然宋濂的文論基於其道學立場而發，明道宗經致用的概念基本上仍體現中國傳統文論的精神，特別是宋濂以「明道致用」爲正宗典範，不僅歷代王朝奉行，人們亦普遍接受，也特別符合了明初開國文治的需求，因此其文學思想於明初頗具代表性。

（二）以知言養氣提升文章之價值

宋濂的文氣論實受其道學思想中之「養氣」說影響，當時浙東文士實重文氣關係，一方面秉持理學家的的文學觀，一方面又試圖不盡受束縛而有所突破，可說是浙東文士傳演的心法。宋濂以「氣」爲文之「原」，論文章的創作必受天地自然的影響，因此文章絕對不是孤立的文學作品而已。由於他的文學宗旨裡展現出理學家重功夫與實踐並重的態度，因此看重文章在創作層面與表裡一貫之道的相涵攝。其「養氣」說，旨在藉文以明道的意義之外，同時也突出出文章存在的價值，但由於「四瑕」：荒、斷、緩、凡；「八冥」：訐者疾誠，擱者蝕圓，庸者混奇，瘠者勝腴，犒者亂精，碎者害完，陋者革

博，昧者損明，以及「九蠹」之累，足以喪盡斯文，因此他特別強調「養氣」的重要與必要性，「人能養氣，則情深而文明，氣盛而化神，當與天地同功」，這樣一來，所謂的「情」與「氣」者，就不僅單純指生活情感與個性氣質而已。因此明道需「知言養氣」，以六經爲根本，才能振興文運，而文必則自佳。對於「四瑕」「八冥」「九蠹」的分述至爲細密，除可見宋濂的才識外，相較於其對道學思想分析呈現跳躍性思維與採取簡易工夫，足見其對於文章之道與文章之弊的體悟甚深。

（三）文章創作法則上承唐宋古文運動，下開唐宋派之端續

在文章創作法則方面，宋濂主張以五經爲本，以史、漢爲波瀾，師古必師心、反對模擬與文主通變。事實上包括人格與文格的統一、環境對文氣的影響等說法，皆非其所獨創，只是宋濂將其說的更清楚透徹與完備，此實見其博學。同時其主張對於明代中期唐宋派的發展，特別是在道統、文統、明道、宗經、復古學古以求新變等種種層面發生影響，可見宋濂的文論實上承唐宋古文運動的精神，下開明代唐宋派接續古文運動精神的自覺繼承。

（四）作文以宋文爲尊，詩宗盛唐

宋濂文論的具體印証，可由其對詩文品評鑑賞的態度方法觀之。他認爲評論者應先有博觀的學養，才能夠做出客觀公正的判斷。至於具體的品評方式方面，首先在品評過程中需要知人論世，其以明道宗經爲根本原則，才能進一步對作品的內容形式加以分析討論。同時其亦明確提出「五美云備」的述作標準：賦超逸之才、稽古之功、良師益友、吟咏雕琢、江山之助，若五美缺一，作品必有瑕疵。宋濂對於詩文品評的態度與方法，亦落實在對漢末以來詩文的評騭上。對文章宗唐或是宗宋的態度方面，其作文以宋爲尊，特別是在入明朝之後。宗唐與宗宋的路線之爭，在元代就已方興未哀，其中特別是以宗宋者，宗歐蘇之文得到多數文士的迴響與認可。其因其道學思想發展故推崇理學家之文，但其同時也推崇史、漢、歐、蘇、曾鞏，展現其重道卻不輕文的態度，這當然是受到浙東文風的影響。宋濂對韓愈的推崇不若歐蘇，然肯定其文章一本六經。除了韓柳二人之外，也很少提及其他唐代之文，回顧其師長柳貫、黃溍等人於元代實主歐文，吳萊則主秦漢文，足見宋濂習文之傾向。至於入明之後尊唐之韓愈、宋之歐陽修、蘇軾之舉，此種發展與日後明代茅坤正式提出唐宋八大家之說有關，事實上也是爲了符合明代官方

需求所產生的一種標準。

（五）宋濂個人之詩文創作特色

　　宋濂本身詩文創作甚多，在散文方面，著重在現實面與實用性，特別是散文作品中有很大一部分是屬於應制文，這種應酬文字在形式內容方面本有其限制，但宋濂此類文章寫得很多，亦受文士之肯定，內容亦偶對傳主流露惺惺相惜之情，因此宋濂之文實有其不可抹滅的價值，也不負「開國文臣之首」的盛名。至於其詩歌創作並不多，他的近體詩寫的少，但頗見情致，也可見宋濂在詩歌方面的用心。除此之外，他的詩歌也常用散文型態的句法組成，同時在古體詩方面，內容豐富生動，充滿想像力，在字句中讓人有更多的想像空間。

　　唐代古文運動以降，學者皆重視文道關係的討論，因此試圖釐清宋濂的道學與文學思想，有助於吾等對元末明初易代之際學術發展的文章發展的情形。宋濂對於文道關係的處理態度基本上是將理學家的文道觀與文章家的文道觀相結合，可說是對宋元以來文學思想的全面繼承。一般而言，明初是一個時代的草創階段，在此之前，金、元二代無論是學術或是文章，皆承襲了宋代以來的儒學傳統。有鑑於此，宋濂的道學思想與文論主張，在明初就益發顯其重要性，他所代表的不僅是個人本身對於學術與文章的想法，同時在亦可視為明初官方文論的具體呈現。

　　《明史・文苑傳》、黃宗羲之《明文案》、陳田之《明詩紀事》等對於明初詩文評價大多認為經歷過元末大亂，因此所作詩文大多脫去元末穠纖浮艷之習，對當世之文風頗有影響。馬積高也認為明前期的文風有四個特點：一、文學對社會重大問題的反應消弱了。二、作家們比元代晚期的一些作家更強調文道的結合和詩的教化作用，因而新鮮活潑的作品少，道貌岸然或平平正正的作品多。三、詩歌的復古之風有了進一步的發展。四、作家和評論家多很強調學行和創作的關係，認為學問道德好的其文品自高；反之，人不足取，則文不足道；文風不正，則其人亦不足取。這是理學家有德必有言的發揮。〔註 2〕馬積高所提出明初文風的四個變化與現象，無一不與宋濂的文論契合，形成明初較為保守的文風，歷來對於明初的詩文，評價也不高。〔註 3〕同時因為宋濂主張

〔註 2〕　參見馬積高：《宋明理學與文學》，長沙：湖南師範大學出版社，1989 年，頁136～140。

〔註 3〕　參見葉慶炳：〈明代文學概說〉、周志文〈明代散文〉，《中國文學講話——明

復古，對於明代的擬古運動，也有推波助瀾的作用，擬古者採其取法乎上，文必師授的觀點，師心者則取師意不師辭之法，並下開唐宋派之先聲，同時也儼然成爲台閣體之始，此爲宋濂文論所產生的影響。此外學者王運熙等人也提到，宋濂明道致用的文論主張雖在明代開國之時，尤以洪武時期較爲流行，同時館閣諸臣朱右、王禕、胡翰等人與宋濂持相近的觀點，但在永樂以後，隨著方孝孺被殺，「讀書種子絕」，宋濂宗經明道的主張也很少再被人稱述。其見解得不到後人的迴響，一方面是科舉利祿腐化士人的心靈，一方面則是因爲心學的勃興，主張直指本心，探索內心道德的眞諦，因而論文時就很少再談「明道致用」或「文以載道」。〔註4〕

宋濂的道學思想基本上是綜合諸家之說，再予以發揮。就思想層面上看，宋濂實爲一讀書人，不僅能夠通曉諸儒之理，而且是非常用功與博學者，因此他在哲學方面的修養與長處就在於「繼承」。在文論方面其對於只重視雕章麗句的文人批評甚力，他也不斷在文章中提到其所重視之「文有大用」、「有用之學」、「作文當有關世教」、「自道學不明，學者纏蔽，傳注支離之習，不復見諸實用」等言論，宋濂希望每一篇文章，每一句話，都能夠裨益於天下，也是身爲文士所要負擔「爲萬世開太平」的責任，這是宋濂重文的基本思路，若不能了解他在當世對於整個國家民族的憂心，自然很難體會這種心境。宋濂文論的主張，每一點皆有所從出，〔註5〕所以他的文章理論皆師承前人，但他的獨到之處在於能夠清楚理解古人文論的觀念，同時能夠透過文章把前人的理論闡發得更透徹明白，俾以能夠傳承前人的文論觀念。論宋濂之文，簡而言之，他最根本的主張就是文學實用論，宋濂或許是太急切了，想要有所發揮，卻陷在「文有大用」的框架下，而忽視了文學除了「代聖賢立言」之外，尙要能夠自然流露鬱結胸中的眞實情感，故因此侷限了創作筆觸和文論主張。或許也因爲宋濂太博學，對許多前人的論述了然於心，雖能精讀諸家之說，對當世之人而言，是一位很好的明師，但其本身在創作方面卻不是一個實踐家。他在道學基礎上所建構的文論，最大的意義就是矯正元代日漸纖弱穠靡的文風，爲明初的文壇正本清源，振衰起蔽，導正文風，同時在文章

代文學》，台北：巨流出版社，1987年，頁1、25。

〔註4〕 參見參見王運熙、顧易生主編：《中國文學批評通史——明代卷》，上海：上海古籍出版社，1996年，頁4。

〔註5〕 關於宋濂詩文觀之淵源，可參見龔顯宗：《明初越派文學批評研究》，台北：文史哲出版社，1988年，頁75～78。

的原則方面窮究心力。宋濂在學行方面遵從程朱，在文統上追慕韓歐，雖然學者普遍認爲明初詩文質量不佳，然而在元末明初之際，無論是在學術方面或是文學方面，宋濂的重要性與影響性皆不容忽視。

附錄　宋濂作品繫年簡表

　　此處宋濂作品之繫年簡表，係據戴殿江、朱興悌所撰、孫鏘增補的《宋文憲公年譜》、陳葛滿〈宋濂簡譜〉、葉含秋《宋濂年譜》等書的考據，復佐以宋濂作品內容與生平事蹟加以訂正補充，由於宋濂詩文作品爲數甚夥，無法推斷確切年代時間者，則暫時不列，簡表之文章篇名以《宋濂全集》爲準。

紀　　年	年歲	篇　　目	備　　註
元仁宗延祐五年戊午（1318）	9	〈蘭花篇〉	
元文宗天曆元年戊辰（1328）	19	〈方府君墓銘〉	
元文宗天曆二年己巳（1329）	20	〈擬薛收上秦王平夏鄭頌〉、〈宋鐃歌鼓吹曲〉	宋濂往拜吳淵穎先生于浦陽江上，吳出兩題命濂撰文試之，濂即撰述以上
元文宗至順三年壬申（1332）	23	〈蔗菴述夢文代東陽胡先生作〉	
元順帝元統元年癸酉（1333）	24	〈悲海東辭〉、〈元故亞中大夫撫州路總管張君墓碣銘〉	
元順帝元統二年甲戌（1333）	25	〈跋柳先生上京紀行詩後〉	
元順帝重紀至元元年乙亥（1335）	26	〈太平策後題〉、	
元順帝重紀至元四年戊寅（1338）	29	〈太乙玄徵記〉	

元順帝重紀至元六年庚辰（1340）	31	〈葉仲貞墓銘代柳待制〉、〈陽翟新聲同朱定甫賦庚午春作〉	
元順帝至正元年辛巳（1341）	32	〈東湖先生方君招魂辭〉、〈鄭氏孝友傳〉	宋濂自陳〈鄭氏孝友傳〉作於至正初，已收入《浦陽人物記・孝友》篇中
元順帝至正二年壬午（1342）	33	〈陳子章哀辭〉、〈元故王府君墓志銘〉	
元順帝至正三年癸未（1343）	34	〈故鄭夫人夏氏新阡墓碣銘〉、〈諸暨孝婦楊方石表辭〉	
元順帝至正四年甲申（1344）	35	〈跋長春子手帖〉	
元順帝至正五年乙酉（1345）	36	〈故翰林待制承務郎兼國史院編修官柳先生行狀〉、〈蜀墅塘記〉、〈故處州路慶元縣學教諭張公墓志銘〉	
元順帝至正六年丙戌（1346）	37	〈行路難〉、〈跋東萊止齋與龍川尺牘後〉	
元順帝至正七年丁亥（1347）	38	〈鄒府君墓志銘代黃侍講〉、〈病痁新起〉、〈妙果禪師塔銘〉	
元順帝至正八年戊子（1348）	39	〈體仁守正弘道法師金君碑代黃侍講〉、〈跋清涼國師所書栖霞碑代黃侍講〉	
元順帝至正九年己丑（1349）	40	〈皇太子入學頌〉、〈淵穎先生碑〉、〈深裏先生吳公私諡貞文議〉	
元順帝至正十年庚寅（1350）	41	〈哀志士辭〉、〈浦陽人物記〉、〈故晦巖居士王君墓志銘〉	〈蘿山雜言二十首〉應是宋濂四十一歲遷居青蘿山後作
元順帝至正十一年辛卯（1351）	42	〈柳待制文集後記〉、〈叢桂樓記〉	
元順帝至正十二年壬辰（1352）	43	〈弔忠文〉、〈贈虎髯生詩有序〉、〈故龍泉湯師尹甫墓碣銘有序〉	

元順帝至正十三年癸巳（1353）	44	〈惠香寺新鑄銅鐘銘〉、〈浦江縣新建尉司記〉、〈跋浦陽人物記〉、〈龍淵義塾記〉	
元順帝至正十四年甲午（1354）	45	〈吳子善墓銘〉、〈松隱庵記〉、〈鄭府君墓志銘〉、〈先夫人木像記〉、〈蔣處士墓碣〉、〈題陳忠肅公疏文跋語後〉、〈《筆記》序〉、〈故贈承事郎、浙東道宣慰使司都元帥府都事陳府君墓誌銘〉	
元順帝至正十五年乙未（1355）	46	〈皇太子受玉冊頌〉、〈溫忠靖王廟堂碑〉、〈官巖院碑〉、〈白牛生傳〉、〈元故嘉議大夫、禮部尚書致仕，贈資善大夫、江浙等處行中書左丞、上護軍，追封譙國郡公，諡文節汪先生神道碑銘〉、〈故太和蕭府君墓表〉	
元順帝至正十六年丙申（1356）	47	〈思春辭〉、〈桃花澗修禊詩序〉、〈元故集賢大學士榮祿大夫致仕吳公行狀〉、〈故集賢大學士榮祿大夫致仕吳公壙記代作〉、〈哭王架閣辭有序〉、〈贈賈思誠序〉、〈元故榮祿大夫陝西等處行中書省平章政事康里公神道碑銘〉、〈跋文履善手帖後〉、〈刪《古嶽瀆經》〉、〈趙詵仲墓志銘〉、〈棣州高氏先塋石表辭〉	
元順帝至正十七年丁酉（1357）	48	〈龍門子凝道記題辭〉、〈燕書四十首〉、《龍門子凝道記》、〈贈行軍鎮撫邁理古思平寇詩序〉、〈故翰林侍講學士中奉大夫知制誥同修國史同知經筵事金華黃先生行狀〉、〈黃文獻公祠堂碑〉、〈蔣季高哀辭〉、〈佛慧圓明廣照無邊普利大禪師塔銘〉、〈鄭檝墓銘〉、〈錄漁人申鮮生辭〉、〈重修雲黃山行道塔碑〉	
元順帝至正十八年戊戌（1358）	49	〈跋《金剛經》後〉、〈跋何道夫所著宣撫鄭公墓銘〉、〈諸子辯并序〉、〈藥房樵唱序〉、〈宣慰曾侯嘉政記〉、〈宋烈婦傳〉、〈先大父府君神道表〉、〈答郡守聘五經師書〉、〈謝烈婦傳〉、〈余左丞傳〉、〈故節婦湯夫人墓碣銘〉、〈元故朝列大夫同知婺州路總管府事致仕趙侯神道碑銘有序〉	〈病懷〉詩中有「如何未五十，摧塌已不支？」故此詩應在四十餘歲時作
元順帝至正十九年己亥（1359）	50	〈元故行宣政院照磨兼管勾承發架閣鄭府君墓銘〉、〈始衰〉、〈祝母葉氏闔門阡表〉、〈寄答戴九靈古詩十首〉、〈天竺靈山教寺慈光圓照法師若公塔銘〉、〈元故寶林禪師桐江大公行業碑銘〉	

元順帝至正二十年庚子（1360）	51	〈題北山紀游卷後〉、〈浦江戴府君墓誌銘〉、〈天台廣濟橋記〉、〈寄義門鄭十山長叔姪述嚴陵別意〉、〈詰皓華文〉、〈贈別胡守中序〉、〈贈孔君序〉	
元順帝至正二十一年辛丑（1361）	52	〈遊鍾山記〉、〈天龍禪師無用貴公塔銘〉、〈故鄱陽劉府君墓志銘〉、〈呂母夫人劉氏碣〉	
元順帝至正二十二年壬寅（1362）	53	〈金華先生黃文獻公文集序〉、〈故凝熙先生聞人公行狀〉、〈謚議兩首——凝熙先生私謚議〉、〈故檢校孔君權厝志〉、〈玉壺軒記〉、〈歙縣孔子廟學記〉、〈徑山興聖萬壽禪寺住持竺遠源公塔銘〉	
元順帝至正二十三年癸卯（1363）	54	〈平江漢頌〉、〈元故方府君墓碣銘有序〉	
元順帝至正二十四年甲辰（1364）	55	〈故詩人徐方舟墓銘〉、〈胡越公新廟碑〉、〈「太苦歌」——憶與劉伯溫、章三溢、葉景淵三君子同上江表，五六年間人事離合不齊，而景淵已作土中人矣，慨然有賦〉、〈故諸暨陳府君墓碣〉、〈戴府君墓志銘〉、〈玄潤齋記〉、〈元封從仕郎江浙等處行中書省左司都事鄭彥貞甫墓誌銘〉、〈佛光普照大師塔銘〉	
元順帝至正二十五年乙巳（1365）	56	〈恭題御賜書後〉、〈浙東行省右丞李公武功記〉、〈王氏義祠記〉、〈同盧山房記〉、〈故姜府君墓碣銘有序〉、〈陶府君墓志銘跋尾〉	
元順帝至正二十六年丙午（1366）	57	〈金華張氏先祠記〉、〈神仙宅碑〉、〈明覺寺碑〉、〈大明故王府參軍追封縉雲郡伯胡公神道碑銘〉、〈血書華嚴經贊有序〉、〈靈洞題名後記〉、〈金華張氏先祠記〉、〈故義士胡府君壙銘〉、〈故江東僉憲鄭君墓志銘〉	
元順帝至正二十七年丁未（1367）	58	〈蘿山遷居志〉、〈人虎說〉、〈諭中原檄〉、〈元故翰林待制、朝散大夫致仕雷府君墓誌銘〉、〈元故秘書著作郎芳洲先生蕭府君阡表〉、〈故諸暨陳府君墓碣〉	明太祖本用宋龍鳳年號，至是改吳元年。
明太祖洪武元年戊申（1368）	59	〈恭題御筆後〉、〈玄武石記〉、〈趙氏族葬兆域碑銘有序〉、〈章判官像贊〉、〈訥齋集序〉、〈丹井銘〉、〈風門洞碑〉、〈贈梁建中序〉、〈跋紫泉頌後〉、〈元故處州路青田縣儒學教諭黃府君墓志銘〉、〈大明勅賜故懷遠大將軍、僉江南等處行樞密院事、贈榮祿大夫、江西等處行中書省平章政事、上柱國、追封梁國公趙公神道碑銘有序〉、〈楊氏家傳〉、〈佛心普濟禪師緣公塔銘有序〉、〈俞先生墓碑〉、〈元故翰林待制黃殷士墓碑〉	

明太祖洪武二年己酉（1369）	60	〈天降甘露頌〉、〈進元史表〉、〈用明禪師文集序〉、〈大明追崇揚王神道碑銘〉、〈大明勅賜榮祿大夫、同知大都督府事、兼太子右率府使、贈推忠翊運宣力懷遠功臣、光祿大夫、湖廣等處行中書省平章政事、柱國、追封蘄國公、諡武義康公神道碑銘有序〉、〈大明勅賜銀青榮祿大夫、上柱國、中書平章軍國重事、兼太子少保、鄂國常公、贈翊運推誠宣德靖遠功臣、開府儀同三司、上柱國、太保、中書右丞相、追封開平王、諡忠武神道碑有序〉、〈李太白像贊〉、〈遙授李思齊江西行省左丞誥〉、〈寅齋後記〉、〈書穆陵遺骼〉、〈送呂仲善使北平采史序〉、〈送許時用還越中序〉、〈送覺初禪師還江心序〉、〈送用明上人還四明序〉、〈四明佛隴禪寺興修記〉、〈余廷心篆書後〉、〈大明故資善大夫、御史中丞兼太子贊善大夫章公神道碑銘〉、〈故王府參軍胡君妻項夫人墓志銘〉、〈故陳夫人趙氏石表辭〉、〈大明浦江翼右副元帥蔣公墓志銘〉、〈應制多日詩序〉、〈送楊廉夫還吳浙〉、〈予奉詔總裁元史，故人操公琬實與纂修，尋以病歸，作詩序舊〉〈題唐太宗哀冊文後〉、〈鳳陽陳方氏封贈二代碑銘〉、〈故江南等處行中書省左司郎中、贈奉直大夫、浙東等處行中書省左右司郎中、飛騎尉、追封當塗縣子王公墓誌銘〉、〈無盡燈禪師行業碑銘〉、〈送國子正蘇君還金華山中序〉、〈送天淵禪師濬公還四明序〉、〈題天台三節婦傳後〉、〈跋德禪師虹居詩後〉、〈題盛孔昭文稿後〉、〈跋邂山翁行狀後〉、〈送趙彥亨之官和陽詩并序〉、〈元故婺州路儒學教授季公墓銘〉、〈故贈承事郎大府斷事官尹府君墓誌銘〉、〈元故秘書少監揭君墓碑〉、〈張府君墓志銘〉	〈題盛孔昭文稿後〉應作於六十歲後
明太祖洪武三年庚戌（1370）	61	〈代祀高麗國山川記〉、〈元史目錄後記〉、〈呂氏采史目錄序〉、〈元故奉訓大夫江西等處儒學提舉楊君墓誌銘有序〉、〈汪右丞詩集序〉、〈送晉王府王傅李君思迪之官詩序〉、〈贈會稽韓伯時序〉、〈庚戌京畿鄉闈紀錄序〉、〈京畿鄉試策問〉、〈諭安南國詔〉、〈送安南使臣杜舜卿序〉、〈祭古帝王陵墓文〉、〈送錢允一還天台詩序〉、〈丹崖集序〉、〈臨濠費氏先塋碑〉、〈故宋迪功郎慶元府學教授魏府君墓誌銘〉、〈玄默齋銘〉、〈句容奉聖禪寺興造碑銘有序〉、〈張中傳〉、〈張氏譜圖序〉、〈故三槐隱士王府君墓志銘〉、〈孫忠愍侯墳記〉、〈哀王御史詩並序〉、〈故	

		承直郎刑部司門員外王君墓誌銘〉、〈元隱君子東陽陳公鹿皮子墓志銘〉、〈元故韶州路儒學教授曾府君石表辭〉、〈故熊府君墓志銘〉、〈佛日普照慧辨禪師塔銘〉、〈贈高麗張尙書還國序〉、〈故龍南一峰先生鍾府君墓碣銘有序〉、〈故胡母歐陽夫人墓誌銘有序〉、〈故將仕佐郎雜造局副使王仲和甫墓碣〉、〈處州福林院白雲禪師度公塔銘〉、〈莆田林氏重建先祠記〉、〈徐貞婦鄭氏傳〉、〈呂府君墓誌銘〉、〈佛智弘辨禪師傑峰愚公石塔碑銘有序〉、〈佛心慈濟妙辯大師別峰同公塔銘〉
明太祖洪武四年辛亥（1371）	62	〈大天界寺住持孚中禪師信公塔銘有序〉、〈龍馬贊〉、〈月堀記〉、〈送劉永泰還江西序〉、〈題葉贊玉墓銘後〉、〈天台顧氏先德碑〉、〈辛亥京畿鄉闈紀錄序〉、〈剡源集序〉、〈勃尼國入貢記〉、〈歐陽文公文集序〉、〈使南稿序〉、〈南征錄序〉、〈景祐廟碑〉、〈故懷遠大將軍同知鷹揚衛親軍指揮使司于君墓誌銘〉、〈題江南八景圖後〉、〈送黃尊師西還九宮山序〉、〈王弼傳〉、〈大明勅賜開國輔運推誠宣力武臣、榮祿大夫、柱國、廣德侯加贈特進榮祿大夫、右柱國、進封巢國公諡武莊華公神道碑〉、〈元故承務郎、道州路總管府推官李府君墓銘〉、〈故東吳先生吳公墓碣銘〉、〈孔子廟堂議〉、〈贈承事郎吏部侍郎張府君墓誌銘〉、〈元故廬陵周府君墓碣銘有序〉、〈魏府君墓誌銘〉、〈西域浦氏定姓碑文〉、〈處州教授吳君妻丘氏孟貞墓銘〉、〈書虞宗齊〉、〈故筠西吳府君墓碑〉、〈孫伯融詩集序〉
明太祖洪武五年壬子（1372）	63	〈故黃府君墓碣銘〉、〈蔣山廣薦佛會紀〉、〈跋蔣山法會記後〉、〈題蔣山廣薦佛會記後〉、〈嘉瓜頌〉、〈玉兔泉聯句引〉、〈葉氏先祠記〉、〈贈雲林道士鄧君序〉、〈游仙篇贈鄭尊師〉、〈贈侍儀舍人林成之序〉、〈孝思庵記〉、〈劉參軍黃牒跋尾〉、〈郊禋慶成詩序〉、〈周尊師小傳〉、〈故茶陵貞母陳夫人譚氏墓誌銘〉、〈杭州靈隱寺故輔良大師石塔碑銘有序〉、〈太上清正一萬壽宮住持提點張公碑銘有序〉、〈寂照圓明大禪師壁峰金公設利塔碑〉、〈故同安沈府君墓碣有序〉、〈劉府君碣〉、〈故廬陵張府君光遠甫墓碣銘〉、〈王宗器字說〉、〈北麓處士李府君墓碣〉、〈故溫州路總管府判官宣君墓誌銘〉、〈故嘉興知府呂府君墓碑〉、〈金陵杜府君墓銘〉

| 明太祖洪武六年癸丑（1373） | 64 | 〈故賢母熊夫人碣〉、〈御賜甘露漿詩序〉、〈王君子與文集序〉、〈昭鑑錄序〉、〈皇明寶訓序〉、〈恭題御製方竹記後〉、〈贈蕭子所養親還西昌序〉、〈恭題御和詩後〉、〈送王明府之官序〉、〈贈浩然子敘引〉、〈蘇州重修孔子廟學碑〉、〈恭題御製論語解二章〉、〈贈令儀藏主序〉、〈混成道院記〉、〈元武略將軍荊王位下鷹房總管府副總管王府君墓誌銘〉、〈書陳思禮〉、〈題金書法華經後〉、〈佛眞文懿禪師無夢和尙碑銘〉、〈大明勑賜故懷遠大將軍、僉江南等處行樞密院事、贈榮祿大夫、江西等處行中書省平章政事、上柱國、追封梁國公趙公神道碑銘有序〉、〈大明故中順大夫、禮部侍郎曾公神道碑銘有序〉、〈鄭仲涵墓誌銘〉、〈樓母婁氏墓版文〉、〈端木府君墓誌銘〉、〈元贈進義副尉金溪縣尉陳府君墓銘〉、〈太初子碣〉、〈佛性圓辯禪師淨慈順公逆川瘞塔碑銘有序〉、〈故中順大夫北平等處提刑按察司副使吳府君墓誌銘〉、〈故田府君墓誌銘〉、〈通鑑綱目附釋序〉、〈阿育王廣利禪寺大千禪師照公石墳碑文〉、〈大天界寺住持白庵禪師行業碑銘有序〉、〈元故徵士周君墓誌銘〉、〈元故演福教寺住持瞥庵講師示公道行碑銘〉、〈元故秘書少監揭君墓碑〉、〈莆田方時舉墓銘〉 | |
| 明太祖洪武七年甲寅（1374） | 65 | 〈故松陽周府君阡表〉、〈送徐大年還淳安序〉、〈閱江樓記〉、〈節婦唐氏旌門銘有序〉、〈恭題賜和托鉢歌後〉、〈進大明律表〉、〈大明日曆序〉、〈送徐教授纂修《日曆》還任序〉、〈贈簡中要師游江西偈序〉、〈仁和圓應庵記〉、〈恭跋御製敕文下方〉、〈重刻護法論題辭〉、〈金溪孔子廟學碑〉、〈傅同虛感遇詩序〉、〈送黃贊禮莅祀閩省詩序〉、〈送陳生子晟還連江序〉、〈送鄧貫道還雲陽序〉、〈上虞縣重修柯韓二牐碑〉、〈獅子山徐將軍廟碑〉、〈恭題御製文集後〉、〈寧山續說〉、〈白雲稿序〉、〈送黃伴讀東還故里〉、〈重建繩金寶塔院碑〉、〈故天台朱府君霞塢阡表〉、〈故秦母夫人金氏墓誌銘有序〉、〈故文明海慧法師塔銘〉、〈故懷遠將軍、高昌衛同知指揮使司事和賞公墳記〉、〈故成穆貴妃壙誌〉、〈吳先生碑〉、〈故民匠提舉司知事許府君墓誌銘〉、〈故吉安府安福縣主簿潘景嶽甫墓銘〉、〈故陳母林夫人墓誌銘有序〉、〈天界善世禪師寺第四代覺原禪師遺衣塔銘有序〉、〈故榮祿大夫中書平章政事李公權厝誌〉、〈李大猷傳〉、 | |

		〈題新修李鄴侯傳後〉、〈日本建長禪寺古先原禪師道行碑〉、〈故蔣府君墓銘〉、〈廣智全悟大禪師遷塔記〉	
明太祖洪武八年乙卯（1375）	66	〈洪武聖政記序〉、〈洪武正韻序〉、〈韻府群玉後題〉、〈鄭氏聯璧集序〉、〈鳳陽單氏先塋碑銘〉、〈故陳府君墓誌銘〉、〈恭題御賜文集後〉、〈奉制撰蟠桃核賦有序〉、〈日本夢窗正宗普濟國師碑銘〉、〈恭跋御賜詩後〉、〈蘇州萬壽禪寺重搆佛殿碑〉、〈瑯琊山游記〉、〈游塗荊二山記〉、〈鳳陽府新鑄大鐘頌〉、〈題天台陳獻肅公行狀後〉、〈題魏教授所受咸淳誥命後〉、〈蘭隱亭記〉、〈莆陽王德暉先生文集序〉、〈元故文林郎同知重慶路瀘州事羅君墓誌銘有序〉、〈元故慶元路經歷劉君墓銘〉、〈故泰和州學正劉府君墓誌銘有序〉、〈寄和右丞溫迪罕詩卷序〉、〈故金母翟氏夫人墓誌銘〉、〈莆田林氏重建先祠記〉、〈廬陵劉徐生墓銘〉、〈故永豐劉府君墓誌銘〉、〈故封承事郎給事中王府君墓版文〉、〈淨慈山報恩光孝禪寺住持仁公塔銘〉、〈故巾山處士林君墓碣銘〉、〈故巾山處士林君墓碣銘〉、〈杭州集慶教寺原璞法師璋公圓塚碑銘〉、〈淨慈寺第七十六代住持無旨禪師授公碑銘〉	
明太祖洪武九年丙辰（1376）	67	〈新刻廣韻後題〉、〈恭題御書賜蘄春侯卷後〉、〈鄒氏復姓孫氏序〉、〈恭題豳風圖後〉、〈住持淨慈禪寺孤峰德公塔銘〉〈送趙待制致仕還鄉詩序〉、〈葉夷仲文集序〉、〈會試紀錄題辭〉、〈李都尉字辭〉、〈龍游重建證果寺記〉、〈故資善大夫廣西等處行中書省左丞方公神道碑銘〉、〈詹學士文集序〉、〈贈承事郎工部主事劉府君墓版文〉、〈建寧黃母夫人陳氏墓版文〉、〈送方生孝孺還天台詩有序〉、〈送許存禮赴北平教授任序〉、〈跋日本僧汝霖文稿後〉、〈義烏方府君墓志銘〉、〈龍虎山上大清宮鐘樓銘有序〉、〈佛心了悟本覺妙明真淨大禪師寧公碑銘有序〉、〈故奉訓大夫僉提刑按察司事王府君墓誌銘〉、〈故宣武將軍僉留守衛親軍指揮使司事楊公壙志〉、〈錢唐沈君墓志銘〉、〈三衢徐夫人墓銘〉	
明太祖洪武十年丁巳（1377）	68	〈故浦江義門第八世鄭府君墓版文〉、〈先大夫碑陰記〉、〈跋張孟兼文稿序後〉、〈故葉夫人墓碣銘〉、〈致政謝恩表〉、〈致政謝恩箋〉、〈觀心亭記〉、〈故樓母吳氏墓銘〉、〈東丘郡侯花公墓碑〉、〈郭考功文集序〉、〈故翰林侍講學士中順大夫知制誥同修國史危公新墓碑銘〉、〈致政謝	〈徐教授文集序〉應為致仕後所作

		恩表〉、〈致政謝恩箋〉、〈跋柳先生上京紀行詩後〉、〈故王母何夫人墓銘〉、〈元故翰林待制柳先生私諡文肅議〉、〈南澗子包公碣〉、〈故樓景元甫墓碣〉、〈義烏王府君墓誌銘〉、〈先大夫碑陰記〉、〈方氏族譜序〉、〈寧海林貞婦方氏墓誌銘有序〉、〈送布政葉公之官閩中序〉、〈三老圖頌〉、〈浦陽栖靜精舍記〉、〈杭州天龍寺石佛記〉、〈義烏樓氏家乘序〉、〈題默成居士矯齋記後〉、〈吳門重建幻住禪庵記〉、〈元故湖州路德清縣尹陳府君墓銘〉、〈重興太平萬壽禪寺碑銘〉、〈觀心亭記〉、〈臨海方府君墓銘〉、〈恭題御訓談士奇命名字義後〉、〈故詩人徐方舟墓銘〉、〈塤篪軒記〉、〈俞巨川墓記〉、〈惠州何氏先祠碑〉、〈贈中順大夫鎮江知府徐公墓碑〉、〈故岐寧衛經歷熊府君墓銘〉、〈般若松贊有序〉、〈大般若經通關法序〉、〈春日賞海棠花詩序〉、〈鄭母蔣夫人墓志銘有序〉、〈故浦江義門第八世鄭府君墓版文〉、〈元故孝友祝公榮甫墓表〉、〈南海高君墓銘〉、〈故新昌楊府君墓銘〉、〈故贈將仕佐郎禮部員外郎瞿府君墓誌銘〉、〈故愚庵先生方公墓版文〉、〈金華安化院記〉、〈元贈武略將軍同知臨洮府事武騎尉追封滎陽縣男朱府君墓誌銘〉、〈故倪府君墓碣銘〉、〈故上虞魏君妻馮夫人墓志銘〉、〈靈隱大師復公文集叙〉、〈王節婦湯氏傳〉、〈吳德基傳〉、〈送東陽馬生序〉	
明太祖洪武十一年戊午（1378）	69	〈灘哥石硯歌并序〉、〈長洲練氏義塾記〉、〈恭題御製命桂彥良職王傅敕文後〉、〈敦睦堂記〉、〈故朱府君文昌墓銘〉、〈義烏重濬繡川湖碑〉、〈旌義編引〉、〈大慈山虎跑泉銘〉、〈淨慈寺新鑄銅鐘銘有序〉、〈恭題御製敕符後〉、〈題桂隱遺文後〉、〈安道堂記〉、〈東陽興修乾元宮記〉、〈徐教授文集序〉、〈故朝列大夫浙江行省左右司都事蘇公墓志銘有序〉、〈莆田陳府君墓銘〉、〈故段母夫人劉氏石表辭〉、〈四明阿育王山廣利禪寺碑銘有序〉、〈鄧鍊師神谷碑〉、〈跋鄭仲德詩後〉、〈故朱府君文昌墓銘〉、〈故瀠峰先生府君墓誌銘〉、〈新刻楞伽經序〉、〈金剛般若經新解序〉、〈扶宗宏辨禪師育王裕公生塔之碑有序〉、〈四十二代天師正一嗣教護國闡祖通誠崇道弘德大眞人張公神道碑銘有序〉、〈莆田黃府君墓銘〉、〈元故靜江路大墟務稅使王府君墓志銘〉、〈饒氏杏庭記〉、〈史處士墓版文〉、〈明辯正宗廣慧禪師徑山和上（尚）及公塔銘〉	

明太祖洪武十二年己未（1379）	70	〈東陽蔣氏嘉瓜記〉、〈恭題賜和文學傅藻紀行詩後〉、〈恭題御製賜給事中林廷綱等勅符後〉、〈毛公神道碑〉、〈重塐釋迦文佛臥像碑銘〉、〈春秋本末序〉、〈鄭氏喜友堂譙集詩序〉、〈理學纂言序〉、〈題張如心初修譜敘後〉、〈題蔣伯康小傳後〉、〈新注楞伽經後序〉、〈梅味齋稿序〉、〈柳氏宗譜序〉、〈傅守剛墓碣〉、〈重建寶嫠觀碑〉、〈上天竺慈光妙應普濟大師東溟日公碑銘〉、〈靈隱住持樸隱禪師瀞公塔銘〉、〈贈陸菊泉道士序〉、〈送王文岊序〉、〈故仙居陳府君墓志銘〉、〈故寧海郭君妻黃氏墓銘〉、〈礲碎子碣〉、〈象山王君墓銘〉、〈上海夏君新壙銘〉	
明太祖洪武十三年庚申（1380）	71	〈胡仲子文集序〉、〈送方生還寧海并序〉、〈元嘉議大夫泉州路總管朱公墓志銘〉、〈元故國子祭酒孔公神道碑〉、〈元故處州路總管府經歷祝府君墓銘〉、〈重建龍德大雄殿碑〉、〈和王內翰見懷韻并序〉、〈汪先生墓銘〉、〈蘭溪法海精舍記〉、〈元故朱夫人戚氏墓銘〉、〈題王魯公授少保致仕誥〉、〈金剛經靈異傳〉、〈新刻法華經叙贊〉、〈永康徐府君墓銘〉	
明太祖洪武十四年辛酉（1381）	72	〈桑仁卿傳〉、〈觀化帖〉	

參考書目

一、古籍專書

1. 〔明〕宋濂:《文憲集》,四庫全書本,台北:世界書局,1988 年。
2. 〔明〕宋濂:《宋文憲公全集》,四部備要本,台北:中華書局,1965 年。
3. 〔明〕宋濂:《宋學士文集》,四部叢刊本,台北:臺灣商務印書館,1989 年。
4. 〔明〕宋濂:《宋學士續文粹》,明建文辛巳(三年,1401)浦陽鄭氏義門書塾刊本,台北:國家圖書館。
5. 〔明〕宋濂:《宋學士全集》,金華叢書本,北京:中華書局,1985 年。
6. 〔明〕宋濂等撰:《元史》,北京:中華書局,1985 年。
7. 〔宋〕朱熹:《四書章句集注》,北京:中華書局,1983 年。
8. 〔宋〕朱熹編:《二程遺書》,台北:臺灣商務印書館,1983 年。
9. 〔宋〕呂祖謙:《古文關鍵》,北京:中華書局,1985 年。
10. 〔宋〕陸游:《陸游集》,北京:中華書局,1976 年。
11. 〔宋〕程顥、程頤:《二程集》,北京:中華書局,1981 年。
12. 〔元〕吳萊:《淵穎集》,金華叢書本,台北:新文豐出版公司,1984 年。
13. 〔元〕吳萊:《淵穎吳先生文集》,四部叢刊本,台北:臺灣商務印書館,1989 年。
14. 〔元〕柳貫:《柳待制文集》,四部叢刊本,台北:臺灣商務印書館,1989 年。
15. 〔元〕許謙:《白雲集》,金華叢書本,北京:中華書局,1985。
16. 〔元〕陶宗儀:《南村輟耕錄》,北京:文化藝術出版社,1998 年。
17. 〔元〕黃溍:《金華黃先生文集》,四部叢刊本,台北:臺灣商務印書館,

1989 年。

18.〔元〕黃溍:《黃文獻公集》,金華叢書本,北京:中華書局,1985 年。

19.〔元〕歐陽玄:《圭齋文集》,四部叢刊本,台北:臺灣商務印書館,1989。

20.〔元〕戴良:《九靈山房集》,四部叢刊本,台北:臺灣商務印書館,1989 年。

21.〔元〕蘇天爵:《滋溪文稿》,北京:中華書局點校本,1997 年。

22.〔元〕蘇天爵編:《元文類》,台北:臺灣商務印書館,1968 年。

23.〔元〕蘇天爵:《元朝明臣事略》,北京:中華書局,1996 年。

24.〔明〕方孝孺:《遜志齋集》,寧波:寧波出版社點校本,2000 年。

25.〔明〕王褘:《王忠文公集》,金華叢書本,北京:中華書局,1985 年。

26.〔明〕王懋德等修,陸鳳儀等編:《金華府志》,台北:成文出版社有限公司,1983 年。

27.〔明〕申時行等修:《明會典》,北京:中華書局,1989 年。

28.〔明〕李贄:《續藏書》,台北:台灣學生書局,1986 年。

29.〔明〕楊維楨:《東維子文集》,四部叢刊本,台北:臺灣商務印書館,1989 年。

30.〔明〕楊維楨:《鐵崖先生古樂府》,四部叢刊本,台北:臺灣商務印書館,1989 年。

31.〔明〕楊維楨著／鄒志方點校:《楊維楨詩集》,杭州:杭州古籍出版社,1994 年。

32.〔明〕葉子奇:《草木子》卷四,北京:中華書局,1997 年湖北第 3 次印刷。

33.〔明〕劉基:《誠意伯文集》,四部叢刊本,台北:臺灣商務印書館,1989 年。

34.〔明〕談遷:《國榷》,北京:中華書局,1988 年第二次印刷。

35.〔明〕鄭柏:《金華賢達傳》,四庫全書存目叢書,台南:莊嚴文化事業有限公司,1996 年。

36.〔明〕蘇伯衡:《蘇平仲文集》,四部叢刊本,台北:臺灣商務印書館,1989 年。

37.〔明〕顧起綸:《國雅品》,收入丁福保輯:《歷代詩話續編》,北京:中華書局,1983 年。

38.〔清〕毛先舒:《潠書》卷八,四庫全書存目叢書,台南縣:莊嚴文化事業有限公司,1997 年。

39.〔清〕王崇炳編:《金華文略》,四庫全書存目叢書,台南:莊嚴文化事業有限公司,1997 年。

40. 〔清〕王崇炳編:《金華徵獻略》,續修四庫全書,上海:上海古籍出版社,1995 年。

41. 〔清〕王梓材、馮雲濠輯:《稿本宋元學案補遺》,北京:北京圖書館出版社,2002 年。

42. 〔清〕王鳴盛:《王鳴盛讀書筆記十七種(三)·蛾術篇卷八十》,台北:鼎文書局,1979 年。

43. 〔清〕李慈銘:《越縵堂讀書記》,台北:世界書局,1975 年。

44. 〔清〕邵長蘅:《邵青門全集》(叢書集成三編),台北縣:藝文印書館。

45. 〔清〕查繼佐:《罪惟錄》,杭州:浙江古籍出版社,1986 年。

46. 〔清〕紀昀編纂:《四庫全書總目》,台北縣:藝文印書館,1989 年 6 版。

47. 〔清〕張廷玉等:《明史》,北京:中華書局點校本,1976 年。

48. 〔清〕章學誠:《文史通義》,台北:華世出版社,1980 年。

49. 〔清〕黃宗羲著/全祖望補修:《宋元學案》,北京:中華書局,1986 年。

50. 〔清〕趙翼:《廿二史劄記》,北京:中華書局,1963 年。

51. 〔清〕錢謙益:《列朝詩集小傳》,台北:明文書局,1991 年。

52. 〔清〕龍文彬撰:《明會要》,北京:中華書局,1998 年北京第 3 次印刷。

53. 〔清〕薛熙纂/何潔輯:《明文在》,台北:京華出版社,1967 年。

54. 中央研究院歷史語言研究所編:《明太祖實錄》,臺北:中央研究院歷史語言研究所,1967 年 3 月。

55. 李修生主編:《全元文》,南京:江蘇古籍出版社,1999 年。

56. 羅月霞主編:《宋濂全集》,杭州:浙江古籍出版社,1999 年。

二、近人專著

1. 〔德〕傅海波、〔英〕崔瑞德編/史衛民等譯:《劍橋中國遼西夏金元史》,北京:中國社會科學出版社,1998 年。

2. 牟復禮等編/張書生等譯:《劍橋中國明代史》,北京:中國社會科學出版社,1995 年。

3. 方介:《韓柳比較研究——思想、文學主張與古文風格之析論》,台灣大學中文研究所博士論文,1990 年,頁 292。

4. 方勇:《南宋遺民詩人群體研究》,北京:人民出版社,2000 年。

5. 王次澄:《宋元逸民詩論叢》,台北:大安出版社,2001 年。

6. 王春南、趙映林著:《宋濂、方孝孺評傳》,南京:南京大學出版社,1998 年。

7. 王運熙、顧易生主編:《中國文學批評史》,上海:上海古籍出版社,1997

年第 7 次印刷。

8. 王運熙、顧易生主編：《中國文學批評通史——先秦兩漢文學卷》，上海：上海古籍出版社，1996 年。

9. 王運熙、顧易生主編：《中國文學批評通史——魏晉南北朝卷》，上海：上海古籍出版社，1996 年。

10. 王運熙、顧易生主編：《中國文學批評通史——明代卷》，上海：上海古籍出版社，1996 年。

11. 王運熙、顧易生主編：《中國文學批評通史——宋金元卷》，上海：上海古籍出版社，1996 年。

12. 王德毅、李榮村、潘柏澄編：《元人傳記資料索引》，北京：中華書局，1987 年。

13. 王德毅等編：《元人傳記資料索引》，北京：中華書局，1987 年。

14. 王義良：《章實齋以史統文的文論研究》，高雄：高雄復文圖書公司，1995 年。

15. 包根第：《元詩研究》，台北：幼獅文化，1978 年

16. 田兆元：《神話與中國社會》，上海：上海人民出版社，1998 年。

17. 向燕南：《中國史學思想通史——明代卷》，合肥：黃山書社，2002 年。

18. 成復旺：《文境與哲理》，北京：中華書局，2002 年。

19. 安贊淳：《明代理學家文學理論研究》，臺灣大學中國文學研究所博士論文。1998 年。

20. 朱剛：《唐宋四大家的道論與文學》，北京：東方出版社，1977 年，頁 124。

21. 朱維錚：《周予同經學史論著選集（增訂本）》，上海：上海人民出版社，1996 年第 2 版。

22. 朱榮智：《元代文學批評之研究》，台北：聯經出版事業公司，1982 年

23. 朱榮智：《文氣論研究》，台北：學生書局，1986 年。

24. 何炳松：《浙東學派溯源》，北京：中華書局，1989 年。

25. 余英時等：《中國歷史轉型時期的知識份子》，台北：聯經出版事業公司，1992 年。

26. 余英時：《朱熹的歷史世界——宋代士大夫政治文化的研究（上下）》，台北：允晨文化實業股份有限公司，2003 年。

27. 余虹：《中國文論與西方詩學》，北京：生活讀書新知三聯書店，1999 年。

28. 吳興明：《中國傳統文論的知識譜系》，成都：巴蜀書社，2001 年。

29. 吳晗：《吳晗史學論著選集》，北京：人民出版社，1988 年。

30. 李長之：《司馬遷之人格與風格》，台北：臺灣開明書店，1980 年臺 15

版。

31. 李澤厚：《中國古代思想史論》，台北：三民書局，1996 年。

32. 李麗華：《劉基及其文學研究》，彰化師範大學國文研究所碩士論文。1998 年

33. 李凱：《儒家原典與中國詩學》，北京：中國社會科學出版社，2002 年。

34. 杜道明：《中國古代審美文化考論》，學苑出版社，2003 年。

35. 沈善洪主編：《黃宗羲全集》，杭州：浙江古籍出版社，1993 年。

36. 汪栢年：《元明之際江南的隱逸士人》，臺灣師範大學歷史研究所碩士論文，1998 年。

37. 何寄澎：《北宋的古文運動》，台北：幼獅文化事業公司，1992 年。

38. 周光慶：《中國讀書人的理想人格》，湖北教育出版社，1999 年。

39. 周勛初：《中國文學批評小史》，高雄：麗文文化事業股份有限公司，1994 年。

40. 王運熙、顧易生主編：《中國文學批評通史（宋金元卷）》，上海：上海古籍出版社，1996 年。

41. 侯外廬、邱漢生、張豈之編：《宋明理學史》，北京：人民出版社，1997 年。

42. 查洪德、李軍：《元代文學文獻學》，北京：中國社會科學出版社，2002 年。

43. 范宜如：《明代吳中文壇研究—一個地域文學的考察》，臺灣師範大學國文研究所博士論文。1998 年

44. 食貨月刊編輯委員會主編：《陶希聖先生八秩榮慶論文集》，台北：食貨出版社有限公司，1979 年。

45. 唐惠美：《元明之際士人出處之研究—以宋濂爲例》，清華大學歷史研究所碩士論文，2000 年。

46. 孫小力：《楊維楨年譜》，上海：復旦大學出版社，1997 年。

47. 孫克寬：《寒原道論》，台北：聯經出版事業公司，1977 年。

48. 徐中玉、郭豫適：《古代文學理論研究》，華東師範大學出版社，2003 年。

49. 徐梓：《元代書院研究》，北京：社會科學文獻出版社，2000 年。

50. 桂栖鵬：《元代進士研究》，蘭州：蘭州大學出版社，2001 年。

51. 馬行誼：《許衡的倫理道德價值體系》，中正大學中文研究所博士論文。2003 年。

52. 馬積高：《宋明理學與文學》，長沙：湖南師範大學出版社，1989 年。

53. 高晨陽：《中國傳統思維方式研究》，濟南：山東大學出版社，2000 年。

54. 張吉良：《中國古典道學與名學》，濟南：齊魯書社，2004 年。

55. 張豈之：《中國儒學思想史》，台北：水牛出版社，1992 年。

56. 張健：《明清文學批評》，台北：國家出版社，1983 年。

57. 張健：《文學評論集》，台北：學生書局，1985 年。

58. 張高評：《黃梨洲及其史學》，台北：文津出版社，1989 年。

59. 許玉敏：《北山學派文道合一發展脈絡之研究》，成功大學中國文學系碩士論文，2003 年。

60. 郭紹虞：《照隅室古典文學論集》，台北：丹青圖書公司，1985 年。

61. 郭紹虞主編：《中國歷代文論選》，上海：上海古籍出版社，1989 年。

62. 郭紹虞：《中國文學批評史》，台北：五南圖書出版有限公司，1994 年。

63. 郭預衡：《中國散文史》，上海：上海古籍出版社，2000 年。

64. 陳方濟：《宋濂之生平及其寓言之研究》，政治大學中國文學研究所碩士論文。1991 年。

65. 陳田：《明詩紀事》，上海：上海古籍出版社，1993 年。

66. 陳良運：《中國詩學體系論》，中國社會科學出版社，1992 年。

67. 陳良運：《周易與中國文學》，百花文藝出版社。1999 年。

68. 陳寅恪：《陳寅恪集——金明館叢稿初編》，北京：生活・讀書・新知三聯書店，2001 年。

69. 陳清泉等：《中國史學家評傳》，河南：中州古籍出版社，1985 年。

70. 陳志信：《朱熹經學志業的形成與實踐》，台北：臺灣學生書局，2003 年。

71. 陶秋英編選／虞行校訂：《宋金元文論選》，北京：人民出版社，1999 年。

72. 程會昌編纂：《文論要詮》，民國叢書第一編，上海：上海書店，1989 年。

73. 童慶炳、謝世涯、郭淑雲：《現代學術視野中的中華古代文論》，北京：北京出版社，2002 年。

74. 黃卓越：《明永樂至嘉靖初詩文觀研究》，北京師範大學出版社。2001 年。

75. 黃明理：《范氏義莊與范仲淹——關於范仲淹的儒學史地位的討論》，臺灣師範大學國文研究所博士論文，1998 年。

76. 黃保真、成復旺、蔡鍾翔：《中國文學理論史——先秦兩漢魏晉南北朝時期》，台北：洪葉文化事業有限公司，1993 年。

77. 黃保真、成復旺、蔡鍾翔著：《中國文學理論史——明代時期》，台北：洪葉文化事業有限公司，1994 年。

78. 黃晃堂、劉鋒：《朱元璋評傳》，南京：南京大學出版社，1998 年。

79. 楊建波：《道教文學史論稿》，武漢：武漢出版社，2001 年。

80. 楊國楨、陳支平：《明史新編》，台北：知書房出版社，2003 年。

81. 葉啓政：《社會、文化和知識份子》，台北：東大圖書公司，1991 年再版。

82. 葉含秋：《宋濂年譜》，東海大學中國文學研究所碩士論文。1990 年

83. 葛榮晉主編：《中國實學思想史》，北京：首都師範大學出版社，1994 年。

84. 葛榮晉：《中國實學文化導論》，北京：中共中央黨校出版社，2003 年。

85. 廖可斌：《復古派與明代文學思潮》，台北：文津出版社，1994 年。

86. 管敏義主編：《浙東學術史》，上海：華東師範大學，1993 年。

87. 蒙培元：《理學的演變——從朱熹到王夫之戴震》，台北：文津出版社，1990 年。

88. 趙景深：《中國文學史新編》，台北：華正書局，1974 年。

89. 劉大杰：《校訂本中國文學發展史》，台北：華正書局，1991 年。

90. 鄭克晟：《明代政爭探源》，天津：天津古籍出版社，1988 年。

91. 鄭家棟：《斷裂中的傳統》，中國社會科學出版社。2001 年。

92. 鄧紹基主編：《元代文學史》，北京：人民文學出版社，1991 年。

93. 蕭啓慶：《蒙元史新研》，台北：允晨文化，1994 年。

94. 蕭啓慶：《元朝史新論》，台北：允晨文化，1999 年。

95. 錢伯城、魏同賢、馬樟根主編：《全明文》，上海：上海古籍出版社，1992 年。

96. 錢基博：《明代文學》，台北：臺灣商務印書館（台二版），1999 年。

97. 錢穆：《中國史學論文選集》（二），台北：台灣幼獅文化事業公司，1985 年。

98. 錢穆：《中國學術思想史論叢（六）》，台北：東大圖書股份有限公司，1994 年三版。

99. 熊禮匯：《明清散文流派論》，武昌：武漢大學出版社，2003 年。

100. 鮑家麟編著：《中國婦女史論集》，台北縣：稻鄉出版社，1999 年再版。

101. 韓經太：《理學文化與文學思潮》，中華書局，1997 年

102. 顏瑞芳：《劉基、宋濂寓言研究》國立台灣師範大學國文研究所碩士論文。1990 年

103. 簡恩定：《中國文學復古風氣探究》，台北：文史哲出版社，1992 年。

104. 羅宗強編：《古代文學理論研究》，武漢：湖北教育出版社，2002 年。

105. 羅香林：《唐代文化史》，台北：台灣商務印書館，1965 年。

106. 關長龍：《兩宋道學命運的歷史考察》，上海：學林出版社，2001 年。

107. 饒宗頤：《中國史學上之正統論》，上海：上海遠東出版社，1996 年。

108. 龔顯宗：《明初越派文學批評研究》，台北：文史哲出版社，1988 年。

109. 龔顯宗：《明清文學研究論集》，台北：華正書局有限公司，1996 年。

三、期刊論文

1. 〔日〕安部建夫：〈元代的知識份子和科舉〉，收入劉俊夫主編：《日本學者研究中國史論著選譯》（五），北京：中華書局，1993 年，頁 636～678。

2. 〔日〕檀上寬著／胡其德譯：〈義門鄭氏與元末社會（上下）〉，世界華學季刊 4：2、4：3，1983 年，頁 55～69、頁 67～74。

3. 〔日〕檀上寬著／魏常海、張希青譯：〈明王朝成立期的軌跡——洪武朝的疑獄事件與京師問題〉，收入劉俊文主編：《日本中青年學者論中國史——宋元明清卷》，上海：上海古籍出版社，1995 年，頁 329～368。

4. 丁崑健：〈從仕宦途徑看元代的游士之風〉，收入《蒙元的歷史與文化——蒙元史學術研討會論文集》，台北：臺灣學生書局，2001 年，頁 635～653。

5. 王利民：〈朱熹詩文的文道一本論〉，《浙江大學學報》（人文社會科學版）32：1，2002 年，頁 104～109。

6. 牛建強：〈明初《大明日曆》與《皇明寶訓》的纂修〉，《史學史研究》2000：1，2000 年，頁 67～70。

7. 向燕南：〈史學與明初政治〉，《浙江學刊》2002：2，2002 年，頁 160～164。

8. 朱仲玉：〈宋濂與王褘的史學成就〉，《史學史研究》1983：4，頁 41～48。

9. 吳志達：〈論明前期文學升降盛衰原因〉，《武漢大學學報》1988：5，1988 年，頁 250～257。

10. 宋晞：〈南宋浙東的史學〉，《宋史研究集》14，1983 年，頁 9～52。

11. 李道進：〈宋濂的佛教觀〉，《浙江學刊》1995：2＝92，1995 年，頁 85～88

12. 杜貴晨：〈明詩略論〉，《中國文學研究》（三），南昌：江西教育出版社，2000 年，頁 189～210。

13. 沙似雪：〈略論宋濂的理學思想和文學主張〉，《明史研究》4，1994 年，頁 137～139。

14. 林正根：〈論明太祖的心態與功臣群體的覆滅〉，《江漢論壇》1992：12，頁 53～60。

15. 林湘華：〈前「江西詩派」詩論中「道」「文」關係的發展〉，《中國古典文學研究》9，2003 年，頁 147～172。

16. 邱樹森：〈元代河患與賈魯治河〉，《元史論叢》3，1986 年，頁 155～171。

17. 查洪德：〈文道離合與元代文學思潮〉，《晉陽學刊》2000：5，2000 年，

頁 53～59。

18. 查洪德：〈郝經的學術與文藝〉，《文學遺產》6，1997 年，頁 53～64。

19. 唐勃：〈傳統中國社會知識份子的角色〉，《銘傳學刊》11，2001 年，頁 129～144。

20. 孫克寬：〈元代北方之儒〉，《孔孟學報》8，1964 年，頁 125～144。

21. 孫克寬：〈元代金華之學術評〉，《幼獅學誌》8：4，1969 年，頁 1～33。

22. 孫克寬：〈元代金華文人方鳳與柳貫〉，《中華復興月刊》3：4：25，1970 年，頁 83～108。

23. 孫克寬：〈儒雅雍容之黃溍〉，《圖書館學報》11，頁 81～107。

24. 孫蓉蓉：〈「文原於道」與「文以載道」〉，《文心雕龍》國際學術研討會論文，台北：國立台灣師範大學國文學系，1999 年 5 月 15、16 日，頁 71～84。

25. 孫學堂：〈從台閣派到復古派〉，《陝西師範大學學報》31：4，2002 年，頁 63～69。

26. 孫書磊：〈從矯枉過正到自我修正—明代文論中的一個特異現象〉，《江西師範大學學報》30：1，1997 年，頁 40～44。

27. 徐秉愉：〈以文字自立—元代金華文士吳萊〉，收入《第一屆全國歷史學學術討論會論文集》，台北：台大歷史系，1996 年，頁 129～147。

28. 馮友蘭：〈略論道學的特點、名稱和性質〉，《社會科學戰線》1982：3，1982 年。

29. 高志忠：〈學者之文重在於用—宋濂和他的散文〉，《北方論叢》1994：2＝124，1994 年，頁 52～57。

30. 索實祥：〈論宋濂的頌聖文學〉，《文學遺產》3，2001 年，頁 96～105。

31. 郜積意：〈漢代隱逸與經學〉，《漢學研究》20：1，2002 年，頁 27～54。

32. 常建華：〈宋濂佚文《楊氏家乘序》及其價值〉，《天津師大學報》2000：1，2000 年，頁 47～49。

33. 張仲謀：〈論宋濂的文論與散文創作〉，徐州師範學院學報（社會科學版），1996：2，頁 64～68。

34. 張須：〈宋元明清文論〉收入羅聯添編：《中國文學史論文選集（四）》，台北：臺灣學生書局，1986 年第二次印刷，頁 1327～1334。

35. 張滌雲：〈論宋濂的詩學理論〉，《華中師範大學學報》36：5，1997 年，頁 59～65。

36. 張學忠：〈論宋濂詩中的人物形象〉，《西安聯合大學學報》5：1＝14，2002 年，頁 59～61。

37. 莫礪鋒：〈論朱熹的文學理論〉，《國學研究》6，北京：北京大學出版社，

1999 年，頁 255～280。

38. 許守泯：〈元代江南世人的社會網路──以金華黃溍爲例〉，收入《蒙元的歷史與文化──蒙元史學術研討會論文集》，台北：臺灣學生書局，2001年，頁 655～679。

39. 許聰：〈論理學規範下的明初文風〉，《漳州師院學報》3，1999 年，頁 1～5。

40. 郭英德：〈元明文學史觀散論〉，《北京師範大學學報》1995：3＝129，1995年，頁 16～24。

41. 郭預衡：〈朱元璋之爲君與宋濂之爲文〉，《北京師範大學學報》1996：3＝135，1996 年，頁 91～97。

42. 陳高華：〈《元史》纂修考〉，《歷史研究》1990：4，頁 115～129。

43. 陳寒鳴：〈論王禕的儒學思想〉，《孔子研究》1994：3＝35，1994 年，頁77～83。

44. 陳寒鳴：〈簡論宋濂思想的特色〉，《孔子研究》1993：3＝31，1993 年，頁 92～97。

45. 陳葛滿：〈宋濂簡譜〉，《浙江師大學報》1994：2、1994：5，1994 年，頁 45～50、62；頁 79～83。

46. 陳學霖：〈徐一夔死刑辨誣兼論明初文字獄史料〉，《中國學人》6，1977年，頁 85～96。

47. 陳寶良：〈明代儒佛道的合流及其世俗化〉，《浙江學刊》2002：2，2002年，頁 153～159。

48. 章培恒：〈明代的文學與哲學〉，《復旦學報》1989：1，1989 年，頁 1～9。

49. 勞延煊：〈元明之際詩中的評論〉，收入《陶希聖先生八秩榮慶論文集》，台北：食貨出版社有限公司，1979 年，頁 145～163。

50. 黃兆強：〈《元史》纂修若干問題辨析〉，《東吳歷史學報》1，1995 年，頁 153～180。

51. 董家遵：〈歷代節烈婦女的統計〉，收入鮑家麟編著：《中國婦女史論集》，台北縣：稻鄉出版社，1999 年再版，頁 111～117。

52. 董國炎：〈明代理學與文學思想〉，《山西大學學報》，1995：3，1995 年，頁 24～29。

53. 詹長皓：〈試論明初大儒宋濂之死〉，《明史研究專刊》5，1982 年，頁 299～309。

54. 詹海雲：〈論全祖望的文學成就〉，《第五屆清代學術研討會論文集》，高雄：中山大學中國文學系，1997 年，頁 307～329。

55. 劉文起：〈宋濂對《老子》之認知〉，台北：世新大學中文系第十四次學

術研討會論文，2004 年 6 月 9 日。

56. 劉汝錫：〈宋濂的政治思想〉，《思與言》17：2，1979 年，頁 179～187。

57. 劉紀曜：〈仕與隱——傳統中國政治文化的兩極〉，收入黃俊傑主編：《理想與現實——中國文化新論思想篇（一）》，台北：聯經出版事業公司，1989 年第六次印行，頁 289～343。

58. 劉祥光：〈從徽州文人的隱與仕看元末明初的忠節與隱逸〉，《宋史研究集》32，2002 年，頁 527～576。

59. 潘立勇：〈朱熹對文道觀的本體論發展及其內在矛盾〉，《學術月刊》2001：5，頁 48～56。

60. 鄭克晟：〈元末的江南士人與社會〉，《南開史學》1989：1，1989 年，頁 18～35。

61. 鄭毓瑜：〈文學典律與文化論述——中古文論中的兩種「原道」觀〉，《漢學研究》18：2，2000 年。

62. 蕭啟慶：〈元朝南人進士分佈與近世區域人才昇沉〉，收入《蒙元的歷史與文化——蒙元史學術研討會論文集》，台北：臺灣學生書局，2001 年，頁 571～615。

63. 賴松偉：〈從和陶詩文看元、明間儒生之仕隱觀念〉，《明清史集刊》2，1986～1988，頁 1～30。

64. 錢穆：〈論春秋時代人之道德精神〉，《中國學術思想史論叢（一）》，台北：東大圖書公司，1990 年再版，頁 191～239。

65. 謝大寧：〈儒隱與道隱〉，《國立中正大學學報》3：1，頁 121～147。

66. 謝其祥：〈論宋濂人物傳記的特色〉，《廣西教育學院學報》1997：2，頁 37～41。

67. 魏青：〈宋濂《杜詩舉隅序》一識〉，《社會科學輯刊》2002：4＝141，2002 年，頁 167～168。

68. 龐乃明：〈明初儒學教官之選任〉，《信陽師範學報》（哲學社會科學版）21：1，2001 年 1 月，頁 102～106。

69. 羅冬陽：〈中國古代的極權主義——明初政治分析〉，《明史研究專刊》12，1998 年，頁 113～138。

70. 羅仲輝：〈明初史館與《元史》的修纂〉，《中國史研究》1992：1，頁 145～153。

71. 龔顯宗：〈宋濂與佛教〉，《正觀雜誌》1，1997 年，頁 45～67。

72. 龔顯宗：〈宋濂與道教〉，《道教學探索》6，頁 396～407。